新日本古典文学大系 73

天明俳諧集

山下一海
田中道雄
石川真弘
田中善信 校注

岩波書店刊行

目次

解説

索引

凡例

一　本書には、蕪村とその高弟の主要編著七点、および蕪村一派の周辺に位置した地方系俳人の俳書五点を収録した。但し、これまでに注釈を施された俳書は除いた。

二　底本には、各集の善本を採用した。各集の底本については、解題に記した。

三　翻刻本文の作成にあたっては、底本の原形を重んじるようにした。

1　底本に存する片仮名の振仮名は、底本と同じく片仮名で残した。

2　底本の仮名遣いが歴史的仮名遣いに一致しない場合もそのままとした。

3　反復記号「ゝ」「ゞ」「〳〵」については、底本のままとし、読みにくい場合は、平仮名で読み仮名を傍記した。

四　翻刻本文の作成にあたって、底本の原形に対して、基本的に改訂を加えたのは、次の諸点である。

1　本文における連句の表記は、長句・短句の区別を明らかにするため、長句に対して短句を一字下げて記し、その構成を知る便りとした。

2　本文には、適宜、句読点、「　」等を施した。

3　本文における漢字は、常用漢字表にあるものについては、原則としてその字体を使用した。異体字・古字・俗字・略字の類も、原則として通行の字体に改めた。

4　仮名はすべて、現行の字体によった。
5　本文の漢字書きには、適宜、平仮名で歴史的仮名遣いの読み仮名を施した。
6　清濁は校注者の判断により、これを区別した。
7　底本において明らかに誤りと思われる文字は、当時の慣用と思われるもの以外はこれを改め、脚注で言及した。

五　本文の句番号は、本書における各集の通し番号である。

六　脚注は、
　連句の場合、句の位置、季(季語)、○語注、▽句意、
　発句の場合、○語注、▽句意、[季]季語(季)、
の順で記した。

七　作者およびその他の人名の解説は、巻末に人名索引を付載し、簡単な解説を加えた。

八　各集の前に解題を掲げた。

其《その》雪《ゆき》影《かげ》

山下一海　校注

〔**編者**〕高井几董。

〔**書誌**〕半紙本二冊。各巻、表紙縹色小菊紋空摺り。袋綴。寸法、縦二二・七センチ、横一六・〇センチ。内題・柱刻・刊記、なし。本文板下、几董筆。異版は見られない。

巻首(上巻)、題簽、中央「其雪影　巻首」。丁数、十八丁。序文、「明和壬辰秋夜半亭蕪村書」板下蕪村筆、「高子舎几董述」板下几董筆。巻尾(下巻)、題簽、中央「そのゆき影　巻尾」。丁数、十八丁。跋文、「みつのえたつ中の秋の十三夜友人嘯山書」板下嘯山筆。

〔**書名**〕其雪影。〔**成立**〕明和九年(一七七二)八月十三日跋。几董の亡父懐旧吟は同年冬書とする。冬成立か。

〔**構成**〕几董が、宝暦十二年(一七六二)十二月二十三日に没した父几圭の十三回忌追善のために編んだ書。几圭の実際の十三回忌は、安永三年(一七七四)に当たる。二年引き上げた記念集。上下二巻のうち、上巻は連句集、下巻は発句集。上巻には几圭の遺句を発句として、几圭の付句七十四句に、几董の十八句、子曳・為拾ら八人の句を適当に継ぎ綴って百韻の体裁をととのえたものを巻頭にし、ついで几董の独吟歌仙、子曳・几董の両吟歌仙、蕪村・几董・竹護の三吟歌仙、几董の亡父懐旧吟、宗阿(宋阿)・几圭による夏冬一紙両筆の模刻を収めている。下巻には巻頭に几董の序言とともに蕪村による芭蕉・晋子(其角)・嵐雪の画像、宋阿・几圭対座像を掲げる。画像には几董筆によるそれぞれの発句が添えられている。以下、諸家の発句を「春夏の部」「秋冬の部」に分けて各百六句を収め、「雪・時雨」として、子曳・几董の発句各一句、宋是(几圭)・宋阿の発句各二句を示し、最後に嘯山の跋文を置く。

〔**意義**〕几董が父几圭十三回忌追善の意味で編纂した書。上・下巻ともに、それぞれの巻頭部と巻末部に几圭の句を掲げ、几圭の旧知の句も多く、几圭追悼の色が濃い。しかし、蕪村の序文にも示されるように、ことさらに追悼吟を求めたわけではない。下巻冒頭の几董序は、芭蕉・其角・嵐雪・宋阿・几圭と師系をたどってみずからの正統性を誇り、それを受け継ぐ蕪村門下の実力を世に問う姿勢がある。夜半亭の勢いを誇示しようとした集である。ただしここに、いわゆる蕪村調の句が多く見られるわけではない。のちに『蕪村七部集』の第一集とされる。

〔**底本**〕上巻は関西大学図書館蔵本、下巻は雲英末雄氏蔵本をそれぞれの底本とする写真影印版『天明俳書集一』(天明俳書集刊行会編、石川真弘解題、平成三年、臨川書店刊)による。〔**翻刻**〕日本俳書大系第十九巻『中興俳諧名家集　上』、古典俳文学大系第十三巻『中興俳諧集』、『蕪村全集』第七巻など。

序

今や上侯伯《かみこうはく》より、下漁樵《しもぎよせう》におよぶまで、俳諧せざるものなし。それが中に一家をもて、世に称せらるゝことはきはめてかたし。京摂《けいせつ》の際三四指を屈するだにもいたらず。そも〳〵三四者は誰、几圭其《その》大指を領ぜり。圭はじめ巴人菴の門に遊びて、その真卒《しんそつ》に倣《なら》はず、かたはら半時菴の徒に交りて其嗸牙《がうが》に化《くわ》せられず、ひとり俗談平話をもて、たくみに姿情を尽せり。たとはゞ小説の奇なることばは、諸史のめでたき文よりも興あるがごとし。圭去りて又圭なるもの出ず。人或《あるいは》たま〳〵人情世態のおかしき句を得れば、則云《すなはちいふ》圭流也と。こゝにおいて一家の論尽ぬ。ことし十三回、其子几董小冊子を編て父の魂を祭る。世の追善集つくれるにはやうかはりて、あなが

○上侯伯より…　上は身分の高い貴紳から、下は勤労者にいたるまで。侯伯は公家や諸大名、漁樵は漁師ときこり。
○一家をもて　独自な作家として地位を確立し。
○京摂の際　京都から摂津(大阪)にかけてのあたり。
○三四指を屈する…　三、四人にさえならない。
○其大指を領ぜり　第一の地位にある。大指は親指のことで、指を折ってものを数える際に第一に折る指であることによる。
○真卒　真率の意。かざりけがなくひたむきなさま。
○半時菴の徒　松木淡々の一派。
○嗸牙　ごつごつして難解なこと。
○俗談平話　芭蕉がこの語を用いて、俳諧は平易な言葉を用いてわかりやすくなければならないと説いたとされている。
○姿情を尽せり　句の姿や情を表現し尽くしている。姿情は俳諧ではとくに芭蕉門の支考がよく論じている。「姿」は句に表れている心の様相をいい、「情」は句に含まれている心の色合いであり、普通は姿が先に整って、その後で情が形を成すものと考えられている。
○小説　中国の世俗的な物語、教訓的な寓話、怪談、随筆などの総称。今日の小説より広い範囲のものをいう。
○一家の論尽ぬ　几圭を一家と見なすことについて議論することはもうない。立派に一家をなしている。
○ことし十三回　明和九年が几圭の十三回忌の年である。
○紫雲青蓮の句　仏教にかかわりのある句。抹香くさい句の意を美しく表したもの。紫雲は弥陀来迎の際にたなびく雲。青蓮は青い蓮の花で、仏の眼にたとえられる。
○弄花酔月の吟　四季の自然の美を楽しみ陶酔する句。
○魚肉　俗な生臭もの。
○蘋蘩　うきくさと白よもぎ。神霊への供えもの。
○雑俎にして　雑然と台に載せて。
○闇室。仏壇のある暗い部屋。○せうじいとまめやかに　仏への勤めを心にこめてねんごろにおこなって。「せうじ」は精進。
○鶏骨床を支ュれども　瘦せてにわとりのような骨が床の上で体を支えるけれども。床は寝台や腰かけ。世説新語の「王鶏骨支ヘレ牀ヲ、和哭泣シテ備フレ礼ヲ」による。

ち紫雲青蓮《しうんしやうれん》の句をもとめず。ひとへに弄花酔月《ろうくわすいげつ》の吟を拾ふ。魚肉蘋蘩雑俎《ひんぱんざつそ》にして供するもの丶ごとし。余曰《いはく》さはよし又父が意也。かの闇室にこもり、せうじいとまめやかに手念珠《ねんず》をはなたず、称名《しようみやう》ことぐ\しく尼法師にこひ仕へて、あやしく着ぶくれたらんよりは、鶏骨床を支ュれども、かたちかしげ眼うちくぼみたるかたにこそ、もろこしの識者は与《く》みし侍れ。几董之此篇其幾乎《それちかからんか》。

明和壬辰《じんしん》秋　　夜半亭蕪村書

○もろこしの識者は…　世説新語によると、劉仲雄は、泣きながらも礼をわきまえた和嶠よりも悲しみのために痩せおとろえてしまった王戎に同情すべきであると武帝に上奏した。追悼は形式よりも真情を重んずべきであるということ。
○明和壬辰秋　明和九年秋。
○むかし父が…　以下、次の百韻に関する前書き。父は几圭。
○てにはのさし合　助詞・助動詞の類の重複や不適合。
○まいて　まして。
○有心会釈の法　支考が説いた連句の付け方の法則のうちの二つ。諸法則を大別して、有心付・会釈・遁句の三法があるとする。
○七名八体　支考が説いた連句の付け方の法則。右の三法のうち、有心付をさらに、狭義の有心と、向付・起情の三つに分け、会釈はさらに狭義の会釈と、拍子・色立の三つに分け、遁句はそのまま遁句で、合計七つの方法とし、それを七名といった。また、付句の具体的な展開の形として、其人・其場・時節・時分・天相・時宜・観相・面影の八つを挙げ、それを八体とした。
○折にふれ端にいたり　もともと百韻は懐紙四枚を横長に二つ折りにしたものに記載され、初折・二の折・三の折・名残の折と名付けられ、それぞれに記される句数は決まっていて、それぞれの折の末端を折端と称した。その一つ一つの折を整え、それぞれの折端までまんべんなく点検して、の意。
○月花の足ざるは　連句では月と花の句の数が決まっており、百韻の場合、四花七月、すなわち、花の句が四句、月の句が七句必要とされた。○一巻の首尾をなし　百韻一巻の形を整え。

1　発句。冬(雪)。○つらだましい　「つらだましひ」が正しい。雪の気配のある冷たい風の擬人化。▽普通は松に吹く風はめでたく結構なものだが、今吹く風は、厳しく冷たく荒々しく、まもなく雪が降りだしそうなつらだましいを感じさせる、の意。几圭追善の気持ちで几圭の句を発句として掲げたもの。

2　脇。冬(雪)。○雪かげ　雪明かり。○古こと　昔の事。亡き几圭の思い出。▽やがて雪になり、その雪の明かりに昔のことがさまざまに思いおこされる、の意。発句の「つらだましい」の語に故人の「つら」(面)を思い、「面影」の語の連想からむかし父が在世に吐し附句幾計《いくばく》ぞや。其が中にも世のをかしき情を採《さぐり》、花鳥のさびしき姿を見出たる句〻を集《あつめ》、今はた百句を並べて百韻に綴れり。こゝに一字一点の私をくはへず。ありのまゝに出せるを本意とす。さはそれ、てにはのさし合、一巻の変化も覚束なし。まいて有心会釈《うしんあしらひ》の法にも背《そむ》け、七《しち》名八体《みやうはつたい》などいへる論にも叶はねば、まことに竹をもて木に継るがごとく成べし。しかはあれど折にふれ端にいたり、余が句を繫ぎて前後を抱《かかへ》、月花の足ざるは門流の人〳〵に譲て、一巻の首尾をなし、父が十三回の追福とし、且知音《ちいん》の諸好士へ披露し侍るものならし。

高子舎几董述

「雪かげ」が出る。前句と同字(雪)を用いるのは連句として異例。追善のためにわざと故人の使った文字を用いたものか。

3 第三。雑。○相口の友 話の合う友人。▽いい人をみな話の合う友人として昔話をして過ごしている。

4 初オ四。雑。○田楽 田植え祭の舞楽から発達した芸能。▽気心の知れた友人たちとの田楽の催しも、ざっと騒いだだけで終わってしまった。几圭の既成の連句からここに当てた。

5 初オ五。雑。▽雨が降るが、降り過ぎだと叱るほどに降るわけではない。前句の田楽から雨乞いの農民を思う。

6 初オ六。雑。▽この町筋は日が暮れてからかえって賑やかになった。前句の雨が上がってからの人出。

7 初オ七。秋(新月)。月の定座。○新月 旧暦の月はじめの三日月。ここでは秋の三日月。○初夜 いまの午後八時ごろ。▽三日月も目新しい秋だが、初夜のころはまだ夏の短夜の気分で、せわしいものだ。「賑か」の気分が「せはしや」に移る。

8 初オ八。秋(かうろぎ)。○かうろぎ 正しくは「こほろぎ」。コオロギ科の昆虫。▽下駄の鼻緒をすげてあげて、持ち主にもどそうとすると、コオロギがとりついていた。前句の「せはしや」を切れた鼻緒をすげることで表す。

9 初ウ一。秋(刺鯖・冷じ・秋ふく)。○刺鯖 サバを背開きにして塩漬にしたもの。○冷じく 荒涼としていて。▽刺鯖に塩が吹いていて、それがいかにも荒涼としていて、秋の深さを感じさせる。前句の切れた鼻緒に時間の経過を思い、下駄にとりついたコオロギに冷まじさを感じる。

10 初ウ二。雑。▽秋も深まったころ、肥溜めに蓋をして月の改まるついたちを迎える。

11 初ウ三。雑。▽世俗の雑事を忘れようとして芝居を見にでかけ、便意をもよおしてそれをする。「ふたして」が「忘んと」に移る。華やかな芝居と用便という現実の対比。

12 初ウ四。雑。▽芝居の舞台で評判の役者が二人連れ立って走る場面があるので、それを見せたいような気もして人をさそった。前句同様動詞の多い流動的な仕立てかたをとる。

13 初ウ五。雑。○ひだるう成ぞ 空腹を感じるのは。下の「わりなけれ」なら「…成こそ」とあるべきだが、語調のために「ぞ」とした。▽連れ立って走ると、何も食べていないので、

先人几圭

1 雪になるつらだましいや松の風

2 その雪かげに古ことを見《みる》　几董

3 よき人を皆相《あひ》口《くち》の友として　丶

4 ざつと騒《さわい》だまでの田《でん》楽《がく》　圭

5 雨も又呵《しか》るばかりのものならず

6 この町筋のくれて賑か

7 新月にせはしや初《そ》夜《や》は夏になれ

8 繋《つない》でもどす下駄にかうろぎ

9 刺《さし》鯖《さば》の塩冷《すさま》じく秋ふけて　董

10 糞《くそ》にふたしてけふは朔《ついたち》　圭

11 忘んと芝居へ行ばそれをする

腹がへってくるのもしかたのないことである。

14 初ウ六。雑。▽即身仏を発起したその日に死んでしまったらいいのに、そういうわけでもないから、時がたつと腹がへってくるのがどうしようもない。仏道に対するからかいが俳諧的。即身仏は成仏を願ってみずから食事を断ちミイラ状になること。

15 初ウ七。雑。○黒谷　比叡山西塔の北。法然が修行した青竜寺がある。○高野　弘法大師が開いた高野山。▽高僧にあこがれて黒谷で発起すると、つらい修行の身の上に、さらにありがたい高野山からの山おろしが吹き加わるようである、の意か。前句の「発起」から、仏道修行の聖地を挙げる。

16 初ウ八。秋(身に入)。○板間　板張りの部屋。▽寺の堂の広い板張りにいると、山おろしの秋風が身にしみる。

17 初ウ九。秋(朝の月)。月の出所。○鼻のさき　船のへさきのすぐ前。▽「広き板間」から「大船」を思い、「身に入」を朝の寒さととった。

18 初ウ十。秋(新米)。○東国方　関東・東北地方の。▽東国方の新米を積んだ大船が、停泊した港から早朝船出をする。その鼻先にかかる朝の月に向かって、これこそ東国方の新米であります、と名乗りを上げる気持ち。謡曲口調に操船用語の口調を利かせた。

19 初ウ十一。雑。○僧脇　能のワキの僧。能では最初にワキの僧が静かに登場する場面が多い。▽前句の「…で候」を能ととり、ワキの僧のように静かに登場したい、という。

20 初ウ十二。雑。○上下　江戸時代の主に武士の礼服。肩衣と袴からなる。裃。○下袴　町人たちが着ける略式の袴。▽前句の「のろりといで来たい」のくつろいだ気分を受けて、改まった裃は礼儀上のもので、ほんとうは気楽な下袴がほしい。

21 初ウ十三。春(花)。花の定座。○酒に遣はる　酒に身の自由を奪われ、時間をとられて、酒のいいなりになっているようなものだ。▽前句から無礼講を思い、花見酒に溺れる人々の姿をいう。

22 初ウ十四。春(青麦・菜種)。▽打越と前句の猥雑な花見の気分を明るい春の景に転じたもの。

12 連て走るを見せたふもあり　董
13 物喰ねばひだるう成ぞわりなけれ　圭
14 発《ほつ》起《き》した日に死ねばよいのに　董
15 黒谷にちらと高野の山おろし　圭
16 広き板間に居れば身に入《しむ》　董
17 大船の鼻のさきなる朝の月　圭
18 東国方の新米で候《そろ》　董
19 僧脇のやうにのろりといで来たい　圭
20 上《かみ》下《しも》は礼下《した》袴《ばかま》欲《ほし》　青
21 閙《さわ》がしや酒に遣はる花の頃　吠
22 麦あを〳〵と菜種まばゆき　董
23 御《み》影《えい》供《く》に帷子《かたびら》ふつとゆき違《ちがひ》　圭

23　二オ一。春(御影供)。〇御影供　真言宗の寺院、とくに京都の東寺で、開祖弘法大師の忌日三月二十一日に営まれる法会。〇帷子　夏に着る単衣の着物。春も終わりのころ、女たちは新しい帷子を着る。▽前句を京近郊の景と見て、東寺の御影供のにぎわいを思いうかべた。「ふつとゆき違」は恋の句の呼び出し。

24　二オ二。雑。恋(恋)。▽恋の気持ちがつもり重なって、深い淵となり、それが燃え上がって、はげしい瀬音を立てる。前句を男女の景と見て、「筑波嶺の峰より落つる男女川恋ぞつもりて淵となりける」(後撰集・恋三・陽成天皇)によって付け、「淵」をさらに「瀬」となると転じたところが俳諧である。

25　二オ三。雑。恋(添とげ)。〇手も下ﾘ　立派であった筆跡もすっかり駄目になってしまって。もともとはしかるべき身分の人であったということ。▽添いとげているとの便りがきたが、筆跡の崩れから今の落ちぶれた境遇が思いやられる。

26　二オ四。冬(枯葵)。▽前句に老夫婦を思い、はな紙の間から出てきた枯葵に過ぎ去った人生を見る。

27　二オ五。雑。〇播磨　兵庫県南西部。〇行脚　仏道修行ための旅をする人。▽前句を不如意な旅のさまと見て、行脚の僧とばくち打ちという意外な取り合わせ。

28　二オ六。雑。〇小便　ちょっと都合のいい便船。▽前句を大坂あたりで播磨への船の便を待つ人として、おりからの雲行きに天候の悪化を心配している。

29　二オ七。秋(芭蕉)。〇芭蕉の風　芭蕉の広葉をざわざわと動かして吹く風。▽船を待つ人を金持ちと見、雨の気配を芭蕉の葉を騒がせる風に表し、風に吹かれてもどっしりと重い革羽織を対照させる。

30　二オ八。秋(月)。十三句目が月の定座。〇亥中の月　↓一四一。▽芭蕉の葉の上に月が上る景。

31　二オ九。秋(躍)。〇崩るゝが　崩れる様子が。〇躍　盆おどり。▽亥の日の祝酒に酔った人の歩いている足どりが崩れ、それがそのままおどりになってしまう様子をいう。

32　二オ十。雑。〇丁寧　ていねいにとりあつかわれて、あまりいたんでいない。▽前句の酔っておどりに夢中になっている人が、草履をぬぎ捨ててしまったのである。

24 恋ぞつもりて淵は瀬となる　董

25 添とげて居るとの便《たより》手も下《くだ》リ　圭

26 枯れし葵の出《いづ》るはな紙　董

27 播磨まで行脚と連《つれ》の博《ば》奕《くち》打　圭

28 小《せう》便《びん》待て降《ふり》はせまい歟《か》

29 おも〳〵と芭蕉の風の革羽織

30 亥《ゐ》中《なか》の月の澄のぼるかげ　為拾

31 崩るゝが躍《をどり》に成《なる》のあゆみ也　圭

32 捨た草履のさても丁寧

33 柏《かしは》掌《で》は源家のおばゞ様

34 納《なつ》所《しよ》ひとりは本《ほん》弓《ゆみ》へ行《ゆく》

35 腹立た帯は左リへ廻り過《すぎ》

33 二オ十一。雑。○源家の紋　由緒ある源氏の紋所。○おばゞ様　老女に対する敬称。▽前句の草履を捨てる様子をはだし参りと見た。神前に柏手を打つ老女は源氏の紋所を付けているが、こうやってはだし参りをしているのは、何か深い事情あってのことだろう。

34 二オ十二。雑。○納所　納所坊主。寺の台所方の雑用を受け持つ僧侶。○本弓　大矢数の行事。▽神社の境内で大矢数の催しがあり、それを見に納所坊主がでかけて行く。

35 二オ十三。雑。恋(帯)。▽腹立ちまぎれに結んだ帯が、左にまわり過ぎた。前句の「ひとりは」に腹立ちを思って、荒っぽい身支度ぶりを付ける。句意としては恋ではないが、「帯」は恋にかかわりの深い語である。

36 二オ十四。雑。恋(悋気)。○悋気　男女の嫉妬。やきもち。▽前句の「帯」の語を恋ととり、恋の句を付けた。女の悋気に腹を立てている男が、突然反吐をまきちらした。とにかく今は悋気の段じゃない。男を介抱し、あとしまつをしなければ。

37 二ウ一。冬(巨燵・炭がしら)。○炭がしら　露頭している炭火。▽前句の酔って反吐をはく男がこたつの布団を引っ張ってひっくりかえしてしまったので、炭火が飛び散り、灰かぐら。

38 二ウ二。雑。○かてゝくはへて　おまけにその上に。▽前句の大変な騒ぎに加えて外には雨がはげしく降りだした。

39 二ウ三。雑。○新参　新しい奉公人。▽雨が降りだして、仕事も暇なので、旦那が使用人に鍼をしてやろうと思い立ち、新参者はそれをこわがって、逃げ出してしまう。

40 二ウ四。雑。○寄麗好どの　奇麗好きな人物を揶揄的にいったもの。▽前句の「逃て去」を、奇麗好きに追い立てられた人と見た。

41 二ウ五。雑。▽木枕に寝そべっていた人は、奇麗好きに追い立てられてどこかへ行ってしまい、あとには読み終えた手紙が、逆さに巻いたままになっている。

42 二ウ六。雑。○おやま　女形。▽勧進帳を読んで、あわただしく立ち去る弁慶を、優しい女形の役者がおしとどめるので、何とも似つかわしくなく、客席は笑いに包まれる。

36 悋《りん》気《き》の段歎《か》反《へ》吐《ど》の介抱

37 引まくる巨《こ》燵《たつ》にけぶる炭がしら　董

38 かてゝくはへて雨がふり出す　ゝ

39 新参は旦那の鍼《はり》で逃《にげ》て去《さり》　圭

40 又追立《たつ》る寄《き》麗《れい》好《ずき》どの

41 木枕の傍《そば》に口から巻た文

42 通さん弁慶おやま笑はせ

43 袖摺レて律を調べる琴のいと　董

44 何《ど》所《こ》ぞ吹《ふく》雲暮て蜻《とん》蛉《ばう》　圭

45 月の舟薪《たきぎ》の上に墨ごろも

46 小島が崎や浮しまが原　董

47 見かへれば花の中から一里がね　圭

43 二ウ七。雑。○律　東洋の音楽で陽の音調をいう。▽前句の弁慶から、袖も摺れるほどの苦労に思い及んだもの。

44 二ウ八。秋(蜻蛉)。▽琴の調べから過ぎ行く時間を思う。遠くの風、雲も暮れて、明るさの残る空の蜻蛉。

45 二ウ九。秋(月)。月の出所。○墨ごろも　墨染めの衣。ここでは僧侶のこと。▽月下に一艘の舟があり、舟に積んだ薪の上に、墨染めの衣を着た僧侶が乗っている。前句の気分に漂泊の僧侶を思い浮かべた。

46 二ウ十。雑。秋は三句続けなければならないところだが、二句で終わっている。○小島が崎　歌枕めかした地名。○浮しまが原　歌枕で田子の浦の砂浜沿いの湿地帯のことだが、ここでは前に同じく、歌枕めかした地名。▽前句の風雅な情景にふさわしい地名を並べて、舟がたどりゆくさまを思わせる。

47 二ウ十一。春(花)。花の定座から二句引き上げ。○一里がね　一里離れたところまで聞こえる鐘。また、一撞きすると、余韻が長く、一里歩く間聞こえ続ける鐘ともいう。▽ふりかえると、過ぎてきた花ざかりの景色の中から、一里鐘が聞こえてくる。

48 二ウ十二。春(春)。○春やむかしの　「月やあらぬ春や昔の春ならぬ我が身ひとつはもとの身にして」(古今集・恋五・在原業平)による。▽「見かへれば」から回顧する気分をとって、古今集の歌を思い、その言葉に拠って、春になったら、昔覚えのある野辺に新しい建物が建っているとする。

49 二ウ十三。春(几巾)。○襲　重ね着。▽前句に、古いものが新たになるの意を読みとり、凧が落ちたのが、美しい重ね着の女性がしゃがんでいるように見えるというのである。

50 二ウ十四。雑。○手代　商店の仕事をする使用人。▽落ちた凧に愚かな手代の姿を見た。

51 三オ一。雑。○数千艘　数多くの船。▽前句に繁華な大坂を思い、多くの手代がそれぞれに働く大坂には、数千艘もの船が集まり、人通りもまことににぎやかなものである。

52 三オ二。雑。○出山の釈伽　六年間の修行を経て、山を出る釈迦。▽前句の船から、湯舟を思い、湯屋を付ける。出山の釈迦は、さだめし垢にまみれていて、きっと風呂屋でいやがるだろう。たくさんの人通りの中には、そんな人もいる。

48 春やむかしの野辺の新《しん》建《だち》
49 襲《かさねぎ》の蹲《つくば》ふごとく几《た》巾《こ》落て
50 愚《おろか》をかくす手代それ〴〵
51 数千艘みな大坂の人通
52 湯屋でいやがる出山の釈伽
53 明星や暁起《おき》の師走空
54 荷を取ちらけ独うなづく
55 ごう〳〵といつ子宝になる事ぞ
56 いで按摩して屁をこかせましよ
57 神《み》酒《き》あげてあるのはどふで無理な方《かた》
58 借《か》さぬ〳〵と返事投出す
59 紙屑と成てはうき世移り行《ゆく》

圭　董

53 三オ三。冬(師走空)。○明星　明けがたに出ている金星。▽釈迦が悟りを開いたのは十二月八日とされる(成道会)から、師走空とした。

54 三オ四。雑。▽前句の「暁起」を旅人と見て、「師走空」から歳末の忙しさを想像し、「取ちらけ」とした。「独」は一人旅の姿。

55 三オ五。雑。▽こんなに激しい鼾をかいて寝ているようでは、いつ子宝にめぐまれることか。前句から、子供を欲しがっている妻の気持ちなどをかまわぬ勝手な男を想像した。

56 三オ六。雑。○いで　さあ。何かに取り掛かるときの言葉。▽前句のわがまま勝手な男を按摩して、気持ちよくさせ、屁をこかせて、恥をかかせてやろう。

57 三オ七。雑。▽神酒を供えて何か願いごとをしているのだが、間抜けな人の願いだから、どうせ神様にしてもかなえようがない無理な頼みごとだろう。

58 三オ八。雑。○借さぬ　貸さぬ。▽借金を申しこまれたが、貸すことはできないと投げ出すように返事をする。前句を借金の頼みととる。

59 三オ九。雑。○紙屑　文字通りの紙屑の意に、世間から脱落した者の意を掛ける。▽もらった拒絶の手紙は紙屑となり、そのような遇しかたをされる自分も紙屑のようなもので、世間は自分を見捨てて移り変わって行く。

60 三オ十。春(春)。○振で結ぶ　長い振そでは行動に邪魔なので、子供などはそれを背後で結んで遊んだりする。▽前句の「うき世移り行」によって「春は来にけり」とした。恋の句ではないが、華やかなところに恋を呼び出す気分がある。

61 三オ十一。春(松の内)。恋(見初る)。▽松の内の間に、及ばない身分違いの人を見そめた。松の内のような特別の時期に、及ばぬ恋もはじまったりする。

62 三オ十二。春(朧夜の月)。十三句目が月の定座。一句引き上げている。○そなたの　そちら方の。▽前句の「及なき」から遠くの空を見やる気分を感じる。恋の気分。

63 三オ十三。雑。○嵯峨　京郊外の景勝の地。○丹波　京の西北の国名。▽あのような見事な嵯峨のあたりの景色は、丹波から流れてきた保津川によってできたものだ。つまり嵯峨

60 振そで結ぶ春は来にけり　董

61 及《および》なき人を見初《そむ》る松の内　圭

62 そなたの空や朧《おぼろ》夜《よ》の月　斗洲

63 あのやうな嵯峨を丹波がこしらへて　圭

64 中よき禅の擲《うち》つうたれつ

65 しん〳〵とよやり日やりに蓮は咲《さき》

66 裏から寄《よせ》るおしかけの客

67 蕎麦切を二階へ捨に行《ゆく》やふな

68 けふも涙で埒明て来た

69 見返り〳〵よいとしをして蹴つまづき

70 吝《けち》さはみぢん程も酔《よ》やせぬ

71 京の水目の軽うなる留主居達

は丹波がこしらえたものだ、の意か。前句の「そなたの空」から京のある山城に隣接する丹波の地を思った。

64 三オ十四。雑。▽仲のよい禅僧同士、修行のための座禅をするが、警策で打つのも、何かたわむれて打ったり、打たれたりしているように見える。嵯峨のあたりの禅寺を思い浮かべたもの。

65 三ウ一。夏(蓮)。○よやり日やり　自然に時が移るのにまかせる様子。▽しんしんと時が移り、おのずから蓮も咲くようになる。打ちつ打たれつするのも禅なら、夜やり日やりに蓮が咲くのも禅である。

66 三ウ二。雑。○寄る　寄せかけてくる。○おしかけの客　望んでいない客。▽評判の蓮の花を見ようと、勝手に人がおしかけてくる。前句の静かな時の流れと対照的。

67 三ウ三。雑。○蕎麦切　細く切った蕎麦。▽蕎麦切を二階に捨てに行くという奇妙なことがある。「客」から蕎麦屋を連想し、客がおしかけるので行き場がないということ。

68 三ウ四。雑。○埒明て来た　解決して来た。▽蕎麦切を二階に捨てるということを、理不尽なこと、無理なことをするの意ととり、無理なことを涙ながらに強引に説得して解決してきたとする。たとえば借金の引き延ばし。

69 三ウ五。雑。○見返り〳〵　たびたび振り返り。▽「来た」を受けて「見返り」とする。泣いている女が気になって振り返り振り返りするので、いい年して、まるで子供のように蹴つまずいた。

70 三ウ六。雑。○吝さは　けちなので。○みぢん　少し。▽けちなので、酒もあまり飲まず、少しも酔うことはない。蹴つまずいたのは酔ってのことではないということ。

71 三ウ七。雑。○京の水　俗に京の水を使えば垢ぬけするという。○目の軽うなる　目もとが涼しげで軽やかになる、の意味に、いろいろなことに目移りがするの意を掛けるか。▽主人の留守中、留守居の人たちは、京の水を使って、目もとが涼しげになり、またさまざまな京のおもしろさに目移りがするようになる。俗に、京の人は吝嗇だといわれるところから、「吝さ」から京を連想し、「酔やせぬ」から、酒気のない軽やかな目もとを思った。

72 うんといはせる棒の弟子入

73 古すだれ破れて昼のかづら影　牙川

74 臨終を待ッはたに鬼灯《ほほづき》　圭

75 降《ふる》山《やま》も間に有て野分吹《ふき》

76 次郎よちやと出よちかづきの牛

77 道のべに一木《ひとき》の花の散そめて　孤舟

78 ながき日あしの藪に横たふ　董

79 五千石せしめる寺は雉子が啼《なき》　圭

80 心中へはしる帯とけて有《あり》

81 傘《からかさ》は弥《いや》がうへにて側《そば》で見た

82 つとんと生《うまれ》かはる風俗

83 どこへやら夏は煙管《きせる》がのらに成《なり》

72 三ウ八。雑。○うんといはせる　承知させる。○棒　棒術。▽留守居の者に、軽やかな身のこなしが重んじられる棒術の弟子入りを承知させてしまう。

73 三ウ九。秋(簾の別れ)。○かづら影　髪にさした飾りの影。▽秋になって、古びた簾も破れてしまい、昼さがり、髪にさしたかずらの影が見える。棒の道場の景。

74 三ウ十。秋(鬼灯)。▽臨終を待つ人々のかたわらに、鬼灯が赤く色づいている。「古すだれ」に人の死を思い、「かづら影」を臨終にかけつけた人と見る。

75 三ウ十一。秋(野分)。▽野山に野分が吹きまくっている。中の一つの山は、雨雲に覆われ、盛んに雨が降っているらしい。「鬼灯」の赤い色から、激しい「野分」を想像し、「臨終」から、一つの山だけ雨に降り込まれている景をイメージする。

76 三ウ十二。雑。○次郎　二番目の男子。○ちやと　ちょっと。○ちかづきの牛　見覚えの牛。▽いつも太郎の陰で引っ込み思案の次郎よ、ちょっと出て来いよ、あの牛が来ているよ。「野分」に吹きまくわされて牛が来たとしたか。

77 三ウ十三。春(花)。花の定座。○一木の花　一本だけの桜の木の花。▽道のかたわらに一木の桜があり、それが散りはじめた、の意。牛に桜の花が散りかかる景を想像した。

78 三ウ十四。春(日永)。▽日の暮れが遅くなったその日ざしが、藪のあたりに横たわっている。前句の一木の桜のかたわらの景。また、「道のべに」が芭蕉の「道のべの木槿は馬に食はれけり」を思わせるから、同じく芭蕉の「荒海や佐渡に横たふ天の河」からとって「横たふ」としたものであろう。

79 名オ一。春(雉子)。○五千石　寺領の石高。格式の高い寺である。▽五千石せしめるほどの寺は、寺域も広く、高らかに雉子も鳴いている。前句を寺の境内の景と見た。

80 名オ二。雑。恋(心中)。○はしる　突き進む。▽心中するほかはないとの思いにとりつかれている女は、帯が解けているのにも気がつかない。帯がとけるには、だらしない女の意もある。広い寺の境内で心中事件があったと見る。「雉子」の声もあわれをさそう。

81 名オ三。雑。恋(句意)。○弥がうへにて　一番上で。▽傘を一番上にさし、恋人の顔はすぐそばで見ることができた。

84 煩ふうちが女《め》夫《をと》なりけり

85 蝿ひとつ障子を叩く雪明リ

86 ともし灯細くいとゞ寒き夜　董

87 いとしぼや大小差《さし》ていとま乞《ごひ》　圭

88 運は他国に置て状《じやう》通《つう》

89 歌まくら今道《だう》成《じやう》寺《じ》が有《あつ》たげな

90 月夜も闇も恋の世の中　百歩

91 乳母も去《い》ニ行《あん》灯《どん》仕《し》舞《まひ》松茸屋　圭

92 秋にあはれを添《そふ》るむらさめ　董

93 さかやきを半分剃て悔《くや》ミうけ　圭

94 脱だ浴衣へ茶椀うしなふ

95 湖をまづ泉水にぞしたりける

82 名オ四。雑。○風俗　身なりや顔かたち。▽急にすとんと生まれ変わったように身なりが変わってしまった。かたわらで見て、いまさらのように気がついたのである。

83 名オ五。夏(夏)。○のら　なまけもの。▽「生かはる風俗」で、恰好よく煙管を持ちたいところだが、夏は煙管までなまけものになって、どこかにかくれてしまったようだ。

84 名オ六。雑。▽ふだんは喧嘩ばかりしているような夫婦でも、どちらか病気をしている間は、やさしい気をつかい、仲のいい夫婦である。前句をのどかな家庭生活ととった。

85 名オ七。冬(雪明リ)。○蝿　夏の季語だが、ここでは冬の蝿。○雪明リ　普通は闇夜が降り敷いた雪によって明るく見えることをいうが、ここは昼間であろう。▽降り続いた雪がやんで晴れ上がり、その反射で障子が明るく照らされ、その暖かい日ざしに冬の蝿が一匹出てきて、しきりに障子にぶつかっている。前句のおだやかな気分を受ける。病室の障子である。

86 名オ八。冬(寒き夜)。▽もともと「雪明リ」は夜のことだから、前句の静かさを受けて、しんしんと深まる明かりの細い寒夜の情景を付けた。

87 名オ九。雑。▽前句の静寂に何かの異変を予感し、急な事情で家を出なければならなくなった侍の様子を付ける。前句の寒さきびしく心ぼそい気分を「いとしぼや」が受ける。

88 名オ十。雑。○状通　手紙のやりとりをすること。▽いとま乞いして他国へ行ってしまい、自分の運はそのままそこにあずけたような気持で、生国の近親者などとはただ手紙のやりとりがあるだけだ。

89 名オ十一。雑。恋(道成寺)。○歌まくら　和歌に詠まれた名所。○道成寺　紀伊の寺。清姫が蛇と化して安珍を追い、隠れた鐘をも燃え上がらせてしまった話で名高い。▽最近この地で、邪恋に燃えた女が逃げた男を追い掛けた今道成寺といえる事件があったそうだが、さしずめここは、新しい歌枕といってもいいだろう、の意。

90 名オ十二。秋(月夜)。月の定座を一句引き上げた。恋(恋)。▽月夜であっても闇の夜であっても、この世の人はいつも恋をする、の意。「闇」は恋が人を無分別にさせる意を含む。

96 猟船二艘廓にてすぎ

97 我役はとしに五六度駕《かご》に乗《のり》

98 遥拝の方鶏のなく

99 なつかしや在《います》がごとき花の雪　子曳

100 実《げに》其頃の春の草〳〵　李林

遺句七十四句　几董十八句

子曳　為拾
青峡　百歩
孤舟　牙川　各一句
斗洲　李林

91 名オ十三。秋(松茸屋)。▽乳母も去ってしまい、行灯も片付けて、松茸屋は早じまいする。前句を受けて恋の場面になりそうな場面をいう。

92 名オ十四。秋(秋)。▽ただでさえしみじみと趣深い秋であるが、そこにむら雨が加わっていっそう秋のあわれを深める。前句の「…去ニ」「…仕舞」に秋のあわれを感じとる。

93 名ウ一。雑。○さかやき　男の額から頭の中央にかけて剃ったところ。▽さかやきを半分剃りかけたところで、悔みの言葉を受ける。さかやきの剃りかけが、あわれにもおかしい。

94 名ウ二。夏(浴衣)。▽「悔ミ」を受けるので浴衣を脱いで改まったら、それまで使っていた茶碗をなくしてしまった。

95 名ウ三。雑。○泉水　庭先の池。▽大きな湖を、自分の庭の泉水がわりにした。浴衣を脱いで、改まって大景に対するのである。

96 名ウ四。雑。○猟船　漁船。▽廓は、もともと一定の土地を他と区別するかこいのことだが、この場合、二艘の船が並び、水面の一画を区切るように構えて進んで行くのをいう。前句の気宇の雄大さに応じたもの。

97 名ウ五。雑。○我役は　私の役目では。▽私は役目がら、年に五、六回駕籠に乗る。前句が漁船の構えをいうので、自分も構えた態度で駕籠に乗るというのである。

98 名ウ六。雑。○遥拝　遠いところから神仏などを拝むこと。▽遥拝をする方向に鶏が鳴いている。前句をやっかいな公務などととり、その成功を祈って出立の早朝遥拝するとみる。

99 名ウ七。春(花の雪)。花の定座。○花の雪　雪のように散り敷いた桜の花びら。▽花の雪に神がまざまざといらっしゃるように感じられるのがまことになつかしいものである。前句の「遥拝」を受け、その対象である神を実感すると付ける。

100 挙句。春(春の草)。▽そのころの春の草々はまことに美しいものである。前句が春たけなわのころの庭を見やっているので、かたわらの春草の美しさを付けて、挙句とした。

101 発句。春(んめ見)。○好人　数寄人。○ひがめる道　まがりくねった道。▽風流を好む人は、普通の人があまり心をとめないようなゆがんだ道のかたわらで、梅見をする。「ひがめる道」に風流人の生き方そのものが感じられる。

几董

101 好《すき》人《びと》のひがめる道にんめ見哉

102 瓢《ひさご》に酒や春《しゆん》風《ぷう》春《しゆん》水《すい》

103 ともすれば小鮎商ふ此窓に

104 うつゝながらの答へ一声

105 講《かう》尺《しやく》も蕣《あさがほ》の巻にあり明て

106 白《しら》粥《かゆ》に置く塩の露じも

107 やゝ寒みあだにふり行《ゆく》伊《い》与《よ》簾《すだれ》

108 狐が退《のい》て恋となりぬる

109 父上のお江戸詞を笑ふ也

110 勝手の違ふ余《よ》所《そ》の摺子木

111 蛭《え》子《びす》講《かう》されば小春のさくら鯛

102 脇。春(春風・春水)。○瓢　ここでは、瓢箪を加工し酒を入れて携帯する具。▽酒を入れた瓢をたずさえ、あたたかい春の風を楽しみ、温んだ水のほとりを歩く。風流人の姿。

103 第三。春(小鮎)。○ともすれば　一句としては調子をととのえるだけで、意味はない。○小鮎　若鮎に同じ。美味として珍重される。▽前句の行楽の様子に、酒の肴として絶好の小鮎を付ける。春風が吹いて来る窓で小鮎を売っている。

104 初オ四。雑。○うつゝながらの　夢うつつのうちの。▽夢うつつにあるような答えが一声かえってくる。前句の「窓」に呼びかけたのである。けだるい春の気分。

105 初オ五。秋(蕣・あり明)。月の定座。○講尺　講釈。この場合、源氏物語の講釈。○蕣の巻　源氏物語・朝顔の巻。五十四巻のうちの二十番目。○あり明て　月が空に残っていながら夜が明けて。季語として「有明」は月の類語。▽源氏物語の講釈も朝顔の巻まで来て、夜が明けてしまった。

106 初オ六。秋(露じも)。○露じも　露霜。露が凍って半ば霜になりかけたもの。▽白粥に置いた塩のように、凍りかけた露霜が解けようとしている。秋の夜明けの情景。

107 初ウ一。秋(やゝ寒・簾の名残)。○あだに　ただいたずらに。○伊与簾　伊予簾。伊予国(愛媛県)から産出する簾。長い篠竹で編んだ上品な高級品。▽前句の「白粥」を実際に食しているものとして、その場所の様子を付けた。

108 初ウ二。雑。恋(恋)。○狐が退て　とりついていた狐が落ちて。▽伊予簾の内の上品な姫君が恋におちいった。

109 初ウ三。雑。▽江戸藩邸詰であった父が久し振りに国元に帰ってくると、いつのまにか父は江戸言葉に染まっていて、それを子供たちに笑われる。前句から若い娘を思いうかべる。

110 初ウ四。雑。▽前句の勝手の違ってややとまどう感じに付ける。摺子木は使う人の癖によって特有の減りかたをしているので、よそのうちの摺子木は使いにくいものである。

111 初ウ五。冬(蛭子講・小春)。○蛭子講　旧暦十月二十日に夷神を祀る行事。商家では商売繁盛を祈り、鯛や菓子を供えたりする。○さくら鯛　美しい鮮紅色をしたハタ科の海産魚。▽前句をえびす講の手伝いと見た。えびす講は小春の一日のこと、その春の字にふさわしいさくら鯛を供えたりする。

112 月を残してけさの初雪
113 先陣は二八に足《たら》ぬ美《び》少《せう》人《じん》
114 淀過《すぎ》伏見墨染の里
115 門徒衆ひとついふては諸《もろ》なみだ
116 遠い縁者に隣遣はれ
117 鬧《さわ》がしいかた手に掻《かく》は花鰹
118 四季おり〳〵に疝《せん》気《き》寸《すん》白《ばく》
119 追《つい》従《しよう》に己《おの》が威勢をとり交《まぜ》て
120 廓《くるわ》あたりの堤崩るゝ
121 ほとゝぎすかばかり腹の立時に
122 今撞《つく》かねや是《ぜ》生《しやう》滅《めつ》法《ぽふ》
123 小便のいそげば廻る山おろし

112 初ウ六。冬(初雪)。月の出所。ただし「初雪」とともに用いられているので、冬の月となる。▽えびす講の夜が過ぎ、夜明けがたの空に月がまだ残っている景。

113 初ウ七。雑。▽前句を出陣の朝と見る。先頭に立つのは、まだ十六歳にもならない美少年である。

114 初ウ八。雑。○淀　京都の南の地名。桂川、宇治川、木津川の合流するあたり(京都市伏見区)。○伏見　京都の南の一帯(京都市伏見区)。○墨染の里　僧衣を着た僧侶の多いところ。▽淀を過ぎた伏見のあたりは、寺も多く、僧侶志願の美少年などもよく見かける。

115 初ウ九。雑。○門徒衆　同じ宗門、とくに浄土真宗の教徒をいう。○いふては　正しくは「いうては」。▽門徒衆は心が一つであるから、一人が何かいうと皆が涙を流す。

116 初ウ十。雑。○縁者　親戚。▽遠い親戚に自分の所有である隣の地所を勝手に使われる。同情につけこまれる。

117 初ウ十一。雑。花の定座。「花鰹」を花の句として扱う。ただし春季としては扱っていない。▽せちがらく、せわしい生活。あわただしくて、花鰹も片手でかいている。

118 初ウ十二。雑。○疝気　腰や大小腸の痛む病気。○寸白　主として女性の腰の痛む病気。すばく。▽四季おりおりに疝気や寸白が起こる。体に痛みがあって両手が使えない。

119 名オ一。雑。▽人がおべっかをいってくるので、適当に相手しながら、自分の威勢のよさをときには見せる。病気がちの人物が追従を受けている様子とする。

120 名オ二。雑。○廓　遊廓。遊里。▽旦那が遊廓で遊んでいると、折からの大雨で、近くの堤防が決壊したとの知らせがあった。

121 名オ三。夏(ほとゝぎす)。○かばかり　これほどに。▽これほど腹の立つときに風流なほととぎすが鳴いている。堤防決壊の報に、帰るに帰られず腹を立てている人物。

122 名オ四。雑。○是生滅法　万物は不変のものはなく、生きるものはすべて滅びていくという仏教の考え。▽いま鐘をついているが、その音が「是生滅法」というように響いてくる。前句の腹立ちを鐘の音がなだめ、諭している。

124 草葉の露にそぼつ雁《がん》瘡《がさ》

125 あはれさもいとゞ月夜のむしの声

126 秋かたり合《あふ》桓《くわん》楚《そ》周《しう》蘭《らん》

127 饅頭を九十九喰ふて明《あけ》にけり

128 変《へん》化《げ》屋敷の障子百牧《まい》

129 椋《むく》も枯《かれ》榎もかれてむら烏

130 土ばしの長さ水ところ〴〵

131 のう〳〵旦那御刀が駕《かご》に候也

132 浅黄のきぬのよごれ安くも

133 長次郎の赤《あか》贋《にせ》物《もの》を見せに来て

134 旅《は》宿《たご》のかもゐ皆あたま打《うち》

135 立いでゝ都は花の雲井より

123 名オ五。雑。▽急ぎの事があって出掛けた途中、道ばたで小便をすると、気がせく上に、折から山おろしの風が廻りこむように吹きこんで、小便の先もふらふら廻ってしまう。

124 名オ六。秋(露)。○雁瘡　慢性の非常にかゆい湿疹。秋、雁が渡来するころに症状が現れ、春、雁が去るころにおさまる。▽雁瘡が草葉の露を受けて濡れそぼってまことにみじめな状態である。前句の立ち小便の人の様子。

125 名オ七。秋(月夜・むし)。月の定座は十一句目だから、四句引き上げている。○いとゞ　ますます、の意にこおろぎの古名の「いとど」を掛ける。▽月夜にいとどの虫の声が聞こえて、あわれな趣もますます深い。

126 名オ八。秋(秋)。○桓楚周蘭　いばらに目印の木を立て、蘭のまわりにかこいをするの意か。▽秋になって、いばらに目印の木を立て、蘭のまわりを囲うというようなことの相談をする。月の美しい夜の談合である。

127 名オ九。雑。○九十九　数の多さをいう。▽談合の夜、皆で饅頭を九十九までも食ったら夜が明けてしまった。

128 名オ十。雑。○変化屋敷　化け物が出るという屋敷。○牧　枚。▽化け物屋敷は大きくて、何でも障子が百枚もあるそうだ。「九十九」を受けて「百牧」とした。

129 名オ十一。冬(枯木)。▽椋も榎も葉を落とし、寂しい冬の木の姿になり、そこに鳥がむらがっている。化け物屋敷の無気味な様子。

130 名オ十二。雑。▽川の流れも涸れて、水がところどころに残っているだけで、見慣れた土橋がいかにも長く感じられる。蕪村の「柳散り清水涸れ石ところどころ」によって付けた。

131 名ウ一。雑。○のう〳〵　呼び掛けの言葉。▽もしもし旦那様、お刀を駕籠にお忘れですよ。駕籠かきが駕籠をおりた客に呼び掛ける。前句のような場所での寸景。

132 名ウ二。雑。○浅黄のきぬ　薄い青色の布。▽浅黄色の布はよごれやすい、の意。浅黄色は侍に羽織の裏地などによく用いられた。前句の侍の着物がうすよごれているとの連想。

133 名ウ三。雑。○長次郎　職人にありそうな名。○赤贋物　真っ赤なにせ物。▽うす汚れた浅黄裏の人物が長次郎作という真っ赤なにせ物を見せにきた。

136 ひがしは長閑《のどか》西は麗《うらら》か

137 ゆく〳〵の渋はづかしや柿の花　子曳

138 隣つゞきに茂る生垣　几董

139 あき人《んど》のよき絹買に通ふらん　ゝ

140 時分ならねど飯の相《しやう》伴《ばん》　曳

141 御坐船の碇おろせば月いなか　ゝ

142 かしこの隅にうすきいな妻　董

143 負《まけ》腹《ばら》に角力の故事をいふて居《をり》　董

144 蔵屋しきにも足《たら》ぬ勘定　曳

134 名ウ四。雑。○かもゐ　鴨居。部屋を仕切る敷居の上に渡した木。▽皆が頭を打つような鴨居の低い家は粗末な造りの家である。贋物の売り込みがあるのにふさわしい場所。

135 名ウ五。春(花)。花の定座。▽花咲きにおう都を立ちいでて、遠く眺める。鴨居に頭を打つというところから、「立いでゝ」となる。貧しげな家を大きな都の景に転じた。

136 挙句。春(長閑・麗か)。▽前句が謡曲調なので、舞台から小手をかざして見回すような気持ちの挙句とした。

137 発句。夏(柿の花)。○柿の花　梅雨のころ咲く淡黄色の小さな花。▽柿の花は優しく上品な感じだから、将来は柿の実になって、強い渋味を持つのを恥ずかしがっている風情である。「柿の花」は近世初期には春季とされて作例はほとんどなく、中期以後夏季とされて作例が見られるようになった。

138 脇。夏(茂る)。▽隣家から続いて同様の生垣を家のまわりに仕立てているが、それもすっかり茂ってしまった。前句の柿の花の上品な趣を受けて風情ある生垣の様子を付けた。

139 第三。雑。○あき人　商人。▽商人が良い絹を買い付けるために、せっせと絹の産地に通うのである。前句を裕福な養蚕農家と見たもの。「らん」は第三特有の留めかた。

140 初オ四。雑。▽前句の商人が、食事時間でもないのに、おとくいさんに御馳走になる。

141 初オ五。秋(月いなか)。月の定座。○御坐船　身分の高い人の乗った船。○月いなか　「いなか」は亥中。亥の上刻と下刻の中間。今の午後十時ごろ。その頃上がるのが旧暦二十日の月で、亥中の月という。▽貴人の乗った船が、ようやく上った亥中の月の風情を味わおうと、いかりを下ろした。「時分ならねど」を受けて亥中の月とし、「相伴」から御坐船を考えた。

142 初オ六。秋(いな妻)。○いな妻　稲妻。▽あちらの空の隅に弱いいなびかりが見える。前句の情景にふさわしい遠景。

143 初ウ一。秋(角力)。○負腹　負けて腹を立てること。○角力　相撲。おそらく勧進相撲であろう。▽相撲に負けたくやしさに、人の知らない相撲の故事などをくどくど言っている。にぎやかな相撲の果てた後の寂しさ。

144 初ウ二。雑。○蔵屋しき　諸国の大名が江戸や大坂に持った蔵を主とする屋敷。領内産出物資の倉庫と販売所を兼ね

145 三日ほど廓を見ねば煩ふて　蕫
146 心ひとつに惑ふ占《うら》かた　曳
147 此冬はこちの椿も咲そふな　蕫
148 手張の綴《しころ》ひづみがち也　曳
149 長尻が借りに来た物置て行《ゆき》　蕫
150 翌《あす》の年忌の仏誉《ほめ》られ　曳
151 朧月おかしいといふ天気にて　蕫
152 笠の内なる娵《よめ》の初花　曳
153 出かはりを惜しまれおしむ道草に　蕫
154 祇園清水ゑひもせず京　曳
155 此《この》比《ごろ》は宗盛殿をもてあまし　ゝ
156 我等が仮《け》名《みやう》二合半《こなから》平《たひら》　蕫

た。▽前句の男が出入りしている蔵屋敷の会計が欠損となった。

145 初ウ三。雑。恋(廓)。▽しじゅう遊びに行っていた遊廓に三日ほど行かなかったら、なじみの遊女が恋しくて病気になってしまった。遊女に入れ上げていた蔵屋敷詰めの侍が、大事のために廓に行けなくなったと見たのであろう。あるいは屋敷の欠損もその男の遊興と関係があるかもしれないと匂わせる。

146 初ウ四。雑。恋(惑ふ)。○心ひとつに　思いは一つのことをめぐるばかりで。○占かた　占形。占いの結果あらわれた形。▽恋に迷ってあれこれと思うばかりで、占いの結果の形もどう判断したらいいかと迷うのである。

147 初ウ五。冬(冬椿)。○椿　普通は春季だが、ここでは冬椿。▽今年の冬は、いよいようちの椿も咲きそうだ。めずらしい冬椿を植えて、咲くのを待ちかねて今年の予想をする。

148 初ウ六。雑。○手張　この場合、侍が兜に垂らす錏を自分の手で綴りつけること。○綴　錏。兜の鉢の左右から後に垂らして首の部分を保護する皮革や鉄札。▽侍が慣れない手つきで錏を綴るとどうしても歪んでしまう。珍しいことをする人のさまを付ける。

149 初ウ七。雑。○長尻　他家に来て腰を落ち着け、なかなか帰らない人。▽ものを借りに来て、そのまま腰を落ち着けて話しこみ、やっと帰ったと思ったら、せっかく借りたものを置いていってしまった。前句の人物のところに来た客。

150 初ウ八。雑。○翌　翌日。○年忌　毎年の命日。とくに、一周忌、三回忌、七回忌など、特別の年忌のことをいうこともある。○仏　故人。▽明日が年忌だという故人のことが、人に誉められている。前句の長居した人物の話の内容。

151 初ウ九。春(朧月)。月の出所。▽朧月が出ているが、天気のぐあいがあやしくなってきた。生前あまり評判がよくなくても故人になると誉められるというなりゆきから、お天気も変わるとする。

152 初ウ十。春(初花)。花の定座を一句引き上げる。○笠の内なる　ことわざ「夜目遠目笠の内」を利かせる。○娵　嫁。「娵の初花」で花嫁の意を含む。○初花　その年はじめての桜の花。▽かさの中の朧月のように、笠の内に見える花嫁の顔は実際よりも美しく、初花のようである。

157 眠たさの閨に褌《ふどし》をわすれ来て　曳
158 盥の水をかける石《せき》菖《しやう》　董
159 狗《ゑのころ》のなじみてどれも捨られず　曳
160 供に出ぬ日は米舂《つい》ている　董
161 ちら〳〵と雪になり行《ゆく》八ツさがり　曳
162 好《すき》の道なりやわせそふなもの　董
163 生《なま》酔《よひ》の皃《かほ》へかけたる蜘《くも》の糸　曳
164 かくしたふりをさし足で見た　董
165 ふるされて月も恨る後の朝　曳
166 うら枯ながら蕣《あさがほ》はさく　董
167 ゆく秋に鶏《とり》の手疵を憐て　董
168 庄屋が息子いつも十八　曳

153 初ウ十一。春(出かはり)。○出かはり　使用人の交替期。当時は三月五日とされた。▽出かわりで、嫁に行くという使用人は惜しまれつつ去り、途中その人はなじみのその地に道草をして名残を惜しんでいる。
154 初ウ十二。雑。○祇園清水　いずれも京都の名所。○ゑひもせず京　いろはがるたのおしまいの上がり。▽祇園や清水と、京都には名所が多く、いろはがるたのようにそういうところをいちいちたどる。前句の「道草」を具体的に示した。
155 名オ一。雑。○宗盛殿　平宗盛。清盛の三男。大納言、内大臣から従一位へと、出世が早かった。権勢並びなかった。▽前句の京の地名から、京都で権勢を振るった宗盛を付ける。
156 名オ二。雑。○仮名　あだ名。○二合半　一升の半分の半分、すなわち二合五勺、一日五合の扶持米を二合半ずつ朝夕二度に分けて食べたことから、武家の下級の奉公人を二合半という。○平　平氏。▽私は同じ平氏でも、宗盛とは違って二合半平と呼ばれるような身分の低いものである。
157 名オ三。雑。恋(閨)。○閨　女性の寝室。▽女性のところに泊まったが、翌朝、眠たさのために褌を忘れてきてしまった。前句の「仮名二合半」から、名前をいつわって女のもとに忍んで行く男に思いつき、その軽率な振る舞いを付ける。
158 名オ四。夏(石菖)。○石菖　サトイモ科の常緑多年草。夏、淡黄色の小さな花が咲く。庭に栽培し、盆栽にもされる。▽前句の人物が眠気ざましに行水をするのか。
159 名オ五。雑。○狗　犬の子。▽犬が子供を生んだ。子犬がすっかりなついてしまったので、捨てるに捨てられない。庭に石菖を育て、かたわらに子犬がたわむれている。
160 名オ六。雑。▽主君のお供として出掛けない日は米をついている。貧しい足軽か。生活のおぎないに少し米を作っているのか、あるいは米つきが内職なのか。前句の人物の生活。
161 名オ七。冬(雪)。○八ツ　午前二時ごろ、または午後二時ごろだが、この場合、午後二時ごろのことであろう。▽寒い日で、午後二時を過ぎたころから、ちらちら雪が降りだした。供に出ることがなくて幸いであったと雪空を眺めている。
162 名オ八。雑。○わせそふなもの　おいでになりそうなもの。▽好きなことのためだったらおいでになりそうなものだ。

169 宮領へなだれし谷の白妙に　董

170 草の中より水気たつ見ゆ　曳

171 枝高き松をむかしの花二木　董

172 巣を出る鳥の觜《はし》の長き日　執筆

173 欠〱て月もなく成《なる》夜寒哉　蕪村

174 秋しづかさに謡一番　几董

175 やへ葎《むぐら》酴《ど》醿《び》漉《ろく》売《うり》も見かぎりて　竹護

176 遠《あん》山《ざん》高く遠《とほ》山《やま》低し　村

177 朝凪に水《か》主《こ》も烏帽子を着たりけり　董

178 日《に》記《き》も扇に書てことたる　護

雪が降ってもやってくるだろう。

163 名オ九。夏(蜘)。▽生酔いの顔に蜘蛛の糸がかかって気持ちが悪い。好きなことのために木立の下を急いで行って、蜘蛛の囲が顔にかかった。

164 名オ十。雑。○さし足　音をたてない足どり。▽何かかくしたようなそぶりをその人に気付かれないように見てしまった。人の家の庭先などにしのびこんだところ。

165 名オ十一。秋(月)。月の定座。恋(後の朝)。○ふるされて　見捨てられて。○後の朝　一夜を過ごした恋人が帰る朝。▽恋人の心が離れて去っていく朝、空に残っている月も恨みを含んでいるようである。

166 名オ十二。秋(うら枯・蕣)。○うら枯　草木の先端のほうが枯れること。▽うら枯の様子になってきたが、なお朝顔の花は咲いている。恋人に捨てられたみじめさを受ける。

167 名ウ一。秋(ゆく秋)。○鶏の手疵　鶏が負った疵。鶏合わせ(闘鶏)は春の季語。▽春の鶏合わせのときに負った疵の跡を見て、よく闘った鶏を不憫に思う。うら枯れた朝顔に、疵を負った鶏を付ける。

168 名ウ二。雑。○庄屋　村の旧家で、代官に委嘱され、年貢の取り立てや、村人のとりまとめを行った。▽鶏の飼い主が疵のある鶏をあわれむように、庄屋は発育障害の子供をあわれんでいる。

169 名ウ三。雑。○なだれし　雪がなだれおちた。当時は「なだれ」は季語ではない。○白妙に　雪であろうが、雪の語がないので雑。▽神社所有の土地のほうへ、真っ白になだれ落ちた。「十八」のういういしさを受けて、「白妙に」とする。

170 名ウ四。雑。▽草が伸びはじめた中から水気がたちのぼっている。春の気分があるが、季語がなく雑。前句とともに、春の気分がありながら雑としているところに趣向があるか。

171 名ウ五。春(花)。花の定座。○花二木　桜の木二本。歌枕「二木の松」のもじりか。▽枝の高い松が昔からそびえており、二木の松ならぬ二木の桜が見事に咲いている。

172 挙句。春(巣立鳥・長き日)。○觜の長き日　くちばしが長い、の意に「長き日」を掛ける。▽巣を出る鳥のくちばしが長く、折からの春の一日も、日暮れが遅く、なかなか長い。

179 究《くつ》竟《きやう》のこのした陰よ藤若葉　村
180 魚荷の蛸を所望して見る　董
181 逗留ものらりくらりの惟《ゐ》然《ぜん》坊　護
182 よい葬礼に大津八町　村
183 冬空の七ツも聞《きか》ず夕ぐれて　董
184 なれ衣《ぎぬ》濯《すす》ぐ波のうね〳〵　護
185 恋ぐさの何をたねにや云よらん　村
186 ともし火消へて春の夜の月　董
187 憎まるゝ鳥も花の森へゆく　護
188 独《う》活《ど》の苦みも大原三《さん》唫《ぎん》　村
189 用の有時は童《ワツパ》の見えぬ也　董
190 疱《はう》瘡《さう》神《がみ》の小言はじまる　護

「松をむかしの」から、のんびりと日の長い春の一日を思う。

173 発句。秋(月・夜寒)。○欠〳〵て　満月以後の月が日に日に細くなること。▽月が細くなり、やがて無くなって闇夜になり、夜寒が身にしみる。ここに月があるので、定座(五句目)にはない。月がここに引き上げられていると考える。

174 脇。秋(秋)。▽秋の静かさの中で、謡曲一曲を謡う。発句に秋の夜長の静かさがあるので、謡曲がふさわしい。

175 第三。秋(酴醾漉)。○やへ葎　八重葎。重なり茂って荒れている草木の茂み。○酴醾漉　どぶろく。自家製の濁り酒。▽荒れた葎を見て、どぶろく売りも売りつけることをあきらめた。前句を風流三昧で貧しさを意に介しない人と見た。

176 初オ四。雑。○遠山　底本は傍線により「エンザン」「トオヤマ」と読みを指定する。▽エンザンは高く、トオヤマは低い。遠山を読みわけるおもしろさ。八重葎の家の向こうの遠景を付けた。

177 初オ五。雑。○水主　船頭。▽朝凪の船出に船頭は烏帽子をかぶっている。遠山の景を格式高いものに感じて、水主も貴人を乗せて威儀を正しているとした。

178 初オ六。夏(扇)。○ことたる　事が足りる。それですませる。▽旅の日記を扇に書いてすませた。身分ある人の船旅を、紀貫之の土佐日記の旅などと思い、その俤による付け。

179 初ウ一。夏(藤若葉)。○究竟　しっかりした。▽藤若葉が厚く茂って、その下は暗いほどのしっかりした木陰である。日記を付けている場所を示した。

180 初ウ二。雑。○魚荷　荷物の魚。▽行商人であろうか、魚の荷を持っているので、その中の蛸をくれないかと頼んでみる。藤棚の下に行商人とともに一息入れているとした。

181 初ウ三。雑。○惟然坊　芭蕉門の広瀬惟然。諸国を行脚した飄逸な俳人として知られた。▽惟然坊はのらりくらりとだらしなく人の家に逗留する。気まぐれな人を惟然と見る。

182 初ウ四。雑。○大津八町　大津の旅籠屋町。「大津」に「会ふ」が掛けられている。▽大津八町で立派な葬式の行列に出会った。気まぐれな惟然が葬式に出会う。

183 初ウ五。冬(冬空)。○七ツ　午後四時ごろ。▽厚い雲に覆われた冬空は七つの時の鐘も聞かないうちに暮れかかった。

191 土佐駒に光輝く鞍《くら》鐙《あぶみ》　村
192 五《ご》日《じつ》の風のわたる葉ざくら　董
193 かはらけの干間《ほしま》うつくし狭《さ》莚《むしろ》に　護
194 書記も典《てん》司《ぞ》も放参の体　村
195 狸とはしりつゝも又碁を囲《かこみ》　董
196 身は人質のとしも去《い》ヌめり　護
197 一《ひと》奏《かなで》わすれぬ我を憐て　村
198 恋《こひ》歌《か》と見ゆる盞《さかづき》の裏　董
199 ゆく水に月洩れとてや竹床几　護
200 貧乏村に鹿を追ふ声　村
201 肌寒う和尚の疝気揉《もん》で居る　董
202 けふは衒《かたり》が二人まで来た　護

葬式の暗鬱な背景。

184 初ウ六。雑。○なれ衣　着慣れた着物。▽着慣れた着物を濯ぐと川波がうねうねと広がる。前句から暗い生活を思う。

185 初ウ七。雑。恋(恋ぐさ)。○恋ぐさ　恋のあれこれ。▽恋の思いを何のきっかけで打ち明けようか。小野小町の歌「まかなくに何を種とて浮草のなみのうねうね生ひ茂るらむ」による付け(吉田澄夫説)。

186 初ウ八。春(春の月)。月の出所。▽灯が消えて、空には春の月がかかっている。前句に付けると、恋の春の夜となる。

187 初ウ九。春(花の森)。花の定座は十一句目だが、ここに引き上げた。▽人に憎まれる鳥も、花ざかりの森をめざして行く。芭蕉の句「何にこの師走の市へ行く烏」による句。「花の森」については去来抄に説がある。

188 初ウ十。春(独活)。○大原三唫　文明十四年(一四八二)、宗祇・宗長・基佐により大原で行われた百韻三吟連歌。▽独活の苦味も強い大原の里で、連歌が行われた。苦味が大きいを、「大原」に言い掛ける。憎まれる鳥に独活の苦味を付けた。

189 初ウ十一。雑。▽いつもそのあたりにいる子供が、用事をいいつけようというときに限って見えないものだ。連歌の催しの際に子供に何かいいつけようとする。

190 初ウ十二。雑。○疱瘡神　疱瘡をつかさどる神。▽せっかく祈ったのに、疱瘡の神の働きがわるいから疱瘡がなおらなかったなどと、疱瘡神に対する小言が始まった。「童」と「疱瘡」の連想。意のままにならぬということで前句に付く。

191 名オ一。雑。○土佐駒　土佐産の小形馬。▽土佐駒に光り輝く立派な鞍や鐙をつけている。あばた面の男が乗った馬。

192 名オ二。夏(葉ざくら)。○五日の風　五日に一度吹くほどよい風。五風十雨の五風に同じ。▽五日に一度の風が、葉ざくらの上を渡る。美しい馬具をつけた土佐駒を吹く心地よい風。

193 名オ三。雑。○かはらけ　土器。○狭莚　むしろ。▽むしろの上に並べて干してある土器が美しい。風の下の景。

194 名オ四。雑。○書記も典司も　ともに禅寺の僧職。○放参　参禅や仏前の勤めを休止すること。▽坊さんがみなお勤めや座禅を休んでいる様子だ。すがすがしい静寂を受ける。

203 長家中昼飯時と成にけり　村
204 降そゝくれて仕《し》舞《まひ》八《はつ》専《せん》　董
205 綻《ほころ》びも男の縫ふた旅ごろも　護
206 今に懇意を捨ぬ大音　村
207 花二代またく色香のおとろへず　馬南
208 すぐな流《ながれ》にみつ葉川《かは》苣《ちしや》　執筆

195 名オ五。雑。▽狸が化けてきたのだとしりながらも碁の相手をする。放参で遊んでいる坊主の様子を付けた。
196 名オ六。冬(年去る)。▽人質の身でまた今年も暮れる。碁を打つ人を人質の身の上と見た。
197 名オ七。雑。〇一奏　一曲演奏すること。▽記憶している曲を演奏してみると忘れていない。そういう自分がいとしいものである。人質になっている人の述懐。
198 名オ八。雑。恋(恋歌)。▽盃の裏に恋歌らしいものが記してある。伊勢物語六十九段に話がある。前句を恋する女と見た。
199 名オ九。秋(月)。十一句目の定座の月を引き上げた。▽流れる水の上に月の光が洩れ差してもらいたいものだと願って、竹の床几に腰かけている。盃を床几に腰かけて受けた。
200 名オ十。秋(鹿)。▽貧しい村で鹿を追う声が聞こえる。前句の余裕ある風流人に対して、遠くの貧しい村を対比する。
201 名オ十一。秋(肌寒)。〇疝気　腰や腸の痛む病気。▽肌寒さを覚えるころ、疝気を起こした和尚の腰のあたりを揉んであげている。貧乏村の心あたたまる情景。
202 名オ十二。雑。〇衒　詐欺師。▽今日は、人のいい和尚をだまそうと、かたりが二人までも来た。疝気で悩んでいる和尚にさらにふりかかる災難。
203 名ウ一。雑。〇長家　長屋。▽長屋中が昼飯時になってにぎやかである。二人も詐欺師が来てあわただしさに付けた。
204 名ウ二。雑。〇降そゝくれて　降りかねて。〇八専　壬子の日から癸亥の日までの十二日間のうち間日(まび)の四日を除いた八日をいう。雨が多いといわれる。年に六回ある。「仕舞八専」はその年最後の八専か。▽雨も降りかねたまま、その年最後の八専も終わった。あわただしく時が過ぎるところに付けたもの。
205 名ウ三。雑。▽旅衣のほころびたところも、男の手で無骨に縫ってある。前句のうるおいのない気分によって付けた。
206 名ウ四。雑。▽いまでも懇意な気持ちを捨てず、会えば大声を上げて挨拶する。体裁をつくろわぬ気分によって付けた。

亡父十三回懐旧

209 うづみ火の暁寒きなみだ哉

明和壬辰之冬

小子高几董拝書

210 加《か》茂《も》糺《ただす》宿に寐もしつ郭公《ほととぎす》　宗阿

211 山出しの揃はぬまゝをしぐれ哉　几圭

右夏冬一紙両筆の反古は高子舎の
匣中に蔵しを今追善の後に録《ろくす》

207 名ウ五。春(花)。花の定座。○花二代　几圭・几董の二代をほのめかす。○またく　全く。▽二代にわたって全く色香がおとろえない桜のように、几圭・几董親子二代の俳諧も全くおとろえていない。前句の懇意を几圭・几董に及ぶものとした。

208 挙句。春(みつ葉・川芎)。○すぐな　真っすぐな。▽真っすぐな流れのかたわらに、三つ葉や川芎が生えている。前句の二代に、真っすぐな流れと付ける。春の三つ葉や川芎のように几圭・几董親子の俳諧は風雅であるとの心。

209 ○うづみ火　埋み火。炉や火鉢の灰の中に埋めた火。火が長持ちしていつまでも暖かい。▽灰の中には埋み火があっていつまでも暖かいのだが、さすがに夜明け方には寒さを覚え、父を思って埋み火の上に涙を落とすのである。季寒し(冬)。

210 ○加茂糺　京都加茂川のほとりの糺の森。▽加茂の糺の森のあたりでは、宿に寝ることもあって、ほととぎすをゆっくりと聞くことができた。季郭公(夏)。

211 ○山出し　雨が山から里のほうに移ってくること。▽山から里に出て来て、雨足が揃わないままに、しぐれは降ったりやんだりする。季しぐれ(冬)。

晋子・雪中は蕉翁の羽翼なり。晋子・雪中は巴人菴宋阿の左右の師也。阿叟は又先人が師也。されば其系譜の正しきをもて、師夜半翁の筆を煩はして、おの〳〵肖像を写て道の栄とし、はた先人が旧知、あるは今我相しれる諸子の句〻を拾ひ、父が志を継て、父が霊を慰する事しかり。

几董

○晋子　宝晋斎其角。
○雪中　雪中庵嵐雪。
○先人　几董の父几圭。

212 稲妻やきのふは東けふは西　晋其角

213 古いけや蛙とび込水の音　芭蕉翁

214 黄ぎく白菊そのほかの名はなくも哉　雪中庵嵐雪

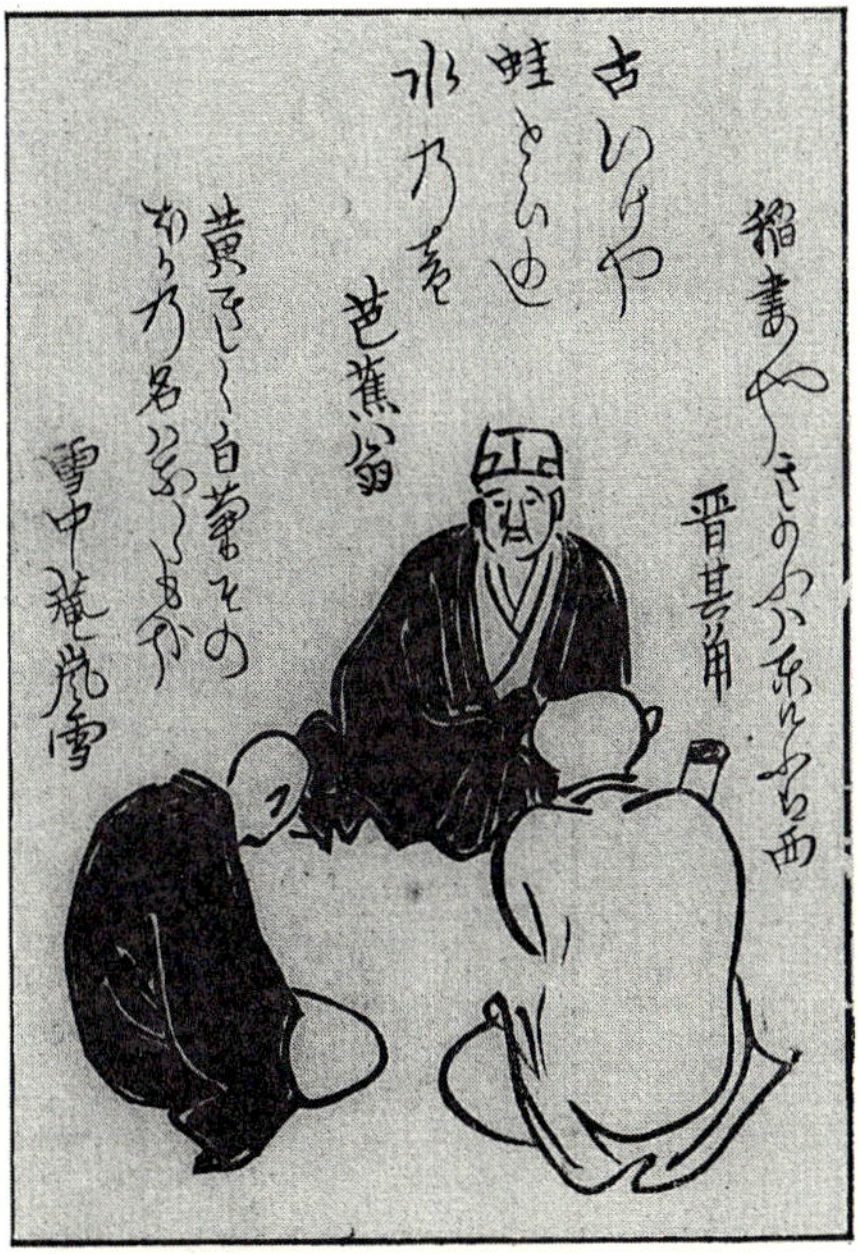

212 ▽稲妻が、昨日は東の方でしきりに光っていたと思うと、今日は西の方で光っている。自然の営みはまことに雄大なものだ。季稲妻(秋)。

213 ▽古びた池があり、そこに蛙が飛び込んで、水の音が聞こえ、あたりの静寂がいっそう深まったようである。季蛙(春)。

214 ▽いろいろな色の菊がたくさん咲いているが、中でも黄菊と白菊がいかにも菊らしく風情がある。結局のところ菊は、黄菊と白菊さえあれば、ほかの色の菊はなくてもいいような気がする。季菊(秋)。

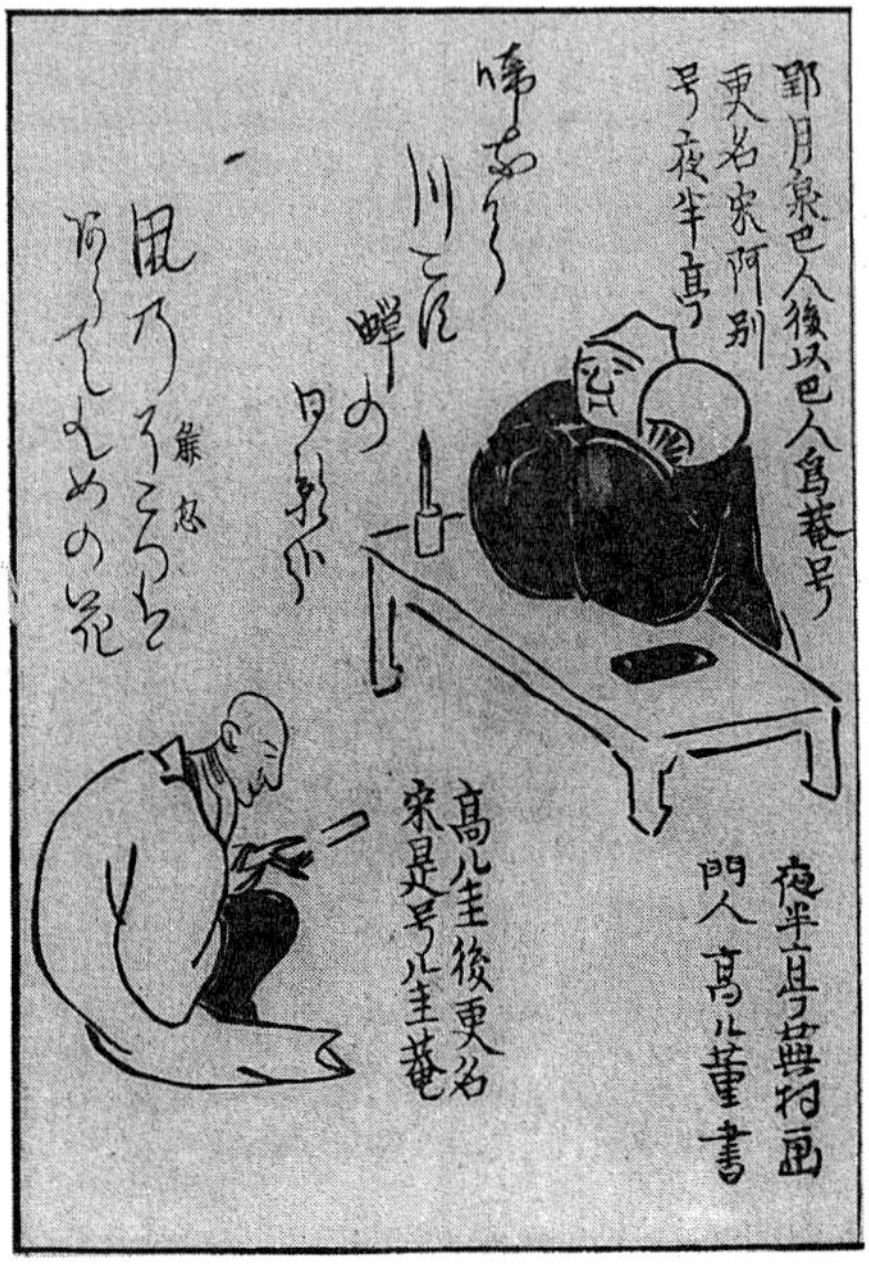

郢月泉巴人。後以巴人為菴号。更名宋阿。別号夜半亭。

215 啼ながら川こす蟬の日影哉

高几圭。後更名宋是号几圭菴。

216 凩のそこつはあらでんめの花

夜半亭蕪村画
門人高几董書

215 ▽今まで木にとまっていた蟬が、急に鳴きながら川を越えて飛び去った。そのとき一瞬のことだが、日の光を浴びた蟬の影が、水面をかすめて行った。季蟬(夏)。

216 ○そこつ　軽はずみな誤り。▽激しい凩の吹く中に、早くも梅が咲いたが、凩はうっかりその梅を散らせることもなく、そのあたりだけは注意深く吹いたので、梅の花は美しく春を迎えることができた。季んめ(春)。

春夏の部

217 春のうみ終日《ひねもす》のたり〳〵かな　蕪村

218 朝がすみたつや夜舟の枕《まくら》上《がみ》　几董

219 千金の雨夜見捨《すて》てかへる鴈《かり》　子曳

220 山吹や序《ついで》に覗く隣あり　為拾

伏見南山眺望

221 鳥寒し生駒につゞく春の水　移竹

222 五《ご》器《き》皿《ざら》を洗ふ我世や春の水　几董

223 爪かくす日《ひ》比《ごろ》わすれて猫の恋　且爾

224 苦《く》は花に残して梅のすはえ哉　一扇

225 最《さい》前《ぜん》に起てもよきに春の雨　召波

217　○終日　一日中。○のたり〳〵　人がだらしなく歩くさまをいうが、それをのんびりした春の海の様子に転じた。▽春の海は一日中のたりのたりと、のどかである。金花伝(安永二年刊)には「須磨の浦にて」と前書。[季]春のうみ(春)。

218　○枕上　枕もと。枕上に立つ、は神仏や親の霊などが夢枕に現れること。枕上に神仏ならぬ霞が立つ。▽夜舟の一夜が明けると、枕もとには朝霞がたちこめていた。淀川の夜舟であろう。伏見あたりの景か。[季]朝がすみ(春)。

219　○千金の雨夜　千金に値する雨の夜。千金の春宵(春宵一刻値千金)のもじり。▽雁は春の花を見捨てて北へ帰るというが、値千金の春の宵と同じく、情緒濃い雨の夜を見捨てて、濡れながら北へ帰る雁がある。[季]かへる鴈(春)。

220　○隣あり　「徳不レ孤、必有レ隣」(論語)による。▽山吹が垣根に見事に咲き、垣根の向こうの隣の家も何となくなつかしく、ついでに隣のうちをちょっと覗いてみる。[季]山吹(春)。

221　○伏見南山眺望　伏見から南山を眺める。陶淵明の「采レ菊東籬下、悠然見二南山一、山気日夕佳、飛鳥相与還」による。京都の南山は男山をさす。○生駒につゞく　男山から山脈が生駒山へ続く。▽空には寒々とした鳥影があり、山は生駒山に続き、麓には豊かな春の水が流れる。[季]春の水(春)。

222　○五器皿　食器。御器皿とも書く。「五器皿を洗うようにもならず」は、思うようにならないことのたとえ。▽家の勝手口の流れもぬるんで春の水となり、そこで食器を洗う我が生活は、まことに満ち足りたものである。[季]春の水(春)。

223　○爪かくす　ことわざ「能ある鷹は爪を隠す」を意識する。▽ふだんは爪をかくしておとなしくしている猫も、恋をするとなりふりかまわず恋仇を追い散らす。[季]猫の恋(春)。

224　○すはえ　木の幹や大きな枝から真っすぐ伸びている枝。ズワエともいう。▽梅の花は寒いころから咲いていてたいへんつらい思いをしているのだが、苦労は花にまかせておいて、すわえは何の苦労もなくすくすくと伸びている。[季]梅(春)。

225　○最前に　もっと早く。▽もっと早く起き出してもいいのに、折から外はしとしとと降る春の雨。いつまでもこうして暖かいふとんの中にいたいものだ。[季]春の雨(春)。

226 出かはりの畳へおとすなみだ哉　太祇

暮春

227 ゆく水にもの書《かく》春の日数哉　五律

228 日のあしを洗ふてのばせ春の雨　斗文

229 うたゝ寐に使三度や春の雨　几董

230 物《もの》申《まう》やうぐひす答ふまばら垣　朱英

231 へた〳〵と笑て下手な薺《なづな》哉　壺角

232 人はまだ嵯峨に遊ばず梅きゞす　牛行

233 ゆく春や竹の伏見と成にけり　烏西

234 鶯や木に竹継で行もどり　百池

235 苗代やある夜見初し稲の妻　几董

臥竜梅《ぐわりようばい》を見にまかりて

226 ○出かはり　使用人の交替期。▽出かわりで辞めていく使用人が、挨拶をしながら、主家に名残を惜しんで、畳に涙を落としている。季出かはり(春)。

227 ○暮春　春の終わり。○ゆく水に　「ゆく水に数かくよりもはかなきは思はぬ人を思ふなりけり」(古今集・恋一)による。○春の日数　わずかに残っている春の日の数。▽流れ行く水にものを書いてもすぐに流れ去ってしまうように、残ったわずかの春の日数ももうすぐ去ってしまう。季春の日数(春)。

228 ○日のあし　日の暮れが遅くなることを日脚が伸びるという。▽旅人はわらじを脱いで足を洗い、足を伸ばしてゆっくりと憩う。春の雨も、日のあしを洗って、ますます日暮れをおそくしてあげなさい。季春の雨(春)。

229 ○使三度　蜀の玄徳が孔明のもとを三度訪れて出馬を請うたという故事による。▽しとしとと降る春の雨の日、うたた寝をしている間に、三度も使いがやってきた。何やら出馬を請われている孔明になったような気分だ。季春の雨(春)。

230 ○物申　案内を請うこと。またその声。○まばら垣　隙間のある垣。▽人の家を訪うて、隙間だらけの垣根のあたりでモノモーといえば、うぐいすがただホーホケキョーと答えるだけで、いかにものどかである。季うぐひす(春)。

231 ○へた〳〵と　笑いかたを表す擬態語。○薺　七草の一つ。七種粥をつくるために、囃しながら打つ。▽へたへたと笑いながら薺を打っているが、それがいかにも下手で、われながらそれがおかしく、また笑ってしまう。季薺(春)。

232 ○嵯峨　京の西郊、花の名所として知られる。▽まだ桜は咲かず、人は嵯峨には出ていないが、梅が咲き、雉子が遊んでいて、それもまたいいものである。季梅・きゞす(春)。

233 ○伏見　京の南郊、桃の名所。▽桃の花も散り、春も終わりのころになると、若竹の緑も美しくなって、竹の伏見といえるようになった。季ゆく春(春)。

234 ○木に竹継で　「木に竹を継ぐ」は不調和な事のたとえ。鶯が巣作りのため木や竹をとびまわって材料を集めていること。▽鶯が木や竹を行き戻りして、巣作りをしているのが、いかにも木に竹を継いでいるようでおもしろい。季鶯(春)。

236 んめ屋敷京なら梅が屋しき哉　竹護

237 なには女《め》や京を寒がる御忌《ぎょき》詣《まうで》　蕪村

238 山かげや菜の花咲《さき》ぬ春過ぬ　馬南

239 痩んめや酢蔵のかげに二三りん　几董

240 詩に歌に口も酸くなるんめの花　九湖

241 水《すい》門《もん》を柳の叩く月夜哉　南雅

242 いとゆふや埃にしらむ町の松　鼓舌

243 水に添ふて橋たづぬるや朧月　三峡

244 一里ゆき二里行深《み》山《やま》ざくら哉　カヾ三四坊

245 川波の梢にとゞく柳かな　郢里

246 我影を捜す老木の柳哉　乙仙

247 麓には水のつめたきはつ日哉　アヲメ一鼠

其雪影　巻尾

235 ○稲の妻　稲妻。稲光。稲は稲妻を浴びて稔るという。▽苗代で育っている稲の苗は、去年の秋の或る夜、稲妻が稲を見初めた結果のことである。季苗代(春)。

236 ○臥竜梅　江戸近郊亀戸の梅屋敷にあった梅の名木。▽ここを江戸の人は梅屋敷とつまった言い方をするが、京の人は梅が屋敷とゆったりした呼びかたをするだろう。季梅(春)。

237 ○なには女　大坂から来た女。○御忌詣　京都東山の知恩院で、法然上人の忌日(一月二十五日)を修する法会(一月十九日から二十五日まで)に参詣すること。▽御忌詣でにやってきたなにわ女が、京都の寒さに震え上がりながらもなにわ言葉でさざめきあってたのしげである。季御忌詣(春)。

238 ▽山陰は春が遅く、ようやく菜の花が咲いたころにはもう春が過ぎようとしている。季菜の花・行く春(春)。

239 ○痩んめ　痩梅。貧弱な梅の花。○酢蔵　酢を瓶に入れて貯蔵する蔵。▽貧弱な梅の花が酢蔵の陰に二、三輪咲いている。「痩せの酢好み」のことわざを利かせる。季んめ(春)。

240 ○口も酸くなる　梅の実が酸っぱいことを利かせる。▽漢詩や和歌に、梅の花は口が酸っぱくなるほどしばしば詠まれてきている。季んめ(春)。

241 ○水門　川の水をせきとめている門。▽月の夜、柳の枝が揺れて、水門をたたいている。「推敲」の語の由来である「僧敲月下門」を利かせる。季柳(春)。

242 ○いとゆふ　糸遊。かげろう。▽かげろうが立ちのぼる春の昼さがり、人通りが多くて埃が立って、道のかたわらの松も白っぽく見える。季いとゆふ(春)。

243 ▽朧月のもとに川が横たわり、その向こうへ渡ろうと、川沿いの道を橋をさがしながら歩くと、不思議な夢幻の世界へさそいこまれるような気がする。季朧月(春)。

244 ○深山　「みやま」に「三」を利かせる。▽一里、二里と山道を進み、山深くわけいって、ようやく見事な深山ざくらにめぐりあうことができた。季深山ざくら(春)。

245 ▽柳の梢から垂れた枝が川の波に洗われているが、それは川波が梢にとどいているというようなものだ。几董の代句。季柳(春)。

248 七夕のうたがひはるゝ汐干かな　ナニハ矩州

249 春の風濁らぬ川はなかりけり　カヾ如本

250 枯たかと鳥のおれば梅の花　子鳳

251 雪はみな地へしみこんでんめの花　李完

252 春風にいつまで栗の枯葉かな　蝶夢

むかし几圭行脚の志ありし時

253 都方《みやこがた》より聞ば諸国の地虫出ん　羅江

254 松伐《きつ》たあとの日なたや山ざくら　几董

255 よし野出て虻《あぶ》のはなれぬ袂かな　宋屋

256 花さくや見て置べきは因《いん》果《ぐわ》経《きやう》　武然

257 元日や非をあらたむる非のはじめ　ナニハ紹簾

258 朝霜や鶏のつく若菜売　舞雪

246 ○我影　柳の影。▽柳の老木のまばらな枝が、風に揺れているのは、ちょうど自分の影をさがしているようにみえる。ときどき影とめぐりあってはまた離れてしまう。[季]柳(春)。

247 ○麓　山の麓。▽山の上には初日がさして、あたたかい春の気配だが、山の麓に汲む若水は、冷たくてそこにいかにも初春らしい感じがある。[季]はつ日(春)。

248 ▽天の川の両岸にある星が、七夕の際にどうやって川を越えるのか疑問に思っていたが、春の汐干を見ると、なるほど七夕の天の川もこのように水が干上って渡れるのかと、疑いがはれた。[季]汐干(春)。

249 ○濁らぬ川　春の雪解けですべての川は増水し、濁っているのである。▽春の風が野山を吹きわたると、雪解けのために、すべての川の流れは濁って勢いよく流れ、いかにも野山全体に春が来たという感じである。[季]春の風(春)。

250 ○おれば　居れば。▽枯木と思って鳥がとまっていると、別の枝にはちゃんと梅の花が咲いていた。「枯枝に烏のとまりけり秋の暮」(曠野・芭蕉)を意識するか。[季]梅(春)。

251 ○雪はみな　地を覆っていた雪はすべて。▽白一色の雪は解けて、すべて地にしみこんでしまった。白いものといえば梅の花ばかり。地にしみこんだ雪が梅の花となってふたたびよみがえったのだろうか。[季]んめ(春)。

252 ○いつまで　いつまであるのか。▽暖かい春風に吹かれて、栗の枯葉がまだ枝に残ったまま揺れている。あの葉はいつまでがんばっているのだろうか。素朴な観察の句。[季]春風(春)。

253 ○都方より　都から。▽あなたが旅に出れば、京の都からやってきたと聞いて、その地方の人々が、まるで地虫のようにぞろぞろとはい出してくるだろう。都の有名な俳諧師だから、諸国の俳人たちはみな歓迎するだろう。[季]地虫出づ(春)。

254 ○松伐た　松の木を伐採した。▽松の木を伐ったあと、今まで日陰になっていたところに日がさしこみ、目立たなかった山桜が日を浴びて輝いている。[季]山ざくら(春)。

255 ○よし野　花の名所。▽吉野で花見をしてくると、袂に香の匂いならぬ花の匂いが薫きしめられたのか、吉野山を出てきても、虻がまつわりついて離れない。[季]虻(春)。

259 野鳥の腹に蹴てゆく春の水　祇空

260 菜の花や黄昏《たそがれ》時《どき》の経の声　管鳥

261 土くれに何の花ぞも春の雨　徳圃

262 洗《せん》足《そく》の盥《たらひ》も漏りてゆく春や　蕪村

263 旅に寐て古郷の春を惜しみけり　春武

264 朧夜やおり居《ゐ》の御所の月の松　晋才

265 桃おれば皮むくれけり花ながら　土髪

266 雨そぼつ春の名残や茶一椀　几董

267 青柳や二すじ三筋老木より　エド柳居

268 盃もさゝば銜《ふくま》ん牡丹かな　嘯山

致仕

269 蛇《くちなは》の見かへりもせぬはかま哉　杜口

其雪影　巻尾

256 ○因果経　過去現在因果経の略。▽花が咲けば、それはいずれは散ってしまうのだから、いたずらに悲しまないように、心の準備として因果経を見ておくべきだ。季花さく(春)。

257 ○非　失敗。不都合なこと。▽元日には去年の非を改めて今年こそ悔いのない一年を送ろうと思うのだが、結局は非を改めようということ自体が非のはじめなのである。「日の始め」を掛ける。季元日(春)。

258 ○つく　付く。▽朝霜を踏んでくる若菜売りに、客よりも鶏がつきまとって若菜をねらっている。季若菜売(春)。

259 ○野鳥　野を飛びまわっている鳥。▽水になれない野鳥が、水鳥のまねをしたものの、ぶざまに腹で春の水を蹴って行く。ことわざ「鵜のまねする烏」による。季春の水(春)。

260 ○黄昏時　日暮れ時分。▽たそがれどきの菜の花畑のかたわらの寺から、お勤めの読経の声が聞こえてくる。菜の花畑の明るさと、夕べの静かな読経の対照。季菜の花(春)。

261 ○何の花ぞも　旋頭歌「うちわたす遠方人にもの申す我そのそこに白く咲けるはなにの花ぞも」(古今集・雑体)。▽春の雨に濡れて土くれに咲くのは何の花だろうか。季春の雨(春)。

262 ○洗足の盥　家の上がり口で足を洗う盥。▽汚れた草鞋の足を洗う盥が漏っていて、まわりの土間を濡らしている。そこに、行く春のけだるい気分がある。「漏りてゆく」に「行く春」が掛けられている。季ゆく春(春)。

263 ○古郷　故郷。▽故郷を離れて久しい旅寝の宿で、いまごろはなつかしい故郷の野山の春も過ぎ行こうとしていることだろうと、惜しんでいる。旅情の句。季春惜しむ(春)。

264 ○おり居の御所　退位した天皇の住居。仙洞御所。▽朧の夜、仙洞御所の枝ぶりのいい松に月が掛かっていて、絵のような美しさである。王朝物語のおもかげ。季朧夜(春)。

265 ▽桃の枝を折れば、枝の皮が、花をつけたまままめくれてしまった。無骨な男が、美しさに心をひかれて乱暴に枝を折った。無残な木の皮と優しい桃の花との配合。季桃の花(春)。

266 ○そぼつ　濡れる。潤う。▽しとしと雨の降る日、一杯の茶を飲みながら春を惜しんでいる。季春の名残(春)。

267 ▽もうすっかり衰えた柳の老木だが、二筋三筋青い柳の糸が伸びている。老いながらも春を忘れぬけなげさ。老いた

270 人ならば上戸《じやうご》なるらん夏の月　鳥門
271 寐たらぬはうき世の人ぞ一夜漬　和流
272 川下に難波《なには》もある歟《か》真《ま》菰《こも》売《うり》　光甫
273 毎年の長逗留やさ月雨　三角
274 青んめを見付出したる旭哉　春海
275 雪にせば何丈積《つま》ん五月雨　十拾
276 春喰ふた草にてあつき垣根哉　兎足
277 酢をもつて可也《かなり》とやせん初鰹　フクハラ 沙月
278 かやり火の燃えてかくるゝ二人哉　ヽ水翁
279 明やすき夜を朝がほの二葉哉　田福
280 暁の一《ひと》言《こと》ぬしやほとゝぎす　召波
281 時鳥きのふ聞しがかんこ鳥　維駒

人の姿が重なって見えてくるおもしろさ。季青柳(春)。
268 ○銜ん　口に入れよう。▽牡丹の花が見事に咲いていて、盃をさしたら、そのまま口に受けるようなあでやかさだ。牡丹の花を遊女に見立て、盃のやりとりを幻想したもの。牡丹のはなびらが女の唇に見える色っぽさ。季牡丹(夏)。
269 ○致仕　官職をやめること。▽蛇が脱ぎすてたぬけがらを見返りもしないように、私は勤めをやめて脱ぎ捨てた袴をもうはくこともないだろう。季蛇(夏)。
270 ○上戸　酒が強いこと。▽夏の月がもし人だったら、きっと上戸だろう。熱い夏の夜の月は、酔っ払いのほてった赤ら顔を思わせるものがある。季夏の月(夏)。
271 ○一夜漬　一夜漬けただけで食べる漬け物。▽夏は夜が短いので、浮世に楽しく遊ぶ人々は寝たりない思いをしているが、人が遊んでいる間も、一夜漬はたった一夜で十分に寝足りて、いい味になって人に喜ばれている。季「寐たらぬ」を「短夜」、または「明易し」と見て、夏の句。
272 ○難波　大坂。淀川河口の町。▽真菰の産地として知られた淀川べりの淀のあたり、ものさびしい風景の中を、真菰をかついだ真菰売が行くが、この川下には、あのにぎやかな大坂があるのか。季真菰売(夏)。
273 ○さ月雨　五月雨。▽五月雨は毎年かかさずにやってきて、腰をすえてなかなか動かず、長逗留をする。季さ月雨(夏)。
274 ○青んめ　青梅。青い梅の実。▽夜がまだ明けきれないうちは、青梅が青い葉の中にまぎれてなかなかみつからなかったが、朝日がさしてくると、梅の実がはっきりわかる。まるで朝日が梅の実を見付け出したようなものだ。季青んめ(夏)。
275 ○積ん　積もるだろう。▽五月雨が毎日降り続くが、これをもし雪に変えたら、いったい何丈の高さに積もることだろうか。たいへんな大雪だろうよ。季五月雨(夏)。
276 ○春喰ふた草　春の七草。▽春には七草として喜んで食べた草が、垣根のあたりに雑草として生い茂って暑苦しい。春の七草も夏にはただの草というおかしさ。季あつし(夏)。
277 ○可也とやせん　よろしいことにしようか。▽初鰹は結局、酢で食べるのがいいだろう。辛子酢でたべる方法があった。大袈裟な漢文口調のおかしさ。季初鰹(夏)。

282 蓮もまだうき世をわたる水の上　羅雲

283 干網に一声かゝれ郭公《ほとゝぎす》　東武 泰里

284 梅の木や実はむすべども郭公　五律

285 桑畑に喰《くら》ひつぶしの毛虫哉　ゝ

286 小豆《あづき》餅《もち》売《うり》そゝくれし暑《あつさ》哉　青吠

287 撞《つき》がねの供養も果《はて》て合歓《ねむ》花《はな》　子曳

288 ほとゝぎす月輪《つきのわ》かけて白《はく》雲《うん》寺《じ》　自笑

289 郭公工藤のかり屋寐入けり　鉄僧

290 湖の水かたぶけて田うへ哉　几董

291 雨覆ひの廿日ふり行《ゆく》牡丹哉　馬南

292 朝日より先へ開きし蓮《はちす》哉　来雨

293 あり明の月も浮葉や蓮の上　曲室

278 ○かやり火　蚊を追い払うために焚く火。▽暗がりでしのび逢っていた二人は、突然近くのかやり火が燃え上がって明るくなったので、あわてて物陰にかくれる。[季]かやり火(夏)。

279 ▽明け易い夏の短夜が明けると、昨日は開いていなかった朝顔の二葉が、今朝は開いている。[季]明やすし(夏)。

280 ○一言ぬし　一言主神。葛城山に住み、吉も凶も一言で示したという。▽明け方に一声だけ鳴いて去った時鳥はまるで一言主神のようなものだ。[季]ほとゝぎす(夏)。

281 ▽時鳥は昨日聞き、今日の声は閑古鳥、それぞれの味わいがあるものだ。「きのふこそ早苗とりしかいつの間に稲葉そよぎて秋風の吹く」(古今集・秋上)による。[季]時鳥(夏)。

282 ▽極楽浄土にあるという蓮も、現実には水に浮いていて、浮世をわたっているようなものだ。[季]蓮(夏)。

283 ○干網　使用した漁網を天日に干すもの。▽干してある漁網に、ほととぎすの声が一声でもかかってくれよ。網に声が掛かれといったおもしろさ。[季]郭公(夏)。

284 ▽梅の花が咲いていたころはお定まりのうぐいすが来て鳴いていたが、梅の実がなるとほととぎすの時期なのに、ほととぎすはまだやってこない。[季]郭公(夏)。

285 ○喰ひつぶし　穀つぶし。▽かいこは桑の葉を食べて絹を生むが、桑畑の毛虫は桑を食いつぶすだけ。[季]毛虫(夏)。

286 ○小豆餅　小豆あんをまぶした餅。▽小豆餅を売りそこなうほどの暑さであった。暑くて人の食欲も不振。[季]暑(夏)。

287 ○撞がねの供養　新造の鐘の撞きぞめの儀式。鐘供養。▽盛大な鐘供養の儀式も終わって、ひっそりと合歓の花が咲いている。[季]合歓花(夏)。

288 ○月輪　京都東山の南部のあたり。嵯峨清滝の月輪寺とも考えられる。前者の方がスケールが大きい。○白雲寺　洛外愛宕山にある寺。▽比叡山のほうから飛んできたほととぎすが、月輪をかすめて、白雲寺の方へ鳴き渡っていく。月輪と白雲の縁語が大きな風景を想像させ、「輪」と「かけて」も縁語として一句に緊密感をもたらす。[季]ほとゝぎす(夏)。

289 ○工藤のかり屋　工藤祐経の仮屋。▽工藤の仮屋は寝入って、曾我兄弟がひそかにうかがっているとき、ほととぎすが鋭く鳴き渡った。歴史的な情景を想像した句。[季]郭公(夏)。

294 手も足も口も只居ぬ田植かな　九湖

295 灰《あ》汁《く》桶《をけ》の輪も入かへん更衣《ころもがへ》　魚赤

296 五《ご》斗《と》俵《べう》の地をはなるゝやころもがへ　几董

297 山ひとつあなた丹波や雲の峰　百池

298 夕顔や秋は狂歌の種《たね》瓢《ふくべ》　うせゐ

299 古井戸や蚊に飛ぶ魚の音闇《くら》し　蕪村

300 古妻を圧《おし》に置《おか》ばやひと夜鮓《ずし》　竹護

301 夕風にあとなくなりぬ雲《くもの》峰《みね》　雀英

302 河《かう》骨《ほね》は肥《こえ》たり水はやせる時　如本

303 寺の庭をぬけて道なし蟬の声　岢嵐

304 みじか夜や寐かへる窓の朝ぼらけ　明五

305 草まくらかやり火焚て寐入けり　文皮

290 ▽まるで大きな湖の水を傾けて移すように、ひろびろとした田の一面に湖の水を引いて田植えをする。季田うへ(夏)。

291 ○廿日　牡丹の花期は二十日だとされ、別名を廿日草という。○ふり行　経り行く。「雨」の縁語「降り」を掛ける。▽牡丹の花に雨覆いをかけて、二十日たつと花が終わるから、それも不用になる。季牡丹(夏)。

292 ▽朝早く、人の知らないうちに蓮の花は咲く。朝日が出るともう蓮は先に咲いていた。季蓮(夏)。

293 ▽池にはたくさんの蓮の浮葉があって、夜明け方の月も、浮葉の一つとして、蓮の浮葉の上に映っている。季蓮(夏)。

294 ▽田植をする時には、手も足も働いているのはもちろんだが、田植歌を歌うのが常だから、口もぼんやりしているわけではなく、大いに働いているのである。季田植(夏)。

295 ○灰汁桶　木灰を水に溶いて入れた桶。その上澄みや濾過した液を洗濯や染め物に使う。▽布子から袷に着替える衣更えの時期になったので、灰汁桶のタガも取り替えて、灰汁をたくさん用意してしまい込む衣類の洗濯をしよう。季更衣(夏)。

296 ○五斗俵　五斗米に同じ。ことわざ「五斗米に腰を折る」は、五斗ほどのわずかの俸禄のために、役人として上司に仕えるの意。小役人の境遇を厭って故郷に帰った陶淵明の故事による。▽衣更えの時期、ちょうどきりもいいと、わずかな俸禄にしばられていた土地を離れて、自由の天地へと行く。季ころもがへ(夏)。

297 ▽入道雲が出ているが、あの山一つの向こうは丹波の国だ。作者は京の人。北の山々を見た感慨。季雲の峰(夏)。

298 ▽夕顔からは源氏物語の夕顔の巻が連想されて優雅なものだが、秋になると種瓢となって、狂歌の種になるくらいである。「狂歌の種」に「種瓢」を掛ける。季夕顔(夏)。

299 ▽古い井戸の暗闇の中で、魚が蚊を狙って跳ねて、音をたてる。その音自体に暗い響きがあって、井戸の中のひんやりとした空間が感じられる。「音闇し」が巧みである。季蚊(夏)。

300 ○ひと夜鮓　一夜でつけるなれずし。重しが必要である。▽一夜鮓のための重しに、古女房を置きたいものだ。妻の安定感ある熟年の体型をおかしくいった。季ひと夜鮓(夏)。

306 苫の香の船に飽けり皐月《さつき》雨《あめ》　徳野

307 魨《ふく》に此命のがれてはつがつを　渡牛

308 日盛や蟬は眠りて滝の音　鈳丈

309 穢多村のうらを逃《にげ》行《ゆく》清水哉　几董

310 柴垣のさはると折れる暑さ哉　ナニハ周禾

311 ゆふ立やしが傘《からかさ》のひとつ松　ヱド栢延

閨怨

312 とぶ蛍あれといはんも独かな　太祇

書窓懶眠

313 学問は尻からぬけるほたる哉　蕪村

314 こがれたる雨を握て田うた哉　几圭

315 ほとゝぎす啼《なく》や木曾路の初ざくら　素山

其雪影 巻尾

301 ▽夕風が吹きはじめて、昼間見事にそびえていた入道雲も、吹きはらわれて、あとかたもなくなった。季雲峰(夏)。

302 ○河骨　水辺に自生する植物。太い根茎が白骨に似ている。夏に黄色の花が咲く。▽夏になって河骨はしっかりと成長したが、水はしだいに涸れてきた。季河骨(夏)。

303 ▽近道をしようと寺の庭を抜けたら、寺の裏には道がなく、蟬しぐれの中にとまどってしまう。季蟬の声(夏)。

304 ▽夏の短夜、暑くて寝苦しく、寝返りを打つ窓が、もうしらじらと明けてきた。季みじか夜(夏)。

305 ○草まくら　草を束ねて枕にするような不自由な旅寝。▽蚊帳もないような不自由な旅の宿で、蚊やり火を焚いてそのまま寝入ってしまった。季かやり火(夏)。

306 ○苫　苫。とま。○皐月雨　五月雨。▽五月雨に降られながらの長い船の旅、蒸し暑い時節のことだから、船の屋根に葺いてある苫の匂いが船の中にこもり、すっかりいやになった。季皐月雨(夏)。

307 ○魨　河豚。ふぐ。▽昨年の冬は、毒にあたるかもしれないのにうまいふぐを食べたが、それでも幸いに中毒することもなく、命ながらえることができたので、今年はこうして初夏のうまい初鰹を食べることができる。季はつがつを(夏)。

308 ▽日盛りに、さきほどまで盛んに鳴いていた蟬も今は暑さに負けて眠りこんでしまったらしく、ただ滝の音があたりに響いているばかりである。蟬の声が聞こえなくなると、滝の音が急に大きく聞こえる。季蟬・滝(夏)。

309 ○穢多村　差別された人々の村。▽清水が穢多村の裏を逃げるように流れ去る。「穢」と「清」の言葉の対比。人権意識がない時代の句である。季清水(夏)。

310 ▽何日も続く暑さのために、柴垣の柴もすっかり乾ききって、さわるとぽっきり折れてしまう。季暑さ(夏)。

311 ○しが傘　志賀唐崎のもじり。▽夕立にあって、開いた傘は、志賀からさきならぬ、からかさの一つ松のようなものだ。からかさをからさきに掛けて、有名な唐崎の松を見立てたおもしろさ。作者肩書の「ヱド」は底本欠損。他本により補う。季ゆふ立(夏)。

316 蛍見や此宵闇に舟早し　峨眉

317 ながれ来てたつや蛍の水はなれ　孤桐

318 夜通しに壁塗あげる蚊遣哉　几董

319 ともし火の命の長き涼《すずみ》かな　李琳

320 心なき石とも見へぬあつさ哉　五始

321 今聞て直《ちき》に恋しや子規《ほととぎす》　風状

象の登りけるとしに

322 今や牽《ひく》富士の裾のゝ蝸牛《かたつぶり》　仙鶴

312 ○閨怨　夫や恋人に去られた女性が一人寝をうらむこと。▽家にまぎれこんだ蛍を見付けたので、あれ蛍が、と言おうにも誰もいなくて、わびしいものである。季蛍(夏)。

313 ○書窓懶眠　書斎でだらしなく眠っている。○尻からぬける　すぐに忘れてしまうこと。川柳に「馬鹿は尻、利口は目へぬけ」(誹風柳多留)の例がある。▽せっかく学問をしても尻からぬけるようにすぐ忘れてしまうのは、尻を光らせている蛍に、どこか通ずるものがあるようだ。「蛍の光、窓の雪」は学問に功を積むの意だが、それをわざと反対の意にしたおかしさ。季ほたる(夏)。

314 ▽ひでりのために待ちこがれていた久し振りの雨で、手に取る早苗も雨に濡れ、その雨も一緒に握りしめて、嬉しい田植歌を歌うのである。季田うた(夏)。

315 ▽木曾路は春の訪れが遅く、もうほととぎすが鳴いているのに、ようやく山あいに初ざくらを見ることができる。「初ざくら」は春の季語だが、これは「ほとゝぎす」が句の中心になっている。季ほとゝぎす(夏)。

316 ▽蛍を探す蛍見の舟が、宵闇の中を意外に速いスピードで進んで行く。蛍への期待を表す。季蛍見(夏)。

317 ▽水に乗って流れてきた蛍が、急に水を離れて飛び立った。水を離れる瞬間の光を鮮明に描く。季蛍(夏)。

318 ▽蚊遣火を焚きながら、徹夜で壁を塗り上げた。真剣な左官仕事と、のんきな蚊遣火の対比のおもしろさ。季蚊遣(夏)。

319 ▽夜風に涼みながら見ていると、はかないともし火も意外に長くもつものだということに気がついた。季涼(夏)。

320 ▽石に暑い日がじりじりと照りつけ、石はいかにも暑そうで、石が心なきものであるとは思われない。季あつさ(夏)。

321 ▽ほととぎすの声を今聞いたばかりなのに、すぐにまたほととぎすの声が恋しくて、また聞きたいと思う。季子規(夏)。

322 ○象の登りけるとし　武江年表の享保十四年(一七二九)の項に、広南国産の大象の牡一頭が、長崎から大坂・京都を経て、五月二十五日に江戸に来たとし、江戸の俳人仙鶴の句としてこの句を掲げている。○今や牽　紀貫之「逢坂の関の清水に影見

秋冬の部

323 踏《ふみ》脱《ぬい》だ足にて着るやけさの秋　ハリマ 瓢水

324 とろ〳〵と寐る鳥あり十三夜　杜口

325 啼《なく》鹿《しか》や昼見た形《なり》のわすれたき　梅貫

326 清光の目をあゆませる木の間哉　五友

327 さむしろに機《はた》織《おり》虫《むし》の夜なべ哉　菊渓

328 光るほど夜はしづか也露の玉　古梁

329 島原も竜の都歟《か》霧の海　有響

330 白つゆののぼる力や草の丈　ナニハ 万翁

331 暁の雷晴れてけさの秋　几董

332 手にさはる金《こがね》の蔓や今朝の秋　斗文

其雪影 巻尾

えて今やひくらむ望月の駒」(拾遺集・秋)による。▽象が江戸に来つつあるが、今や富士の裾野のあたりを牽かれていて、さすがの象も、大きな富士の下では、せいぜいかたつむりのようなものだ。季蝸牛(夏)。

323 ▽夜の間、寝苦しくて、上にかけたものをいつのまにか踏み脱いでいたが、目覚めれば立秋の朝、さすがに寒さを覚えて、それでも無精に寝たまま足でふとんをたぐり寄せて上にかける。季けさの秋(秋)。

324 ○とろ〳〵と　のんびり眠るさま。うとうと。▽月夜鳥といえば月夜に鳴く鳥のことだが、十三夜の柔かな光の中では、うとうとと眠っている。季十三夜(秋)。

325 ▽鹿の鳴く声はあわれで趣深いものだが、昼間見た鹿の形は、何やら不格好で、鳴き声にはふさわしくないものだから、忘れてしまいたい。たとえば鹿の姿をうしろから見ると大きい尻と細い脚が釣り合いがとれずに格好が悪い。季啼鹿(秋)。

326 ○清光　「此夜清光玉不レ如」(和漢朗詠集)によって、清らかな月の光をいう。▽歩きながら、木の間を移動する清らかな月の光に心をうばわれ、月を追って、木の間に目を歩ませている。月光を清光と言い換えたおもしろさ。季清光＝月光(秋)。

327 ○さむしろ　むしろに同じ。藤原良経「きりぎりす啼くや霜夜のさむしろに衣かたしき独りかも寝む」(新古今集・秋下)による。○機織虫　きりぎりす。▽むしろで鳴くきりぎりすは、機織虫の名の通りに、機織の夜なべ仕事をしている。季機織虫(秋)。

328 ○光るほど　露が光を増すにつれて。▽時がたつにつれて、草木に降りた露の玉も大きくなり、月光を受けていっそう光を増し、夜の静寂はさらに深くなる。季露(秋)。

329 ○島原　京の遊廓。○竜の都　海中にあるという竜宮城。▽京の都は深い霧に包まれて、不夜城といわれる歓楽の巷島原は、霧の海の中の竜宮城のようだ。季霧(秋)。

330 ○のぼる力　草の上の露を地中から茎を伝わって上ってきたものと考えた。▽丈の高い草に白露が光っているが、よくもまああんなに高く上る力があったものだ。季白つゆ(秋)。

333 ゆきくれて案山子《かがし》を草の枕上《まくらがみ》　子曳
334 棚《たな》経《ぎやう》や出《いで》て気のつく門《かど》違《ちがひ》　自笑
335 双《すご》六《ろく》の石もまばらや菊の宴　俵雨
市中
336 いなづまや隣の蔵も修《しゆ》覆《ふく》時《どき》　几董
337 秋の暮毎日あつて淋しけれ　嘯山
338 秋風の人の心に立にけり　雅因
339 魂《たま》棚《だな》や鼠もつかずあはれ也　雨遠
340 いなづまや梟《ふくろふ》の臥《ふす》ところまで　季遊
341 草花の屏風を畳むのわき哉　也好
342 兀《はげ》山《やま》に角《つの》を木影や鹿の声　且爾
343 花鳥の灶《たき》壳《がら》もゆる紅葉哉　エド 訥子

331 ▽夜明けにはげしい雷雨があったが、やがて見事に晴れ上がり、立秋の朝となった。季けさの秋(秋)。
332 ○金の蔓　陰陽五行説で、秋は金に当たるところから、秋の草木の蔓のことをいい、カネヅルの意を掛ける。▽夏の間に伸びきった草木の蔓は、立秋の朝だからカネヅルというべきで、手にさわれば心ときめくものがある。季今朝の秋(秋)。
333 ○ゆきくれて　平忠度「ゆきくれて木の下かげを宿とせば花や今宵のあるじならまし」(平家物語)による。○枕上　その下に寝るの意。▽道の途中で日が暮れて、案山子を枕上として一夜を過ごすことになった。西行の歌にならって花の下といいたいところだが、自分は案山子の下に寝るという滑稽。季案山子(秋)。
334 ○棚経　盆の精霊棚の前で上げる経。▽僧侶が檀家に頼まれて棚経を読みにいったのだが、経が終わって出て来て、家を間違えていたことに気がついた。季棚経(秋)。
335 ○双六　盤上に石を並べて争奪する形式の遊び。○菊の宴　重陽の宴。▽菊の宴で双六の遊びに興じていたが、その石もまばらになり、宴も果てようとする。季菊の宴(秋)。
336 ○修覆時　修繕のしどき。▽稲妻に一瞬照らし出されたわが家の蔵は、かなり傷んでいるが、軒を接している隣の家の蔵も同様で、ともに修繕のしどきである。稲妻の光が昼間よりありありと蔵の傷んだ箇所を際立たせる。季いなづま(秋)。
337 ▽秋の夕暮は毎日あっても寂しいものだ。情景が具体的でないから句としては弱い。季秋の暮(秋)。
338 ▽秋風が立ち、人の心にも秋風が立って、恋の終わりの時を迎えた。「春の日のながきおもひは忘れじを人の心に秋やたつらむ」(後撰集・春下)による。季秋風(秋)。
339 ○魂棚　盆に先祖の霊への供物を並べるためにしつらえた棚。精霊棚。▽魂棚には季節の野菜などを供えるが、鼠がとりつきもしないのは、なんだか哀れで、もどってきた先祖の霊も寂しい思いをしているだろう。季魂棚(秋)。
340 ▽鋭い稲妻が、森の奥でふくろうが寝ているところまでとどいて、孤独なふくろうをなぐさめる。季いなづま(秋)。
341 ○のわき　野分。▽野分が野の草花を吹きたおすのは、まるで草花の絵の屏風を吹きたおすかのようだ。季のわき

344 酒買に千里の外やけふの月　几董

345 名月や落るものとは思はれず　竹護

346 萩の花追〳〵こけて盛かな　孤舟

347 花を葉へしばし授て露時雨　青畉

348 名月や野ずへの雲に人の声　南雅

349 揚《あげ》屋《や》出て大《おほ》門《もん》を出て秋のくれ　ヱド 楼川

350 明六ツをしゞまの鐘歟《か》虫の声　田女

351 名月や下《げ》戸《こ》の建《たて》たる蔵引ん　多少

352 明月やうつむく物は稲ばかり　宗専

353 物かはは上京にありけふの月　嘯山

354 名月や宝の山は鼻の先　婁夫

355 粟めしもゆかしき色や菊の宿　白麻

(秋)。

342 ○兀山　草木のない山。▽一本の樹木もないはげ山、鹿は自分の角を唯一の木陰として鳴いている。季鹿の声(秋)。

343 ○花鳥　自然の美の代表。○灶売　香を焚いたもえかす。▽春・夏の美しい自然の燃えかすが、いま眼前に紅葉として真っ赤に燃え上がっている。季紅葉(秋)。

344 ○千里の外　「三五夜中新月色、二千里外故人心」(白楽天)、「望月のくまなきを千里の外まで眺めたるよりも」(徒然草一三七段)などによる。▽名月を賞でるには酒がなければならないと、遠い千里の外まで買いに行く。季けふの月(秋)。

345 ○落るもの　「月落烏啼霜満天」(張継)による。▽有名な詩句にあるが、あの月が落ちるとはどうしても思われない。月が沈むの意を、落下するの意にとったおかしさ。季名月(秋)。

346 ○追〳〵　しだいしだいに。○こけて　倒れて。▽萩の茂みがだんだん倒れ伏しながら花の盛りとなる。季萩の花(秋)。

347 ▽露がしとどに降り、葉の上に光り輝く花が授けられたが、露時雨となって、花は消え去る。紅葉の上の露を花と見た。「霜葉紅ニ於二月花一」(杜牧)によるか。季露時雨(秋)。

348 ○野ずへ　野のはずれ。▽名月の夜、野のはずれに雲が出てきて、あれが名月にかかりはしないかと、心配してあれこれいっている人の声が聞こえる。季名月(秋)。

349 ○揚屋　遊廓で、遊女を呼んで遊ぶ所。○大門　遊廓の正面入り口にある大きな門。○秋のくれ　秋の果と秋の夕暮の両義があるが、この場合遊廓からの帰りだから、夕方ではあるまい。▽揚屋を出て、華やかな一画の出口である大門を出ると、あたりはもうさびしい晩秋である。季秋のくれ(秋)。

350 ○明六ツ　日の出に鳴る六つの鐘。○しゞまの鐘　騒ぎを静止するために鳴らす鐘。▽鳴き続けていた虫は、明け六つの鐘をしじまの鐘として鳴きやんでしまう。季虫の声(秋)。

351 ○引ん　酒を飲もう。▽ことわざに「下戸の建てたる蔵もなし」というが、それでも、酒を飲まずにけちけちとして建てた蔵がある。名月の今宵はその蔵を飲み潰すほどに酒を飲みたいものだ。季名月(秋)。

356 名月やをの〳〵当坐なかりけり　俵雨

357 我かげの皆になるまで月見哉　二貞

358 蔓もの丶花咲にけりけさの秋　春爾

359 天《あめ》地《つち》の心を分ん今朝の秋　舞閣

360 かゞしから苗一すじや秋の雨　几董

361 雨乞の小町が果やをとし水　蕪村

362 ゆきの日や近江の鐘も聞ゆなる　羅人

363 しぐる丶や誠の暮は鳥さはぐ　几圭

364 見足《たら》ぬをはつ雪とこそ申《まうす》なれ　雅因

365 詫《わび》禅《ぜん》師《じ》関も咎めぬ頭巾哉　ユフキ 雁宕

366 駕《かご》を出て寒月高し己が門　太祇

367 煮《に》凍《こごり》へともに箸さす女《め》夫《をと》哉　召波

352 ▽名月の夜は、みな月を見るために空を仰いでいるが、実った稲ばかりはうつむいている。季明月・稲(秋)。

353 ○物かは　平家物語五・月見にある歌「待つ宵のふけ行く鐘の声聞けば帰るあしたの鳥は物かは」「物かはと君がいひけん鳥の音の今朝しもなどかかなしかるらむ」による。▽名月の夜、「物かは」といわれて軽んじられた鶏は、上京の大邸宅のどこかで、時を違えて鳴いている。季けふの月(秋)。

354 ▽名月に照らされ、名もなき山も、すばらしい宝の山に見え、宝の山がこんな鼻先にあったのかと驚く。季名月(秋)。

355 ▽菊を育てあげた家で出される粟めしは、ほのかに色合いが菊の宿にふさわしく、ゆかしいものだ。季菊の宿(秋)。

356 ○当坐　当座の発句。即興の句。▽名月に魂を奪われて、集まった人は即席の句ができなかった。季名月(秋)。

357 ○皆になる　無くなってしまう。▽明るい月に照らされて、自分の影がくっきり地上に映っていたが、時がたち、月が西に沈み、影が無くなってしまうまで月見をした。季月見(秋)。

358 ○蔓もの　蔓草の類。▽立秋の朝、秋が来たしるしのように、蔓草の類の花が咲いた。これから蔓をたぐるように秋が深まり、次々に秋の花が咲くことだろう。季けさの秋(秋)。

359 ▽秋の空は高く澄み、天と地の心がくっきりと分かれる。立秋の今朝が、天地の心をひき分けるのだ。秋の早い天と、夏の気配の残る地。季今朝の秋(秋)。

360 ▽かかしに秋の雨が降りそそぎ、よく見ると、かかしから秋の雨が育てた一すじの苗が伸びている。季かゞし・秋の雨(秋)。

361 ○雨乞の小町　小野小町が京の神泉苑で雨乞いをし、「ことわりや日の本ならば照りもせめさりとてはまたあめが下とは」と詠むと雨が降ってきたという話。▽小町の身の果ては哀れであったというが、せっかく小町が祈って降らせた雨も、稲を育てて用がすむと、おとし水になってしまう。季をとし水(秋)。

362 ○近江の鐘　近江の寺の鐘。三井寺の鐘であろう。「三井晩鐘」は近江八景の一。▽京の都の雪の一日が静かに暮れて、遠くから寺の鐘の音が聞こえてくるが、あの中には近江の有名な三井寺の鐘の音もあるだろう。この句以下冬。季ゆき

368 朝めしのうき世になりぬ鉢《はち》叩《たたき》　田福

369 ゆふがほのそれは髑髏《どくろ》歟《か》鉢たゝき　蕪村

370 河《ふ》魨《く》汁《じる》や偖《さて》火をとぼしよく見れば　子曳

371 枯木からしぼり出したる時雨哉　斗文

旅行快天

372 あけぼのやあかねの中の冬木立　几董

373 氷より先へ砕《くだけ》し手桶哉　馬南

374 夜のほどの風の手際や薄氷　為拾

375 水鳥の朝日に眠る霜夜かな　五律

376 うぐひすのしのび歩行《あるき》や夕しぐれ　太祇

377 天《あま》津《つ》風《かぜ》名もしれぬ葉の落にけり　虹竹

378 御《お》祓《はらひ》や春はかならずと配けり　山竺

其雪影 巻尾

（冬）。

363 ▽しぐれの一日は、昼間も薄暗く、ずっと夕暮れが続いているようだが、ねぐらに帰る鳥がさわぐことによって、本当の日暮れだということがわかる。季しぐれ（冬）。

364 ▽雪が降ったと思うとすぐ止んだ。このように見足りない思いをするのを初雪というのである。季はつ雪（冬）。

365 ○詫禅師　うらぶれた禅坊主。▽うらぶれた禅坊主が頭巾のまま関所を通ろうとする。関所は被り物をとらなければならないのだが、いかにも禅坊主らしくあまりのうらぶれようで、関所の役人もとがめだてしようとはしない。季頭巾（冬）。

366 ▽乗ってきたかごを降り立つと、わが家の門口の上に高く寒月が輝いている。季寒月（冬）。

367 ○煮凍　煮凝り。煮魚のゼラチン質が固まったもの。▽前夜の煮凝りを、夫婦がともに箸でつつきあっている。なじみ合った中年夫婦か。季煮凍（冬）。

368 ○鉢叩　旧暦十一月十三日の空也忌から四十八日間、空也僧が毎夜鉦や瓢箪を叩き、念仏や和讃を唱えて、京の町々をめぐった。そのこと、また、その僧のこと。▽夜の間はあわれな趣を感じさせる空也僧だが、夜が明けて朝食の膳に着くと、ただの浮世の人に戻ってしまう。季鉢叩（冬）。

369 ○髑髏　頭蓋骨。▽鉢叩の僧よ、あなたが手にしてたたいている瓢箪は、夕顔の髑髏ではないか、生きている者もやがては髑髏になってしまう。なるほどこの世ははかないものだ。季鉢たゝき（冬）。

370 ▽何かくらがりでごとごとと食事の支度をしていたが、さて灯をともしてよく見れば、何とふぐ汁であった。さてもあぶないものだ。季河魨汁（冬）。

371 ▽冬の枯木の下にしぐれがぱらぱらと降るが、まるでそれは、枯木からしぼり出したようなわびしい降りかただ。季枯木・時雨（冬）。

372 ▽夜明けがたに旅立つと、朝焼けのあかね色の空に、冬木立が浮かび上がって見える。今日の旅の一日はさぞかし心地いいものになろう。季冬木立（冬）。

373 ▽水桶に氷が張ったので、手桶で割ろうとしたが、案外に氷が厚くて、手桶のほうが先に割れてしまった。はりつめ

379 有て過て背戸の水仙咲にけり　之房

380 夏痩のもどらぬ皃《かほ》や鉢たゝき　漣月

381 はつ雪やふり／＼帰る牛《うし》車《ぐるま》　三貫

382 行としやかはらで積る茎の石　女とく

383 けふばかり人遣ひよし河鈍《ふくと》汁《じる》　白麻

384 柳にもかへり花あり初しぐれ　羅雲

鰒《ふく》の毒にあたりて、漸《やうやく》まぬかれたる友のもとへ申やりて、猶もいましむ

385 それ見た歟《か》全《まつたく》鰒《ふく》の蝶の夢　呑獅

386 煤《すす》掃《はい》て障子張《はる》日《ひ》や梅一《いつ》枝《し》　ゝ

387 小《こ》角《ずま》力《ふ》が物荷ひ売《うる》師走哉　丑二

388 人心いく度河《ふ》鈍《く》を洗けん　太祇

たようなあたりの寒さが感じられる。季氷(冬)。

374 ○手際　手際のいい細工。▽夜の間、寒そうな風が吹いていると思ったら、夜が明けてみると、薄氷が張っていた。あの風が、夜の間の見事な手際を見せて、こんな細工をしていたかと思うと、不思議な気がする。季薄氷(冬)。

375 ▽水鳥が朝日の差す中で安らかに眠っている。霜夜の寒さのために、昨夜はよく眠れなかったのだろう。季霜夜(冬)。

376 ▽冬のうぐいすが、春のように鳴くこともなく、ひっそりと夕しぐれの中をしのび歩きしている。季夕しぐれ(冬)。

377 ○天津風　空を吹く風。▽空から風が吹きおりて、名も知れない木の葉がはらりと落ちた。季落葉(冬)。

378 ○御祓　伊勢神宮の御師が配る厄除けのお札。▽お札を、春にはかならず新しいものにとりかえるのだよ、といいながらくばるのである。季春支度(冬)。

379 ▽水仙があり過ぎるほどにあって、裏口のほうの水仙もちゃんと咲いている。季水仙(冬)。

380 ▽夏痩せがもとにもどらないまま冬になったのか、痩せた顔の空也僧が鉢叩きでまわってくる。季鉢たゝき(冬)。

381 ▽初雪の中、牛も初雪を喜ぶように、雪の降る中を、首をふりふり車を引いて帰っていく。雪が「降る」と首を「振る」を掛ける。京と大津の間には牛車があった。季はつ雪(冬)。

382 ○積る　見計らう。○茎の石　京の酢茎などの茎漬の重しにする石。▽年の暮のいそがしいさ中に、寒い河原に出て、茎漬の重しとして頃合いの石をあれこれと見計らう。それもなかなか楽しいものである。季行とし(冬)。

383 ○河鈍汁　ふぐ汁。▽ふぐ汁を作る今日ばかりは、人が使いやすい。ふぐ汁は、たいへんな美味だが、命がけで味わうべきものとして特別のものだから、皆いささか興奮ぎみで、落ち着いていないのである。このような鍋ものはだいたい男たちが采配を振るうことになっている。季河鈍汁(冬)。

384 ○かへり花　冬になって狂い咲きする春の花。▽初しぐれの中の柳に風情があるので目をとめると、めずらしい柳の花(柳絮)の返り咲きがあった。季かへり花・初しぐれ(冬)。

385 ○鰒の蝶　ふぐの卵巣。とくに猛毒がある。▽ふぐの毒にあたって、やっと助かった友にいってやって、なおいまし

389 寒空に皮を剝るゝふくと哉　必化
390 ふく汁の我活《いき》ている寐ざめ哉　蕪村
391 暫《しばら》くはあたり隣の巨燵哉　漆翁
392 鉢叩の着たはあかつき衣かな　波光
393 毛《もう》氈《せん》に寐たる心の小春かな　桃序

冬夜

394 星《ほし》月《づく》夜《よ》空にはぐれし時雨哉　孤舟
395 虚無僧の物いゝかける枯野哉　瓜流
396 しぐるゝや置かへて行にはたずみ　斗洲
397 零《おち》落《ぶれ》て関寺諷《うた》ふ頭巾哉　几董
398 老夫婦世を住よしの巨燵哉　竹裡
399 竪《たて》戸《ど》樋《ひ》の中は早《ひでり》のしぐれ哉　土丸

其雪影　巻尾

めた句。それ見たことか、まったくもって、あやうく死ぬところだったではないか。夢の中で蝶になるという荘子の話を反転して、ふぐの卵巣にやられてしまうところだったという。季鰒(冬)。

386 ○煤掃て　年末の大掃除の煤掃きをして。十二月十三日がその日に当てられていた。▽煤掃きをして障子を張り替え、迎春の支度もととのって、庭には梅の一枝がほころびそめている。季煤掃・障子張る(冬)。

387 ○小角力　地位の低い相撲。▽給金の少ない小角力は、年越しの金をかせぐために、物を担って、師走の町を売り歩いて行く。季師走(冬)。

388 ○河魨　河豚。▽毒にあたったら命を落とすふぐのこと、調理に際してはくりかえしくりかえし洗い、いったい何度洗ったことだろう。それが人の心理というもの。季河魨(冬)。

389 ○ふくと　河豚。▽寒空のもと、わが身を守るための毒を持ちながらも、美味なるがゆえに皮を剝がれるふぐはまことにあわれなものである。季寒空・ふくと(冬)。

390 ▽ふぐ汁を食べた翌朝、無事に目が覚めて、やれやれ生きていたなと、ほっとする。季ふく汁(冬)。

391 ○あたり隣　隣近所。○巨燵　炬燵。▽冬になって隣近所はもう炬燵を使っているようだが、自分のうちだけは炬燵もなく過ごしている。季巨燵(冬)。

392 ○鉢叩　→三六八。夜明けがたまで念仏を唱えてまわった。○あかつき衣　「垢付き」に「暁」を掛ける。▽鉢叩きの着物は垢が付いてしまっており、その着物のまま夜明けを迎えるのである。季鉢叩(冬)。

393 ○毛氈　獣毛の繊維で作った分厚い敷物。花見には赤い毛氈を用いるのが常であった。○小春　旧暦十月のこと。▽小春のころ毛氈に寝た心持ちになるというのは、初冬の帰り花を見ていることを表すものであろう。小春の帰り花を眺めていると、春に木の下に毛氈を敷いて花見をした心持ちが思い出される。季小春(冬)。

394 ○星月夜　星明かりで明るい夜。▽空は晴れわたり、星が明るく輝いているのに、地上には空からはぐれたしぐれが降っている。季時雨(冬)。

400 鰒汁や鍋のかたぶく古畳　猫帳
401 ふく汁や喰ぬ程だにあはれなる　斗文
402 生花にこと欠く頃や枇杷の花　フシミ 賀瑞
403 隠し子のとし員《かず》へいる火燵哉　ゝ 柳女
404 雪《ゆき》折《をれ》や雪を湯にたく釜の下　ゝ 霞吹
405 戸に犬の寐がへる音や冬籠　蕪村
406 初雪や道がわるいとぬかしおる　東武 竜眠
407 暦《こよみ》手《で》の茶碗もとしの古び哉　泰里
408 思ひやる時雨の中や筏《いかだ》さし　阿誰
409 水底の海鼠《なまこ》にあたるなまこ哉　買明
410 太刀持は雪にころんで見えぬ也　旨原
411 四《よ》布《の》五《いつの》布身のかくれ家のふとん哉　存義

395 ○虚無僧　禅宗の一派である普化宗の僧。肩に袈裟は掛けているが、有髪で僧衣も着ず、藺の深編笠をかぶって、尺八を吹き、諸国を行脚した。▽徒然草一一五段の、二人の虚無僧が話し合って、人の迷惑にならぬように河原に行って果たし合いをしたという話によるか。寂しげな枯野で、何事か虚無僧が話しかけている。仇討ちの話をしているのか。季枯野(冬)。

396 ○にはたずみ　水たまり。▽またひとしきりしぐれが降って、前とは別のところに水たまりができた。まるでしぐれが水たまりを置き換えて行ったようだ。季しぐれ(冬)。

397 ○零落　底本「零露」。○関寺　謡曲・関寺小町。小野小町のあわれな末路を描く。▽おちぶれた浪人ものが、頭巾で顔をかくして関寺小町をうたって門付けしているのが何ともあわれである。季頭巾(冬)。

398 ○住よしの　「世を住みよし」に「住吉」を掛ける。住吉は大坂南部の地名。▽老夫婦が炬燵にはいり、この世は住みよいものだと住吉の地で気楽に暮らしている。謡曲・高砂の「年久しくも住吉より通ひ馴れたる尉と姥」によるか。季巨燵(冬)。

399 ○竪戸樋　雨水を縦に流し落とす樋。▽しぐれは降ったと思うとやんでしまうので、雨水が竪戸樋を流れ落ちるほどではなく、その中はひでりのようなものだ。季しぐれ(冬)。

400 ▽古畳の上で火の支度をし、ふぐ汁を楽しもうとするのだが、畳がブカブカで、鍋が傾いてしまう。貧しいが美食を好む偏屈な人物を描く。季鰒汁(冬)。

401 ▽ふぐ汁はいかに美味とはいえ、食べるのは命がけのこと。ふぐ汁を食う人間の所業はまことに哀れで、まだ食わないうちでさえ哀れな思いがするものである。季ふく汁(冬)。

402 ○枇杷の花　冬季咲く、白くつつましい感じの花。▽冬咲く花は少なく、生花にもこと欠くことがあるが、その時期に咲く枇杷の花は、珍重すべきである。季枇杷の花(冬)。

403 ○隠し子　事情があって、その存在を世間に公表できない子供。○火燵　炬燵。▽いそがしく動いている間はそれほど気にもとめていないが、一人で炬燵にはいっているときなど、ふっと隠し子のことを思い、もう幾つになっただろうなどと、その子の年齢を数えているものだ。季火燵(冬)。

412 百《もも》敷《しき》やさくらの枝を煤はらひ　大坂三蝶
413 雲淋し冬はあらはに北の山　漁焉
414 売《うり》〳〵てひとつ凍《こご》へる海鼠哉　来雨
415 ほふかぶりして懐手《ふところで》して暦うり　曲室
416 竹は寐て雪またゆきの里続　芦官
417 海《かい》棠《だう》の又寐の夢歟《か》かへり花　来之
418 としの根も洗ふて流せ芹《せり》根《ね》水《みづ》　盛住
419 なで廻す山のあたまや遠しぐれ　閑ゝ
420 白んめや雪の中にもをしへ道　嫩草
421 豆腐挽《ひく》寐ざめの友や寒《かん》念《ね》仏《ぶつ》　有種
422 一渡しおくれた人にしぐれ哉　サヌキ暮牛
423 かれ草の根ほり葉ほりや雪《ゆき》転《こかし》　麗白

其雪影　巻尾

404 ○雪折　雪の重みで木の枝が折れること、またその枝。▽釜の下に雪折を焚き、雪を溶かして湯をわかす。これは「耳たむし」「蕪村句集」などに蕪村の句として収める。蕪村の代作。蕪村句集には「題七歩詩」と前書。曹植が七歩の間に詠じた「煮レ豆燃二豆萁一、豆在二釜中一泣」による。季雪折・雪(冬)。

405 ▽冬籠りの戸口で、どさりと物音がした。きっと戸に身を寄せて寝ていた犬が寝返りをした音だろう。季冬籠(冬)。

406 ▽せっかく風流な初雪が降ったのに、それが溶けて道が悪くなったなどといっている困った人がいるものだ。「ぬかしおる」という俗語を使ったおもしろさ。季初雪(冬)。

407 ○暦手　高麗茶碗に付けられた三島暦の仮名に似た模様。▽歳末に当たり、一年間使った暦も古び、同様に暦手の茶碗も古びてしまった。季としの古び(冬)。

408 ○筏さし　筏を操る人。▽しぐれの中を下る筏はなかなか風流なものだが、筏さしはしぐれに濡れてさぞ寒いことだろうと思いやっている。季時雨(冬)。

409 ▽鈍重で動く気配もないなまこだが、それでも人の知らない水底で、なまことなまこがぶつかったりしているだろう。そのさまを想像すると何となくおかしいものだ。あるいは、桶の中の様子をいったものか。季海鼠(冬)。

410 ○太刀持　武士に仕えて、その刀を持ってそば近くに従う役をする人。▽主君は降り積む雪の中、馬に乗って早駆けなどをしているのだろう、太刀持ちがあわてて後を追うが、雪の中にころんで、一瞬姿が見えなくなった。季雪(冬)。

411 ○四布五布　表が布四幅、裏が布五幅でできた狭い布団。▽四布五布の狭い布団でも、わが身ひとつのかくれ家にはなるものだ。慣れた布団には心が休まる。季ふとん(冬)。

412 ○百敷　宮中。▽さすがに宮中では、桜の枝の煤払いをしているな、と思ったら、桜の枝の雪を払っているのだった。季煤はらひ(冬)。

413 ▽いつもは豊かな雲のかかっていることの多い北の山だが、冬は雲もさびしく、山の姿があらわに見える。季冬(冬)。

414 ▽桶に入れたなまこを売り尽くして、一つ残ったなまこが、さびしくこごえている。季海鼠(冬)。

424 時雨た歟《か》今朝は緑の麦《ばく》門《もん》冬《どう》　随古

遠くてちかきものといへる当坐題に

425 夜《よ》噺《ばなし》の寒き田舎の隣哉　必化

426 忍ばじよはやり頭巾の主ならば　多少

427 なつかしき月の栖《すみか》や大みそか　移竹

428 逃てゆくとしやるまいぞ〳〵　竹護

雪　時雨

429 早《はや》打《うち》の先へはれ行しぐれ哉　子曳

430 夙《つと》に起てみそかの月や草の雪　几董

431 ぬれて照《てる》柳には未《ま》だしぐれ哉　宋是

432 初《はつ》鴈《かり》と同じ道来て松の雪

415 ▽ほおかぶりし、その上懐手して、暦売りが行く。それも歳末の一つの風景である。季暦うり(冬)。

416 ▽竹は雪の重みで寝てしまい、見渡すかぎり雪また雪の村里が続いている。季雪(冬)。

417 ○海棠　中国原産の落葉灌木。四、五月のころ淡紅色の花が咲く。▽春、夢見るように咲いていた海棠の花だが、今、冬になって、また寝をして夢を見ているのか、美しい帰り花を咲かせている。「海棠睡未足」(唐書・楊貴妃伝)による。季かへり花(冬)。

418 ○芹根水　芹の根元の水。▽芹をとり、根元の水で洗っているが、ついでに古い年の根元も洗い流すといい。季旧年(としの根を洗う)(冬)。

419 ▽遠くの山々をしぐれが渡っていく。まるで山々の頭をなで廻すように。季しぐれ(冬)。

420 ○白んめ　白梅。○をしへ道　ものの道理を教える道。▽雪の中に清楚な白梅が咲くと、雪の中でもそれが何かの道理を教えているように見える。季雪(冬)。

421 ○豆腐挽　豆腐を作るための一工程として大豆を挽くこと。○寒念仏　寒中の三十日間、明け方に戸外で大声で念仏を唱える修行。▽朝、暗いうちから起きて豆を挽いている豆腐屋の耳に、このところ聞きなじんでいる寒念仏の声が、寝覚めどきの友のように感じられる。季寒念仏(冬)。

422 ○一渡し　渡し舟の一便。▽渡し舟一つ乗りおくれた人に、さむざむとしたしぐれが降りかかる。日発句集によれば蕪村作。蕪村の代句である。季しぐれ(冬)。

423 ○根ほり葉ほり　「何もかも」を意味する成語。ここではそのままの意味で用いる。○雪転　雪だるま。▽雪だるまを転がすと、枯れ草の根も葉も雪だるまにくっついてくる。季かれ草・雪転(冬)。

424 ○麦門冬　竜のひげ。常緑の多年草で、自生するが、庭にも植える。根は薬用。▽しぐれは草木の色を染めるというが、麦門冬の緑は今朝も変わらないので、しぐれが降ったのかどうか。季時雨(冬)。

425 ○遠くてちかきもの　枕草子による。○当坐題　その場で出された題。▽寒い田舎の隣は遠いものだが、夜話のため

433 既に来るあし音よ所《そ》へ小《さ》夜《よ》時雨　　宋阿

434 はつゆきや雪にもならで星《ほし》月《づく》夜《よ》

に行くのなら近いものだ。季寒し(冬)。

426 ○忍ばじよ　世を忍んでいるわけではないよ。○はやり頭巾　流行の頭巾。▽流行の頭巾をかぶっているような人だから、あれは世間をはばかってかぶっているわけではないだろうよ。季頭巾(冬)。

427 ▽大みそかに月はどこかに隠れてしまうが、われわれは隠れ家もなく借金取りに追われるのに、月はうらやましいものだ。季大みそか(冬)。

428 ○やるまいぞ〳〵　逃がさないぞ逃がさないぞ。狂言で人を追い掛けるときのきまり文句。▽今年ももう暮れようとしている。年が去ればまた一つ年をとる。逃げて行く年を逃がしてなるものか。季ゆくとし(冬)。

429 ○早打　急使などが昼夜兼行で駕籠を乗り継いで行くこと。▽しぐれを駆け抜けて早打が行くと、その早打を追い抜くように、前方のしぐれが晴れて行く。季しぐれ(冬)。

430 ○夙に　早朝に。○みそかの月　旧暦の三十日には月は出ない。この場合、雪明りのことをいう。▽朝早く起きると、外が薄明るいので、三十日なのに月が出ているのかと疑うと、実は草の上に雪が積もっているのであった。季雪(冬)。

431 ○ぬれて照　雨に濡れて上に日が照っている。▽雨に濡れた柳の葉に日が照っているが、なおしぐれの雪が残っていて、そこに雨がはらはらと降りかかる。季しぐれ(冬)。

432 ○初鴈　秋、はじめて渡って来た雁。▽松に積もっている雪は、北の寒い国から渡って来た初雁と同じ道筋を通ってやってきたのだろう。季雪(冬)。

433 ▽もうそこまで来ていた足音だが、はらはらと降りかかる夜のしぐれの音にまぎれて、どこかよそへ行ってしまったようだ。季小夜時雨(冬)。

434 ▽初雪が降ってきたが、本降りの雪となるわけではなく、やがて星が明るく輝く夜となった。季はつゆき(冬)。

跋

几圭は心をもて師として、よく俳諧の世情を得たり。壮《さう》なりし比《ころ》より、洛に難波に名をひゞかしめ、他をば外国《とつくに》のごと思へる事、人みなしれり。さるを晩年にいたりて、やをら古調にも意をよせ、音しれるどち三五人、鼻つき合せて次句《つぎく》せし事も度〻也しに、やゝもすれば半過《なかばすぐ》るころ、空嘯《そらうそぶ》き手まさぐりて、早らうじにたれば、あが癖の出るぞとよなど、云けんことの今も耳に残れり。此叟《このそう》が自得せるには、いとすせうに無我なる心成けらし。今年董子が其句もてつゞりなせる巻を見るに、近頃世にもてはやすなる梅路・希因が輩の逸《いつ》也といふめる句の調、またく阿堵《あと》の中に具せり。実《げに》も〳〵一作家なりけりと、且よみ且旧きを懐ふて筆をとれば、折から軒端に

○壮なりし比　壮年のころ。
○洛　京都。
○難波　大坂。
○次句せし事　俳諧の付句を付けたこと。
○半過るころ　連句の半分が過ぎたころ。
○空嘯き手まさぐりて　付句が思うように出来ない様子をいう。
○らうじにたれば　「らう」は聾。行き詰まって句が出来なくなったので。
○自得　みずから悟ること。
○すせうに　殊勝に。感心なことに。
○董子　几董。
○巻　「其雪影」巻頭の連句。
○梅路　生年未詳、延享四年(一七四七)没。伊勢山田の俳人。乙由門。のち曾北門。神風館五世。
○希因　生年未詳、寛延三年(一七五〇)没。金沢の俳人。北枝、支考に学び、乙由門。
○逸　出来栄えの優れたもの。
○阿堵の中に　この中に。

ちかき荻・芭蕉に吹わたる風の、おのれ〳〵が音をなして、
其世の月のたそがれの窓にさし入《いる》佛《おもかげ》も亦、みづのえたつ中
の秋の十三夜、友人嘯山書。

○みづのえたつ中の秋　壬辰中秋。明和九年（安永元年。一七七二）八月。

其雪影　巻尾

あけ烏《がらす》

石川真弘 校注

〔**編者**〕几董。
〔**書誌**〕半紙本一冊。題簽中央「あけ烏　全」(板下几董筆)。全二十四丁(内、序文三丁)。序文「安永癸巳之秋　高几董書」。刊記「洛北書林橘仙堂板」。板下几董筆。
〔**書名**〕巻初に収める馬南との両吟歌仙の几董の発句「ほとゝぎす古き夜明のけしき哉」が、其角の句「それよりして夜明烏や子規」の心に通うと解した蕪村の命である。ほととぎすに次ぐ第二声は夜明けの烏、即ち芭蕉たちに続く俳諧という意である。
〔**成立**〕本書は、几董の序文によれば、安永二年(一七七三)、彼が蕪村入門三年後の三十三歳の折、暁台や麦水ほか全国各地の蕉風復興の動きに呼応すべく蕪村の所見に従って編纂し、更に校閲を得て上梓した俳書である。
〔**構成**〕当代諸国の俳諧運動の様子を伝える几董の序文を掲げ、几董・馬南(大魯)の両吟歌仙一巻を巻初に、次いで几董一門の歌仙二巻、四季混雑の発句一五二句、巻末に蕪村立句の几董との両吟歌仙「頭へや」の巻を収める。初めの歌仙は馬南が西播地方の旅を終えて京に戻った安永二年夏の興行、他の歌仙二巻も同年の作、「頭へや」の巻は、その前年冬の作と見られる。ただし蕪村の「頭へや」の発句は、ほぼ三十年前の旧作である。発句作者は、樗良に関わりのある伊勢の人々、浪花の一鼠・二柳・旧国、加賀の麦水、名古屋の暁台、江戸の蓼太ほか当代の俳壇に主要な位置を占める人々を含む全一一六名を数える。
〔**内容**〕本書刊行の意図は、蕉風復興を志向し、俳諧の新風を世に示すことであった。巻尾の歌仙の発句・脇句の蕪村・几董の唱和も、芭蕉庵の貧寒なる生活を想起させる。また発句には、「不二ひとつ埋みのこして若葉哉　蕪村」「後ジテの面や月の痩男　几董」など確かな描写や天明調とも言うべき趣向を楽しむ句が多く見られ、本書の作品は、高雅な古典趣味や豊潤な感覚美を特徴とする。
〔**底本**〕雲英末雄氏蔵本。
〔**影印**〕『天明俳書集　一』(臨川書店、平成三年刊)。
〔**翻刻**〕日本俳書大系『中興俳諧集』、古典俳文学大系『中興俳諧名家集』、『蕪村全集　七』。

俳諧に不易流行の沙汰《さた》は、古への書に譲リて、暫くさしおく。今や世の風流漸《やうやく》変化して、其《その》流行にとゞまる有《あり》、前《すす》ムあり、又後《おく》るゝあり。しかりといへども、都《すべ》て蕉翁の光をたとぶの一に止《とどま》れり。夜《や》半《はん》の叟《そう》、常に我にいへらく、今遠つ国〱のもはら蕉門といひもてはやす、やゝ翁の皮《ひ》肉《にく》を察して、其粉《ふん》骨《こつ》をしらざるもの也《なり》。たとはゞ附句《つけく》に、「敵《かたき》よせ来るむら松の声　有明《ありあけ》のなし打烏帽子着たりけり」、是等の意を味ふの徒希《まれ》也と。今や不易の正風に、眼を開《ひら》るの時至れるならんかし。既《すでに》、尾張は五歌仙に冬の日の光を挑《かかげ》んとす。神風やいせの翁ともてはやせし麦林《ばくりん》の一格も、今は其地にして信ぜざるの徒多し。加賀州中に、天和・延宝の調《しらべ》に髣髴《はうふつ》たる一派あり。平安・浪華のあいだにも、まことの蕉風に志《こころざす》者少からず。爰《ここ》に同志月下《げつか》庵馬《あんば》南《なん》、去年《こぞ》の秋西海の辺りを行脚し、こ

○不易流行　芭蕉俳諧の文芸理念。
○世の風流　世間の俳諧。
○蕉翁の光　芭蕉の優れた俳諧。
○夜半の叟　蕪村。
○もはら　もっぱら。
○翁の皮肉　芭蕉俳諧の表層的な面。
○粉骨　芭蕉の俳諧作品の本質。
○敵よせ来る…　貞享三年（一六八六）一月興行の「丙寅初懐紙」（鶴齢編）所収の百韻「日の春を」の巻の初折裏第四・五の付句。有明時分に鬨の声がひびき渡り、かぶとを着用せんと急いで梨打烏帽子を着けたの意。文考の「葛の松原」に「走り（勢い）」の付句例として見える。
○尾張は五歌仙…　名古屋の暁台が、芭蕉七部集の第一冊「冬の日」に倣って「秋の日」を刊行したこと。
○麦林　中川乙由。伊勢国川崎の木材商、のち御師。享保以降伊勢俳壇の中心として活躍。
○一派　金沢の麦水ら。天和三年（一六八三）刊「虚栗」の漢詩調俳諧の高致をしたい、明和七年（一七七〇）にその俳風を継承して「春の夜」を刊行。
○月下庵馬南　吉分大魯。阿波国徳島藩の武士。大坂の遊女と脱藩駆落して上洛。蕪村に入門して活躍する。
○去年の秋　安永元年（一七七二）の秋。

とし夏のはじめ洛にかへりて再会す。其流行を語るに、余《よ》が方寸に察《さつす》ルに違《たがは》ず。一夜、我庵中に今古を討論し、夜闌《よふけ》に臥《ふす》かとすれば、忽然《こつぜん》として一声の初音をきく。とみに起出《おきいで》て、今ひとこゑの聞《きか》まほし顔なるに、はや暁雲東嶺に横《よこた》ふて、人の面も白〳〵と、古き夜明のけしき哉、と打誦《うちず》しければ、月下、頂《あたま》を敲《たたき》て歎《たん》じて曰《いはく》、汝早くも流行をしれるもの哉、古き夜明のあるじならめと、言下に花橘のワキを次《つぐ》るよりして、終《つひ》に六ゝの首尾をなしぬ。是を桜木にちりばめんはいかにと、ひそかに師が閲《えつ》を窺《うかが》ひ侍りけるに、打点頭《うちうなづき》て、汝子規《ほととぎす》の一声に発明せるがごとし。惟《おも》ふに汝が信ずるや晋子《しんし》也。

それよりして夜《よ》明烏《あけがらす》や子規

この句の心によりて、此《この》集の題号を明烏などよばんも可なるべし、と申されしより、例の拙《つたな》き筆に任せ、より〳〵聞《きこ》へた

○方寸　こころ。
○今古　近年の俳諧、昔の俳諧。
○一声の初音　ほととぎすの一声。
○古き夜明のけしき哉　本書巻頭の歌仙、几董の発句。
○汝早くも…あるじならめ　大魯のことば。
○花橘　巻頭歌仙の大魯の脇句。
○六ゝの首尾　三十六句俳諧歌仙。
○桜木にちりばめん　板木にして書物にする。
○師が閲　蕪村の校閲。
○汝子規の一声　几董発句への蕪村の賛辞。
○晋子　芭蕉筆頭の門人其角。
○それよりして…　元禄七年(一六九四)刊「句兄弟」所載の其角の発句。

る発句ども、且《かつ》、我門に遊べる徒が巻〳〵までもつゞりそへて、めづらしからぬ小冊となし侍るのみ。

安永癸巳《みづのとみ》之秋

高几董書

○安永癸巳　安永二年(一七七三)。

1 ほとゝぎす古き夜《よ》明《あけ》のけしき哉《かな》　几董
2 橘《たちばな》にほふ窓の南《みんなみ》　馬南
3 貴人より精《せい》米《まい》一《いつ》俵《ぺう》たまはりて　ゝ
4 秋は来《く》れども筆ぶせう也《なり》　董
5 残る蚊に葉《は》柴《しば》ふすべる月《つき》夕《ゆふべ》　ゝ
6 木《む》槿《くげ》の垣の隣したしき　南
7 そとしたる仏吊《とむら》ふ小《こ》重《ぢゆう》箱《ばこ》　董
8 傘《かさ》かるほどの雨にてもなし　南
9 暁《あかつき》の戸を腹あしく引《ひき》立《たて》て　董
10 きぬ被《かつ》き居るふるざれの君　南

1　発句。夏(ほとゝぎす)。▽ほととぎすが鳴き渡る夜明けの景色、古人が詠んだ夜明けのほととぎすだ。其角の「有明の面おこすやほとゝぎす」ほか。古人に倣って俳諧を興行しようの意。

2　脇。夏(橘にほふ)。▽古人を偲ぶ縁として「花橘の香をかげば」(古今集・夏)の歌のように、南の窓から橘の香が漂って来る。古人の俳諧を慕うのに格好の庭構えです。「窓の南」は漢詩文的表現。「南窓ニ倚ッテ傲ヲ寄ス」(陶淵明「帰去来ノ辞」)。

3　第三。雑。▽かつて都で高い地位にあったが、今は政治を離れ隠逸を楽しむ詩人。その人の許に、都の人より上等な米一俵が届いた。

4　初オ四。秋(秋)。▽秋にはきまって新米を賜わり、今年も届いたのだが、筆無精でそれにも礼状を書かない。

5　初オ五。秋(残る蚊・月)。月の定座。▽秋になり、歌を詠んでも書き留めない無精者でも、秋の蚊にはたまらぬのか、夕月時分葉柴を採って来て蚊遣りを焚く。

6　初オ六。秋(木槿)。▽残る蚊に葉柴を焚き、煙を避けて外に出て、木槿の垣根越しに月を楽しむ隣人に声を掛けた。

7　初ウ一。雑。▽法事を執り行い、用意した少しばかりの小重箱を、日頃親しくしている隣人に木槿の垣越しに渡す。

8　初ウ二。雑。▽法事に参り、精進上げの小重箱をいただき、外に出ると小雨が降っている。が、傘を借りるほどでなくそのまま帰宅。

9　初ウ三。雑。▽暁まで話し合いをしたがまとまらず帰ることになり、腹立ち紛れに戸を荒々しく引き立てて表に出る。表は雨、傘を借りるまでもないとつぶやき帰る。

10　初ウ四。雑。恋(ふるざれの君)。▽暁になっても男は見えず、腹立ち紛れに戸を締め、古びた衣を頭から被って座っている色艶も褪せ気味の女性である。

11　初ウ五。冬(神無月)。▽頭に衣を被り、男に相手にされなくなってしょんぼり座る女。神頼みを願うも今は神無月。

11 神《かん》無《な》月《づき》それさへ人のまこと也　董

12 春見のこしたかへり花さく　南

13 阿《あ》弥《み》〳〵が水ながれこす魚の骨　董

14 けさ殺されし蛇《くちなは》のさま　南

15 足《あし》軽《がる》の辛《から》く作れるとうがらし　董

16 魂《たま》棚《だな》の灯《ひ》の消《きえ》なんとする　南

17 軒《のき》のつま月さしかゝる風落《おち》て　董

18 しらべあはざる笛の一《ひと》声《こゑ》　南

19 海《あ》士《ま》人《びと》の蛸《たこ》打《うち》敲《たた》く砂の上　ゝ

20 小銭とらせて道の案内　董

21 大雪の跡さりげなく晴わたり　南

22 肌《はだ》足《し》に成《なり》て見たる傾《けい》城《せい》　董

これも無情な人の世のまこと。

12 初ウ六。冬(かへり花)。花の定座を五句引き上げ。▽春見過ごしてしまった桜を、神無月に帰り花で楽しむことができた。これも花に心を寄せる人の風雅の真の情である。

13 初ウ七。雑。○阿弥　京都東山諸寺塔頭の阿弥坊経営の料亭宿。▽春見残した帰り花を楽しむ人々であちこちの阿弥坊は賑わい、それらの坊が流した水に魚の骨が交じる。「無尽講花の盛を待れたり(松化)、人語をちこち阿弥〳〵が春(几董)」(天明乙巳初懐紙)。

14 初ウ八。雑。▽阿弥坊主たちは殺生は平気、彼等が川に流した水に魚の骨が交じり、今朝殺された蛇が、無惨な姿を晒している。これも阿弥の仕業であろう。

15 初ウ九。秋(とうがらし)。▽気性の荒い足軽の殺した蛇が無造作に投げ捨ててあり、畠には辛そうな唐辛子が作られてある。足軽は、武士倫理に外れ、恐怖の目でも見られた。

16 初ウ十。秋(魂棚)。▽足軽の大雑把で無頓着な暮し振りを付ける。足軽は魂棚を鬼灯(ほおずき)ならぬ唐辛子で飾り、灯明が消えそうでも気にする様子がない。

17 初ウ十一。秋(月)。月の出所を四句こぼす。▽軒端の魂棚に月が差しかかり、夜が更けて風が収まり、油が尽きてきたのか御灯明が消えかかる。

18 初ウ十二。雑。▽夕の風が弱まり、月の光が軒の端に差し込み、興に乗じて笛を一曲。が習い立てで音調が合わない。

19 名オ一。夏(蛸)。▽海に潜っていた海士が海面に顔を出し、口を尖らせて調子外れの声を上げ、一息吐くと海から上り、捕えた蛸を砂に敲きつけた。

20 名オ二。雑。▽回国修行の僧が道に迷い、海辺に出ると海士が蛸を叩いていた。小銭を与えて殺生を止め、ついでに道案内を乞うた。殺生悪を説く高僧の所行を趣向。

21 名オ三。冬(大雪)。▽昨夜の大雪が嘘のように晴れ渡り、一面の雪野原。旅人は道がわからず、村人に銭を与えて案内を頼んだ。

22 名オ四。雑。恋(傾城)。○傾城　遊女。▽空は見事に晴れ渡り、地上は一面の銀世界。遊女は裸足になって足を雪面に下ろす。紅い衣装が映え、仕草が可愛い。

23 川の瀬の浪《なみ》のうきくさ浪荒き　南
24 七日に満《みつ》る暮のおこなひ　董
25 桑の弓蓬《よもぎ》の矢声響く也《なり》　南
26 身をなく狐秋やしるらん　董
27 かり枕雨の更《さら》科《しな》月ふけて　南
28 酒の機《き》嫌《げん》に渋柿を喰《くふ》　董
29 いつの間に冠《くわ》者《じや》は男となりけらし　南
30 とし経《へ》し公《く》事《じ》のさら〳〵と済《すむ》　董
31 翌《あす》植《うゑ》ん門田の早《さ》苗《なへ》風わたる　南
32 何におどろく一群の鷺《さぎ》　〃
33 この宮も正《しやう》八《はち》幡《まん》と聞《きく》からに　董
34 海の朝日の蔀《しとみ》もれ来る　〃

23 名オ五。夏(うきくさ)。▽遊女は川の瀬に足を入れて見る。荒浪で翻弄される浮草に、男の慰みものとしての我が身の運命を思う。
24 名オ六。雑。▽今日七日で満願となる川施餓鬼の夕刻、祈りが通じてか浪の荒さに浮草が激しく揺れる。
25 名オ七。雑。▽男子誕生の御七夜の祝儀。「国君ニ世子生マルレバ…射人、桑弧蓬矢六ヲ以テ天地四方ヲ射ル」(礼記・内則)。「産屋の儀式桑の弓、蓬の矢事七夜の御賀」(近松門左衛門「松風村雨束帯鑑」)。
26 名オ八。秋(秋)。▽桑の弓・蓬の矢を放つ声が山野に響く秋、狐は友を奪われ、人間に命を狙われ、我が身の運命に涙を落とし、秋の侘しさを知る。
27 名オ九。秋(月)。月の定座より二句引き上げ。▽旅を続け更科に至ったが生憎の雨で月を楽しめず、床に伏す。夜が更けて哀れげに鳴く狐の声に眠られず、秋の風情が身にしみる。
28 名オ十。秋(渋柿)。▽雨で更科の月を賞せず、仕方なく宿で酒を呑み、夜更けて月が姿を見せても酔い潰れ、渋柿を喰う始末。
29 名オ十一。雑。▽酒を呑み、酔い覚ましに渋柿をかじっているが、いつの間に少年は一人前の男になったのだろう。
30 名オ十二。雑。▽いつしか少年は一人前の男になっており、当事者が幼いため未解決であった訴訟が意外に簡単に決着。
31 名ウ一。夏(早苗)。▽長いこと続いた土地の訴訟も、一気に解決し、いよいよ明日田植えをしようとする門田の早苗に、薫風が吹き渡り、気分爽快である。
32 名ウ二。雑。▽明日田植えを予定している門田の上を、一陣の風が吹き渡るや、近くの田に降り立っていた一群の鷺が、何に驚いたのか一斉に飛び上がった。
33 名ウ三。雑。▽神社の森から鷺の群が突然飛び上がったのは、この宮も「正八幡大菩薩」と社前で唱える人の声を聞いたから。鷺が弓を放つ時の祈念の詞と勘違いした。
34 名ウ四。雑。▽土地の漁夫からこの宮も八幡宮と聞いた通り、海から昇ってきた朝日が拝殿の中まで蔀戸を通して差し込み、誠に御威光に輝く霊験あらたかな宮である。

35 さくら咲《さく》あたりの花に培《つちかは》ん　ゝ

36 名利薄らぐ長安の春　南

春三月於高子舎興行

九湖

37 山吹の縄ゆるされて盛《さかり》かな　キ董

38 掃《はき》ちぎりたる庭の春風　路曳

39 よき人の噺《はなし》の答へうらゝかに　万容

40 杉の器の匂ひゆかしき　嵐甲

41 銀《しろがね》に川の流るゝ夏の月　芦角

42 団《うちは》持《もつ》手をうしろにてくむ

あけ烏

35 名ウ五。春(さくら)。花の定座。▽海の方から朝日が部戸を洩れて部屋に差し込み、庭の桜が開き、辺りの花を養うようである。古歌に「志賀の花園」と詠まれた志賀の都、湖岸の邸。

36 揚句。春(春)。▽桜が咲き、辺りの花にも力を与え開かせ、長安の春はすべての花が咲き競い、「長安古来名利ノ地」(白氏文集)と言うが、花に心和らぎ名利が薄れる思いだ。

○高子舎　几董邸。

37 発句。春(山吹)。▽枝振りの行儀が悪い山吹は、冬の間縄で括られていたが、春には縄が解かれ、今を盛りに咲いている。庭の山吹を愛でた挨拶の吟。

38 脇。春(春風)。▽春風が、花びらを掃きちぎり、庭を黄色に染めるに任せた手入れのとどかぬ庭と謙遜。

39 第三。春(うらゝか)。▽春風が庭の草花を掃きちぎるに任せているというお話、さすがに風雅なる人のお話は、晴々とした心地になる。更に几董の挨拶に応える。

40 初オ四。雑。▽品がよく物事を弁えた人の話の受け答えは爽やかで、持て成す杉の器も心地よく、木の香りが漂い、人柄に心引かれる。茶会席などの体であろう。

41 初オ五。夏(夏の月)。月の定座。▽川端に禊の祓えの祭壇が設けられ、お供えの杉の器の香りがゆかしく漂い、夏の月が川面に影を落とし、銀色に輝き流れる。

42 初オ六。夏(団)。▽夕涼みに出てうちわを持った手を後ろに組み、夏の月を映して銀色に輝き流れる涼しげな川面を暫く眺める。何げない手の所作に、夕涼みの気分を描写。

43 小草《をぐさ》生ふ軒の瓦の落《おち》かゝり　雄尚
44 昼から晴れて行《ゆき》違ふ雲　湖
45 大津まで廓《くるわ》の駕《かご》を飛《とば》す也　キ
46 うつり香に泣くものゝふの袖　甲
47 つれ〴〵と硯に墨を摺《すり》ためて　容
48 かゝぐる燭《とも》し一葉散り来る　曳
49 長き夜に鳥もねまどふ月の下　角
50 身はゞも狭き菅《すげ》蓑《みの》の露　尚
51 栗《くる》栖《す》野《の》や竹田を右手《めて》に醍《だい》醐《ご》山　湖
52 腹を減《へら》しにうそ〳〵と出る　キ
53 暮《くれ》のこる花を盗《ぬすま》んとぞ思ふ　尚
54 灯《ほ》かげ朧《おぼろ》に神《かん》主《ぬし》の窓　容

43 初ウ一。雑。▽かつての英資の旦那が、手持ち無沙汰にうちわを持った手を後ろにまわし、我が屋の軒を見上げ、小草が生え落ちかかった瓦を見て落魄の身を侘びる。

44 初ウ二。雑。▽朝から雨模様で仕事を見合わせていたが、昼頃空を見上げると草が生え落ちかかった瓦の軒先に雲が行き交い、晴間が見えた。

45 初ウ三。雑。▽京で商用を済ませたあと廓に遊び、雨天に託けて長居した旦那が、昼から天候回復して慌てて駕籠をしつらい、今日中に大津まではと急ぐ。

46 初ウ四。雑。恋(うつり香・袖)。▽遊女と別れ難く一行の出発に遅れた若侍が、廓の駕籠で大津まで走り、駕籠の中でわが袖の遊女のうつり香に泣く。

47 初ウ五。雑。▽恋しき方へ思いの中を認めようと硯に墨を摺りためたものの、女は若武者のうつり香に泣くばかり。

48 初ウ六。秋(一葉散り)。▽夜のつれづれに硯に墨を摺りため、ふと灯を翳して外を見ると桐一葉が散り、秋の風情。「梧桐一葉落チテ天下ノ秋ヲ知ル」(淮南子)。

49 初ウ七。秋(長き夜・月)。月の出所。▽燭を掲げて庭に出ると木の葉一葉が落ちてきた。月明りの下秋の夜長を鳥も眠り惑い、一葉散らせたのであろう。

50 初ウ八。秋(露)。▽秋の夜長を鳥も寝惑っている月の下、小ぶりな菅蓑に露を受けながら旅を続ける旅人の侘しい姿。

51 初ウ九。雑。▽痩せて貧相な旅人が、露を受けた蓑笠姿で、栗栖野を竹田を右手に見て歩を進め、更に醍醐山へ向かう。

52 初ウ十。雑。▽腹を減らすために行く先も決めずに家を出て、栗栖野を醍醐へと辿る。

53 初ウ十一。春(花)。花の定座。▽腹を減らそうと家を出てあてもなく歩くうちに、垣越しに桜を見付け、咲き残る一枝を盗もうと思う。

54 初ウ十二。春(朧)。▽春の暮、社の花も終りの様子で一枝盗もうと思う。いささか気が咎め、ふと神主の住居を見ると窓に灯の光が霞んで見えた。

55 春の雨他人まぜずの連歌して　曳

56 是《これ》ははな香《が》のぬけた一《ひと》森《もり》　甲

57 厠《かはや》借《リ》し礼に本《ほ》尊《ぞん》を拝《をが》みけり　キ

58 夕《ゆふ》凪《なぎ》にいざ明石まで出《で》ん　角

59 むら鵆《ちどり》耳の辺りを筋《すぢ》違《かひ》に　甲

60 かはつた物を捜《さが》す妙薬　湖

61 大小の鐺《こじり》も兀《はげ》し世に住て　角

62 橘に日をいとふ椽《えん》先《さき》　曳

63 姑《しうとめ》と中の能《よ》過《すぎ》てこまる也　湖

64 洒《しや》落《らく》に染た盆のかたびら　尚

65 黄《たそ》昏《がれ》や月のちらめく雨の跡　容

66 築《つい》地《ち》の屋根に草の花さく　角

55 名オ一。春(春の雨)。▽神主の住居の窓に灯が霞んで見え、神主仲間が春雨の興に連歌を楽しんでいる。

56 名オ二。春(はな)。▽春雨の中、身内のみを花の山に迎えて連歌会を催し、亭主が、是は花の盛りも過ぎ香りもぬけた一つの森と案内する体。

57 名オ三。雑。▽花の山寺を訪ねたが花は終わり、是では花の香もなく、風情のないただの一森だ。そこで厠を借り、その礼に本尊を拝して帰った。

58 名オ四。雑。▽須磨明石へ旅し、須磨寺で厠を借り、その礼に本尊を拝む。夕刻の凪に舟で明石へ出てみよう。

59 名オ五。冬(鵆)。▽明石へと舟を出すと「淡路島かよふちどりのなくこゑに…」(百人一首・源兼昌)と古歌に詠まれた千鳥が、耳近くまで筋違いに飛んで鳴く。

60 名オ六。雑。▽海辺を逍遥している人を、千鳥は探しものをしていると思い、耳近くに飛んで来て、変ったものを探す妙薬があると鳴く。千鳥が探し物をするように飛ぶことからの趣向。

61 名オ七。雑。○鐺　刀の鞘の端に付けた装飾。▽大刀小刀の鐺も禿げてしまったほどの平和な世で、骨董品を楽しむことができる。平和が妙薬。

62 名オ八。夏(橘)。▽大小の刀を必要としない世に生きる武士が、所在無さの慰みに植物を育て、今日の日差しは橘によくないと呟きながら縁先で日なたぼっこをする。

63 名オ九。雑。▽妻と姑が縁先で「橘にこの日差しは良くない」と仲良く話をしている。事ある折に二人は結託、夫は不利。仲良すぎるのは困りもの。

64 名オ十。秋(盆)。▽盂蘭盆用の帷子を自分に相談なく妻と姑が勝手な好みで洒落に染め上げ、自分には気に入らぬ。

65 名オ十一。秋(月)。月の定座。▽盂蘭盆に着たすっきりとした染めの気に入りの単物を、今夜の月見に着て外出、黄昏時分には雨が上がり、月が時折顔を見せて月見ができた。

66 名オ十二。秋(草の花)。▽雨上がりの黄昏時、月の光が築地の屋根に生えている草花を映し出し、もの淋しい秋の夕暮である。

67 倶《ぐ》せられし従者《ずさ》は外面《そとも》に打眠《うちねむり》　曳

68 袖に払へる膝突《ひざつき》の塵　甲

69 鶏の小高く飛《とび》し朝日影　尚

70 橋かけさせて通る大名　キ

71 めし櫃《びつ》を抱《かか》へてもどる花の主《ぬし》　容

72 しほり戸をこす蝶のふるまひ　角

夏四月朔臨時会

73 灰汁《あく》桶の輪も入《いれ》かへんころもがへ　魚赤

74 垣のあなたに咲《さけ》る卯花《うのはな》　几董

67 名ウ一。雑。▽主人が訪ねたお屋敷の築地の屋根に草花が咲き、従者は築地の外で腰を下ろし居眠りしながら主人を待つ。好天の昼景に転じる。

68 名ウ二。雑。○膝突　膝の下に敷く薄縁(うすべり)。▽中庭での宴もお開きとなり、辞去しようと従者を呼んだが外で眠り込んでしまって来ない。袖で膝突の塵を払って立つ。

69 名ウ三。雑。▽膝突を芸事の師匠への礼物に取り成す。朝から挨拶に師匠の家を訪ね、門先で袖で勢いよく膝突の塵を払う。驚いた鶏が朝日の中少し高く飛んだ。

70 名ウ四。雑。▽大名行列に驚き、鶏が朝日の中に飛び上がる。行列の一行が急遽造らせた橋を渡って行く。

71 名ウ五。春(花)。花の定座。▽橋をかけさせて渡って行った大名の花見も無事終わり、花の主はめし櫃を抱えて戻ってきた。人夫たちへの花の主の炊き出しを趣向。

72 揚句。春(蝶)。○しほり戸　木の枝や竹で作った簡単な開き戸。▽蝶が、花見を終えて戻る花の山の主の後についてしおり戸を越して庭に舞う。

73 発句。夏(ころもがへ)。○灰汁桶　水と灰を入れ、灰汁が滴り落ちるように仕掛けた桶。「灰汁桶の雫やみけりきりぎりす」(猿蓑・凡兆)。▽衣を替えて夏に備え、灰汁桶の箍(たが)も掛けかえておこう。

74 脇。夏(卯花)。▽箍の掛け替えをしている庭先の垣根の辺りに、薄雪にも見立てられる卯の花が白く咲き乱れている。初夏の爽やかな景。

75 しのゝめの駒《こま》牽《ひき》つるゝ旅に出《で》て　土丸更粱　瓜
76 角力《すまふ》に呼《よん》で見たき山の名　竹　裡
77 中秋も十日あまりの昼の月　春　蛙
78 障子明れば蘭《らん》の匂へる　桃　牛
79 勅《ちよく》定《ぢやう》の撰集半《なかば》成就して　布　立
80 眶《まぶち》にかゝる白《しら》髪《が》ひとすじ　赤
81 枕あげて宿《しゆく》酒《しゆ》の料理好ミけり　董
82 雨した〳〵と夕ぐれる空　瓜
83 差《さし》つけぬ刀の重き長堤《つつみ》　裡
84 我かげながら我におかしき　春
85 養《やう》性《じやう》のけふも麦めし喰《くひ》過《すご》し　牛
86 裏は隠居へ行《ゆき》ぬけの町　立

75 第三。雑。○しのゝめ　夜明け方。▽夜明け方、庭の垣根の辺りが卯の花でほんのり白く、東の空にたなびく雲も白みかけた中、駒を牽いて旅に出る。

76 初オ四。秋(角力)。▽次第に夜が明け、遠くの山並が眺められ、その山の中には、角力取りの名として呼んでみたい山の名がある。

77 初オ五。秋(中秋・月)。月の定座。▽角力取りの名に相応しい名の山の峰に、仲秋も十日ほど過ぎた頃の形を整えかけた昼の月がかかり、墨絵のような眺めである。

78 初オ六。秋(蘭)。▽庭に面した障子を明けると仲秋も十日あまりの頃の昼の月が眺められ、庭の蘭の香りが部屋の中まで漂い、秋の感興に耽ることができた。

79 初ウ一。雑。▽前句の蘭により漢詩人の邸宅を趣向。詩文集の勅撰をほぼ終え、障子を明けて庭の蘭を楽しむ。

80 初ウ二。雑。▽勅命による歌集の撰定も長期にわたり、気遣いで白髪も増え、漸く完成に近付く。老歌人の様。

81 初ウ三。雑。○宿酒　二日酔い。▽昨夜は酔い潰れ、目覚めて白髪がまぶたにかかる寝乱れ姿に老いを感じ、二日酔いの頭をやっと持ち上げ、残りの料理を食べる。

82 初ウ四。雑。▽二日酔いで頭が上がらない。幸い外は雨で仕事にならないため再び寝る。空腹で目を覚ましては残りの料理を口にする。なお雨降り続く夕暮。

83 初ウ五。雑。▽雨が降り続く夕暮、村長が普段つけ慣れない刀を差して増水を案じ堤を行く。刀が腰に重くつらそうである。

84 初ウ六。雑。▽めったに差すことのない刀が腰に重く、長い堤の道に映る我が影のぎこちなさ、我れながらおかしい。

85 初ウ七。雑。○養性　養生。▽太った我が体の影のおかしさ、養生すべき今日も、麦飯を食べすぎてしまった。

86 初ウ八。雑。▽隠居養生の身だが、今日も麦飯を食べ過ぎ、隠居所の裏からすぐに町筋に出ることができる便利さから、腹べらしに町中の散歩を楽しむ。

87 梵《ぼ》論《ろ》呼《よび》て鶴の巣《す》籠《ごもり》籟《ふか》せばや　赤

88 裾《すそ》に乱《みだ》してしまふついまつ　裡

89 とかくして月も出《いで》たり花の宴　立

90 あふみや人よ我国の海苔《のり》　瓜

91 滞留を降《ふり》こめられし春の雨　春

92 仮名にて書ヶば長ふなる名じや　牛

93 目じるしの橋は普《ふ》請《しん》に行《ゆき》過《すぎ》て　瓜

94 干《ほ》鰯《しか》の市を吹《ふき》送る風　菫

95 帷子《かたびら》の糊《のり》も立《たち》たる雲の峰　裡

96 ふだん下《げ》駄《た》はく女有《あり》けり　赤

97 さるほどに面目もなき恋の闇　菫

98 調べもゆるむ断《だん》食《じき》の中　裡

87 初ウ九。雑。○梵論　虚無僧。○鶴の巣籠　尺八・胡弓・地唄等の曲。▽裏手はすぐに町の通りへ続く隠居所で、ご隠居が、退屈凌ぎに鶴の巣籠の尺八を吹かせたいと虚無僧がやって来るのを待つ。

88 初ウ十。雑。○ついまつ　歌がるた。▽歌がるたに飽きた女たちは、今度は虚無僧を呼んで尺八を吹かせようと立ち上がり、裾でかるたを乱した。

89 初ウ十一。春(花の宴)。花の定座。月の出所を四句こぼす。▽花見の宴を催し、女たちはかるたに戯れ、酒酔いも手伝い裾でかるたを乱す。何かと遊び興じるうち月が昇る。

90 初ウ十二。春(海苔)。○あふみや人　大宮人。▽大宮人を漁村に迎えて催した花見の宴は夕に及び、その席で我が国第一の海苔と自慢の珍味を勧める。

91 名オ一。春(春の雨)。▽京に滞在してお国自慢の海苔を行商。今日は春雨に降り籠められて、都の人たちに宿で海苔の自慢話をする。

92 名オ二。雑。▽滞留して仕事をしていたが、春雨で外出できず、宿で知り合った客同士が自己紹介する体。

93 名オ三。雑。▽人を訪ねるのに、仮名で書くと随分長い橋の名と教わり、その橋を目印に行ったが、橋は普請中で取り壊されていたため行き過ぎてしまった。

94 名オ四。雑。▽目印の橋は掛け替え中で気付かず通り過ぎてしまい、風の吹き送る干鰯の匂いで市の方向がわかった。

95 名オ五。夏(帷子・雲の峰)。▽「立たる」は「糊」「雲の峰」の両語に掛かる。糊の利いた夏帷子を着て外出。風が吹き送る干鰯の香り、空には雲の峰が見え、爽やかな気分。

96 名オ六。雑。▽雲の峰が立ち好天。糊を利かせた帷子を着て、普段から履き慣れた下駄を履いたお洒落な器量のいい女がいた。

97 名オ七。雑。恋(恋の闇)。▽前句の女性の身の上。さてもさてもとんでもない男に恋をしたものと恋に悩んでいる。

98 名オ八。雑。▽許されぬ恋に堕ち、食事が喉を通らず、体も弱り、奏でる楽器の音も力ない始末である。

99 狭くても居《すわ》リ馴《なれ》たる四畳敷　立
100 葉ごしに見ゆる翌《あす》の蕣《あさがほ》　瓜
101 客僧の小便しげき夜《よ》半《は》の月　牛
102 首筋寒く雁わたる声　春
103 船《ふな》玉《だま》の神《み》酒《き》をしづかに下《さ》ゲる也　赤
104 腕《かひな》へかけて疝《せん》気《き》引《ひき》つる　立
105 軒の雪打《うち》しめりたる炭俵　春
106 孕《はらみ》雀の餌を捜すらん　牛
107 散《ちり》いそぐ花を散らして花盛　裡
108 うれしき道に出る春の日　瓜

99 名オ九。雑。▽「調べ」を取り調べる意に取り成す。悪事を働いた奉公人が狭い納戸に閉じ込められ、食事も止められて体が弱ったので調べが穏やかになった。

100 名オ十。雑。秋(蕣)。▽庭の眺めを楽しむように造られた四畳敷の部屋。住み馴れた狭い部屋から明朝花開く朝顔を眺める体。

101 名オ十一。秋(月)。月の定座。▽泊めた旅の僧が何度も小便に行くので目を覚まされ、起きて外をみると月明りの下明朝咲く朝顔が葉越しに見えた。

102 名オ十二。秋(雁わたる)。▽客僧は冷えて幾度も便所へ立つ。首筋が寒く思わず身震いする。月夜の中を鳴き渡って行く雁の声に一層寒さが募る。

103 名ウ一。雑。○船玉　船に祠る神霊。▽首筋が寒そうに雁が鳴き渡る寒い折、漁夫は御酒で体を暖めようと、船玉に供えた神酒を静かにゆっくりお下げする。

104 名ウ二。雑。▽前句の人を漁夫の長老、疝気持ちと見る。船玉様に供えた神酒を下げる腕が突然引きつり、持病の疝気が起きてしまった。

105 名ウ三。冬(雪・炭俵)。▽疝気が起こり、暖をとろうと軒下の炭を取りに行くと炭俵に雪が降りかかり湿っていた。

106 名ウ四。春(孕雀)。▽春の雪が地面を隠し、そのため孕雀が、軒下の湿った炭俵の所まできて餌を探している。

107 名ウ五。春(花盛)。花の定座。▽それでなくても散り急ぐ桜を、孕雀が餌を探しながら散らし、激しく乱れ散る花盛りである。

108 揚句。春(春の日)。▽花吹雪となって散りいそぐ花盛りの道に出て、春の日を楽しむ。歓喜この上もない。

四季混雑

109 不二ひとつ埋《うづ》みのこして若葉哉《かな》　蕪村

110 蜂の巣に虻《あぶ》の訪《とひ》よる若葉哉　九湖

111 あけぼのや乞《こひ》捨《すて》て行《ゆく》猫の声　魚赤

112 ともし火の千鳥に動く涼《すずみ》川《がは》　竹裡

113 瀬にかはるよしなしごとや門《かど》涼《すずみ》　万容

114 うぐひすの隣へ逃《にげ》てはつ音哉　キ菫

115 異《こと》国《くに》の僧もおはして蓮見哉　嵐甲

116 鶯やもどりかゝりし垣の内　路曳

117 酔ふて寝た日のかず〳〵や古暦　キ菫

118 寒梅や念《ねん》者《じや》を見舞ふ枕上　芦角

119 ゆく春の裾をからげよ藤の花　布立

109 ▽名高い富士山一つだけを埋め残して辺り一面は若葉に埋め尽くされている。自画賛前書「東海万公句　青天八朶玉芙蓉」。季若葉(夏)。

110 ○訪よる　擬人的表現。▽若葉の季節、虻が蜂の巣の辺りを飛び回る。虻が動こうとしない蜂に若葉の季節を知らせるという趣向。「猿どのゝ夜寒訪ゆく兎かな」(蕪村)。季若葉(夏)。

111 ▽春の夜明け、雄猫が恋の相手を求めて鳴きながら去って行く。「乞捨て行」が俳諧的描写。季句意より猫の恋(春)。

112 ▽涼みに川端に出て見ると川面に映るともし火が、千鳥の泳ぎにつれて揺れ動き、涼しく見える。季涼川(夏)。

113 ▽川の瀬まで行けばよいのだが、門先でたわいもない涼みを楽しむのも一興。季門涼(夏)。

114 ▽待たれた春の到来、鶯が来たかと思うと隣の庭へ逃げて初鳴きをした。思いもかけぬ痛惜の情。季うぐひす(春)。

115 ▽夏の早朝、蓮の開花を楽しむ人々の中に異国の僧も見え、この世とは思われぬ極楽浄土のような清浄な雰囲気に包まれている。季蓮見(夏)。

116 ▽鶯は一しきり梅のある庭を飛び回って鳴き、飛び去るかに見えて庭を振り向いて再び鳴く。季鶯(春)。

117 ▽年の瀬、古暦を見て一年を振り返る。花を見ては酒、蛍を楽しんでは酒、事あるごとに酒を呑み、酔い潰れた日のなんと多いことか。季古暦(冬)。

118 ○念者　男色の兄分の若者。▽衆道に遊ぶ伊達男が薄着して風邪に臥し、相手から届けられた寒梅が見舞うように置かれている。季寒梅(冬)。

119 ▽春も過ぎ行く頃、地面近くまで房を垂らして咲く藤の花よ、裾をからげなさい。季ゆく春・藤の花(春)。

120 投《なげ》られて酒債《さかて》飛散ル門《かど》角力《すまふ》　亀公

121 古幮《がや》のほころび口やけさの秋　雄尚

122 蝙蝠《かうもり》に人商人《あきんど》の噂かな　梁瓜

123 一《ひと》頻《しきり》春しづまつて藤の花　馬南

納涼

124 三つふたつ星まだ暑し夕涼　子曳

125 酒ゆるすくすしも見へて夕すゞみ　几董

126 かはほりや風に吹《ふか》るゝ洗《あらひ》髪《がみ》　桃牛

127 萩の戸の馬のゆく衛《へ》やけさの秋　春蛙

もろこしの詩客は一刻の宵をおしみ、我
朝の歌人はむらさきのあけぼのを賞せり

128 春の夜や宵あけぼのゝ其中に　蕪村

120 ○門角力　家の門先で行う相撲。▽隣人相集い、門先で相撲を楽しみ、人々は投げられた方に酒代を投銭する。季角力(秋)。

121 ▽秋の気配を感じながら使い古されてきた蚊帳を抜け出ようとして、蚊帳の綻びに気付き、季節の侘しさが一層増す。季けさの秋(秋)。

122 ▽夕暮の町角に飛び交う蝙蝠を眺めながら人々は、昼やって来た商人の噂話をする。町中の夕涼みの体。季蝙蝠(夏)。

123 ▽梅や桜に心落ち着かぬ日を過ごした春も、一しきり静まったかと思う間もなく、藤の花が咲き出した。季春・藤の花(春)。

124 ▽夕涼みに出て空を見上げる。秋の気配が漂い初めた空に輝く二、三の星にはなお暑さが感じられる。季暑し・夕涼(夏)。

125 ▽病身禁酒ながら酒を飲んで夕涼みをしているところに医者が現れ、共に縁台に腰かけ、少しぐらいはと酒を許す。季夕すゞみ(夏)。

126 ○かはほり　蝙蝠。▽蝙蝠が飛び交う夕暮、洗った髪を夕風に吹かせ乾かす女の姿は、怪しげに艶。季かはほり(夏)。

127 ○萩の戸　清涼殿の一室。▽立秋の今朝、清涼殿萩の戸の間の庭先から馬が行方知れずになった。秋の風情に誘われて野に出たのか。季けさの秋(秋)。

128 ▽蘇東坡の「春宵一刻直千金」、清少納言の「春はあけぼの」、その宵とあけぼのの中間になる春の夜も趣き深いことだ。季春の夜(春)。

129 春の夜や皷《つづみ》しらべる誰が家　キ董

130 つばくらや朝起なれし八軒屋　烏西

131 冬がれや姨《をば》捨《すて》に月も捨《すて》て有《あり》　自笑

132 いなづまやされば夜来る杉の間　百池

133 山吹や金《こがね》のすたる水の底　我則

134 むら雨のまだ干《ひ》ぬ町におどり哉　田福

自悔

135 沈《ちん》酔《すい》に夢も夏野のしかいふな　多少

136 月花を軒へ寐に来る燕かな　五雲

市中

137 朝霧の爰《ここ》も浦かや魚の店《たな》　孤舟

野行

129 ▽穏やかで甘美な春の夜、皷を楽しむ音が聞こえて来る。一体誰の家であろうか。浪漫的感情をそそることだ。[季]春の夜(春)。

130 ▽同じような軒を並べる八軒ほどの家並。その家毎の軒先から毎朝決まったように同時に燕が朝起きして飛び立つ。[季]つばくら(春)。

131 ▽冬枯れた姨捨山は蕭々として凄まじく、月もあまりの冷たさに見捨てられてある。[季]冬がれ(冬)。

132 ▽稲妻が走り、一瞬杉の間を明るく映し、稲妻が消えるとその辺りは一層暗い夜となる。[季]いなづま(秋)。

133 ▽川岸に咲いた山吹が、澄み切った水底に色を映し、金も光を失って見られるほどの鮮やかな輝きを見せている。[季]山吹(春)。

134 ▽むら雨が一しきり来て、まだ道の湿りも乾かない町中に、踊り子たちは待ち切れず繰り出して踊り出した。[季]おどり(秋)。

135 ▽酒で暑気払いし、つい深酒して寝込んでしまい、暑い夏野を夢に見ても、暑いなどと言うなよ。[季]夏野(夏)。

136 ▽月花の季節にきまって心を寄せるように、燕はその時宜を忘れず軒へ塒(ねぐら)を求めてやって来る。[季]燕(春)。

137 ▽朝霧が立ち籠めた市中、殊に霧につつまれた魚店の辺りは、ここも浦かと思われることだ。[季]朝霧(秋)。

138 朝露や膝より下の小松原　几董

夏冬

139 旅なれて見ゆる馬上の団《うちは》かな　大坂万翁

140 忽《たちまち》に餅の生《な》ル木は柳哉

141 魨《ふく》の面《つ》ラ世上の人を白《に》眼《ら》ム哉　蕪村

峡中帰

142 老樹枝たれて行《ゆく》道《みち》暗しかんこ鳥　五律

143 古寺や月の今宵も経の声　斗文

144 無《む》住《ぢゆう》にてとしぐ萩の盛《さかり》哉　子曳

145 恋《れん》〻《れん》として柳遠のく船路哉　キ董

146 つばくらや御堂の太鼓かへり打《うつ》　也好

147 動くとも見へぬ田《た》螺《にし》のあゆみかな　維駒

138 ▽朝露を払うように行く野は、強い風が通う所らしく、松は膝ほども伸び切らず地を這うように生える小松原である。[季]朝露(秋)。

139 ▽暑い日差しの下、うちわを使いながら馬に揺られて旅して行く。その仕草はいかにも旅馴れている。[季]団(夏)。

140 ▽師走に正月用の餅搗きの折、餅花を拵える。たちまちに餅が生った木は柳である。「餅花といふは、小さき餅を柳の枝に数多つけて、花のかたちをなす」(改正月令博物筌)。[季]餅花(冬)。

141 ○世上の人を白眼ム　晋の阮籍が世人に青眼白眼で対した故事(蒙求・阮籍青眼)。「白眼モテ看ル他ノ世上ノ人」(唐詩選・王維)。▽ふぐの面は毒魚として嫌う俗人をにらんでいる。[季]魨(冬)。

142 ○峡中　山あい。▽老木の枝に覆われた暗い峡谷の道を不安な気持で辿って行くと、寂しく鳴く閑古鳥の声が聞こえ、更に不安が募る。[季]かんこ鳥(夏)。

143 ▽侘しさ漂う古寺に皓々と月光が差し、今宵も変りなく夕勤めの読経の声が聞こえ、寂光浄土の趣きである。[季]月(秋)。

144 ▽無住となって久しい寺の庭には秋が来ると萩が咲き、今年もまた花の盛りを迎えた。[季]萩(秋)。

145 ○恋〻として　別離の情。漢詩的表現。○柳　「離情ヲ繋グ」(円機活法・柳糸)。▽別れを惜しみつつ船が岸を離れ、見送る人々の姿が次第に視野から消え、柳も遥か遠退いて行く。「此ほとり」所収、蕪村ら一座の歌仙「其二」の発句。[季]柳(春)。

146 ▽燕が寺の御堂から飛び去るかに見えて引き返す。その時御堂の太鼓が鳴り、燕が太鼓を返り打ちしているようだ。[季]つばくら(春)。

147 ▽漸く水が温んできた春田の溝を田螺が、動くとは見えないほどゆっくりと歩を進める。[季]田螺(春)。

148 朝霧や二人起たる台所　几董
149 ゆく春や又この頃のとし忘《わすれ》　東武　西羊
150 嵯峨行《ゆき》の揚《あげ》屋《や》出《いで》けりけさの秋　越後　一音
竹酔日
151 たゞたのし竹植る日もひとり坊　仙台　丈芝
152 笠の露も杉の匂ひや霧の朝　信夫　呑溟
153 其中のひとつは落《おち》よ八巾《いかのぼり》　大坂　旧国
154 夜をかけて青キにかへる柳哉　伊勢　宗居
155 恋こめて妹《いも》が手伝ふ粽《ちまき》かな　〃　青白
156 いなづまや風《ふ》情《ぜい》を乱す月の雲　〃　花紅
157 鳥も啼《なか》ず時雨ながらに日のくれぬ　〃　故雀

148 ▽二人は新婚の夫婦か。朝霧が深いために夫は、妻を気遣い水汲みなどを手伝って、二人して台所で朝食の準備をする。季朝霧(秋)。
149 ▽行く春の季節、春を惜しむと言うより忘れたいことが多く、この時期の年忘れである。季ゆく春(春)。
150 ▽立秋の朝の清々しさに乗じて、揚屋からそのまま秋の風情を楽しむため、嵯峨の散策に出かけたことだ。季けさの秋(秋)。
151 ○竹酔日　陰暦五月十三日に竹を植えると枯れないとの中国の俗信。▽竹林の庵、この日も客なく、独り過ごすのはただ楽しい。季竹植る日(夏)。
152 ▽新調の笠の杉の香が笠の露に移り、清新な香りが漂う。霧深い朝の心改まる旅立ちである。季露・霧(秋)。
153 ○八巾　凧。▽沢山の凧が、春風に乗って晴れた空に気持よさそうに舞っている。その中の一つぐらいは、落ちてしまえ。季八巾(春)。
154 ▽柳は夜を通して身を養い、一夜明けると更に青さを増し、鮮やかな姿を見せている。季柳(春)。
155 ▽屈原の霊を弔うために姉が粽を結う話があるが、妹が格別に心を籠めて手伝い作った粽には、男への思いが籠められたことだ。季粽(夏)。
156 ▽「月はくまなきをのみ見るものかは」(徒然草一三七段)の文に思いを寄せ、雲のかかる月を眺め、秋の風情を楽しんでいると、突然その雲から稲妻が走って肝をつぶした。季いなづま・月(秋)。
157 ▽いつものような鳥の声は聞かれず、時雨模様の寒々とした空のもと日が暮れて行く。季時雨(冬)。

158 露深く蕣《あさがほ》の花の并《なら》び哉　ゝ聞詩

159 初《はつ》蝶《てふ》の寄《よる》もかよはき笹あらし　ゝ素後

160 けふの月空に心のすめる哉　ゝ桂舟

161 閑《しづか》さや花にそふたる庭の月　ゝ茶州

162 竹に見て野をなつかしむ深《み》雪《ゆき》哉　ゝ羅父

題閑居

163 梅がゝ《か》におどろく梅の散《ちる》日哉　いせ樗良

164 んめ咲《さき》て十日に足らぬ月夜哉　名古屋暁台

蓬莱《ほうらい》に聞《きか》ばや、とは翁の歳旦也

165 行春やいせの便《たより》もあまたゝび　几董

166 松の月それさへ春の名《な》残《ごり》かな　馬南

167 春の夜や杖曳《ひき》たらぬかもの町　嵐山

158 ▽夜が明けかけた朝露の深い時分、沢山の朝顔の花がまるで並ぶように開いた。季露・蕣(秋)。

159 ▽生まれたばかりの蝶が、舞い飛んだかと見るまに春の嵐に吹かれ、かよわく揺れる笹の葉に必死でしがみついている。季初蝶(春)。

160 ▽仲秋の名月は空にますます澄み渡り、曇りなきその月を眺めていると、我が心まで月のように澄む思いである。季月(秋)。

161 ▽庭の桜に添うように月が懸り、春の夜の幻想的眺め、辺りは一層艶に閑まりかえる。季花(春)。

162 ▽折り曲げられてしまった竹に大雪の様子を見て、雪の野は素晴しいことであろうと心ひかれるが、大雪で外出が叶わない。季深雪(冬)。

163 ▽閑居を楽しませた庭の梅が香の衰えに驚き、梅を眺めると散り初めていた。季梅がゝ(春)。

164 ▽梅が咲いて十日にはなお日がある頃、月の光は薄く梅がはっきりと見えない夜、ふくよかな香りのみが漂う。「暗香浮動シテ月黄昏ナリ」(山園小梅・林和靖)。季んめ(春)。

165 ▽芭蕉は蓬莱に伊勢の初便りが聞きたいと言ったが、行く春を惜しむ伊勢の便りが私にしばしば届くことだ。「蓬莱に聞ばや伊勢の初便」(炭俵・芭蕉)。季行春(春)。

166 ▽春爛漫の季節が過ぎようとしている今、秋の代表的風情として歌に詠まれた松の月さえも春の名残を留めている。季春(春)。

167 ○杖曳　散策する。▽賀茂の祭礼は夏行われるが、春の夜に訪ねてみるとまた変った風情が漂う町で、杖曳き足らぬことであった。かもは四月第二の酉の日の祭礼、五月五日の競馬が賑わう。季春の夜(春)。

168 苗代《なはしろ》や鞍馬の桜ちりにけり　蕪村

169 若竹や暗がりはしる水の音　甘地　鳳嵩

170 日の洩ラで里守《もる》神の新《しん》樹《じゅ》哉　倸布

ある僧、石昧因果に句ありや、と問《とふ》に

171 あさましや谺《こだま》も同じ雉の声　加古川　半捨

172 さしわたし六尺ばかり梅の月　淇園

173 鴈もまた鳴《なく》や沼田の朧《おぼろ》月《づき》　五橋

174 遅桜なしに交《まじ》りて咲《さき》にけり　高砂　布舟

尾上鐘《をのへのかね》

175 冴《さえ》けるは此鐘なりし夜《よ》部《べ》の霜　馬南

176 山清水靫《うつぼ》左リへまはりけり　結城　雁宕

177 関の戸に秋風はやし麦畠　江戸　泰里

168 ○鞍馬　桜の名所。▽雲珠(ずう)桜で知られる鞍馬山の桜の花びらが、春風に誘われて麓の美しい緑一面の苗代の中に散り込むことだ。「わが恋にくらぶの山の桜花まなく散るとも数はまさらじ」(古今集・恋二・坂上是則)。[季]苗代・桜(春)。

169 ▽皮を落として勢いよく育った若竹は鮮やかな薄緑の葉を繁らせ、その竹林の暗がりを流れる水の音は清々しい。[季]若竹(夏)。

170 ▽夏を迎えて村の鎮守の森は新緑に覆われ、木の間は光が遮られて鬱蒼とし、神々しい。[季]新樹(夏)。

171 ○石昧因果　未詳。▽静寂を破って激しく響く雉子の声は、その谺も谺とは思えないほど強く響き、あきれるほどの驚きである。[季]雉の声(春)。

172 ▽梅の木にかかって見える立派な月は、梅の枝の張り具合から推し測って、さしわたし六尺ばかりはある。[季]梅(春)。

173 ▽朧月に霞む沼田に、北帰行の準備で羽を休める雁の声が響き、春の風情が一層増すことである。[季]朧月(春)。

174 ▽春の盛りが過ぎようとする頃、梨の咲き乱れる花に遅れじと遅桜が咲き交じる。[季]遅桜(春)。

175 ○尾上鐘　峰の鐘、歌語。▽「豊山ノ鐘霜降リテ自ラ鳴ル」(円機活法・霜)というが、夜の霜に冴え聞こえるのは尾上の鐘である。「高砂の尾上の鐘の音すなりあかつきかけて霜やおくらむ」(千載集・冬・大江匡房)。[季]霜(冬)。

176 ▽靫を背負った武士が山道を辿って清水を見つけ、道を逸れて左へ回る。姿がはっきり見えず、靫が行くようだ。[季]山清水(夏)。

177 ○関の戸　関所の門。▽山間の秋は早く、冬も間近で早々に麦蒔を済ませた。早くも麦が芽を出し、その麦畠を吹き渡る秋風が、関の戸に吹きつけている。「秋風や藪も畠も不破の関」(甲子吟行・芭蕉)。[季]秋風(秋)。

178 今朝秋としらで門掃《はく》男哉　ゝ存義

同性俳をたしみ、此頃改名して蘿音《らおん》とい
ふといへり。余曰《いはく》、藤蘿もと音なし。い
かなればと、それこそ俳のさびしみなれ
と、此一句に驚キて

179 我のみの身にしむ風や蘿《こけ》の音　娓吏

180 五《う》加《こ》木《ぎ》垣隣に酒を買《かは》せけり　蘿音

181 家主の摘《つみ》にわせたるうこぎ哉　キ董

182 力入《いれ》て鐘つきにけり朧月　生野素由

183 散てさへうきに椿の落にけり　五丸

184 蝶の来てこの山里の春《はる》辺《べ》哉　跨仙

185 山吹や鍋《なべ》炭《ずみ》流す人は誰《たれ》　竹也

186 和《やは》らぎし水より出《いで》て芦の角《つの》　涼秀

178 ▽今朝立秋を迎えたことに気付かず、黙々と門を掃き掃除をしている季節に無頓着な男がいる。「朝顔に我は食(めし)くふ男哉」(芭蕉)。季秋(秋)。

179 ○身にしむ風　「夕されば野べの秋風身にしみてうづら鳴くなりふか草のさと」(千載集・秋上・藤原俊成)、「野ざらしを心に風のしむ身かな」(芭蕉)。▽我が身にのみ肌寒くしみ入る秋風が、苔に吹きつけ、物悲しい音をたてている。季身にしむ(秋)。

180 ▽隣との境に植えたうこぎの若葉を摘んで下さいと声を掛けたところ、お返しに酒が届いた。季五加木(春)。

181 ▽垣に植えたうこぎが、家主の摘み採ろうとする気持に合わせるように、一斉に芽を吹き出した。季うこぎ(春)。

182 ▽朧月が空にかかり始めた入相の時分、力を入れて撞いた鐘の音は、余韻を残して朧夜の霞の中に吸い込まれて行く。季朧月(春)。

183 ▽花が散ることさえつらくいやなことなのに、椿は散るのではなく、花弁の姿をそのままに花の芯ごと落ちてしまった。季椿(春)。

184 ▽山里はいつまでも冬の名残りをとどめていたが、蝶が飛んで来て漸く春めいて来た。季蝶(春)。

185 ○鍋炭　鍋墨。鍋の尻についた黒い煤煙。▽川面に映る山吹を楽しんでいると、川上で鍋を洗ったらしく鍋墨が流れて山吹の影を消した。鍋を洗うのは誰か。季山吹(春)。

186 ▽春となり川の水の冷たさも和らぎ、角のように芦の芽が川面から突き出て来ることだ。「川淀や淡をやすむるあしの角」(続猿蓑・猿雖)。季芦の角(春)。

187 菜の花の一反ばかり盛《さかり》かな　豊岡東走

188 谷河の幅《はば》広〱と夕がすみ　髭風

189 烏《え》帽《ぼ》子《し》着た人の影あり夜の梅　翠樹

190 桃の花一条殿の覚《おぼえ》かな　嘯山

191 名月や源《みなもと》ちかき御《み》溝《かは》水《みづ》　武然

洛より嵯峨へかへるとて、人〱に中のこす

192 別《わかれ》路《ぢ》に露はあれども雪《せっ》駄《た》がけ　雅因

193 日に逃《にげ》てむしの啼《なく》ねや艸《くさ》の露　季遊

194 白萩や露ふる庭の草の中　南雅

195 白露の命はありて枯木哉　来雨

196 達《だる》磨《ま》忌を壁のなごりやきり〲す　嵐山

187 ▽晩春、広大な畠の中、一反ほどの菜畠が満開となり、辺りが黄色く染まり、光を放ったように遠くまで明るく見える。季菜の花(春)。

188 ▽谷川の細い流れに添って立ち籠めた夕霞が、一筋の川のように見え、川幅が広くなったようだ。季夕がすみ(春)。

189 ▽春の夜、清楚な香りを漂わせている梅を楽しむ官位ある人の烏帽子姿の人影が見える。季梅(春)。

190 ○一条殿　桃華老人一条兼良。▽桃の花と言えば、桃華と呼ばれた一条殿のことが思い合わされる花である。季桃の花(春)。

191 ○御溝水　清涼殿東庭を流れる溝の水。▽御溝水の源の辺りは川面が澄み渡り、名月を映して神聖な趣きを湛える。季名月(秋)。

192 ▽お別れして嵯峨への道は、足元が露に濡れるけれども、「雪駄の裏に灸」の諺もあり、雪駄がけで帰ります。季露(秋)。

193 ▽虫たちは秋の残暑を逃れ、露が宿る草むらに身を潜めて過ぎ行く秋を惜しみ鳴く。季露(秋)。

194 ▽露が降り敷く庭の秋草の中に白萩が咲き、その白さがひときわ秋の風情を漂わせている。季白萩・露(秋)。

195 ▽落葉して枯木となった枝に降りた白露が冬枯れの木々の命を保っている。季枯木(冬)。

196 ○達磨忌　陰暦十月五日、禅宗の初祖達磨の忌日。▽壁に向かって座禅を修める禅僧に倣い、達磨忌にきりぎりすが壁に向かって秋を惜しんで鳴く。「きり〲す」に「壁」は、連歌以来の付合。季達磨忌(冬)。

197 凩《こがらし》に負《まけ》ぬは松の力かな　湖柳
198 やぶ入《いり》の藪かきならす蕗薹《ふきのたう》　二貞
199 桜〳〵本《ほ》尊《ぞん》覗《のぞけ》ば釈迦如来　キ董
200 我《わが》魂《たま》と人や見るらめ鵜《う》の篝《かがり》　いせ賜馬
201 蠅《はへ》打《うち》をのがるゝ蠅の命哉　潤李
202 溜り水股《またぐら》かけてや雲の峰　宜路
203 ほとゝぎす舟さし向《むけ》し淀の端《はた》　芦隠
204 岡に出てあらはに鹿の啼《なく》夜哉　自在
205 朧月淀のわたりの水の音　徳野
206 唐音も少しいひたき牡丹哉　管鳥
207 萍《うきくさ》や風にゆらるゝ葉も花も　文皮
208 白雨《ゆふだち》にしばらく土の匂《にほひ》哉　徳圃

197 ▽凄まじい木枯しが木々の葉を散らし、枝を吹き折るが、松は音を立てるだけで緑を保ち、姿勢を崩すことなく毅然と立つ。季凩(冬)。
198 ○蕗薹　底本「蕗臺」は誤り。▽藪入で実家に戻り、田舎の生活が懐しく思われ、久し振りに家の後ろの藪に入り、笹落葉をかき鳴らして蕗薹を摘む。「やぶ」の音を重ねた句作り。季やぶ入・蕗薹(春)。
199 ▽桜満開のみ寺に遊び、桜を楽しむついでに小さな御堂を覗き込むと、花のみ寺に相応しく本尊は、四月八日の花まつりにまつられる釈迦如来であった。季桜(春)。
200 ▽水面を照らし鵜の働きを助ける鵜飼の舟の篝火は、やがて燃え尽きる。人々は、この火を自分の魂と見ることであろう。季鵜の篝(夏)。
201 ▽気持を集中させて蠅を一撃、がその蠅打の手を見事に逃れて命を保つ蠅の執念に驚く。季蠅(夏)。
202 ▽俄雨にできた溜り水を股の所に跳ね上げてしまったが、その溜り水に目を移すと雲の峰が映っていた。季雲の峰(夏)。
203 ▽淀川の端をほととぎすが鳴き渡り、その方へ舟を向けたが姿は見えない。「野を横に馬牽むけよほとゝぎす」(芭蕉)。季ほとゝぎす(夏)。
204 ▽秋の夜、雄鹿が岡に姿を現し、雌鹿を求めて鳴く声は、一層秋の侘しさを感じさせる。季鹿(秋)。
205 ▽夜気も早春の頃と異なって暖かく感じられる朧月の淀の渡りの辺り、水の音も一段と春めき、心地よい。季朧月(春)。
206 ▽牡丹は「李唐ヨリコノカタ世人甚ダ牡丹ヲ愛ス」(愛蓮ノ説)と言われ、唐の代を代表する花。中国語を話したげに咲いている。季牡丹(夏)。
207 ▽水面に漂う浮き草が、川面を吹き渡る風に葉も花も揺れ、いかにも涼しそうだ。季萍(夏)。
208 ▽日照り続きで乾き切った熱い地面を突然夕立が来て冷やし、辺り一面土の香りが漂うことだ。季白雨(夏)。

209 独《ひと》リ出てかたぶくまでや夏の月　舞閣

210 客僧よ宵に申せし鹿の声　明五

題禰宜扇

211 番《ばん》禰《ね》宜《ぎ》の昼も蚊を打《うつ》あふぎ哉　呑獅

春夏秋

212 帆をはるとまでは見えしかおぼろ月　浪花一鼠

213 暑き日や野辺行《ゆく》人の見えてなを　丶

214 竹深しいなづま薄き夜明がた　几董

九月十三夜

215 後《のち》ジテの面《おもて》や月の痩《やせ》男　丶

216 牡丹散て打かさなりぬ二三片《べん》　蕪村

217 木《む》槿《くげ》にも松にも露の一夜哉　浪花米園

209 ▽日中の暑さに堪えかね、独り夕涼みに家を出て、月が西に傾くまで涼を楽しむことだ。季夏の月(夏)。

210 ▽山寺に迎えた客僧と秋の夜長を話をして過ごすうち、鹿の声が聞こえた。あれが宵にお話しした鹿の声ですよ。季鹿の声(秋)。

211 ○番禰宜　神殿に勤める神職。▽神殿勤めに携えた扇で夜はもちろんのこと、昼も人目を憚らず蚊を打つことだ。季蚊・あふぎ(夏)。

212 ▽鮮やかと言うほどではないが、舟が帆を張るような月の丸さが見える春の朧月である。季おぼろ月(春)。

213 ▽暑い日盛りの炎天下を野辺行く人が見え、さぞ暑いことであろうと思うと一層暑さが増す。季暑き日(夏)。

214 ▽夜明けの空が白み始めた時分、奥深い竹藪を通して届く稲妻の光も薄れ、爽やかな秋の夜明けである。季いなづま(秋)。

215 ○後ジテ　複式夢幻能で中入の後に登場する仕手。▽後の月見に催された能。能は佳境に入り、後ジテの登場となり、月光に浮かぶ面は痩男の風貌で、美しく神秘的に見える。季月(秋)。

216 ▽しばらく楽しんだ牡丹が散り初め、二つ三つの花弁が地面に重なり、牡丹は散ってもなお豪華さを留めようとしている。季牡丹(夏)。

217 ▽木槿にも松にも花や木々を養う露がしっとりと降り、松を一層緑に染める静かな秋の夜である。季木槿・露(秋)。

218 よき友のくすし見えけり日の盛《さかり》　馬南更大魯

219 秋惜しと一声むしの鳴《なく》音哉　浪花大魯

220 七《なな》種《くさ》の花の夜明やわたり鳥　女ため

221 朝露や是も案《あ》内《ない》の不調法　雄山

222 白《しら》髪《が》にもならで戻ルや鉾《ほこ》の児《ちご》　羅川

223 孫の手をかふとて老の踊かな　樵風

224 押わけて他宗の通る十《じふ》夜《や》哉　一鼠

225 動かねばとんとうごかぬ柳かな　石漱

226 蟬の音に人も喘《あへ》ぐや鳥羽縄《なは》手《て》　寸馬

227 月と水の中を隔《へだつ》る落葉哉　亀友

228 旅人の互に名《な》乗《のる》夜寒かな　哢我

229 入《いり》相《あひ》はかねて覚悟や三井の秋　入江

218 ▽夏の日盛り、暑気あたりを起こしそうな気分でいると、折よく気のおけない友の医者が見え、安心なことだ。「よき人」「よき僧」など蕪村好みの表現。季日の盛(夏)。

219 ▽冬近い頃、過ぎ行く秋を惜しむかのように弱々しく一声だけ虫が鳴き、その後は静かになり、虫ならずとも淋しい今日この頃である。季秋(秋)。

220 ▽七種を祝う華やいだ夜明け、「唐土の鳥と日本の鳥と渡らぬ先に」と七種を囃すその後から渡り鳥が渡って行く。季七種(春)。

221 ▽ご案内申したものの何分不調法で、その上今朝の露は深くて足元が濡れますが、これも不調法故のこととお許しを。季朝露(秋)。

222 ○鉾の児　祇園会の鉾の児、正五位・十万石を授かると言う。▽児位貰に始まり長刀鉾の大変な児役を滞りなく勤め、神職役とは言え白髪にもならず戻ってきた。季鉾の児(夏)。

223 ▽何分気楽な隠居の身、孫の手を買いにひょいと町へ出たが、町角で盆踊りがあり、老の楽しみとばかりにその輪に加わり踊っている。季踊(秋)。

224 ○十夜　陰暦十月五日より十五日まで行われる浄土宗の法要。▽十夜の念仏の声を押し分けるように、他宗の寒行の僧が経文を称えながら通り過ぎて行く。季十夜(冬)。

225 ▽柳のしなやかな枝は微風にも揺れるが、動かないとなると全く動きを止め、枝は垂れ下がるばかり。季柳(春)。

226 ○鳥羽　京都市南区上鳥羽と伏見区下鳥羽一帯。歌枕。▽夏の日盛りを激しく鳴く蟬の音に、鳥羽のあぜ道は一層暑さを感じ、道行く人が喘ぐほどだ。季蟬(夏)。

227 ▽冴え返る冬の夜、水面に影を映していた月光を落ちて来た木の葉が遮り、水面の月を消してしまった。季落葉(冬)。

228 ▽冷え込む旅の宿の夜、旅人達は暖を囲み、初対面の挨拶に我が名を名乗り、気心を通わせて歓談を始めた。季夜寒(冬)。

229 ▽近江八景の一つ三井の晩鐘の音で入相の近江の秋の侘しさ淋しさを悟ることだ。季秋(秋)。

230 やぶ入《いり》の児《ちご》に馳走や釣小ぶね　魯文
231 山吹や谷一筋の春の色　五帛
232 風折《をり》〳〵ともし火見する若葉哉　生仏
233 花散て今やつゝじのよしの山　魚波
234 渋柿にけふも暮《くれ》行《ゆく》烏かな　二柳
235 蕣《あさがほ》の咲《さく》ほど咲《さい》てあれにけり　一鼠
236 しらぬ間にまはりし舟や夕霞　赤羽
237 傘さしてけさも花見の幾群か　雄山
238 降《ふる》うちに降出す音や五月《さつき》雨《あめ》　玉東
239 てゝら干《ほ》す竿《さを》ひや〳〵と秋の梅　見道
240 大仏のはしら潜《くゞ》るや春の風　浪花 二柳
241 みじか夜に敵の後を通リけり　几董

230 ▽藪入で今日は久し振りに帰って来る我が子に魚を馳走しようと言うのであろう、小舟を出して釣をしている。季やぶ入(春)。

231 ▽山間の谷は光も届かずやや闇いが、山吹の咲いている一筋の谷だけが、辺りを黄色に染めて春の色を見せている。季山吹・春(春)。

232 ▽涼風が時折吹いて木々の枝を靡かせ、若葉隠れの灯火を見せてくれる。季若葉(夏)。

233 ▽桜の季節は終わり、今はつつじの花に姿を変えた吉野山は、なお花の山と言うに相応しい風情を見せている。季つゝじ(春)。

234 ▽秋の夕暮、渋柿故に烏は柿を啄もうとせず、柿の木の梢に身動きもせず止まっている。季渋柿(秋)。

235 ▽秋の盛りには毎朝花を咲かせて楽しませてくれた朝顔も、今はすっかり花も終わり、蔓のみが垣に絡み、荒れ放題だ。季蕣(秋)。

236 ▽ぼんやりと港を眺めていると、港に入って来た舟がいつの間にか方向を変えて夕霞の中に消えて行った。季夕霞(春)。

237 ▽花見時分は天候が定まらず、突然雨となり、今朝も幾群れかの花見客が、傘をさして花見をしている。季花見(春)。

238 ▽いつ降り出したとも分からず降っていた五月雨が、突然激しくなり、その音で降り出したことに気付いた。季五月雨(夏)。

239 ○てゝら　労働用の短い襦袢。▽庭先に干してあるててらが秋風に揺れ、物干し竿も葉を散らし始めた梅の木も、冷え冷えと見える。季秋(秋)。

240 ▽東大寺大仏殿の柱くぐりに戯れ、やっとの思いで穴を抜けたが、春の風が吹き込み、軽々と穴を通り抜けていった。季春の風(春)。

241 ▽夏の短夜、敵の後ろを追うように一団の武士が通り過ぎて行った。夏の夜の幻想的軍記物語の世界。季みじか夜(夏)。

242 秋の夜や母につかふる琵琶法師　ゝ

243 大風のあとの月夜や鹿の声　但馬 寒秀

244 しほたれし我《わが》太《ふと》布《ぬの》の暑《あつさ》かな　越中 直生

245 松一里帰《き》路《ろ》暑き日を荷《にな》ふ哉　加賀 麦水

四天王寺

246 未来記にありや弥《や》生《よひ》の時《ほと》鳥《とぎす》　三四

浪花眺望

247 若葉こし甍《いらか》こしてや西の海　一音

248 果なしや今朝となりても啼《なく》蛙　暁台

249 中〳〵にしらでもよきに秋の暮　樗良

250 我ものに手《た》折《をれ》ばさびし女《を》郎《みなへ》花《し》　東武 蓼太

ことし岡崎の春夏を訪ひて、此二句を

あけ烏

242 ▽父を戦で失い、母を助けて生活する琵琶法師。秋の夜長に父を弔い、母を慰めて琵琶を弾く。季秋の夜(秋)。

243 ▽大風の後の夜空は雲一つなく晴れ渡り、月も澄んで輝き、妻を恋う鹿の声が秋のあわれをつのらせる。季月夜・鹿の声(秋)。

244 ○太布　晒してない下等の麻布。▽涼しいはずの目の粗い麻布地の太布の着物は、長い間の汗ですっかりしおたれ、とても暑い。季暑(夏)。

245 ▽松の林が一里ほど続く道を、日盛りの暑い日を背負う思いで家路を辿ることだ。季暑き日(夏)。

246 ○未来記　四天王寺伝来の聖徳太子著作として太平記に見える書。▽夏も近い三月、四天王寺に参詣してほととぎすを聞くとは珍らしい。予言の書とも見られる「未来記」に弥生の時鳥のことがあるのだろうか。季弥生(春)。

247 ▽浪花の高台より西の方を望むと、社寺の森の若葉越しに、また社寺の甍越しに瀬戸内の海が広がって見える。季若葉(夏)。

248 ▽昨夜鳴き出した蛙が一晩鳴き通し、今朝夜明けになっても果てし無く鳴き続けることだ。季蛙(春)。

249 ○中〳〵に　全く。▽三夕の歌に詠まれた秋の暮の淋しさ侘しさを知らなくても、秋の暮は良いほどにしみじみとした風情が感じられる。季秋の暮(秋)。

250 ▽愛らしい女郎花を我がものにしようと手折ると、その名は、女郎の名を持つ花故か、身の憂さを嘆くように淋しく見えた。季女郎花(秋)。

聞《きく》

251 浜道や砂の中より緑たつ　蝶夢

252 三条へ出てこそ見たれ初《はつ》茄子《なすび》　蝶夢

ひがし山の秋なつかしく出て、例のてふむ庵に立《たち》よりしに、寒卿といへる題を探《さぐ》りて

253 何急ぐ家ぞ灯《ひ》ともす秋の暮　几董

折から浪花より文のはしに

254 霧雨に小《こ》室《むろ》うたふは誰が馬　旧国

255 渋柿や街道中へ枝をたれ　蝶夢

ちかき世の頃まで、ともに風流をかたり合《あひ》、あるは席を同《おなじ》うせしも、今は世になき人のかたみとなれる、三ふし四章《ふし》をかひつけ侍る

251 ○ことし岡崎の…　前書は編者几董書。▽春の季節、海沿いの砂浜の道を辿ると小松、草々などの緑の新芽が砂地より直ぐに出て色鮮やかである。季緑たつ(春)。

252 ○三条　「皇州(都)の繁花は此橋(三条橋)上に見えたり」(都名所図会一)。▽都の繁華な所三条はさすがにあらゆる物があり、余所でまだ見られない初茄子をここで見ることができた。季初茄子(夏)。

253 ○寒卿　寒郷。▽秋の日は釣瓶落し、急速に暮れる。この寒村の家は、何故これほど急いで灯をともすのか。季秋の暮(秋)。

254 ○折から浪花より…　前書は几董書。○小室　小室節。馬子唄。近世初期江戸中心に流行した。▽霧雨の中小室節が聞こえて来るが、一体誰の乗った馬であろうか。季霧雨(秋)。

255 ▽旅人が行き交う街道筋の渋柿が、実を採られることを待つかのように、たわわに実った枝を道に垂れている。季渋柿(秋)。

256 降《ふる》とのみ思ひし春も一夜哉　移竹

257 おもひもの人にくれし夜時鳥《ほととぎす》　太祇

258 耕《たがやす》に馬持《もち》し身の嬉しさよ　召波

259 我宿の其《その》又やどや幮《かや》の内　達布

はたとせばかりむかし、亡父が歳暮に

260 牛馬には師《し》走《はす》のありて宝哉　几圭

於夜半亭両唫《りやうぎん》　三十六句

261 頭《かしら》へやかけん裾へや古《ふる》衾《ぶすま》　蕪村

262 霜に声あり我床の下　几董

あけ烏

256 ○ちかき世の頃まで… 前書は几董の文。以下几圭句までの五句にかかる。▽曇りがちで降るかと思われる春も、あと一夜過ぎれば夏の晴れの日となることであろう。[季]春(春)。

257 ○おもひもの 思い者。愛人。▽愛人を人に譲って空虚な思いに浸っていたその夜、ほととぎすの声を聞くことができ、慰められた。珍事続きし日。[季]時鳥(夏)。

258 ▽農耕の季節、馬の手綱を引いて田畠を鋤くのは楽しく、馬と生きる身が、この時ばかり嬉しい。[季]耕(春)。

259 ▽我が宿では夏の夜になると蚊帳を釣って床に就くが、その蚊帳の内には更に我が宿として安らぎがある。[季]幮(夏)。

260 ○はたとせばかり… 前書は几董の文。二十年前は宝暦三年(一七五三)頃。▽牛馬にとって師走は荷運びで大変だが、牛馬は人々の師走の助け、まさに宝だ。[季]師走(冬)。

○於夜半亭両唫　安永元年(一七七二)冬興行。

261 発句。冬(古衾)。▽古衾が短いから頭へ懸けようか裾へ懸けようかと言うのでなく、それほど寒いの意。古衾は破れ衾、我が庵の貧寒の体。戸惑う心の動きを句の破調で表現する。

262 脇。冬(霜の声)。○霜に声あり 「寒夜しん〳〵と声有なり」(匠材集)。「金蔵のおのれとうなる也霜の声」(其角)。▽寒くて寝つかれない。床の下から霜の声がするような張り詰めた寒さが伝わる。詩文の世界。

263 第三。雑。○簀 竹・葦で編んだ籠。▽厳寒の夜なべ、竹で簀を編むのだが節が多く、寒さも加わり、仕事がはかどらない。

264 初オ四。雑。▽竹の節に難渋しながら顰めっ面で竹細工の作業をする男の顔を見た狸は、自分を捕える罠作りと勘違

263 ふししげき竹を簀《アジカ》に組《くみ》わびて　ゝ
264 日頃の狸来ずなりにけり　村
265 いざよひの心地更《ふけ》たり宵ながら　ゝ
266 風ひや〳〵と漕《こぎ》かへる舟　董
267 穢多村に続《キ》て秋の帘《さかばやし》　ゝ
268 施行のあとの箒《はうき》塵《ちり》取《とり》　村
269 告《まうし》子《ご》に才ある聟や撰《えらむ》らん　ゝ
270 三たび迷へる歌の占《うら》かた　董
271 灯《とう》盞《さん》を鐘鳴《なる》方《かた》へかたぶけて　ゝ
272 此《この》夜《よ》楽天江《かう》州《しう》の司馬　村
273 隣から雪《ゆき》折《をれ》竹《だけ》を起《おこ》しつゝ　ゝ
274 立《たち》小《せう》便《べん》の答へ高〳〵　董

いし、それ以来全く来なくなった。狸の心配を知らない男は、狸の来ないのを不審に思う。

265 初オ五。秋(いざよひ)。月の定座。○いざよひ　十六夜の月。▽この頃は毎夜月が皎々と照り、まして今夜は十六夜で宵のうちから夜更けのように明るいため狸が来ない。狸は宵に来るもの。

266 初オ六。秋(ひや〳〵)。▽湖上の月見。宵ながら夜更けの体で充分月見をして帰るさ、水上の月は冷たい。

267 初ウ一。秋(秋)。○帘　杉の葉で球を作り酒店の軒に釣る。▽昼の景。漕ぎ帰る舟からの眺望。静かな穢多村に続き、帘立ち並ぶ賑やかな酒店が眺められる。秋の風物詩。

268 初ウ二。雑。▽帘の見える村で施餓鬼振舞いがあり、穢多村の人も招かれて賑わう。その後塵の山で箒塵取も乱雑に置かれたまま。

269 初ウ三。雑。▽世継ぎの男を望んで神に祈ったが女を授かり、成長して才ある聟を得、神への報謝に大盤振舞いが行われた。長者聟選び譚。

270 初ウ四。雑。▽神仏に授かった子故、聟選びを再び運を天に任せ、迷える後遂に三度目の正直と歌占にて決定。

271 初ウ五。雑。▽「三たび迷へる」に時間の経過を見定め、既に明け六つの鐘が鳴り、油が無くなり灯盞を傾け、これを最後に歌占にて決定の体。

272 初ウ六。雑。○楽天　中唐の詩人白居易。○司馬　唐代、州の長官の属官。▽白楽天が司馬として江州へ左遷される前夜の送別の宴。傾ける行為は、朝方に及んだことと餞けの意。灯盞より発想された付句。

273 初ウ七。冬(雪)。▽楽天が江州到着の夜は大雪。翌朝隣へ雪で折れ曲がった竹を隣人が起こしつつ、よくぞ遠方までと労いの言葉を掛けて来る。

274 初ウ八。雑。▽隣から雪折竹を起こしつつ「跳ね返りますよ」と声を掛ける。竹の主は小便の最中、「どうもどうも」と声高な返事。

275 初ウ九。春(かすむ)。月の出所を二句こぼす。▽京橋まで辿り着き、河内路への道を尋ねる。用便中の農夫は後向き

275 京橋や河内路かすむ昏《くれ》の月　董

276 花落《おち》鳥啼《なき》開帳の損　村

277 とろゝ摺《す》ル音春深く聞ゆなる　ゝ

278 山をはなれて坂にとりつく　董

279 鑓《やり》持《もち》の疝《せん》気《き》いたはる艸枕　ゝ

280 冬の日なたを見失ふたり　村

281 古家のひづみ直しぬ兎《と》角《かく》して　ゝ

282 小社のぬしの付ィて狂へる　董

283 みじか夜を倒《たふれ》臥《ふし》たる禿《かむろ》ども　ゝ

284 釣《つる》瓶《べ》に魚のあがる暁　村

285 奈良の鹿物くるゝやと待《まち》皃《がほ》に　ゝ

286 なきあと訪ふて露に彳《たたず》ム　董

のまま声高に答える。行く手は暮れ方の月の下春霞にかすむ。

276 初ウ十。春(花)。花の定座を一句引き上げ。▽出開帳終わり京橋まで戻り、振り返ると河内路は夕月の下春霞に包まれ、折しも鳥の啼き声。実入り少なく夕景淋しく思う。「月落チ鳥啼イテ霜天ニ満ツ」(唐詩選・張継)。

277 初ウ十一。春(春深く)。▽春深まる頃、開帳は不首尾に終わる。寺は静まりかえり、庫裡の奥から侘しくとろろ摺る音のみ聞こえる。

278 初ウ十二。雑。▽急坂に難渋する旅人。やれやれと思う間もなく再び坂道、峠の茶屋からとろろ摺る音が聞こえ、もう一息と坂を登る。

279 名オ一。雑。▽長い旅路の上更に坂道で疲労が募る。鑓持は疝気の持病があり、我が身を案じ労わるも我儘は許されず、難渋する。人物設定に手柄。

280 名オ二。冬(冬)。▽鑓持は主人の長旅の供故、日なたぼっこで体を暖めて疝気の身を労わる余裕も機会も失う。

281 名オ三。雑。▽無理にも何とかして古家の歪みを修理したが、その結果冬の日差しが遮られてしまった。

282 名オ四。雑。▽気にはしていたが、止むを得ず家の修理に取り掛かり、ともかく家を繕ったが、やはり屋敷神の祟りがあった。

283 名オ五。夏(みじか夜)。▽島原などで酒宴遊芸に耽り、ふと気が付くと禿がまるで短夜を惜しむかのようにすっかり眠りこけている。憑物が付いたみたいによく眠る奴だ。

284 名オ六。雑。▽朝食の準備で井戸の水を汲むと、魚が釣瓶桶に汲み上がった。珍らしいことで子供に見せようと子供を起こすのだが、眠りこけているばかり。

285 名オ七。秋(鹿)。▽釣瓶に魚が上がり、人々寄ってこれを眺める。それを見て鹿は何かくれると思い込み、寄って来て頭を竪に振る。

286 名オ八。秋(露)。▽奈良の里に友を訪ねると既に露けき塚の中。折しも鹿が物くるるやと近づく。その待ち顔に私を待ち侘びた友の俤を思い、茫然と佇む。「奈良の早起」による付け。

287 椎の木も月洩《もる》秋と成《なり》にけり　ゝ
288 離宮尊《たふ》とく守《しゆ》護《ご》申《まうし》つる　村
289 いでさらばひさげの酒を尽《つくす》べし　ゝ
290 もし此辺にちか道や有《ある》　ゝ
291 たゞ独《ひと》リ法師なる身の田を植《うゑ》て　村
292 翌《あす》も降《ふる》べく雲かゝる峰　董
293 関《せき》札《ふだ》に鳶《とび》居させじとおもふらん　ゝ
294 上《かみ》下《しも》着たる百性の顔　ゝ
295 ありふれた鯛の料理も花の時　ゝ
296 せみの小川の水ぬるむ春　執筆

洛北書林橘仙堂板

287 名オ九。秋(月・秋)。月の定座を二句引き上げ。▽既に知人の家はなく、露の叢に佇み、椎の木漏れ月の秋、時の流れをしみじみと思う。「木の間よりもりくる月の影見れば心づくしの秋は来にけり」(古今集・秋上)。

288 名オ十。雑。▽月の光が漏れる椎の森に囲まれた離宮は尊く、守護申し上げて久しく、今年も月見の季節になった。ゆかしき日々を述懐する。

289 名オ十一。雑。▽久しく守護申し、任を終えて自宅に戻った人を、「さあさあ提(ひき)(げ)の酒を呑み尽くしていただきたい」と労う。

290 名オ十二。雑。▽主「此の酒を呑み干してお立ち下さい」。客「先を急ぎますので」。主「そう急がずに」。客「では戴きます。ところで近道がありますか」。

291 名ウ一。夏(田植)。▽草庵に世を遁れて独り自給自足の生活をし、田を植える法師に通行人が道を尋ねる。

292 名ウ二。夏(雲かゝる峰)。▽今日も雨が降ったが、明日も降るであろう。その兆しとして峰に雲が掛かる。法師が田植の手を休め、腰を延ばしてその峰を打ち眺める景。

293 名ウ三。雑。▽大名行列、本陣に到着。雲の様子に明日の天候を案じ、鳶を止まらせまいと思いつつ関札を打つ。諺「鳶朝に鳴けば降雨」。「寝殿に鳶居させじとて」(徒然草十段)。

294 名ウ四。雑。○百性　百姓。▽百姓の長が、仰せにより仰々しく上下姿で、本陣前の関札の番に立つ。鳶居させじとばかりに威張り返った百姓の顔付きのおかしさ。

295 名ウ五。春(花)。花の定座。▽祝い事の宴。百姓が宴席に招かれ、普段着慣れぬ上下を付け、勿体ぶった顔付きで席に座る。ありふれた鯛料理も百姓にとって名誉であり、めでたい花の季節である。

296 揚句。春(春)。○せみの小川　京都下鴨神社境内を流れる川。▽花見の席への招待。瀬見(蟬)の小川も水温む頃となり、是非お渡り下さい。前句に対する挨拶。石川丈山が後水尾院に召されたのを「渡らじなせみの小川は浅くとも老の浪そふ影も恥かし」と詠んで辞した故事(常山紀談二十二)がある。蕪村筆「葛の翁図賛」に丈山を賛える。詩仙堂の花見か。

続《ぞく》明《あけ》烏《がらす》

田中善信
田中道雄
校注

〔**編者**〕高井几董。

〔**書誌**〕半紙本。二冊。上巻(外題「甲」)三十丁、下巻(外題「乙」)二十七丁。板下筆者は几董。但し、無腸跋の部分は無腸(上田秋成)。

〔**書名**〕三年前に刊行した『あけ烏』の続編の意。

〔**成立**〕無腸の跋に、几董が父の十七回忌の手向けとして編んだ旨を記し、几董もまた懐旧の独吟半歌仙を巻くが、追善俳書の色彩は薄い。しかもこの十七回忌というのも、藤田真一氏の考証によると、二年も早く取り越して営まれていた。よってこの書は、勢いにのる蕪村一派がその存在を示すため、時宜よしとみて几董を中心にまとめあげた一大撰集だった、と考えてよい。道立の序は安永五年(一七七六)秋、刊記は九月二十三日付け、同じ年の八月二十七日の几董宛蕪村書簡には「(続)明烏見申候。至極よろしく候。御返却いたし候。御清書にかゝり可然候」とあり、蕪村の校閲があったこと、八月半ばには成立していたことが知られる。

〔**構成**〕四季分けの上・下二巻で構成し、上巻には道立の序に続いて春と夏の部、下巻には秋と冬の部と無腸の跋とを収める。発句の数は四一六句(春一一二句・夏八十六句・秋一一七句・冬一〇一句)、連句の数は十二巻(歌仙七巻・未完の歌仙二巻・半歌仙二巻・表六句一巻)。かなりの作品数だが、配列の妙によって内容は変化に富むものとなっている。すなわち、四季の各部はいずれも、発句群前半・連句二巻・発句群後半・連句一巻と配列するのを原則としながらも、発句群の前半と後半の句数の振り分けや、連句の種別の違いなどを利用して、構成が単調になるのを避けている。夏の部が右の原則をあえて破り、発句群後半を最初の連句の次に置いたのも、ある趣向をこらして変化を与えたもので、無腸の跋を末尾の連句の前に置いたのと同様、きわめて意図的な構成への配慮である。

〔**意義**〕都市系俳諧と地方系俳諧との接近混交によって成った高雅清新の風をもっとも具体的に示す、安永天明期俳諧を代表する俳書である。連句の四巻は地方系俳人の樗良・二柳・暁台を迎えての作、発句群の初頭句に蝶夢・千代尼をすえるのも注目に値し(初頭句と末尾句は重要人物)、道立の序の高い格調からも、一派の意気込みが察せられる。

〔**底本**〕柿衛文庫本(柿衛文庫翻刻五九号)。

〔**影印**〕『天明俳書集 一』(臨川書店、平成三年刊)。

校注は、上巻を田中善信が、下巻を田中道雄が担当した。

崑岡玉採之有余《こんかうのぎよくこれをとるにあまりあり》、いづみの杣《そま》しげき宮木は、ひくともたゆることなしと。風雲の吟猶かくのごとく、花の春・月の秋、おりにふれことにのぞみて、むなしくすぐしがたきこゝろより、風に欺き鳥を憐む。其《その》情、そのすがた、やまと・唐土《もろこし》のうた、我筑羽《わがつくば》の一体に及ぶまでもかはらざるをや。ひと日客来りて、誹諧《はいかい》の虚実を論ずるのつゐで、世に詩歌の虚実、あるは花実配当など、ひとつに混じとくものありといふ。おもはざるの甚しき。周子が虚実は境趣をのべ、紀氏が花実は心詞をいふか。文考が所謂《いはゆる》はいかいの虚実は我いまだしらず。後鳥羽の上皇の勅問に、定家の卿の答させ給へる、「花《くわ》山《ざん》の僧正が歌のまことすくなき、其誠すくなきが歌也《なり》」とかや。向上の一路こゝろわきがたし。しかはあれど詩や歌や声の教《をしへ》にして、教戒の端といへれば、此《この》境に遊ばんこそ風雅正

○崑岡玉採之有余　崑岡の玉(宝石)は取り尽くすことができない。崑岡は美玉を産するといわれた伝説の山、崑崙山(こんろんざん)の異名。○いづみの杣しげき宮木　泉の木こりが度々切り出す宮殿造営の用材は切り尽くすことはない。「いづみ」は山城国(京都府)の地名。万葉集十一「宮材(みやき)引く泉の杣に立つ民の息ふ時無く恋ひわたるかも」を踏む。○風雲の吟　詩歌。○むなしくすぐしがたき　空しく見過ごさず感銘をとどめておきたいという気持。後拾遺集・序の「折につけ事に臨みて空しくすぐしがたくなむ坐(はお)します」を踏む。○風に欺き　風に対して自由に歌を口ずさむ。後拾遺集・序の「月に嘲り風に欺くこと絶えず」を踏む。○やまと・唐土のうた　和歌と漢詩。○筑羽の一体　連歌。筑羽は筑波の古い表記。連歌を筑波の道という。○誹諧の虚実　俳諧における虚構と実情。○花実配当　一首の歌における花と実の配分のしかた。花実は歌論用語で、表現の華麗さを花、内容の質実さを実という。○おもはざるの…　考えがはなはだ不十分である。○周子　中国宋代の人周弼(しゅうひつ)。漢詩集「三体詩」の編者。詩を分類するにあたって彼は四実・四虚を重んじた。実は詩に描かれた景物、虚は作者の心情。○境趣　対象とその印象。○紀氏　紀貫之。平安時代の歌人。新撰和歌集の貫之序に「花実相兼」の語句が見える。○心詞　実情と表現。○支考　芭蕉の門人。俳諧における虚実論を体系化した。虚を重んじ俳諧とは上手に嘘をつくことだと説いた。蕪村一派は支考に対して批判的な立場を取る。○花山の僧正　平安時代の歌人僧正遍照。花山の元慶寺にいたので花山僧正と呼ばれる。古今集・仮名序に「歌のさまは得たれども、まことすくなし」と評されているが、定家は後鳥羽上皇に対してそれこそが歌だと答えたという(耳底記)。○向上の一路…　文芸の極致は理解しがたい。「向上の一路」は仏教語で、言語・思慮を超えた最上の一義をいうが、ここは文芸の極致の意に転用した。○声の教　声によって教えを説く。声教(しょうぎょう)。○教戒　ここは仏の教え。○此境　虚実の境。虚実混交の境地。○風雅正　風雅頌の誤記か。風・雅・頌は詩経の詩を詩体によって区別したもので、その成立の上から修辞的に区別した賦・比・

第一義諦《ぎたい》とやいはむか。李白が「白髪三千丈」といひ、素性《そせい》が「血の涙落てぞ滝津《たぎつ》白河は」といへるたぐひなるべくや。たとへば酒に酔《ゑへ》るもの丶道路幾筋にも見え、燭のみつにも、ふたつにも見ゆるがごとき、酔中の誠とやいふべき。憂《うき》にせまり喜《よろこび》にたへずしては、しかならんかし。客またいふ、「蕉翁の正調は俗談平話にありと。そも風流の一体なるを俗談平話にありとはいかにぞや」。既《すでに》、白氏も白俗の名あり、「老妻画《ゑがきテ》レ紙《ニ》成二棋局《ききよくをなす》一」といひ、「神垣にくちなし色の衣きてもみぢにまじる」など撰集《せんしふ》のうた、老杜《らうと》といへども、後世卑俗のそしりをまぬかれず。雅中に俗あり俗中に雅あり。詞《ことば》の雅俗、ことの雅俗あることを思ふべくや。又翁の句に、「枯枝に烏のとまりけり」といふを難じて、無味淡茄《たんぱく》也といふものありと。海を語り氷を語るは其人によるべし。「富士の高根に雪

興とともに六義といわれる(大漢和辞典)。風雅正を文芸の意に用いたのであろう。
○第一義諦　仏教語で絶対の真理の意。文芸の真髄の意に転用した。底本は「諦」を「蹄」と誤る。
○白髪三千丈　「白髪三千丈、愁ニ縁(よ)ツテ箇(か)ノ似(ど)ク長シ」(李白「秋浦ノ歌」)。
○血の涙…　「血の涙おちてぞたぎつ白河は君が世までの名にこそ有りけれ」(古今集・哀傷)。
○燭のみつにも…　酔った人の目には一筋の灯火が二筋にも三筋にも見える。燭は、ともしび。
○憂にせまり喜にたへず…　極度につらい思いや、心の内に秘めておくことができないような喜びは、李白や素性の作のようなオーバーな表現でなくては表せない。
○蕉翁　芭蕉。
○俗談平話　日常用いられる卑俗で平明な言葉。芭蕉は「俳諧の益は俗語を正すなり」(三冊子)と説いた。支考の「二十五条」には「俗談平話をたださむがためなり」と記されている。
○風流の一体　俳諧も雅を主とする風流の一体。
○白氏　白楽天。白楽天の詩は通俗平易であるというので白俗と評された。
○老妻画レ紙成二棋局一　年老いた妻は紙に線を引いて碁盤を作る。貧しい生活の描写。杜甫の「江村」の中の詩句。
○神垣に…　出典未詳。
○老杜　杜甫。
○こと　事柄。詩歌の題材。
○枯枝に…　「かれ枝に烏のとまりけり秋の暮」(曠野)。「枯枝に烏のとまりたるや秋の暮」(東日記)を改作したもの。
○淡茄　淡泊の誤記。
○海を語り…　海の広さや氷の冷たさも語る人によって表現の方法が異なる。

がふる」とは、襁褓《きやうほう》の孩児《がいじ》もいふことを得べし。「鸚鵡《あうむ》啄《ついばみ》余香稲粒《あますきやうたうのつぶ》」とあらば何の感もあるまじ。一句の精神、一二字の字眼あることをしらずや。「前村深雪裏《ぜんそんしんせつのうち》、昨夜一枝《いつし》開《ひらく》」、「ものゝふのやなみつくらふ小手のうへに霰たばしる」などにて、推《おし》しるべきか。

こゝに我《わが》友几《き》董《とう》、さきに明《あけ》がらす集をえらびて、諧歌《かいか》の流行変化を論ず。そも流行変化とは何ぞ、気運に随ひて逓遷《ていせん》するをいふか。今や蕉翁の教化、人ゝえたりとするも、また気運のしからしむるか。今はた其続集をえらびて、これが序あらんことをもとむ。其撰《せん》することのかたき、裁するよりもかたし。猶、鴛鴦《ゑんあう》は可縫《ぬふべし》、金針難度《きんしんどしがたし》とやいはん。其句ゝはみな鄧林《とうりん》の良材、いせの海清き渚の玉をえらぶ。其撰《えらべ》るおりにふれ乞ふにまかせ、いなみのゝいなみがたく、

○襁褓の孩児　おしめをした赤ん坊。
○鸚鵡啄余香稲粒　杜甫「秋興八首」の「香稲啄ミ余ス鸚鵡ノ粒」による。「鸚鵡啄ミ余ス香稲ノ粒」とすれば分かりやすいが、鸚鵡と香稲を逆にした。
○精神　魂。かなめとなる表現。
○字眼　詩文の出来栄えを左右する重要な文字。
○前村深雪裏　斉已作「早梅」(唐詩別裁集所収)の詩句。雪の中に「一枝(梅の一枝)開」としたのが、梅のけなげな姿を描くのに効果的。
○ものゝふの…　金槐和歌集所収の源実朝の歌。結句は「那須の篠原」。「霰たばしる」が勇壮な雰囲気を出すのに効果的。
○明がらす集　あけ烏。安永二年(一七七三)刊。
○諧歌　俳諧。
○気運　時代の成り行き。
○逓遷　移り変わる。ただし辞書類に見当たらない。
○撰することのかたき…　作品を選ぶことは作るよりむずかしい。撰は選ぶこと、裁は作ること。
○鴛鴦は可縫…　鴛鴦の刺繡を人に見せるが、刺繡の妙技を人に知らせない。作品を作る秘訣を教えようとしないこと。「金針」は秘法・秘訣の比喩。元好問の論詩三首の「鴛鴦繡了(しうれう)シテ君ノ看(み)ルニ従フモ、金針ヲ把(と)リテ人ニ度与(どよ)スルコト莫(な)カレ」による。
○鄧林の良材　鄧林に生えている立派な木。ここは優れた作品の比喩。「鄧林」は、夸父(ほこ)という人物が捨てた杖から出来た林(山海経)。
○いせの海清き渚の玉　伊勢の海で採れる玉。真珠。ここはすぐれた作品の比喩。催馬楽の「伊勢の海」の文句を借りた表現。
○いなみのゝ　「いな」にかかる枕詞。「いなみの」は播磨国(兵庫県南部)にあった原野。
○いなみがたく　断りがたく。

はゞかりの関の名もはゞからず、来客にこたふることばをもて、これが序とすといふ。

平安阮道立《げんだうりふ》誌《しるす》

丙申《へいしん》之秋

○はゞかりの関　憚関。陸奥国にあった古関。ここは「はゞからず」の序詞として用いた。
○はゞからず　文才がないことをはばからず。
○丙申　ひのえさる。安永五年(一七七六)の干支(えと)。

1 ○名の高き遊女　古くは歌人として知られた檜垣嫗(ひがきのおうな)や西行と歌の応酬をした江口の遊女、比較的新しいところでは、灰屋紹益の妻になった吉野太夫や万治高尾として知られた二代高尾太夫などが連想される。○御代の春　新年の季語。▽世の中が穏やかに治まっていることをことほぐ気分がある。▽世情穏やかな新春だが、世間の評判になるような遊女がいないのが物足りない。ややユニークな歳旦句。季御代の春。

2 ○明の春　新年の季語。新たな年の始まりを祝う気分がある。▽朝大雪になり、物音が雪の中に吸い込まれてしまったような静かな元日で、あわただしい大晦日と対照的な情景。季明の春。

3 ○四方の春　新年の季語。周囲に新春の気配が満ちている気分がある。▽元日のひと時、窓の外を眺めながら周囲の物音に耳を傾けている。「町家両側とも板戸を閉じて、往来すべて一物もなし」(『絵本江戸風俗往来』)という正月の情景。季四方の春。

4 ○等持院　京都の北西部衣笠山の麓。当時の京都の市街地からかなり離れていた。○艸の戸　草庵などの粗末な住まい。ここはそうした住まいの入り口。▽草庵の入り口から、青く萌え出した麦畑が見える。京都の市中とは異なった元日の光景。季元日。

5 ▽句意明瞭。鶯の声で春を知るのは和歌の常套的な手法だが、その逆をいったところが俳諧。王安石「鍾山即事」の「一鳥鳴カズ山更ニ幽ナリ」の句を踏むか。季元日・鶯。

6 ○春なれて　春に馴れて。○門　家の出入口。▽二日になると正月の厳粛な気分もほぐれて、子供たちが家の前で羽根つきなどに興じている。二日には年始の客も訪れる。季春。

7 ○礼者　年始回りをする人。当時は、町人の年始回りは二日から始めるのが普通。▽正月二日、年始回りの人が屠蘇酒に酔ってほろ酔い機嫌で道路を歩いている。年礼を受ける側

続明烏集

春之部

1 名の高き遊女聞えず御代の春　　宋阿

2 大雪のもの静《しづか》さや明《あけ》の春　　几圭

3 目を明て聞《きい》て居る也《なり》四方《よも》の春　　太祇

等持院寓居

4 元日や艸《くさ》の戸ごしの麦畠　　召波

5 元日や鶯もなかでしづか也　　浪速 旧国

6 春なれて二日の門《かど》の楽しけれ　　伏水 柳女

7 二日たつ春や礼者の酒きげむ　　亀郷

8 宿直《とのゐ》して迎へ侍りぬ君が春　　月居

では年始の客に屠蘇酒をふるまった。何軒も回ると途中で酔っぱらう人も出てくる。[季]春。

8 ○宿直　事務処理や警護のために宮中や役所に泊まり込むこと。ここは宮中の宿直であろう。○君が春　新年の季語。世の中が穏やかに治まっていることをことほぐ気分がある。▽大晦日の夜宿直の番に当たり、宮中で正月を迎えたのである。宮中という特別な場所で元旦を迎えた感慨を詠んだ句。ただし、作者の実体験と考える必要はない。[季]君が春。

9 ○門かざり　門松や注連飾りなど、正月用の戸口の飾りの総称。「伊勢蝦と称する物を以つて、門戸の飾とし、或は蓬萊台にかざる」(滑稽雑談)。▽門飾りの海老の顔に伊勢の方から指す初日の光があたっている。伊勢は海老の縁語。また日本の光は神国伊勢から指し始める。[季]初日・門かざり。

10 ▽小男の体に羽織が大きすぎるのである。一般庶民の年始回りに羽織は必需品。ここは羽織も持たない貧乏人が、借り物の羽織を着て年始回りをする光景。[季]春。

11 ▽年始回りは気疲れのするものだが、その途中の野道でほっと一息をついた情景。[季]年礼。

12 ○離落　「離洛」(洛ヲ離ル)の誤記。▽小家が多い地域で、鶯があちこちと飛び移っている光景。従来「離落」は籬落の誤記とされているが、籬落は垣根の意であり、発句の前書としては落ち着かない。「離洛」ならば、京都の市街地を離れた農村あたりを示す前書となり、「小家がち」の語も生きる。[季]鶯。

13 ○春の色　春の景色。中国の詩文に見える春色の日本風の言い回し。「春の色の至り至らぬ里はあらじ…」(古今集・春下)。▽庭に鶯が鳴き、障子にうららかな春の光が差しこんでくる。[季]うぐひす・春の色。

14 ○朝きげん　朝のさわやかな気分。「すずしさや髪結(ゆひ)直す朝機嫌」(俳諧古選・りん)。▽鶯の声を聞きながら家の前を掃除する人の朝のさわやかな気分。[季]うぐひす。

15 ○高雄　紅葉の名所として知られる京都の地名。○むめが畑　梅が畑。高雄へ行く途中にあり、京城勝覧に「梅多し。山中なり」と記す。▽高雄や梅が畑で鶯の高らかな初音が聞こえる。初音が高いに高雄を言い掛け、かつ、鶯と梅の縁語で仕立てた句。[季]鶯・むめ。

9 海老のつらにいせの初日や門《かど》かざり　白砧

10 小男に似あはぬ春の羽織哉《かな》　美角

11 年礼にすこしの野《の》路《みち》気はれたり　名古屋 子東

離落

12 鶯のあちこちとするや小家がち　蕪村

13 うぐひすや障子に透《すけ》る春の色　万容

14 うぐひすや門《かど》掃《はく》人の朝きげん　出石 乙総

15 鶯の初ねや高雄むめが畑　道立

16 うぐひすの卯の時あめに高ね哉　几董

長安春色

17 鶯にしのぶ紙衣《かみこ》の立《たち》居《ゐ》かな　蓼太

18 いかのぼり都の空の曇かな　浪華 霞東

16 ○卯の時あめ　卯の時(夜明け頃)に降る雨。この雨はすぐに止み天気になる前兆とされた。諺に「卯の時雨に笠を脱げ」。▽卯の時頃の雨の中で鶯が高らかに鳴いた。「う」の同音を重ねた表現が作者の工夫。[季]うぐひす。

17 ○しのぶ　慎重に振る舞う。○紙衣　紙子。紙製の着物。動くと音がした。「音するは立居(たちゐ)の友やさら紙子」(来山)。▽鶯の声を聞くのに紙衣の音は耳障り、それで立ち居振る舞いに気を付ける。[季]鶯。

18 ○長安春色　李白の「寓言三首」と題する詩の一句。○いかのぼり　凧。「春の時分町人の子共、いかのぼりを揚(あぐ)る事多し」(町人嚢)とあるように、当時凧揚げは正月に限らなかった。▽霞で曇った都の空に凧が揚がっている光景。中国の都長安に対する日本の都京都の春景色。[季]いかのぼり。

19 ○麗　うららかなこと。▽春のうららかさを四方へ配るかのように、あちらこちらに凧が揚がっている。「はしる麗」が苦心の表現だが今ひとつ熟さない。[季]麗・凧。

20 ○里坊　本寺の出先機関として村里に作られた僧房。○児　学問修行のために寺院に預けられた貴族や武士などの子弟。▽子供とは無縁の場所に珍しく凧が揚がっている光景。「おはす」(いらっしゃる)という敬語が、児の身分の高さを示している。[季]いかのぼり。

21 ○鳥さへ啼ぬ　王安石の詩「鍾山即事」の一句「一鳥鳴カズ山更ニ幽ナリ」を踏まえた。▽鳥も鳴かないような深い山中で、山陰の畑を耕す人がいる。上五は後に「畠うつや」と改められた。[季]耕。

22 ○世を捨人　世捨人。隠者。▽世を捨てて、人里を離れて住む人の家のすぐ前まで農地が迫っている情景。日々を無為に暮らす世捨人と農作業に忙しい百姓とを対比した。「軒端迄」は、住まいに近いことを誇張した表現。[季]耕。

23 ○高台寺　豊臣秀吉の正室北政所(きたのまんどころ)が創建した寺。京都市東山区にあり蒔絵が有名。「内陣須弥壇及高欄に描金を以て、楽器丼に流水花筏の図を画く。之を高台寺蒔絵と称し、世に著名なり」(京都坊目誌)。▽句意明瞭。この句の梅は蒔絵の梅。[季]梅。

19 どちらへもはしる麗《うらら》や八巾《いかのぼり》　ヽ一鼠

20 里《さと》坊《ばう》に児《ちご》やおはしていかのぼり　召波

21 耕《たがやす》や鳥さへ啼《なか》ぬ山かげに　蕪村

22 耕や世を捨《すて》人《びと》の軒端迄　大魯

23 古くさき梅の蒔絵や高台寺　嵐山

24 いばら野や乏しき梅のあり所　移竹

25 梅の花あたら莟の開きけり　定雅

26 折《をり》とらば憂《うき》人《ひと》出《いで》ん垣のんめ　高砂　布舟

27 火ともせばうら梅がちに見ゆる也　暁台

即心即仏

28 いふて見よ口に酢を持《もつ》梅《うめの》花《はな》　几圭

29 院〳〵の梅ほころびぬ大《だい》般《はん》若《にゃ》　九湖

24 ○あり所　有る場所。または、有った場所。「いかのぼりきのふの空のありどころ」(蕪村)。▽茨の生えた荒れた野原に不似合いに、数本の梅の木が生えている。季梅。

25 ▽惜しいことに梅のつぼみが開いてしまった。若い女を梅の花にたとえたのであろう。花の盛りは短く、女性もつぼみのうちが花。季梅の花。

26 ○憂人　自分につらい思いをさせる人。つまり恋しい人。「うき人を枳殻垣よりくぐらせん」(猿蓑・芭蕉)。▽垣根の梅の枝を折り取ったならば、その音に引かれて、愛しい女がひょいと部屋から出てくることもあろうか、の意。梅は「んめ」「うめ」「むめ」と表記する。季んめ。

27 ○うら梅　裏側から見た梅の花。▽灯火をともしたところ、梅の花の多くが裏を見せていた。神社か寺院の庭の光景であろう。季うら梅。

28 ○即心即仏　碧巌録などに見える仏教語で、この心こそが仏にほかならないの意。▽梅の花を擬人化して、その姿ほど心が美しいかどうか確かめたいものだ、ためしに何か物を言ってみろ、と梅を揶揄した句。酸っぱい梅の実をつけるところから、梅と酢とは縁語。その酢を口にもっている梅の花なら、さぞかし酢の利いた、うまいことをいうだろう、というのが裏の意味。新雑談集では初五「いふて見や」。季梅花。

29 ○院　大寺の境内にある僧侶の居住する建物。「岩上の院々扉を閉て物の音きこえず」(奥の細道)。○大般若　大般若会(ゑ)。大般若経六百巻を転読する法会。ただし大般若経は大部であるため、各巻首の経題と最初の数行を読むにとどめることが多かった。▽大般若会が行われている寺の境内の、あちこちの小院の庭に梅が咲いている。季梅。

30 ▽漸く暖かくなって梅が咲き始めた早春の情景。日差しに暖かさが加わってきたことを、「日の力」と表現した。「むめ一りん一輪ほどのあたたかさ」(嵐雪)と同想。季むめ。

31 ▽日が西に傾くにしたがって、庭の隅の梅の影が長く伸びてきた。暮れてゆく時間の経過を梅の影で表した。季梅。

32 ○画讃　まず絵があってその絵に添えた作品。○清女　清少納言。○局　宮中に仕える女官の部屋。▽梅の咲く春の一夜、誰かが清少納言の住んでいる局の戸を叩いた。枕草子

30 此比《このごろ》やむめ咲《さく》ほどの日の力　大石士喬

31 暮るゝ日や庭の隅より梅の影　樗良

画讃

32 夜半の梅清女が局《つぼね》敲《たた》きけり　几董

33 梅がゝや必《かならず》人の来るあらん　道立

34 八《や》ツ晴《ばれ》に柳が青ふなりにけり　浪速正名

35 青柳やおもふにけさの長《なが》短《みじか》　百池

36 つく〲と雨の柳を見る日かな　ナニハ梅

37 若柳枝そらさまにみどり哉　キ董

38 何となく二月になりし柳哉　乙児

39 わりなしや海苔に纏《まつは》るうつせ貝　二柳

40 家遠し海苔干す女何諷《うた》ふ　移竹

「返る年の二月二十五日に」の段に、藤原斉信が夜中に清少納言の局の戸を叩いた記事が見えるが、これを踏まえた句。季梅。

33 ▽句意明瞭。更級日記に、梅が咲いたら参りましょうと言って継母が出ていったので、継母に会いたくて作者が梅の咲くのを待ちこがれる場面がある。これを踏まえたか。季梅がゝ。

34 ○八ツ晴　八つ時(きど)頃(午後二時頃)に雨が上がること。この時刻に雨が上がると、もう雨になる心配はないというので「八つ晴に傘放せ」という諺ができた。▽雨に煙っていた柳が、晴れ間を得てあざやかな緑を見せた。季柳。

35 ▽枝垂れた柳の枝に長短があることに、ある朝ふと気付いた。「おもふに」というから、何か重大な発見でもあるのかと思えば、それが柳の枝の長短というたわいもない些事であるおかしさ。季青柳。

36 ○つく〲と　じっと眺めること。江戸時代には日常語として用いられたが、中世にはこの語を雅語として用いた歌が多い。「つくづくと春のながめのさびしきはしのぶにつたふ軒のたま水」(新古今集・春上・行慶)など。▽句意明瞭。平明な句だが、作者が浪花新地の芸妓であったことを思うと一種の味わいが生まれる。季柳。

37 ○そらさま　空の方。上の方。▽上の方に向かって美しい緑の若葉が広がっている。柳といえば下の方に垂れた枝を詠むのが常套的な発想だが、それを逆転して下から眺めた光景を詠んだ。季若柳。

38 ▽正月もいつの間にか過ぎて、柳の美しい二月になった。二月の風物を柳で代表させたのだが、その背景には「五原ノ春色旧来遅シ、二月垂楊未ダ糸ヲ挂(か)ケズ」(唐詩選・張敬忠「辺詞」)などの漢詩の知識があろう。季二月・柳。

39 ○わりなし　けなげで可憐であるがはかない感じをいう。芭蕉の好みの語の一つ。「痩せながらわりなき菊のつぼみかな」(芭蕉)。○うつせ貝　中身の肉のなくなった貝殻。▽うつせ貝が波に漂う海苔にまつわり付いている様子。はかないものが同じくはかないものを頼みとしている有様を「わりなし」と表現した。季海苔。

41 白魚に思へばからき潮《うしほ》かな　浪花 羅川
42 かしましく啼て寂しき蛙《かはづ》かな　ゝ志慶
43 あとへ飛《とぶ》心は持《もた》ぬかはづ哉　ゝ見道
44 啼《なく》蛙神もはじめて鳴ル夜哉　几董
45 橘の実は猶照リて余《よ》寒《かん》かな　伏水 賀瑞
46 松風も春のものとて暖《あたたか》に　伊丹 福丸
47 裏町や声見失ふ田にし売《うり》　ゝ文雅
48 小《こ》昼《びる》時《どき》霞が中の鶏《とり》の声　名古屋 五周
49 山もとや帰らんとすれば夕霞　ゝ白図

奈良にとまりて

50 町ありく鹿の背高し朧月　雷夫
51 一条と二条の間《あひ》やおぼろ月　優才

40 ▽都に住む作者には聞き慣れない鄙びた歌を歌いながら、女が海苔を干している情景。「家遠し」というのは作者の家が遠いというのであろう。鄙びた歌に旅情を催した。季海苔。

41 ○潮　潮煮のことで、鯛や貝などを塩で味付けした吸い物。▽白魚ならば淡泊な味であるはずだが、この潮煮は辛い。ここは白魚の吸い物であろう。潮煮と比較することで白魚の吸い物の淡泊な味を際立たせた。季白魚。

42 ▽やかましく鳴き立てる蛙の声にも一抹の寂しさがある。季蛙。

43 ▽後ろへ飛びたいと思う蛙はいない、というのである。あまりにも当たり前のことを句にしたところに意外性があり笑いが生まれる。季かはづ。

44 ○神　雷。▽蛙の鳴く春の夜に、初めて雷の音を聞いた。改式大成清鉋の二月の項に「初雷」、「雷の初声」を挙げる。地に鳴く蛙と天に鳴る雷と相呼応する光景。季蛙・初雷。

45 ▽枝に残った橘の実に日が差して、ますます黄色く輝いているが、なお余寒が厳しい。早春の情景。橘の実は秋になって熟すると黄色くなる。季余寒。

46 ○春のものとて　「起きもせず寝もせで夜をあかしては春のものとてながめ暮らしつ」(伊勢物語二段)の文句。▽古来寂しいものとしてうたわれてきた松風も、春になるとやはり春らしく暖かく感じられる。晩秋から初冬の情景の中でうたわれることの多い松風を、春のものとして詠んだ。季春・暖。

47 ▽田にし売りの声が聞こえたので表に出てみると、もうどこへ行ったか姿が見えない。姿を見失ったのを、声を見失ったと言ったところが工夫。田にし売りは農家の片手間の副業であろうが、買う方も裏町の住人であろう。庶民生活の一コマ。「そこ〳〵に京見過しぬ田にし売」(蕪村)。季田にし売。

48 ○小昼　「朝食と昼食の間、仕事を休憩してとる軽い食事」(角川古語大辞典)。ここはその時間。▽小昼の休憩で仕事の手を休めていると、霞の中から鶏の声が聞こえてきた。のどかな田園風景。季霞。

49 ▽家路をたどろうとして、後にした山の麓を振り返るとそこに霞がたなびいていた。「見渡せば山もとかすむ水無瀬川夕べは秋と何おもひけむ」(後鳥羽院)と同想。季夕霞。

52 春の夜も傾く月や連歌町　召波
53 夜を春に伏見の芝居ともしけり　田福
54 芝居出て吹《ふか》るゝ人や春の風　季遊
55 裁《キレ》売の来ぬを恨《ミ》や春の雨　キ董
56 春の水草臥《くたびれ》あしでわたりけり　百池
57 魚ふたつ試《ミ》がほや春の水　菊尹
58 我《わが》庭にあらばやと思ふ春の水　春蛙
59 春の野や水より続く里の数　大石 家足
60 春深し松の花ちる城の堀　伏水 車蟻
61 清滝や夕月かけて小鮎とぶ　浪速 弄我
62 茶はつまで身を宇治川の小鮎汲《くみ》ゝ　芙蓉花
人の失語は咎ずともあれな

50 ▽朧月夜を行く鹿の背丈が高く見える。町中を鹿が歩いている奈良の情景。鹿は秋の季題だがそれを春の朧月と取り合わせた。季朧月。

51 ▽一条通りと二条通りの間の市街の上空に、朧月がかかっている情景。一条と二条の間は上京で、このあたりには皇居や仙洞御所があり優雅な雰囲気があった。季おぼろ月。

52 ○連歌町　連歌師の住んでいる町か。「新在家とは京都の地名にして、連歌師の代々住みたる地なり」(『連歌概説』)。▽夜も更け月も傾いていく時間の推移を「夜も傾く月」と簡潔に言った。季春の夜。

53 ▽伏見の春を彩るのは桃の花だが夜は見られない。それに代わって、芝居小屋のともし火の明かりが、伏見の夜に春らしい景観を生み出す。ここは小屋掛けの旅芝居か。季春。

54 ▽芝居の余韻に浸りながら春風に吹かれて行く人。芝居を見た後の陶然たる気分に浸っているのである。季春の風。

55 ○裁売　布の端切れを売り歩いた女(日本国語大辞典)。「切売の吹かれてありく師走哉」(涼菟)。▽破れた着物の繕いをしようと思ったが適当な端切れもなく、あいにく裁売りもこない。春雨の中、手持ち無沙汰で無聊をかこつ女性の姿。季春の雨。

56 ○春の水　春の川の流れ。春になると水量が豊かになり水もぬるむ。漢詩に用いられる春水を日本語化した言葉で、連歌以来用いられた。▽京都郊外の桜狩りの戻りであろう。橋のない小川を歩いて渡ったのだが、疲れた足に水の感触が快い。季春の水。

57 ○試《ミ》がほ　何かを試すような顔付き。▽ようやくぬるみ始めた水の中で、水の暖かさを確かめるように魚が二匹ゆっくりと泳いでいる。季春の水。

58 ▽自分の庭に春の流れを引き入れたい、の意。季春の水。

59 ▽春の野を一筋の川が貫いており、その川沿いにいくつかの村里が点在する光景。水辺からすぐに村里が広がっている情景を「水より続く」と表現した。水郷眺望の句。季春の野。

60 ○松の花　松は、春になると新芽を出して先端に雌花をつけその下に雄花をつける。この花粉が飛ぶことを松の花が

63 枕にもならふもの也春の水　　無腸

春日晩望

64 日は落《おち》て増《ます》かとぞ見ゆる春の水　　几董

65 梅おぼろなる野はづれの家　　万容

66 田《た》螺《にし》売ル童《わらべ》が翁焼《たき》火《び》して　　白砧

67 小《こ》瓶《がめ》の酒の雫つれなき　　亀郷

68 北風に秋を催す夜半の月　　九湖

69 蚯《みみ》蚓《ず》音《ね》を鳴く門《かど》のせゝらぎ　　竹裡

70 駕《かご》舁《かき》にしろがねくれて待せ置《おき》　　路曳

71 意地になりたる傾《けい》城《せい》の恋　　春蛙

散るという。▽春も深まった頃、城の堀に松の花粉が飛び散っている光景。季春深し・松の花。

61 ○清滝　清流で有名な京都の清滝川。○かけて　目指して。小野篁の歌「わたの原八十島かけて」の「かけて」と同意。▽清滝川を遡る鮎が、行く手を阻まれて勢いよく撥ねた。それを夕月を目がけて飛んだと表現した。冬の間に内海で成長した稚鮎は春になると川を遡る。季小鮎。

62 ○小鮎汲　川を遡る稚鮎を網ですくいとること。▽宇治は茶の名所だが、その宇治で茶を摘まず、鮎を捕まえて生計を立てている人の身の上である。「身を宇治川」は「身を憂し」を言い掛けたもので、和歌的レトリックの応用。季小鮎汲。

63 ○失語　言い間違い。▽春の流れは枕にならないものでもない、の意。言い間違いをしても直そうとしなかった、晋の孫楚の漱石枕流(そうせきちんりゅう)の故事を踏まえた句。季春の水。

○晩望　夕方の眺望。

64 発句。春(春の水)。▽日が沈んで黒々と流れる川の水は、日中より水量が増えたように見える。

65 脇。春(梅)。▽野原の果てに家があり、庭に梅がおぼろにかすんでいる。野原を流れる川にのぞんで人家のある光景。

66 第三。春(田螺)。▽田螺を売る子供の祖父が焚き火をしている。「野はづれの家」に住む人を出した。

67 初オ四。雑。▽酒が無くなって、瓶を逆さまにしても無情にもポタポタと滴が落ちるだけ。前句の焚き火をする老人を酒好きな人物と見た。

68 初オ五。夏(秋を催す)。月の定座。▽北風が吹き夜空の月も涼しげで秋の気配が漂う。夜のつれづれに一杯やろうとしたが、あいにく酒を切らしたのである。

69 初オ六。雑。▽玄関前の小川のせせらぎにミミズが鳴いている。ミミズの鳴き声に秋の気配が感じられるのである。明和七年(一七七〇)刊「小づち」では「蚯蚓鳴く」を秋の季語とするが、ここでは無季の扱い。ただし、ミミズは鳴かない。ケラの鳴き声をミミズと聞き間違えたのだという。

70 初ウ一。雑。○しろがね　白銀。銀貨。▽駕籠かきにチップの銀貨を与えて待たせておく。訪問した家の前に駕籠かきを待たせておくのである。

72 甥のとの世を捨んとは若気《わかげ》哉《かな》　左繡

73 神谷の宿《やど》に一夜あかして　湖

74 ましら啼《なく》度《たび》〱寒く木の葉降《ふる》　容

75 卅日《みそか》わびしき社司の冬ざれ　砧

76 伝へ来《き》し平氏の公《きみ》の太刀鎧《よろひ》　郷

77 集に洩たる歌惜むらし　董

78 道づれの御僧と語る花の陰　瓢子

79 温泉《いでゆ》効なくつらき身の春　優才

80 出がはりの名残も月の薄曇　嵐甲

81 轍《わだち》に窪《くぼ》ム立《たち》売《うり》の町　石友

82 時《とき》人《ひと》に諂《へつら》ひかざる台の物　雷夫

83 酔ふて下《しも》部《べ》の刃秡《ぬき》けん　曳

71 初ウ二。雑。恋(恋)。○傾城　遊女。▽冷たくされて意地になって遊女のもとに通うのである。遊廓に行くには駕籠を使うことが多いので、「傾城の恋」は、傾城に対する恋の意。「駕昇」から遊廓通いを連想。

72 初ウ三。雑。恋(句意)。○甥のとの　甥の殿。甥と同意で親しみをこめた言い方。▽世を捨て出家しようなどとは若気の至り、と伯父が甥に意見をしている情景。遊女にふられた甥。

73 初ウ四。雑。○神谷　紀州高野山麓の村。神谷の辻に茶店が軒を並べ旅籠屋も数軒あった(紀伊国名所図会三ノ四)。▽句意明瞭。高野山で出家しようとして神谷に一泊した。

74 初ウ五。冬(寒く・木の葉降)。▽猿が鳴き寒々と木の葉が散る。高野山の山中の情景。

75 初ウ六。冬(冬ざれ)。○社司　神官。神主。○冬ざれ　冬の荒涼とした様子。冬。▽参詣の人も絶えた、物寂しい冬の月末の神社の様子。前句の情景から山中の神社を連想。

76 初ウ七。雑。▽古くから伝来する平氏の公達(きんだち)の太刀や鎧がある。前句の「社司」の語によって神社に伝来する宝物を付けた。

77 初ウ八。雑。▽撰集に採られなかった歌を惜しむ、歌人の心情を思いやった付句。「平氏」から平忠度(ただのり)の故事を連想。忠度は千載集に入集することを撰者の藤原俊成に要請し、一首だけ「よみ人しらず」として採られた。

78 初ウ九。春(花)。▽旅の途中に出会った僧侶と、撰集に漏れた歌のことなどを語り合う情景。花を定座より二句引き上げた。

79 初ウ十。春(春)。▽病気を治すために湯治にきたが効果がない。前句を湯治の旅の道連れに転じた。

80 初ウ十一。春(出がはり)。○出がはり　出代り。出替りとも。契約期限がきて奉公人が交替すること。俳諧では主家を去ってゆく奉公人を指すことが多い。▽名残惜しげに主家を去って行く奉公人の様子。涙で月も曇る。病気で解雇されたのである。月を定座から四句こぼした。

81 初ウ十二。雑。○立売　京都の地名。上立売・中立売・下立売にわかれ京都の商店街であった。▽荷車の往来が激しく

84 漸《やや》暮て祭の神《み》輿《こし》過《すぐ》る也《なり》　里

85 ゆふだち晴るゝ森の涼風　繍

86 鳥《とり》狩《がり》も世わたる種の医師《くすし》にて　蛙

87 たゞ憂《うき》ことに年子産ム妻　容

88 よ所《そ》に聞《きく》砧も響く枕上《がみ》　砧

89 籬《まがき》あれたる朝顔の月　郷

90 里に出て粮《かて》乞ふ露の身なりけり　董

91 車迎へて院に召《めさ》るゝ　夫

92 夜はいとゞ汗もしとゞに脳《なやむ》らん　湖

93 梳《けづ》らぬ髪の眉にかゝれる　その

94 しぐれ来る二階の下の夕颪《おろし》　才

95 木賃ねぎりて風呂いそぐ也　里

道路に轍がついている。「出がはり」から商店の立ち並ぶ立売を連想。

82 名オ一。雑。○時人　時の人。ときめいている人。○台の物　台の上に乗せて他人に贈る料理や進物の品。▽立売の商人が出入りの大名家の権力者の御機嫌取りに、台の物を贈る。

83 名オ二。雑。○下部　足軽などの下級武士。○秡　抜の慣用的な宛て字。▽下部が酒に酔って刀を抜いて暴れている情景。主人の権力を笠にきた下っ端の横暴なふるまい。

84 名オ三。夏(祭)。▽夕暮れになって祭りの神輿が通り過ぎた。祭りに喧嘩は付き物、前句を祭りの喧嘩とした。

85 名オ四。夏(涼風)。▽神輿の通過が遅れたのを夕立のせいとした付け。

86 名オ五。雑。○鳥狩　雉を捕まえること。「トリガリ(鳥狩)　雉狩」(日葡辞書)。▽はやらない医者が生活の手段として鳥狩を副業にしている。「森の涼風」から鳥狩を連想。

87 名オ六。雑。▽辛いのは妻が年子を生んで子供が増えること。前句の医者の妻である。貧乏人の子沢山である。

88 名オ七。秋(砧)。○砧　布を木や石の台にのせて槌で打って柔らかくすること。女性の仕事。▽遠くの砧の音が枕元に響く。「よ所に聞」は、遠く離れて聞くこと。産褥の身では砧も打てず冬物の支度もままならない。無為に日を過ごす女性の心情。

89 名オ八。秋(朝顔・月)。▽荒れ果てた垣根に朝顔の花が咲き、有明の月が差している。砧を遠くに聞くような人里を離れた場所に住む隠者の境涯。月を定座より三句引き上げた。

90 名オ九。秋(露)。▽人里に出て食料を乞うような、露のようにはかない身のうえである。この「露」は比喩的表現。前句を落ちぶれた人の住まいと見た。

91 名オ十。雑。○院　太上天皇。上皇。また、その御所。▽牛車(ぎっしゃ)を差し向けられて院の御所に招かれる。前句の乞食のような境遇にある人物が、院の御所に召されるという栄誉にあずかった。奇行で知られた増賀上人などの面影か。

92 名オ十一。雑。○脳　悩の誤記。▽夜になるとますます汗がひどくなって熱病に苦しむ様子。前句の召される人を医者と見て、院の病気を付けた。謡曲・鵺の近衛院の面影。

96 浄《じやう》留《る》りを美濃商人の声だみて　曳
97 糊の力をたのむ山ぎぬ　砧
98 いかめしく烏《え》帽《ぼ》子《し》着て出る花の時　容
99 春蘭《たけなは》に鯛のやきもの　夫

二月十四日とみのもふけ事して

100 長閑《のどか》さは障子のそなたこなた哉　月居
101 盥の水の日にぬるむ影　キ董
102 竹《か》輿《ご》たてる榎が本の藤咲《さい》て　ゝ
103 どびろくといふ名さへおかしき　月

93 名オ十二。雑。○梳らぬ　くしけずらない。▽とかさないで長く伸びた髪の毛が眉にかかる。前句の熱病に苦しむ人を女性に見変えた。

94 名ウ一。冬(しぐれ来る)。○夕颪　夕方に吹く颪。颪は山などの高い所から吹きおろす風。▽時雨が降り始めた初冬の夕方、二階の下(つまり一階)に冷たい風が吹きおろす。前句を化粧に取り掛かる前の遊女と見て、女郎屋の冬の情景を付けた。

95 名ウ二。雑。○木賃　食事の支度をする薪代。木賃宿では食事は自前であり宿泊者は木賃を払う。▽木賃を値切って急いで風呂に入る。前句の二階建ての建物を木賃宿と見た付け。

96 名ウ三。雑。○浄留り　浄瑠璃の当て字。○だみて　濁ったような不快な音声をいう。▽美濃商人がだみ声で浄瑠璃を語っている。木賃宿に泊まり合わせた客が、夜のつれづれにそれぞれ得意の芸を披露する情景。

97 名ウ四。雑。○山ぎぬ　山繭絹。「野蚕繭(やままい)ノ糸ニテ織ル物、色淡黄ナリ。ヤマ、イ絹ト云」(重訂本草綱目啓蒙三十四)。▽糊の効果によって山絹も見栄えがする。前句の美濃商人を山絹の行商人と見た。

98 名ウ五。春(花)。花の定座。▽威儀正しく烏帽子をつけて花見に出かける公家の様子。糊の利いた山絹は花見の正装だが、本絹ではなく山絹であるのが悲しい。

99 挙句。春(春闌)。▽春もたけなわ、宴席には鯛のやきものも並べられている。花見の宴。

100 発句。春(長閑さ)。▽障子のそちらこちらに春の日が差し込んで長閑な感じである。○とみのもふけ事　急な食事などの供応。月居が几董をもてなした。客が発句を詠むのが普通だが、ここは逆。「もふけ」は「まうけ」が正しい。

101 脇。春(水ぬるむ)。▽盥の水も春の日差しにぬるむ。「影」は日差しで「日」と重複する。前句と同じ気分を素材を変えて表現した。

102 第三。春(藤)。○竹輿　駕籠。風流めかして竹輿の字を当てた。▽榎の根元に駕籠を止めると藤の花が咲いていた。当時の一里塚には多く榎を植えたから、これは旅の句であろう。

104 月の為にうかれて人や呼《よば》ふらん　ヽ
105 猟船見えぬ浜の秋風　キ
106 芒《すすき》刈《かり》て仮リに安置す弥陀如来　ヽ
107 国司の情《なさけ》歌に聞《きこ》ゆる　月
108 起《おき》臥《ふし》も娘なくせし涙にて　ヽ
109 祭の車門《かど》過《すぐ》る也　キ
110 わか楓《かへで》見こす旭《あさひ》のうつくしき　月
111 画工をとめてけふも去《い》ナさず　キ
112 麦飯に老のむら気の茶の湯して　ヽ
113 遠き井を汲《くむ》月の黄昏《たそがれ》　月
114 垣《かい》間《ま》見し小姓を露の物思ひ　月
115 永き暇《いとま》の御恩身にしむ　キ

103 初オ四。雑。○どびろく　どぶろく。濁り酒。「関西にてはどびろくと云、関東にてはどぶろくともにごりさけ共いふ」(物類称呼三)。▽どびろくというのは名称さえおかしい。旅の途中の鄙びた茶屋でどぶろくを飲むのである。
104 初オ五。秋(月)。月の定座。▽月に浮かれて人の名を呼んでいるのか。前句の「どびろく」を人名にとりなした。
105 初オ六。秋(秋風)。○猟船　漁船。▽浜には漁船も見えず秋風が吹くばかり。寂しい夜の浜辺に人を呼ぶ声が響く。
106 初ウ一。秋(芒)。▽薄を刈り取って一時的に阿弥陀如来を安置するお堂を作る。難波の堀江に沈められた如来像を、本田善光が信濃まで背負ってきて安置したという善光寺縁起の故事。
107 初ウ二。雑。○国司　律令制の地方官。ここはその長官の国守。▽国守の風雅な心は残した歌で人に知られている。陸奥守に左遷された藤原実方(さねかた)の面影。西行が実方の塚で詠んだ「…枯野の薄形見にぞ見る」という歌の文句による付け。
108 初ウ三。雑。▽一日中亡くなった娘のことが思われて涙が絶えない。土佐国在勤中に娘を失った紀貫之の面影。娘に対する国司の愛情は残された歌によって知られる。
109 初ウ四。夏(祭)。▽祭りの山車(だし)が家の前を通り過ぎる。娘を亡くした親には祭りの山車も目に入らない。
110 初ウ五。夏(わか楓)。▽楓の若葉越しに美しい朝日が昇るのが見える。祭りの朝の情景。
111 初ウ六。雑。▽旅の絵師を家に泊めて今日も出立させようとしない。絵師が気に入ったのである。気候がよくなると、地方に出稼ぎに出る絵師も多くなる。
112 初ウ七。雑。▽麦飯を常食とするようなつましい生活をしている老人が、時には気まぐれに茶の湯(茶道)の会をする。前句の画工を泊める人物を付けた。画工を引き留めておくのもむら気のせい。
113 初ウ八。秋(月)。▽月の昇り始めた夕方、遠くの井戸から水を汲んでくる。茶の湯のための水である。月を定座より一句こぼした。
114 初ウ九。秋(露)。恋(物思ひ)。○垣間見る　物陰からひそかに見る。▽物陰からふと見かけた小姓に恋をして物思い

116 花曇あゆみ労《つか》るゝばかり也　ゝ

117 雉《き》子《じ》ほろ〳〵と泊《は》瀬《せ》の山越《ごえ》　月

118 兄《このかみ》の僧に逢《あひ》たり春の暮　ゝ

119 馬《ば》塊《くわい》の哀れ語るびんなさ　キ

120 浅ましと伽羅《きやら》をいろりに打《うち》くべて　ゝ

121 アと叫びツヽ狐さるらん　月

122 暁はことに尊き提《だい》婆《ば》品《ぼん》　ゝ

123 塩木を拾ふ佐渡の浦住《ずみ》　キ

124 一人《ひとり》の母持《もち》て候《さうらふ》からき世に　ゝ

125 公《く》事《じ》に勝《かち》しを誰も悦《よろこ》ぶ　月

126 冷《ひや》酒をあらぬ器に呑《のみ》過《すご》し　ゝ

127 やりてが声や月凄きまで　キ

にふける。「露」は季節のあしらいであると同時に、はかなさの比喩。水汲みの下女のはかない恋。

115　初ウ十。秋(身にしむ)。恋(句意)。○永き暇　主従の縁を切ること。罷免すること。▽罷免という寛大な処分に主人の慈悲をしみじみと感じる。前句を大名家の小姓と腰元などの恋と見た。武家社会では自由恋愛は厳禁であり、禁を犯せばお手打ちが普通。それが「永き暇」という処分で済んだ。

116　初ウ十一。春(花曇)。花の定座。▽句意明瞭。主人平宗盛から暇を賜って、老母に会うために遠江国に下る熊野(ゆや)の面影(謡曲・熊野)。前句の「暇」を休暇の意に転じた。

117　初ウ十二。春(雉子)。○ほろ〳〵　雉や山鳥の鳴き声を表す語。○泊瀬　初瀬。長谷。奈良県桜井市の地名。長谷寺がある。▽泊瀬の山越えの途中雉の鳴き声が聞こえる。前句を長谷寺参詣の道中と見た。

118　名オ一。春(春の暮)。▽泊瀬の山越えの途中、僧侶になっている兄に偶然出会った。兄は長谷寺の僧になっていた。

119　名オ二。雑。○馬塊　馬嵬の誤記。中国陝西省の地名。玄宗皇帝の寵妃の楊貴妃が殺された場所。○びんなさ　いたわしいこと。あわれなこと。▽馬嵬で殺された楊貴妃の哀れな最期を語る姿がいたわしい。兄の僧が説経語りとなって楊貴妃の生涯などを語っている。説経語りは門付けの芸人。

120　名オ三。雑。○伽羅　香木の最高級品。▽執着するのはあさましいと、高価な伽羅を囲炉裏で焚く。漢の武帝の故事にならって、玄宗皇帝が反魂香(はんごんこう)の代わりに伽羅を焚く。

121　名オ四。雑。▽アッと叫んで狐が逃げ出す。伽羅の煙に驚いたのである。玉藻の前の面影か。玉藻の前は狐の化身で鳥羽院に寵愛された。

122　名オ五。雑。○提婆品　提婆達多(だいばだった)品。法華経巻五の最初の品。法華経の中で最も功徳のある経文といわれる。▽句意明瞭。提婆品の法力により狐が落ちたのである。精神に異常をきたすことを狐が付くといい、精神が正常に戻ることを狐が落ちるという。

123　名オ六。雑。○塩木　塩を取るために塩竈に焚くたきぎ。▽塩木を拾って暮らしを立てている佐渡の海辺の住人。前句から佐渡に流された日蓮を連想。

128 十《とを》にたらぬ小判つれなきとしの暮　ゝ
129 是非出る舟の便《たより》もとめむ　月
130 雲すこし摩《ま》爺《や》が高根にはれかゝり　キ
131 二声ばかりほとゝぎすかも　ゝ
132 燭《しよく》剪《きり》て独り更《ふけ》ゆく窓の下　月
133 花と紐とく白氏文《もん》集《じふ》　ゝ
134 桜陰小町が姉の名をとはん　キ
135 あさぢが原に春の手枕　ゝ
136 我《わが》寺の鐘と思はず夕がすみ　蝶夢
137 鰐《わに》口の音暮るゝまで春《はる》日《ひ》かな　松任 白烏

124 名オ七。雑。▽辛い世の中だが母だけは健在。塩木を拾って母を養っているのである。舞台は異なるが説経浄瑠璃・さんせう太夫の面影か。
125 名オ八。雑。○公事　裁判。▽句意明瞭。前句の「一人の母」から十六夜日記の作者阿仏尼を連想。彼女は夫藤原為家の死後荘園の所有権を主張し鎌倉幕府に訴えた。ただし、判決が下る前に彼女は死没した。
126 名オ九。雑。○あらぬ器　正常のものとは異なった器。ここは盃以外のもの。▽茶碗などで冷や酒を飲み過ごす。公事に勝った喜び。
127 名オ十。冬(月凄き)。○やりて　遣手。妓楼で遊女の監督などをする年配の女性。遣手婆。○凄き　寒く冷たいさま。▽寒々とした月明かりに遣手の声がする。前句を泥酔した遊女と見てそれを叱る遣手を出した。月を定座より一句引き上げた。
128 名オ十一。冬(としの暮)。○つれなき　自分の思うようにならないこと。▽年末に蓄えを計算すると予想に反して十両に足りない。遣手の金勘定。吝嗇で冷淡だというのが遣手の一般的な概念。
129 名オ十二。雑。○出る舟　出船。港や船着き場を出てゆく船。▽どうかして出船の便を探そう。年末の支払いに困った商人が船便で金策に出ようというのである。
130 名ウ一。雑。○摩爺　摩耶の誤記。摩耶山。神戸市にある。▽摩耶山の高峰に雲が少し残るが雨が上がり始めた。ようやく船が港を出ることができる。「摩耶が高根に雲のかゝれる」(猿蓑・灰汁桶の巻・野水)。
131 名ウ二。夏(ほとゝぎす)。▽句意明瞭。雨上がりに時鳥が鳴くのである。時鳥と村雨は伝統的な付合語。
132 名ウ三。雑。○燭　ともしび。ここは、行灯《あんどん》用の灯心。▽灯心の燃えかすを切り落とし部屋を明るくして、夜更けに窓のもとに一人過ごす。「五月雨に物思ひをれば郭公夜ふかくなきていづち行くらむ」(古今集・夏・紀友則)を思わせる情景。
133 名ウ四。春(花)。○白氏文集　白楽天の詩文集。▽花が咲くとともに白氏文集を読み始める。「紐とく」は「花のひもとく(花が咲くこと)」と「書をひもとく(本を読む)」の掛詞。前句から白楽天の春夜の詩句「燭ヲ背ケテハ共ニ憐レム深夜ノ月、

春行

138 古草に陽炎《かげろふ》を踏《ふむ》山路かな　大魯
139 あだし野に春も更《ふけ》行《ゆく》土筆《つくし》哉《かな》　浪速 白堂
140 焼《やけ》寺《でら》も春来て萩のわか葉哉　キ董
141 はしちかく涅《ね》槃《はん》かけたる野寺かな　敏馬浦 附鳳
142 ねはん会《ゑ》や上野の鐘の市《いち》に入《いる》　浪速 守一
143 網入《いれ》ぬ海の凪《なぎ》見る彼岸哉　出石 霞夫
144 十《とを》ばかり班《はん》女《ぢよ》が閨《ねや》の蚕《かひこ》かな　浪華 亀友
145 傾城も廓《くるわ》辺《あた》りのすみれ哉　竹裡
146 火のたへて鼠のはしる焼《やけ》野《の》哉　出石 長圃
147 わりなしや痩て餌《ゑ》運ぶ親雀　伏水 御風
148 窓の月恋する猫の影ぼうし　石友

花ヲ踏ンデハ同ジク惜シム少年ノ春」(和漢朗詠集・上)を連想。花を定座より一句引き上げた。

134 名ウ五。春(桜陰)。○小町が姉　小野小町の姉。古今集、後撰集に小町姉として入集。▽美しい桜の木陰で小町の姉の名を尋ねよう。唐代の人気詩人の白楽天に対し平安時代の人気歌人小町を出したのだが、一ひねりひねって「小町が姉」と句作りした。「花に桜は付侍る。されども前句の正花(連句で花の句と認められる語句)、桜めきたる句体ならば同意に成(なる)間無用に侍」(俳諧御傘)。

135 挙句。春(春)。○あさぢが原　雑草の生えた野原。歌語。▽暖かい春の一日手枕をして野原でうたたねをする。うららかな春の情景で一巻を締めくくった。

136 ▽夕霞の中、夢幻の境に誘い込むように響いて来る鐘の音は、自分の寺で撞く鐘の音とは思えない。この鐘は入相の鐘。作者の蝶夢はかつて寺の住職であった。季夕がすみ。

137 ○鍔口　正しくは鰐口。神殿や仏殿の軒先に吊るしてある丸い器具。参拝の人が垂れた紐を振ってこれを鳴らす。▽長い春の日が暮れるまで鰐口の音が響いている。日暮れになるまで参詣人の絶えない情景。季春日。

138 ○春行　春の行楽、つまりピクニック。本来漢詩に用いられた言葉。▽枯れ残った草に陽炎がもえ始めた早春の山路を散策する光景。陽炎のもえる古草を踏んで山路を登る。季陽炎。

139 ○あだし野　京都嵯峨の奥にある古来の埋葬地。▽土筆が一面に生えているあだし野の晩春の光景。季春・土筆。

140 ▽一般の人家と違って建物が大きいだけに、寺の焼け跡には一層強く荒涼とした感じが漂う。その焼け跡に萩の若葉が萌えだした光景。季春。

141 ○涅槃　涅槃像。釈迦入寂の姿を描いた絵。釈迦入寂の二月十五日にはこの絵を掛けて涅槃会(ゑ)を行う。底本「温槃」。▽本堂の入口近くに釈迦の涅槃図が掛けてあるだけの寂しい涅槃会の光景。「山寺や誰もまゐらぬ涅槃像」(樗良)と同想。季涅槃。

142 ▽涅槃会の日、上野寛永寺の鐘の音が商店の並んだ市街地に響いてくる。この日寛永寺では文殊楼(吉祥閣とも)に上

149 転び落《おち》し音して止ミぬ猫の恋　キ董

重三《ちようさん》

150 家〳〵や雛としもなく小豆《あづき》飯《めし》　移竹

151 初雛や老《おい》の後《のち》なる娘の子　左繍

152 出《で》代《がはり》や灯《ひ》はありながら手暗《くらが》リ　眉山

153 出がはりや朝めし居《すゑ》る胸ふくれ　太祇

浪花より京に出るとて、伏見桃山に眺望す

154 漕《こが》れ来《き》し舟かへる見ュ桃のひま　一音

155 背戸門《かど》のわからぬ家やもゝの花　半化

感偶《かんぐう》

156 咲《さく》をさへ驚くに散《ちる》初ざくら　几董

ることを許可したので、境内に参詣人があふれた。季ねはん会。

143 ▽海が凪いで漁をするには絶好の状態だが、彼岸なので殺生を慎んで網を入れないのである。穏やかな海を見る漁師の複雑な心境。季彼岸。

144 ○班女　漢の成帝に寵愛されたが、後に趙飛燕のために寵を奪われた。寵愛を失った自分の身の上を白い扇にたとえて「怨歌行」を作った。「班女が扇」「班女が閨」は、男に捨てられた女の身の上を表す成語。▽班女の寝室には十四ばかりの蚕が飼われている。班女に白い絹の扇は付き物だが、扇を作る程度なら蚕は十四もあれば十分だろうといううがちの句。季蚕。

145 ○廓　遊廓。郭とも。▽傾城も廓あたりに咲くすみれの花のようなものだ。山部赤人の「春の野にすみれつみにと来し我ぞ野をなつかしみ一夜寝にける」という歌を踏まえる。赤人は野にすみれを摘みに来て一夜寝たが、廓に咲く傾城というすみれを見れば、誰しも一夜の夢を結ぼうとする。季すみれ。

146 ▽春の野焼きの光景。野焼きの火が消えた後、どこからともなく野鼠が現れてチョロチョロと走り回る。季焼野。

147 ○わりなし　↓元。▽自分は痩せながら子雀に餌を運ぶ親雀の気持を「わりなし」と表現した。理屈では割り切れない親の愛情を雀の行為に見たのである。季親雀。

148 ▽窓に月光がさして、窓の障子に恋する雄猫の影法師が写っている。家の中に目当ての雌猫がいるのだろう。季恋する猫。

149 ▽ギャアギャアと喧しく求愛の声を発していた猫が、何かのはずみで上からドサッと落ちた。そのとたん猫の恋心もあっけなく消え失せてしまったのである。季猫の恋。

150 ○重三　三月三日の桃の節句。○しも　強意の助詞。○小豆飯　赤飯。▽娘のいない我が家では、特に雛祭だからというわけではなく、人並みに赤飯を炊いた。蛤行器(はまぐりほかい)に赤飯を、絵櫃(えびつ)に蓬餅をいれて雛に供えるのが初期の雛祭風俗。季雛。

151 ▽老後に生まれた娘の初節句。女の子の誕生を祝ってその初節句から雛祭をすることになったのは江戸時代の中ごろ。季初雛。

157 又ことし待《まつ》人《ひと》にちる桜かな　大石　士川

158 出て見れば夜も散《ちる》なる桜哉　呑溟

159 夜桜や従者つれたる芝居もの　伏水　雨谷

160 三《しゃみ》線《せん》に散も桜の夕《ゆふべ》かな　浪速　老山

161 さくらかげ出《いづ》れば暮のうき世哉　出石　馬鱗

162 うき旅の我にはおかし桜どき　月居

163 陰に寐《ね》て寐ぬ夜也けり山桜　浪速　残夢

164 桜〱散《ちり》て佳人の夢に入《いる》　無腸

はじめてよし野の山踏《やまぶみ》せし時

165 二日見ていかさま花のよし野山　几董

166 芳《よし》野《の》よく見つれど花のあらし山　一音

167 あらし山おもふ日花に後《おく》れたり　嵐甲

152 ○出代　→八〇。○手暗リ　手元が暗いこと。▽行灯の明りがありながら手元が暗くなるのは、涙でくもるからである。なじんだ主家を去ってゆく奉公人の哀感。[季]出代。

153 ○胸ふくれ　胸が一杯になること。「菊の香にわすれよ秋の胸ふくれ」(几董)。▽最後の仕事として、奉公人一同の朝飯の膳を据えながら、感慨が込み上げてくるのである。出代りは、朝飯を済ませてから主家を出るしきたりであった(西鶴織留五ノ二)。[季]出がはり。

154 ○伏見　京と大坂を結ぶ淀船の船着き場があった。また桃の名所。▽自分の乗ってきた乗合舟が大坂へ帰って行く。また桃その姿が桃の花の間から見える。「漕れ来し」は、漕いで運ばれて来た、の意。[季]桃。

155 ○背戸　裏口。○門　玄関口。▽背戸と門の区別がつかないような粗末な家に、桃の花が咲いている。[季]もゝの花。

156 ○感偶　感遇。人の運・不運を思うこと。▽初桜が早く咲いたのに驚いたが、あまりにも早く散ったのには更に驚いた。前書から何かを寓意した句であることが分かる。若くして才能を発揮しながら早世した人物を悼んだ句か。[季]初ざくら。

157 ▽待つ人が来ないうちに、今年の桜も散ってしまった。「待つ人に告げややらまし我が宿の花は今日こそさかりなりけれ」(続後撰集・春中・藤原公任)によるか。[季]ちる桜。

158 ▽外へ出てみると、夜の月明かりの中で桜が散っていた。[季]散る桜。

159 ○芝居もの　歌舞伎の劇場で働く人。ここは歌舞伎役者。▽草履取りなどの小者を連れて、歌舞伎役者が夜桜見物に出ている光景。そのあたりには艶冶な雰囲気が漂う。[季]夜桜。

160 ▽三味線の音に誘われるかのように、夕暮れにひとしきり桜が散っている。能因の「…入相の鐘に花ぞ散りける」という歌を踏まえて、鐘の音に誘われて花が散るという句が多く作られたが、鐘を三味線に変えたところがミソ。[季]散る桜。

161 ○さくらかげ　桜の木陰。▽桜の木の下で歌い踊っている時はこの世の極楽だが、夕方になって木の下を離れるといつもの煩わしい日常の世界である。[季]さくら。

162 ○おかし　違和感を感じることで滑稽の意ではない。▽桜が咲く頃になると世間は華やいでくるが、そうした雰囲気

168 山ざくら丹波の風はまだ寒し　雅因

169 児《ちご》つれて花見にまかり帽子《もうす》哉　太祇

170 花を見る人の袂《たもと》に墨付《つけ》ん　移竹

171 慰《なぐさみ》にうき世捨《すて》ばや花の山　風律

暮春

172 花ながら春のくるゝぞたよりなき　樗良

173 仁《にん》和《わ》寺《じ》の辺《あた》リにくるゝ春もあらん　我則

174 行春や撰《せん》者《じや》をうらむ歌の主《ぬし》　蕪村

175 ゆく春は麦にかくれてしまひけり　ハリマ　青蘿

176 惜しや春旅せで過《すぎ》し我は猶《なほ》　伏水　鷺喬

177 園《その》の戸に鎖《じやう》をろす春のなごり哉　几董

178 うら垣やしらざれ李《すもも》日や倦《うめ》る　麦水

は、つらい旅を続ける自分の気持にそぐわない。季桜どき。

163 ▽山桜の木陰に寝たが、花の美しさに魅せられて夜も眠れなかった。平忠度の「行きくれて木の下かげを宿とせば花や今宵のあるじならまし」を踏まえた句。「寐て寐ぬ」という矛盾した表現が作者のねらい。季山桜。

164 ▽散りかかる桜の下で美人がうたたねをしている光景。美人の夢の中でも桜が散っているだろうと思いやった句。長唄・京鹿子娘道成寺に「さくらさくらと唄はれて」という文句がある。季桜。

165 ▽昔から「花の吉野山」といわれているが、なるほどその通りだと二日目で実感した。二日目にしてようやく吉野の桜を堪能することができたのである。季花。

166 ○芳野　吉野に同じ。▽吉野の花をよく見たが、やはり都の嵐山の花が一番だ。「よき人のよしとよく見てよしと言ひし芳野よく見よよき人よく見」（万葉集一・天武天皇）を踏まえた句。季花。

167 ○おもふ日　思い立った日。▽嵐山の花を見に行こうと思い立った日に、もう桜は散っていた。季花。

168 ○丹波　丹波国。現在は京都府・兵庫県の一部。▽京都では山桜が咲き始めたが、丹波から吹いてくる風は寒い。季山ざくら。

169 ○児　→三〇。○帽子　禅宗の僧侶がかぶる頭巾の一種。▽帽子をかぶった長老が、美しい児を連れて花見に行く。「まかり申す」に「帽子」を言い掛けた。季花見。

170 ▽相手を思う一念によって、花を見る美人の袂に墨を付けてやろう。奥義抄に「人に恋ひらるる人はそでにすみつく、又こひすれば、ひたひの髪しじくともよめり」とあって、人から恋い慕われると袖に墨が付くという迷信があったことがわかる。季花。

171 ▽花の山にいると、誰しも、慰みに、つまり気晴らし程度に、ちょっと浮世を捨ててみたいと思う。季花の山。

172 ▽まだ桜の花が梢にありながら、春が暮れようとしている。季節が変われば当然残りの花も散り急ぐだろう。それを思うと心細くなる。季花・春。

丹波《たんば》市《いち》といふ所の酒店にやすらひて

179 こちら向ケ海老煮《にる》女藤白し　自笑

180 藤棚や酒売《うる》家のとはれ皃《がほ》　キ董

181 花白き躑躅《つつじ》や蝶の色かろし　正白

182 つゝじ咲《さき》ぬ土に乏しき岩の間《あひ》　集馬

183 菜の花に雨の近づくにほひ哉　大石 士巧

184 菜の花やよし野下《お》リ来る向《むか》ふ山　太祇

春興　廿六句

185 菜の花や月は東に日は西に　蕪村

186 山もと遠く鷺かすみ行《ゆく》　樗良

173 ○仁和寺　真言宗御室派の総本山。花の名所。境内に八重桜が多く、花の時期が他の花の名所より遅かった。▽仁和寺あたりも春が暮れようとしているだろう。やや捻った表現で「春もあらん」という字余りも作者の意図的な措辞。[季]春。

174 ○撰者　和歌集などの編集責任者。ここは勅撰和歌集の撰者。▽勅撰和歌集に漏れた歌人の様子。晩春の憂愁の中で歌人の恨みの思いも尽きない。[季]行春。

175 ▽春を擬人化して、春が過ぎ去ったことを、麦の中に隠れて見えなくなったといいなした。晩春になると麦もかなり伸びて隠れるには恰好の場所となる。[季]ゆく春。

176 ▽惜しいことに春は過ぎ去ってしまう。この時期旅をしないで過ごした私にとって、なお一層春が惜しまれる。[季]春。

177 ▽桜の季節も終わり、人も訪れなくなった庭園の入口の戸の錠を下ろす、その花守の行為に春の名残りをしみじみと感じたのである。[季]春のなごり。

178 ○うら垣　裏垣か。用例未見。○しらざれ　白曝れで、白く生気を失っていることか。用例未見。▽家の裏の垣根に生気を失ったような白い李の花が咲いている。太陽が照らすことに飽きて、裏垣まで日差しが届かなかったせいだろうか。難解な句だが一応このように考えておきたい。[季]李。

179 ○丹波市　現在の天理市。▽こちらを向いて藤の花を眺めたらどうだ、と海老を煮る女に呼びかけた句。裏の意は、俺の方を向いてくれ、という洒落。芭蕉の「つつじいけて其陰に干鱈さく女」や、丹波市で詠んだ「草臥て宿かる比や藤の花」を念頭において詠んだ句。[季]藤。

180 ○とはれ皃　人にとわれたそうな顔。人待ち顔。皃は貌の異体字。「売卜先生木の下闇の訪れ皃」(蕪村)。▽酒屋の店先の藤棚の藤が、人の気を引くように美しく咲いている。[季]藤。

181 ▽白い躑躅の花を蝶に見立てた。躑躅の花が蝶のようにかろがろと飛んでゆきそうなのである。その見立てと、「色」が「軽い」と言いなしたところが作者の工夫。[季]躑躅・蝶。

182 ▽土らしい土もない場所に、花を咲かせている岩つつじのけなげな姿。[季]つゝじ。

183 ○にほひ　色合い。▽菜の花の色合いに、雨の気配が感じられる。菜の花の咲く頃は長雨になることが多く、近代に

187 渉《わた》し舟酒債《さかて》貧しく春くれて　几董
188 御国がへとはあらぬそらごと　村
189 脇差《わきざし》をこしらへたればはや倦《うみ》し　良
190 簑着て出《いづ》る雪の明ぼの　董
191 仁和寺を小松の里と誰《たれ》かいふ　村
192 恋しき人の馬繋ぎたり　良
193 葺《ふき》わたす菖蒲《あやめ》が軒をしのぶらん　董
194 雨にもならずやがて灯《ひ》ともす　村
195 尺八の稽古ぐるりと並び居て　良
196 賊とらへよと公《おほやけ》の触《ふれ》　董
197 早稲《わせ》刈て晩稲《おくて》も得たる心也　村
198 天気の続くあふみ路の秋　良

なって菜種梅雨という季語が生まれた。季菜の花。

184 ▽吉野山を下りる途中、向かいの山に菜の花が咲いているのが見えた。吉野の桜を満喫した目に、菜の花の黄色がひときわ新鮮に映ったのである。「よしの出てまた菜の花の旅寝かな」(青蘿)と同想。季菜の花。

185 発句。春(菜の花)。▽眼前には一面の菜の花畑、月は東から上り、太陽は西に沈もうとしている。「白日ハ西阿(せいあ)ニ淪(シヅ)ミ、素月ハ東嶺ヨリ出ヅ」(陶淵明「雑詩」二)を踏まえる。

186 脇。春(かすみ)。▽遠くの山もとに飛んでゆく鷺の姿が霞んで見える。前句の情景に遠景の山と鷺を加えた。

187 第三。春(春くれて)。○酒債　正しくはシュサイと読み酒屋への借金の意。ここは、酒手(心付け、チップ)の意に用いた。几董「宿の日記」では「酒価(テ)」と表記。▽酒手をくれるような客も少なく春も暮れてゆく。渡し舟の船頭の嘆き。前句は渡船場から見る遠景。

188 初オ四。雑。○御国がへ　大名の領地の変更。転封。○あらぬ　根も葉も無い。▽殿様の国替えの話は根も葉も無い噂だった。渡し舟の乗客の会話。

189 初オ五。雑。▽凝った作りの脇差を拵えたがもう飽きた。贅沢に慣れた武士のきまぐれ。国主の奢りが下に及ぶようになっては、国替えの噂が広まるのも当然。月の定座だが、月はすでに発句に出ている。

190 初オ六。冬(雪)。▽わざわざ雪の降った朝出掛ける人は、かなり粋狂な人。前句を趣味人と見た。

191 初ウ一。雑。○仁和寺　→一一三。ここは仁和寺門前の地域。「直(ニヂキ)寺号ヲ以テ地ノ名トナス、当寺(仁和寺)ノ外稀ナル歟」(山州名跡志七)。○小松の里　仁和寺門前の地域には光孝天皇を葬った小松の山陵がある。▽仁和寺門前を古風な小松の里と誰が言い始めたのだろうか。前句を風雅の人と見て、通りかかった仁和寺村のいにしえを偲ぶ体を付けた。

192 初ウ二。雑。恋(恋しき人)。▽句意明瞭。小松の里という古風な地名から、「山科の木幡の里に馬はあれどかちよりぞ来る君を思へば」(拾遺集・雑恋・柿本人麿)の歌を連想した。

193 初ウ三。夏(菖蒲葺く)。恋(しのぶ)。▽菖蒲を葺いた軒下に女性が忍び寄る。見覚えのある恋人の馬が繋いであった

199 門前の舟とき出《いだ》す月の昏《くれ》　董
200 弟子の僧《そう》都《づ》はよき衣着て　村
201 花の中家中の衆に行《ゆき》あひぬ　良
202 歌舞妓のまねのはやる此《この》春　董
203 永き日や蒔絵の調度いとはしき　村
204 御《み》法《のり》の道に心よせつゝ　良
205 古《ふる》郷《さと》の妻に文《ふみ》かくさよふけて　董
206 若大将に頼まれし身の　村
207 酒一斗牡丹の園《その》にそゝぎけり　良
208 日は赫《かく》奕《やく》と佳《よき》墨を摺《す》ル　董
209 翌《あす》ははや普《ふ》陀《だ》落《らく》山《せん》を立《たち》出《いで》ん　村
210 豆腐に飽《あい》て喰ふものもなく　良

のである。

194 初ウ四。雑。▽雨が降りそうだったが降らずに夕暮れになった。陰暦五月五日を薬日といい、この日降った雨水は神水といわれて薬効を高めるという俗信があった。期待の雨が降らなかった失望感である。

195 初ウ五。雑。▽雨が降りそうで降らない陰鬱な一日、人々が集まって尺八の稽古をしている。

196 初ウ六。雑。○触 役所からの通達。▽奉行所から盗賊を捕らえよという通達があった。前句を虚無僧の一団と見た付け。虚無僧は普化(ふけ)宗の有髪の僧侶だが、宗教活動はしない。彼らは尺八を吹きながら家々を回って米や銭を乞うた。江戸幕府は虚無僧を犯罪の探索などに利用した。

197 初ウ七。秋(早稲・晩稲)。▽早稲の収穫を終えたばかりなのに、晩稲も十分収穫があったような気分になっている。天候も順調で豊作が見込まれる農村の情景。その農村をねらって賊が入り込む。

198 初ウ八。秋(秋)。▽句意明瞭。前句の豊作の地を近江米(おうみまい)で知られる近江(滋賀県)に設定。

199 初ウ九。秋(月)。▽寺の門の前からともづなを解いて舟を出す。月見の舟である。前句の「あふみ路」から琵琶湖の月見を趣向。月を定座から二句こぼした。

200 初ウ十。雑。○僧都 僧官である僧綱(そうごう)の一つ。僧正に次ぐ位。▽弟子の僧都が立派な衣を身につけて住職の代理として檀家に赴く。檀家からの迎えの舟がきたのである。

201 初ウ十一。春(花)。花の定座。▽花見の途中同じ藩の者と偶然出会った。前句の「よき衣」を花見のための正装とした。

202 初ウ十二。春(春)。▽句意明瞭。花見客の中に、あちらこちらで歌舞伎の物まねをする者がいる。

203 名オ一。春(永き日)。▽歌舞伎の物まねの行われる場を付けた。「蒔絵の調度」とあるから大名家の素人歌舞伎であろう。蒔絵の調度に囲まれていても自由に芝居を見ることのできない生活では、その調度もいとわしい。素人芝居でわずかに気晴らしをする人の境遇。

204 名オ二。雑。▽出家を願いながら出家できないのである。贅沢な生活を厭って仏道に心を寄せる人物を付けた。源氏

続明がらす

夏之部

211 郭公《ほととぎす》待《まつ》や都の空だのめ　蕪村

212 ほとゝぎす山は女《め》松の景色哉《かな》　名古屋 士朗

213 山寺や門を出てゆく子規《ほととぎす》　イセ 坡仄

長安万戸子規一声

214 ほとゝぎす南さがりに鄙《ひな》曇《くもり》　暁台

詩仙堂の辺にて

215 ほとゝぎす鴨河越《こえ》ぬ恨かな　几董

216 物がたき老《おい》の化粧や更衣《ころもがへ》　太祇

217 あらためた手は膝にあり更衣　可重

物語の紫の上の晩年の面影か。

205 名オ三。雑。○さよ　小夜。夜。▽出家できない原因を妻に対する未練とした。俗世の縁を絶とうと旅に出たが、妻への未練を断ち切れないのである。恋の句と思われるが、次は恋の句ではないのでこの句も恋に扱わない。

206 名オ四。雑。▽若大将から頼りにされている以上、若大将に従うほかはない。若大将は源義経の面影か。義経に従って奥州に落ちのびた忠義の家来も妻への愛情は絶ちがたい。

207 名オ五。夏(牡丹)。▽出陣の光景であろう。丹精した牡丹の花に一斗の酒を注いで出陣する。頼りにされている若殿のために命を捨てる覚悟なのである。

208 名オ六。雑。○赫奕　光りかがやくさま。「金屏のかくやくとして牡丹かな」(蕪村)。▽唐代の詩人李白の面影。「李白一斗詩百篇」(杜甫「飲中八仙歌」)の詩句により「一斗」から李白を連想。

209 名オ七。雑。○普陀落山　インドの南海岸にあり、観音の住所といわれる山。ここでは中国の霊場として設定。▽普陀落山で修行を積んだ僧が明日日本に向けて出立しようとする。前句を送別の会とした。日本に帰る僧に詩などを贈るのである。

210 名オ八。雑。▽前句の普陀落山を寺にとりなした。寺院に参籠した人が、寺の精進料理に飽き果てたのである。以下十句続くが、本書では省略してある。

211 ○空だのめ　当てにならない期待をすること。「都の空」に「空だのめ」といい掛けた。▽都の空に時鳥を待つほど当てにならないものはない。蕪村は士朗宛書簡にこの句を記し「右の句は京の実景、愚老京住二十有余年、杜鵑(ほととぎす)を聞こと纔に両度」と注記。季郭公。

212 ▽女松(赤松)の生え茂る山の上を、時鳥が一声鳴いて飛び去った。「幣(ぬさ)ぶくろ」によると、時鳥が鳴いた後、間髪を入れずにこの句ができたらしい。季ほとゝぎす。

213 ▽句意明瞭。見たままの情景であろう。時鳥の飛ぶ姿を詠んだのは珍しい。季子規。

214 ○長安万戸　李白の「子夜呉歌」の「長安一片ノ月、万戸衣ヲ擣(ウ)ツ声」による。長安は唐の都。○鄙曇　枕詞から転じて薄曇りの意に用いられた。「万葉集」に碓日(うすひ)の坂にいひ

218 花守のけふ申《まうし》上《あぐ》るぼたん哉　正名

219 ねたまるゝ人の園《その》生《ふ》の牡丹哉　キ菫

220 園ふりてよもぎが中の牡丹かな　士川

221 花過《すぎ》てわか葉に安き軒《のき》端《ば》哉　浪速　双魚

222 卯《うの》花《はな》の満《みち》たり月は廿《はっ》日《か》頃　月居

223 卯花に山鶯の谺《こだま》かな　五雲

224 おほかたに樹《き》ゞ《ぎ》の名しるき若葉哉　一音

225 若葉山国にめでたき一つかな　名古屋　騏六

226 夏の山たゞ峰まろく成《なり》にけり　ゝ宰馬

227 あなかまと青梅ぬすむきぬの音　無腸

孤峰

228 夏山や登りて向ふ峰ひとつ　道立

かけたり。日の曇りて薄き意なり」(倭訓栞)。▽薄曇りの空を、時鳥が南の方へ鳴きながら飛び去った。京都では南へ行くことを下るという。季ほとゝぎす。

215 ○詩仙堂　近世初期の漢詩人石川丈山の隠棲の場所。京都市左京区一乗寺門口町。▽鴨川の向こうで時鳥が鳴いた。その時鳥が川を越えてこちらに来ないのが恨めしい。丈山が後水尾院から招かれた際、「渡らじな蟬の小川の浅くとも老の波たつ影もはづかし」と詠んで招きに応じなかった。この歌を踏まえた句。蟬の小川は、この歌では鴨川の別称。季ほとゝぎす。

216 ▽初夏のころもがえの日を迎えると身だしなみも雑になりがちだが、いつも通りきちんと化粧をしている老女。律儀に日常生活の習慣を守っている人物である。季更衣。

217 ▽ころもがえをして改めて座り直し手を膝に置いている人物。初夏になると暖かくなるから懐手をする必要もない。季更衣。

218 ○花守　桜の花の番人。「花守は春を専らとして、ことに豪富大家の別業(別荘)などを預りしもの」(柳女・賀瑞宛蕪村書簡)。▽花守が主人に今日牡丹の花が咲いたと告げた。夏の花守を詠んだのは珍しい。季ぼたん。

219 ○園生　庭をいう古語。▽人々から妬まれている人の庭に牡丹の花が咲いた。日頃周囲から妬まれるような豊かな暮らしをしている人の庭に、美しく牡丹の花が咲いたのである。「園生」から高級な住まいが連想される。季牡丹。

220 ▽古びた庭によもぎ(雑草)が生えており、その中に牡丹が美しく咲いている。落ちぶれた豪家の庭の様子。手入れをしなくなった庭に、こぼれた牡丹の種が成長した。季牡丹。

221 ▽軒端に桜の花が咲いていた春は、花が散るのが気掛かりだったが、若葉の夏はその心配もない。続猿蓑の「花散りて竹見る軒のやすさかな」(洒堂)と同想。季わか葉。

222 ▽卯の花は咲き満ちたが月は二十日頃でかなり欠け始めた。「満たり」は月の縁語だが、それを花に用いた。季卯花。

223 ▽卯の花の咲いているあたりに、山鶯の声がこだましている。卯の花には時鳥、鶯には梅が伝統的な取り合わせ。その取り合わせの食い違いを面白いとみた。季卯花。

229 うれしさは我《わが》丈《たけ》過《すぎ》しあかざ哉　家足

230 常にうき隣越《こ》す茨《ばら》花最《も》中《なか》　舞閣

231 碁を崩す音幽《かすか》也夏木立　嵐山

232 かんこどりあすはひの木の枝に啼《なく》　二柳

233 おぼろ月も闇とかはりて短夜《みじかよ》や　維駒

234 短夜や朝めし出来て物しづか　フシミ 斗唅

235 短夜や淀の御茶屋の朝日影　大坂 雄山

236 みじかよの香をなつかしみ一夜《ひと》茎《よぐき》　キ董

237 此《この》里の住居いぶせし麦埃《ぼこり》　蝶夢
不楽闇浮提濁悪世《えんぶだいぢよくあくせをたのしまず》

238 麦うたや誰とあかしてねむた声　移竹

239 わかたけや橋本の遊女ありやなし　蕪村

224 ▽若葉の梢を見ると大体木の名前がわかる。枯れ木の間は何の木とも知れなかったのが、葉が茂るにつれてそれぞれの木の特徴が表れてきたのである。季若葉。

225 ▽若葉の茂った山はわが国で誇るべきものの一つだ。作者は尾張国の人だが、尾張で誇るべきものの一つとして若葉山を挙げた。「めでたし」は称賛の気持を表す語。季若葉山。

226 ▽若葉で覆われた峰はまろやかに見える。岩肌が若葉に隠れ、山の稜線が柔らかく感じられるのである。季夏の山。

227 ○あなかま　話を止めさせる時に用いる語。「静かに」の意。古語。▽回りの者が声を立てないように「シィーッ」と制して梅の実を盗む女性のしぐさ。静寂を破るのは優雅なきぬずれの音だけ。妊娠中の女性の行為であろう。季青梅。

228 ▽夏山の中に、これから登ろうとする峰が一つくっきりと聳える。山越えの旅の光景であろう。季夏山。

229 ○あかざ　アカザ科の一年草。茎は一メートル以上になり、軽いので老人用の杖として用いられた。▽うれしいことに、あかざが成長し自分の背丈を越した。これで杖を作ろうというのである。季あかざ。

230 ▽常々いがみあっている隣の垣根を越えて、バラの花が真っ盛りに咲いている。「うき」はつらく苦しいこと。茨は、ここでは垣根などにはわせるツルバラ。季茨。

231 ▽碁が終わって碁盤の上の石をくずすザラザラという音が、夏木立の向こうから微かに聞こえてくる。風流人の住まいがあるらしい。季夏木立。

232 ○かんこどり　現在のカッコウ。○あすはひの木　明日は檜になろうの意で、あすなろのこと。▽カッコウは鳴き声の寂しい鳥だが、その鳥が目立たないあすなろの枝で鳴いている。季かんこどり。

233 ▽春のおぼろ月夜も月末の闇夜と変わり、夏の短夜のシーズンをむかえた。春から夏への季節の変化を、おぼろ月・闇夜・短夜で表現した。季短夜。

234 ▽短い夏の夜が明けると朝飯の支度で家の中が慌ただしくなる。それが終わると静かな朝のひと時となる。季短夜。

235 ○御茶屋　茶室を備えた大名家の別邸。「九州にて名高き熊本侯の御別館、水前寺の御茶屋」(西遊雑記五)。ここは

240 若竹はやしなふ景色哉　暁台

241 簀《す》にうつす桑の中より蝸牛《かたつぶり》　霞夫

242 でゞむしや蛙《かはづ》の後《あと》の雨つゞき　伏水 山肆

243 花鳥もきのふと過《すぎ》てはつ鰹《がつを》　芙蓉花

旅行

244 蚊やり火やよき宿を取《とり》後《おく》れたり　路曳

245 暗《くらが》リへうかと這入《はひれ》ばかやりかな　普立

246 かやり火の蚊に連《つれ》出《いづ》るあるじ哉　管鳥

247 蚊遣火や勤はじまる国分寺　浪速 五晴

端午

248 背戸《せど》へ出レば門《かど》へ出レば蚊の鳴音《なくね》哉　正名

249 誰《たれ》が子ぞ太刀よく似《に》合《あふ》菖《あやめ》の日　大魯

淀藩稲葉家の御茶屋。▽短夜が明けて淀の御茶屋に朝日が差している。影は日の光。季短夜。

236 ○一夜茎　一夜漬けの茎漬(くきづけ)。茎漬は大根などを葉と一緒に漬けたもの。▽短い夏の一夜にできた茎漬のかおりをしみじみと味わう。「春の野にすみれつみにと来し我ぞ野をなつかしみ一夜寝にける」(万葉集八・山部赤人)のもじり。季みじかよ。

237 ○閻浮提　もとは須弥山(しゅみせん)南方の大陸。後に現実の人間世界をいうようになった。閻浮提濁悪世は、けがれに満ちたこの世の意。▽麦埃のたちこめるこの村の住まいはうっとうしい。麦の取り入れのシーズンには、あちこちで麦を打つため埃がたちこめる。麦埃のたちこめる村を閻浮提濁悪世にたとえた滑稽。季麦埃。

238 ○麦うた　麦の収穫時に歌う労働歌。麦打ちなどの時に歌う。▽眠たそうな声で麦歌を歌っているが、昨晩はだれと一夜を共にしたのか。季麦うた。

239 ○橋本　京都府八幡市橋本。古くから遊女のいた所として知られる。江戸時代は大坂街道の宿場。京師巡覧集に「駅亭(宿屋)ツヾキテ旅客ノ袋ヲ貪ル」とあるから、宿場女郎がいたのであろう。▽若竹が伸び始めた竹やぶの向こうは橋本の宿場、昔なじみの遊女はまだ元気でいるだろうか。伊勢物語九段の歌の一句「我が思ふ人はありやなしや」を踏む。季わかたけ。

240 ▽若竹は月明かりで見ると美しさがいっそうはえる。若竹の景色は月の光で養われるようだ。俳諧では能動態・受動態の区別があいまい。ここは「やしなふ」は受動態。季若竹。

241 ▽摘んできた桑の葉を籠から簀にうつすと、その中から蝸牛が出て来た。この簀は蚕を養うためのもの。桑は蚕の餌。季蝸牛。

242 ○でゞむし　かたつむり。でんでんむし、とも。▽かたつむりが雨に濡れている情景。蛙が鳴いて雨が降り、かたつむりが出てまた雨が降る。雨続きの日々。季でゞむし。

243 ○芙蓉花　底本「芙容花」。▽花や鳥を愛でた春の季節も昨日で終わり、今日は初夏の初鰹を賞味する。花は目で鳥は耳で鰹は口で楽しむ。「目には青葉山ほとゝぎす初がつを」(素堂)と同想。謡曲・蘆刈の「昨日と過ぎ今日と暮れ」の文句取り。

250 あやめ葺《ふい》て往来の人を詠《ながめ》けり　乙総
251 海近き榎《えのき》が下の幟《のぼり》かな　南雅
252 とく時の心安さよ笹ちまき　ナニハ 袖
253 月出《いで》て手縄もつるゝ鵜《う》舟《ぶね》哉　ゝ 鳴鳳
254 飢《うゑし》鵜の篝《かがり》かき消ス早瀬哉　ゝ 李康
255 上手ほど罪恐しき鵜縄かな　多少
256 川風や鵜縄繕《つくろ》ふ小手の上に　キ 董

住吉御田植

257 早乙女やこれらも神の遣《つか》はしめ　伊丹 東瓦
258 早乙女や朝澄ム小田の水鏡　瓢子
259 こと〴〵く小雨をふくむ杜《さ》鵑《つき》花哉　志慶

季はつ鰹。
244 ▽良い宿を取りそこなって蚊遣り火を焚いて蚊を凌ぐことになった。笈の小文の「こよひ能(よ)宿からん、草鞋のわが足によろしきを求ん」を踏むか。季蚊やり火。
245 ▽明かりのない暗い所にうっかり入ったとたん、もうもうたる蚊遣りの煙に目や鼻をやられた。季かやり。
246 ▽蚊遣り火に追い出されて、蚊と一緒に家の主人も出てきた。あまりの煙に、蚊だけではなく家の主人も追い出された滑稽。季かやり火。
247 ▽蚊遣り火を焚いて国分寺では夕べの勤行(ごんぎょう)が始まる。国分寺が置かれた古い時代を想像した句。季蚊遣火。
248 ▽背戸(裏口)へ出れば蚊の声、門(玄関)へ出れば蚊の声、いずれへ出ても蚊から逃れられない。季蚊。
249 ○菖の日　端午の節句。この日はさまざまに菖蒲が使われたので菖蒲の節句・あやめの日ともいう。▽端午の節句に菖蒲の太刀のよく似合う子がいるがどこの子だろう。この日子供達は戦争ごっこをして遊ぶ。それに使う木製の刀を菖蒲刀という。季菖の日。
250 ▽家の軒にあやめを葺き、すがすがしい気分で道路を行き来する人を眺める。端午の節句の前日に軒にあやめ(菖蒲)を葺くのが当時の慣習。季あやめ葺。
251 ○幟　端午の節句の飾り物。明治以後は鯉幟が普通になるが、この当時は縦長の紙に武者などを描いて竿に付けて掲げた。▽句意明瞭。この榎は一里塚の榎であろう。一里塚で茶店を営む人物が榎の下に幟を立てたのであろう。季幟。
252 ○笹ちまき　笹の葉で包んだちまき。端午の節句に食べる。▽笹ちまきは作る時は手間がかかるが、食べる時にはいとも簡単にスルスルと笹の葉が解ける。季笹ちまき。
253 ▽月が出て鵜飼いの鵜を操る手綱がもつれる。篝火の明かりだけを頼りにしていた時は見事にさばいていたが、月が出たためかえって手綱さばきが乱れた。鵜飼いに月明かりは不都合。季鵜舟。
254 ▽飢えた鵜が我勝ちに早瀬に飛び込んだために、綱がからまって篝火が水に落ち火が消えた。季飢鵜。

夕殿蛍飛思悄然《せきでんほたるとんでおもひせうぜん》

260 あるじなき几《き》帳《ちやう》にとまる蛍かな　几董
261 あさましや昼の蛍の寐《ね》もやらず　月渓
262 軒遠く手をはなれたる蛍哉　李渓
263 竹むらや降《ふり》出し雨にとぶ蛍　車蟻
264 玉あらば玉洗ひたき清水かな　江涯
265 立去れば岩にかくるゝ清水哉　士喬
266 後《うしろ》から馬の面《つら》出すしみづ哉　一鼠

白骨観

267 夏瘦の我《わが》骨探《さぐ》る寐覚かな　蓼太
268 みどり子の墨かひ付《つけ》しさらし哉　ゝ
269 蠅うつていさゝか穢《けが》す団《うちは》かな　几董

255 ▽鵜を操る手綱さばきが上手な鵜匠ほど来世の罪が恐ろしい。鵜飼いは仏教で戒めている殺生戒を犯すことになる。謡曲の「鵜飼」を踏まえた句作り。季鵜縄。

256 ○小手　手首。▽鵜縄を繕っている手の上を川風が心地よく吹き抜ける。「もののふの矢なみつくろふ籠手(こて)の上に霰たばしる那須の篠原」(源実朝)を踏む。実朝の歌の「籠手」は弓を射る時に左手の肘に付ける革製の道具。季鵜縄。

257 ○住吉御田植　陰暦五月に行われた大坂住吉神社の御田植祭り。○遣はしめ　神仏が使役する使いの者。動物が多い。▽稲荷神社の狐、熊野神社の烏、八幡神社の鳩などが有名。▽住吉神社の御田植祭りに奉仕する早乙女たちも、神のつかわしめといってよかろう。季早乙女。

258 ○水鏡　澄んだ水に顔や姿がうつること。▽早乙女が足を踏み入れる前の早朝の田の澄んだ水に、彼女たちの姿がうつる。季早乙女。

259 ▽紅紫色のさつきの花が一面に小雨に濡れている。それもまた風情がある。季杜鵑花。

260 ○夕殿蛍飛…　白楽天の長恨歌の文句。楊貴妃を失った玄宗皇帝の心情。▽句意明瞭。蛍は楊貴妃の魂なのであろう。「物思へば沢の蛍もわが身よりあくがれ出づる魂(たま)かとぞ見る」(後拾遺集・雑六・和泉式部)を踏む。季蛍。

261 ▽あきれたことに昼も蛍は動いていて寝る気配はない。夜も昼も寝る様子のない蛍の生態に驚いたのである。「あさまし」は驚きあきれる気持を表す。季蛍。

262 ▽手を離れた蛍が軒から遠くに飛んでゆく。家の中で蛍を放したのである。季蛍。

263 ▽竹やぶで降り出した雨の中を蛍が飛んでいる。季蛍。

264 ○玉　宝玉。特に真珠。▽玉を持っていたらその玉をこの清水で洗いたい。清水の水の清らかさを詠んだ句。季清水。

265 ▽清水を立ち去って振り返ると、もう岩の陰になって清水が見えない。岩山の清水である。季清水。

266 ▽清水を飲もうと思って水に顔を近づけると、後ろの馬が水を飲もうとして顔を出す。季しみづ。

270 うき人の日影をかざす扇哉　士巧

271 扇かへて君があだ書《がき》見るのみぞ　白砧

夏日の長きを愛して対酌の即興　百池

272 おもふほど風なき君が団かな

273 へだてゝ語るうすものゝ帳　キ董

274 木立ふる月半《はん》輪《りん》に傾きて　ゝ

275 そなた下《くだ》りに雁わたる也　池

276 暮の秋愛する瓢《ひさご》からびたり　ゝ

277 貧を諷《うた》ふて独リ座し居る　キ

267 ○白骨観　九想(九相)の一つで、白骨を見て人生の無常を観ずること。仏教語。▽夏瘦せであばら骨が出てきた。寝覚めにその骨をさすりながら瘦せたことをしみじみと実感する。これが自分の白骨観だという洒落。季夏瘦。

268 ○みどり子　赤ん坊。○さらし　白くさらした木綿。さらすには灰汁(あく)で煮た後に日光で干す。▽買ってきたばかりの真新しいさらしに、赤ん坊が墨でいたずら書きをした。「かひ付」は「書き付」の音便化。季さらし。

269 ▽蠅を叩いて少しばかり新品の団扇(うちわ)を汚した。殺生戒を犯したから心を汚したことにもなるが、相手が蠅だから罪は軽い。「穢す」は二重の意味に働いている。季蠅・団。

270 ○うき人　↓云。▽恋人が扇をかざして日差しをさえぎっている。扇は恋の小道具にふさわしい。「目にうれし恋君の扇真白なる」(蕪村)。季扇。

271 ○あだ書　とりとめのないいたずら書き。▽相手の扇に書かれたいたずら書きを見たいという、それだけの理由で扇を取り替える。この「君」は恋人の意。恋人のいたずら書きを見るのもうれしいのである。季扇。

272 発句。夏(団)。恋(君が団)。▽団扇であおいでくれるのはありがたいが、思ったほど風が来ない。この「君」は女性であろう。華奢な女性の力ではあまり風が起こらないのである。前書によると即興的にできた発句。

273 脇。夏(うすもの)。恋(語る)。○帳　几帳。直接相手から姿が見えないように間に立てる。▽薄い絹を垂らした几帳を隔てて話をする。几帳の薄い絹にさえぎられて風があまりこない。王朝風の情景に仕立てた。

274 第三。秋(月)。○ふる　古る。物古る。古びた感じになる。▽古びた木立の上で半輪の月が西の方に傾いている。李白「蛾眉山月ノ歌」の「蛾眉山月半輪ノ秋」の文句取り。前句の戸外の情景。月の句を定座より二句引き上げ。

275 初オ四。秋(雁わたる)。▽そちらの方に向かって雁が渡る。「下り」は南の方に行くこと。月と雁は伝統的な付合。

276 初オ五。秋(暮の秋)。○からび　水分が無くなり乾くこと。また、声がしわがれること。▽晩秋になると愛用の瓢簞もからからに乾燥した状態になって使い良くなる。越人の「雁が

278 獲《エモノ》して家路に帰る夷《えびす》ども　キ
279 雪や降《ふる》べき嵐なるらむ　池
280 いつとなく沙汰も止《ミ》たる彗星《はうきぼし》　キ
281 無縁寺といふ寺の建《たち》けり　池
282 御忍びの乗物見ゆるきのふけふ　キ
283 二度の返歌に心置《おか》るゝ　池
284 ひそみ住《すむ》世は蕣《あさがほ》の花の陰　キ
285 晦《みそか》あたりの月ありやなし　池
286 狼の旅《りよ》人《じん》なやます秋更《ふけ》て　キ
287 弓矢をたしむ古き宮守　池
288 花咲《さい》て庭の紅梅うつろへり　キ
289 奥ある春の曇ならまし　池

ねもしづかに聞けばからびずや」(曠野)を念頭に置いた句であろう。晩秋になると、雁の声だけでなく瓢箪もからびてくる。

277 初オ六。雑。▽貧をテーマにした詩か歌をうたいながら、貧しい生活を意に介せず一人泰然としている様。前句の瓢箪を愛する人物の生活ぶり。「諷ふ」はそらんじること。

278 初ウ一。雑。○夷　都から遠く離れた地に住む粗野な人々。▽猪や鹿などの獲物を仕留めて家路に向かう荒々しい男たち。前句の人物と対照的な生活ぶりを付けた。

279 初ウ二。冬(雪)。▽雪の降りそうな嵐が吹く。雪国ではゴーゴーと強い風が吹くと雪になることが多い。風が強くなって雪になりそうなので家路を急ぐのである。

280 初ウ三。雑。▽いつの間にか彗星が現れるという噂が消えた。冬になって彗星の噂も聞かれなくなったのである。

281 初ウ四。雑。○無縁寺　縁者のない死者を葬る寺。▽句意明瞭。和漢三才図会三に「彗(彗星)見(あら)ハレテ必ズ大風・大旱・地震・災疾ヲ主(つかさど)ル」とあるように、彗星の出現は悪いことが起こる前兆。彗星の噂は消えたが飢饉などが起こって無縁寺ができた。

282 初ウ五。雑。○乗物　引き戸のある特製の駕籠。特定の人物だけが乗ることを許された。▽高貴な身分の人が、乗物に乗って昨日も今日も密かに無縁寺を訪れる。無縁寺に葬られた人物に何か複雑な事情があったと思われる。

283 初ウ六。雑。恋(返歌)。▽女性から二度返歌があったが、いずれも思わしい返事ではなく心が離れる。「心を置く」は、わだかまりの気持が生じてうとうとしくなること。恋の句を付けたので前句も恋となり「御忍び」が恋の言葉となる。密かに女性に言い寄っていたが、思わしい結果を得られなかった。

284 初ウ七。秋(蕣の花)。▽朝顔の花の陰にひそかに暮らす人の生涯は朝顔の花のようにはかない。前句の二度の返歌を送った女性の暮らし。なお「蕣の花」は正花(花の句として扱われる語句)ではないが、花の字が同じ折の面に二度出るのは異例。

285 初ウ八。秋(月)。▽句意明瞭。旧暦では晦日に月はない。ここは晦日の一、二日前のあるかないか肉眼で判然としないかすかな月。前句のはかない人生に、肉眼では判然としない月。

290 遅キ日を頭重しとかこちける　ゝ
291 身は便《たより》なき室《むろ》のうきふし　キ
292 別《わかれ》路《ち》の酒に兜《かぶと》のゆるぐらん　池
293 燭《しよく》をてらして燃《もや》す一《ひと》巻《まき》　キ
294 夜は既《すでに》明がたの近き坊の窓　池
295 慈悲心と啼《なく》鳥やなつかし　キ
296 薬《やく》艸《さう》に親の親をも慰《なぐさめ》つ　池
297 高《かう》札《さつ》たてゝ稲を施し　キ
298 堀池の水まく門の夕月に　池
299 棺《ひつぎ》を送る挑《てう》灯《ちん》の露　キ
300 黒髪を無《む》下《げ》に曲ゲたるにほひなき　池
301 温《い》泉《でゆ》の舎《やど》に恋をしつゝも　キ

月を付けた。定座より月を一句こぼした。

286 初ウ九。秋(秋更て)。▽秋深い山道の情景。月も無くなろうとする月末の山道に狼の声が響く。

287 初ウ十。雑。○弓矢　弓と矢。転じて武道。○たしむ　たしなむ。心得がある。▽古い神社を守る番人に武道の心得がある。旅人を悩ます狼を退治しようとする人物を付けた。

288 初ウ十一。春(花)。花の定座。○うつろへり　散る。▽桜が咲いて紅梅が散る。前句の古い神社の情景。

289 初ウ十二。春(春)。▽奥深い春の木立が曇りそうだ。「まし」をここでは単なる推量の意に用いた。前句の花に応じて花曇りの季節を付けた。

290 名オ一。春(遅キ日)。▽日の暮れるのが遅い春の日に、頭が重いと嘆いている。天気が悪くなると頭痛が起こる持病をもった人物である。

291 名オ二。雑。恋(句意)。○室　播磨国(兵庫県)室津。遊女発祥地として知られた土地で江戸時代にも遊廓があった。○うきふし　つらく悲しいこと。▽この世に頼るべきもののない悲しい室津の遊女の身の上。前句の頭痛を病む人物を遊女と定めた。

292 名オ三。雑。恋(別路)。▽別れの酒を飲みながら兜が揺れるほど激しい感情におそわれる。室津の遊女と別れを惜しむ武将の様子。源範頼(のりより)はすみやかに平家を攻めず、室・高砂の遊女を集めて遊び戯れていた(平家物語十)。これに趣向を得たか。

293 名オ四。雑。▽ともし火を照らし巻物を燃やす。落ち武者の行為。敵に渡すことのできない巻物を燃やすのである。

294 名オ五。雑。○坊　僧坊。僧侶の住まい。▽夜も明けようとして坊の窓も白み始める。明け方僧侶が巻物を焼いている。心機一転のために経巻を焼くのであろう。

295 名オ六。雑。○慈悲心　ホトトギス科の十一(じゅういち)という鳥は、鳴き声がジヒシーンと聞こえるので慈悲心鳥という別名がある。▽句意明瞭。明け方の僧坊で、ジヒシーンと鳴く鳥を懐かしく思い出しているのである。

296 名オ七。雑。▽薬草を煎じて、親ばかりではなく親の親(つまり祖父母)の病をいたわる。前句の慈悲心に親や祖父

302 限ある日数も積るみじか夜や　〻
303 事清めたる鍛《か》冶《ぢ》が注《し》連《め》縄　池
304 按《あん》察《さつ》使《し》は才《ざえ》ある人と聞えつる　〻
305 利《と》根《ね》に入《いる》間《ま》に雪解《どけ》の水　キ
306 山つら〳〵暮《くれ》ゆく花のおぼろ也　〻
307 書《しよ》屋《をく》に惜しむ客《かく》中の春　筆
308 我《わが》宿は下手の建たる暑《あつさ》かな　田福
309 肌隠す女の罪のあつさ哉　江戸 田女
310 あら暑し油しめ木の叫《さけぶ》音　伏水 呉郷
311 暑キ日に飽《あき》し茄《なす》子《び》の煮物哉　定雅

母への孝養を付けた。「親の親」は古歌などに見える語。
297 名オ八。秋(稲)。▽高札に名を記して稲を与える。前句の人物を孝行な人物と見た。孝行な人物を表彰するために、高札に名を記して稲を与えるのである。
298 名オ九。秋(夕月)。▽夕べの月明かりで、家の前の人工的に掘った堀池の水が渦巻いているのが見える。回りから流れ込む水のために堀池の水が渦巻状になるのである。稲を施すのを飢饉のためとみて洪水を付けた。月を定座から二句引き上げた。
299 名オ十。秋(露)。○挑灯　提灯の当て字。▽提灯を灯して棺桶を火葬場まで送る。当時の葬礼は夜に行なった。露は季語でありまた涙の比喩。堀池に落ちて死んだ子供の葬式であろう。
300 名オ十一。雑。○無下に　そっけないさま。▽人目を気にせず、黒髪を無造作に曲げて束ねている姿が風情がない。夫を亡くした妻の様子であろう。
301 名オ十二。雑。恋(恋)。▽温泉宿で恋をしながら日を過ごす。前句の人物を温泉宿で働く女性と見た。
302 名ウ一。夏(みじか夜)。恋(句意)。▽限りのある湯治の期限が過ぎてゆき、夏の短夜の逢い引きでは物足りない。
303 名ウ二。雑。▽刀鍛冶の作業場はきれいに清められ、しめ縄が張ってある。刀鍛冶の作業場は神聖な場所。前句の「限ある日数」を依頼された刀を納める期限とした。
304 名ウ三。雑。○按察使　奈良時代に創設された地方行政監督官。平安時代になると形骸化して名目だけが残った。「あぜち」とも。○才　才能。また学問や教養。▽今度視察にくる按察使は教養の高い人だという評判だ。按察使のために刀を贈ろうというのである。
305 名ウ四。春(雪解)。▽関東を流れる利根川にも入間川にも雪解け水が豊かに流れている。按察使の通る道筋の光景。
306 名ウ五。春(花・おぼろ)。花の定座。○つら〳〵「列々」の意で連なっていること。「巨勢(せこ)山のつらつら椿つらつらに…」(万葉集一)。▽連なった山に夕暮れがせまり桜の花もおぼろに霞む。川の情景に山の情景を付けた。

312 ぬしのない膳あげてゆく暑かな　几圭

河合森《ただすのもり》にて

313 ごほ〳〵となる神遠し蟬の声　几董

314 夏川や流るゝものゝうつくしき　宋阿

315 川風に烏帽子《えぼし》かゝへて御禊《みそぎ》哉　既白

316 筆のもの忌日《いみび》ながらや虫払《ばらひ》　召波

317 飽《あき》足らぬ女ごゝろや土用干　鷺喬

318 施米《せまい》する日を違《たが》へずやどこの僧　自笑

納涼

319 涼しさや昼見し門に月の影　美角

320 夜《よ》涼《すずみ》や念《ね》仏《ぶつ》申《まうし》て居るもあり　出石 左彦

321 うか〳〵と南草《のげし》に酔《ゑふ》や朝涼　召波

307 挙句。春(春)。▽知人の家に滞在して、知人と共に書斎の中で過ぎ行く春を惜しむ。

308 ▽私の家は下手な大工が建てたせいで風が入らず暑い。徒然草五十五段の「家の作りやうは夏をむねとすべし。…暑き比(ろこ)わろき住居は堪(た)へがたき事なり」を踏む。季暑。

309 ▽暑い盛りに、男のように肌をあらわにできないのも女の罪の一つ。仏教では女は罪の深いものとされる。暑さを我慢するのも女の罪の一つ、という洒落。季あつさ。

310 ○油しめ木　油を絞り取る装置。▽叫び声のようにギーギーと響く油絞め木の音を聞いているとなんとも暑い。季暑し。

311 ▽暑い夏の日に毎日出される茄子の煮物に食べ飽きた。茄子は夏の代表的な野菜。季暑キ日・茄子。

312 ○あげて　「上げて」の意で、膳を運ぶこと。膳を片付けることを「下げる」という。▽欠席した客の分まで膳を運んで行く。その無駄な動作が暑苦しい。季暑。

313 ○河合森　京都の賀茂御祖(みおや)神社(下鴨神社)の境内の森。○神　雷。▽ゴロゴロと鳴る雷の音が遠く聞こえるが、まだ雨は降り出さず蟬が鳴いている。季蟬の声。

314 ▽句意明瞭。御禊(みそぎ)に用いた形代(かたしろ)の人形などが流れてゆく情景であろう。季夏川。

315 ○御禊　夏の終わりに行われた神事。名越(なごし)の祓(はらえ)ともいう。この日麻や芦などで作った人形で体をなでて祓をして水に流す。また茅(ち)の輪くぐりを行う。この茅の輪も川に流す。▽川風に吹き飛ばされないように、烏帽子を押さえて神主が御禊の神事を行っている。季御禊。

316 ○忌日　諸事慎しむべき不吉な日。○虫払　虫干し。書籍や衣類の黴や虫食いを防止するために、夏の土用の頃に行う。▽暦では忌日に当たっているが、思い立って書写した本の虫干しを行う。季虫払。

317 ○土用干　虫払に同じ。▽土用干しをするたびに女性は物足りない気持になる。一枚でも多く着物を欲しいと思うのが女性の心理。どんなに多くても満足しない。季土用干。

318 ○施米　東山・西山・北山などの山寺の貧乏な法師たちに、宮中から米などを支給すること。平安時代に行われた年中

322 涼しさやよき碁に勝《かち》て肱《ひぢ》枕《まくら》　雨谷

323 すゞしさや旅に出る日の朝朗《ぼらけ》　楞良

324 夕立や草葉を摑《つか》むむら雀　蕪村

325 ゆふだちの露の間またで照《てる》日かな　道立

326 夕立や下京は艸《くさ》の露もなし　附鳳

327 白雨《ゆふだち》や膳最中の大《おほ》書院　太祇

328 ゆふだちに跡かたもなし雲の峰　正白

土さへわるゝ暑き日に

329 竜の落《おち》し畑《はた》見に行《ゆく》や雲《くもの》峰《みね》　几董

330 涌《わき》かへる田《た》毎《ごと》の水や雲のみね　子曳

331 雨遠し入《いり》日《ひ》に向ふ雲峰　我則

332 雲の峰高《たか》観音をはなれたり　八田氏亀友

行事。▽施米する日を間違えないでやってくるのはどこの貧乏寺の法師だろう。古い年中行事によって作った想像の句。季施米。

319 ▽昼見た門に月の光が差していかにも涼しげだ。門の印象が、昼と夜とでは大きく異なるのである。季涼しさ。

320 ▽夜の納涼の席で、場違いに念仏を唱えているものがいる。念仏を唱えるのは老人であろう。昔は家の前にむしろなどを敷いて一家揃って夕涼みや夜涼みをした。季夜涼。

321 ○南草　野芥子。キク科の越年草。各地に見られる野草。貝原益軒の大和本草には「苦菜(にが)」として掲出し「春初ヨリ発生ス。食スベシ」と記す。○酔　吐き気や目まいがして気分が悪くなること。▽うっかり時期を過ぎたノゲシを食べて気持が悪くなり、朝の風に涼んでいる。季朝涼。

322 ▽互いに力を尽くした接戦の碁に勝って、肘枕をして横になっているとまことに涼しい。季涼しさ。

323 ▽旅立ちの明け方家を出ると涼しい風が吹いている。季すゞしさ。

324 ○むら雀　群れをなして一かたまりになっている雀。▽激しい夕立が降ってきて、風に吹き飛ばされないように雀たちが足で草をつかむ。「草葉を摑む」によって、強い風をともなった激しい夕立の様子を描いた。季夕立。

325 ▽夕立の露が草や木から落ちてしまうわずかの時間もおかず、もう日が照っている。短い時間をいう「露の間」という歌語をとり入れた句作り。季ゆふだち。

326 ○下京　京都の市街地の南半分。一般庶民の住宅地。▽夕立が降ったはずなのに下京では草の露もない。夕立が降ったのは上京だけだったのである。季夕立。

327 ○大書院　武家屋敷の様式である書院造りの表座敷で、客の応対などに使われた。▽大書院で客をもてなしている最中に突如夕立が降ってきた。「膳最中」は食事の最中。季白雨。

328 ▽夕立が降った後、それまであった雲の峰が跡形もなく消えていた。季ゆふだち・雲の峰。

329 ○土さへわるゝ　日照りで土もひび割れる。「六月(みなづき)の地(ちつ)さへ割(さ)けて照る日にもわが袖乾(ひ)めや君に逢はずして」(万葉集十)による。文考の梟日記に「みな月の土さへわ

と聞えけるに対して

333 しづかさや湖水にうつる雲峰　霞東

334 森ある方に声遠き蟬　几董

335 乗物の鸚《あう》鵡《む》に餌をや与ふらん　大魯

336 くすしの刀さす隙《ひま》もなし　東

337 適《たま》〳〵《たま》の一夜を雨の月見して　魯

338 踊る鱸《すずき》を調《てう》ず舟ばた　東

339 おしてるや難波の相撲弓とりて　東

340 夏は度〳〵着かへるがよし　魯

341 貴《あて》人《びと》の消《きゆ》るばかりに孕ミつゝ　東

342 けふは横《よ》川《かは》の返事聞《きこ》えむ　魯

343 雨となり風となりたる雲いづこ　東

るるあつき日には」とあるから、該歌は近世には「土さへわるる暑き日に」という形で流布したか。▽竜が落ちたという畑を見に行く途中遠くに雲の峰が見えた。あの雲の峰から竜が落ちたのか。季雲峰。

330 ▽どのたんぼの水も沸き返るような暑さ、遠くに雲の峰が望まれるが雨の降る様子はない。季雲のみね。

331 ▽雨の降る気配はない。夕日に向かってそびえる雲の峰が赤く染まっている。明日も晴れるようだ。季雲峰。

332 ○高観音　琵琶湖南西部にあった近松(ごんしょう)寺の別称。眺望のよい場所にあったので庶民の遊山の場所であった。近松寺は園城寺(三井寺)の五別所の一。▽高観音の後ろの山には、高観音よりさらに高く雲の峰がそびえている。季雲の峰。

333 発句。夏(雲峰)。▽湖に雲の峰が映ってあたりには物音もしない。前の句に触発されて出来た句。空にそびえる雲の峰に対して、地上の湖水に映る雲の峰を詠んだ。

334 脇。夏(蟬)。▽遠くの森から蟬の声が聞こえる。静かさを詠んだ前句に蟬の声を出した。

335 第三。雑。○乗物　→二八二。▽句意明瞭。乗り物の中の鸚鵡は大名のペットで、参勤交代の道中もペットを連れているのである。

336 初オ四。雑。▽医者が刀を差す暇もないほど忙しい。鸚鵡の世話で忙しいのである。

337 初オ五。秋(月見)。月の定座。▽せっかくの名月の夜に雨が降って雨の月見となった。刀を差してゆっくり外出する暇の無い、忙しい医者の願いが空しくなった。風雅集に「たまのこよひ一夜」という言い方が見える。

338 初オ六。秋(鱸)。▽まな板の上でピチピチ跳ねる鱸を船端で料理する。月見に用意した船である。月見ができなくなった無念を鱸の料理で埋め合わせる。

339 初ウ一。秋(相撲)。○おしてるや　難波にかかる枕詞。○弓　優勝力士に賞品として与えられる弓。この慣習は織田信長が行った上覧相撲から始まったという。▽上覧相撲で難波の力士が優勝して弓を与えられた。前句の時節にふさわしい行事を付けた。

344 珠《ず》数《ず》かけ鳩《ばと》の松に来て鳴《なく》　魯

345 柴の戸も百日あまり住《すみ》なれて　董

346 我身の春の遅き明ぼの　東

347 怠らず仏に花を奉り　董

348 むかしあだ名の蝶を憐《あはれ》ム　東

349 恋せじと思ひし日より御所の月　董

350 ならす扇にかよふ秋風　東

351 露重くゆふべの小萩ちりにけり　魯

352 隣わびしき雪隠《せっちん》の壁　董

353 兄弟が国を出たる其《その》後《のち》は　東

354 三年ふりゆく老《おい》の蹇《あしなへ》　魯

355 史記講ず博士に酒を勧ム也　董

340 初ウ二。夏(夏)。▽句意明瞭。相撲取りは太っているから汗をかきやすい。秋から夏への季移り。

341 初ウ三。雑。▽高貴な方が孕んで、恥ずかしさで消え入りたくなるような大きな腹を抱えている。妊娠した女性は汗をかきやすい。

342 初ウ四。雑。○横川　比叡山延暦寺の三塔の一つ。根本中堂の北方の地域。▽今日は横川の僧侶の返事が来るだろう。安産祈願の僧侶を横川から招くのである。「聞ゆ」は、相手の意向がこちらに聞こえる、の意であろう。

343 初ウ五。雑。▽雨になり風になっていつの間にか雲が消えた。比叡山の空模様。人事の句が続いたので軽く景気の句を付けた。遣句。

344 初ウ六。雑。○珠数かけ鳩　数珠掛鳩。後頭部に黒い首輪がある白子鳩(しらこばと)の俗称。「珠数」は当時の慣用的な表記。▽句意明瞭。雨があがって数珠掛鳩が松の木にとまって鳴き出したのである。

345 初ウ七。雑。○柴の戸　草庵などの粗末な住居。▽草庵の不便な生活にも百日余りもたつと慣れてくる。前句を人里離れた寂しい場所と見た。

346 初ウ八。春(春)。▽夜明けの空を見ながら、自分の身に春の訪れが遅いことを嘆く。前句を不運な人生を歩んできた人物の境遇と見た。

347 初ウ九。春(花)。▽句意明瞭。仏にすがって不幸な我が身を慰めようとする人物の行為。花を定座より二句引き上げた。ただしこの句の「花」は桜とは限らない。

348 初ウ十。春(蝶)。▽昔蝶にちなんだあだ名を付けられた女性が、若い頃を思い出しながら蝶を眺めている。今では尼となって仏を拝む日々である。

349 初ウ十一。秋(月)。恋(恋せじ)。▽もう恋はすまいと誓ったその日から、御所の月がひときわなつかしく思えた。「恋せじ」と誓ったのは恋の苦しさに耐え兼ねたからで、その相手を見初めたのが御所だった。御所は宮中。あだ名で呼ばれた若い頃の思い出。月を定座より四句こぼした。

350 初ウ十二。秋(秋風)。恋(句意)。▽音をたてて扇を開いたり閉じたりすると秋風が吹いてくる。扇を鳴らすのは相手

356 かゝげて廻る雨のともし火　東

357 さよ中に一声鳶《とび》のあやしけれ　魯

358 紺《こう》屋《や》が背戸の桃の茂《しげり》葉　董

359 此《この》頃の日さへせはしき節句前　東

360 只《ただ》よ所《そ》ながら娘見せ置《おく》　魯

361 捨《すて》がての団《うちは》も人のあいしらひ　董

362 宗旨の僧に月の宿かす　東

363 芋喰ふていもの狂歌を詠《よま》れたり　董

364 村の祭の道造り居る　魯

365 いく世経て形おかしき行《ぎやう》基《ぎ》焼《やき》　東

366 物好ミめす君が明くれ　董

367 酔《すい》其《き》角《かく》花見の庭に侍《じ》坐《ざ》すらん　魯

の気を引くしぐさだが、通ってくるのは秋風ばかり。寵愛の衰えた我が身を秋の扇に譬えた班女(はんじょ)の故事により、扇と秋風で男の愛を失った女性の境遇を表す。

351 名オ一。秋(露・小萩)。▽草の上に露が重たげに降りた夕暮れ、小さい萩の花がハラハラと散る。前句の雰囲気に応じて寂しい句を付けた。

352 名オ二。雑。○雪隠　便所。外に面して作るのが普通。▽隣の侘しい住まいの雪隠の壁が見える。その辺りで小萩が散っている。

353 名オ三。雑。▽兄弟が郷里を去った後、家も衰えた。前句と合わせると一首の歌になるように仕立てた。「其後は」は浄瑠璃の常套文句。近松門左衛門に「それぞ辞世去程(さるほど)に扨もそののちに残る桜が花し匂はば」という浄瑠璃の常套文句を連ねた辞世の狂歌がある。

354 名オ四。雑。○蹇　立って歩くことのできない状態。▽足なえの老人が三年の間にさらに年老いた。兄弟が国を出て三年経ったのである。源義経に従った佐藤継信・忠信兄弟の父元治(もとはる)の面影か。

355 名オ五。雑。○博士　古代の大学寮に所属した技芸・学術の専門家。▽史記を講義する博士に酒を勧める。前句の人物を年老いた博士と見た。

356 名オ六。雑。▽雨の中をともし火をかかげて廻る。警護の武士が宮中を一巡する情景であろう。史記の講義が行われている場所を宮中と定めた。

357 名オ七。雑。○さよ中　夜中。「さ」は接頭語。▽夜鳴くことのない鳶が夜中に鳴いたのは怪しい。前句を変事に対する警戒と見た。

358 名オ八。夏(茂葉)。▽紺屋の背戸に桃の葉が茂っている。前句の鳶の声を日和になる前兆と見て、日和を喜ぶ紺屋を付けた。諺に「鳶が舞へば日和とす」。ただし五雑俎(ござつそ)では、鳶が舞うのを雨の前兆とする。

359 名オ九。雑。▽節句前は忙しいが、その上この頃は日が暮れるのもあわただしい。夏になると日が長くなるが、日照時間に左右される紺屋はさらに日が長いことを願う。前句の「桃」から節句を連想したのであろうが、ここは無季の扱い。前

368 一斗百篇英雄の春　執筆

今はむかし、ひと日几圭《きけい》老人とゝもに、嵯峨野に分入《わけいり》ツヽ、雅因《がいん》亭に遊び侍るに、終日玄を談じて漸《やや》暮に及びぬ。あるじは例の客を愛して厨《くりや》にたもとをり、さすがに柚《ゆ》の花のにほひも昔しのばしきに、堂上いまだ灯《ひ》もとらで、いとおぼつかなくも只ふたりのみ向ひ居たるに、山ほとゝぎすしば〳〵過《すぎ》て、三つよつふたつ蛍の飛《とび》こふなど、見すてがたくやありけん。

句が夏だから、しいていえばここは端午の節句。

360 名オ十。雑。恋(娘見せ置)。▽それとなく娘を見せておく。見せる相手は婚約者であろう。婚礼の日が迫ってあわただしい毎日である。

361 名オ十一。秋(句意)。恋(句意)。○あいしらひ　応対すること。あしらい。▽不要になったうちわが捨てがたいのは、相手の気持に応えた証拠。見初めた相手が使ったうちわなので捨て難いのである。

362 名オ十二。秋(月)。○月の宿　月の差し込む家の意だが、ここは月見の家の意に用いた。▽同じ宗旨の僧侶を月見に招いて泊める。月を定座より一句こぼす。うちわに月は古い付合。前句のうちわに月をあしらったのであろう。

363 名ウ一。秋(芋)。○芋　里芋。▽芋を食いながら芋の狂歌を詠む。狂歌を詠んだのは前句の僧侶。中秋の名月には里芋の新芋を供えたので、この日を俗に芋名月という。

364 名ウ二。秋(村の祭)。▽村祭りのために道路の補修工事をする。里芋のシーズンになると村の秋祭りも近くなる。俳諧では祭りは夏の季語だが、ここは「村の祭」として秋に用いたのであろう。

365 名ウ三。雑。○行基焼　畿内から出土した古墳時代の土器の類を称したもの(角川古語大辞典)。奈良時代の僧行基にちなんで命名されているが、行基とは無関係。▽長い年月を経て、行基焼の形の面白さは今に伝えられている。村祭りの行われる神社に、古い行基焼の花生けなどがある光景。

366 名ウ四。雑。○物好ミめす　物好みをなさる。「物好み」は珍しい物を好んだり、特殊な趣味をもつこと。▽骨董いじりに明け暮れする主人の生活である。行基焼に骨董好きの人物を付けた。

367 名ウ五。春(花見)。花の定座。○其角　芭蕉の高弟。酒好きだった。▽酔った其角が花見の席にはべっている。大名屋敷で催される花見の宴席である。前句の物好きな人物を俳諧好きの大名と見た。其角の門人には大名や旗本もいた。

368 挙句。春(春)。▽酒を一斗飲むと、たちどころに百篇の作品ができるような英雄にふさわしい豊かな春だ。其角を俳諧の英雄と称えた付句。「李白一斗詩百篇」(杜甫「飲中八仙歌」)

369
涼しさや闇の野づらも詠《ながめ》られ　几圭

茲《ここ》にこの頃、几董《きとう》が春夜楼に遊びて、かゝるむかしもありけるなど語り出《いづ》るほどに、心早きあるじ耳とがめて、いでそはなつかしとて、すなはちワキの韻を次《つぐ》るより、はからずも両唫《りやうぎん》六ゝの行《かう》なんぬ。されば老翁無為境裏《むゐきやうり》に在《あり》て、嘸《さぞ》わらはんをと、故人二《じ》柳庵《りうあん》哭《なき》て其笑《そのわらひ》を和す。

二柳庵のむかし語《がたり》に、老父が嵯峨のゝ吟を聞《きき》侍りて、すゞろ懐古の情にたえず。いく度《たび》も吟じ返して、終《つひ》に句を次《つぐ》ことにはなりぬ

370
其さまおもふ柿のかたびら　几董

続明烏　甲

を踏む。
○今はむかし　昔のことだが。以下二柳庵（二柳）の話を几董が書き留めたもの。几董は几圭の子。
○雅因亭　宛在(えんざい)楼という雅因の住まい。眺望絶佳であったという。
○玄を談じ　玄（老荘の道）を語り合うこと。ここは世俗を離れて風雅を語り合うこと。転じて清談をすること。
○厨　台所。
○たもとをり　歩き廻る。ここは御馳走の準備をしていること。
○柚の花の…　芭蕉の「柚の花や昔しのばん料理の間」を踏まえた表現。
○おぼつかなく　待ち遠しい。料理が出てくるのが待ち遠しいのである。
○山ほとゝぎす…　幻住庵記の「時鳥しば〳〵過る程」を踏まえた表現。
○三つよつふたつ…　枕草子の「烏の寝どころへ行くとて、三つよつ二つ三つなど」と「闇もなほ蛍のおほく飛びちがひたる」を合成した表現。

369　発句。夏（涼しさ）。▽涼しい風が吹いてくるので、暗い野原をぼんやり眺めているのも心地よい。

○心早き　機敏な。ここは、気の早い。
○韻を次　本来漢詩の用語だが、ここは発句に脇を付けること。
○六ゝの行　三十六句の歌仙形式。行は本来中国の楽曲の名称だが、俳諧では連句の意。
○老翁　几圭。この時すでに故人。
○無為境裏　悟りの世界。ここでは、あの世。
○故人　古くからの友人。昔なじみ。
○其笑を和す　父几圭に笑われるであろう自分の句に、二柳が和した（つまり連句の相手になってくれた）。

370　脇。夏（かたびら）。○かたびら　夏に着るひとえの着物。▽柿色のかたびらを着た父の姿が思い出される。

371 盆の市《いち》人のとだへはなかりけり　二柳
372 皆蕣《あさがほ》に起《おき》そろひツヽ　ゝ
373 梨《なし》壺《つぼ》はいかなる月に更《ふけ》ぬらん　董
374 ざれ絵書《かき》たる扇拾へり　ゝ
375 大《だい》徳《とこ》の御《み》法《のり》もけふを限《リ》なる　柳
376 雨もや降《ふる》とかざすきぬがさ　ゝ
377 乞《こ》食《じき》なき国に遊女の零落《ヲチブレ》て　董
378 起《おき》臥《ふし》しげくかるゝ黒髪　ゝ
379 白《しろ》妙《たへ》の巫《かんなぎ》殿に物申《まうす》　柳
380 かへり花咲《さく》井手の山吹　ゝ
381 冬は猶鶺《せき》鴒《れい》の尾のいそがはし　董
382 手《て》人《ひと》まじりに蔵普《ぶ》請《しん》して　ゝ

371 第三。秋(盆の市)。○盆の市　盆の行事に用いる品物を売る市。草の市とも。▽句意明瞭。几圭の追善として盆の市の句を付けた。夏から秋への季移り。

372 初オ四。秋(蕣)。▽朝顔の咲く頃に家族そろって起きる。朝起きして盆の市に出掛けるのである。盆の市は七月十二日の夜から十三日の朝まで。

373 初オ五。秋(月)。月の定座。○梨壺　宮中の殿舎の一つである昭陽舎の別名。村上天皇の時に和歌所が置かれ、後撰集の編集と万葉集の解読が行われた。▽梨壺の歌人たちは、夜の更けるまでどのような月の歌を詠んだだろうか。夜更けまで月の歌を競った梨壺の歌人たちが朝顔の花と共に起きる。

374 初オ六。雑。○ざれ絵　簡略にざっと描いた略画。▽ざれ絵を描いた扇をお与えになる。名歌を詠んだ歌人に天皇が与えるのである。

375 初ウ一。雑。○大徳　高徳の僧。転じて僧侶一般をいう。▽僧侶の読経も今日が最後。天皇が扇を与える人物を僧侶に転じた。病気平癒の祈願などをする僧侶であろう。

376 初ウ二。雑。○きぬがさ　絹で張った長柄の傘。貴人の外出用。▽雨が降るかも知れないと、供の者が主人に絹傘を差しかける。前句を雨乞いの祈りと見た。

377 初ウ三。雑。恋(遊女)。○零落　底本「零露」。▽句意明瞭。この遊女は田舎わたらい(地方回り)で暮らしているのであろう。乞食は繁華な場所に集まる。乞食のいない国を回るようでは遊女の暮らしは成り立たない。前句の絹傘から遊女を連想。

378 初ウ四。雑。○起臥　起きたり寝たりすること。転じて日常生活。▽慌ただしい日常生活で黒髪の色艶もなくなる。落ちぶれた遊女の生活。

379 初ウ五。雑。○巫　神に仕える人。神子(みこ)。ここは死者の霊を呼び寄せることを業とする、口寄せの梓巫女(あずさみこ)であろう。▽白い着物を着た神子殿に申し上げる。前句を梓巫女の生活と見て、梓巫女を訪れた人物を付けた。

380 初ウ六。冬(かへり花)。○井手　京都府南部の地。歌枕。蛙と山吹が有名。▽井手の山吹に帰り花が咲いた。前句の巫を神社に奉仕する神子とみて、井手の玉津岡神社を連想したか。人事句が続いたので叙景句を付けた。

383 月朧よれや甕《もたひ》の酒漉《こさ》ん　柳

384 はじめて得たる一寸の鮎　ゝ

385 仁和寺の桜はまだし花の嵯峨　董

386 雛《ひひな》まつれる田《でん》家《か》やさしき　ゝ

387 宿かりていづこに鎧《よろひ》隠すべき　柳

388 路に後《おく》れし妹《いも》や脳《なやめ》る　ゝ

下略

381 初ウ七。冬(冬)。○鶺鴒の尾　鶺鴒は尾を忙しく動かすので、忙しいことの比喩として用いられる。「世の中は鶺鴒の尾のひまもなし」(猿蓑・凡兆)。▽冬はいっそう忙しい。井手村では水菜など冬の野菜の収穫で忙しかったのであろう。

382 初ウ八。雑。○手人　家来。召使い。▽職人や人足に召使いが加わって蔵普請をする。大掛かりな蔵普請である。蔵普請のため、普通は暇な冬の時期がいっそう忙しい。

383 初ウ九。春(月朧)。○甕　甕(かめ)の古語。▽朧月のもと、みんな寄ってこい。甕の濁り酒を漉して飲もう。蔵普請の祝い酒である。月を定座より二句こぼした。

384 初ウ十。春(一寸の鮎)。○一寸の鮎　「鰷(あゆ)ハ二、三月初メテ生ズ。江海之交(アハイ)ニ在リ。大サ一、二寸」(和漢三才図会四十八)。▽句意明瞭。春先に小鮎を得たので仲間で酒を酌み交わそうというのである。春に川を遡上する鮎をつかまえることを鮎汲みという。

385 初ウ十一。春(花)。花の定座。▽嵯峨は桜のシーズンとなったが、仁和寺の桜はまだ咲かない。仁和寺は八重桜が多く花期が遅い。三月に嵯峨の大井川で鮎汲みが行われるので嵯峨を出した。

386 初ウ十二。春(雛)。▽農家に雛人形が飾ってあるのはおくゆかしい。嵯峨野あたりの農家の光景。ただし雛を飾るのは三月三日の桃の節句だから、「花の嵯峨」と時期がずれる。

387 名オ一。雑。▽一夜の宿を借りた人物が鎧をどこに隠そうかと思案する。落武者が行商人などに変装して、雛を飾る農家に一夜の宿を借りたのである。

388 名オ二。雑。○妹　妻、あるいは恋人をいう古語。○脳　悩の誤記。▽旅の途中連れの男に遅れた妻(あるいは恋人)が慣れない旅に難儀する。妻が落武者を追ってゆくのである。源義経と共に吉野山に逃れた後、彼と別れた静御前の面影。

続あけ烏

秋之部

389 闇となりて猶おもしろや星の空　道立

390 笹の葉の露にも星の一夜哉　八田氏 亀友

391 君見よや只一筋にあまの河　万容

392 たらちねを夫婦《めをと》と見るやほし祭　その

393 はし立や暁かけて天の川　志慶

394 いもの葉の露や銀河のこぼれ水　自笑

395 見えそめて今宵《こよひ》になれり天の河　鷺喬

396 露の間をめでたきほしの契哉　亀郷

397 ほし合《あひ》のそれにはあらじよばひ星　左繡

389 ▽「闇なる夜、星の光ことにあざやかにて、晴れたる空ははなだの色なるが、こよひ見そめたる心ちしていとおもしろくおぼえければ／月をこそながめ馴れしか星の夜のふかき哀れをこよひしりぬる」(玉葉集・雑二・建礼門院右京大夫)による。秋の夜は月夜ならずとも、の新意を含むが、実感が主。季星。

390 ○笹の葉　上方では、七夕に短冊等をつるす風習はなかった(続江戸砂子)。○露にも星の一夜　「影とめし露のやどりを思ひいでて霜にあととふ浅茅生の月」(新古今集・冬・藤原雅経)と同じ発想。▽露の光を、星の宿りと見立てた。季露・星。

391 ▽夜空に一筋の天の河。あなた、その流れをひたと(一筋に)見つめなさいよ。そこにひたすら(一筋に)会おうとする男女がいるのだから。雄大な景観への誘い。季あまの河。

392 ▽子供は、牽牛・織女の話を聞いて始めて、両親がかつて結ばれた一組の男女であることを悟る。季ほし祭。

393 ○はし立　「天の橋立」の略。丹後国の歌枕。○かけて　「はし」と縁語。▽天の橋立とは呼ぶものの、夜空の天の川こそ、名実ともに天の橋なのだ。芭蕉の「荒海や佐渡によこたふ天河(あまのかは)」にならう天地の対置。季天の川。

394 ○いもの葉の露　広く滑らかな里芋の葉を転がる露。七夕の歌を書くのに用いた(藻塩草)。▽「銀」のこぼれにたとえられた露の美しさ。季いもの葉の露・銀河。

395 ○見えそめて　風雅集で、光や色のほのめきを表現して多用する語。ここでは牽牛・織女が逢い始めた意を重ねる。▽夏が過ぎ、銀河の輝きが増してきた。今夜は七夕、二つの星が一年ぶりに逢えるだろう。季天の河。

396 ▽七夕の二星が美しく輝いている。束の間の逢瀬でも、千秋万歳と続く結構至極の夫婦なのだ。「一年(ひととせ)に一夜と思へど七夕の逢ひ見む秋の限りなきかな」(拾遺集・秋・紀貫之)や風雅集の源義詮の歌による。季露・ほしの契。

397 ○ほし合　七夕。○よばひ星　流れ星。▽秋の夜空を星が流れた。よばう(求婚する)との名はあるが、高みに輝く七夕二星とは別物、ひとり消えゆく星なのだ。「ほし」と「星」で押韻。季ほし合。

398 ○船に寝て…　土佐日記を俤にした作。○古郷百里　「高知…此(浦戸ノ湊)ヨリ大坂ニ至ル海上百里」(和漢三才図

398 船に寝て古《ふる》郷《さと》百里あまの河　白砧

399 鵲《かささぎ》の長柄《ながら》もかけよほし一夜　大魯

浄几焚香《じやうきふんかう》のつとめは、誰もすなるゆふべ、例のくるはしうてやみぬるぞ、いとむくつけきや

400 梶の葉に硯はづかし墨の糞《くそ》　無腸

401 あさがほがまいりて星の別哉　二柳

402 よみ歌をひそかに星の手向哉　几董

「六日も常の夜には似ず」と口ずさみつゝ、美角・定雅の二子を訪《とぶら》へば

403 六日たつ秋のこゝろやほし祭　美角

会七十九)。○あまの河　大湊での詠「照る月の流るる見れば天の川出づる港は海にざりける」を意識。▽ようやく帰郷の船客となりえた。夜、甲板に出て銀河を仰いでの感慨。季あまの河。

399 ○鵲　牽牛・織女を渡すため、その翼を天の川の上に広げて橋をつくる、とされる鳥。○長柄　摂津国、淀川下流にあった長柄橋のこと。古代、架橋の難工事の際、親子を人柱にしたという伝説がある。▽二星のために橋をかけるやさしい鵲よ、その天の川に、人柱の慰霊として、せめて今宵だけでも長柄橋をかけておくれ。情と壮大な幻想。季ほし。

400 ○浄几焚香のつとめ　清らかな机で香をたき、経を読むこと。○例の…　「日ぐらし硯にむかひて…そこはかとなく書きつくれば、あやしうこそものぐるほしけれ」(徒然草序段)。○いとむくつけきや　勤行すべき夕暮、文章を書き散らしながら一日を終えるのは、心ないことだろうか。○梶の葉　古くはこの葉に七夕の詩歌を書いた。○硯　因みに、北野天満宮の七夕では、神前に御手水を献じ、硯に梶の葉を添えて供えた(日次紀事)。○墨の糞　乾いた墨汁の塊。印象的な表現。星屎《そく》(隕石)を意識しての造語か。▽ひたすら筆すさびの中に七夕を迎えた。梶の葉に歌を書こうにも、硯も清めぬままの私だ。謙退の中に、文人生活の自負を秘める。季梶の葉。

401 ○あさがほ　「牽牛子」と表記。▽夜明けも近く朝顔が開いた。せっかく牽牛が会いに来たのに、二星が消えてしまうなんて。言葉の矛盾によるおかしみ。季あさがほ・星の別。

402 ▽表は「すべて月花をば、さのみ目にて見るものかは」(徒然草一三七段)の美意識による詠。裏は「七月七日も例に変りたる事多く…星合みる人もなし」と描かれる源氏物語・幻の俤。紫の上の一周忌の直前で、光源氏は一人庭に出、故人をしのびつつ七夕の歌を詠む。季星の手向。

○六日も…　芭蕉の発句「文月や六日も常の夜には似ず」(奥の細道、猿蓑)。

403 発句。秋(ほし祭)。○秋のこゝろ　「秋」に「飽き」を掛ける。▽芭蕉翁は、七夕の前夜ゆえ六日もどこか艶めくと詠んだが、私は秋になるや待ち受け、六日も経ってすっかり待ちあぐねた。

404 うすき影踏ム月の宵《よひ》過《すぎ》　キ董
405 車押《おし》広野ゝ《の》薄《すすき》かき分て　定雅
406 借《かり》もて佩《はけ》る太刀の重たき　角
407 餅買ふて酒のむ人をわらふ也　キ
408 雨を見あはす市のかたはら　定
409 よこさまに転んでおはす石仏　角
410 脱《のがれ》のきぬの血に汚《けがれ》つゝ　キ
411 憂《うき》事の数《シバ》〱せまる筆とりて　ゝ
412 あり明の灯のもゆる土器《かはらけ》　角
413 しみ〴〵と竹に時雨の音す也　ゝ
414 鳥《と》羽《ば》田《た》の沼に鴨《かも》の下リ居ル　キ
415 百姓の心に染《しま》ず家出して　ゝ

404 脇。秋(月)。〇宵過　夜中になる時分。▽七夕も近づいて秋気いやまし、夜ふけ、半月の薄い光を踏んで星を仰ぐ。

405 第三。秋(薄)。〇車押　車僧と俗称される、深山正虎禅師の俤。京、太秦(うずまさ)の海生寺の開基。「常ニ破車ニ乗リテ四衢之傍ニ在リ、傍之小豎ヲ随兵トシテ、欲スル所ニ之ヲ推シ之ヲ輓(ひ)ク」(遠碧軒記)。〇広野ゝ薄　「秋の野のおしなべたるをかしさは薄こそあれ。…朝霧にぬれて…」(枕草子六十四段)。▽「押せど押されず、引くも引かれぬ」とある、謡曲・車僧の舞台が嵯峨野ゆえ、枕草子の明け方の野原に登場させた趣向。

406 初オ四。雑。〇佩る　身に帯びる。▽子供らを兵に従える、車僧のユーモラスな勇姿。

407 初オ五。雑。▽御伽草子・物くさ太郎の俤付。京で女の邸内に忍び入り、餅や酒を望んだが、烏帽子や刀まで与えられ、女を妻として甲斐・信濃二国の長にまで成り上がった。

408 初オ六。雑。▽にわか雨の町の庶民生活点景。雨やどりの仕方も人様々。餅と酒の功罪を論ずるのは、御伽草子以来の伝統的発想。

409 初ウ一。雑。▽立ちん坊の所在なさ、おもむろに視線を動かす。そこに見出したもったいない小景。

410 初ウ二。雑。〇きぬ　僧のかずき物。▽宇治拾遺物語八十二による俤付。破戒僧賀能は無間地獄に落ちたが、生前、捨て置かれた古地蔵に「きぬかぶり」を脱いで拝礼していたので、この地蔵が救い出した。その証拠に、地蔵の足が黒く焼けていた。付句は地獄脱出の様。

411 初ウ三。雑。▽非運重なっての敗走、覚悟を決め、手負いの体で辞世を詠む。きぬは、ここでは下に着る単衣(ひとえ)。

412 初ウ四。雑。〇あり明　終夜ともしておく灯火。有明かし。〇土器　素焼きの油皿。▽相次ぐ天災や戦乱、それを記録せずにはおれぬ者の姿。鴨長明などの俤か。

413 初ウ五。冬(時雨)。▽夜も更ける頃、かそかな雨音。冬を告げる時雨らしい。竹の葉を打つ音はまばらで、灯の炎はか細い。聴覚による外景が、視覚による内景と匂い合う。

414 初ウ六。冬(鴨)。〇鳥羽田　山城国鳥羽郷(京都市南部)あたりの田。歌枕。▽古歌が「…鳥羽田の面におつる雁がね」(新古今集・秋下)など、広々とした田面の秋景を詠むに対し、

416 只きろ〳〵と歯の白き顔　定
417 うたかたのあはぬむかしの懐かしく　角
418 閨《ねや》そのまゝに朝戸《と》出《で》の花　キ
419 月かすむそなたや鈴鹿坂の下《した》　定
420 大名通る春も過《すぎ》がて　角
421 子供等に着せる木《も》綿《めん》を織《おり》仕《じ》舞《まひ》　キ
422 義理ある人の年忌弔《とぶら》ふ　定
423 卯《うの》花《はな》の盛の家に宿かへて　角
424 世はかくもこそいせが詠《よみ》うた　キ
425 聟のなき医《くす》師《し》の娘哀なる　キ
426 たそがれ暗く雛の眉かく　角
427 此《この》比《ごろ》や木《この》葉《は》落しの吹募リ　定

さびある冬景をとらえた。

415 初ウ七。雑。▽鳥羽は京・大坂へ近いので、都市への出奔。急いで一人立ち去る男の目に、降り来った鴨の群が映る。前句は近景、付句は動きある遠景。

416 初ウ八。雑。○きろ〳〵と　目などが光り動く様。▽人目を忍び夜陰に抜け出す。きらきら光る歯で、激しく息づく表情を闇の中にクローズアップ。

417 初ウ九。雑。恋(あはぬ)。▽今は会っても、男は屈託ない表情。泡沫のように短い恋だった。「男のつらうなりゆく頃、雨の降りければ遣しける／降り止めば跡だに見えぬうたかたの消えてはかなき世を頼む哉」(後撰集・恋五)による。

418 初ウ十。春(花)。恋(閨)。○朝戸出　朝早く戸を開けて出て行くこと。万葉集に多い語。▽男を待ち明かした朝、褥(しとね)を残して外に出ると、花が満開だ。悲しみがすこし和む。

419 初ウ十一。春(月かすむ)。月がこぼれ、花の後になる。○鈴鹿　伊勢国鈴鹿郡(三重県同)の辺り。○坂の下　鈴鹿峠の南側にある東海道の宿場。▽旅程を早めようと起き抜けに宿を立つ。折から花の季節、春月の霞む辺りが、坂の下だろうか。

420 初ウ十二。春(春)。○過がて　「過がてに」の略。「がてに」は、…できないで、の意。▽華麗にゆったり進む大名行列、春もまだあでやかな日々が続く。前句は、大名の言辞か。

421 名オ一。雑。▽秋末からの農閑期、手機(てばた)で織り続けた布地がようやく仕上がった。すでに春半ば、若い母は労も忘れ、晴れ晴れと大名行列を迎える。

422 名オ二。雑。懐旧(年忌弔ふ)。▽子供たちの着る物まで新調し、舅の年忌を丁重に営む律義な嫁。

423 名オ三。夏(卯花)。▽大きな屋敷へ家移りし、念願通り立派な法事を行えた。雪のように清い卯の花垣根の内で。

424 名オ四。雑。○いせが詠うた　平安中期の女流歌人、伊勢の歌。「家を売りて詠める／飛鳥川淵にもあらぬ我が宿も瀬に変りゆく物にぞありける」(古今集・雑下)。「淵」を「扶持」に、「瀬」を「銭(ぜ)」に掛ける。▽前句を、住みなれた家を売り払っての宿替えと取り成し、人世浮沈の哀感漂う観相句とした。

425 名オ五。雑。恋(娘)。▽前句の「いせが詠うた」を、飛鳥川の連想から「厭(いと)はるる身を憂はしみいつしかと飛鳥川をも頼むべらなり」(後撰集・恋二)と解しての付。「世」は男女の仲

428 武者六七騎門《もん》に彳《たたずむ》　キ
429 釣鐘を夜《よ》半《は》にまぎれて盗らん　角
430 月を南にかくす村雲　定
431 後れては舟の入来る初《はつ》汐《しほ》に　キ
432 秋うそ寒き旅の水《すい》風《ふ》呂《ろ》　角
433 ひだるさを女なる身のしのび居て　定
434 御能三番時うつりけり　キ
435 蠟燭の風に流るゝ夜の花　角
436 声なき蝶のねはぐれて飛《とぶ》　定
437 春の野に乞《こつ》食《じき》僧の連歌聞《きき》　キ
438 他《ひと》の国なる伯夷叔斉　筆

の意となる。淵が瀬となるような、男運の好転を願うのである。

426 名オ六。雑。恋(眉かく)。○雛　紙製の人形。○眉かく　既婚の女は眉を剃り、眉墨で眉形を描いた。▽「たそがれ暗く」は、形代(かたしろ)に眉を作る、娘の心境を暗示。

427 名オ七。冬(木葉落し)。▽冬の初め、時雨模様が続く。内にこもっての手すさびに一日が暮れる。

428 名オ八。雑。○六七騎　平家物語の「五六騎」「七八騎」にならう表現。▽薩摩守忠度が、家集を藤原俊成に託すため、都落ちの途中、七騎で引返した場面(平家物語七・忠度都落)の俤。初めは門が開かれなかった。武者で、句意に活気が戻る。

429 名オ九。雑。▽釣鐘が目当てとは豪快な発想。武者は、野武士の一党となる。

430 名オ十。秋(月)。○南に　中天の月を南寄りと見る合理的認識。▽気がかりな月光を叢雲が遮る。遣句。

431 名オ十一。秋(初汐)。○初汐　八月十五日の大潮の満潮。「八月潮汐〈ハツシホ〉」(俳題正名)。▽中秋の名月があいにく雲に隠れた。もうすぐ、引き潮で遅れた入り舟があるというのに。

432 名オ十二。秋(秋)。○水風呂　湯舟に水を入れ、下から焚いて沸かす方式の風呂。据え風呂。▽予定より遅れての入港、旅籠屋に着くや風呂にしたが、粗末な風呂場はうすら寒い。

433 名ウ一。雑。恋(女)。▽すべてが男上位の世。足を引いてたどりついた宿でも、湯上りの夫の酒食の間、妻はひっそりと入浴。

434 名ウ二。雑。○御能　大名など高貴な人が催す能楽。▽お声掛りで客席に座る腰元らはかなりの苦痛。ひもじさをこらえ、シテ役に女が多い三番目物になる。或いは主が演者か。

435 名ウ三。春(花)。▽三番目物になる頃は日も暮れ、蠟燭が灯された。炎がつくる風にのって、花びらがはらはらと散る。幽玄な芸に色添えるかのように。

436 名ウ四。春(蝶)。○ねはぐれて　寝そびれて。▽屋内の蠟燭に照らし出され、夜の闇に、花びらともつれ舞う蝶が浮かぶ。その軌跡がつくる静寂の深さ。

437 名ウ五。春(春)。○乞食僧の連歌　近世、連歌が民間習俗化し、行脚姿の貧僧が、祈禱連歌などを詠み上げる景か。▽明るい春の空に、連歌を詠む声がひろがるのどかさ。

遊相国寺《しやうこくじにあそぶ》　大魯

439 花ながら秋となりけり池の蓮

440 篳《ひち》篥《りき》聞ゆ風のひやゝか　几董

441 月の夜にわかき人〳〵宿直《とのゐ》して　ゝ

442 せうじの間《あひ》に鼠かくるゝ　大

443 地《ぢ》黄《わう》煮る酒の匂ひのしたゝるし　ゝ

444 曇ればいとゞ暮《くれ》安き冬　几

445 一《ひと》群《むれ》に一向宗の京のぼり　ゝ

446 かほよき女ちんばかくして　大

447 住荒《あれ》し傾城町の夕日影　几

448 たえて久しき祭いとなむ　大

438 挙句。雑。○伯夷叔斉　中国殷代末に生きた兄弟。高位を避け、武断を悪み、首陽山に隠れて餓死した(史記・伯夷伝)。▽乞食の遊行僧が春の野を行く。やはり春の野をさまよった伯夷と叔斉。あの気高い二人はよその国の人だったかしら。○相国寺　臨済宗相国寺派の大本山(京都市上京区)。永徳二年(一三八二)足利義満開創。京都五山の一。

439 発句。秋(秋)。▽今年は蓮の花が遅く、白い花がついたまま秋を迎えた。古刹の清浄感と初秋の気配を、眼前の景で表現。

440 脇。秋(ひやゝか)。○篳篥　雅楽用の縦に吹く管楽器。▽篳篥の音が、水面を渡る風にのって届く。遠く聞こえる細く勁い音色と風の冷気が、発句の蓮の景と匂い合う。

441 第三。秋(月)。○宿直　禁中などに、夜、出仕していること。▽遠くから篳篥の音が聞こえる。今宵は月が美しいので、宿直の若人たちが雅びを楽しんでいるのだ。王朝的世界。

442 初オ四。雑。▽月で障子が明るい。宿直部屋の若人たちの談笑ははずみ、隅を小走りして隠れた鼠にも気づかぬ様子。

443 初オ五。雑。○地黄　増血強壮の生薬。ゴマノハグサ科の多年草の根茎で、酒で蒸し、乾燥させる。○したゝるし　薄くて締まりがない。▽囲炉裏にかけた土鍋の上の甑(こしき)から湯気がもれる。立ちのぼる酒の匂いは淡くて薬臭く、すすけた破れ障子の陰に鼠が走る。庶民生活の夜景。

444 初オ六。冬(冬)。▽民家から地黄を蒸す匂いが流れ出る。曇った冬空はひとしお日暮れが早く、家恋しく思われる。やや重ったるい匂いと、迫りくる夕闇との照応。

445 初ウ一。冬(句意)。○一向宗　浄土真宗の俗称。▽夕暮れの都大路に、お上りさんらしい一団。この寒い季節の入京は、親鸞上人の御正忌(十一月二十八日)に本山詣でをする、信心深い真宗門徒だろう。二十二日から報恩講が始まる。

446 初ウ二。雑。恋(女)。▽始めての都で胸ふくらむ一行に、一際目立つ善女。美しい顔立ちして、不自由な足をかばう。

447 初ウ三。雑。恋(傾城町)。▽かつては多くの女が勤め暮した古い色里。衰え気味の街筋を、夕日が赤く染める。

448 初ウ四。雑。○祭　遊里で独自に営んだ祭礼。故人の供養などか。当日と翌日は物日(遊女が必ず客をとる日)となる。

449 田歌すら君めでたしと諷《うた》ふらん　几
450 むら雨はれて山ちかく見ゆ　大
451 やばせ舟喧《けん》咜《くわ》を乗せて漕《こぎ》出《いだ》す　几
452 銭ぬすまれて呵《しから》るゝ僧　大
453 とある時嚔《くさめ》の誦《じゆ》文《もん》わすれたり　几
454 月やいづこに元日の晨《あさ》　大
455 若水を野に汲《くむ》宿の花の春　几
456 着ならし衣冴《さえ》かへる袖　大
457 飛脚来て父なきよしを語リける　ゝ
458 世をも知ります座《ざ》主《す》の御心　几
459 墨氷る寒夜の外《そと》面《も》静にて　大
460 鏡に恥よそら泣の顔　几

▽賑わいの再来を願っての目論見。軒に灯籠が点る。
449 初ウ五。夏(田歌)。○田歌　早乙女が歌う田植唄。○君めでたし　田の持主を誉める祝言。「やあらおめでたや、太郎次(田アルジの転)どの、笠の端にこがね花さく」(鄙廼一曲・三野の国田植唄)。▽前句を村里の小さな祠の再興と見る。田歌では人の弥栄をさえ讃えるから、神霊を言寿ぐのは当然。
450 初ウ六。夏(句意)。▽田植え最中の俄雨も上がった。洗われた山肌に日が差し、鮮やかに迫って見える。作業再開。
451 初ウ七。雑。○やばせ舟　矢橋舟。大津と矢橋(草津市矢橋町)を結んだ渡し舟。琵琶湖独得の丸子舟を使用。草津への近道だった。▽雨上がりを待っていた矢橋舟が、大声で言い争う一組も乗せてゆっくり出港。湖南の山々も澄んで見える。
452 初ウ八。雑。▽乗船前の失態を、法兄はののしり続ける。三井寺あたりへ帰山する同行二人か。
453 初ウ九。雑。○嚔の誦文　諸説あり、クサメの語自体が呪文で(徒然草四十七段)、拾芥抄は「休息万命(くそくまんみやう)急急如律令」を挙げる。▽あまり叱られたせいか、くしゃみ止めの呪文を忘れた。鼻につんときたのに。「とある時」が言い得て妙。
454 初ウ十。春(元日の晨)。▽初日の出を拝もうと外に出ると、冷気に思わずくしゃみ。元朝の呪文があったはずだが…。輝く朝日に、細い月も見えない。袖中抄に「正月元旦、若(もし)早旦ニ嚔(はなひ)レバ即チ称ヘテ千秋万歳急々如律令ト曰フ」とある。
455 初ウ十一。春(若水・花の春)。○若水　邪気を払うため、元旦に汲んで飲む、めでたい水。▽鄙(ひな)の我が家の幸せ。元朝には早く起き、初日が昇り初めるころ、清らかな泉で若水を汲む。見渡せば広い天と野。「花」は助字の花で、春をほめる語。
456 初ウ十二。春(冴かへる)。○着ならし衣　「いにしへの着ならし衣…」(後拾遺集・雑二・藤原定頼)による語。▽若水汲みにはまだ不断着のままで。早春とあって余寒が身にしみる。
457 名オ一。雑。○なきよし　亡くなったいきさつ、の意。▽春先に郷里から突然の訃報。飛脚が伝える父の最期の一部始終を聞く内、ぬぐう涙でいつしか袖が冷たい。無常の句。
458 名オ二。雑。○世　山(寺)に対する俗世。○座主　延暦寺などの最高位の僧。▽修行中の雛僧に、父の訃音が届いた。

461 夫《つま》持《もた》ぬみそじの浮名立けらし　大
462 長者をにくむ人のさかしら　几
463 信濃路や里にあまれる牛の数　大
464 荊《おどろ》をみだす山かげの秋　几
465 入《いる》月に出《いづ》る日かはる霧ながら　大
466 わきて露けき二位殿の舟　几
467 土器を残すくなにあやまちて　大
468 としゆくばかり阿《あ》房《はう》也けり　几
469 白《しら》雪《ゆき》に水風呂流す夜《よ》半《なか》過《すぎ》　大
470 前《さき》の国司の明日は立るゝ　ゝ
471 病中を申わけなる歌よみて　几
472 菓子の甘みにしめる水引　ゝ

凡俗の情にも通じる座主が、大きな慈悲心で包みこむ。釈教。
459 名オ三。冬(寒夜)。○墨氷る　類船集「氷―硯」。○外面家の外の方。玉葉集、風雅集に多い語。▽寒さがつのる夜更け、方丈に端座沈思する僧。外の静寂に応ずる精神の清明。
460 名オ四。雑。恋(鏡・そら泣)。▽相手がつらく当たるので、つい空泣きをしてみせた。冷え冷えとした部屋に戻って一人鏡に向かうと、次第に感情が冷静に返る。
461 名オ五。雑。恋(夫・浮名立)。▽三十女の恋。年相応の賢しらも。参考「恋すてふ我名は…立ちにけり」(百人一首)。
462 名オ六。雑。▽年増の白歯女に通うのは村の長者らしい。財に任せてのお遊びと、下世話の論評。
463 名オ七。雑。▽信濃国に入ったところ、この村には目立って牛が多い。聞くところ、やはりあの、納まり返った長者が飼い主とか。信濃は元来、馬の名産地。
464 名オ八。秋(秋)。○荊　草やぶ。▽群れて草はむ牛、末枯(すが)れた草むらが秋風に騒ぐ。信州の厳しい秋が深まる。
465 名オ九。秋(月・霧)。▽山あいの朝霧、透けて見えていた月が沈むと、代るかのように日が昇り、霧も次第に明るんでくる。イ音の反復がつくるリズムが朝を象徴。
466 名オ十。秋(露けき)。○露けき　涙にくれる意。○二位殿　平清盛の妻、時子。元暦二年(一一八五)壇の浦で没。▽前句の景の変化を覇権の移行に取り成しての付。平家物語・先帝身投の場。二位尼が、八歳の安徳天皇を抱いて入水、涙を誘う。
467 名オ十一。雑。▽敗色濃い平家、混乱の中、粗相で盃のほとんどを割ってしまう。屋島にいた平家が、義経軍の急襲で慌てふためいて沖に逃れる場面(平家物語十一)を連想か。
468 名オ十二。雑。▽盃の箱を落として無傷はわずか。我ながら、もうほうける年かと思うほど間抜けだったよ。
469 名ウ一。冬(白雪)。○水風呂　→四三。▽夜更け、湯どので水風呂の栓を抜いた。気づいてみると外は一面の銀世界。あたら雪景色を台無しにして。
470 名ウ二。雑。○国司　令制で、中央から赴任して各国を司る地方官。多く、その守(かみ)を言う。▽明日は、長く権勢を振った国の守がついに離任、国府の邸の慌ただしい一日が終わった。前句の「流す」にことの終結の気味を読みとっての付。

473 雨の花晴なば咲ん粧《よそほ》ひに　大

474 二番鳥の友さそふ春　几

立秋

475 秋たつやきのふのむかしありのまゝ　千代尼

476 雨ふるやことに秋たつ日也けり　名古屋 斗拙

477 かたびらの身に冷《すさま》じき仮寐哉　舞閣

478 船頭のかたびら着たり墓まいり　斗唫

479 鼠尾草《みそはぎ》や身にかゝらざる露もなし　暁台

480 あはれ世や麻木《をがら》のはしの長みじか　也有

朝比奈と鬼の首引したる絵に

471 名ウ三。雑。○申わけ　言い分け。▽帰京の理由を病と見た。いかにもつらそうに、弁解じみた歌一首を残して去る。

472 名ウ四。雑。○水引　贈物には紅白、上方では金赤も用いた。▽病気見舞いの菓子折、水引に砂糖がにじみ出ている。御礼にとりあえずの一首。「病中」に「しめる」が匂い合う。

473 名ウ五。春(花)。▽一雨ごとに暖気が増す。菓子の砂糖も溶けだし、窓の外では蕾がふくらんだ。「粧ひ」の語は「水引」からの連想。

474 挙句。春(春)。▽雨ながら明るい春の夜明け。「晴なば咲ん」に「さそふ」の語で応じた巧みさ。鳥の鳴き声も晴れを招くような陽性。「二番鳥」は本集の書名に因むか。

475 ○きのふのむかし　諺「昨日は今日の昔」を踏む。時が早く過ぎる意。○ありのまゝ　写実性を重んじる、地方系蕉門の表現理念。▽今年も秋になった。その景色は、つい昨日のように思われる昔のまま。老俳人の実感。季秋たつ。

476 ▽しとしと雨が降るよ。とりわけ今日は、爽やかな秋になる日だというのに。切字二つで感情を示す。季秋たつ。

477 ○かたびら　夏用のひとえの衣服。▽身体感覚の表現が新しい。季冷じき。

478 ▽赤銅の肌の船頭、浴衣(ゆかた)姿で先祖の墓参。その風格。季墓まいり。

479 ○鼠尾草　紅紫色の小花を穂のようにつける多年草。▽句意は、盆花として、精霊棚に水をかける時に使うことから。「身」は「鼠尾」にひかれた語。人生無常を暗示。季鼠尾草・露。

480 ○麻木のはし　苧殻(おがら)で作った箸。盂蘭盆用。▽精霊棚の食膳に供えられた白くて軽い箸にも、大人用のほかに短い子供用があり、この世の無常を思わせる。季麻木のはし。

481 ○朝比奈と鬼　狂言・朝比奈で、怪力の朝比奈三郎義秀は、閻魔王の責めにめげず、逆に極楽へ案内させる。○首引　二人が紐の輪を首にかけて引き合う遊び。狂言・首引では、鎮西八郎為朝が鬼が島の鬼と首引する。▽荒男の力競べの画の賛を、可憐な秋草の見立てで応じた。朝顔の蔓がからみついた紫苑の花を鬼の顔に重ねるとおかしい。季あさがほ・しをに。

482 ▽諺「槿花一日の栄」による。はかないと言われる朝顔は明日も咲くが、人の命はあてにならない。やや道話臭。季蕣。

481 あさがほに引勝《かた》れたるしをに哉　二柳

482 蕣《あさがほ》の翌《あす》は見ゆれど人の上　一鼠

483 蕣や明星すめる下《しも》盥《だらひ》　亀友

484 瘧《おこり》落て朝がほ清し蚊屋の外　キ董

485 朝顔に島原ものゝ茶の湯哉　無腸

486 島原や踊に月のむかし顔　几董

487 ひたと犬の鳴町過て躍《をどり》かな　蕪村

松が崎にて

488 手に袖にはね題目の踊哉　斗文

489 うき人に手拍子のあふ躍哉　百池

490 一夜づゝ闇になりゆく踊かな　伏水李収

491 踊見る人のうしろや秋の闇　定雅

483 ○下盥　下湯（しもゆ）や褌（ふんどし）・腰巻等の洗濯に使う盥。底本の「⿱罒下」は、「詈」の連想による造字か。▽夜明け前、冴えわたる東の空に金星が瞬く。その影が、庭先に残された下盥の水に映り、朝顔が白く開き始める。取り合わせの妙。季蕣。

484 ○瘧　間欠的に悪寒や発熱をおこすマラリア性の病。○落て　瘧の症状の一時的緩解をいう。▽今朝は、高い熱がうそのように退いた。蚊屋越しに見る朝顔の花が、ひとしお爽やかに感じられる。季朝がほ。

485 ▽朝顔の美しさにひかれて、庭での野点（のだて）。その寛闊な茶席の主は、かつて京都島原で知られた遊女。伝統身につくお点前は品があり、色香は朝顔の艶に映り合う。季朝顔。

486 ○踊　遊女も加わる島原の盆踊の華麗さは、好色二代男八に活写。○月のむかし顔　「久方の月は昔の鏡なれや向かへば浮かぶ世々の面影」（玉葉集・雑一・西園寺実兼）による。▽遊女らが踊る姿に月影が落ちる。澄んだ月に目を転じると、今は亡い美女達の顔が思い浮かんでくる。季踊・月。

487 ○ひたと　突然に声や音を発するさま。○鳴町過て　初案と蕪村句集は「啼町越えて」。▽盆踊の一団の移動風景。提灯の列が近づくと、驚いた犬が素っ頓狂に吠え立てた。踊りの一隊はその声を圧し、粛々と次の町へと練って行く。季躍。

488 ○松が崎　山城国愛宕郡の村（今、京都市左京区内）。歌枕。○はね題目　七文字の端々を跳ね上げて書いた、南無妙法蓮華経の題目。ひげ題目。○題目の踊　七月十六日夜、この村で、法華経の題目を節づけで唱え、太鼓に合わせて踊る。▽題目踊の珍しさ、浴衣の袖には踊るようなはね題目の文字を染め、手振り身振りもその文字のように跳ねる。「はね題目」と「踊」を結びつけた趣向が利く。季（はね）題目の踊。

489 ○うき人　自分につらい思いをさせる人。▽男女入り混り、手拍子合わせて踊る。とある瞬間、わが手が思いを寄せる人の手先に触れ、電撃が体を走る。「あふ」に意味を重ねた巧み。心理の機微をとらえて繊細。季躍。

490 ▽満月の頃から月末まで続く盆踊の実感。自然現象の再認識だが、楽しい行事が過ぎるのを惜しむ情がある。季踊。

491 ▽もう月は出ぬが、灯籠や提灯に照らされて明るい踊の輪。ふと気づくと、とりまく人々の背後には、深まりゆく秋の

自適

492 三十を老のはじめやすまひ取　道立

493 踏ンばつて四十を越えぬ相撲取　羅川

494 引《ひつ》組《くん》で猶分別やすまひとり　太祇

495 余《よ》所《そ》心やたけにはやる角力《すまふ》哉　士喬

496 やはらかに人分《わけ》ゆくや勝相撲　几董

497 乗かけの角力に逢りうつの山　旧国

498 負《まく》まじき角力を寐物がたり哉　蕪村

499 おく露のこぼれてひらく桔更《ききやう》哉　出石 有橘

500 すゝき吹中にも立リをみなへし　ゝ雪弓

憶鬼貫《おにつらをおもふ》

501 雨の日やもたれ合たる女郎花《をみなへし》　九湖

夜の、黒い闇が迫っている。踊る者の側から見物衆を見た斬新な視角。当代人の、ものの見方への関心を示す。季踊・秋。

492 ○自適　心が向かうまま、日々をのびのび過ごすこと。詩題めかした前書。○すまひ取　すもう取。▽世間の初老は四十歳なのに、引退した関取には、三十歳で年寄と呼ばれる人がいる。言葉のずれのおかしさ。季すまひ取。

493 ▽土俵際で踏んばるように、引退を噂されながら持ちこたえ、ついに四十歳の坂を越えてしまった長命力士。「踏ンばつて…越えぬ」という矛盾表現の面白さ。季相撲取。

494 ○引組で　平家物語など軍記物に多い語。▽四つに組んだまま微動だにせぬ大相撲。頭脳の勝負でもある。太平の世に「引組で」と言ったおかしみ。季すまひとり。

495 ○余所心　相手から離れた、よそよそしい心。謡曲に多い「やたけ心」を意識した使用か。○やたけ　いよいよ勇み立つ様。▽傍観者風に考えると、相撲見物は何とまあ興奮することか。私もだが。第三者の視点での把握が新しい。季角力。

496 ▽勝者の退場。観衆の熱狂と力士の静の対比。「やはらかに」の一語が、誇りを秘めた心のゆとりと、貫禄あるしなやかな体軀を見事にとらえる。季勝相撲。

497 ○乗かけ　馬の両脇に葛籠(つゞら)に入れた荷を下げ、その間に布団を敷いて人を載せる運送法。○うつの山　宇津山。東海道の丸子(まりこ)宿と岡部宿の間に位置する山(静岡市内)。歌枕。東下りの昔男が知り合いの修行者に会う、という伊勢物語九段で著名。▽客が力士とあっては、つぶれそうな乗掛馬の息が荒い。だが泰然と安座する雄姿に、会う者の心はついなごむ。昔男が修行者に会ったように。趣向的な句。季角力。

498 ▽負相撲の日の閨(ねや)。句の上半は、悔しさをにじませた繰り言の実感あり、下半はそれを慰める妻のいたわりを想像させる。趣向の中に情をこめた、蕪村得意の手法。相撲を描く蕪村俳画にこの句の賛あり、「懐旧」の詞書を付す。季角力。

499 ○桔更　桔梗。開花前はふくらんだ紙風船のように見え、開くと五枚の花弁が反り返ってくっきりした輪郭をつくる。▽露を払い落とす形になる桔梗の独得の開花のさま。季桔更。

500 ○すゝき吹　薄が風に吹かれてなびき揺れるさま。「吹うつりなびく薄の…」(玉葉集・秋下)。▽か弱い女性に擬した

502 さびしさの終に穂に出る薄哉　芙蓉花
503 待るゝと思ふ夕のすゝきかな　霞東
504 なでしこやをばなが袖に咲残《さきのこり》　家足

剃髪の人に

505 花ならぬ身とな思ひそ薄の穂　賀瑞
506 秋萩のうつろひて風人を吹《ふく》　樗良
507 夕月に誰やら恋し萩の原　美角
508 鳥濡《ぬれ》てたつや朝日の小萩はら　ナニハ 稀声
509 小《を》車《ぐるま》の花立《たち》伸《のび》て秋曇り　ナゴヤ 東壺
510 寐覚して虫聞《きく》秋となりにけり　イセ 茶州
511 更《ふく》る夜や艸をはなるゝむしの声　イガ 桐雨

古典的イメージと異なり、細い茎ながら風に抗って直立するおみなえしの実景を、薄との対比でとらえる。季すゝき・をみなへし。

501 ▽群生した女郎花の茎が、雨で重くなってしない、隣の茎に交差しているさま。「もたれ合たる」は、伝統に従う擬人的表現。季女郎花。

502 ○鬼貫　元禄期の伊丹の俳人。上島氏。重頼門。誠の俳諧を唱えて伊丹風を興す。元文三年(一七三八)没。○穂に出る　忍ぶ心が外に現われる。歌語。▽高逸の古人を忍ぶと、ついこらえきれず、追慕の情を口にした。「蓉」は底本「容」。季薄。

503 ○待るゝ　薄が、古今集以来、「招く」を伴って詠まれることから使う。▽薄が夕風にそよぎ、手招いているようだ。何だか、いい人から待たれている思い。「招きやむ尾花が末も静かにて風吹きとまる暮ぞさびしき」(風雅集・秋上・源親子)の俳諧化か。季すゝき。

504 ○をばなが袖　「秋の野の草のたもとか花薄ほにいでて招く袖と見ゆらん」(古今集・秋上・在原棟梁)による表現。▽薄が新しい穂を出した。寄り添うように咲く夏花のなでしこは、手招く袖の紅模様みたいだ。季をばな。

505 ○花ならぬ…　芭蕉の寿貞尼への追悼句「数ならぬ身となおもひそ玉祭り」(泊船集)による。▽地味だが、やはり銀色に輝く美しい花なのだよ。尾花へ言いかけて興じた。季薄の穂。

506 ▽萩も次第に散り、その花を散らした秋風を冷たく感じる頃になった。「ま萩散る庭の秋風身にしみて夕日の影ぞ壁に消えゆく」(風雅集・秋上・永福門院)などの俳諧化。季秋萩。

507 ▽一面に白い花が咲く萩原の日暮れ、月が上ると、人恋しい思いがつのった。鹿ならずとも。素直な叙情。参考「妻ごひに鹿なく山の秋萩は露霜さむみさかり過ぎゆく」(玉葉集・秋上・高円広世)。季夕月・萩。

508 ▽写生的な句。羽のしずくが朝の日ざしに光り、加わる暖気で少し乾いていく。季小萩はら。

509 ○小車　湿地に生える、キク科の多年草。直立した茎に車形の黄色い花をつける。▽すっくと伸びた小車の濃い黄色の花が鮮やかで、秋曇りの空に映えている。季小車・秋。

512 一日の栄といへる中に
生《いけ》垣《がき》にはさまれて咲《さく》木槿《むくげ》かな　正白

513 発《ほっ》心《しん》の人見送るや木槿垣　路曳

514 やぶれ箕《み》やいさゝかながらことし綿　竹裡

515 木《き》綿《わた》とる大和河内の日和《ひより》かな　霞夫

516 秋の空澄たるまゝに日暮たり　名古ヤ亜満

517 鳥は草は何やらかやら秋の野ら　眉山

河辺逍遥

518 工《たく》ミたる限リ散ゆく花火哉　士川

519 花火ちるやしのびの君の見ゆるほど　白堂

520 花火尽て美人は酒に身投けん　キ菫

521 物焚て花火に遠きかゝり舟　蕪村

510 ▽夜半の寝覚を、虫の音が慰めてくれる季節になった。参考「きり〴〵す寝覚の床をとひ顔にわきて枕の下にしもなく」(玉葉集・秋上・新院少納言)。季虫聞・秋。

511 ▽冷気いやます夜更け、静寂を破る澄んだ虫の音。草むらから冴え冴えと伝わってくる。「艸をはなるゝ」が、音の起点と広がりを巧みに表現。季むしの声。

512 ○一日の栄　→四八二。朝開暮落の花である木槿が、古く朝顔と呼ばれたため、両種に用いられた。▽緑の生垣が続く間に淡い紫の花をつけた木槿垣が列なる。〝明日も咲け〟と励まされるかのように。諺を「生」の字に結びつけた趣向。季木槿。

513 ▽「槿花一日の栄」の観念による句作り。無常を覚った人を送るにふさわしい場の設定。季木槿垣。

514 ○箕　竹を広く平らに編んだ農具。穀類を載せて振うと、殻や塵が散り落ちる。▽古い箕の上に、今年始めての木綿の実を干した。まだほんに少量だが。収穫の喜び。参考「箕に干て窓にとちふく綿の桃」(炭俵・孤屋)。季ことし綿。

515 ○大和河内　木綿栽培の盛んな上方でも、特に著名。▽秋晴れの日の、広々とした収穫風景。籠にも畑にも、白い綿毛が光る。季木綿とる。

516 ▽清澄な時の進行。簡略な表現に味わいがある。わびしさを秋の暮の本意とした和歌の意識から離れ、自然美を自由に受容する態度。参考「秋は夕暮」(枕草子一段)。季秋。

517 ▽あの鳥は何鳥だろう、あの花は何草が咲いたのかと、あれやこれや気がもめる、見るもの多い秋の野だ。中七は口語調。上五は歌謡調か。季秋。

518 ○河辺逍遥　歌題や詩題にあやかる前書。▽華麗精巧を極めたすべてが消え去る、はかなさゆえの美しさ。季花火。

519 ○しのびの君　人目を忍んで会う女。雅びめかした造語。▽大輪の花火が空に開いた瞬時、横で見上げる女の顔がほの白く浮かび上がる。いとしさと気がかりと。季花火。

520 ○美人は酒に　楊貴妃が卯酒(朝酒)を飲んで酔いつぶれ、朝の化粧が間に合わなかったという故事(円機活法・麗人門「慵粧」)を踏むか。▽花火が終わった後の空白感、美人はそれをうめようと、酒に酔いしれたのだろう。季花火。

522 利酒《ききざけ》に酔ふてもどるや秋の市　ナゴヤ臥央

523 父が酔《よひ》家の新酒のうれしさに　召波

524 入日さす鱸《すずき》の口や魚の店《たな》　サガ喜水

525 紫のひしこに勝やとうがらし　旧国

郊外

526 牛蝿《うしばへ》は牛をたのみつあきの風　移竹

527 振上た我手詠《なが》めつあきの蝿　ナニハ桃喬

528 網をすくともし火あをつ秋の風　乙総

529 秋の風芙蓉に皺《しわ》を見付たり　蓼太

530 舟待て背戸もさゝれず秋の暮　一鼠

531 戸口より人影さしぬ秋の暮　青蘿

532 ことにふれ日にもよる也秋のくれ　雨谷

521 ○かゝり舟　つないだ舟。▽舟の上の焜炉に火をおこし、夕餉の支度をしていると、川筋の遠くの夜空に花火が上がった。遠近感を生かした豪華な火と小さな火が、都市の繁華と貧しい庶民生活を対比させ、構図的ながら情がにじむ。[季]花火。

522 ○利酒　酒の品質の鑑定に、少量を口に含んでみること。ここは一般客の試飲か。▽ちょっと味見のつもりが、何軒も回って、夕方にはすっかりほろ酔い気分。京都では、九月に各地の新酒が入荷した(日次紀事)。名古屋も同じか。[季]秋。

523 ▽自家製の新酒がうまく仕上がった。老いた父は、ささやかな喜びに酔う。清酒ではなく、どぶろくか。[季]新酒。

524 ○鱸　白身の高級魚。頭と口が大きい。▽「塩鯛の歯ぐきも寒し魚の店」(薦獅子集・芭蕉)に倣う。[季]鱸。

525 ○ひしこ　鯷。小形の鰯(いわし)。▽よく漬かった黒っぽい紫色のひしこ。中に交ぜた唐辛子の方が赤い色が際立ち、姿もよい。同形のものの対比が趣向。紫は、鰯の女房詞。[季]ひしこ・とうがらし。

526 ○郊外　漢詩壇での吟行の流行を受けて、蕪村・几董らが好んで用いた前書。郊外の実景の意。▽秋も深まり、力尽きようとする牛蝿。残りの数匹が、風に飛ばされまいと、歩み行く牛の肌にすがる。二回の「牛」でリズム。[季]あきの風。

527 ○詠め　「眺め」の代りに流用。▽たたこうとして、つい手が止まった秋蝿のにぶい動き。細かな観察と、弱りゆく小さな命への慈しみ。「我手詠めつ」が、自己の行動すら客観視する眼を表現。当代の繊細な心を示す句。[季]あき。

528 ○すく　網を編む。○あをつ　「あふつ」に同じ。下から吹き煽(あお)る。▽夜なべ仕事で網を編んでいると、透き間から吹き込んだ秋風が灯火をゆるがせ、網をゆする。[季]秋の風。

529 ○芙蓉　木芙蓉の花のこと。淡紅色の広く柔らかい花弁には、縦筋が多く走る。美人の形容に使う。▽秋風に吹かれて芙蓉の花もしぼみかけ、美人の顔に皺ができたようだ。美人を比喩する花を、美人で比喩した面白さ。[季]秋の風・芙蓉。

530 ○背戸　裏口の扉。▽船宿の景。舟着場に続く背戸口は、船影を待って開けたまま。秋の日暮れ、吹き込む川風が冷たい。旅中の実感か。[季]秋。

533 大寺や僧にも逢《あは》ずあきの雨　山肆

清光

534 嵐吹《ふく》草の中よりけふの月　樗良

535 名月や君かねてより寝ぬ病　太祇

536 けふの月関守《もる》人もさぶらはず　我則

537 夜烏や暁かけてけふの月　万容

良夜訪ふ方もなく、訪来る人もなければ

538 中〳〵に独なればぞ月を友　蕪村

539 月の秋や二百とほかのはつかのと　無腸

540 月は秋は物思へとのなんのかの　道立

湖上眺望

541 名月や辛崎の松せたのはし　几董

531 ▽秋の夕日が赤くさす頃、ぬっと戸口から長い影法師。心をかすめた一瞬の不安。秋寂びの心理を短い劇的場面に視覚化し、軽妙に句作りして巧み。「ぬ」に驚きをこめる。季秋。

532 ▽昔から秋の夕暮れの情趣が言われるが、その味わいは、目や耳にふれる景物やその日の日和で決まるようだ。季秋。

533 ○僧にも逢ず　詩題「僧ヲ訪テ遇ズ」(円機活法・釈老門)による、清幽を求めた文人的発想。▽充たされぬ思いは、大寺の人気ない虚しさと通い合い、雨が情を加える。季あき。

534 ○けふの月　中秋の名月。▽嵐に吹きざわめく草原に昇る大輪の月の冴え。激しい風景は、月に凄絶美を見出しただけでなく、当代の浪漫的な感情昂揚を象徴。平淡ながら力と壮大さを得たのは実景(「乞食ぶくろ」の詞書)ゆえか。蕪村は「良夜の句は…是より外なく候」と絶賛した。季けふの月。

535 ▽不眠症に毎夜苦しむあなたよ、せめて今宵は名月に心などんでほしい。「いねがてに詠めよとてや秋の月更ては影の冴えまさるらむ」(風雅集・雑上・津守国実)の俳諧化。季名月。

536 ▽関守もいない関所の址。名月が昼のように明るく照らしだす。「逢坂の関には人もなかりけり岩間の水のもるにまかせて」(千載集・羇旅・祝部成仲)によろう。季けふの月。

537 ▽夜中から明け方まで、夜烏がやかましく鳴いた。名月が西に傾く下で。「み山出で夜半にや来つる郭公暁かけて声の聞ゆる」(拾遺集・夏・平兼盛)の俳諧化。季けふの月。

538 ○良夜　月の美しい夜。○中〳〵に　蕪村が多用した語。○独なればぞ　蕪村句集他「ひとりあればぞ」。落日庵句集の「ひとり居ればぞ」は初案。▽独りだからこそかえって、名月を友として、心静かに楽しめる。隠逸的姿勢の句。季月を友。

539 ○二百とほか　立春から二百十日目になる九月一日頃。稲の開花に台風襲来が重なる時期。▽月を楽しむ秋になった。農民同様、雲が出て月を隠すかと気がかりだ。「と」「か」の二回使用が、月を待つ浮かれ心を伝える。季月・秋・二百とほか。

540 ▽秋になると、何かと昔からことごとしいことだ、と戯れた句。後半は口語調。「月影の初秋風とふけゆけば心づくしに物をこそ思へ」(新古今集・秋上・円融院)また「嘆けとて月やは物を思はする…」(百人一首・西行)を踏む。季月・秋。

542 十六夜《いざよひ》やしばし黒谷《くろだに》真如堂《しんにょだう》　広島　青雨
543 黒谷の初《しょ》夜《や》聞《きく》月の野川哉　キ董
544 風かなし夜々に欠ゆく月の形《なり》　暁台
545 物毎の満るはいやし十三夜　宋阿
546 後の月翌《あす》は秋なき思あり　仙台　白居
547 鳴《なく》鹿や月夜ながらに小雨降《ふる》　士巧
548 声かれて松に背を摺《する》小《こ》鹿《じか》哉　守一
549 啼《なく》度《たび》に草の露ちる鶉《うづら》かな　浪花　魯文
550 松むしやともし火青き西の対《たい》　ゝ　弄我
551 二ツ置く人の心や種ふくべ　ゝ　生仏
552 かたはらにかぼちゃ花咲く野菊哉　召波
553 雨にぬれ風に吹るゝかゞし哉　田原　野菊

541 ○湖上　琵琶湖の上。○眺望　当代では、観る者の位置の意識がある。○辛崎の松・せたのはし　前者は下坂本の唐崎に立つ松、後者は瀬田川河口の東海道の橋で、いずれも古来著名。唐崎・瀬田とも近江八景の一。▽芭蕉発句「から崎の松は花より朧にて」(曠野)、「五月雨にかくれぬものや瀬田の橋」(同)を意識し、夜景に転じたのが趣向。季名月。

542 ○十六夜　「いざよひ」をそぞろ歩く意にとり、十六夜月に掛けた。○黒谷　神楽岡の東南部(京都市左京区)。法然が住んだ地で、浄土宗の大本山金戒光明寺がある。○真如堂　黒谷の北に隣り合う、天台宗の真正極楽寺。▽京の街を離れた清浄の地、木立の中の道を月を待ちながらそぞろ歩く。季十六夜。

543 ○初夜聞　勤行を知らせる初夜の鐘。几董句稿は「初夜鳴ル」。○野川　神楽岡の東麓を南流する白川。▽川辺の散策。東山から昇った月影が映る清流に澄んだ鐘の音。季月。

544 ▽月が細るのに合わせるように、夜風の冷たさがこの頃身にしみる。上五の押韻した直截な主情表現が新しい。季月。

545 ○物毎　物事。○満るはいやし　諺「盈(つみ)れば闕(かく)る」による。▽十三夜の月の、一部欠けた姿にこそ味わいがある。道学的言辞の裏に、優しい称美がこもる。季十三夜。

546 ○後の月　九月十三夜の月。▽今宵は季秋の名月。月光もすさまじさを加え、秋の終りを思わせる。季後の月・秋。

547 ▽鹿の音と月の取合せは玉葉集、風雅集に多いが、小雨を重ねたのが働き。参考「松風に月のをのへは空晴て霧の麓にさを鹿の声」(風雅集・雑上・足利尊氏)。季鹿・月夜。

548 ▽母を呼んで声枯れた子鹿が、温かい肌のかわりに松の幹に背をこすりつける。地方系蕉門の〃万物を憐れむ〃情。季小鹿。

549 ○草の露　類船集「鶉―露の叢〈クサムラ〉」。▽「あだにちる露の枕に伏しわびて鶉なくなりとこの山風」(新古今集・秋下・藤原俊成女)の俳諧化。季露・鶉。

550 ○西の対　寝殿造で西側にある対屋(たいのや)。多く女性が住む。▽西の対には灯がともり、人を待つ趣き。虫の音と「青き」灯が浪漫性を醸す。参考「ひぐらしの声聞くからに松虫の名にのみ人を思ふころ哉」(後撰集・秋上・紀貫之)。季松むし。

554 二三尺秋の響きや落し水　月渓

555 からうじて山田実のりぬ落し水　几董

旅中佳節

556 馬の背の高きに登り蕎《そ》麦《ば》の花　移竹

557 盆ほどになるてふ菊の蕾《つぼみ》かな　ゝ

558 手《た》折《を》り捨《すつ》る山路の菊のにほひ哉　几董

559 其中に白菊の名を問《とは》れけり　月居

560 仏壇に十日の菊のにほひ哉　蝶夢

561 鶏頭に鼠のつくや持仏堂　御風

562 けいとうは始終を花の盛かな　徳野

563 はなれ家や門田のわきの鶏頭花　文皮

倣老杜擣衣《らうとのたういにならふ》

551 ○種ふくべ　翌年使う種子を採るための瓢箪。良い実を十分成熟させる。▽一つで足りるのに、二つ蔓に残しておく習わしは、体験から得た人の知恵なのだろうか。参考「ひとつにてよきを二ッよ種ふくべ」(蕪村、安永六年作)。季種ふくべ。

552 ○かぼちや　鹿ヶ谷唐茄子か。「…つるのゆくさき〴〵は芝原猶よし。土手などある所ならば是又宜し」(農業全書三)。▽紫の野菊と黄色の花の対照。季かぼちや・野菊。

553 ○ぬれ　色恋をする、の意を掛ける。○吹るゝ　同じく意を掛ける。▽案山子の人生も大変だ。雨とはしっぽり睦まにゃならぬし、風の激しいほら話は聞かされるし。人に擬えるなら生活まで、という発想。季かゞし。

554 ○落し水　稲刈り前に田から流し落とされる水。▽田の畔(あぜ)を横切る溝を落し水が流れる。そのわずか二、三尺の流れがつくる響きは、収穫の秋を告げるようだ。季秋・落し水。

555 ▽苦労して開墾した山田の稲穂に、今年はわずかながら実が入った。喜びと安堵の中、田の水を落とす。季落し水。

556 ○佳節　めでたい日。ここは九月九日の重陽の節句。○高きに登り　王維の「佳節ニ逢フ毎ニ倍(ます)親ヲ思フ。遥カニ知ル兄弟高キニ登ル処」(唐詩選七)による。▽今日は重陽の日。馬の背にまたがって山路を行くと蕎麦畑。一面に広がる白い花を見て、故郷のことを思い浮かべた。季蕎麦の花。

557 ▽この小さい蕾が、開けばお盆ほどにもなるというではないか。近世中期、大輪を珍重する流行があった。「正徳のはじめ、大きくといへるものをつくりいでゝ、家ごとにうゑもてあそぶ。はなのおほきさ一尺にも及ぶとぞ」(閑窓自語)。季菊。

558 ○山路の菊　山中で菊の葉の露を飲んで長寿を得た故事(謡曲・菊慈童など)を託す。▽その姿にひかれ、思わず折りとった山道の菊。その清楚な香りは、滴が薬の酒となった昔をしのばせる。「菊の花手折りては見じ初霜のおきながらこそ色まさりけれ」(新古今集・冬・藤原兼輔)の俳諧化。季菊。

559 ▽下に、玉葉集・秋下の後三条院の御製と詞書とを踏まえる。「御前に菊を多く植ゑさせ給へりけるを、弁乳母申しけるを賜はせざりければ、「星とのみ見てや止みなむ雲の上に咲きつらなれる白菊の花」と申して侍りければ／色々に移ろふ

564 よ所《そ》の夜に我夜後るゝ砧《きぬた》かな　大魯

565 片《かた》〳〵《かた》は月夜の暗《やみ》のきぬた哉　菊尹

566 雨そふて悲しさつるゝきぬた哉　鳴鳳

567 小《さ》夜《よ》碪《きぬた》隣の少年《ムスコ》戻りけり　春蛙

568 うき人を心にこめてきぬた哉　正白

569 ひとの国に漸《やや》馴るゝ夜の砧哉　キ董

570 憂《うき》我にきぬたうて今は又止《ミネ》　蕪村

秋声

571 逢坂の町や針研ぐ夜半の秋　几董

572 脣《くちびる》に露置《おく》夜半となりにけり　我則

573 朝寒や背戸の芋堀《ほる》仏の日　嵐甲

574 あたらしい綿《わた》入《いれ》着たる夜寒哉　月居

菊を雲の上の星とはいかで人のいふらむ」。季白菊。

560 ○十日の菊　時機を逸して、無用となった物をさす諺。▽重陽の節句は過ぎたが、仏壇の菊は、昨日と変らずに薫り、仏性を感じさせる。浄土僧らしい実感。季十日の菊。

561 ○持仏堂　仏壇。持仏は身近に置く仏像。▽小暗い仏壇の内。花瓶にさした鶏頭の花に二十日鼠が登る。餌になりそうな「鶏頭」の語、またその鶏冠(とさか)状を意識しての作。季鶏頭。

562 ▽考えてみると、真赤な鶏頭の花は、咲いてからずうっと盛りのままで長持ちする。小さな発見。季けいとう。

563 ○はなれ家　人里離れた一軒家。○門田　門の近くの田。歌語。▽稲穂の黄金の波に添う、数本の鶏頭の鮮やかさ。「夕されば門田の稲葉おとづれて蘆のまろ屋に秋風ぞ吹く」(金葉集・秋、百人一首・源経信)の俳諧化か。季鶏頭花。

564 ○倣老杜擣衣　杜甫が砧を詠み込んだ作に倣う、の意。唐詩選五の七律に「孤舟一ニ繫グ故園ノ心…白帝城高ウシテ暮砧(ぼちん)急ナリ」とある。○後るゝ　気後れする。▽他郷に在ることをしみじみ思わせる砧の音。それが、この地になじめずに過す夜の寂しさを一層つのらせる。「よ所の夜」と「我夜」の対置が、己れの孤立感と望郷心を主情的に表現。季砧。

565 ○片〳〵　片一方。カタカタという音も暗示か。▽あんな調子はずれの砧の音は、月夜を闇にしてしまうようなものだ。「秋とだに忘れんと思ふ月影をさもあやにくに打つ衣かな」(新古今集・秋下・藤原定家)の裏を行く趣向。季きぬた。

566 ▽砧の音に、細い秋雨の音が交じり始めた。悲しさが、もう一つの悲しさを誘い連れるようだ。擬人法。季きぬた。

567 ○小夜碪　ここは隣家の砧。参考「此ふた日きぬた聞へぬ隣かな」(蕪村発句)。○少年戻りけり　孟母断機(蒙求では軻親断機)の故事の俤がある。▽隣の砧の音がはたと止んだ。どうやら今宵、息子が久々に帰宅した様子。季小夜碪。

568 ▽「恋ひつつや妹がうつらん唐衣きぬたの音のそらになるまで」(千載集・秋下・藤原公実)の俳諧化。季きぬた。

569 ▽「住(すめ)ば都」の諺通り、異郷に少しずつ適応してゆく世の人心。砧の音も微妙に変って聞こえる。季砧。

570 ○憂我に　芭蕉発句「うき我をさびしがらせよかんこ鳥」(猿蓑)を意識。▽物憂い私に、砧の音を聞かせておくれ。

575 雅子《をさなご》のともしけちたる夜長哉　士川
576 秋の戸に倚《よ》ル袖《そで》乞《ごひ》の鼓かな　鉄僧
577 秋もはやはつかに残る鹿の声　松宗

於金福寺興行　正白

578 ともし火にしたしくなりし夜寒哉
579 書《しよ》をよむ窓に雨間《あまあひ》の月　松宗
580 籠《こ》の中の鶉おもひを鳴《なく》ならん　道立
581 旅はめさむる業ぞ多かる　白
582 塩竈に鯛の浜焼所望《しよまう》して　几董

でもあまり長くなるのは御免だ。かえって寂しさがつのる。「砧うちてわれに聞せよや坊が妻」(続虚栗・芭蕉発句)、「誰がためにいかに打てばか唐衣千たび八千たび声のうらむる」(千載集・秋下・藤原基俊)を踏まえよう。行過ぎを拒む美意識の洗練。命令形を二つ含む小刻みのリズムが、砧の音を伝える。[季]きぬた。

571 ○秋声　「秋声 アキカゼ」(詩語砕金)。○針研ぐ　「山科ノ東シ大谷(大津市大谷町)ニ之ヲ造ル。池ノ川針屋ト号ス」(雍州府志七)。▽古歌に詠まれた逢坂山。今は、夜更けの秋風に交って針摺りの音。几董句稿に「其物ニ触ル、乎(ヤ)鏦々錚々(サウサウタウタウ)トシテ金鉄皆ナ鳴ル」と前書。[季]秋。

572 ▽芭蕉発句「物いへば唇寒し秋の風」(泊船集)による。物言えば唇が寒いから露がおりる、という理屈だが、唇が秋風の冷たさを知る、という皮膚感覚も逃していない。[季]露。

573 ○背戸の　裏手の畑の。○堀　「掘」の代用。○仏の日　故人の命日。▽徒然草六十段の、芋頭(里芋の親芋)に目がない盛親僧都が、師僧から死に際に銭二百貫と坊一つ譲られたのを、すべて芋頭の代に使った、という話の俤。[季]朝寒・芋。

574 ○綿入　表地と裏地の間に綿を入れた冬着。綿を入れぬのが給(あわせ)で、「抜き」とも。▽綿入れも、新しいなら一層暖か。夜寒にも心強い。「暮れ方の秋さり衣抜きを薄み耐へぬ夜寒に今ぞ打つなる」(玉葉集・秋下・源家清)の俳諧化。[季]夜寒。

575 ○雅子　稚子の誤刻。▽寝入った子のため灯を一つ消したが、親にとって秋の夜はまだ長い。庶民生活小景。[季]夜長。

576 ○袖乞の鼓　「あはれやげに…念仏申し鼓をうち、袖をひろげ物を乞ふ」(謡曲・土車)による。父を捜す深草少将の子が、信濃の善光寺に着く場面。▽秋日さす門口に立つ乞食の哀れさ。鼓の音もうら悲しい。[季]秋。

577 ○はつかに　わずかに。▽「年月の行らん方も思ほえず秋のはつかに人の見ゆれば」(拾遺集・恋四・伊勢)の、「秋の果つ」の言い掛けを利用した、秋の部の末尾にふさわしい句。[季]秋・鹿の声。

○金福寺　↓一七五頁。

578 発句。秋(夜寒)。▽灯の明るさに、心身のぬくもりを感じる季節。「月も見ず風も音せぬ窓の内に秋を送りてむかふともし火」(風雅集・秋下・後伏見院)によろう。

583 若殿ばらの朝《あさ》狩《がり》に出《いづ》　立

584 春風にかろき衣《え》紋《もん》を吹れける　白

585 ちやうちん霞む島原の口　董

586 うき恋の果や乞食の物狂ひ　立

587 誰か仏の道に入《いる》らむ　白

588 世につれていく秋五位の身を経《ふ》りし　董

589 車に月の影しらむまで　立

590 鈴虫の声ふりかはす浅《あさ》茅《ち》生《ふ》に　白

591 平家語リし人消えにけり　董

592 武者修行我国遠く過《すぎ》来つゝ　立

593 聟撰《えら》ム館《たち》に年を迎へて　白

594 花鳥にわか菜を祝ふ賀振舞　宗

579 脇。秋(月)。○書をよむ窓　円機活法六「書牕(窓)」の項は、大意として夜灯・月侵などを挙げる。▽読書の秋。

580 第三。秋(鶏)。○籠の中の鶏　円機活法二十三「籠中鳥」の項は、大意に拘束・思帰・悲鳴などを挙げる。類船集「鶏―月」。▽書斎の美しい籠の鶏。月を見てどんな思いで鳴くのか。

581 初オ四。雑。▽旅に出ると何もかも新鮮で、籠から放たれた鶏が思い切り鳴くような気持だ。「いづくにもあれ、しばし旅立ちたるこそ、目覚むる心ちすれ」(徒然草十五段)による。

582 初オ五。雑。○塩竈　松島湾の南西部、陸奥国の千賀浦に臨む地。歌枕。○鯛の浜焼　とれた鯛を、浜ですぐに塩焼きしたもの。▽大鯛と、この塩竈の塩を使った豪快な野外料理。旅ならではの体験だ。参考「塩竈にいつか来にけむ朝なぎに釣する舟はここに寄らなむ」(伊勢物語八十一段)。

583 初オ六。雑。○若殿ばら　貴公子たち。若侍たち。▽曾我物語の奥野の狩の酒宴(巻一)で、「若殿ばら(の盃)は、滝口殿よりはじめよ」と声がかかり、そこへ滝口が大熊をしとめて帰ってくる。この場面を借りて、山の幸を海の幸に転じたか。

584 初ウ一。春(春風)。▽颯爽とした馬上の若武者。馬が駆けると、向かいくる春風が、襟もとをなぶりくすぐる。

585 初ウ二。春(霞む)。○島原の口　洛西朱雀野にあった遊里(京都市下京区)の入口。▽心浮かれる時節。招くような提灯にひかれて足を運ぶ遊客に、野を吹く春風もやさしい。

586 初ウ三。雑。恋(うき恋)。○物狂ひ　「泣いつ笑うつやすからねば、物狂と人は言ふ」(謡曲・鸚鵡小町)。▽小野小町の老衰放浪伝説(十訓抄二、平家物語九など)による句作り。あの島原での恋の果て、落ちぶれる者もあろう。

587 初ウ四。雑。釈教。▽ここまで行きついてしまったら、今さらどうして仏門なぞ入り得よう。「関寺の鐘の声、諸行無常と聞くなれども、老耳には益もなし」(謡曲・関寺小町)。

588 初ウ五。秋(いく秋)。○いく秋　「幾」と「行く」を掛ける。○五位　殿上人の最下の位階。▽今年の秋も終わるが、五位のままで何年過ぎたろう。でもまだ出家する気にはなれない。

589 初ウ六。秋(月の影)。○月の影しらむ　「出て後まだ程もへぬ中空に影しらみぬる短か夜の月」(玉葉集・夏・洞院公守)。▽昇進かなわぬ我が身を恨み、秋の夜更け、牛車で都大

595 春の夜深く和《わ》琴《ごん》聞ゆる　立
596 おもしろや加茂の川瀬を歩《かち》わたり　白
597 市の奴《やつこ》とやつす法《のり》の身　董
598 松の戸に妙《たへ》なる歌をらく書し　立
599 葎《むぐら》に埋ム二筋の路　白
600 さみだれに草鞋《わらぢ》を重く履《はき》わびて　董
601 つらさあまりに飲習ふ酒　立
602 来ぬ人を梓《あづさ》の弓にかけて見む　白
603 同じ隣に中のよしあし　董
604 煤《すす》はらひ雪の降《ふる》日に取かゝり　立
605 瘭《へう》疽《そ》いたがる顔のきたなき　白
606 たそがれをねだれ込《こま》れし十三夜　董

路を経回った。車にさす月光が薄くなる明け方まで。

590 初ウ七。秋(鈴虫)。○ふりかはす　鈴虫の「鈴」の縁。○浅茅生　チガヤが生えて荒れた所。▽源氏物語・桐壺の、靫負(ゆげい)の命婦が桐壺更衣の里を訪ねた後、母君と別れる場面の俤。命婦は「鈴虫の…」の歌を詠み、車に「えも乗りやらず」。

591 初ウ八。雑。○平家　盲僧が琵琶の伴奏で語る平曲。▽あるいは、謡曲・蟬丸の俤か。「松虫鈴虫きりぎりすの鳴く」逢坂山で琵琶を弾く盲目の蟬丸は、狂った姉に再会し、「幽(かすか)に声のする程聞き送り、かへり見おきて、泣く泣く別れ」る。蟬丸は、平家物語の伝承者とされていた(人倫訓蒙図彙二)。

592 初ウ九。雑。▽長く続く行脚の中で聞く平曲。盲僧が去っても、武道探求の身に、軍記語りの余韻は消えない。

593 初ウ十。春(句意)。恋(聟撰ム)。○館　官人や豪族の邸宅。▽旅先での年越し。姫君の聟選びの春とあって、館は一層はなやぐ。食客の我が身には無縁だが。

594 初ウ十一。春(花鳥・わか菜)。○花鳥　「花鳥の色にも音にもよそふべき方ぞなき」(源氏物語・桐壺)を踏む。○わか菜　正月七日の七草粥。▽他に比べようのない聟が決まった。その賀は若菜の祝いも兼ね、館は賑やかな供宴。

595 初ウ十二。春(春)。○和琴　日本古来の六弦の琴。▽源氏物語・若菜上、光源氏四十の賀宴の俤。源氏が、子の日に献上された若菜の羹(あつもの)を召した後、太政大臣(頭中将)秘蔵の和琴の名器が演奏される。因みに、女三の宮の源氏への降嫁決定は、この正月の前。聟選びとして前句の作者も連想したか。

596 名オ一。雑。○おもしろや　「面白や花の都の春過ぎて」(謡曲・賀茂物狂)。○加茂の川瀬　「加茂の川瀬の水上は」(謡曲・賀茂)。▽戯れに徒はだしになって水ぬるむ鴨川を渡ると、和琴の音が川面を伝わる。金葉集・雑下に似た話が出る。

597 名オ二。雑。▽仏道修行の身ながらまだ少年、町の丁稚(でっち)を装って、思い切ったお茶目もしたくなる。「ヤ」音を反復。

598 名オ三。雑。▽身はやつしたがさすが僧侶。大門の扉の歌は人の心をうつ出来栄え。参考「山深み春とも知らぬ松の戸にたえだえかかる雪の玉水」(新古今集・春上・式子内親王)。

599 名オ四。夏(句意)。▽主が松戸に歌を残して去った後、屋敷は荒れ放題。葎におおわれた庭に、二つの門へ通う、か

607 ことしは菊の出《で》来《き》栄《ばえ》もなし　立
608 秋過て鶯見たるあたゝかさ　白
609 田舎歌舞妓の昼のよすがに　宗
610 こゝろにもあらぬ恋する哀也　董
611 鼻に袖置くすゑ摘《つむ》の君　白
612 入日さす辺《リ》けうとき花の陰　立
613 長柄の傘をひらくかげろふ　董

すかな二本の道跡。参考「蓬(よもぎ)は軒を争ひて生ひのぼる。葎は西・東の御門を閉ぢこめ」(源氏物語・蓬生)。

600 名オ五。夏(さみだれ)。▽五月雨にぬれそぼった葎の中の道。草鞋がぐっしょりぬれて重くなり、何とも不快な履き心地だ。

601 名オ六。雑。▽雨の日も戸外で働く人の境涯。人足や馬方など。

602 名オ七。雑。恋(句意)。○梓の弓　梓で作った丸木の弓。▽「梓弓引きみ引かずみ来ずは来ず来ば来そをなぞよそにこそ見め」(拾遺集・雑賀・柿本人麿)を踏む。にえきらない男の態度。あの梓弓の歌を頼りに、少し離れて様子を見よう。

603 名オ八。雑。▽両隣との間の付合いの差異。諺「隣は泣(なく)、隣には餅搗(つく)世の習ひ」(譬喩尽)同様、これもまた世の習い。人情のうがち。

604 名オ九。冬(煤はらひ・雪)。○煤はらひ　年末の大掃除。十二月十三日とは限らない。▽親しい隣家と約束した日は、あいにくの雪日和。このあたり、人情・世態の詠が続く。

605 名オ十。雑。○瘭疽　手足の指の急性化膿性炎症。▽冷えがつのり、激痛にゆがんだ顔は煤で真っ黒。気の毒やら、おかしいやら。

606 名オ十一。秋(十三夜)。○たそがれ　「寄りてこそそれかとも見めたそかれにほのぼの見つる花の夕顔」(源氏物語・夕顔)によるか。▽今宵は後の月だが、しかめ面を見られたくないのか、早く黄昏時にしてくれと無理やり頼むんだよ。擬人法。

607 名オ十二。秋(菊)。▽九月とあって日暮れも早い。夕方、菊を見回っての感想。遣句。

608 名ウ一。秋(秋過て)。▽前句の人物の愚痴を聞き、それを慰める人の口振り。秋末にもう鶯が来る気象異変。それはどうしようもありませんよ。菊の開花には、気温低下が必要。

609 名ウ二。雑。○田舎歌舞妓　「田舎芝居の勧進本、京大坂にありて、大津伏見西国北国の所々、長崎までも仕組てゆくなり」(済生堂五部雑録)。▽その鶯を見たのは、この地に巡って来たお芝居を見た日、ちょうど昼の休みのついでだったよ。

610 名ウ三。雑。恋(恋する)。▽物かげで、田舎娘を口説く旅役者。浮気心を真に受けるうぶな魂。

曾久安計可良寿

冬の部

614 ともし火に竹の葉ずゑのしぐれ哉　蘭台

615 朝《あさ》浄《きよめ》うれし夜の間の初時雨　正白

616 聟《むこ》入《いり》の宵月細し初しぐれ　鉄僧

617 野風吹《ふく》室町がしら初時雨　几董

618 宵〳〵の砧もうとし初しぐれ　我則

619 天地をしばらくたもつ時雨哉　几圭

620 一夜づゝ淋しさかはるしぐれ哉　宋阿

621 嵯峨の小春都に近き心かな　霞夫

622 初《はつ》冬《ふゆ》や兵庫の魚荷何〳〵ぞ　召波

611 名ウ四。雑。恋(するゑ摘の君)。▽源氏物語・末摘花で、女の容貌や古風さに驚いた光源氏が「何事も言はれ給はず、我さへ口閉ぢたる心地」した後、女は「いたう恥ぢらひて、口おほ」う。

612 名ウ五。春(花)。○入日さす…　源氏物語・花宴で、入日さす花陰で源氏が舞う華麗な場面を意識か。▽末摘花の君の独り居。花陰に人気なく、そこはかとない春愁。因みに、光源氏が末摘花の鼻を始めて見たのは、朝の光の中。

613 挙句。春(かげろふ)。○長柄の傘　貴人にさしかけるため、大振りにした傘。▽花の陰、陽炎をゆらめかしつつ、大きな朱色の傘がゆったりと開く。末広がりのめでたい結び。

614 ▽人を待つのか、夜更けの灯。時雨が来たらしく、竹の葉末をはらはらと打つ音。「頼めたる男を今や〳〵と待ちけるに…」と詞書ある和泉式部の歌「竹の葉に霰降るなりさらさらにひとりは寝べき心ちこそせね」(詞花集・恋下)を踏む。とするなら、「更けにけり又とはれでと向ふ夜の涙に匂ふともし火の影」(風雅集・恋二・花園院)も連想されたろう。季しぐれ。

615 ▽庭に出るとたくさんの落葉。どうやら昨夜、初時雨が降ったらしい。冬とはいえ、新しい季節の到来はうれしく、掃除にも精が出る。「朝清め、落葉を払ふ程ならし。風をも松の木蔭かな」(謡曲・源太夫)によるか。季初時雨。

616 ○聟入　婚礼の前または後に、新夫が妻の実家を訪れる儀礼。朝または日中が普通。▽晴れやかな聟入の一行が、薄闇の中を進み、初時雨さえ降った。宇治拾遺物語「博打の子聟入の事」をかすめるか。顔よい聟をさがす長者の家へ、醜い顔の博打うちの息子が、「その夜になりて…月は明かりけれど、顔見えぬやうにもてなして」入聟する滑稽な話。季初しぐれ。

617 ○野風吹　「吹き迷ふ野風を寒み秋萩の移りもゆくか人の心の」(古今集・恋五・常康親王)による。○室町がしら　京都の中央を南北に貫く室町通の北端の町。▽室町のはずれには北郊の冷たい風が吹き込み、北山時雨が降ってきた。冬の訪れとともに、町の人の心も厳しさを増す。季初時雨。

618 ○宵〳〵の砧　「人知れぬ我が通ひ路の関守はよひ〳〵ごとにうちも寝ななむ」(伊勢物語五段、古今集・恋三・在原業平)による。「うち」は砧の縁語。▽毎晩聞こえていた砧の音も、

623 似た事の三つよつはなし小《こ》六月《ろくぐわつ》　千代尼

返《はん》景《えい》

624 冬ざれやきたなき川の夕烏　定雅

625 舟慕ふ淀野ゝ《の》犬や枯をばな　几董

626 斧《をの》の音深くも入らず冬の山　名古屋事紅

627 一むしろ芋ほす寺の冬構《がまへ》　ゝ万岱

628 御《お》影《め》講《かう》の花のあるじや女《をんな》形《がた》　太祇

629 姑《しうとめ》の鬼もこもれる十《じふ》夜《や》かな　下総閑鵞

630 姑の出た跡ぬくき火《こ》燵《たつ》哉　ハリマ半捨

夜《や》坐《ざ》

631 四つに折ていたゞく小夜の頭《づ》巾《きん》哉　無腸

632 我頭巾うき世のさまに似ずも哉《がな》　蕪村

今宵はあまり聞こえない。寒い夜だから。季初しぐれ。

619 ▽時雨が静かに降り出し、しばらくの間は、天も地も、一切の景色を包み込んでしまう。そしてしみじみ物を思わせる。「力をも入れずして天地を動かし、目に見えぬ鬼神をも哀れと思はせ」(古今集・仮名序)を踏む。季時雨。

620 ▽夜の時雨のわびしさは格別。一夜ごとに趣きが変り、冬が深まる。「草枕おなじ旅寝の袖にまた夜半の時雨も宿借りけり」(千載集・羇旅・小侍従)を踏み、旅宿の情が一々異なるように、の意か。季しぐれ。

621 〇嵯峨　京都西郊の行楽地。▽「都ぞ春の錦なりける」(古今集・春上)と言う通り、京こそ春の美しさが最高の地。だが、嵯峨野の小春の景もなかなかのもの。都に近いだけ、風光の雅びも都に近いから。小春の「小」を利かす。季小春。

622 〇兵庫　摂津国矢田部郡の要港で、山陽道の宿駅(神戸市兵庫区辺)。時に古代の武庫の泊と混同された。〇魚荷　この季節、西宮の前の鳴尾の海でとれる鯛を「前の鯛」と呼び、特に賞味した。▽「武庫の浦の泊なるらし漁りする海士の釣舟波間より見ゆ」(玉葉集・雑二・柿本人麿)を意識するか。季初冬。

623 〇小六月　「十月を云」(俚言集覧)。▽初冬の景物は、色々様々で面白い。「似」に二、「小」に五を掛け、数揃えに仕立てた。諺「似たり寄ったり九分十分」の反転か。季小六月。

624 〇返景　「日西ニ落テ光リ東ニ返照スル、之ヲ返景ト謂フ。ユウヒカゲ也」(唐詩児訓)。王維の五絶「鹿柴」(唐詩選六)に出る語。〇冬ざれ　冬になって、風物が荒れさびれたさま。蕪村の多用語。▽色彩ある、新しい自然美の発見。季冬ざれ。

625 〇淀野　山城国淀辺りの野(京都市伏見区淀)。▽淀野の荒涼とした冬枯れ。犬までが寂しいか、川を下る淀舟を追って走る。写生的な句。季枯をばな。

626 ▽緑の葉が繁る夏と違って、木を樵る音も奥深くこもらず、枯木の間を快く伝わってくる。寒林伐木図の聴覚化。季冬。

627 〇一むしろ　筵(むしろ)一枚。〇芋ほす　保存のため、輪切りの甘藷を生で、また蒸して干す。〇冬構　冬支度。▽野寺の境内の日だまりに、白い芋が並ぶ平穏とつつましさ。季冬構。

628 〇御影講　十月十三日、日蓮上人の忌日に、その肖像を拝む法会。御命講。「お御影(みえい)講」の縮約形で、「おめこ」は

633 紅《こう》閨《けい》の足につめたき頭巾かな　キ董
634 関守のゆふべかしこき頭巾哉　出石東季
635 牛売のにくゝも着たるづきん哉　乙総
636 罪深き小袖の下の紙衣《かみこ》かな　管鳥
637 紙子着てことのやう聞《きく》老女哉　山肆
638 着て見てはことしも止メる紙衣哉　一鼠

無心無仏

639 こがらしも人の付たる名也けり　几圭
640 こがらしや川吹《ふき》もどすさゝら波　百池
641 凩《こがらし》のしきりに募る入日かな　志慶
642 凩や松一《ひと》木《き》あれば松のかぜ　残夢
643 こがらしや油からびし石地蔵　亀郷

女陰をさす上方方言と同音。○花のあるじ　歌語。▽御命講(おめこ)の、花のような女衆に勝って、女形の役者の際立ったお色気。見物もかねて参詣が多かった。太祇らしい粋な句。季御影講。

629 ○十夜　浄土宗で、十月五日から十五日朝まで、十昼夜の念仏を修する法要。▽鬼のような姑も、岩屋ならぬお十夜にこもって高声で称名。諺「鬼ノ念仏」を踏む。季十夜。

630 ▽姑がようやく寝間へ行った。ほっとして空いた火燵に入ると、かすかに残る姑の体温。恐れる相手ながら、人として通い合う何か。諺「姑の場ふたがり」(かたこと)の裏。季火燵。

631 ○夜坐　芭蕉の幻住庵記に出る語。○小夜　歌語。▽この句、呉春画・秋成(無腸)賛の十二か月絵巻に見え、頭上に手拭様紺色の布を載く。冬夜、身じろがず独坐して心を澄ませ、脱俗を楽しむ文人的心境。そこはかとないおかしみ。季頭巾。

632 ▽私の頭巾姿は世間同様でありたくないものだ。儒者や僧の頭巾姿の脱俗気どりを批判し、自由な市井人としての離俗を表明。月渓彫や月渓画の蕪村像の頭巾は角頭巾か。季頭巾。

633 ○紅閨　美しい部屋。特に女性の寝室。ここは、壁を赤く塗り、床を石畳にした中国風が思い浮かぶ。▽美女のねやに導かれたものの、実は足に冷えを覚える年齢。頭の冷えは防げたが。謡曲・老松で、老人が「翠帳紅閨の粧(よそほひ)昔を忘れず」と語る条を連想か。季頭巾。

634 ▽山中の関所は冷え込む。夕方になると、心得て早々に頭巾をつけて立つ番人たち。実景か。季頭巾。

635 ○着たる　上方方言。▽金回りがいいのか、牛売り風情で頭巾姿。手拭いの頬被りでよかろうに。世態批評。季づきん。

636 ○紙衣　厚紙をはり合わせた簡易な防寒衣。▽寒いので、小袖の下に紙子を着込んだが、ごわごわして透き間はできるし、すれ合う音までする。参考「ためつけて(もんで柔らげて)雪見にまかるかみこ哉」(笈の小文・芭蕉発句)。季紙衣。

637 ○ことのやう　事の様。▽貧寒とした紙子姿で、長いいきさつに聞き入る老女。宇治拾遺物語「信濃国の聖の事」で、弟をさがし求めた姉の尼が、信貴山で再会する場面の俤。突然の来訪に驚く聖は「紙衣(かみぎぬ)一重をぞ着たりける」。季紙子。

638 ▽芭蕉が「紙子一衣(いちえ)は夜の防ぎ」(奥の細道)と記す通り、紙衣は風雅へ誘う衣裳。そこで一着に及ぶのだが、やはり

644 凩や日も照リ雪も吹散らす　樗良

ある方にまねかれて

645 炉《ろ》開《びらき》や紅《もみ》裏《うら》見ゆる老のさび　几董

646 炉びらきや炭の香《か》守る人の皃《かほ》　霞夫

647 もの思ふとぎれや炭の発《おこ》ル音　鷺喬

648 埋《うづみ》火《び》や助《じよ》炭《たん》に残る風の音　ナニハ百非

649 炭を挽《ひく》下《しも》部《べ》ゆがまぬ心かな　召波

十月既《き》望《ばう》

650 ことばさへなくて月見ル寒《さむさ》かな　子曳

651 一夜ふた夜降《ふり》ものかはる寒哉　東瓦

652 麦蒔《まき》の火縄に寒きけぶり哉　九湖

653 かへり花散《ちる》日は知らずなりにけり　ナニハ守大

着心地よいものではない。[季]紙衣。

639 ○無心無仏　人心ごときもなく、仏の有無を越えた、仏性そのものである万象の本来的な姿。▽木を枯らす冷たい風、などと人が賢しく名付ける前から、天地はおのずからに動いてきたのだ。[季]こがらし。

640 ○さゝら波　歌語。▽木枯しが川面に、逆に川上へと向かうさざ波をつくる。「川吹もどす」という発見が俳諧的。[季]こがらし。

641 ▽日影の薄れるにつれて急に風が強まり、寒くなる。参考「夕時雨嵐に晴るる高根より入日に見えて降る木の葉かな」(玉葉集・冬)。[季]凩。

642 ▽凩も松の木では特別、一本立つだけで、趣きある松韻を響かせる。謡曲・松風の「あの磯辺に一木の松の候ふを」や「松風ばかりや残るらん」を意識。[季]凩。

643 ▽風の中に立つ石像、灯明をあげる油皿まで乾ききり、人影もない。荒涼とした小景。「がら」と「から」が押韻。[季]こがらし。

644 ▽晴れた日に木枯しが吹き、積もった雪を舞いあげ、吹き散らす。それが銀粉のように輝く一瞬の美しさ。樗良らしい鋭い感性。[季]凩。

645 ○炉開　茶の湯で、風炉から地炉に切り替える最初の茶会。十月一日かその頃の亥の日。○紅裏　着物の紅染の裏地。▽見事な老人の御点前(おてまえ)。赤い炭火を前に、時折ちらりと見える紅裏が、年経て磨かれた香気を漂わせる。井華集の前書は「漆翁紹朴ニ対ス」。[季]炉開。

646 ▽炭をおこすと匂いが立つ。じっと心向けてかぐと、炭っぽい中にかすかな木の香の名残り。半年ぶりの匂いに、冬の到来を実感する。[季]炉びらき・炭。

647 ▽考えに耽っていると、囲炉裏の火がおこったらしくパチパチ弾ける音。はっと我に返る。心の動きへの関心。[季]炭。

648 ○助炭　火持ちや火の粉防ぎのため、地炉や火鉢をおおう紙張りの籠。▽灰の下で音もなく燃える埋火。屋外の風の音も助炭でとどまり、その中は春のように穏やか。「埋火のあたりは春の心地して散りくる雪を花とこそみれ」(後拾遺集・冬・素意)によるか。[季]埋火・助炭。

654 さし向ひ噺《はなし》の消《きゆ》る霜夜哉　瓢子

老懐

655 うか〳〵と生《いき》てしも夜や蟋蟀《きりぎりす》　二柳

656 甘なうて薪《たきぎ》に霜のきり〴〵す　霞夫

657 苫《とま》撫《なで》て見るや霜夜の山がつら　由翁

658 霜の月漁村は地《ツチ》に沈ミけり　一音

659 霜に歎《たん》ず蟀《こほろぎ》髭を握リけり　大魯

洛東の正阿弥が楼上に会して

660 日の筋や落葉つらうつ夕《ゆふ》眺《ながめ》　暁台

649 ○炭を挽　長い炭を、使う前に鋸(のこぎり)で短く切る仕事。▽真っ直ぐな木炭のように、またその切り口のように真っ直ぐな心の下僕。徒然草八十七段で「下部に酒飲ますることは心すべきこと也」とされた、不埒な僕との対比か。季炭。

650 ○既望　十六夜。▽十月の月見はちと厳しい。寒さで声も出ず、氷のように冴えた月に見とれる。王建の七絶「十五夜望月」(唐詩選七)の、「冷露声無ウシテ桂花ヲ湿ス、今夜月明人尽ク望ム」を踏む。季寒。

651 ○一夜ふた夜　「冬きては一夜ふた夜を玉笹の葉分けの霜のところせきかな」(千載集・冬・藤原定家)による。▽空から降る物が、一晩二晩ごとに、霜から雪へ、雪から霰(あられ)へと変る最近の寒さ。季寒。

652 ○火縄　竹の繊維などで作った縄に硝石を染みこませたもの。火をつけておいて火種とする。ここは、鳥類へのおどし(百姓伝記・麦作集)。▽火縄から細く流れ出る白い煙。わびしげに冬の畑を低くはう。季麦蒔・寒き。

653 ○かへり花　時節はずれに咲く花。▽小春日和、返り花が咲き続いて春のような錦。謡曲・小塩の「散りもせず、咲きも残らぬ花ざかり〳〵」「八重九重の都辺は、なべて錦となりにけり〳〵」による。季かへり花。

654 ▽霜が降りた寒い夜、心通う友との対座。倦んだ頃、話がふと途切れる。その時のかすかな間の悪さ。「冬、狭き所にて…隔てなきどち、差し向かひて多く飲みたる、いとおかし」(徒然草一七五段)によろう。季霜夜。

655 ○老懐　老いの思い。○蟋蟀　俳諧ではコオロギをさす。▽浮生の内に老いを迎えたと、霜夜のコオロギの声でしんみりなった。「生てしも夜」は上方弁「生きてしもうた」を掛ける。「きり〴〵すなくや霜夜のさむしろに衣かたしき独りかも寝む」(新古今集・秋下・藤原良経)を踏む。季しも夜。

656 ○甘なうて　よしとして好んで。○霜　副助詞「しも」を掛ける。▽心地よい場所なのか、積んだ薪にまで来てコオロギが鳴いている。霜の夜に。参考「秋ふけぬなけや霜夜のきり〴〵す…」(新古今集・秋下・後鳥羽院)。季霜。

657 ○苫　苫。○山がつら　木樵(きこり)など、山中で暮らす人をさす山賤と、語調を整える接尾辞「ら」。▽あまりの冷え込

661 人にもよらず冬の蚊《か》柱《ばしら》　几董
662 よき酒を売《うる》肆《いちぐら》の軒ふりて　我則
663 胡《えびす》の国へ書《ふ》ミもとめ去《さる》　蕪村
664 牧を出ていく秋駒の月にあふ　一音
665 露明らかに草高き原　則
666 夢に見し地蔵を拝ム肌寒き　村
667 世になき夫《つま》の氏ぞ口惜し　台
668 小ぶくさにさめぬ薫リをしのぶらん　音
669 はし居《ゐ》そゞろにたそがるゝ空　則
670 月にぬれて蕣《あさがほ》の蔓《つる》秋ちかく　董
671 加《か》持《ぢ》の奇《き》特《どく》の帛《ぬさ》を地にさす　音
672 筑《つく》羽《ば》なる萱《かや》ふき二人雇《やとは》ばや　則

みに、苫屋の外に出て、屋根に降りた霜をそっと確かめる杣人。中七は、六五で引く古歌の語調。季霜夜。

658 ▽張継の七絶「楓橋夜泊」(唐詩選七)の「月落チ烏啼イテ霜天ニ満ツ。江楓漁火愁眠ニ対ス」に景を借り、「天ニ」に対して「地に」と応じた趣向。月光が、霜におおわれた漁村を、海面と等し並みに銀色に照らし出し、あたかも漁村が消えてしまったようだ、の意。村が地中に沈むという発想の奇抜。季霜。

659 ▽芭蕉発句「鬣風ヲ吹テ暮秋歎ズルハ誰ガ子ゾ」(虚栗)を踏む。「老杜ヲ憶フ」の前書があったので、この句は「祖翁ヲ憶フ」心境か。霜夜に長い鬣をうごめかすコオロギのような私だが、芭蕉の高風を慕い、熱い思いをいだいている。擬人化した虫に、自己を投影。新みなし栗にも出る漢詩文調の句。季霜。○洛東の正阿弥　双林寺(京都市東山区鷲尾町)の境内にあった亭の名。俳諧の会席にもよく使われた。

660 発句。冬(落葉)。○日の筋　新しい表現。○夕眺　正阿弥亭は高みにあり、京都を一望できる。▽西山の上の雲間から放射状にもれ出る金色の線。うっとり見とれると頻に落葉が。

661 脇。冬(冬)。▽暖かな冬の日暮れ、逆光の中を蚊柱があちらへと動いて行く。発句の広い景に、身近の小景を点じた。

662 第三。雑。○肆　「イチクラ　肆　ナラベ立テ人ニホシイマヽニ見セル事ナリ」(訳文須知)。▽のれんを誇る大店の屋並み。風格漂う通りを軽やかに去る蚊柱。小さい命の存在感。

663 初オ四。雑。○書ミ　典籍。▽遣唐使の奈良の京出発風景。室町期から江戸期初頭にかけて奈良地方醸造の酒は評価が高く、奈良酒と呼ばれた。類船集「奈良―酒」。

664 初オ五。秋(いく秋・月)。月の定座。▽その乗馬が故郷の牧場を出て何年経つだろう、の意で、胡へ渡った主の旅が長引くのを言う。駒と月の取り合せは、「望月の駒」(毎年八月に信濃国望月から朝廷へ献上された名馬)の語によろう。

665 初オ六。秋(露)。▽晩秋の月夜、草原へ遠乗り。月光を浴びた露が美しい。「いく秋」を「行く秋」に取り成した。遺句。

666 初ウ一。秋(肌寒き)。▽夢に見た地蔵に、草原でやっと巡り合えた。宇治拾遺物語には、造りかけて放置した地蔵が夢に現われて開眼を促した話(四宮河原地蔵の事)や四一〇の注に引く話など、地蔵に夢がからむ話柄が多い。

673 罪もうれしき有《いう》職《そく》の身は　村

674 葩《は》煎《ぜ》といふもの焦しぬる雨の日に　台

675 法《のり》の因ミの一大事聞《きく》　董

676 花の客横《よ》河《かは》の寮に雛持て　音

677 すみれ摘《つむ》なる透《すい》垣《がい》の下《もと》　則

巻半《なかば》なる比《ころ》、風雨はげしく時ならぬ神の
おどろ〳〵しうとゞろき鳴《なる》にぞ、各《おのおの》打
驚て筆をさし置ぬ

冬夜興《とうやのきよう》

678 彳《たたずめ》ば猶ふる雪の夜路哉　几董

679 我《わが》あとへ来る人の声寒《さむ》　樗良

667 初ウ二。雑。▽地蔵菩薩は早死にの子を救いとる仏。拝みながら、家柄の氏が絶えたと、子まで喪った後家が悔む。それだけを生き甲斐にしたのに。哀傷の句。

668 初ウ三。雑。恋(しのぶ)。○小ぶくさ　茶の湯で、茶碗や茶杓などを持つ時に添える、五寸四方の典雅な布。▽夫が急逝した。類い稀な高家で、頼もしい人だったのに。愛用の小袱紗に残る薫りに、その気品ある人柄を思い出す。

669 初ウ四。夏(はし居)。○はし居　涼気などを求めて、部屋の外近い場所に座ること。▽端居してそぞろ思い出に浸っていると、明るい夏の空もやや陰り始める。「そ」が押韻。

670 初ウ五。夏(秋ちかく)。▽空には夕月がかかり、庭に目をやると、伸び始めた朝顔の蔓が、秋近いことを思わせる。

671 初ウ六。雑。○加持　祈禱。○奇特　世にも珍しい効験。○帛　幣帛の上略。絹布で作った幣《ぬさ》。幣は、神に祈る時に供えるもの。▽僧が営む地鎮祭の場。盲僧の地神経の読誦か。棒につけた帛をさした横に、朝顔の蔓がはう。

672 初ウ七。雑。○筑羽　「筑波」の万葉集での別表記。○萱ふき　萱葺き職人。筑波と特定するのは、「東路に刈るてふ萱の乱れつつ束の間もなく恋ひやわたらん」(新古今集・恋二・醍醐天皇)によるか。▽棟上げの後の屋根葺きには、腕のよい筑波の職人を呼ぼう。

673 初ウ八。雑。○有職　その道に精通した者。▽腕利きながら、色めいたことでちょっとしくじり、声がかからぬ身には嬉しい話。源氏物語・賢木で、源氏の朧月夜との密事を発見した右大臣が、弘徽殿大后に告げる時に、「時の有職と天の下をなびかしたまへるさまことなめれば、大将の御心を疑ひはべらざりつる」と弁解する。その俤付。

674 初ウ九。春(葩煎)。○葩煎　もち米を煎ってはじけさせたもの。正月に縁起物として食べ、魚の餌にもする。▽罪を得て浪々の身、気も晴れぬ雨の日に、所在なく葩煎を煎ったがこれも失敗。そこへ朗報。

675 初ウ十。雑。○法　仏の教え。○因ミ　良い結果のもとになる力強い何か。▽単調な日常生活を送る内、ある日突然、仏法に入る機縁となる、まことに尊い話を聞いた。

680 世に深く隠せし名をや尋《たづぬ》らん　北野

681 百には過ぬ家居也けり　嵐甲

682 鯡《ニシン》切ル鍬にかゞやく宵の月　良

683 裸身を吹《ふく》秋のはつ風　董

下略

684 はつ雪や消《きゆ》ればぞ又艸《くさ》の露　蕪村

685 初雪やすゐの玄《げん》猪《ちよ》の荒《あれ》ついで　斗文

686 降とけぬ雪におかしや簑《みの》と笠　太祇

687 修《す》行《ぎやう》者《ざ》に此《この》杖やらん夜の雪　んめ

688 夢とんで魂うづむよるの雪　道立

676 初ウ十一。春(花・雛)。花の定座。○横河　比叡山の延暦寺の北奥の一画。○寮　僧が同宿して修学する坊舎。▽発心して入山した横川の寮に、花の頃、雛を抱く娘が訪ねてきた。

677 挙句。春(すみれ)。○透垣　透き間を残して組んだ竹や板の垣。主に邸内用。▽訪ね来た幼女の愛らしい行動。

678 発句。冬(雪)。▽立ちどまって眺めると、降りしきる雪は満開の花のようでもある。「うち霧(き)らしなほ降る雪も春立つといふばかりにや花と見ゆらむ」(玉葉集・春上・一条家経)を踏む。

679 脇。冬(寒)。▽雪の夜道、少し離れた後ろを歩いて来る二人連れ。その会話の声も、寒々と細く聞こえる。

680 第三。雑。▽あのひそひそ声は、名を変えて隠れ住む賢者を捜すのだろうか。蒙求の厳陵去釣に見える、「光武位ニ即クヤ、乃チ名姓ヲ変ジ、身ヲ隠シテ見エズ。帝其ノ賢ナルヲ思ヒ、乃チ物色(人相書)ヲ以テ之ヲ訪ハシム」によろう。

681 初オ四。雑。○家居　外から見た家の有様。▽その隠者の家は、百年を越えぬ程の古さ。目立たない並みの家。

682 初オ五。秋(月)。○鯡　秋末から北国の沿岸に来遊、大量に水揚げされ、多くは頭尾を切り落として二つに裂き、干物の身欠鰊(みがきにしん)にした。去った頭尾は肥料にする(和漢三才図会)。▽百戸に満たぬ寒漁村も、鰊の大漁で天手古舞。百姓も手伝って鍬でぶつ切り。もう月が昇った。風土色豊かな臨場感。

683 初オ六。秋(秋のはつ風)。▽山のような鰊を相手に日が暮れた。半裸の汗ばむ肌に涼しい風が。

684 ▽「消(け)ぬが上に又も降りしけ春霞たちなばみ雪まれにこそ見め」(古今集・冬)を踏む。霞にかくされる美しい雪を、美しい露をかくす雪へと、役割り転換させた趣向の面白さ。季節の変り目の把握も鋭い。季はつ雪。

685 ○玄猪　十月の亥の日に、天皇に赤白黒の小餅を奉る宮中行事。無病を祈って民間にも広まった。いのこ餅。▽初雪が降って風も吹いた。今日は十月最後の亥の日なので、冬眠前の猪(いのしし)が一暴れしたのだろう。「猪」の文字で遊ぶ。季玄猪。

686 ○降とけぬ　八代集で唯一の例、「降りとけぬ君が雪げの雫ゆゑ袂にとけぬ氷しにけり」(後撰集・恋二・藤原清正母)は、「降り溶けぬ」を「降り遂げぬ」に掛ける。従って近世では、

或時文のはしに聞ゆ

689 雪にゆきまたげの股《また》にたんまれり　大雅堂

690 積《つも》る後《のち》は只散《ちる》までの小雪かな　美角

691 鮮《あざらけ》き魚拾ひけり雪の中　几董

692 ゆりあはす簑のひまうつ霰《あられ》哉　弄我

693 冬の情月明らかにあられ降《ふる》　暁台

694 雪に出て雪の見所いづち哉　一音

695 雪のくれ馬もひとつはほしきもの　蝶夢

遊竜安寺《りようあんじにあそぶ》

696 鴛《をし》ゆくや夕日江に入《いる》水のあや　几董

697 水鳥のかしら並べし朝日哉　布舟

698 礒《いそ》ちどり足をぬらして遊びけり　蕪村

両義の用例がある。▽降った後は、袂に凍りついてもう溶けぬ雪なのに、どうして簑と笠がいるのだろう。芭蕉発句「貴さや雪降ぬ日も蓑と笠」(泊船集)が投影。季雪。

687 ▽伊勢物語九段の宇津の山で出会う修行者の俤。直後、富士山に「雪いと白う降れり」とある。季雪。

688 ▽源氏物語・葵で、六条御息所は、自分の生霊(いきすだま)が葵の上を苦しめていると聞いて思い当り、自分を脱け出た魂が葵の上を苦しめる夢を見る。その俤。自分でも抑えかねて苦しむ情念から空にさ迷う魂を、静かに鎮める夜の雪。季雪。

689 ○文のはしに… 徒然草三十一段の「此雪いかが見ると、(文こ)一筆のせ給はぬほどのひが〳〵しからむ人」を受け、雪につき一筆記す、の意。○またげ 道中駕籠の駕籠かき。「跨ぐ」の命令形の名詞化。▽徒然草一八一段の「降れ〳〵こ雪、丹波のこ雪…たまれ粉雪といふべきを、誤りて丹波のとはいふ也。垣や木の股にと歌ふべし」による趣向。「またげ」は「垣(舁き)」の縁語になり、「股」と押韻。雪の日の街道風景。季雪。

690 ▽「散るまでに人も問ひ来ぬ木の本は恨みやつもる花の白雪」(風雅集・雑上・平親清女)による。花とは違って、人間さまに恨みなどない、潔い粉雪です。季小雪。

691 ▽御伽草子・二十四孝に見える王祥の故事の俤。継母が生魚を欲するので川に行ったが凍っている。悲しんで裸になって氷上に伏すと、氷が溶けて二尾の魚が飛び出した。すぐ前に、母の求める竹の子を雪中に得た孟宗の話が出る。同話の蒙求の王祥守柰(しゅだい)も「生魚」とする。句境としては、漢詩の江雪や漁翁の世界に近い。初案は「魚を拾ふや」。季雪。

692 ○ゆりあはす 揺すって透き間をなくす。軍記物で、鎧の袖に言うことが多い。○ひま 透き間。▽簑の前を重ね合わせる瞬間、鉄砲玉のように撃ち込んでくる霰のつぶて。季霰。

693 ▽「月さゆる氷の上に霰降り心くだくる玉川の里」(千載集・冬・藤原俊成)の俳諧化。月光の中を降りしきる霰の美しさ。「心くだくる」を受けて「冬の情」とした。季冬・あられ。

694 ▽「雪」に「行き」を掛け、雪見に出たが一面の雪で行くべき名所が分らない、の意。或いは「雪に出て」は王昌齢の七絶「出塞行」(唐詩選七)の題と起句「白草原頭、京師ヲ望メバ」を想起させるものか。銀世界の京都を望めば、の意になる。季雪。

699 冬の日やとけては氷るわすれ水　一鼠
700 切だめや花の根に添ふ薄氷　自笑
701 光るめり糂《じん》粏《だ》の中の薄氷　浪華三暁
702 用水の用にもたゝで氷かな　霞東
夜行
703 松《ま》明《つ》消えて江の音寒し鴨の声　雷夫
704 野の池や氷らぬ方にかいつぶり　几董
705 皮《かは》剝《はぎ》の業《わざ》見て過《すぐ》る枯野哉
706 よは〳〵と日のゆきとゞく枯野哉　麦水
707 たのみなき若草生ふる冬田かな　太祇
708 冬がれや芥《あくた》しづまる川の底　移竹
709 内海の櫂《かい》にちらりと落葉哉　几圭

695 ▽「駒とめて袖うち払ふかげもなし佐野のわたりの雪の夕暮」(新古今集・冬・藤原定家)がすぐに思い出されるが、蝶夢は、文人僧としての生活体験で得た実感を詠んだはず。定家の歌に似ると気づいても、意に介さなかったろう。季雪。
696 ○竜安寺　京都の臨済宗妙心寺派の寺。相阿弥作と伝える石庭で著名。宝徳二年(一四五〇)開創。○水のあや　「水のあやに紅葉の錦重ねつつ河瀬に浪の立たぬ日ぞなき」(拾遺集・秋・健守)による語。▽美しい番が、夕日を映す水面を静かにすべって行く。その跡にできるさざ波が、その黄金の色を揺する。古歌にないオシドリの色彩美を、絵画的に描いた。季鴛。
697 ▽水を出た水鳥が、同じ向きで横並びする習性。そこに朝日がさす。古歌には、「水鳥のつらの枕ひまもなし…」(金葉集・冬)のように、水鳥→浮寝→枕と連なる発想があるが、これは実景の写生。季水鳥。
698 ▽岩間の波打ち際、千鳥の短い足を波が洗ってはひく。「足をぬらして」という具体的描写、「遊びけり」という擬人法にひそむ慈愛の眼。古歌を使わず、生態の表現に徹した秀作。句作りの軽さが、少ない群で無心に歩き回る動きを伝える。参考「あら磯やはしり馴たる友衞(ちどり)」(猿蓑・去来)。季礒ちどり。
699 ▽野中の人に忘れられた小さな流れ。しかも冬とあっては、溶けてもすぐ凍るので、ますます目につかない。「住吉の浅沢小野の忘れ水絶え〴〵ならであふよしもがな」(詞花集・恋下・藤原範綱)のように、「絶え〴〵」に見るとされた。季冬。
700 ○切だめ　切り花を入れておく桶。▽根元を薄氷にとじこめられた花の姿。やや痛ましく、そして冬ならではの美。生活の中に得た季節感。季薄氷。
701 ○糂粏　「糂汰　又、糠味噌ヲ云フ」(書言字考)。▽瓶の中の糠味噌が、きらきら光るように見える。どうやら水気が凍ったらしい。こんなところにも冬が。小さな発見。季薄氷。
702 ▽屋外の用水桶が凍った。これではまさかの火災の時、用に立たない用水。名に背くよ。「用」の反復で押韻。季氷。
703 ○江の音寒し　唐詩選七の七絶「初メテ漢江ヲ過グ」の結句「夜来、風雪、江ヲ過ギテ寒シ」に似る。○鴨の声　「海くれて鴨のこゑほのかに白し」(野ざらし紀行・芭蕉)を意識か。▽川沿いに行くと、川風で松明(たいまつ)が消えた。闇になると、川瀬

710 西吹《ふけ》ばひがしにたまる落葉哉　蕪村

病後

711 から鮭をしはぶりて我《わが》皮肉かな　暁台

712 乾《から》鮭や琴《きん》に斧《よき》うつ響《ひびき》あり　蕪村

713 雪国へ帰る人あり冬ごもり　田福

714 夜を好ム我に癖《へき》あり冬籠　定雅

715 煮《に》凍《こご》りや格子のひまを洩《もる》月夜　結城 雁宕

716 煮凍りや精進落《おつ》る鐘の声　キ董

717 月雪の身を香に匂ふ海鼠《なまこ》哉　士巧

718 ひたぶるに旅僧とめけり納豆《なつと》汁《じる》　月居

719 鈍《ふぐ》喰ふて酒呑ム下戸《げこ》の思かな　太祇

720 鰒《ふぐ》喰し妹が住居もあれにけり　嵐山

の音が急に寒々と聞こえ、鴨の声も悲しげだ。季寒し・鴨。

704 ○かいつぶり　鳰鳥(におどり)の俗語。よく潜る水鳥。▽「鳰鳥の氷の関に閉ぢられて玉藻の宿を離(か)れやしぬらむ」(拾遺集・雑秋・曾禰好忠)の俳諧化。生態の観察。季かいつぶり。

705 ○皮剝　獣の解体を業とする人。▽通りがかりに目にした光景。刻まれた強い印象は、荒涼とした枯野にふさわしい。社会生活の実景めかした句。「枯野」は蕪村好みの語。季枯野。

706 ▽「よは〳〵と」という俗語を、「日のゆきとゞく」に結びつけた言語感覚は非凡。冬の日ざしの頼りない明るさを見事に表現。実感の言語化に努めた地方系俳人らしい佳句。季枯野。

707 ○たのみなき　頼りない。和歌に多い語。▽冬田では、か細げながらもう若草が芽を出している。参考「片岡の雪間に根ざす若草のほのかに見てし人ぞ恋しき」(新古今集・恋一・曾禰好忠)。季冬田。

708 ○芥　「散りぬれば後は芥になる花を思ひ知らずも惑ふてふかな」(古今集・物名・遍昭)によろう。▽木の葉が散り切って日が経ち、流れていた落葉も底に沈み着き、冷たく澄んだ冬の川。物の内部へ関心を示すのも当代の特徴。季冬がれ。

709 ▽静かな湖面を小舟が音もなく進む。一掻きした櫂に落葉が一枚。「わが上に露ぞおくなる天の河とわたる舟の櫂のしづくか」(古今集・雑上、新古今集に類歌)による趣向。上にあって滴を落とす櫂を、下で落葉を受ける櫂に転換。季落葉。

710 ▽更級日記に記された、宮中の衛士が「御前の庭を掃くとて」、故郷の酒壺の上にぶら下げた瓢(ひさご)の杓が「…北風吹けば南になびき、西吹けば東になびき、東吹けば西になび」くようにのんびり暮したいとつぶやいた話による。蕪村の飄逸と自由な心を示す句。初案は、「北吹ば南あわれむ」。季落葉。

711 ○しはぶりて　芭蕉付句「魚の骨しはぶる迄の老を見て」(猿蓑)によろう。▽芭蕉発句「富家ハ肌肉ヲ喰ヒ…予ハ乏し／雪の朝独リ干鮭を嚙得タリ」(東日記)を踏む。芭蕉さまにならって、乾鮭をしゃぶるぐらいが私の栄養源。皮や肉がついて回復するよう。季から鮭。

712 ○琴　底本、音読符号を付す。中国の七弦琴。○斧　小形の斧(おの)。▽よく枯れた固い乾鮭を切りさく音に、蒙求の戴逵(たいき)破琴に出る、諸王の召しに対し「戴安道ハ王門ノ伶人

対僧《そうにたいす》

721 仏《ほとけ》燻《くゆらし》てさらに葱《ねぶか》を煮《にる》夜哉　道立

722 鉢たゝき物に狂はであはれ也　家足

723 紛るべき物音たえて鉢《はち》扣《たたき》　樗良

724 鉢たゝきうかれめに名を問れけり　可重

725 四辻にうどん焚《たく》火や冬の月　石友

726 冬木立月骨髄に入《いる》夜哉　几董

野行

727 ぬく〳〵と師走日和《びより》や麦の丈《たけ》　集馬

728 水仙にたまる師走の埃《ほこり》かな　キ董

729 寒梅や雪ひるがへる花のうへ　蓼太

730 寒梅や文覚《もんがく》行《ぎやう》におとろへず　優才

ト為ラズ」と答えて「琴ヲ破」った清爽の音を思い重ねた。蕪村句集には「素堂ニ倣フ」の前書あり、蕪村自画賛は、その素堂作品を「浮葉巻葉此蓮風情過たらん」(虚栗)と記す。音読みによる撥音とカ行音多用は、破琴の清響の暗示。季乾鮭。

713 ▽都会を離れて北国へ帰る人がいる。名残り惜しく、別れに際して話したいこともあるが、それも控えて、雪国の暮しのように静かに家にこもっていよう。徒然草一一二段の「明日遠き国へ赴くべしと聞かむ人に、心閑かになすべからむわざをば、人、言ひ掛けてんや」による。季冬ごもり。

714 ▽「思ふどち円居(まとゐ)せる夜は唐錦たゝまく惜しきものにぞありける」(古今集・雑上)の俳諧化。話し好きで長尻のくせ。底に睦み合う心。季冬籠。

715 ○煮凍り　魚の煮汁が寒さでゼラチン状に固まること。また、そのようにした料理。▽台所の魚はもう煮凍っている。窓の格子からさしこむ寒月の光。静かな寒い夜更け。季煮凍り。

716 ○精進落る　浄土真宗で、親鸞上人の忌日十一月二十八日まで七日間続いた報恩講の精進を終えるさま。▽長い行事の終了を告げる鐘が撞かれた。用意された精進明けの料理は煮凍りの魚。遠くから響く鐘の音が、寒天に似た料理の肌を震わせるよう。井華集に「灯下独酌」の前書。季煮凍り。

717 ○月雪の身　謡曲・葛城の「月雪のさもいちじるき神体の、見苦しき顔ばせの、神姿ははづかしや」により、醜い顔をもつ身、の意。▽こんな姿だけど、食膳では、香り高い橙の汁をかけていただいて。季海鼠。

718 ○ひたぶるに　謡曲・現在七面の「心をすましひたぶるに、読誦をなして待ちゐたり」によるか。この曲は、里の女と修行僧の話。○納豆汁　味噌汁に納豆を入れるなどした料理。魚鳥の肉も加え、栄養価が高い。▽体が冷えた旅僧に、暖かい納豆汁を供しようと、しきりに進める親切な女。季納豆汁。

719 ▽ふぐを食べて、明朝はどうなるかとはらはら。酒を飲んだ下戸のように。芭蕉発句「あら何ともなきのふは過てふくと汁」(泊船集)を意識。季鯆。

720 ▽「むかし見し妹が垣根は荒れにけりつばな交じりの菫のみして」(堀川百首・藤原公実)を踏む。二人で夜、ふぐ汁を食べた、あの女ともいつしか縁が切れた。どこへ行ったやら、

731 うき人に年積りけりよ所《そ》ながら　百池
732 家の子に酒ゆるしけり年《とし》忘《わすれ》　士喬
733 酔《すい》李白師走の市に見たりけり　キ董
734 寺からも買《かひ》に出《いで》けりとしの市　正名

年内立春の日、禁庭を拝して

735 としの内に来にけり春の日の御《み》門《かど》　袖女
736 としの夜や梅を探リに花屋まで　田女

除夜

737 年ひとつ老ゆく宵の化《け》粧《はひ》かな　几董
738 とし守《もる》夜老は尊く見られけり　蕪村

その家は荒れて。季鰒。

721 ▽仏前で香をたいた後、同じ手で火をつけて、臭い菜(葷)の葱を煮ている、そのような私です、の意。芭蕉発句「はせを野分して盥に雨を聞夜哉」(泊船集)の句調に倣う。従って、仏は芭蕉だろう。蕪村らの芭蕉敬慕を伝える。季葱。

722 ○鉢たゝき　空也末流の有髪妻帯の貧僧。冬の夜、瓢箪や鉦を叩き、和讃・念仏を唱え踊り、洛内外の寺社や墓地を巡った。▽鉢叩きは、徹夜で叩き続けて哀れな音を聞かせ、よく気が狂わぬものだ。去来の鉢扣ノ辞(本朝文選)の「其角法師が…ことごとくね覚はやらじ、と吟じけるも、ひとり聞にやたへざりけむ、打とけて寝たらむは、かへり聞むも口おしかるべし、明して社(そこ)、との給ひける」を受けるか。季鉢たゝき。

723 ▽絃歌のさんざめきも、暮しの物音も絶え、冴え返る夜に聞こえてくる鉢叩き。その無垢な寂しい音は、しみじみと無常を思わせる。季鉢扣。

724 ▽謡曲・卒都婆小町で、地に「むつかしの僧の教化や」とあって、高野僧が小野小町に「名を御名のり候へ」と問う場面を借るか。逆に辻君の誘う言葉にしたのが俳諧。季鉢たゝき。

725 ○四辻にうどん　担い売りのうどん屋。蕎麦も兼ねて売った。▽闇の中に、うどん屋の焜炉の小さい火が赤く、まばらな人影。月の光も冷たいが、四辻にはわずかな温もりが。参考「喰ものや門売ありく冬の月」(続猿蓑・里圃)。季冬の月。

726 ▽几董の自解「月の光リのするどふ冴わたりたる夜に、冬枯せし木のつく〴〵とあらはなるを趣向にして、月のひかりも骨身にしむやうな夜じやといふを、月も骨髄に透るばかりなる哉、と作たものじや」(附合てびき蔓)。「もゝすもゝ」収録の両吟歌仙の発句で、蕪村の脇は「此句老杜が寒き腸(はらわた)」。蕪村は書簡で、「冬木立の句は悲壮なる句法にて、実に杜子美がおもむき有之候」と賞揚した。季冬木立。

727 ○野行　当代から盛んになる郊外散策の詩題。▽伸び始めた麦に、春近しの思い。いわゆる、ありのままの句。季師走日和。

728 ▽煤掃きなどあり、師走はせわしない時節。春を思わせる水仙の、白い清楚な花にも埃が。季水仙・師走。

一ことをだも教へを得しは、やがて師なめりとて、秋ごとにあしの丸屋《まろや》に魂《たま》むかへいとなまれしは、五十余人にみてるよしを、物のたまふ始に先《まづ》いひ出《いで》られしぞ、いと有がたき例《ためし》に人はいふめり。今はや廿《はた》とせのむかしとなりにき。几圭のおぢ、適《たまたま》、難波に来たらるゝごとに、連歌のあそび夜となく昼となく、人〴〵らあつまりて、すゝけたる耳をかたぶけ、句ごとにめざむるものにもてはやせし。吾《われ》、其席にあれば必《かならず》しも打えまひつゝ、若き人よ、さる句はかうぞつくるものなりなど、まめだちて教へられしがうれしうて、ひたすら阿弥陀ぼとけに崇《あが》まへしより、いつかなじまれて、さや〳〵しき古家をとひもし、やどりもして、かたらはれしものから、此句作るわざには、やがて師にてぞますを、このあそびわすれゆくめるまゝ、おぢにもうと〳〵しうてわかれぬ。さるをこの

729 ○雪ひるがへる　謡曲・鶴亀の「いろ〳〵妙なる花の袖…冬は冴えゆく雪の袂を、翻へす衣も薄紫の雲の上人」によろう。▽寒中に開いた一、二輪の梅。その花にひるがえるように落ちた一片の牡丹雪。動の瞬間を接写風にとらえた。季寒梅・雪。

730 ○文覚　平安末・鎌倉初期の真言僧。北面の武士だったが罪を得て出家、多彩な生涯で、平家物語にも登場し、伝承が多い。○文覚行に…　真冬、熊野那智の滝に数日打たれて息絶え、不動明王の童子に助けられる話(平家物語五・文覚荒行)。底本、「行」に音読符号を付す。▽息を吹き返すとまた滝に入り、三七日の大願を成就した気迫は、凜と咲く寒梅にふさわしい。季寒梅。

731 ○年積りけり　「落ちたぎつ滝の水神(みなかみ)年積り老いにけらしな黒き筋なし」(古今集・雑上・壬生忠岑)を踏む。○よ所ながら　「梅の花よそながら見む我妹子(わぎもこ)がとがむばかりの香にもこそ染め」(後撰集・春上、拾遺集にも同歌)を踏む。▽かつての恋人も、年をとって白髪が増え、色香も失せたようだ。遠くからそっと見てやることにしよう。後撰集の歌は、意を裏返して使う。季年積り(年積み月は十二月の異名)。

732 ▽町人の教訓書に説かれる主従愛和の景。寛厚の主人。平家物語十・千手前に出る狩野介宗茂の俤か。頼朝から平重衡を預けられた狩野介は「情ある者にて」、千手前が侍る宴席に、酒を進め慰めようと家子郎等ひき具して加わった。季年忘。

733 ○酔李白　酒聖なれど酔態の李白。因みに、菊の一に酔太白の名がある。▽杜甫の七言古詩「飲中八仙歌」(唐詩選二)中の「李白一斗詩百篇、長安市上、酒家ニ眠ル」による。酔いつぶれた日本の李白たち。初案は「見つけたり」。季師走。

734 ○としの市　正月用の品を売るため、十二月半ばから開かれる市。▽俗塵離れた寺からも、歳末だけは人ごみへ。芭蕉発句「年の市線香買に出ばやな」(続虚栗)の裏か。季としの市。

735 ○年内立春の日　安永四年(一七七五)閏十二月十六日または同二年十二月二十五日。○禁庭　禁廷。御所。○日の御門日の御子の御殿。▽「旧年(ふるとし)に春立ちける日よめる／年の内に春は来にけり一歳(ひととせ)を去年(こぞ)とやいはむ今年とやいはむ」(古今集・春上・在原元方)による。年の内に詣でたが、暦通りにめでたく春の日に輝く内裏の尊容。季年内立春の句意。

四とせがほどのゐなか住《ずまひ》に、むかしのすさび稀《まれ》〳〵いひ出《いづ》るに、几董ぞ今の世にたぐひなきと聞て、をり〳〵文のいきかひして言《いひ》かたらふも、おぢがむかしの契《ちぎり》の末むなしからぬになん。ことし十《と》まりなゝとせの手《た》むけすと聞《きく》に、ありし世の俤《おもかげ》、まづおもひいでられて胸つぶれ、何ごともえいはずなむなりぬ。

無腸隠士書

736　〇梅を探りに　開花した梅を野にさがし訪ねる意の詩語「探梅」の和語化。▽梅さがしも、今宵ばかりは町中へ。正月用の見事な花を選ぼうと。季とし の夜。

737　▽元朝に備えて世の様すべて装いを改める夜更け、鏡に向かって、明日はまた一つ年をとると、しみじみ思う。几董句稿には、徒然草十九段に基づいて「…実やおそろしきもの老の化粧・師走の月夜となん。其影さへも夜毎に欠て、三十日の夜のあやなきに、大路のさま松立わたし、老たるもわかきも、翌やあら玉の春をむかへんと物こと〴〵粧へる中に、年の名残も外ならずおしみあへるぞ、またなくあはれにめでたけれ」と前書あり、井華集の前書はこれを縮約して「化粧」の語を去る。季句意。

738　〇とし守　「年をまもる」の約。除夜に眠らず、家内そろって静かに元朝を迎えること。▽師走の忙しさの中で役割がなかった老人、朝が近づくにつれ、氏の長者の尊厳をとりもどす。下五、蕪村句集は「見られたり」。季とし守。
〇一ことをだも…　成語「一言の師」による。「我が為には一言(いちごん)の師なりとおもふて、墓も我等の建てやり」(莘野茗談)。
〇秋ごとにあしの丸屋に…　几圭が盂蘭盆に、松永貞徳の供養を営んだこと。「あしの丸屋」は貞徳旧跡で、天明六年(一七八六)刊「蘆の錦」の嘯山の「蘆丸屋再興二万句序」に「昔の蘆丸屋は大仏殿の南なる柿園の中に有しを、いつの比か鳥羽実相寺長頭翁の塚のかたへに移れり」とあって、いずれか定かでない。巴人門である几圭の貞徳崇敬は、明和七年(一七七〇)、太祇・蕪村・嘯山が貞室筆の貞徳終焉記に奥書した行為に連なる。
〇いひ出られし　主語は、下文の几圭。〇几圭のおぢ　几董の父、高井几圭。京都の商人だったが、宝暦七年(一七五七)俳諧宗匠になる。宝暦十二年没。「おぢ」は「おほぢ」の転、じいさん。
〇連歌のあそび　俳諧の連歌を気取って言った。〇すゝけたる耳　俗事に汚れすすけて、文芸になじまない耳。〇めざむるものに　目覚める思いをして。耳と目と対。〇必しも　「も」は強意。〇打えまひつゝ　ほほえんで。「笑まふ」は万葉集に多い古代語。「ふ」は反復・継続の接尾辞。〇まめだちて　こまごまと親切に。〇阿弥陀ぼとけ　「吾が仏」の意。自分の信仰する仏のように、尊敬し大切に思う人。〇さや〳〵しき古家　ゆらゆら

739 諸ともに記念《かたみ》としのぶ紙衣《かみこ》哉　芳馬

この句は亡父が追悼に、せうとの人の申《まうし》出《いで》し也。今是《ここ》に十七句の員を次《つぎ》、一折の俳諧となし侍りて、正当の日誦経《ずきやう》の後、牌前《はいぜん》に備へ、懐旧の意を述るものならし　几董

740 十七年を鬢《びん》の初しも
741 此夜誰《たれ》秋《しう》風《ふう》楽《らく》を籟《ふく》やらん
742 月うつくしく御溝《みかは》ゆく水
743 藁《わら》艸《ざう》履《り》露の重ミを覚えけり
744 豆腐煮て売《うる》山もとの家
745 這《はひ》廻る児《ちご》を祖父《おほぢ》のかしづきて
746 降らぬ五月《さつき》の蚤《のみ》多きとし

続明烏　乙

揺らぐような私の古家。「さやさや」は、古事記では擬態語的に使う。○とひもし、やどりもして　敬語表現は「かたらはれし」に託した。○此句作るわざ　俳諧。○やがて　まさしく。○ますを　いますを。○この四とせがほどのゐなか住　安永二年(一七七三)に大坂北郊の加島村に移り住み、医を開業した。○すさび　遊び。つまり俳諧。○ことし十まりなゝとせの手むけす　解題参照。○無腸隠士　上田秋成の俳号「無腸」に隠士を付した。

739 発句。冬(紙衣)。○記念　「記念　カタミ」(書言字考)。○紙衣　→六三六。▽遺族一同、故人が身にまとった、そして今は脱け殻のような紙衣に、無常を感じ、生前の面影を思いしのぶ。カ音を重ねる。○せうとの人　芳馬を指す。兄か。○十七句の員を次　十七回忌に因んで、独吟で十七韻の連句を続け。○一折の俳諧　一枚の懐紙の表裏だけを使う俳諧。芳馬の句を立句とした半歌仙になる。○正当の日　几圭の忌日は十二月二十三日。本書刊行は安永五年九月ゆえ、前年の祥月命日でないならば、どの月かの二十三日。○牌前　「牌前」の宛て字。位牌の前。

740 脇。冬(初しも)。▽あれから十七年を重ね、私の鬢にも白いものが交じり始めた。几董は、安永五年は三十六歳。

741 第三。秋(秋風楽)。○秋風楽　雅楽の曲名。秋にふさわしい、哀れを催す調べ。○籟　名詞「籟(ふえ)」を動詞に使った。▽夜更け、誰かが笛で秋風楽を吹いている。琴も舞も歌もない独奏はまた胸にしみ、年を得た感慨が深まる。

742 初オ四。秋(月)。○御溝　内裏の御殿や塀に沿って設けた流れ。特に、清涼殿の東側の御川が著名。▽禁中を伝わる低い笛の音。月光を砕いて流れる御溝水。静かな雅びの時間が続く。

743 初オ五。秋(露)。○藁艸履　稲の藁で作った草履。草鞋(わらじ)と違って、作業や遠出には適しない。▽月にひかれ、藁草履をつっかけて庭に降りた。しばらく歩むと、もう露のしめりを感じる。

744 初オ六。雑。▽もっぱら豆腐が売れる山陰の煮売屋。少し歩き疲れたので一休みとしよう。煮売屋は、煮物と飯で簡単な食事ができる小店。

747 乗かけにいせ路《ぢ》の早苗見て過《すぐ》る
748 国《くに》替《がへ》つらししらぬひの果《はて》
749 移る世の遊女が心あさからず
750 讃《さん》仏《ぶつ》乗《じよう》の因ミなるらし
751 礼いふてふせ屋を出《いづ》る有明に
752 身はぬれ鹿のふたつ連《つれ》ゆく
753 霧けぶる岸に米搗《つく》水車
754 はつ瀬詣《まうで》と聞《きく》はうれしき
755 春やむかし噺《はなし》相人《あひて》も花の時
756 梧桐の几《つくゑ》長閑《のどか》也けり

745 初ウ一。雑。○祖父 「祖父 ヲホヂ」(書言字考)。▽はい回ってはすぐ物をつかむ孫に、祖父さんははらはら。粗相はまだしも、火傷しないかと。

746 初ウ二。夏(五月・蚤)。○蚤 「六足ニシテ能ク跳ブ。夏月人家湿熱ノ気ヨリ生ジテ」(和漢三才図会五十三)。▽蚤に刺され、かゆくてむずかる孫。蚤取りも祖父(じじ)の役。

747 初ウ三。夏(早苗)。○乗かけ →四九七。○早苗 田植え頃の苗。▽伊勢路を過ぎながら、爽やかに広がる田を乗掛馬の上から見渡す。乗掛の毛氈(もうせん)には蚤もいるが、この日照り続きで、早苗の伸びは早いようだ。類船集「炎天―早苗・旅」。神事を伴う早苗に、伊勢を連想。

748 初ウ四。雑。○国替 大名の転封。○しらぬひ 筑紫にかかる枕詞。ここは九州地方の意。▽東国から西国への集団移住。伊勢はその半ば、前途は遥かだ。最果てとあっては心も重い。

749 初ウ五。雑。恋(遊女)。▽なれない土地での暮し。将軍様の思し召しながら、浮世の転変に苦い思い。その中で知った田舎女郎の情。

750 初ウ六。雑。○讃仏乗 仏の教えを讃えること。▽憂き川竹の流れの身だが、その決心は固く、悟りに入る機縁を得たらしい。謡曲・山姥(やまんば)で、山姥が遊女に、「浮世をめぐる一節も、狂言綺語の道すぐに、讃仏乗の因(いん)ぞかし」と諭し慰める詞による。

751 初ウ七。秋(有明)。○ふせ屋 屋根を地に伏せたように見える貧屋。▽みすぼらしい伏屋に宿り、図らずも仏縁を得た。熱い思いで礼を述べ、外に出ると残月が澄んでいる。謡曲・木賊(とくさ)の俤付。人さらいにあった松若は、僧に伴われて山中の老人の伏屋に宿る。その老人が父で、再会した二人は家に戻ってこれを寺にし、仏を讃える。「世を故郷を改めて、仏法流布の寺となし、仏種の縁となりにけり。あとに伏屋の物語」とあり、「有明」の語も出る。

752 初ウ八。秋(鹿)。▽狩を終え、猟師小屋に泊まった翌朝。露にぬれながらも、意気揚々と生け捕った二頭の鹿を従える。

安永丙申歳《ひのえさるのとし》九月廿三日

几董書

校合　万容
　　　白砧

彫工　九湖

書林　橘仙堂善兵衛
　　　吉田九郎右エ門

753 初ウ九。秋(霧)。▽狩をした山を下り、里に近づく。川を徒歩(ちか)渡りすると、霧の向うに水車小屋が見えてきた。

754 初ウ十。雑。○はつ瀬詣　大和国式上郡初瀬(奈良県桜井市内)にある長谷寺への参詣。平安時代から本尊の観音への信仰が高まり、京からも参籠に行った。▽初瀬詣でに行くことになった。話を聞いただけで嬉しく、初瀬川の川霧の風景が目に浮かぶ。「夕霧に梢も見えず初瀬山入相の鐘の音ばかりして」(詞花集・秋・源兼昌)によるか。底本、版面の「聞も」の「も」を抹消して、右に「は」と朱書。他本も同様ゆえ、編者の指示によるもの。

755 初ウ十一。春(春・花)。○春やむかし　「月やあらぬ春や昔の春ならぬ我身ひとつはもとの身にして」(伊勢物語四段、古今集・恋五・在原業平)による。○噺相人　「噺相手」の意識的な宛て字か。▽昔なじみと初瀬詣でとは嬉しい。花の盛りに、存分に昔話をしながら参りましょう。三つのハ音でつくる明るい頭韻が、心の浮き立ちを示す。

756 挙句。春(長閑)。○梧桐　青桐。「梧桐　…理(メキ)細カニシテ性緊ナリ」(和漢三才図会八十三)。○几　ひじかけ。「几　ヲシマヅキ〈古ハ坐スルニ必ズ几ヲ設ク。依リ凭(ヨ)ル所之具。然ドモ尊者ニ非バ之ヲ設ズ〉」(書言字考)。▽花の下で、心許す昔仲間との語らい。青桐の脇息は肌にやさしく、春の日永に、くつろいだ対話はいつまでも尽きない。

写《しゃ》経《きょう》社《しゃ》集《しゅう》

田中善信　校注

〔**編者**〕道立《どうりゅう》。

〔**書誌**〕半紙本一冊。題簽「写経社集　全」。柱刻なし。全十二丁。「洛東芭蕉菴再興記」は蕪村の板下、他は道立の板下であろう。

〔**成立**〕安永五年(一七七六)四月、道立の発起で洛東一乗寺村の金福寺《こんぷくじ》に芭蕉庵が再建された。金福寺は芭蕉と何の関係もなかったが、同寺を再興した鉄舟(元禄十一年(一六九八)没)という人物が、芭蕉を敬慕し自分の庵を芭蕉庵と称していた。その芭蕉庵を再建したのである。道立の曾祖父伊藤坦庵《たんあん》は芭蕉と親密な関係にあった。この芭蕉は京都の豪商那波《なば》祐英《ゆうえい》の号であり、俳人の芭蕉と別人であったが、道立は俳人の芭蕉だと誤解し、かつて金福寺にあった鉄舟の芭蕉庵を再建したのである。それを機に写経社という新たな俳諧結社が作られて本書が刊行された。

〔**構成**〕(1)蕪村作「洛東芭蕉菴再興記」、(2)金福寺残照亭で行われた三十二句の連句、(3)杜鵑《とけん》・布穀《ふこく》という題による発句、(4)席上探題の発句、(5)附録の発句。

〔**意義**〕本書刊行以後金福寺には芭蕉顕彰碑が建てられ、この寺は蕪村一門にとって、芭蕉ゆかりの地として重要な位置を占めるようになる。蕪村も死後この寺に葬られた。蕪村やその一門が金福寺と深い関わりをもつようになったのは、写経社句会が結成されたからであり、その出発点となったのが本書である。

講談社刊『蕪村全集』第一巻「発句」によれば、霞夫《かふ》の閑古鳥の発句、乙総《おとふさ》の時鳥の発句、附録に収められた我則の発句は蕪村の代作である。したがって、連句の中の霞夫・乙総の付句も蕪村の代作とみて間違いなかろう。さらに、連句の後半に大坂の守一・志慶、伊丹の東瓦《とうが》など、京都以外の俳人の名が見えるが、これらの人々の句も蕪村の代作である可能性が高い。本書は道立の処女撰集であり、また祝儀の撰集なので、できるだけ賑やかな顔触れにしたいという蕪村の意向があったのであろう。

〔**底本**〕柿衞文庫本(柿衞文庫翻刻六〇号)。

〔**影印**〕『天明俳書集　一』(臨川書店、平成三年刊)。

洛東芭蕉菴再興記

四明山《しめいざん》下の西南一乗寺村に禅房あり。金福寺《こんぷくじ》といふ。土人口称して芭蕉菴と呼《よぶ》。階前より翠微《すいび》に入ること二十歩、一塊《いっくわい》の丘あり、すなはちばせを庵の遺蹟也《なり》とぞ。もとより閑寂玄隠の地にして、緑苔《りよくたい》やゝ百年の人跡をうづむといへども、幽《いう》篁《くわう》なを一炉の茶煙《さえん》をふくむがごとし。水行《ゆき》雲とゞまり、樹老《おい》鳥睡《ねむ》りて、しきりに懐古の情に堪《たへ》ず。やうやく長安名利の境を離るゝといへども、ひたぶるに俗塵をいとふとしもあらず。鶏犬《けいけん》の声籬《まがき》をへだて、樵牧《せうぼく》の路《みち》門をめぐれり。豆腐売る小家もちかく、酒を沽《か》ふ肆《みせ》も遠きにあらず。されば詞人吟客《しじんぎんかく》の相往来して、半日《はんじつ》の閑《かん》を貪るたよりもよく、飢《うゑ》をふせぐもふけも自在なるべし。抑《そもそも》いつの比《ころ》より、さはとなへ来りけるにや、

○四明山　比叡山の別名。「延暦寺第十三の座主、法性坊尊意贈僧正、四明山の上、十乗の床の前に観月を照らし」(太平記十二)。
○一乗寺村　京都市左京区一乗寺才形(さいかた)町。
○禅房　禅寺。金福寺は臨済宗南禅寺派の寺。
○土人　土地の人。
○口称　言い習わす。底本は右に音読記号を付す。
○翠微　山の中腹。「翠微に登る事三曲二百歩にして」(芭蕉「幻住庵記」)。
○ばせを庵　芭蕉庵。芭蕉はしばしば「はせを」と署名した。
○玄隠　玄蔭の誤記。木深いさま。「玄蔭眈々」(左思「呉都賦」、文選五)。
○幽篁　奥深い竹やぶ。「独リ坐ス幽篁ノ裏(うち)」(王維「竹里館」)。
○水行雲とゞまり　地上には水が流れ空には雲が浮かぶ。金福寺の閑静な環境をいう。
○長安　唐の都。ここは京都を指す。「長安ハ古来名利ノ地」(白楽天「張山人ノ嵩陽ニ帰ルヲ送ル」)。
○鶏犬　鶏と犬。俗世間を離れた田園の象徴。「狗(いぬ)ハ吠ユ深巷ノ中、鶏(とり)ハ鳴ク桑樹ノ巓(いただき)」(陶淵明「園田ノ居ニ帰ル」一)。
○樵牧　きこりと牛飼い。「樵牧徒(いたづらに)悲哀ス」(李白「古風」五十八)。
○豆腐売る…　人家とそれほど隔っていないことをいう。後に人里離れた場所をいう「酒屋へ三里豆腐屋へ二里」という諺が生じた。
○詞人吟客　歌人・詩人・俳人などを総称していった。文人。
○半日の閑　半日の閑暇。「又浮生半日ノ閑ヲ得タリ」(李渉「鶴林寺ニ題ス」)から出た語。「長嘯隠士の曰(いはく)、客は半日の閑を得れば、主は半日の閑をうしなふと」(芭蕉「嵯峨日記」)。
○さはとなへ…　そのように(芭蕉庵と)いうようになったのであろうか。

草かる童、麦うつ女にも芭蕉庵を問へば、かならずかしこを指《ゆびさ》す。むべ古き名也けらし。さるを人其《その》ゆへをしらず。竊《ひそか》に聞《きく》、いにしゑ鉄舟といへる大徳《だいとこ》、此《この》寺に住《すみ》たまひけるが、別に一室を此ところに構へ、手自雪炊《てづからせつすい》の貧をたのしみ、客を謝《しや》してふかくかきこもりおはしけるが、蕉翁の句を聞《きき》ては泪《なみだ》うちこぼしつゝ、あなたうと、忘機逃禅《ばうきたうぜん》の郷《きやう》を得たりとて、つねに口ずさみ給ひけるとぞ。其《その》比や蕉翁、山城の東西に吟行して、清滝の浪に眼裏《がんり》の塵を洗ひ、嵐山の雲に代謝の時を感じ、或《ある》は丈山《ぢやうざん》の夏衣に薫風万里の快哉《くわいさい》を賦し、長嘯《ちやうせう》の古墳に寒夜独行の鉢たゝきを憐み、あるは、薦《こも》を着てたれ人いますとうちうめかれしより、きのふや霍《つる》をぬすまれしと孤山の風流を奪ひ、大日枝《おほひえ》の麓に杖を曳《ひき》ては、麻のたもとに暁天の霞をはらひ、白河の山越《ごえ》して、湖水一望のうちに杜甫が眥《まなじり》を決《サキ》、

○鉄舟　金福寺中興。元禄十一年(一六九八)没。
○大徳　高徳の僧侶。転じて、僧侶。
○雪炊　洗濯と炊事。「雪」に、すすぐの意味があるが、この熟語は辞書にはない。蕪村の造語か。
○客を謝し　客との面会を謝絶する。
○蕉翁　芭蕉。
○忘機逃禅　分別心を捨てて禅に入る。忘機と逃禅の二語を合成した蕪村の造語。
○清滝　「清滝や波に塵なき夏の月」(芭蕉、元禄七年作)。以下、芭蕉の句を踏まえた文章が続く。
○嵐山　「六月や峰に雲置くあらし山」(芭蕉、元禄七年作)。
○代謝　季節の変化。
○丈山　「風かほる羽織は襟もつくろはず」(芭蕉、元禄四年作)の句に「丈山之像謁」という前書きがある。丈山は近世初期の隠者石川丈山。
○長嘯　「長嘯の墓もめぐるか鉢たたき」(芭蕉、元禄二年作)。長嘯は近世初頭の隠逸の歌人木下長嘯子。
○鉢たゝき　時宗に属する半俗・半僧の空也(くうや)念仏の集団。空也忌の陰暦十一月十三日から四十八日間、洛外の墓所などをめぐった。冬の季語。
○薦を着て…　「薦を着て誰人います花の春」(芭蕉、元禄三年作)。
○きのふや…　「梅白し昨日や鶴を盗まれし」(芭蕉、貞享二年作)。
○孤山　中国の隠者林和靖(りんわせい)が隠棲した地。前注「梅白し」の句は、京都の富豪三井秋風を林和靖に譬えて詠んだ。
○大日枝　「大比叡やしの字を引いて一かすみ」(芭蕉、延宝五年作)。日枝は比叡に同じ。
○白河　京都の地名。白河から志賀峠を越えると琵琶湖に出る。「湖水」は琵琶湖。
○湖水一望…　「四方より花吹入てにほの波」(芭蕉、元禄三年作)。この句は琵琶湖一望の句。
○杜甫　琵琶湖の景観を描いた「魂呉楚東南にはしり、身は瀟湘洞庭に立つ」(芭蕉「幻住庵記」)という文章は、杜甫の「岳陽楼ニ登ル」と「暮春」の詩句を踏まえる。

つゐに辛崎《からさき》の松の朧々《ろうろう》たるに一世の妙境を極め給ひけん、されば都経徊《みやこけいくわい》のたよりよければとて、おり〳〵此岩阿《がんあ》に憩《いこ》ひ給ひけるにや。さるを枯野ゝ《の》夢のあとなくなりたまひしのち、かの大徳ふかくなげきて、すなはち草堂を芭蕉庵と号《なづ》け、なを翁《おきな》の風韻をしたひ、遺忘《ゐばう》にそなへたまひけるなるべし。雨をよろこぼひて亭に名いふなど、異《こと》くにゝもさるためしは多かるとぞ。しかはあれど、此ところにて蕉翁の口号《くちずさみ》也と世にきこゆるもあらず。ましてかい給へるものゝ、筆のかたみだになければ、いちじるくあらそひはつべくも覚えね。住侶《ぢゆうりよ》松宗師の曰《いはく》、さりや、うき我をさびしがらせよ、とわび申されたるかんこどりのおぼつかなきは、此山寺に入《いり》おはしてのすさみなるよし、此ごろまで世にありし耆老《きらう》の、ふみのみちにも心かしこきがものがたりし侍りし。されば露霜のきえや

○眥を決　目を見張る。芭蕉が杜甫の目を見張らせるような名句を作ったことをいう。
○辛崎　唐崎。大津市の地名で、近江八景の一つ。「辛崎の松は花より朧にて」(芭蕉、貞享二年作)。
○経徊　歩き回ること。
○岩阿　巌阿。岩山の奥まった所。ここは金福寺を指す。
○枯野ゝ夢　「旅に病んで夢は枯野をかけ廻る」(芭蕉)を踏まえて芭蕉が没したことをいう。
○遺忘にそなへ　忘れ去られないように記念として残したことをいう。
○雨をよろこぼひて　干天に雨が降ったことを記念して、蘇軾が亭を喜雨亭と名付けた故事(古文真宝後集所収「喜雨亭記」)。
○口号　かりそめに詠んだ即興的な作品。
○かい給へる　芭蕉がお書きになった。「かい」は「かき(書き)」の音便化。
○いちじるく…　芭蕉ゆかりの地だと強く主張することはできない。「ね」は打ち消しの助動詞「ず」の已然形。
○住侶　住職。
○松宗　金福寺第五世住職。俳号は鴨東。享和元年(一八〇一)没。
○さりや…　以下次頁の「びんなきわざ也」まで、松宗の言葉。
○うき我を…　「うき我をさびしがらせよかんこどり」(芭蕉、元禄四年改作)。この句は下五「秋の寺」の形で伊勢長島の大智院で作られ、その後幻住庵滞在中に「かんこどり」と改案された。
○すさみ　口ずさみ。即興。ただし、この句は金福寺での作ではない。
○耆老　老人。耆は六十歳、老は七十歳をいう。
○ふみのみち　学問。「ありたき事は、まことしき文の道」(徒然草一段)。
○露霜の　「消え」にかかる枕詞。

らぬ墨の色めでたく、年月流去《ながれさり》、水ぐきの跡などかのこらざるべき。さるを、無功徳《むくどく》の宗風《しゆうふう》こゝろ猛《たけ》く、不立字《ふりふじ》の見解まなこきらめき、仏経聖典もすてゝ長物《ちやうぶつ》とす。いかでさばかりのものたくはへ蔵《をさ》むべきなんと、いとさう〴〵しき狂漢のために、いたづらに塵壺《ぢんこ》の底にくち、等閑《とうかん》に紙魚《しみ》のやどりとほろびにけむ、びんなきわざ也などかなしみ聞《きこ》ゆ。よしや、さは追ふべくもあらず。たゞかゝる勝地にかゝるたとき名ののこりたるを、あいなくうちすてをかんこと、罪さへおそろしく侍れば、やがて同志の人〻をかたらひ、かたのごとくの一艸屋《さうをく》を再興して、ほとゝぎす待《まつ》卯月のはじめ、をしか啼《なく》長月のすゑ、かならず此寺に会して、翁の高風を仰ぐことゝはなりぬ。再興発起の魁首《くわいしゆ》は自在菴道立子《だうりふ》なり。道立子の大祖父坦菴《たんあん》先生は蕉翁のもろこしのふみ学びたまへりける師にて

○水ぐきの跡　水茎の跡。筆跡。
○無功徳　善を行っても功徳はない。達磨大師が梁の武帝に説いた禅の教え。ここは禅宗の意。
○不立字　不立文字。文字に頼らず心から心へ伝える、禅宗の教えの基本的な方法。
○長物　無用の長物。あっても益のない物。
○さばかりのもの　それほどの物。ここは芭蕉の遺墨。経典さえ無用の長物とする立場から、芭蕉の遺墨を大切に保存しようとしない。
○さう〴〵しき狂漢　不風流な男。「さう〴〵し」は物足りないことで、ここでは風流を解しないこと。そのようなかたくなな人物を「狂漢」といった。
○びんなき　便無き。いたわしい。金福寺の芭蕉の遺墨が消滅したのは嘆かわしい、というのである。
○聞ゆ　本来「申し上げる」の意だが、近世では「おっしゃる」の意で使われることが多い。この主語は松宗。
○追ふべくもあらず　消滅した芭蕉の遺墨を求めても仕方がない。
○あいなく　むなしく。平安時代の用法とは異なる。「あへなく」と混同したか。
○かたのごとくの　形ばかりの。
○艸屋　草屋。粗末な庵。
○をしか　牡鹿。「をじか」とも。
○此寺に会して　金福寺で蕪村たちが写経社句会を行ったことをいう。この句会は蕪村没後まで続くが、かならずしも定期的に行われていない。
○魁首　主唱者。提唱者。
○自在菴道立子　川越藩の京留守居役、樋口源左衛門。自在菴はその庵号。
○坦菴　伊藤氏。京都の人。福井藩儒。宝永五年(一七〇八)没。年八十六。
○蕉翁のもろこしの…　芭蕉が漢学を習った先生。ただし、坦菴に漢学を習った芭蕉は、京都の富豪那波祐英(彼も芭蕉と号した)のことで、俳人芭蕉とは別人。道立はこの二人の芭蕉を混同した。

おはしけるとぞ。されば道立子の今此挙《きよ》にあづかり給ふも、
大かたならぬすくせのちぎりなりかし。

安永丙申《へいしん》五月望前《ばうぜん》二日

平安　夜半亭蕪村　慎《つつしみて》記《しるす》

○すくせのちぎり　前世からの約束。関係の深いことをいう決まり文句。

○安永丙申　安永五年（一七七六）。丙申（ひのえさる）はこの年の干支（えと）。

○望前二日　望（もち）の日の二日前。十三日。

○山にかくれて…　写経社を結んだのは仏道修行のためでも、たんなる社交のためでもないことをいう。「酒をゆるして」は、禅寺の門前にある「葷酒（くんしゆ）山門ニ入ルヲ許サズ」という結戒の文句を踏まえた表現。

1　発句。夏（田うた）。○田うた　田植え歌。▽植え進むに従って田植え歌の声が大きくなっていく。

2　脇。夏（夏）。○おくある　奥深い趣がある。「山は奥あるけしきにて、谷道遥かに松杉黒く」（奥の細道）。▽枝折戸を入ると夏木立があって、道の向こうにわずかに建物が見える。田園の中の風流人の住まい。

3　第三。雑。▽高貴な人がいるらしく、かすかに茶の匂いが漂ってくる。前句を高貴な人の侘び住まいとみた。

4　初オ四。雑。○車　牛車（ぎつしや）。▽高貴な方の外出に牛車の用意をする。「しづかなり」という語に典雅な雰囲気が漂う。

山にかくれて浄土を修するにもあらず、酒をゆるして社にまねくにもあらず。蕉翁の風流をしたふ諸子とゝもに志を同《おなじ》うして、ことし卯月あらたに社をむすび、洛東一乗寺邑《むら》金福寺の残照亭に会することゝはなりぬ

道立

1 植かゝるはじめはひくき田うたかな
2 夏もおくあるしほり戸の道　松宗
3 茶のにほひかしこき人やおはすらん　蕪村
4 車の用意いとしづかなり　田福
5 中河のわたりに三日《みか》の月を見て　几董
6 鴈《かり》かあらぬか風遠き声　瓢子

王朝風の句だが、平安時代には茶は普及していない。

5 初オ五。秋(三日の月)。月の定座。○中河　中川。「中川は上御霊(かみごりやう)のまへの流をいふ。…京極川とも号(なづく)」(都名所図会一)。▽中川あたりに来るとあたりが暗くなり、牛車の簾越しに三日月がみえた。源氏物語・花散里を念頭においた句作り。

6 初オ六。秋(鴈)。○あらぬか　そうではないのか。「秋風の吹上にたてる白菊は花かあらぬかなみのよするか」(古今集・秋下・菅原道真)。▽中川あたりで鳥の声を聞いた。その声を雁か、あるいは別の鳥か、と疑った。

7 初ウ一。秋(秋)。○雑殻物　雑穀物の誤り。米・麦以外のアワ・ヒエ・キビなど。▽冬の値上がりを見込んで、商人が雑穀を買い込んでおく。雑穀では大した儲けは望めない。米の買い置きではなく、雑穀の買い置きとしたところが作者の趣向。前句の雅な趣を俗に転じた。

8 初ウ二。雑。○火ともし時　明かりをともす時刻。夕方。▽夕方になると客が集まってくる。一仕事を終えた商人たちが景気に関する情報を交換するのである。

9 初ウ三。冬(雪)。○かりそめ　一時的なこと。ちらちらと降ってすぐにやむ雪を「かりそめの雪」といった。▽草庵にちらちら雪が降りかかる初冬の光景。前句の「つどひ来る客」を草庵の客とし、俗から雅へと転じた。

10 初ウ四。冬(早咲の梅)。▽草庵の庭にたよりなげに梅の花が咲き始めた。寒梅の咲く晩冬の情景へと転じ、前句の「かりそめ」に「おぼつかなく」と応じた。

11 初ウ五。雑。恋(にしきゞ)。○にしきゞ　錦木。秋になると美しく紅葉する木だが、ここは東北地方において、男が恋しい女の家の門に立てた五色の木。女性がこれを取り入れれば恋の成就となる。「錦木は立てながらこそ朽ちにけれけふの細布胸あはじとや」(後拾遺集・恋一・能因)。▽今日で最後という思いをこめて男が錦木を立てる。前句の景に人事を付け寄せた。

12 初ウ六。雑。恋(うき身)。○うき身　つらい思いをしている身。ここは恋になやむ身。▽失恋の身には普段差している刀も重く感じられる。武士の恋。錦木に込めた恋の思いが叶

7 この比《ごろ》の秋に買《かひ》置《おく》雑《ざ》殻《こく》物《もの》　美角
8 火ともし時に客つどひ来《くる》　定雅
9 かりそめの雪ふりかゝる草の庵《いほ》　春載
10 おぼつかなくも早《はや》咲《ざき》の梅　春面
11 にしきゞもけふを限りと立《たて》ぬらん　方蜀
12 うき身に重き刀さしたる　我則
13 鶏《とり》も啼《なき》鐘も聞えて月は西　大魯
14 今や解《げ》脱《だつ》の時いたる秋　眉山
15 文《ぶん》正《しやう》が宿をし露のゆかりにて　月渓
16 わらぢ履《はき》たる兄弟の人　自笑
17 朝日さす花の峠にさしかゝり　正白
18 あぶり餅売《うる》あづまやの春　亀郷

わなかったのである。

13 初ウ七。秋(月)。月の定座。▽鶏が鳴いて夜明けの鐘が鳴り別れをうながす。月も西に沈もうとしている。一夜女性のもとで過ごした男が、つらい思いで帰っていくのである。

14 初ウ八。秋(秋)。釈教。○解脱　煩悩から解き放たれること。▽長い修行の果てに解脱の時を迎えた。前句の「鐘」「西」は仏教にかかわりの深い語なので、釈教の句を付けた。

15 初ウ九。秋(露)。○文正　御伽草子・文正草子の主人公。常陸国鹿島神宮の大宮司の雑色(ざうしき)から身を起こし塩屋を営んで長者となり、後に大納言に取り立てられた。○宿をし「し」は強意の助詞。○露のゆかり　わずかの縁。露は比喩であると同時に秋の季語。▽わずかの縁で文正の家を訪れることになった。文正の娘の美貌を聞いた二位の中将が、文正の屋敷を訪れたことを詠む。前句の釈教に対して、それとは逆の、現世の栄華を極めた人物を付けた。

16 初ウ十。雑。○兄弟　男にも女にも用いる。「わかさ、若松とて、兄弟の女ありける」(好色一代男二)。▽御伽草子の「文正草子」に対して、説経浄瑠璃の「さんせう太夫」の登場人物、安寿(あんじゆ)と厨子王(づしおう)を付けた。帝の勘気を被った父の赦免を願うため二人は京都へ向かう。

17 初ウ十一。春(花)。花の定座。▽満開の桜に朝日が差す峠の光景。前句の「わらぢ」から旅を連想し、その途次の光景を付けた。この句は「さんせう太夫」と関係がない。

18 初ウ十二。春(春)。○あぶり餅　火であぶった(焼いた)餅。○あづまや　屋根を四方に葺きおろした建物。▽あずまや作りの茶屋で、焼いた餅を売っている。街道筋の峠に茶屋は付き物であり、茶屋には餅が付き物である。

19 名オ一。春(夏を隣)。○夏を隣　春の終わり頃をいう季語。誹諧通俗志(享保元年[一七一六]跋)「三月」の項に「夏を隣」として記載。▽老人ながら元気よく、まだ春だというのに肌脱ぎでいる。前句の餅を焼く人物を付けた。

20 名オ二。雑。○帰依　神仏の教えに身を任せること。▽仏師に頼まず、自分で信仰する仏を刻む。前句の老人の行為。

21 名オ三。雑。○水晶のすだれ　水晶の小さい玉をつなぎ合わせた簾。「水精(晶)ノ簾ヲ却下スルモ、玲瓏トシテ秋月

19 老の身の夏を隣に肌ぬぎて　米園
20 みづから刻む帰依の御仏　守一
21 水晶のすだれに風の色移レ　志慶
22 横顔見せて行《ゆき》違ふ船　鳴鳳
23 しのぶ名も今はかひなきさかしらに　霞東
24 静《しづか》がなみだ囉《もらひ》泣《なき》して　白砧
25 夜や霜の嵐身にしむばかり也《なり》　亀友
26 寮《には》火《び》たくなる里の神《かん》業《わざ》　石友
27 今すこし辛き酒をと樽さげて　東瓦
28 西《さい》国《こく》船《ぶね》の怪《け》我《が》もきこへず　稀声
29 月清く昼の暑さを忘れけり　維駒
30 寐《ね》ほれ声にて明《あく》る門《かど》の戸　乙総

ヲ望ム」(李白「玉階怨」)。○移レ　送仮名は「レ」だが、句意からすれば「ル」の方がよい。あるいは彫工が「ル」の一部を彫り落としたか。▽水晶の簾が風にゆれて美しく輝く。その輝きを風の色とみた。水晶の簾があるような豪華な屋敷で仏を刻んでいるのである。

22　名オ四。雑。▽すれ違う船の中に人の横顔が見える。前句の「水晶のすだれ」を屋形船の簾とした。季節は無季だが、高貴な人物の船遊びを連想させる情景である。

23　名オ五。雑。恋(しのぶ名)。○しのぶ名　世間をはばかって本名を名乗らないこと。○さかしらに　利口ぶって。上の「しのぶ」にかかる。▽世間をはばかって、本名を知られないように気をつけていたのだが、そのさかしらな配慮が無駄になった。船ですれ違った際、知人に横顔を見られてしまった。

24　名オ六。雑。恋(静がなみだ)。○静　源義経の愛人。○囉泣　他人が泣くのに同情して自分も泣くこと。囉は「モラフ」と読む(合類節用集)。▽静が泣いている姿を見て、回りの人も同情して泣いている。義経は静と別れ吉野山を逃れた。前句の忍ぶ人物を、吉野山に忍んだ義経と静とみた。

25　名オ七。冬(霜)。▽霜の夜、嵐が身にしみ通るように冷たく吹いてくる。吉野山に置き去りにされた静の状況。三句がらみで転じ方が不十分。

26　名オ八。冬(寮火)。○寮火　正しくは燎火。庭燎とも。ここは、神楽を行う際神社の境内で焚く篝火(かがりび)。○神業　神社の行事。祭礼。ここは里神楽。▽里神楽の行われている情景で、前句の季節にふさわしい行事を付けた。

27　名オ九。雑。○樽　手に提げてもつ祝儀用の角樽。▽もう少し辛口の方がよかろうと、樽に入れた酒を届ける人物を付けた。里神楽の行われている神前に備える酒である。

28　名オ十。雑。○西国船　九州地方と大坂を結ぶ廻船。○怪我　事故。▽西国船は事故もなく航海を続けているらしい。前句の祝儀の酒から廻船の出帆の情景を連想した。

29　名オ十一。夏(暑さ)。月の定座。▽月の光の清らかさに昼の暑さも忘れる。月を見ながら西国船を思いやる。

30　名オ十二。雑。▽寝ぼけ声で玄関の戸を開ける様子。夕涼みで月を眺めているうちに、つい寝そびれて寝坊した。

31 碁に負《まけ》て何くれとなく腹あしき　霞夫

32 硯に筆の多き拙《つたな》さ　執筆

自在庵主、杜鵑《とけん》・布殻《ふこく》の二題を出して、いづれ一題に発句せよとあり。されば雲《くも》井《ゐ》にはしりて、王侯にまじはらんよりは、鶉衣被《じゅんいひ》髪《はつ》にして山中に名利をいとはんには

33 狂居士《きやうこじ》の首にかけた歟《か》鞨鞁《かっこ》鳥《どり》　蕪村

34 郭公《ほととぎす》二羽啼《なく》雨後の月夜かな　大魯

35 ねむの木のその花鳥やかんこどり　几董

36 尼にする子に示す夜や時鳥《ほととぎす》　方蜀

31 名ウ一。雑。○何くれとなく　むやみやたらに。無性に。▽碁に負けたことがむやみに腹立たしい。前句を碁に負けてふて寝をしていた男の様子と見た。

32 名ウ二。雑。▽硯箱に筆を何本も入れておくのは見苦しい。前句の人物の性格を硯箱の筆の数の多さで表現した。「賤(いやし)げなる物…硯に筆の多き」(徒然草七十二段)。あと四句で歌仙が完了するが、各自一句ずつ読み終わったところで打ち切った。

○杜鵑　「ほととぎす」の表記の一つ。俳題正名(鷺喬編)では杜鵑を正字とする。夏の季語。○布殻　正しくは布穀。閑古鳥(かんこどり)のこと。現在のかっこう。夏の季語。○雲井　空。「ほととぎす名をも雲井にあぐるかな(藤原頼長)、弓張月のいるにまかせて(源頼政)」(平家物語四)。○鶉衣被髪　破れた衣服と乱れた髪。○いとはんには　「しかじ」が省略されている。名利を厭う(避ける)に越したことはない。

33 ○狂居士　奇矯な行動で知られた東岸居士。○鞨鞁鳥　閑古鳥(諫鼓鳥とも)のもじり。鞨鞁(鞨鼓・羯鼓)は雅楽の楽器で、謡曲・東岸居士ではこれを首に掛けて打ち鳴らす。▽ほととぎすなら、本尊(ほぞん)かけたかと鳴くが、諫鼓鳥ならぬ鞨鞁鳥なら、狂居士の首にかけたかと鳴くだろう、という洒落。ほととぎすの鳴き声は、江戸時代には「本尊かけたか」あるいは「天辺(てっぺん)かけたか」と表現された。

34 ○郭公　江戸時代には必ず「ほととぎす」と読む。▽雨上がりの月夜の空に、一羽ならず二羽もほととぎすが鳴いた。「五月雨に物思ひをればほととぎす夜ふかく鳴きていづちゆくらむ」(古今集・夏・紀友則)の面影。

35 ○花鳥　「花にやどれる鳥也。又、たゞはなと鳥とをもふ也」(増山井)。▽ねむの木の花鳥にふさわしい、閑古鳥は。どこか寂しげなねむの花と、鳴き声が寂しさをそそる閑古鳥の取り合わせ。

36 ▽尼寺に入れる娘に対し、親が仏道修行に励むように言い聞かせている情景。折しも無常を告げるほととぎすが鳴く。ほととぎすを一名無常鳥という。

37 ○聞かたに　底本では「聞かたり」と読めるが、「り」は「に(耳)」の誤記であろう。▽聞いた方向にほととぎすが鳴い

37 聞《きく》かたに鳴《なき》つるものをほとゝぎす　美角

38 はつ音《ね》聞《きく》人ぞ誰《たれ》なる郭公　定雅

39 ほとゝぎす鳴くや山田のむら烏　春載

40 時鳥囲碁に負《まけ》たるかへり道　自笑

41 春惜しむきのふやいづこ子規《ほととぎす》　我則

42 続《つづけ》なきに鳴《ない》ても淋しかんこどり　春面

43 ほとゝぎす煙しらけし狐《きつね》塚《づか》　月渓

44 なかく\に雨の日は啼《なか》じ閑《かん》居《こ》鳥《どり》　但出石 霞夫

45 しのぶ夜の己《おのれ》尊しほとゝぎす　ゝ 乙総

46 郭公昼聞《きく》人ぞあはれなる　大坂 芙蓉花

47 山を出て里にもなれず時鳥　ゝ 守一

48 なれも音《ね》に待《まち》人《びと》に鳴《なく》歟《か》子規　ゝ 霞東

たはずなのに、見えなかったのは目が悪かったのだろう。「ほととぎす鳴きつる方をながむればただ有明の月ぞ残れる」(千載集・夏・藤原実定)のパロディ。

38 ▽ほととぎすの初音を聞いた幸運な人は誰だ。蕪村は「愚老京住二十有余年、杜鵑を聞こと纔(わづか)に両度」(士朗宛書簡)といっているから、京都の市中ではめったにほととぎすの声が聞けなかったのであろう。

39 ▽山の田に群れて鳴く烏を尻目に、ほととぎすが鳴いた。群れて鳴く烏の声に何の価値もないが、ほととぎすの一声には千金の価値がある。「ほととぎす鳴くやさつきのあやめ草あやめも知らぬ恋もするかな」(古今集・恋一)の文句を借りた。

40 ▽碁に負けてむしゃくしゃした気持ちで帰る途中、ほととぎすの声を聞いた。そのことで気持ちが収まった。

41 ▽昨日は過ぎ行く春を惜しみ、今日はほととぎすの声に夏の来たのを喜ぶ。「きのふやいづこ」は、春を惜しんだ昨日の気持ちはどこへ消えたのか、の意。

42 ▽続けて鳴けば少しは賑やかになりそうなものだが、閑古鳥は続けて鳴いても寂しい感じがする。さびれていることを「閑古鳥が鳴く」というように、閑古鳥の声は寂しいものとされてきた。

43 ○しらけし　白けた。白っぽくなった。○狐塚　狐の住む小高い所。ここは狂言・狐塚の舞台となった場所。▽煙が白く立ちのぼる狐塚に、ほととぎすが鳴いた。狂言・狐塚に、主人を狐と間違えて松葉でいぶす場面がある。これを借りて一句の趣向とした。

44 ○なかく\に　かえって。○閑居鳥　閑古鳥。▽雨の日はかえって閑古鳥は鳴くまい。雨の日はただでさえ寂しいから、これ以上寂しくなるのは閑古鳥も堪えられまい。蕪村の代作。

45 ▽人目を忍んで恋人のもとへ行く途中、ほととぎすの声を聞いた。まるで自分が光源氏のような高貴な身分になったような気分だ。源氏物語・花散里を踏まえた句作り。蕪村の代作。

46 ▽ほととぎすを昼聞いた人はあわれだ。ほととぎすの声は夜更けか明け方に聞いてこそ風情があり、和歌でもその風情を詠んだものが多い。「あはれ」は現在と同じ意味。

49 明《あけ》やすき夜《よ》とな思ひそ郭公　ゝ志慶

50 なま中に折〳〵鳴《ない》てかんこどり　ゝ鳴鳳

51 鳴《ない》てしばし庵《あん》鎮《しづま》りぬ郭公　ゝ稀声

52 関守の我《わが》夜ゆるすや時鳥　田福

53 ほとゝぎすよい風もある月夜哉《かな》　来雨更眉山

54 郭公なくや卯月の枕がみ　瓢子

55 ほとゝぎすひとり聞《きく》夜の覚《おぼ》束《つか》な　八田氏亀友

56 啼《なき》すつるあと追ふてゆかん時鳥　正白

57 蜀魂《ほととぎす》骨にて人を造る夜に　道立

ひと〴〵に訪《と》はれて

58 諫《かん》鼓《こ》鳥《どり》こゝぞ翁《おきな》の庵の跡　住侶松宗

47 ▽山から村里へ出て来たほととぎすが、環境になじめないのかなかなか鳴こうとしない。「山ほととぎす」という言葉がある通り、ほととぎすは普通山に棲む。この句はあるいは寓意があるか。

48 ▽お前も恋しい待ち人を慕って鳴くのか。ほととぎすを擬人化した句作り。「音に鳴く」(鳴く、の意)に「待人に」を挿入した。

49 ▽夏の夜は短く明け易いが、ほととぎすの初音を待ち侘びている身には長い。ほととぎすを擬人化して、「明け易いと思うな」と、ほととぎすに呼びかけた。

50 ○なま中に　中途半端であるさま。なまじっか。▽鳴き続けていれば寂しいと感じることもなかろうに、なまじっか時々鳴くので閑古鳥の声は寂しく感じられる。四三の春面の「続なきに」の句と対照的なとらえ方。

51 ▽ほととぎすの声が聞こえたので、もう一度鳴くのを耳をすまして待っている情景。「庵」とあるので、句会などの場が連想される。

52 ○関守　関所の番人。○我夜ゆるす　夜の警戒をみずからゆるめる。▽ほととぎすの声に、関守もしばらく警戒を解いて耳を傾ける。「夜をこめて鳥のそらねははかるとも世にあふ坂の関はゆるさじ」(後拾遺集・雑二・清少納言)を踏まえた句。鶏のそら音ならぬほととぎすの声に関守も警戒心を解く。

53 ▽涼しい風の吹く月夜に、おあつらえむきにほととぎすが鳴いた。

54 ○枕がみ　枕上。枕元。▽ほととぎすが鳴いた、四月の夜の枕元で。ほととぎすの声が耳元で響いたように感じた。

55 ▽ほととぎすが鳴いたようだが、あいにく一人きりで確かめようがない。

56 ▽一声鳴き捨ててほととぎすが飛び去った。その後を追ってゆきたい、もう一声聞くために。

57 ○蜀魂　「ほととぎす」の当て字の一つ。蜀の望帝の死後、その魂がほととぎすになったという故事による。○骨にて　…　西行が人骨を集めて人を作ろうとした撰集抄の故事(「西行、高野ノ奥ニ於テ人ヲ造ル事」)。▽西行が人骨を集めて人を作っている夜、折しも裂帛の一声を残してほととぎすが飛び去った。

席上探題

恋　川　神祇　雨　風
山　野　旅　述懐

59 人を待《まつ》あきの枕や夏の恋　田福

60 商人《あきんど》の越《こせ》ばにごりぬ夏の川　春載

61 神《しん》〱と拍掌《かしはで》ふかきわか葉哉　方蜀

62 まださめぬ眠りや雨の花樗《あふち》　瓢子

63 風絶《たえ》てひそかに風の薫りけり　春面

64 夏山やえもしらぬ花の香《か》に匂ふ　キ董

65 山《やま》畑《はた》の藍より出《いで》て夏野かな　道立

66 むら雨やひとへにぬれん夏の旅　松宗

67 椎《しひ》の花人もすさめぬにほひ哉　蕪村

58 ○諫鞁鳥　諫鼓鳥(閑古鳥)。○翁の庵　金福寺の芭蕉庵。▽閑古鳥よ、ここが芭蕉庵の跡だ、ここへ来て鳴け。「うき我をさびしがらせよかんこどり」(芭蕉)を踏まえた句作り。

○探題　その場で出される題。いくつかの題のうちから自分が引き当てた題をその場で詠む。兼題に対する語。

59 ▽秋にはむなしく恋人を待つことになる。夏に契りを結んだ男は秋には訪れなくなるだろうから。「あき」は「秋」と「飽き」の掛詞。〔探題〕恋。以下全て夏の句。季夏。

60 ▽商人が渡った後、夏の澄んだ流れが濁ってしまった。石川丈山の「渡らじな蟬の小川の浅くとも老の波立つ影は恥かし」を踏まえた。丈山のような清廉な人物が渡れば水も濁らず姿が映るであろうが、よこしまな商人が渡れば水も濁る。この句会が行われた金福寺と丈山の隠棲した詩仙堂とは至近距離。〔探題〕川。季夏の川。

61 ○神〱と　森々と。木立が深く生い茂った様子。○拍掌　拍手。柏手とも。▽若葉で覆われた奥深い木立の向こうから、神前で打つ柏手の音がかすかに聞こえてくる。「ふかき」を「拍掌」と「わか葉」の両方に掛けた。〔探題〕神祇。季わか葉。

62 ○花樗　オウチの花。オウチはセンダンの古名。花は淡い紫色で、五弁の小花を穂状に開く。▽雨に濡れたオウチの花が、まだ眠りから覚めないように物憂げに咲いている。眠りから覚めたばかりの楊貴妃を形容して、玄宗皇帝が「海棠睡リ未ダ足ラズ」といった故事(唐書・楊貴妃伝)をかりて、海棠を花樗に変えた。〔探題〕雨。季花樗。

63 ▽風が止んだ後、風が運んで来たにおいがかすかに残っている。〔探題〕風。季風薫る。

64 ○えもしらぬ　知らぬ、を強めた言い方。まったく分からない。○香に匂ふ　薫りがたつ。匂う。「香ににほへうにほる岡の梅のはな」(芭蕉)。▽夏山には、名も知らない花が馥郁と匂っている。〔探題〕山。季夏山。

65 ○藍　タデ科の一年生草本で藍染めの原料となる。春に植えて夏に刈り取る。▽山の藍畑を抜け出て麓の野原へ下りてきた。諺の「藍より出でて藍より青し」の文句を取り、それを異なった意味に用いた。〔探題〕野。季夏野。

附録

68 西吹《ふく》やゆふだちせまる野《の》路《ち》の人　大魯

69 さみだれや続かぬ鳥羽の牛《うし》車《ぐるま》　亀友

70 みじか夜や小《こ》舟《ぶね》の棹《さを》の濡《ぬれ》ながら　鳴鳳

71 はやき瀬に沈《しづむ》と見えて蛍かな　霞東

72 冠《くわ》者《じゃ》がひく猿にもきせるあはせ哉　志慶

73 神《かん》崎《ざき》やうき君まちて蚊やりたく　守一

74 雨雲のよ所《そ》に照《てる》日《ひ》や夏木立　稀声

75 ことゞく去《こ》年《ぞ》の枝なし花樗　芙蓉花

76 はつ蟬のかしましからぬひとつ哉　美角

77 夏の日の暮るゝを人の力かな　定雅

66 ○むら雨　村雨。にわか雨。▽旅の途中にわか雨にあったが、夏だから濡れるにまかせて旅を続けよう。「ひとへに(ひたすらに、の意)」に夏の着物である一重を言いかけた。〔探題〕旅。季夏。

67 ○すさめぬ　「すさむ」は、慰み興ずる、もてあそぶ、の意。その否定形。「温泉(いでゆ)はにえて人もすさめず」(芭蕉、「磨(とぎ)なをす」歌仙)。▽椎の花をめでる人はいないが、それでも人知れず匂っている。芭蕉の「旅人のこころにも似よ椎の花」を踏まえて、自分を椎の花にたとえた句。〔探題〕述懐。季椎の花。

68 ○西　西風。「西吹けば東にたまる落ば哉」(蕪村)。○野路の人　野道を行く人。「更衣(ころもがへ)野路の人はつかに白し」(蕪村)。▽西風が吹いて今にも夕立がきそうな空模様の中、野道を行く人がいる。以下全て夏の句。季ゆふだち。

69 ○鳥羽　京都の地名。○牛車　貨物の運搬用に用いた車。「鳥羽の車貸しは、鳥羽院離宮にましまし給ふ時、勅許ありしといひ伝へ侍る」(都名所図会四)。▽五月雨(梅雨)の中を鳥羽の牛車が一台通り過ぎて行くが、後続の車が見えない。季さみだれ。

70 ▽夏の短い夜が明けた。前の晩に使った小舟の棹がまだ濡れたままだ。季みじか夜。

71 ▽早瀬の流れに沈んだと見えた蛍が、突如舞い上がった。季蛍。

72 ○冠者　太郎冠者の略。猿回しと猿を、狂言の太郎冠者と次郎冠者に見立てた。猿引きのいでたちは、古い手ぬぐいを頭に被り、破れた着物を着た(守貞漫稿)。○あはせ　袷。裏地の付いている着物。陰暦四月一日の更衣には、綿入れから袷に替える。▽太郎冠者ならぬ猿引きが、夏になったので猿にも袷を着せる。猿の更衣。季あはせ。

73 ○神崎　尼崎市の神崎川の河口の地名。平安から鎌倉時代にかけて遊女が多く、京都の貴族の遊楽の地であった。○うき君　憂き(つらい)思いをさせる人。恋人。▽神崎では遊女が恋人を待ちながら蚊遣りを焚いている。梅が枝が梶原景季を待つ場面(ひらがな盛衰記・四段目)を踏まえた句。季蚊やり。

74 ▽雨雲のかなたから日が差して、夏木立を明るく染めている。歌語の「雲のよそ」という表現を借りた。季夏木立。

78 五月雨や半日《はんにち》はれておもしろき　眉山

79 雨《あめ》露《つゆ》の世ごゝろしらじことし竹　正白

80 嫁入の翌日に出る田うへ哉　瓢子

81 麦わらに乗りていかめし初茄子《なすび》　白砧

82 ころもがへ歩行《あるい》て見たき心かな　亀郷

83 瓦ふくもの先《まづ》かくせはな樗　石友

84 白《びやく》蓮《れん》や中〳〵に水の陰暗き　自笑

85 短夜《みじかよ》やはしりの隅の水の月　春載

86 等閑《なほざり》に花と見て過《すぐ》るあかざ哉　月渓

87 みじか夜や門《かど》に踏《ふみ》消す宵の松明《まつ》　方蜀

88 遠く見て過《すぐ》る鵜《う》河《かは》の篝《かがり》かな　春面

89 誰を恋《こひ》て戸に身をよせつ蝸牛《かたつぶり》　維駒

75 ▽樗の花が咲いているのは去年の枝でなく、すべて新しく生え出た枝だ。増山井に「今もかた田舎には端午に樗葉を軒にふく所侍り」と記されているが、この句はその特殊な風習を詠んだのであろう。去年の端午に切り取られた枝の後に新しい枝が生えて、花をつけているのである。季花樗。

76 ▽やかましくないものを挙げれば、初蟬もその一つに数えられる。枕草子の「すさまじきもの」などの章段を念頭においた句。季はつ蟬。

77 ○力　力草。たのみとするもの。▽夏の日は長いが、いつかは暮れる。それを頼みに人々は一日を働く。季夏の日。

78 ▽毎日降り続く梅雨が半日晴れた。雨の季節だけに半日の晴れ間が楽しい。季五月雨。

79 ○雨露　広大な慈悲を表す言葉として用いられる。雨露(ろう)の恵み。○世ごゝろ　性に目覚め始めた状態をいうことが多いが、ここは人の情愛。人情。○ことし竹　今年生えた竹。若竹。▽文字通り雨露の恵みを受けて育ちながら、その情愛を知らぬ気に若竹はすくすくと成長している。季ことし竹。

80 ▽婚礼を済ませた次の日に、花嫁はもう田植えの手伝いをしている。忙しいさなかに嫁を迎えたのは、人手が欲しかったからであろう。季田うへ。

81 ○いかめし　威厳があって堂々としている。▽たかがなすびだが、麦藁の上に置くといかめしく見える。茄子売りの籠に、茄子が痛まないように麦藁が敷いてあったのだろう。里家夜位大平栄(さとかよいおおびらのさかえ)(浜田義一郎『江戸たべもの歳時記』)によれば、初鰹・初鮭・初なす・初茸が初物四天王。季初茄子。

82 ▽綿入れを脱いで袷に着替えると、身も心も軽くなったようで、表を歩いてみたい気持ちがする。季ころもがへ。

83 ▽瓦を葺く職人を覆い隠してくれ、樗の花よ。瓦を葺く職人のむさくるしい姿が目障りだから。季はな樗。

84 ▽水に映った白蓮の影は、本体が清浄な白さなのでほかの花よりかえって暗い感じがする。季白蓮。

85 ○はしり　台所の流し。食器などを洗う所。▽夏の夜が明けると、はしりの隅に有明の月が映っている。はしりの隅に、水が流れ切らずに残っていて、そこに有明の月が映っている情景。季短夜。

90 みじか夜や浅井に柿の花を汲《くむ》　我則

91 川竹の短夜といふ人憎し　田福

92 早《さ》乙女《をとめ》やむかしながらの加茂堤《づつみ》　几董

93 牡《ぼ》丹《たん》切《きり》て気の衰ひしゆふべ哉　蕪村

94 芍《しゃく》薬《やく》は菩薩牡丹は仏かな　丙申夏社会管事 道立

右写経社中

室町中立売上ル
橘仙堂善兵衛

86 ▽あかざの花は美しくはないから、花に気が付いてもいい加減に眺めて通り過ぎるのである。季あかざ。

87 ○門　家の出入り口。玄関。○松明　たいまつ。▽前の日の夕方に灯したたいまつが、夜の明ける頃まで燃え残っている。それを家の前で踏み消すのである。祭りの夜、家の前で灯したたいまつか。あるいは、夜振り(よぶり=夜の川狩り)で用いたたいまつか。季みじか夜。

88 ○鵜河　鵜飼いをする河。鵜川とも。昔から岐阜の長良川の鵜飼いが有名だが、京都でも六月に所々の川で鵜飼いを行った(日次紀事)。▽鵜飼船のかがり火を遠く眺めて通り過ぎた。季鵜河。

89 ▽玄関の戸に張り付いているかたつむりは、誰を恋い慕っているのか。かたつむりを、恋人の家の戸口から中をうかがう若い男に見立てた。この当時はカタツブリというのが普通。季蝸牛。

90 ○浅井　辞書類には見えないが、浅い井戸の意であろう。○柿の花　梅雨の頃に咲いて散る。色は黄色を帯びた白色だが、散ると黄色くなる。▽夏の夜が明けて釣瓶で井戸水を汲んだところ、水と一緒に柿の花を汲み上げた。蕪村の代作。季みじか夜・柿の花。

91 ○川竹の　「よ(節・世)」にかかる枕詞。○短夜　「短か節(よ)」を掛ける。竹と節は縁語。▽せっかく恋人に会ったこの夏の一夜を、短か夜などという人が憎らしい。季短夜。

92 ○早乙女　早苗を取ったり田植えをしたりする女性。○むかしながらの　昔のままの。古歌に多用された語句。○加茂堤　賀茂堤とも。今出河出町より上鴨に至る十八町をいう(山城名跡巡行志三)。▽加茂堤のほとりには早乙女の姿が見られ、昔と変わらない光景である。季早乙女。

93 ▽丹精をこめて育てた牡丹を切った夕方、気力の衰えを感じた。季牡丹。

94 ○仏　仏陀。▽芍薬を菩薩(観音菩薩など)に牡丹を仏(釈迦牟尼仏など)に譬えた。中国では牡丹は花王(花の王)と呼ばれ、芍薬はそれに次ぐというので花相(花の宰相)と呼ばれた。類船集では菩薩と芍薬は付合。写経社の句会にふさわしく、釈教の句で締めくくった。季芍薬・牡丹。

夜《や》半《はん》楽《らく》

田中善信　校注

〔**編者**〕蕪村。

〔**書誌**〕半紙本一冊。題簽なし。百池旧蔵本に「夜半楽　全」という蕪村自筆の書き題簽があったという(『俳文学大辞典』)。柱刻なし。全十丁。全て蕪村の板下。

〔**書名**〕現存本に題簽を有するものはないが、百池旧蔵本(現在所在不明)により「夜半楽」と呼ばれている。この書名に夜半亭の「夜半」を言い掛けていることはいうまでもなかろうが、「夜半楽」を訓読みにすればヨワ《よわ》ノタノシミとなる。「夜半楽」とは夜半亭蕪村の夜半の楽しみの意か。「夜半亭の春を寿ぐ楽曲の意で、太平楽のもじり」とする尾形仂《つとむ》氏の説(『俳文学大辞典』「夜半楽」)や、「河東節正本『夜半楽』を借用したものと推察され」るとする清水孝之氏の説(『日本古典文学大辞典』「夜半楽」)などがある。

〔**成立**〕蕪村は明和八年(一七七一)から安永四年(一七七五)まで歳旦帳を発行したが(ただし、明和九年と安永二年の歳旦帳は発見されていない)、安永四年の冬に病気をしたこともあって、安永五年に歳旦帳を出さなかった。翌六年も歳旦帳は出さず、それに代わるものとして本書を出版した。

〔**構成**〕(1)目録、(2)新年の歌仙、(3)春興雑題、(4)春風馬堤曲、(5)澱河歌、(6)老鶯児。

〔**意義**〕蕪村は生涯に三編の俳詩を残したが、そのうちの二編が本書に発表された。「春風馬堤曲」と「澱河歌」である。残る一編は、蕪村没後の寛政五年(一七九三)に刊行された『いそのはな』所収の「北寿老仙をいたむ」だから、蕪村が生前に発表した俳詩は本書に発表した二編のみである。この二編はいずれも優れた作品だが、特に「春風馬堤曲」の評価は高く、この作品を掲載しているために本書の評価も高い。「春風馬堤曲」にはいくつかのモデル作品が指摘されているが、清水孝之氏は「直接のモデル作品」として、明の徐禎卿《じょていけい》作「江南楽《こうなんがく》八首、内(妻)ニ代ハリテ作ス」(荻生徂徠編『絶句解』所収)を挙げている(「漢詩人与謝蕪村(下)」、「俳句」昭和五十年十二月号)。従うべきであろうと思う。

〔**底本**〕柿衞文庫本(柿衞文庫翻刻六三号)。

〔**影印・複製**〕『天明俳書集　一』(影印。臨川書店、平成三年刊)。『夜半楽・新花摘　全』(複製。笠間書院、昭和四十八年刊)。

目録

祇園会《ぎをんゑ》のはやしものは
不協秋風音律《しうふうのおんりつにかなはず》
蕉門のさびしをりは
可避春興盛席《しゆんきようのせいせきをさくべし》
さればこの日の俳諧は
わか〳〵しき吾妻《あづま》の人の
口質《こうしつ》にならはんとて

安永丁酉《ていいう》春　初会

1 歳旦《さいたん》をしたり白《がほ》なる俳諧師　蕪村
2 脇は何者節《せち》の飯《はん》帒《たい》　月居
3 第三はたゞうち霞み〳〵《うちかすみ》　月渓

○祇園会　京都の祇園神社(現在の八坂神社)の祭礼。陰暦六月七日から十四日まで行われる。賑やかな祇園囃子(ばやし)の音と共に山鉾が巡行する。○はやしもの　祇園囃子。山鉾の上で、笛・鉦・太鼓などで合奏する。○秋風音律　秋風がたてる物寂しい音を、音楽にたとえた。○さびしをり　さび、しおり。蕉風俳諧の根本理念。当時蕉風俳諧の代名詞のように使われた。○春興盛席　春の楽しく賑やかな宴席。○吾妻の人　江戸の俳人。泰里(二世存義)・楼川など、蕪村と親しい江戸座の俳人を指すか。○口質　詠み癖。俳風。クチグセとも。新春にふさわしく、江戸座風の洒落た詠み方で句を作ろうというのである。江戸座風に詠むことで、江戸の俳友への挨拶を込めたのであろう。○安永丁酉　安永六年(一七七七)。丁酉(ひのととり)はこの年の干支。

1 発句。春(歳旦)。○歳旦　歳旦開き(正月の初句会)で詠まれる新年の発句。○したり白　得意そうな顔。「したり顔なるもの。正月朔(ついたち)に、最初に鼻ひたる人」(枕草子)。「歳旦をしたり(歳旦発句を作った)」に「したり白」をいい掛けた。白は貌の異体字。▽さほど面白くもない歳旦発句を作って、得意満面の俳諧師の様子。自分を戯画化した句。

2 脇。春(節)。○節　一月中に親戚や朋友が互いに酒食を用意して饗応すること(日次紀事)。節振舞(せちぶるまい)とも。○飯帒　飲食するだけで何の役にも立たない人(古典俳文学大系『蕪村集』注)。帒は袋の異体字。▽脇句を詠むのは何者かといえば、節の飯帒ともいうべき私だ。新年の句に節振舞を付け、自嘲の発句に自嘲の脇で応じた。

3 第三。春(霞み)。▽第三の句はただ霞んでいるだけでよく分からない。わざと内容のない句を付けて、前句のふざけた気分に応じた。

4 初オ四。雑。○艤　船装い。出船の準備。▽どうにか出船の準備はできた。しかし霞みが濃くて船出ができない。

5 初オ五。秋(新酒)。▽旅の途中あちらこちらで新酒を味わう。「艤」から船旅を連想。

6 初オ六。秋(月)。○十日の月　陰暦では毎月十五日頃が満月だから十日の月は楕円形。▽前句が月の定座だが、一句こぼしてここで月を出した。「おはしけり」で月を擬人化した。

4 艤《ふなよそほひ》のとかくしつゝも　自笑
5 こゝかしこ旅に新酒を試《こころみ》て　百池
6 十日の月の出《いで》おはしけり　鉄僧
7 纏頭《かづけもの》給ふぬきでの身の白き　田福
8 廊下の翠《み》簾《す》や夢のうきはし　斗文
9 目ふたぎて聖《ひじり》の屎《くそ》を覆《おほふ》らん　子曳
10 紀の川上にくちなはのきぬ　集馬
11 うの花に萩の若枝もうちそよぎ　三貫
12 門《かど》をたゝけば隣家に声す　帯川
13 着つゝなれて犬もとがめぬ裘《かはごろも》　致郷
14 貢《みつぎ》の使白《はく》雲《うん》に入《いる》　士恭
15 谷の坊花もあるかに香《か》に匂ふ　道立

7 初ウ一。秋（ぬきで）。○纏頭　功績のあった人に与える衣服類。○ぬきで　相撲(すまい)の節(せち)で選ばれた者。▽選抜の相撲に勝った者が衣服などを賜わる光景。月明かりに相撲取りの裸身が白く輝く。平安時代の光景として詠んでいるのだろうが、平安時代には立烏帽子を被り、布の狩衣に短い袴をはいて相撲を取った（貞丈雑記）。

8 初ウ二。雑。○翠簾　御簾。すだれを敬った言い方。○夢のうきはし　源氏物語の巻名に用いられているが実体は不明。▽美しい翠簾で飾られた廊下、これを夢の浮橋というのであろうか。前句に応じて宮中の光景を詠んだ。

9 初ウ三。雑。▽僧侶の排便をする姿を見ないように目をふさぐ。翠簾の間から、とんでもないものを見てしまった女性のしぐさ。

10 初ウ四。夏（くちなはのきぬ）。▽紀伊国の川の上流に、脱皮した蛇の殻があった。前句の聖から安珍・清姫の故事を連想して、蛇の抜け殻を付けた。紀州の道成寺に逃げた安珍を蛇となった清姫が追う話である。「紀の川」はここでは固有名詞ではない。

11 初ウ五。夏（うの花）。▽卯の花と青く伸びた萩の若枝とが風にそよいでいる。「紀の川上」の情景。

12 初ウ六。雑。▽玄関を叩いたところ、隣の家から応答する声が聞こえた。前句を庭先の光景とした。「卯の花の絶え間たたかん闇の門」（去来）を連想したか。

13 初ウ七。雑。○裘　毛皮で作った衣服。▽裘は動物の匂いがするが、着慣れてしまうと犬もとがめない。裘を着ているのは前句の門を叩く人物。「着つゝなれて」は伊勢物語九段の「唐衣着つつなれにし妻しあれば…」という歌による。

14 初ウ八。雑。▽貢ぎ物を届ける使者の一行がはるか地平線の彼方に消えてゆく。それを「白雲に入」と表現した。「闕月(げつ)初テ昇ツテ犬雲ニ吠ユ」（禅林句集）により、犬に白雲と応じた。前句の「裘」から中国の異民族を連想。

15 初ウ九。春（花）。▽谷の僧坊から、花があるらしく香りが漂ってくる。花といえば普通桜を指すが、ここは梅。漢詩では仙境の象徴である白雲に「谷の坊」を付けて、中国の風景から日本の風景に転じた。宮中に貢ぎ物を運ぶ一行の道中の情景。

16 藪《やぶ》うぐひすの啼《なか》で来にけり　晋才
17 かけ的の夕ぐれかけて春の月　正白
18 三本傘《かさ》は聟《むこ》の定《ぢやう》紋《もん》　舎六
19 初がつをあはや大《おほ》礒《いそ》けはひ坂　我則
20 淡き薬に身をたのみたる　故郷
21 暮まだき燭《しよく》の光をかこつらし　嬰夫
22 竹をめぐれば行《ゆき》尽す道　舎員
23 新田に不思議や水の涌《ゆ》出《じゆつ》して　菊尹
24 儒医時に記《き》す孝子の伝《でん》　賀瑞
25 かりそめの小くらのはかま二十年　呑獅
26 往《ゆき》来《き》まれなる関をもりつゝ　呑周
27 餅買《かう》て猿も栖《すみか》に帰るらん　柳女

花を定座より二句引き上げた。

16 初ウ十。春(藪うぐひす)。○藪うぐひす　野山の鶯。▽まだ鳴き方も知らない藪鶯がやってきた。梅に鶯は伝統的な付合。谷あいの僧坊の景。「谷の戸を閉ぢやはてつる鶯の待つに音せで春も過ぎぬる」(拾遺集・雑春・藤原道長)による付句。

17 初ウ十一。春(春の月)。○かけ的　出没するよう仕掛けた的(雑俳語辞典)。▽夕暮れになって、かけ的のように丸い春の月がひょっこりと出てきた。鶯に春の月をあしらっただけの遣句。月を定座より四句こぼした。

18 初ウ十二。雑。○三本傘　定紋の名称。▽句意明瞭。前句の「かけ的」を物品を賭けて争う「賭け的」に転じ、それに興じる人物を付けた。羽織の定紋でその人物が聟と判明した。

19 名オ一。夏(初がつを)。○大礒けはひ坂　いずれも中世に栄えた相模国の遊里。曾我兄弟の愛人、大磯の虎と化粧坂(けわいざか)の少将で有名。▽一触即発の状態だ、大磯と化粧坂では。「初がつを」は季節のあしらいだが、化粧坂のあった鎌倉は初鰹の産地。浄瑠璃・曾我会稽山に「濡れた印の三本からかさ」とあり、前句から曾我狂言を連想。

20 名オ二。雑。▽効果の薄い薬を呑みながら快復を期待している。相模の地で保養する人物である。前句の「あはや」を病状が急迫しているの意に転じた。

21 名オ三。雑。▽日が暮れきらないうちから灯火をともしても、細かい文字がよく見えないことを嘆く。病身のため視力が衰えた人物を付けた。

22 名オ四。雑。▽竹藪に沿って歩いてゆくと道が途切れている。「燭の光をかこつ」人物の住まいの状況。

23 名オ五。雑。○不思議　不思議の当て字。○涌出　わき出す。湧出とも。「池水俄に湧(ュ)出して」(太平記二十四)。▽荒れ地に新田を開いたところ、不思議にも水が湧き出した。前句を新田開発の場に転じた。

24 名オ六。雑。○儒医　儒者で医者を兼ねる者。▽儒医も時には孝子伝を書く。前句を孝子伝の一節とし、「涌出」という漢語から孝子伝の書き手を儒医とした。

25 名オ七。雑。○小くら　小倉織。丈夫な木綿織りで男物の帯や袴などに使われる。▽一時の間に合わせに作った小倉

28 錫《しやく》とゞまれば鉢が飛《とび》出る　延年
29 暁の月かくやくとあられ降《ふる》　維駒
30 金《かな》山《やま》ちかき霜の白浪　樵風
31 つく〴〵と見れば真《ま》壁《かべ》の平四郎　東瓦
32 酒屋に腰を掛川の宿《しゆく》　左雀
33 空高く怒れる蜂の飛《とび》去《さり》て　乙総
34 岡部の畠けふもうつ見ゆ　霞夫
35 花の頃三秀院に浪花《なには》人《びと》　几董
36 都を友に住《すみ》よしの春　大魯

織の袴を、二十年も着用している。前句の儒医のつましい生活ぶり。

26 名オ八。雑。▽通る人もまれな関所を守っている。前句を、さびれた街道を守る関守の実直な人柄に転じた。

27 名オ九。雑。▽さびれた街道の茶屋では、餅を買うのは猿ぐらいである。人の往来のまれな関所から、餅を売る街道筋のわびしい茶屋を連想したのだが、「猿」によって寂れた様を誇張した。「このむらの人は猿なり冬木だち」(蕪村)。

28 名オ十。雑。○錫　錫杖(しやくじよう)。僧侶の持つ杖。上部に数個の輪があって振ると鳴る。▽錫杖の音が止まると、鉄鉢が飛び出す。食を求めるために、山の上から麓まで鉢(食器)を飛ばす霊力を身に付けた、信貴山(しぎさん)の聖(ひじり)の話(宇治拾遺物語・信濃国聖事)を踏まえた。前句は山中の情景。

29 名オ十一。冬(あられ)。月の定座。▽暁の月が煌々と輝いているのに霰が降っている。前句の不思議な光景に異常気象を付けた。

30 名オ十二。冬(霜)。▽金山の近くでは霜が白波のように一面に白くおりている。前句の異常な自然現象を、金鉱脈発見の前兆とみた。

31 名ウ一。雑。○真壁の平四郎　鎌倉時代の人。宋に渡り仏道を修行し松島瑞巌寺を禅宗に改めた。法名は法心(あるいは法身)。奥の細道にも登場する。▽よくよく見たら相手は真壁平四郎だった。前句を僧侶の修行の場と見た。

32 名ウ二。雑。○掛川　東海道の宿場。現在の静岡県掛川市。▽偶然真壁平四郎を見かけたのは掛川宿の酒屋であった。「腰を掛」に掛川を言い掛けた。

33 名ウ三。春(蜂)。▽追い払われた蜂が羽音も高く飛び去った。酒屋の一情景。

34 名ウ四。春(畠うつ)。○岡部　丘べ。丘のあたり。地名(東海道の岡部宿)ではない。地名とすると打越の掛川と差し合う。▽丘のあたりの畑を今日も農夫が耕している。前句の蜂は丘のあたりに飛び去ったのである。

35 名ウ五。春(花)。花の定座。○三秀院　未詳。揚句を詠んでいる大魯が、この時滞在していた京都の寺院か。大魯は当時大坂住。▽桜の花が咲く頃大坂の人が三秀院に滞在してい

春《しゆん》興《きよう》

37 うぐひすにうかれ烏《がらす》のうき世哉《かな》　道立

38 汀《みぎは》より月をうごかす蛙《かはづ》かな　正白

39 もろこしの一里も遠き霞かな　田福

40 寝んとしては又寐《ね》ずも居るや春の雨　維駒

ゝ

41 墨の香や此《この》梅の奥誰《たれ》が家　浪花 霞東

42 春風や縄《なは》手《て》過《すぎ》行《ゆく》傀《くわい》儡《らい》師《し》　ゝ志慶

ゝ

43 あたゝかい笘の彼岸に頭《づ》巾《きん》かな　月居

44 剰《あまつさへ》松に隣れる柳かな　集馬

45 雪霜の古《ふる》兵《つはもの》よ梅の花　自笑

る。

36 揚句。春(春)。▽都の人を友として大坂の住吉で暮らす。大魯自身の境涯。ただし、「住よし」は「住む」の言い掛けで、大魯の住所ではない。

37 ○うかれ烏　月夜に浮かれて鳴きたてる烏。転じて夜遊びにうつつを抜かす人をいう。▽鶯の声に誘われて、うかれ烏のように浮かれ歩いて浮世を暮らしていることよ。「う」の頭韻を踏んでいる。以下全て春の句。季うぐひす。

38 ▽汀から蛙が泳ぎ始めたので、水面がゆれて水に写っている月が動く。季蛙。

39 ▽中国では三百歩あるいは三百六十歩を一里としたから、同じ一里でも日本の一里よりはるかに短い。その中国の一里でも霞がかかると前が見えないから遠く感じられる。季霞。

40 ▽寝ようとしながら、まだ眠りにつかないで春雨の音を聞いている。季春の雨。

41 ▽梅林の向こうから墨の香りが漂ってくる。この奥にどんな風流人が住んでいるのだろうか。季梅。

42 ○縄手　畷。田のあぜ道。○傀儡師　首に人形の箱を吊るしその上で人形を操って銭を貰う大道芸人。▽村里で一稼ぎをしようという傀儡師が、春風に吹かれて畷を通ってゆく。季春風。

43 ▽例年ならば彼岸になれば寒さも緩むのだが、今年はまだ頭巾が必要なほど寒い。「暑さ寒さも彼岸まで」という諺がある。季あたゝかい・彼岸。

44 ▽風になびきやすい柳はただでも頼りないが、松の側にあるといっそう頼りない。松は常緑で志操堅固なるものの代表。季柳。

45 ▽霜や雪の厳しい寒さを経て咲く梅の花はまさに古兵だ。清浄で可憐な梅の花を古兵といったところに意外性がある。季梅の花。

46 寺に寝て起《おき》〳〵梅の匂《にほひ》かな　浪花 正名

47 春雨や隣づからの小豆《あづき》飯《めし》　銀獅

48 遠《とほ》里《ざと》に人声こもるかすみかな　延年

49 彳《たたず》めば誰《たれ》か袖引《ひく》やみの梅　但出石 乙総

50 うぐひすや声引《ひき》のばす舌の先　霞夫

51 神風の春かぜさそふ夜明かな　呑獅

52 蝶ゝや衛士《ゑじ》の箒《はうき》にとまりけり　呑周

46 ▽寺に宿泊していると朝起きるたびに梅の香りがする。季梅。

47 ○隣づから　近所付き合い。「隣づからの親々の手まへ」(好色産毛)。▽春雨の降る日近所付き合いのよしみで赤飯が届いた。何か祝い事があったらしい。季春雨。

48 ▽遠くの村里は霞に包まれていて、その中で人声がする。季かすみ。

49 ▽たたずんでいると誰かが袖を引く、梅の香りがただよう闇の中で。男が女の袖を引くのであろう。女の立場で詠んだ虚構の句。季梅。

50 ▽鶯が舌の先で「ホー」と声を引きのばして鳴く。細かい観察に見せかけた虚構の句であろう。季うぐひす。

51 ▽明け方に伊勢神宮の方から暖かい春風が吹いてきた。「夜明」を擬人化し、「夜明」が風を誘うといった。南から吹く暖かい風を、伊勢神宮から吹き送られてくる神風と表現した。季春かぜ。

52 ○衛士　宮門の警備などにあたる武士で、御殿の清掃などにも従事した。▽句意明瞭。蝶々と衛士の取り合わせが一句の趣向。季蝶ゝ。

53 凧《た》巾《こ》引《ひく》や夕がすみたつ処《ところ》〻《どころ》　声〻

54 うぐひすや茶《ちゃ》臼《うす》の傍《そば》にしゆろ箒　徳野

55 鶯や折よく簀《す》戸《ど》の明《あけ》はなし　文皮

56 うぐひすに枕かへすや朝まだき　舞閣

57 黄鳥《うぐひす》や樹《き》〻《ぎ》も色吹《ふく》真《ま》葛《くず》原《はら》　管鳥

58 芹《せり》喰《くひ》に霍《つる》のをり来る野川哉　春爾

59 里や春梅の夕《ゆふべ》と成《なり》にけり　敏馬浦 士川

60 夕《ゆふ》凪《なぎ》や柳が下の二日《ふつか》月《づき》　佳則

61 植木屋の蓮《れん》翹《げう》更《さら》に黄なる哉　斗文

62 路《みち》斜《ななめ》野ずゑの寺や夕霞　菊尹

53 ○凧巾　凧。関西ではイカノボリというのが普通。▽夕霞の立つ頃、あちらこちらで空の凧を引き寄せる子供の姿がみえる。この当時は凧揚げは正月に限らず、春の子供の遊びだった。「処〻」は、あるいはトコロドコと読むか。季夕がすみ。

54 ▽鶯の声に引かれてふと見ると、茶臼の側に棕櫚箒が置いてある。茶人の住まいの情景で、この鶯は籠で飼われているのであろう。季うぐひす。

55 ○簀戸　竹を格子状に編んだ戸（角川古語大辞典）。▽ちょうど簀戸を開けておいたので鶯の声がよく聞こえた。季鶯。

56 ○枕かへす　枕の向きを変える。▽早朝に鶯が鳴いたので、よく聞こえるように寝床の中で頭の向きを変えた。季うぐひす。

57 ○真葛原　葛が生い茂っている所。ここは京都の真葛が原（東山区）か。▽鶯が鳴く頃、真葛原では芽吹いた木々の間を風が浅緑色に吹く。「我が恋は松を時雨の染めかねて真葛が原に風さわぐなり」（新古今集・恋一・慈円）を踏まえたか。季黄鳥。

58 ▽芹を食べようとして鶴が野川に降りてくる。小さな野川には珍しい鶴を詠んだ。季芹。

59 ▽村里にも春が訪れて夕暮れになるといつも梅の香りが漂う。「梅の夕」が苦心の表現。季春・梅。

60 ▽夕凪で柳の枝も動かない。その下の水面に細い二日月の影が写っている。季柳。

61 ▽植木屋の連翹は手入れが行き届いていて、普通の人家の庭よりも花の色がいっそう鮮やかだ。季蓮翹。

62 ▽寺の方へ道が斜めに通じており、野のかなたの寺の姿が夕霞に包まれてかすかに見える。季夕霞。

63 梅さくや陶《すゑもの》つくる老が業《わざ》　舎員

64 青柳や野ごしの壁の見えがくれ　嬰夫

65 畠ある屋しき買《かひ》たり梅の花　子曳

66 二日聞《きい》てうぐひすに今は遠ざかる　柳女

67 日《ひ》数《かず》経てや〻瘦《やせ》梅《うめ》の花咲《さき》ぬ　賀瑞

一株の梅をうつし植《うゑ》てあらたに春を迎ふ

68 けさ梅の白きに春を見《み》付《つけ》たり　鉄僧

69 深《ふか》中《くさ》の梅の月夜や竹の闇　月渓

70 蓮翹の花ちるや蘭の葉がくれに　晋才

71 たえず匂ふ梅又もとの香にあらず　旧国

夜半楽

63 ▽梅の花の咲く春になっても、相変わらず老人は陶器を作り続けている。何十年も一筋に陶器を作っている老人の生活。季梅。

64 ▽柳が風になびくたびに、野原の向こうの人家の壁が見え隠れする。「野ごし」は野原を越えた向こう側の意であろう。季青柳。

65 ▽庭に畑があるほど広い敷地の屋敷を買った。ちょうど梅の花も咲いている。季梅の花。

66 ▽鶯の声も、二日も聞くと珍しさが消える。「遠ざかる」は気持が遠ざかるのである。季うぐひす。

67 ▽梅が咲き始めてから数日たって、ようやく瘦せた梅の木にも花が咲いた。季梅。

68 ▽今朝見ると梅が咲いている。その白い花に春の訪れを見いだした。春が白い梅の花となって訪れたのである。季梅・春。

69 ○深中　深草。京都の歌枕。▽深草の夜は、梅林は「梅の月夜」とでもいうべくほんのり明るいが、竹やぶは暗い。季梅。

70 ○蘭　古くはフジバカマを指した。ここもフジバカマであろう。▽蘭の青い葉の間に連翹の黄色い花が散る。春の連翹と秋の蘭の取り合わせ。季蓮翹。

71 ▽いつもいい匂いの梅の香も、日々同じではない。方丈記の「ゆく河の流れは絶えずして、しかももとの水にあらず」のもじり。季梅。

72 舟遅きおぼろ月也《なり》江《え》の南　九湖

73 比《ひ》枝《え》下りて西坂本の梅の花　亀郷

74 培《つちかひ》し樹ゝの雫《しづく》や春の雨　万容

75 梅咲《さい》て何やらものをわすれけり　白砧

76 草臥《くたびれ》てもどる山路や雉子《きじ》の声　伊丹 東瓦

尾州《びしう》の客舎にて

77 茶売《うり》去《さり》て酒売来たり梅の花　百池

78 黄昏《たそがれ》や梅がゝ《か》を待《まつ》窓の人　大魯

79 白梅や吹《ふか》れ馴《なれ》たる朝嵐　几董

72 ▽舟足は遅く、船中から川の南におぼろ月がみえる。淀川の乗合舟から見た光景であろう。季おぼろ月。

73 ○比枝　延暦寺のある比叡山。○西坂本　修学院離宮のあるあたり。比叡山東麓の坂本に対して、西麓の地をいう。▽比叡山を下りてくると麓の西坂本ではもう梅の花が咲いている。季梅の花。

74 ▽大切に育てた木から春雨の滴が落ちる。春雨の恵みを受けて木が一層大きく育つのである。季春の雨。

75 ▽待ち兼ねた梅が咲いて、何か物忘れをしたような気がする。期待が大きかっただけに、実現するとかえって空虚感に襲われるのである。季梅。

76 ▽疲れて家路をたどる途中、山道で雉子の声を聞いた。その声にしばし疲れを忘れるのである。季雉子。

77 ▽句意明瞭。江戸時代の旅籠にはいろいろな物売りが来た。梅の花を見るには茶も酒もこのましい。季梅の花。

78 ▽夕暮れがた窓を開けて、夜の梅の香を楽しもうという風流人がいる。季梅がゝ。

79 ▽朝のはげしい風にも散らない梅の花は、いかにも風に慣れているという様子である。桜ならすぐに散るが、梅の花は桜よりも風に強い。それを「吹れ馴たる」と表現した。季白梅。

謝《しや》蕪《ぶ》邨《そん》

余《よ》一日問耆老於故園《いちじつきらうをこゑんにとふ》。渡澱水《でんすいをわたり》過馬堤《ばていをすぐ》。偶逢女《たまたまむすめの》帰省郷者《きやうにきせいするものにあふ》。先後行数里《せんごしてゆくことすうり》。相顧語《あひかへりみてかたる》。容姿《ようし》嬋娟《せんけん》。癡情可憐《ちじやうあはれむべし》。因《よりて》製歌曲十八首《かきよくじふはつしゆをせいし》。代女《むすめにかはりて》述意《いをのぶ》。題曰春風馬堤曲《だいしてしゆんぷうばていきよくといふ》

春風馬堤曲　十八首

80 ○やぶ入や浪花を出《いで》て長柄川《ながらがは》

81 ○春風や堤長うして家遠し

82 ○堤下摘芳草《つつみヨリおりテはうさうをつめば》　荊与蕀塞路《けいときよくとみちをふさぐ》
荊蕀何妬情《けいきよくなんぞとじやうなる》　裂裙且傷股《くんをさきかつこをきずつく》

83 ○渓流《けいりう》石《いし》点々《てんてん》　踏石撮香芹《いしをふんでかうきんをとる》
多謝水上石《たしやすすいじやうのいし》　教儂不沾裙《われをしてくんをぬらさざらしむるを》

夜半楽

○謝蕪邨　与謝蕪村。謝は中国風に姓の一字を省略したもの。邨は村の本字。
○耆老　老人。耆は六十、老は七十をいう(礼記)。
○故園　故郷。
○澱水　淀川。淀と澱が同音であることを利用した中国風の表現。
○馬堤　毛馬(まけ)の堤。摂津国東成郡毛馬村は蕪村の故郷。
○嬋娟　あでやかで美しい。
○癡情　色気づいた様子(尾形仂説)。癡は痴と同意。
○可憐　愛すべきである。愛らしい。
○歌曲　うた。「歌」は楽府(がふ)に発する漢詩の一体、「曲」は節回し。

80 ○やぶ入　藪入り。正月、奉公人に与えられた休日。家が近い奉公人はこの時実家に帰る。○長柄川　淀川の支流中津川の別名。大坂から一里ほどの距離。▽藪入りの休暇で大坂を出て長柄川まで来た。季やぶ入(春)。

81 ▽春風に吹かれながら川の土手沿いの道を行く。家路は遥かに遠い。季春風(春)。

82 ○荊与蕀　一句を五字にするために、荊蕀(いばらのこと)を二つに分けた。○妬情　ねたみ深い心。○裙　着物のすそ。▽土手から下りていい匂いのする草を摘もうとすると、いばらが道を塞ぐ。いばらは私を妬んで着物や股を傷つける。

83 ○多謝　厚く礼を述べること。○儂　呉語、自称(絶句解)。歌謡的な詩において女性の自称として使われることが多い(揖斐高説)。▽渓流には石が点在する。その石を踏んで芳しい芹を摘む。ありがたいことには石のお陰で私の着物の裾が濡れない。

84 ○一軒の茶見世《みせ》の柳老にけり

85 ○茶店の老婆子《らうばし》儂《ワレ》を見て慇懃《いんぎん》に
無恙《ぶやう》を賀し且《かつ》儂《わ》が春衣《しゆんい》を美《ほ》ム

86 ○店中有二客《てんちゆうにかくあり》　能解江南語《よくかうなんのごをかいす》
酒銭擲三緡《しゆせんさんびんをなげうち》　迎我譲榻去《われをむかへたふをゆづりてさる》

87 ○古駅三両家《さんりやうけ》猫児《べうじ》妻を呼《よぶ》妻来らず

88 ○呼雛籬外鶏《ひなをよぶりぐわいのとり》　籬外草満地《りぐわいくさちにみつ》
雛飛欲越籬《ひなとびてかきをこえんとほつす》　籬高堕三四《かきたかくしておつることさんし》

89 ○春《しゆん》艸《さう》路《みち》三叉《さんさ》中に捷径《せふけい》あり我を迎ふ

90 ○たんぽゝ花咲《さけ》り三ゝ五ゝ五ゝは黄に
三ゝは白し記得《きとく》す去年此《この》路よりす

91 ○憐みとる蒲公《たんぽぽ》茎短《みじかく》して乳《ち》を浥《アマセリ》

84 ○茶見世　茶店。淀川両岸一覧には、毛馬堤に茶店らしい建物が描かれている。▽土手の茶店の柳も老木になった。季柳(春)。

85 ○老婆子　老婆の俗語的表現。ばあさん。○無恙　つつがない。健康である。○春衣　正月用の晴れ着。▽茶店のお婆さんが丁寧に挨拶をして、私の正月用の着物を褒めた。

86 ○江南語　大坂島之内の遊里で用いられた特殊な言葉。皇都午睡に、「江南」にドウトンボリと振仮名。○三緡　三百文。緡は藁や麻縄で作った銭さし。一本に九十六文を繋ぎこれで百文として通用した。○我　儂から我への変化は蕪村の内部意識の変化の表象(揖斐高説)。○榻　細長い腰掛け。▽茶店に二人の客がいて島之内のはやり言葉を交えて話している。酒代三百文を投げ出し私に席を譲って去った。

87 ○古駅　古い宿場。ただし、この道筋に昔の宿場はなく、蕪村のフィクション。▽家が二三軒しかない寂れた古い宿場で雄猫が雌猫を呼んで鳴いている。だが雌猫は近寄ってこない。

88 ○籬外　垣根の外。籬はマガキ。▽垣根の外では親鶏が雛を呼んで鳴いている。そこには草が一面に生えている。雛は垣根を飛び越えようとするが、三度四度と落ちる。

89 ○三叉　三叉路。○捷径　近道。▽春の草に覆われた道は三つに別れている。その中の一つが近道で、私を家路に迎えてくれる。

90 ○三ゝ五ゝ　あちこち少しずつかたまって散在しているさま。漢詩では人が集まっている状態をいう。○記得　覚えている。儲嗣宗「小楼」(三体詩)の「記得ス、去年春雨ノ後」をふまえる。○去年　昨年。「先年」とする注が多いが、「去年」に先年の意はない。▽タンポポがあちこちにかたまって咲いている。黄色いのもあれば白いのもある。去年の藪入りもこの道を通ったことを覚えている。

91 ○憐みとる　大切にそっと取る。「憐れむ」は、いとおしく思うの意。○浥　訓は「ウルホフ」。蕪村はアマセリと読ませた。▽タンポポをそっと摘み取ると、短い茎から乳のような白い汁がぽたぽたとたれる。

92 ○むかし〳〵しきりにおもふ慈母の恩
慈母の懐《くわい》袍《はう》別に春あり

93 ○春あり成長して浪花《なには》にあり
梅は白し浪《らう》花《くわ》橋《けう》辺《へん》財《ざい》主《しゆ》の家
春情まなび得たり浪花《なには》風《ブ》流《リ》

94 ○郷《きやう》を辞し弟《てい》に負《そむ》く身三春
本《もと》をわすれ末《すゑ》を取《とる》接《つぎ》木《き》の梅

95 ○故郷春深し行《ゆき》〻《ゆき》て又行《ゆき》〻《ゆく》
楊《やう》柳《りう》長《ちやう》堤《てい》道漸《やうや》くくだれり

96 ○矯《けう》首《しゆ》はじめて見る故園の家黄昏《くわうこん》
戸に倚《よ》る白髪の人弟を抱き我を
待《まつ》春又春

夜半楽

92 ○むかし〳〵　このあたりから、この詩のヒロインの娘と蕪村自身とが交錯し、登場する娘の母に蕪村の思いが託される。創作意識の分裂といってよい。○懐袍　懐抱の誤記。ふところ。▽昔の幼い頃の母の恩愛がしきりに思い出される。母の懐には、この世の春とはまた別の暖かさがあった。

93 ○成長して…　徐禎卿「江南楽八首、内ニ代ハリテ作ス」（絶句解所収）の「生長シテ江南ニ在リ」以下の詩句による。○浪花橋　難波橋（なにわばし）。北浜と天満を結ぶ橋。北浜は米問屋や仲買人が多く、商業の中心地。○財主　金持ち。○春情　性に目覚めた心情。○浪花風流　浪花の最新流行のファッション。▽春を重ねて成長し私は今は大坂に住んでいる。奉公先は白梅の咲く難波橋のほとりの金持ちの家。そこで働くうちに若い娘らしくすっかり大坂の流行を身に付けた。

94 ○郷を辞し　故郷を去る。○弟に負く　弟と別れる。「負」は「背」と同意。○身三春　三年の春を大坂で過ごした。奉公に出てから三年が経過。この三年間も藪入りには実家に帰っているのである。○接木の梅　梅の木の枝を切り取って別の梅の木に接いだもの。▽故郷を去り弟と別れて三年が経った。故郷を離れた私は、まるで元の木を忘れた接ぎ木の梅のような身の上。

95 ○行〻て又行〻　わき目も振らずに歩いてゆく。文選・古詩十九首中の「行キ行キテ重ネテ行キ行ク」をふまえた表現。▽故郷は春が深い。どんどん歩いていって柳の生えた長い土手をようやく下る。

96 ○矯首　首を上げる。自分の家を遠く眺めやるしぐさ。○黄昏　たそがれ。夕方。▽首を上げて見ると夕闇のなかにようやく自分の家が見える。戸口には白髪の人が幼い弟を抱いている。故郷は春たけなわ。

97 ○君不見《みずや》古人太祇《たいぎ》が句
藪入《やぶいり》の寝るやひとりの親の側《そば》

澱河歌《でんがか》　三首

98 ○春水浮梅花《しゅんすいばいくわをうかべ》　南流菟合澱《なんりうしてとはでんにがつす》
錦纜君勿解《きんらんきみとくことなかれ》　急瀬舟如電《きふらいふねでんのごとし》

99 ○菟水合澱水《とすいでんすいにがつす》　交流如一身《かうりうしていつしんのごとし》
舟中願同寝《しうちゆうねがはくはしんをともにし》　長為浪花人《ながくなにはのひとゝならん》

100 ○君は水上の梅のごとし花水に
浮《うかび》て去《さる》こと急《すみや》カ也
妾《せふ》は江頭の柳のごとし影水に
沈《しづみ》てしたがふことあたはず

97 ○太祇　俳人で蕪村の親友。明和八年(一七七一)没。古人は故人の意で、この詩が作られた時は太祇はすでに故人。○ひとりの親　片親。▽あなた方は読んだことがありませんか、故人太祇の句を。藪入りで帰った子が一人の親の側で寝ている、という句を。季藪入(春)。

○澱河歌　この作品の初案を記した扇面が現存しており、それには「遊伏見百花楼送帰浪花人代妓」(伏見百花楼ニ遊ビテ、浪花ニ帰ル人ヲ送ル。妓ニ代ハリテ)と記されている。浪花に帰る客を送る芸妓の気持ちを、彼女に代わって蕪村が詠んだ。澱河は淀川。澱水とも。

98 ○菟合澱　菟(菟水、宇治川)が澱(澱水、淀川)と合流する。二つの川は大山崎(京都府乙訓郡)で合流する。○錦纜　錦のともづな(船尾をつなぎとめる綱)。杜甫「秋興八首」六の「錦纜牙檣(がしやう)白鷗ヲ起タシム」による。○急瀬　流れの速い瀬。急流。瀬は、あさせ、また川の流れなどをいう。○電　電光。稲妻。▽春の宇治川は梅花を浮かべて南に流れて淀川に合流する。恋しいあなた、船の纜を解いてはいけない。早い流れにのって船は稲妻のように飛び去ってしまうから。

99 ○願同寝　曹子建「七哀詩」(文選)の「願ハクハ西南ノ風トナリテ、長ク逝キテ君ガ懐ニ入ラン」をふまえる。▽宇治川と淀川は合流してまるで一つの身体(からだ)のようだ。願わくは私も一緒に夜舟で下り、浪花の人となっていつまでもあなたと共に暮らしたい。

100 ○君は水上…　「七哀詩」の「君ハ清路ノ塵ノゴトシ。妾ハ濁水ノ泥ノゴトシ」をふまえる。▽あなたは水に散る梅の花のようだ。散るとすぐに流れ去る。私は川のほとりの柳のようだ。影を水に映すばかりで、散った花びらを追ってゆくことができない。

老鶯児《らうあうじ》

101 ○春もやゝあなうぐひすよむかし声

安永丁酉春正月

門人　宰鳥校

平安　書肆　橘仙堂板

101 ○やゝ　ようやく。○あなう　「あな憂(ああ、いやだ)」に「うぐひす」をいいかける。○むかし声　昔の古臭い鳴き声。▽ようやく春めいてきたのに、いやらしく、鶯は古めかしい声で鳴いているよ。「わか〳〵しき吾妻の人の口質」にならおうとしながら、依然として昔風の古臭い句を作っている自分を自嘲的に詠んだ句。巻頭の発句の前書に呼応する。季春・うぐひす(春)。

○安永丁酉　安永六年(一七七七)。蕪村六十二歳。

○宰鳥　蕪村が二十代に使った旧号。「安永三年歳旦帳」以来、自分の編集した俳書に若い頃の旧号を用いるのは蕪村の趣向。

○橘仙堂　京都の本屋平野屋善兵衛。俳号は橘仙。蕪村門。

花《か》鳥《ちよう》篇《へん》

田中道雄　校注

〔編者〕与謝蕪村。

〔書誌〕小本。一冊。大和綴じ。十七丁。板下筆者は蕪村。

〔書名〕前半部に配した花桜の発句群、蕪村の吉野花見の句、巻末の宗因の時鳥の発句を立句とした歌仙に因む。おそらく、「花も散り郭公さへいぬるまで…」(紀貫之)の返歌「花鳥の色をも音をもいたづらに物うかる身は過ぐすのみなり」(後撰集・夏・藤原雅正)を意識しよう。

〔成立〕蕪村の序は、天明二年(一七八二)五月。同年一月二十二日の正名・春作宛蕪村書簡に「花・さくら／右二題之内、いづれ成共御工案、二月中旬迄御登せ被下度候。花桜之帖を出申度候。御社友之御句ども御取集め、早々御登せ被下度候」、六月二日の青荷宛に「花鳥篇先日出板有之候…諸方より加入之句よほど集り候へども、いづれはぶき候て、社中親友の句のみにいたし申候」、七月十一日の百池宛に「花鳥篇入料たしかに落手いたし候。扨／＼花鳥篇不寄にて愚老損毛御察可被下候」とあり、「花桜帖」として一月から企画され、広く集句されたが、出版の際には蕪村周辺の作者に限定したこと、それが原因か入句料不足で収支が償わなかったこと、が知られる。

〔構成〕蕪村の自序。

「花桜帖」花・桜の発句八十五句。

一休作と伝える風刺文を引いた、蕪村の小俳論。

うめ女の発句を立句とした連句(十二句)。

詞書の後、檜木笠の挿絵に書き込んだ蕪村の花の句。

宗因の発句を立句とした連句(歌仙)。

中村慶子画の月に時鳥の絵。

〔意義〕几董と微妙に異なる立場を保つ蕪村が、己れの趣味を充分にいかして編んだ瀟洒な春興帖。挿絵には淡彩を施し、妓女や俳優の句もまじり、花桜の艶やかさが引き立つ。小俳論での自説開陳は勿論、『夜半楽』同様、蕪村の俳諧観を窺ううえできわめて重要な一集である。

〔底本〕天理大学附属天理図書館蔵、綿屋文庫本(翻刻第六九号)。但し、同文庫本の第五丁目と六丁目は欠丁の補写であるので、この二丁については、慶應義塾図書館蔵の奈良文庫本を用いた。

〔翻刻〕『天明俳書集 一』(臨川書店、平成三年刊)。

郭文《くわくぶん》が勝具なければ、鬼貫《おにつら》が禁足にはくみしやすきにや。みよしのゝ山ぶみもかり寝のゆめにたどり、あらしのやまの春のゆくゑだにしらぬゑびすごゝろのいとさう〴〵しければ、せめて朝夕《てうせき》草扉におとづるゝ人の花さくらの吟詠を、ほぐのはしにかいつけ、一帖にものして臥遊のよすがにもとおもひたちつゝ、とかくするほどに、春煙眼《まなこ》を過ギ緑樹窓を蓋《おほ》ひ、荏苒《じんぜん》として去つくす日にゆふべをかこち、蕭条《せうでう》とふりくらす雨に暁をしらず、おこたりがちなる老の身をうらみて、ひとり几上《きしやう》に肘《ひぢ》する折ふし、ある人梅翁のたんざくを得て、この句にわきせよと云ひおこせたるを、取上げ見れば手沢淋漓《しゆたくりんり》として、雲外の一声睡《ねぶり》をさまし、言下《どんか》に一句を吐《はく》。所謂《いはゆる》狗尾《こうび》をもて貂《てう》に継たることゝ地するを、門下の二三子、第三第四とつゞけゆくまゝに、やがて三十六句にみちぬ。いとよし、花桜

○郭文が勝具　勝具は、景勝地をわたり歩く道具、すなわち健脚の意。世説新語十八・棲逸に「許掾好遊ニ山水一。而体便ニ登陟一。時人云、許非ニ徒有ニ勝情一。実有ニ済勝之具一」とあり、蒙求がこれを「許詢勝具」の標題で収める。故に「許詢が」とあるべきを、同書中の他の標題「郭文遊山」と混同した。郭文・許詢とも晋の人。○鬼貫が禁足　老親のため断念した江戸への旅を、空想で描いた旅行記「禁足之旅記」(犬居士所収)に基づく。鬼貫は伊丹の人。重頼門。著書「独ごと」など。元文三年(一七三八)没。
○くみしやすき　加わりやすい。
○山ぶみ　「山路を歩行也」(和歌八重垣)。○かり寝　うたた寝。
○ゑびすごゝろ　風雅を解しない心。
○さう〴〵しければ　味気ないので。○草扉　我が草庵、の意。
○ほぐ　反古。○一帖にものして　一冊の書物に仕立てて。
○臥遊　臥しながら各地に遊ぶ思いをして楽しむこと。
○春煙　春のもや。詩語。○荏苒　時がゆるやかに過ぎる形容。「桃に桜に遊びくらしたる春の日数の、さだめなく荏苒として過行」(柳女宛蕪村書簡)。
○蕭条　静かで、ものさびしい様。唐詩選に多い語。「蕭条として石に日の入枯野かな」(蕪村)。○几上　机の上。
○梅翁　連歌師西山宗因の俳号。大坂で、談林俳諧の祖となる。天和二年(一六八二)没。○この句　二二五頁に出る宗因の発句「ほとゝぎすいかに鬼神もたしかに聞」。○わきせよ　脇句を付けよ。○手沢　遺墨。もとは手のよごれの意。転じて遺品をいう。
○淋漓　したたるように、筆に勢いある様。底本「灕」と刻し、「隹」部分を朱で抹消。○雲外の一声　右の句中の「ほとゝぎす」の声。つまりこの句の高い気韻。巻末の挿画とも呼応する語。
○睡をさまし　右の句中の「たしかに聞」を受ける。
○一句　二二五頁に出る蕪村の脇句「ましてやまぢかきゆふだちの雲」。
○狗尾をもて貂に継たる　すぐれたものを、つまらぬものが継ぐ例え。「狗尾続貂」(通俗編二十八)。貂は、テンの尾を飾りにする冠をつける高い地位、の意。狗は犬。
○花桜　本書の前半部、「花桜帖」を指す。
○疎懶　ものぐさ。○壬寅　天明二年(一七八二)。

の後《しり》へに附して、則《すなはち》花鳥篇と題号して、我疎懶《そらん》の罪を謝す
ることしかり。

壬寅皐月《さつき》　蕪村識《しるす》

1 ○浦里　海辺の村。大石は西灘の地。○海苔　浅草海苔の類。淡い味を賞して、甘海苔と呼ばれていた。▽春めいた柔らかい色と味。季さくら・海苔。以下、八五まで春の句。

2 ○とはゞ答ふ　禅などの問答体に擬した。○六十八九日　開花の日が、六十八丁の櫓(ろ)を使う関船のように、いち早く、もう八、九日で来るだろう、の意。▽開花までの日数を尋ねられたら、ほんの八、九日だよ、と答えよう。季花。

3 ○大ゐ河　洛西、嵯峨・松尾辺を流れる川。大堰川。大井川の筏は古歌に見える。▽大井川の瀬の川面には桜の花びらが散り敷き、その中に、上流から流れてきた無骨な筏が、ゆったりと浮かんでいる。対照の妙。季花。

4 ○葛城　大和国西部の高山。古歌では、しばしば「峰の白雲」を伴って詠んだが、「葛城や高間の山の桜花雲居のよそに見てやすぎなむ」(千載集・春上・藤原顕輔)のように、桜を詠むこともあった。○よしのゝ　吉野山に賞美の「よし」を掛ける。▽葛城山の山腹の桜は、吉野山の花の雲がちぎれ雲になって飛んできたようで、ここもまたよい眺めだ。季(花の)雲。

5 ○垣　人を花に近づけぬための垣。花垣。▽花の見頃も終わったので、にわか作りの垣根をとり払っていると、最後の花がはらはらと散った。季落花。

6 ○暮おしむ　薄れゆく光への情感は新鮮。▽夕暮を惜しむかのように咲く桜の向うに、気がつくと三日月がかかった。季さくら。

7 ▽一、二輪の花に、生命の可憐な営みを発見した。季初ざくら。

8 ○さりながら腹はへりけり　謡曲調。▽山桜は、その眺めもさることながら、山道を歩いたので、すっかり空腹になった。季山桜。

9 ○炭がま　木を蒸し焼きにして木炭を製するため、山中に築くかまど。その煙は古歌で冬の景に詠まれた。▽白い煙に代わって、白い山桜が山腹にけぶる。季山ざくら。

10 ○銭二百　飯盛女の玉代、芝居の切落(きりおとし)の場代など、最も安い料金。▽我が家は吉野に近いので、わずか二百文の駕籠代で、あの名高い花を見に行ける。季花。

花桜帖

1 浦《うら》里《ざと》のさくら咲けり海苔の味　大石　士川

2 花をとはゞ答ふ六十八九日　浪花　雄山

3 花の瀬にうかむ筏《いかだ》や大ゐ河　ゝ　延年

4 葛城《かづらき》やこゝもよしのゝ雲ちぎれ　大和　何来

5 けふきりに垣を仕《し》舞《まへ》ば落花哉　大石　佳則

6 暮おしむさくらにしばし三日の月　湖柳

7 初ざくらひそかに咲る風《ふ》情《ぜい》哉　宇治タハラ　野菊

8 さりながら腹はへりけり山桜　丹ミヤヅ　東渚

9 炭がまのけぶりも消て山ざくら　ゝ　路景

10 我住《すみ》家《か》よしのゝ花に銭二百　ヤマト　如水

11 ○立よれば　「散りかゝる、花の木蔭に立ち寄れば」（謡曲・昭君）のように、木の下に立ち寄る。○一樹　謡曲には「一樹の蔭」の用例が多い。▽その一本の桜に近づいて仰ぐと、まことに見事な大樹で、豪華な蔭に包まれた。季さくら。

12 ○僧寺に帰る月夜　猿蓑の「僧やゝさむく寺にかへるか（凡兆）／さる引の猿と世を経（ふ）る秋の月（芭蕉）」の付合を想起させる。▽右の付句の月を春月に転じて桜を配し、あでやかな春景とした。季さくら。

13 ○つと　早朝。「夙に起（おき）、おそく臥て」（雨月物語三）のように、対句で使うことが多い。▽落花と麦の緑との対照。季花ちる。

14 ○月の夜は花より明て　明け方の花と月を描く例は新古今集の頃に多く、奥の細道の冒頭にもある。▽有明月が傾く頃、薄闇の中に、花のあたりがまず白く浮かび上がり、やがて桜の形をなしてくる。季花・さくら。

15 ○花の河　花びらが浮かぶ川。「落英泛二流水一」（絶句解・花源）のような、漢詩の影響が濃い素材。▽疲れた足を引きずり、川面をおおって流れる花びらを横切って進むと、やさしい感触と水の冷たさが、旅の疲れを癒してくれる。季花。

16 ○舟さして　舟を進めて。▽狭い水路に棹（さお）さしてみたが、花影もなく、どこかわびしい入江だった。季花。

17 ▽花見を終えて家路をたどる頃、振り返ると朧月が昇り始めていた。あの花の山のあたりから。季花・朧月。

18 ○かしぐ　飯をたく。▽「谷の清水を汲て自ら炊ぐ。とく／＼の雫を侘て…」という幻住庵記（芭蕉）の俤がある。季山ざくら。

19 ○掛茶屋　遊楽の客が多い時節だけ、社寺の境内や路傍に仮設する茶店。例えば、春の京都の嵐山・東山など。○の　の者が。▽花の盛りの掛茶屋は大繁昌。てんてこ舞いの最中、小屋に舞い込む花吹雪を、思わず手の杓子で払うことだ。季さくら。

20 ○いさゝか　わずかばかり。繊細さを示す、蕪村ら好みの語。▽花から花へと、蜜を吸って少しずつ移動する、蝶の生態の的確な描写。季花。

11 立《たち》よればことに一《いち》樹《じゆ》のさくら哉　大石守明

12 僧寺に帰る月夜のさくらかな　正巴

13 つとに起て見れば花ちる麦畠　湖嵓

14 月の夜は花より明てさくら哉　ナニハうめ

15 草《くた》臥《びれ》た足でわたるや花の河　大石士喬

16 舟さして花にとぼしき細江哉　我則

17 花を見て帰るうしろや朧《おぼろ》月《づき》　熊三

18 米かしぐ水にとぼしや山ざくら　佳棠

19 掛茶屋の杓《しやく》子《し》で払ふさくら哉　吾琴

20 花に添《そう》ていさゝか逃《にぐ》るこてうかな　青荷

21 花に棹さすや夕日の片《かた》便《だより》　古好

22 うつくしき花のさかりやきのふけふ　女ことの

21 ○さす　「棹さす」に、日が「さす」を掛ける。○夕日　当代の漢詩が多用した素材。○片便　一方向だけの伝達。▽日が沈む前、花に向かって夕日から注ぎ込まれる光の束。あの強い光の筋は、花の波にさし入れた棹なのだ。見立て。季花。

22 ▽素直な実感。作意のない初々しさが、読者の心をなごませる。季花のさかり。

23 ○逡巡　ためらい、しりごみすること。「向フヘス、ミカネテハ、後ヘマワル事ヲモ逡巡ト云」(虚字詳解)。○遅ざくら　常の花期を過ぎて咲く桜。▽人が春を惜しむだけでなく、春もまた立ち去りがたくてためらうのか、遅咲きの桜が咲き誇っている。「秋風ハ心ナケレドモ、心アルヤウニ云ヒナスガ、詩人ノモヤウヂヤ」(唐詩国字弁六)の如き、漢詩の影響による擬人法。蕪村の代作句で、蕪村句集に、上五を「ゆく春や」として集録。季ゆく春・遅ざくら。

24 ○たのまれて　京都には、摂家の奥方が、花見の際に町人を召し出し、終日同行させる風習があった(譚海三ノ八十九)。▽あの男は花見に行くというが、奥方様のお供とあっては、楽しみも一味別になろう。豪華な行列ではあるが。作者春坡は京の富商、あるいは自らを諷すか。この句、潁原退蔵編『蕪村全集』に蕪村の短冊句として収載。季さくら。

25 ○雪の山桜　雪のような山桜。▽雪が降るように白く散る山桜は、その散り際がまた新たに花を咲かせた感じだ。「山桜散りてみ雪にまがひなばいづれか花と春にとはなむ」(新古今集・春下・伊勢)を意識か。季山桜。

26 ○掃庭　植込みを減じ、広くとった砂地の清浄感をめでる庭。▽夜来の雨でぬれそぼった花から、玉のような大粒の雫がたれ、根元の真白い砂に吸いこまれる。参考「露をおもみ木末たれたる糸桜やなぎが枝にさくかとぞ見る」(玉葉集・春下・西園寺実兼)。季花。

27 ○いろ〳〵の人　古歌の秋部に多い「花のいろ〳〵」の成語を、人に取り成して利かせた。▽花見の山路を歩むと、老若貴賤さまざまな人に出会うことだ。季花。

28 ○廿日の月　遅ざくら同様、時期遅れの月。○木ノ間　蕪村の「春月や印金堂の木の間より」を意識か。▽「花の色に光さしそふ春の夜ぞ木の間の月は見るべかりける」(千載集・春

23 ゆく春の逡巡として遅ざくら　金篁

24 たのまれてさくら見に行《ゆく》男かな　春坡

25 ちればさく風情や雪の山桜　心頭

26 掃《はき》庭に雨おもき花の雫《しづく》哉　銀獅

27 いろ〳〵の人見る花の山路かな　女小糸

28 遅ざくら廿日の月の木ノ間より　管鳥

29 ちると見し夢もひとゝせ初桜　几董

30 花の香やさくらに風のさはる時　松化

31 花に寝て月におどろく木陰哉　雪居

32 夜ざくらに梟《ふくろふ》を追ふ礫《つぶて》かな　是岩

33 鄙《ひな》人《びと》の舅《しうと》に倶《ぐ》してさくら哉　舞閣

34 さくら咲《さく》中や樵夫《きこり》が飯《いひ》けぶり　宮ヅ山呼

上・上西門院兵衛)の俳諧化。「花はさかりに月はくまなきをのみ見るものかは」(徒然草一三七段)。季遅ざくら。

29 ○ちると見し夢　「いも安くねられざりけり春の夜は花の散るのみ夢に見えつゝ」(新古今集・春下・凡河内躬恒)を踏まえる。▽花が散るのを惜しんでから早くも一年、今年も桜が開花した。去年の春同様、やがて気をもむことになるだろう。晋明集に「所懐」と前書。季初桜。

30 ○花の香や　「かすみたつ春の山べは遠けれどふきくる風は花の香ぞする」(古今集・春下・在原元方)を意識か。▽古今歌の観念的な花の香に対し、擬人法をも使って、風にゆられて匂い立つ、現実の花の香を詠み、繊細な感受性を示した。季花の香・さくら。

31 ○花に寝て　「木(こ)のもとに旅寝をすれば吉野山花のふすまを着する春風」(山家集)のような、西行もどきの発想。▽花見酒の酔いか、満開の桜の下でつい一眠りしたが、折からさし昇る月の光に、はっと目覚めたことだ。季花。

32 ○夜ざくら　灯籠などを点してする、夜の花見。○梟　「昼ハ林中ニ睡リ、夜ハ市井ニ出(づ)。人コレヲ悪(く)ム」(本草綱目啓蒙)。▽夜桜見物で、花やいだ気分をそぐように、梟が鳴いた。誰が投げたかそれを追う小石が木立をかすめ、闇のしじまに響いた。明と闇の対照。季夜ざくら。

33 ○鄙人　田舎人。「さなきだに都に馴れぬ鄙人の」(謡曲・花筐[はながたみ])のように、謡曲に多い語。○舅　配偶者の父。妻の父の場合は、外舅・岳父とも書く。▽田舎から上った舅のお供で、京の花見。やさしい気遣いの一方、都の賑わしさにやや得意でもある。季さくら。

34 ○樵夫　山で木を伐る人。○飯けぶり　炊煙。参考「山賤(やまがつ)の朝けの煙り雲そへて…」(新後撰集・夏)。▽山にかかる雲のような桜の間から、樵夫小屋の白い炊煙が立ち昇り、山容をさらに柔らげている。季さくら。

35 ○おもひ得ぬ人　自分の恋を受け入れてくれぬ人。雅語「憂き人」の具体的表現。○さくら狩　花見。▽忍ぶ恋、怨むる恋は古歌の常套だが、当の相手を花見に誘う行動性、予想される微妙な心理のやりとりが俳諧的。季さくら狩。

35 おもひ得ぬ人伴ひてさくら狩　維駒

36 老て猶さくらはとはれける　柳女

37 夜ざくらや檻《おばしま》ちかき君が声　ワキノハマ 桃葉

38 溜池のうごかぬ水にさくら哉　ゝ附鳳

39 舟出して入《いり》日の前のさくらかな　大石 曾雨

40 狩くらす花の梺《ふもと》を歩《かち》路《ぢ》哉　束助

41 桜狩かの木この木の一《ひと》構《かまへ》　まさ女

42 舟出して遠山ざくら見付たり　呑獅

43 雨の日やむかし皃《がほ》なる南《な》良《ら》の花　徳野

44 きのふちりけふちりひぢの山桜　文皮

45 雲と咲《さき》雪と散けり山ざくら　女 石松

46 花に来て御《お》室《むろ》を出ルや宵月夜　ナニハ 百楼

36 ○猶　内に秘める生命力を強調。▽あの桜は相当な老樹なのに、この春もまた艶(あで)やかな花(開花)が訪れてきた、の意。さくらと花の使い分け、また後半の擬人法に、女性のイメージを託して面白みを出す。季さくら・花。

37 ○檻　「縁側・露台や橋などの手すり。もたれかかるところ」(日葡辞書)。▽女が、二階の手すりに倚(よ)って夜桜を眺めていると、薄闇の庭を逍遥していた、いとしい人の声が近づいてきた。季夜ざくら。

38 ▽澄んだ水ではないが、穏やかな春の日差しの下、溜池の水面は鏡のよう。岸の満開の桜を映して美しい。芭蕉の「古池や」の句に似て、全くの無音静寂。季さくら。

39 ▽一日舟出をして、日没前に港に入る。海岸に近づくと、咲き誇る桜に折から夕日がさし、紅に染まるかのようだ。移動する、海上からの視点。季さくら。

40 ○狩くらす　古歌では一日中狩をするの意。ここでは桜狩の一日。○歩路　徒歩路・徒路の別表記。▽花見客で賑わう山の麓を、所用あっての遠出か、せわしく歩き過ぎる人がいる。あの人も、山に入りたいのはやまやまだろうが。季花。

41 ○一構　樹勢や枝振りの見事さを、あたかも人を迎え待つ作り物のように表現した。▽花見に行くと、あちらもこちらも年輪を重ねた大樹ばかりで、それぞれの威容が楽しめた。季桜狩。

42 ○遠山ざくら見付たり　「春霞あやなゝたちそ雲のゐる遠山ざくらよそにても見む」(玉葉集・春下・藤原実雄)を踏まえよう。▽海上から、遠くに煙って見える山桜を見つけた喜び。季山ざくら。

43 ○むかし皃　昔を髣髴(ほうふつ)させる花の様子。季語「花の顔」に因む表現。○南良　別称の南都にひかれた表記。▽「八重匂ふ花を昔のしるべにて見ぬ世をしたふ奈良の古郷」(玉葉集・春下・範憲)の俳諧化。雨にぬれる花としたのが趣向。季花。

44 ○ひぢ　泥。「塵泥(ちりひぢ)」の複合語で使うことが多く、ここでも「散り」と掛けている。▽散り始めると早く、山桜は昨日も今日も風に吹かれて、地肌一面に散り敷いている。「つひに行く道とはかねて聞きしかど昨日今日とは思はざりしを」(古今集・哀傷・在原業平)を意識か。季山桜。

47 花の雲大和河内の夕けぶり　紫洞

48 西山や花の朧に日の落《おつ》る　大石士巧

49 さくら陰誰に谺《こだま》す山の神　ゝ菊十

50 ちりがてに人待がほのさくらかな　慶子

51 花の浪すくひ上《あげ》たき扇哉　巴江

52 谷水へ手は届《とどか》ずやさくら狩　雷子

53 散《ちり》がたの花見るうつり心哉　五雲

54 ぬけ道やさくらちり込《こむ》たまり水　之兮

55 花もどり隣に風呂の有《ある》夜哉　尼崎春洲

56 花さくやひたやごもりの僧がもと　仙台秋来

57 炉ふさひで見ればさくらは咲にけり　イタミ東瓦

58 白雲の根をおろしけりさくら苗　眠獅

45 ○雲と咲　「花の雲」(季語)と呼ばれるように咲いて。○雪と散けり　「花の雪」も季語。▽雨冠の文字を対にし、常套表現を取り合わせた面白さ。季山ざくら。

46 ○御室　京の名刹仁和寺の別称。境内の八重桜は、京中での壮観とされた。○出ルや　「室から出る」の意を利かし、月が出るとも掛けた。▽遅咲きの「御室の桜」を見に来たが、ちょうど寺を出る頃に春月が昇り、二つながら楽しめた。東山を向いて帰ることになる。季花。

47 ○夕けぶり　炊事などのため、夕方に立つ煙。歌語。▽夕方、生駒山の花が雲のように霞んで見えるが、大和・河内を隔てる山だけに、あたかも東西の民の炊煙が立ち混じるようだ。季花の雲。

48 ○西山　京都の西側の連山。落日の景がよく詠まれた。▽嵐山をはじめ、桜が満開の山々が夕暮には一層朧に見え、その向うに真赤な夕日が沈んでいく。季花。

49 ○山の神　山の精。谺は「木魅」「樹神」とも書いて、木の精の意だが、山彦の語で分かるように、山の神の分身。▽桜が満開の谷間に谺が響く。あれは、山の神が誰を呼ぶ声だろうか。謡曲(西行桜など)にも出る、桜木の精を呼ぶのだろうか。季さくら。

50 ○ちりがてに　「がてに」は「…しかねて」の意。○人待がほ　季語「花の顔」に因む。▽散り際の桜が、まだ未練を残して、最後の客を待つかに見える。季さくら。

51 ○花の浪　枝ごとに咲く桜の花が、寄せる白波のように見える様。○すくひ上たき　「浪」の縁語。▽波うつように美しい桜を、この扇ですくい取りたくなるよ(扇の上に夕顔の花を置かせた源氏物語・夕顔のように)。季花の浪。

52 ▽花見の客は、足元のこの清流に気づかぬのだろうか。ちょっとかがめば掬(むす)べるはずを、上ばかり見て歩いている。季さくら狩。

53 ▽花の盛りを無上に喜んだかと思うと、今度は、散りかかる花をよしとして楽しむ。花見る人の心は、まったく変わりやすいものだ。「うつろへる花を見てよめる／花見れば心さへにぞうつりける色には出でじ人もこそしれ」(古今集・春下・凡河内躬恒)を踏まえる。散る花を見てなえ衰える心を、陽性の

59 垣ごしに涼及《りやうきふ》が花を立《たて》て見る　自笑
60 山おろしふせぐ青葉や花の楯《たて》　三角
61 早《はや》鮓《ずし》の昼にならぬや初ざくら　和流
62 試《こころみ》のさくら咲けり二三輪　兵ゴ来屯
63 遠里の花静さよ午《うま》の貝　ゝ里由
64 郎《らう》等《どう》の居所うれし花のもと　ゝ清夫
65 さいつころ植しも見たり山ざくら　百池
66 日和《ひより》じやと魚屋《うをや》云けりさくら狩　公遠
67 先《キ》へ来て友にしのぶや花の山　文長
68 朝《あさ》戸《と》出《で》や落花戸をうつうれしさに　婆雪
69 途《と》に晴て猶せかるゝや雨の花　存固

移り気に転じた。季花。
54 ○ぬけ道　人目にたたぬ近道。▽生活の中で、ささやかな美を見出した喜び。季さくら。
55 ○花もどり　「花見戻り」の約。○風呂　自家用の水風呂。▽花見から戻ると、嬉しいことに、今夜は隣家で風呂を立てるという。貰い湯して、花冷えの体を温め、塵を流そう。季花もどり。
56 ○ひたやごもり　「や」は屋、ひたすら屋内にいること。源氏物語・帚木などに用例。▽堂中で厳しい戒行を保つ僧の参籠も長くなり、堂前の桜もすでに花を開いた。芭蕉の「春の夜や籠リ人ゆかし堂の隅」を意識か。季花。
57 ○炉ふさひで　暖かになり、しばらく使わぬ炉に蓋をして。▽内では人事、外では自然、重ねて好季節の到来を知る。季炉ふさひで・さくら。
58 ○さくら苗　桜は種からもよく育ち、二月にまいて、一年で二、三尺にもなる。▽桜の苗がすくすく育っている。あれは、空に浮かぶ白雲が根づかせたのだろう。やがて花の雲になるのだから。生命力が天から降るという民俗思想を反映。季さくら苗。
59 ○涼及　有馬氏。号、存庵・臥雲。京都の名医で茶事にたけ、奇行多く近世畸人伝に載る。元禄十五年(一七〇二)没。「涼及が花」は、涼及が求め来た桜の大樹を、根を菰(こも)包みしたまま縁のそばに横たえておき、問われると「寝て見るためだ」と答えた故事(類柑子)による。○立て　垂直に置くという意に、花を活ける意を掛ける。▽垣の向うの桜が満開だ。あの豪気な涼及の桜の木が、今ようやく植え立てられた、とでも見ようか。季花。
60 ○山おろし　山から吹いてくる風。▽日ごとに繁る木々の若葉は、花を山風から守る楯なのだ。見立て。季花。
61 ○早鮓　自然にゆっくり発酵させる古来のなれ鮓に対し、酢を加えるなどの方法で速成させる鮓。一日ほどのものを一夜鮓という。▽昨日漬けた鮓は、今日のお昼にはまだ食べ頃にならぬのだろうか。暖気の増した庭で、桜がほころんでいる。季初ざくら。

70 花に来て飯くふひまや松の風　月居

71 夕ぐれや花を離るゝ天の原　ナニハ正名

72 此道も二もと三もとさくら哉　通竹

73 ちるはくく花の外《ほか》には蝶ばかり　梅幸

74 土《ど》鳩《ばと》啼《なく》夕山陰の遅ざくら　高サゴ布舟

75 片袖はぬひでかたげよ山ざくら　其答

76 ひとつ家《や》に斧《をの》のひゞきや山桜　魚赤

77 花ざかり人のうしろへ入《いる》日哉　田福

78 黄昏《たそがれ》のおもき艸履《ざうり》やさくら人　梅亭

79 さくら咲《さく》山に住《すめ》どもろくろ引《ひき》　獃子

80 社家《しやけ》町《まち》の門相似たり山ざくら　里暁

81 独《ひとり》行て物わすれせむ花のもと　ナニハ旧国

▽人の心の雅びを試そうというのか、今年もひっそり、早咲き桜の二、三輪が咲いたよ。擬人法。季さくら。

63 ○午の貝　里人に正午を知らせる法螺貝。▽花に埋もれた遠里の真昼の静寂。その絵のような景から午の貝の音が聞こえてくる。芭蕉の付句「里見え初(めそ)て午の貝ふく」(猿蓑)による句作り。季花。

64 ○郎等　武家に、血縁なく仕える家臣。▽家運衰退のため離散していた、かつての郎等の居場所が分かった。久々に集い、花の下で酒を酌んだことだ。季花。

65 ○さいつころ　「さきつころ」の転。先頃。古語。▽山に登ったら、ついこの間植えた桜にも、もう花がついていたよ。源氏が初めて京を離れ、北山の桜を見る場面(若紫巻冒頭)をかすめるか。この後の、良清が明石の君を語る部分に「さいつころ」の語が出る。季山ざくら。

66 ○日和　好天。○魚屋　魚は「いを」と発音(かたこと)。上方では「ととや」とも。▽花見のため家を出ると、なじみの魚屋まで晴天を喜んでくれた。人情の活写。季さくら狩。

67 ○しのぶ　こらえる。▽約束の花見の山へ、友より先に着いた。見事な景色に思わず快哉が出かかったが、せっかくなら友と共にしよう。季花の山。

68 ○朝戸出　→続明烏四一八。○落花戸をうつ　古歌の〈戸をたたく風〉〈窓をうつ雨〉に対し、斬新・繊巧な表現。▽耳をすますと、花びらが散りしきり、戸をかすめる音がする。花吹雪の嬉しさに、早朝の散策に出た。「戸」の重出でリズム。季落花。

69 ○途　道筋。途上。▽朝から雨模様でがっかりしていたが、途中で晴れてきた。花の好景をまだ見られると思うと、一層心がつのることだ。心理の機微。季雨の花。

70 ○ひま　花見の合間。▽花見もお昼時、一休みして弁当を開く時、松風が涼しく吹いた。「白河に花みにまかりてよめる／白河の春の梢をみわたせば松こそ花の絶え間なりけれ」(詞花集・春・源俊頼)を踏まえる。松の色を風に転じた。季花。

71 ○天の原　歌語で大空のこと。ここは、もとの天上界の意。▽夕闇が迫り、花をおおっていた、のどかな霞の色も消えていく。高天原(たかまがはら)が消え去るように。「天の原おほふ霞ののどけきに春なる色のこもるなりけり」(風雅集・春上・光厳院)を

82 入《いる》月のさくらよこぎる坤《ひつじさる》　幻住庵臥央

花落花開猶未酔
還疑千日在君家

83 千日の酒売《うる》は誰ゾ花の蔭　道立

十字街

84 花に酒汗して牛のひく日哉　蓼太

登台嶺

85 うへもなきこの世の桜咲にけり　暁台

右文音の二句

一休会裏《ゑり》になき物

まな正月、しも茶わむ。をしき、

踏まえ、「霞」の意をほのめかす、抜けの手法。[季]花。

72 ○此道も　「も」は、謡曲・遊行柳で、遊行上人が「先の遊行も此道ならぬ古道を通りし事の有りしよなう」と不思議がりながら、老人に古道へ導かれ、朽木の柳に至る話を受ける。▽遊行上人は古道を通って柳の名木を見たが、今の世のこの新道には、美しい桜が二、三本咲いている。[季]さくら。

73 ○ちるは〳〵　「ちるは〳〵酔のさめたる夕ざくら」(続虚栗・自悦)に倣う。○花の外には　「山遠き霞の匂ひ雲の色花の外までかをる春かな」(風雅集・春中・西園寺実兼)によろう。▽花が散り続ける。この華麗な花吹雪の世界に入れるのは蝶だけ。共にもつれて夢のように舞う。[季]花・蝶。

74 ○土鳩　イエバトのこと。寺社などにいる小振りの鳩。○夕山陰　参考「…夕山陰の谷の下水」(玉葉集・夏)。▽三つの素材の調和。[季]遅ざくら。

75 ▽折りとった山桜は、片袖を脱いで担ぎなさいよ。せっかくの花見小袖を破るから。京都の花見では、衣服を新調し、花枝を持ち帰る習慣があった。カは頭韻。[季]山ざくら。

76 ○ひとつ家　芭蕉らが使った語。▽山中の一軒家に、遠くから木を樵(こ)る音が伝わってくる。まわりの山桜を、かすかに震わせながら。[季]山桜。

77 ▽「花見にと人は山辺に入りはてて春は都ぞさびしかりける」(後拾遺集・春上・道命)を踏まえる。花盛りの山は人で一杯のはずだから。「山」の抜け。[季]花ざかり。

78 ○さくら人　桜狩を楽しむ人。▽花見疲れの帰路。参考「揚屋をかへてもどる暁／新しい草履はかるき恋の闇」(雑談集・其角付句)。[季]さくら人。

79 ○ろくろ引　轆轤鉋(ろくろがんな)を使って種々の器具を作る職人。木地師。▽せっかく花盛りの山に住んでも、無骨な轆轤師では何も思うまいよ。「山に登りて法師になり侍りける人につかはしける／何かその身の入るにしもたけからん心を深き山にすませよ」(後拾遺集・雑三・藤原長能)の俳諧化。[季]さくら。

80 ○社家町　神職の家の屋並み。○相似たり　「年年歳歳花相似タリ、歳歳年年人同ジカラズ」(唐詩選二・代下悲二白頭一翁上・劉廷芝)。▽同じ造りの、しかも昔のままの風格ある門構えで、どの家にも山桜が咲いている。[季]山ざくら。

たゝみ、くものいゑ。ぜにこめ得法《とくほふ》、
悲の衣《ころも》。つとめ、放参《はうさん》、経陀羅尼。
　はやるものなに〳〵
猿楽、田楽のうたひもの。尺八、
こきりこ、はふかぶし。
傾城《けいせい》、若俗《にやくぞく》のざふたむ。
さよ〳〵さ夜ふけがたのよ、
　　しかのひところゑ。

此《この》小歌は天下老僧の活作也。佐竹の御家にありて、疎《おろそか》なる饗《きやう》には掛られずとかや。その一声をこゝにうつして、焦尾《せうび》桐《とう》のしらべをそふ。一曲《ひとふし》の早歌《さうか》もまた艶なり。

右の文は其角が焦尾琴《せうびきん》に有て、俳諧の一枚起証《いちまいきしやう》ともいふべし。

81　▽誰もいない花の下に独り行って、俗事を忘れて心を休めたいものだ。「木のもとは見る人しげし桜花よそにながめて香をば惜しまむ」(山家集)を反転した趣向か。季花。

82　○入月の　「深き夜のあはれを知るも入る月のおぼろけならぬ契りとぞ思ふ」(源氏物語・花宴)を踏むか。○よこぎる　やや強い語感。○坤　西南。須磨を暗示か。▽源氏が、花の宴の夜に朧月夜と契り、須磨流謫《るたく》の遠因となったことを諷するか。季さくら。

83　○花落…　花落チ花開キ、猶未ダ酔ハズ。還《かへ》リテ疑フ、千日君ガ家ニ在ルカト。和漢続詩学解環(安永九年刊)に一元の詩句として出るが、道立の披見書は未詳。○千日の酒　劉玄石が、千日間は酔いがさめぬという酒を買って酔いつぶれ、死んだと思って葬ったが、千日後に棺中で酔いがさめた、という故事(蒙求・玄石沈湎)による。▽花の下の酒はおいしくて、玄石と異なり、いつまでも酔いしれない。これでは千日の流連(居続け)になるのでは。こんな美酒を売ったのは誰だろう。季花。

84　○十字街　十字路。○花に酒　「花に酒僧ども侘ん塩ざかな」(曠野・其角)。○汗して牛の　「汗牛充棟とは書籍《しよじやく》を多く積こと」(譬喩尽)。▽花見頃だもの、街行く牛も、書物ならぬ酒を重そうに運んでいる。季花。

85　○登台嶺　台嶺ニ登ル。台嶺は比叡山(天台山)の漢文的表現。▽高さとしても、現世の美しさとしても最上の、清らかな桜が咲いている。季桜。○文音　文通。

○一休会裏　一休の門下。尾形仂他編『蕪村全集』四の頭注によると、以下は、臨済宗大徳寺主流派の養叟《ようそう》=一休の法兄。(一三九四―一四八一)会裏への諷刺をこめる。○まな正月　「まな」は真魚、「正月」は休むことで、精進料理の意か。○しも茶わむ　下男下女が使う茶碗。(生臭料理だが平等。)○をしき　檜の薄板を曲げて作る角盆。折敷。○くものいゑ　蜘蛛の巣。(質素だが清浄。)○ぜにこめ得法　養叟が、銭・米を寄進した堺町人に、悟道の印可を安易に与えたことをさす(『蕪村全集』)。○悲の衣　勅許により高僧が着る緋色の法衣。緋の衣。「悲」は宛字。○放参　座禅から解放されて休むこと。(読経しないが座り続ける。)○経陀羅尼　経文と梵語の呪文。○はやるものなに〳〵　このさは、おのれがこゝろざし賤陋《せんろう》にして寂《さび》、しをりをもはらとせんよりは、壮麗に句をつくり出《いだ》さむ人こそこゝろにくけれ。かの伏波《ふくは》将軍が老当益壮といへるぞ、よろづの道にわたりて致《ち》を一にすべし。古《いにしへ》、市河栢筵《はくえん》、今の中むら慶子《けいし》などは、よくその道理をわきまへしりて、とし〴〵に優伎のはなやかなるは、まことに堪能《かんのう》の輩《ともがら》と云べし。

みやこに住給へる人は、月花のおりにつけつゝよき事をも聞給んといとねたくて、
蕪村様へ文のはしに申つかはし侍《はべる》

86 いとによる物ならにくし凧《いかのぼり》　大坂うめ

87 さそへばぬるむ水のかも河　其答

法会で盛んなものは何か。以下は、養叟の堺新庵披き五種行を擬悪的に諷した「一休会裏五種行」の小唄化という（『蕪村全集』）。○猿楽　能。○田楽　踊りを主とする中世芸能の一。○こきりこ　短い竹筒に赤小豆(あずき)を入れた楽器で、両手に持って打ち鳴らす。小切子。○はふかぶし　異様な姿で曲技など多様な芸を見せた放下師の歌謡。○若俗　男色の相手。○ざふたむ　雑談。○さよ〱　「然(さ)よ」に「小夜」を掛ける。「よ」は間投助詞。○しかのひところ　「然(しか)」に「鹿」を掛けて、座禅の喝を模すか。

○天下老僧　一休禅師を敬して言う。○活作　生きのよい傑作。

○佐竹の御家にありて　原典（其角編「焦尾琴」）は「佐竹御家の珍奇にて」。佐竹は秋田藩主。其角門人梅津其雫は佐竹家臣。

○疎なる　並みの。○饗　酒食のもてなし。古語。○掛られず　「一休会裏…しかのひところ」は軸装されていた。○その一声　「しかのひところ」を受けて、全文をさす。本書序文の「雲外の一声」とも響きあう。○うつして　掲載して。○焦尾桐　後漢の蔡邕(さいよう)が、その燃える音で良質なことを知り、端が焦げた桐材で作ったという名琴（円機活法十七）。焦尾琴。○しらべをそふ　焦尾桐の美しい音色のような趣きを加える。○早歌　中世歌謡の一。宴曲。右の小歌をさす。

○焦尾琴　其角独自の作風が顕著な、晩年の俳諧撰集。元禄十四年（一七〇一）刊。○一牧起証　一枚起証。神仏への誓約の文言を、一枚の紙に書いたもの。特に、法然上人が、念仏による浄土往生の奥儀を簡潔に記した一枚起請文をいう。ここでは、俳諧の神髄を述べた短文の意。○さは　それならば。○賤陋　「賤」は「浅」を誤る。知識や考えが浅くて狭いこと。○寂、しをりをもはら　蕪村の地方系蕉門批判の語。夜半楽にも似た文辞が出る（→一九四頁）。○壮麗に　其角を重んじる、蕪村の表現理念の一。○こゝろにくけれ　心がひかれる。○伏波将軍　漢代、南海進攻に際して設けた官。ここでは馬援をさす。○老当益壮　馬援の言「老イテハ当ニ益(ます〳〵)壮(さかん)ナルベシ」（蒙求・伏波標柱）。「壮」は壮麗に通じる。○致　趣き。「致を異にす」（春泥句集・序・蕪村）。○市河栢筵　二世市川団十郎。元禄元年（一六八八）―宝暦八年（一七五八）。栢筵（莚）は俳名。○中むら慶子　一世中村富十郎。享保四年（一七一九）―天明六年（一七八六）。慶子は俳名。○と

88 盃にさくらの発《ほ》句《く》をわざくれて　几董
89 表うたがふ絵むしろの裏　小いと
90 ちかづきの隣に声す夏の月　夜半
91 おり〳〵かほる南天の花　佳棠
92 中〳〵に朝《あさ》精《しやう》進《じん》の罪あさき　湖柳
93 重盛公のいとまたびたり　百池
94 ゆく雲のもろこしかけて旅衣　熊三
95 碇《いかり》の綱をちゞにわがぬる　是岩
96 夜《よ》しばゐを免《ゆる》す城下のほのめきて　之兮
97 かゝるおりにや人はかしこき　魚赤

下略

しぐ〳〵に　年をとるごとに。○堪能の輩　その道をよく極めた人々。

86 発句(文通による立句)。春(凧)。○ねたくて　妬ましくて。作者は大坂新町の妓女。蕪村が祇園の妓女小糸になじむわさに戯れて言う。○いとによる物なら　「糸による物ならなくにわかれ路の心ぼそくも思ほゆる哉」(古今集・羇旅・紀貫之)を踏み、「糸」は小糸を暗示。○凧　糸の縁語。蕪村を暗示。▽凧が、春の空のかなたでふらふら揺れている。つながる糸のせいならにくらしい(こちらはお見限りなの。さみしいわ)。

87 脇。春(ぬるむ水)。○さそへば　「わびぬれば身を浮草の根を絶えて誘ふ水あらば去(い)なむとぞ思ふ」(古今集・雑下・小野小町)をかすめる。▽流れに手を浸すと、鴨川の水もぬるんできた(あの男が訪ねるなら、あなたの心も柔らぐだろうにね)。

88 第三。春(さくら)。○わざくれて　戯れ書きして。▽春の鴨川べりの野懸け。ほろ酔いで、かわらけ(素焼の盃)に句を書きつける。

89 初オ四。雑。○絵むしろ　異なる色を使って文様を織り出した莚(むしろ)。花莚。▽庭先での花見。絵莚をうっかり裏返しに敷いたまま興に入ったが、表の美しさが思われることだ。

90 初オ五。夏(夏の月)。月の定座。○隣　蕪村好みの語。▽絵莚の上での夕涼みに隣家から人声。最近越して来たばかりの隣人に親しみを覚える。

91 初オ六。夏(南天の花)。○南天の花　小さな白い花。香りはさほど強くない。▽間遠いかそかな人声に、そよ風で立つ、間遠い香り。

92 初ウ一。雑。○中〳〵に　前句の「おり〳〵」に応ずる。○朝精進　朝食で生臭物をとらぬこと。▽南天は災いや毒気を払うというが、ますます朝精進による滅罪の功があろう。

93 初ウ二。雑。○たびたり　賜わった。▽かねての朝精進のおかげか、お召で馳せ参じたが、重盛公はすぐに帰休を許されたよ。重盛は清盛をいさめるため、一万余騎を緊急召集し、直ちに解散させた(平家物語二)。

94 初ウ三。雑。○ゆく雲の…旅衣　「何処にも心とめじと行く雲の〳〵、旗手も見えて夕暮の空もかさなる旅衣」(謡さくら見せうぞひの木笠と、よしのゝ旅にいそがれし風流はしたはず、家にのみありて、うき世のわざにくるしみ、そのことはとやせまし、この事はかくやあらんなど、かねておもひはかりしことゞもえはたさず、ついには煙霞花鳥に辜《こ》負《ふ》するためしは、多く世のありさまなれど、今更我のみおろかなるやうにて、人に相見《あひまみえ》んおもてもあらぬこゝ地す

98 花ちりて身の下やみやひの木笠　夜半

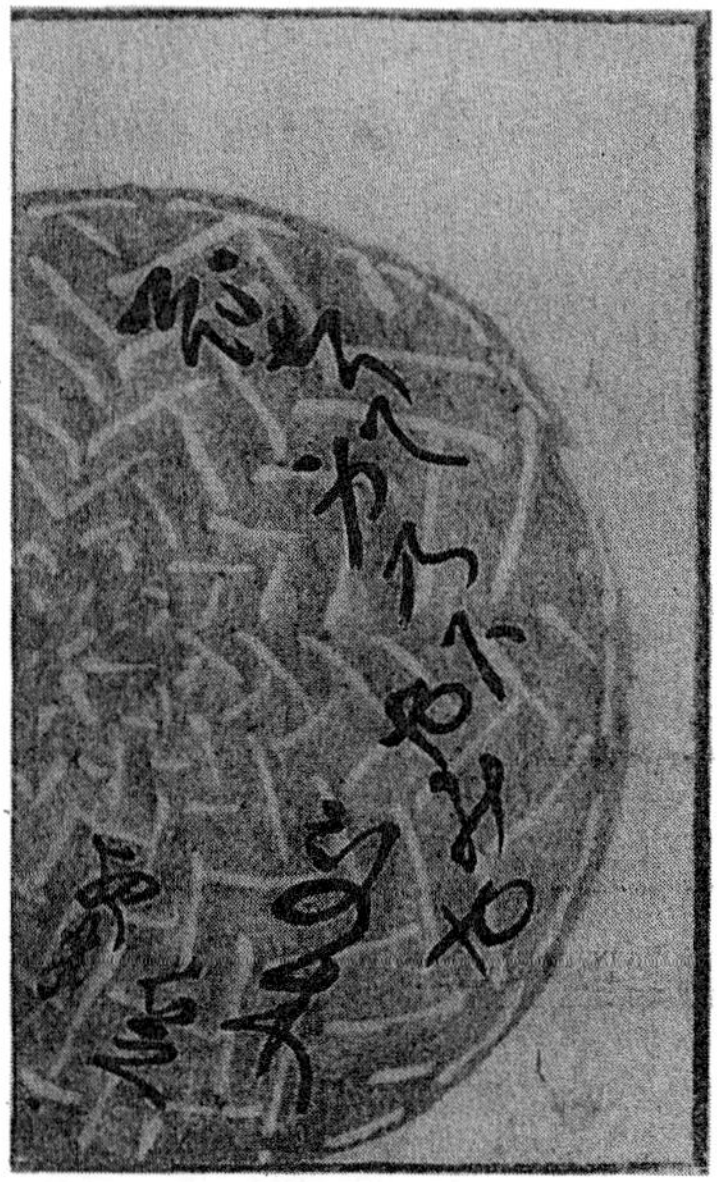

曲・錦木)。○もろこしかけて　前句の重盛が、集まった郎等に、周の幽王の故事を引いて訓示した縁。参考「松浦潟唐土かけて見渡せば…」(風雅集・春上・後鳥羽院)。▽長のいとまを頂いたので、雲流れ行く唐土の方へ、あてもない旅をしよう。

95 初ウ四。雑。▽唐土への船出。大船ゆえに長い碇綱を、幾重にも巻き揚げる。その音が空まで響く。

96 初ウ五。雑。○夜しばゐ　夜間の興行。普通は日中。○ほのめきて　寛大な治政に、人々の心もほのぼのゆるいで。▽前句を、芝居の一場面と見る。

97 初ウ六。雑。○かしこき　辱(かたじけな)いと、おそれ従う。▽仁政あってこそ民は従う。

○さくら見せうぞ　「よし野にて桜見せふぞ檜の木笠」(笈の小文・芭蕉)。○うき世のわざ　町人としての仕事。○とやせまし　ああしよう。○おもひはかりしこと　生活上のもくろみ。○煙霞花鳥　山水の風景や自然の景物。解題の[書名]参照。○辜負する　そむく。「風光此クノ若クニシテ人酔ハズンバ、参差(しんし)トシテ東園ノ花ニ辜負セン」(唐詩選二・湖中対レ酒作・張謂)。○今更我のみ　蕪村は当年三月、吉野の花見をした。

98 挿絵中の句。求道者が、乾坤無住・同行二人など笠に書くを模した趣向。右の俳文は、当句の詞書となる。なお、挿絵で檜木笠の表を大きく描くのは、顔をかくす構図か。○身の下やみ　歌語「木(こ)の下闇」のもじり。詞書の「人に相見んおもてもあらぬ」を受ける。○ひの木笠　詞書の芭蕉発句を受ける。▽花の間は木の下闇もないとか。その花の散り際まで存分に見てきた私は、我が身を檜木笠でかくそう。世事に励む人に恥かしいので。「卯の花の散らぬかぎりは山里の木の下闇もあらじとぞ思ふ」(玉葉集・夏・藤原公任)を踏む。季花(春)。

99 発句(短冊による立句)。夏(ほとゝぎす)。○ほとゝぎす「其声哀切ナリ」(和漢三才図会)。○いかに鬼神も…「いかに鬼神もたしかに聞け」(謡曲・田村)を使い、「目に見えぬ鬼神をも哀れと思はせ」(古今集・仮名序)も利かす。▽時鳥が一声鳴いた。どうだ鬼神よ、いかに鬼神だとて、あの声の哀れさは感じとれようよ。「哀れ」を抜いた表現。

100 脇。夏(ゆふだち)。○ましてや　「ましてやまぢかき鈴鹿山」(謡曲・田村)。▽鬼神をも哀れと思わせる時鳥の声がた

99 ほとゝぎすいかに鬼神《きじん》もたしかに聞《きけ》　宗因

100 ましてやまぢかきゆふだちの雲　蕪村

101 江を襟の山ふところに舟よせて　几董

102 又や通《つう》辞《じ》の袖ひかへつゝ　百池

103 薬種干す匂ひのこりて月夕《ゆふべ》　佳棠

104 蔵かと見ゆる露の家《や》造《づくり》　金篁

105 荻萩のおどろきやすし西の京　湖柳

106 変《へん》化《げ》逐《おひ》うつ夜にみやびして　湖嵓

107 むらさきのさむるも夢のゆくゑなる　田福

108 呉楚の際《あはひ》に雨うらむ雲　我則

109 弩《おほゆみ》を枯野の末にこゝろみて　之兮

しかに聞こえます。まして真近な夕立雲から聞こえる雷鳴を聞かぬことがありましょうか(敬慕するあなたの高吟に感じ入るばかりです)。「雷」を抜いた表現。序の「雲外の一声睡をさまし」に対応。

101　第三。雑。○江を襟の　「(洪都は)三江ヲ襟トシテ、五湖ヲ帯トシ」(古文真宝後集三・滕王閣序・王勃)。エ音の反復は、前句のマ音の反復を受ける。○山ふところ　山ひだのくぼまった部分。「ふところ」は襟の縁語。▽雲行きがあやしいので、山すそをめぐり流れる川の、穏やかな山陰に舟を着けた。

102　初オ四。雑。○通辞　通訳をする役職。○袖ひかへつゝ　袖を引っぱって。「ひかへ」は抑え。袖は襟の縁語。▽山に囲まれた入江の、異国の港に着く。船長はいつも通り、通辞を傍から離さない。長崎のイメージか。

103　初オ五。秋(月)。月の定座。○薬種　「薬種屋　一切草木鳥獣にいたるまで薬種数をつくして唐土より渡し」(人倫訓蒙図彙)。▽唐通事を伴って唐人屋敷を訪れた。どこからか干している薬種の匂い。空には夕月。

104　初オ六。秋(露)。○家造　家の構え。▽夕闇の中にそびえる大きな家。薬種の匂いがするが蔵だろうか。

105　初ウ一。秋(荻・萩)。○荻萩のおどろきやすし　「荻の葉に吹きすぎてゆく秋風のまた誰が里を驚かすらむ」(後拾遺集・秋上)。「の」はその性質として、の意。▽西の京に蔵かと驚くほどの大家、秋をつげる風に、あたりの荻や萩がそよいでいる。上緒の主が、畠で金の礎石を見つけて産を成し、難波の芦を運んで西の京の沼地を埋め、そこに家を作った話(宇治拾遺物語・上緒の主得レ金事)を踏むか。

106　初ウ二。雑。恋(みやびして)。○変化　前句「西の京」からの連想。蕪村発句詞書にも「西の京にばけもの栖《みす》て」とある(→五車反古九九)。○みやびして　優雅な恋をして。伊勢物語初段の語。▽変化を退散させた夜、晴れやかな恋事に及んだ。荻や萩が繁る西の京ではあるが。源氏物語・夕顔の俤付か。五条の宿を訪ねる光源氏を、はじめ夕顔は「物の変化めきて」と嘆き、狐かと疑うが、深い契りを結んだ後に頓死、遺児(玉鬘)は西の京の乳母に育てられる。

110 飯をにぎらば大《おほ》ィにすべし　是岩
111 声だみて江《がう》湖《こ》頭《がしら》の尊とさよ　熊三
112 柳はみどり花は紅《くれな》ゐ　正巴
113 御車の軒《のき》端《ば》を蜂のうかゞひて　維駒
114 我《わが》ゆく春や恋せずて過《すぐ》　吾琴
115 みこもりに影沈《しづみ》たる朧月　月居
116 古《ふる》の林の夜落《おつ》る枝　管鳥
117 顕密の僧なりし身を武者修行　紫洞
118 麦さへ喰へば泊《とめ》ておく村　銀獅
119 さみだれにひよんなしばゐを買《かう》て来て　自笑
120 うしや鏡の蓋《ふた》を踏割ル　佳棠
121 遠く見てかり寝の皃《かほ》を愛スらん　春坡

107 初ウ三。雑。○むらさき 「紫だちたる雲の」(枕草子一段)。○さむる 色あせる意を掛ける。▽やがてあけぼのの雲の紫色も薄らぎ、夢のような時も過ぎていく。伊勢物語に取材した謡曲・雲林院の「紫の雲の林と語ると見て夢覚めぬ」による句作り。参考「夢よゆめ恋しき人に逢ひ見すなさめての後にわびしかりけり」(拾遺集・恋二)。

108 初ウ四。雑。○呉楚 春秋戦国時代の二国。「呉楚東南ニ坼(き)ケ、乾坤日夜浮ブ」(唐詩選三・登ニ岳陽楼一・杜甫)。○際 間。▽はるかに思いをはせる呉と楚の境、紫にけぶるその辺りに、今にも雨降りそうな雲がかかった。

109 初ウ五。冬(枯野)。○弩 矢や石を飛ばす強力な武器。孫臏が馬陵で魏軍を破る際にも使用(史記・孫子呉起伝)。▽遠くに呉楚を望む広い枯野。その一隅、たれる雲に弩を放つ。

110 初ウ六。雑。○飯をにぎらば 「握飯 京坂ハ俵形ニ制(製)シ…」(守貞漫稿)。○大ィに 形容動詞。「大ヲ、イニ」(饅頭屋本節用集)。▽前句の「オオ」音を反復。弩の訓練の昼食。腹がへるから、握り飯は大きく頼むよ。

111 初ウ七。雑。○だみて 「だみ 濁…舌ダミなど云」(俚言集覧)。○江湖頭 江湖は禅宗の修行僧。その修行地が多かった揚子江・洞庭湖に因む称。○尊とさよ 参考「稲妻にさとらぬ人の貴さよ」(芭蕉)。▽粥の日常に久しぶりの飯。厳しくも慈しみある師僧の声は、老いさびて尊く聞こえる。

112 初ウ八。春(柳・花)。○柳は… 「柳ハ緑、花ハ紅」(禅林句集)。▽その禅師が示した公案。

113 初ウ九。春(蜂)。○御車の軒端 牛車の庇(ひさし)。○蜂のうかゞひて 京極太政大臣藤原宗輔が供として飼っていた蜂が、「出仕の時は車のうらうへの物見にはらめきける」という話(十訓抄・上)の俤。▽王朝の牛車の春景。

114 初ウ十。春(ゆく春)。恋(恋)。○ゆく 牛車で行く意を掛ける。▽車上の姫君の感懐。「春」には青春の意がこもる。

115 初ウ十一。春(朧月)。○みこもり 草などで表が見えぬ水。転じて恋などを内に秘めること。▽恋心をうち明けられぬまま春が過ぎる。思いにふけると、水に映った朧月も茂みに隠れてしまった。「人づてに知らせてしかな隠れ沼(ぬ)のみこもりにのみ恋ひやわたらむ」(新古今集・恋一・藤原朝忠)。

122 卜《うら》部《べ》の家をつぐ子也けり　几董
123 まめの粉の捐《すて》あやまてる小豆餅《あづきもち》　雪居
124 そとは見せじときぬかづけ置《おく》　老雨
125 秋出たる状を師走に投《なげ》込《こみ》て　蕪村
126 三番船の鰤《ぶり》のすて売《うり》　ゝ
127 ばら〳〵とあられの中に朝の月　百池
128 うれしや藁《わら》を焚《たき》仕《じ》廻《まひ》たり　魚赤
129 藍《あゐ》瓶《がめ》へ肩の手拭落《おち》かゝり　春坡
130 ことしは多いだんぢりの数　松化
131 宗因もきのふ江戸からのぼられて　蕪村
132 長《なが》雪《せっ》隠《ちん》もよいほどが有《ある》　宰町
133 俯《ふし》あふぐさくらの木末花のもと　道立

116 初ウ十二。雑。▽下水が流れる方に月は沈み、原生林の奥では枯枝が落ちる。かそかな音がつくる静寂。「月ハ上方ニ在リテ諸品静カニ…落木寒泉聴ケドモ窮マラズ」(唐詩選五・贈銭起秋夜宿霊台寺見寄・郎士元)によるか。

117 名オ一。雑。○顕密の　真言宗(密)とそれ以外の宗(顕)の両方を究めた。▽学殖豊かな僧が突然還俗し、夜、木立を相手に武者修行に励む。

118 名オ二。雑。○麦　「麦ハ農家ノ常ニ食スル所ニシテ」(本朝食鑑)。▽何事も大様な村の気風。同じ食事に不平なければ、武者修行の廻国者をいつまでも置いてやる。

119 名オ三。夏(さみだれ)。○ひよんな　「俗に物のよからざる事をすべてひよんなと云ふ」(同文通考二)。○しばゐを買て来て　旅役者の一行を引き受け、興行させて。興行主がその地の通り者だった様子は、洒落本・田舎芝居に活写。▽湿っぽい季節に芸もあやしい役者達、招いた主はしたたか者、まずは麦飯だけで演ずる日が続く。

120 名オ四。雑。○うしや　憂しや。ああ情ない。○鏡の蓋　柄鏡の容器の蓋。▽狭くて混雑する、楽屋裏の悲鳴。

121 名オ五。雑。恋(愛ス)。▽みだりがわしい部屋ではあったが、一夜を過した女の顔が、いま懐しく思い浮かぶ。「わりなう古めきたる鏡台」などある部屋で末摘花に逢った源氏が、二条院に戻ってその顔を絵にする場面の俤か。

122 名オ六。雑。○卜部の家　古来、卜占をもって朝廷に仕えた家。▽すやすや眠るいたいけな寝顔。この子こそ、由緒あるわが卜部家の跡継ぎなのだ。京都吉田神社の卜部兼倶(一四三五―一五一一)が、両部神道を立てて神竜院を建立し、子の九江を開山の社僧とした事件(遠碧軒記など)をかすめるか。

123 名オ七。雑。○まめの粉　「まめのこは、きなこ」(女重宝記一)。○小豆餅　小豆あんをまぶした餅。▽坊っちゃまのおやつには、誤って捨てて黄粉(きなこ)がないので、代りに小豆餅をつくった。前句の「つぐ」の意を受ける句作り。

124 名オ八。雑。○きぬかづけ　女性が顔をかくすため小袖をかぶることをさす古語「きぬかづき」を戯れて動詞化。▽言いつけられた黄粉餅ではないから、それと分からぬよう布巾できぬかづきと洒落よう。

134

たしかに聞ヶときじの二声　　呑獅

125 名オ九。冬(師走)。恋(状〔文〕)。○投込て　黙ってそっと届けて。▽秋に頼まれた文を、師走にもなって届けたら、待ちかねていた女は、出し主を知られまいと急いで隠した。柏木が小侍従に託した文を、女三の宮が褥(しとね)の下に急いで隠す場面(源氏物語・若菜下)を町女の恋に俳諧化。「そと」は外に取り成す。

126 名オ十。冬(鰤)。○鰤　正月の雑煮用に、塩蔵品を丹後などから運んだ。▽大量の注文をした秋の手紙が遅れて師走に着き、急送した三番手の船は投げ売りをする始末。

127 名オ十一。冬(あられ)。月の定座。▽朝市で売りさばこといろめく人、塩漬の鰤にかかるあられの白い粒、静かな朝の月。参考「上(かみ)のたよりにあがる米の直(ね)／宵の内ばら〳〵とせし月の雲」(炭俵・芭蕉)。

128 名オ十二。雑。▽刈りとって田に干した稲束を扱(こ)く作業を、天候急変で深夜まで続け、最後に落ち藁を焼くか。

129 名ウ一。雑。○藍瓶　藍染にする藍汁を貯めている瓶。▽前句は、藍の色を定着させる灰汁(あく)づくり。職人が、一段落でほっとした瞬間をとらえる。

130 名ウ二。雑。○だんぢり　山車(だし)の上方での称。祭礼で飾りや鳴物をして引く車。▽揃いの浴衣の注文の多さに、職人のつぶやき。

131 名ウ三。雑。○宗因　挙句に備えて発句に対応。▽京へ上られて、今日祇園会の巡行を御覧になった。

132 名ウ四。雑。▽今日になってもお姿を見せぬが、後架が長いのも程々になさって(宗因への言及を改めて促す)。

133 名ウ五。春(さくら・花)。花の定座。▽樹の下に伏し、咲き満ちた枝々を仰ぐ(では申しましょう、私たちの鑽仰を)。

134 挙句。春(きじ)。○たしかに聞ヶ　発句に応じる。虚栗・詩あきんどの巻がとった手法。○きじ　鳥で全巻を結ぶのは、花鳥篇の書名に対応。▽この声聞けと、きじがケンケン鳴いた(あの雅風をもう一度しのべ、と言うかのようだ)。

挿絵は、出句し、また蕪村俳文でも触れる中村慶子の作。宗因発句に因む図柄。

五《ご》車《しや》反《ほう》古《ぐ》

石川真弘　校注

〔**編者**〕維駒。

〔**書誌**〕半紙本二冊。題簽中央「五車反古　巻首(―巻尾)」。柱刻上巻「○序ノ一(―二)」「○上ノ一(―十八終)」、下巻「○下ノ一(―十九終)」。丁数上巻二十丁、下巻十九丁。板下序文蕪村自筆、本文跋文几董自筆。刊記を欠くが、「古枝を鴉喰折歟雪の暮」の其成の句が収められてあり、書肆菊舎太兵衛が刊行に関わるか。其成は菊舎の俳号。

〔**書名**〕下巻巻軸の半歌仙の召波の発句「冬ごもり五車の反古のあるじ哉」による命名である。

〔**成立**〕維駒が、几董の協力を得て編んだ父春泥舎召波の十三回忌追悼集で、天明三年(一七八三)の刊行である。召波は明和八年(一七七一)十二月七日、四十五歳で没している。本書成立の経緯について、蕪村が序文に、召波が生前集めて置いた知友の四季発句を息維駒が整理し、更に諸家の近作を配して編成したと記している。

〔**構成**〕序文は、蕪村が最期の病床で認めた文を自筆板によって掲げる。各巻の巻初に召波の句を発句とする脇起歌仙二巻をそれぞれ配し、巻首の巻に春・夏の発句、巻尾の巻に秋・冬の発句及び書名となった「冬ごもり」の句による脇起半歌仙を収録し、天明三年十一月に認めた几董の跋文を添える。

〔**内容**〕召波が生前に親交のあった太祇・几圭・超波・嵐山ほか多くの故人の句が収められ、作者の地域も広範に渡り、追悼集としての色彩は薄く、むしろ当期俳壇の情勢を窺うことができる。召波は、若き頃江戸に下って服部南郭に漢詩を学び、絵を嗜み、文雅の士であった。俳諧は、明和初年に蕪村の三菓社に参加して活躍し、常に清雅離俗の生活を志向して人々に慕われ、そうした召波の人柄を本書に偲ぶことができる。蕪村は、召波を「平安にめづらしき高邁の風流家」と評し、彼の他界を惜しんで「我俳諧西せり」と嘆じたことは、よく知られるところであり、そうした召波を追悼するに相応しい佳吟を本書は多く収める。

〔**底本**〕個人蔵。

〔**影印**〕『天明俳書集　一』(臨川書店、平成三年刊)。

〔**翻刻**〕日本俳書大系『中興俳諧名家集』、古典俳文学大系『中興俳諧集』、『蕪村全集　七』。

維駒《これこま》、父の十三回忌をまつるに、集ゑらみて五車反古といふ。ふかき謂あるにあらず。父の冬ごもりの句によりて号《なづ》けたる成べし。はた父の筆まめに書あつめたるものを、よゝとねぢこみたる帒《ふくろ》の紐ときて見れば、贈答の詩の稿有《あり》。或は花に来たれといふ天狗のふみあり。今宵の雪をいかにやなどそゝのかす高陽の徒の手紙有《あり》。又は云すてたる歌仙の半バばかりにして、ところ〴〵墨引《ひき》たるあり。其裏には多く人の句も、みづからの句もかいつけたり。それをとかく爪揃《つまそろへ》して、今の世の人の句も打《うち》まじへ、ならべもてゆくほどに上下二冊子となりぬ。序を余にもとむ。余病《やま》ひにふして、月を越《こゆ》れども起《たつ》ことあたはず、筆硯の業を廃することひさし。故をもて其ことを不果《はたさず》。これこま、忌日のせまりちかづくをかなしみ、しば〳〵来《きた》りもとむ。余曰《いはく》明日を待チて稿を脱せむ。明日すな

○維駒　京都の人。黒柳召波の息。春泥舎。父子共に蕪村門。生没年不詳。父は通称清兵衛。古義堂に出入りし、後江戸で南郭に漢詩を学び、詩号は柳宏。明和八年(一七七一)十二月七日没。四十五歳。十三回忌は天明三年(一七八三)。
○五車反古　五車の書。五台の車に積んだ多くの蔵書。「恵施ハ多方ニシテ其ノ書ハ五車」(荘子・天下)。恵施は多方面の学問に精通し、車五台分の蔵書があったと言う。
○冬ごもりの句　「冬ごもり五車の反古のあるじ哉」(召波)。
○詩の稿　詩文の草稿。
○天狗のふみ　諺「天狗の投文」。どこから来たかわからない怪しい手紙。また、謡曲・鞍馬天狗に「花咲かば告げんと言ひし山里の〳〵使は来たり馬に鞍」と僧正ヶ谷の大天狗が花見案内の文を使者にもたせてやる話がある。
○高陽の徒　酒を好む人。沛公に会見を申し込んで断られた酈生が、使者を一喝して「吾ハ高陽ノ酒徒ナリ」と言ったという故事(史記・酈生陸賈伝)。
○歌仙　連俳用語。長短句三十六句から成る連歌・俳諧の一つ。
○墨引　連俳用語の引墨。作品に墨で線を引き、添削すること。
○其裏　歌仙草稿の紙背を言う。
○爪揃　整理する。
○余病ひにふして　蕪村は本序文を認めた天明三年十一月、病床にあった。十月に体調を悪くし、十二月二十五日、六十八歳の生涯を閉じる。「愚老此ほどは持病の胸痛にて、しばらく引こもり候」(士川等宛同年十月四日付蕪村書簡)。「月居がたより之書キ物、病中よきなぐさみ」(几董宛同年十一月十日付蕪村書簡)。
○筆硯の業　文筆家の仕事。
○稿を脱せむ　脱稿。序文を書き終えよう。

はち来る。病ますく〵おもし。又曰、明日を待て稿を脱せむ。維こま〵、終に卒業の期なきを悟《さとり》て、竊《ひそか》に草稿を奪ひ去《さる》。余も又追はず。他日そのことを書して序とす。

病夜半題

○卒業　序文を完成させること。

○夜半　蕪村の別号。

脇起《わきおこし》俳諧　春

春泥舎召波

1 曲水や江《がう》家《け》の作者誰〳〵ぞ

2 唐土《もろこし》使《づかひ》かへり来し春　　維駒

3 のこる月山なき空に霞《かすむ》らん　　蕪村

4 時の鼓を打《うち》しまふたり　　田福

5 藻舟漕ぐ男の髪もみだれたる　　駒

6 三日の粮《かて》の用意かしこき　　村

7 仙《せん》之《し》のしるべも今は跡なくて　　福

8 鵲《かささぎ》巣くふみんなみの松　　駒

9 まどゐして深き軒端の尊さよ　　村

五車反古　巻首

○脇起俳諧　古人の句や夢想の句を発句として巻く俳諧。明和八年十二月七日に没した召波追善の俳諧。

1　発句。春(曲水)。○曲水　平安時代、三月三日に朝廷で行われた行事、曲水の宴。○江家　儒家、漢詩をもって朝廷に仕えた家柄。▽曲水の宴に侍る人々の中の何方と何方が、江家の人か。漢語を重ね、漢詩的叙法の句作り。召波は漢詩を能くした俳人。

2　脇。春(春)。○唐土使　遣唐使。▽遣唐使一行がこの春帰朝して曲水の宴が催され、江家の人達も同席したと趣向。「春」は春爛漫の意、帰朝の喜び、賑わい。

3　第三。春(霞らん)。月の定座から二句引き上げ。○山なき空　海原の景。▽帰朝の船路、過ぎ来し海原を振り返り見ると、広大な夜明けの空に残月が霞んでいく。

4　初オ四。雑。○時の鼓　時刻を知らせる鼓。「時の太鼓」は俗、前句に応じて鼓と趣向。▽海原を平原に取り成す。山の姿も定かでない朝まだきの中、明け六ツの鼓を打ち終る。

5　初オ五。夏(藻舟)。○藻舟　藻刈舟。▽藻を刈る作業に夢中になっていると暮れ六ツの鼓が聞えてきた。作業を済ませ、帰路に着いた爽快な気分。

6　初オ六。雑。○三日の粮　三日分の食糧。「廬舎ヲ焼キテ三日ノ糧ヲ持チテ」(史記・項羽本紀)。▽舟が流されて漂流三日。このようなこともあろうと三日分の食糧を用意した男の心掛けの深さよ。

7　初ウ一。雑。○仙之　高仙芝。唐代、安史の乱で著名な大将軍。▽戦いに非常時を考え、必ず三日の粮を準備する周到さ、それ故安史の乱で功名を収めたが、今はその名を偲ぶ標はない。

8　初ウ二。冬(鵲巣くふ)。▽前句の中国の故事に応じて「みんなみ」と訓むは唐趣味。古戦場にその標は何一つなく、その南の方に鵲が巣を結ぶ緑なす松があるのみ。

9　初ウ三。雑。○まどゐ　円居。輪に座ること。▽前句は貴人の邸宅の庭前の景。冬の日差しを求めて、邸宅の深い軒端の縁に貴人たちが円居しているが、なんとも敬うべき眺めよ。

10 祈《いのり》の僧の眼とぢたる　ゝ

11 あらぬ恋中〳〵人に語らまじ　駒

12 吾妻ぶりなる歌ぞかはゆき　福

13 花かつみ刈とるほどもなかりけり　村

14 夕日斜に葬《さう》の行《ゆく》見ゆ　駒

15 珠数挽《ひき》の二《に》間《けん》間口を住《すみ》なして　ゝ

16 丹《ニ》をべた〳〵と大津絵の鬼　福

17 かへり花ひらき梢のにほふらん　ゝ

18 小春の月の雨暗き夜に　村

19 亡《ナキ》妻の子を懐《ふところ》に通ひ来し　ゝ

20 けぶりたえぬる香の名はそも　駒

21 ぴか〳〵と室《むろ》の揚屋の銅《かな》盥《だらひ》　ゝ

10 初ウ四。雑。▽前句を由緒ある古刹の僧堂庭前の景、「まどゐ」を座禅と見る。大僧堂の軒端深く、その縁に修行僧が眼を閉じて一心に祈りを捧げている。誠に尊いことだ。

11 初ウ五。雑。恋(あらぬ恋)。▽恋を邪とする僧が恋心を絶たんと一心に祈り、わが恋について人に言うまいと誓う。太平記三十七、志賀寺の上人の面影か。

12 初ウ六。雑。恋(句意)。○吾妻ぶりなる歌　東歌《あずまうた》風の歌。▽東下りをした都の貴公子への田舎娘の身分違いの恋。貴公子は娘の立場を考えてこのことを人に語るまいと思う。

13 初ウ七。夏(花かつみ)。○花かつみ　真菰。▽前句の古歌の風体に応じ、古歌の詞取りの句法。早乙女の田植歌は、鄙ぶりてかわゆく、また幼さがあり、花かつみもまだ刈り採るほどに育っていない。

14 初ウ八。雑。▽夕日斜は漢詩的表現、初夏の暮れなずむ頃。前句は近景、付句は遠景。夕日を受けながら遠くの野辺を葬儀の列が進んで行く。育つものと去り行く者の不思議な対比。

15 初ウ九。雑。○珠数挽　数珠玉に穴をあける細工職人。○二間間口　小住宅。▽二間間口の家から葬列を眺め見て述懐する数珠職人の体。そこそこに暮しも立ち、お蔭様で人並の生活もできるといった感謝の気持。

16 初ウ十。雑。○大津絵　近世初期、近江国大津辺りで売り出した粗画。鬼が首に数珠、手に奉加帳を下げ、鉦鼓をたたく図柄。▽そこそこに生活している数珠挽の部屋に赤色をべたべたと塗り立てた大津絵が張ってある。

17 初ウ十一。冬(かへり花)。花の定座。○かへり花　陰暦十月頃、返り咲く花。▽大津絵の鬼の化粧のちぐはぐさに対し、季節はずれに開花した花の身のほど知らずに梢に匂うことのおかしさ。

18 初ウ十二。冬(小春)。月の出所を五句こぼす。○小春　陰暦十月。▽さすが十月雨暗き夜、わずかな雲間に差した月影のもと、人知れず返り咲きする梢の花の匂う哀れさよ。「小春の月」は「小春の日」の言い替え。

19 名オ一。雑。恋(句意)。▽乳飲み子を残し、若くして他界した女房が、亡霊となって愛する夫のもとに通って来るという怪異小説的趣向。蕪村の怪異趣味が窺われる句。

22 闇《くら》キくぼかに杌《くひぜ》うつ音　福
23 胡蘿蔔《にんじん》の花は咲ずもありぬべし　福
24 下福島の鮓なるゝ比《ころ》　村
25 入口に人妨《さまたげ》の昼寐して　駒
26 隣に恥よしうとめの声　福
27 斎《とき》料《れう》の米こぼしたる苦しさに　村
28 おもたき傘を返す日もなき　駒
29 月の宵狐や僕を匂《サソ》引《ヒ》けむ　ゝ
30 露踏しだく艸《くさ》の裏門　執筆
31 菊合《あはせ》両六波羅のほのめきて　福
32 頭《かし》ラ　童《カムロニ》　歯　豁《アラハナリ》　村
33 夢三夜犠《にへ》をやめよと御託宣　駒

20 名オ二。雑。恋(反魂香)。〇そも　そも何ぞの略。▽反魂香による趣向。妻が他界した頃、香煙の中に妻は姿を見せた。年を経て妻を恋しく思い、香を炷こうとするが、一体何と言う香であったろうか。

21 名オ三。雑。恋(揚屋)。〇室の揚屋　兵庫室津の遊里。〇銅盥　金盥。香を炷く具。▽今は衰退したとは言え由緒ある揚屋、久しく香を炷かない金盥も手入れいきとどき、ぴかぴかと光っている。一体何という香を炷いたのであろう。

22 名オ四。雑。〇くぼか　窪地。▽客が、出された手入れのいきとどいた金盥や古びた旧家の趣きに感心していると、家の窪地に杭を打ち込む音が聞こえて来た。よろず古びて由緒ある揚屋の風情に心を寄せる体。

23 名オ五。夏(胡蘿蔔の花)。▽前句は家蔭、屋敷裏の湿気を帯びた土地柄。此の辺りは湿地の窪地で、常に普請の続く土地、杭音も絶えず聞かれ、日当りも悪く、胡蘿蔔は、花も咲かないのがある。

24 名オ六。夏(鮓なるゝ)。〇下福島の鮓　「摂津福島の雀鮓」(毛吹草)。▽「胡蘿蔔の花はまだ咲かないのもありますな」の呼び掛けに対し、ふとその季節を思い、「いよいよ下福島の鮓がなれる頃ですな」と返事する体。

25 名オ七。夏(昼寐)。▽この季節になるときまって下福島の知人をなれ鮓目当に訪ねる人がいる。知人は、迷惑とばかりに入口に昼寝をしている。

26 名オ八。雑。▽外からも見える入口で昼寝をするとは、人の出入りに邪魔だ。隣近所にもみっともないと姑がどなる。息子の昼寝もさることながら、姑のどなり声もみっともない。

27 名オ九。雑。〇斎料　食事の料として僧に施す米銭。▽托鉢僧への斎米を嫁は迂闊にもこぼしてしまい、貧しさ故に改めて整えることもかなわぬ。更に姑の「隣に恥よ」との小言に嫁は苦しむ。

28 名オ十。雑。▽寺に持って行く予定の斎料をついこぼしてしまい、そのことが心の重荷になり、寺から借りた傘を返さねばならないのに足が遠のき、返しかねている。

29 名オ十一。秋(月)。月の定座。〇僕　下男。▽月の明るい晩、下部(しもべ)の姿が消えた。狐が下部を唆したのであろう

34 二十年来洪水もなし　福
35 うたげして花の日なたに老夫婦　村
36 遠きききゞすに近き雉子《きじ》鳴《なく》　駒

脇起俳諧　夏

37 卯花や茶俵つくる宇治の里
38 山ほとゝぎす昼も啼《なき》過《すぐ》　維駒
39 操返し馬上に古詩を打《うち》誦《ず》して　道立
40 名に聞えたる酒たうべけり　我則
41 礒《いそ》浪の籬《まがき》こし来る月の宿　几董
42 うら吹《ふく》葛のおもてなつかし　執筆

か。下部がいなくなり、重い傘をつい返せぬまま日が過ぎてしまった。

30 名オ十二。秋(露)。○踏しだく　踏みつぶす。▽お屋敷の裏門の辺りの露繁き草が踏み倒されており、それは、家の下部が狐に化かされ、そこから連れ出されて行った跡であろう。

31 名ウ一。秋(菊合)。○菊合　左右に分かれ、菊の花の優劣を競う遊び。○両六波羅　南北の六波羅探題があった辺り。▽菊畠への裏門の朝露深い叢の道を、六波羅の人々は菊合せ用の菊を採りに行き、気負い立っている。「口切や五山衆なんどほのめきて」(蕪村)。

32 名ウ二。雑。○童　子供の髪型。「頭童歯豁」(古文真宝後集二・進学解)。▽菊合せに勝たんと両六波羅の頭童が、歯をむき出して指図し、気負い立つ様。「歯豁(あらは)に筆の氷を噛ム夜哉」「花盛六波羅禿見ぬ日なき」(蕪村句稿)。

33 名ウ三。雑。○犧　生犧(いけにえ)。▽頭童が、三夜立て続けに生犧をやめよとの夢のご託宣を受け、歯をあらわにしてそのことを告げている。

34 名ウ四。雑。▽昔、夢のお告げにより人柱を止めると、それ以来二十年間一度も洪水がなく、確かに夢のお告げはあらたかである。「二十年来」は、人生五十年の後半、我が人生の一生。老いの述懐。

35 名ウ五。春(花)。花の定座。▽一族郎党相集い、年老いし夫婦の祝宴を桜の花の日なたで催した。老夫婦にとって過ぎ来し生涯は、天地の異変にもあわず、正に平穏無事の日々。

36 揚句。春(きゞす)。▽一句俳言無く、表現上に音韻的使い分けを試みた俳諧。「遠き」「近き」は野の広さ、「雉子鳴」は雄雌呼び合う夫婦愛。雉子は祝宴の賑わいに通う。前句の目出たき様に春うららの野辺の景を添える。

37 発句。夏(卯花)。○宇治の里　茶の名所、また源氏物語ゆかりの地。宇治の里人が「衣うつ」のは和歌、「茶俵つくる」のは俳諧。▽垣根に卯の花が咲きにおう庭先で宇治の里人は、茶摘の季節を迎え、茶俵作りに励んでいる。

38 脇。夏(山ほとゝぎす)。▽前句の古典的土地柄に古歌の趣きを添える。宇治の里ゆえ、山ほととぎすが昼も鳴くと趣向。宇治の里人を召波とすれば、私は山ほととぎすの役割を果

43 かくうとく隔《へだつ》る中の秋更《ふけ》て　駒

44 聞《きく》もつらしや尼が咡《ささやき》　立

45 次の間のともし火既《すでに》消《きえ》かゝり　則

46 狸を射んと小弓はり置《おく》　董

47 一《ひ》ト谷はみな維《これ》盛《もり》の子孫にて　立

48 こゝら埃《ほこり》にむせぶ麦秋　駒

49 午《ひ》時《る》さがる大師廻リのほだれ足　董

50 微雨《コサメ》降こむ豆麩屋の軒　則

51 なか〳〵に賢く見ゆる新参《イマ、イリ》　駒

52 木綿合《がっ》羽《ぱ》をかろく打《うち》着て　立

53 月の夜に花を尋る艸枕　則

54 いく田の辺リ春鵆《ちどり》啼く　董

すべく努力しましょうの挨拶の意を込めるか。

39 第三。雑。○操返し　繰返し。○馬上に古詩　馬上吟による趣向。「余平生作レル所ノ文章、多ク三上ニ在リ、乃チ馬上、枕上、厠上也」(欧陽修「帰田録」)。▽昼もほととぎすの声を楽しむために山中に分け入る体。「繰返し」とは、単なる思いつきの趣味人ではなく、隠逸の士。

40 初オ四。雑。○酒たうべけり　酒を飲む意。古詩に対して古雅な語で応じる。▽前句は酒仙と言われた李白のおもかげ。「李白ハ一斗ニシテ詩百篇」(杜甫「飲中八仙歌」)。馬に乗って詩を誦しながら名酒を求めて旅をする人の体。

41 初オ五。秋(月)。月の定座。○月の宿　旅の宿にて月見をすること。▽籬のところまで波が打ち寄せて来る海辺の宿で、月を賞しながら土地の名酒を楽しむ。一句に俳言なく、磯波が籬を越して月の光を部屋の中に届けて来ると趣向。

42 初オ六。秋(葛)。○うら・おもて　「うら」に裏と浦を掛け、「うら」に「おもて」と句作り。▽浪々の身となり、侘しい磯辺の宿で月を眺める。浦風が吹き渡り、葛が葉の裏を見せて恨みが募るばかり。葛の葉の表を見るように恨みのない生活をしていた頃のことが、懐しく思われる。

43 初ウ一。秋(秋)。▽今は親しくしていた方と遠く隔たる中になり、秋も深まって侘しく感じられる。秋風に吹かれて裏を見せる葛の葉のように恨みが募るばかり、親しくしていた頃が懐しい。

44 初ウ二。雑。▽夫婦の約束までした男が心変りをし、世を儚み尼となった。が、秋の深まりと共に男への未練が募る。その身の上話をする尼の声はささやくように弱々しい。

45 初ウ三。雑。▽尼寺における懺悔話を趣向。話は佳境に入り、人々は尼僧の真実迫る話に引きつけられる。「咡」は真実迫る口調、人々は固唾を呑んで聞く。

46 初ウ四。雑。▽山間の木樵(きこり)の家、夜な夜な家近くに狸が出るので、罠の弓をかけ、囲炉裏端で夜なべ仕事に励む。いつしか夜更けになった。

47 初ウ五。雑。▽平家落人(おちうど)の山間の生活を趣向。さすがに維盛の子孫ゆえ、弓技を今に伝えて狩猟に役立て、その暮し向きにも平家の気位が見られる。「一里(ひとさと)はみな花守の

55 をちこちと石きる音の霞むらん　立
56 再《ふたたび》造る重《ちよう》源《げん》がてら　則
57 やせ馬に笋《たかうな》一駄おくり来て　駒
58 とり落したる双六の賽《さい》　立
59 はらからに物や思ふと問《とは》れたり　董
60 夕月かゝる蕣《あさがほ》の垣　駒
61 猫の子の頬を寒がる秋の風　則
62 白川祭雨に淋しき　董
63 餅米にゑませし麦の打《うち》交《まじ》リ　立
64 雇《やとは》れ人の腹をいためる　則
65 脇《わき》能《のう》の笛も聞ゆる中の口　駒
66 はや五ッ目の御祝儀もすむ　立

子孫かや」(芭蕉)。

48 初ウ六。夏(麦秋)。○麦秋　麦の稔る季節。▽山間の段々畑の荒れ地は、五月雨前で埃っぽく、平家落人の維盛の子孫たちは、慣れぬ農事で埃にむせる。

49 初ウ七。雑。○ほだれ足　疲れた足どり。▽昼下り、麦畑の埃っぽい道を大師廻りの信者が、疲れた足どりで行くことだ。河内平野の辺りの景。

50 初ウ八。雑。▽朝から大師堂巡りで足も疲れてきた昼過ぎ、小雨に降り込められて豆麩屋の軒で雨宿りをする。幸い疲れた足を休めることができた。精進潔斎の身ゆえ、店先を選ぶ。

51 初ウ九。雑。○新参　新しく勤めに来た新参者。▽噂話の内容。雨宿りをしている者達が、新参者の店の奉公人について「なかなか賢そうに見えますな」と噂をしている。

52 初ウ十。雑。○木綿合羽　「男子木綿合羽を著することは、寛文の頃有徳者の始る所也。元禄よりは手代の三人も仕ふ主人著たり」(随筆・我衣)。▽なかなか気の利いた新参者で、出かけるにも降り出しそうな空模様であれば、木綿合羽を気軽に着けて行く。

53 初ウ十一。春(花)。花の定座。月の出所を四句こぼす。○艸枕　旅の仮り寝。▽前句の木綿合羽は洒落た姿、「かろく」は気軽にの意。春の月夜の花見と洒落込むは狂態。気儘に生活する隠居の身分。

54 初ウ十二。春(春衢)。○いく田　摂津国(今の大阪府・兵庫県の一部)の歌枕。▽春の月に興じる千鳥は俳諧。月夜の桜を楽しもうと旅に出たが、生田の辺りでは思いがけず月に鳴く千鳥の声までも聞くことができた。漂泊する歌人の感慨。

55 名オ一。春(霞む)。▽生田の浦の辺りには春の千鳥が鳴き戯れ、霞の中遠くまた近くに聞える石切る音は、春ののどかさを一層感じさせる。石切場は御影山辺り。

56 名オ二。雑。○重源　俊乗坊重源。浄土宗の僧。治承四年(一一八〇)に兵火で焼失した東大寺を再興。▽春霞棚引く大和春日野の里に、遠く近く石切る音が響き、重源の東大寺再興が進められている。

57 名オ三。夏(笋)。○一駄　一駄荷。駄馬に積む荷物の分量。▽貧女の一灯などの仏教説話を趣向。寺院再興の寄進に痩

67 暗かりし夜のしら雪とふりかはり　董

68 八《や》幡《はた》へあがる乗合の僧　駒

69 しらぬひの咄《はなし》びんなく聞《きき》さして　則

70 かたみとならん香や炷《たく》べき　董

71 花の名の今はた残る嶺の雲　立

72 鶯老ぬ春やくれゆく　則

春之部

73 蓬《ほう》萊《らい》の山まつりせん老の春　蕪村

74 とかくして松一対のあした哉《かな》　移竹

75 鰒《ふく》喰し我にもあらぬ雑《ざふ》煮《に》かな　太祇

せ馬に笋一駄を積んでやってきた。信仰篤き貧しき農民。

58 名オ四。雑。○双六の賽　鞍の下に出来た瘡(さか)の事。「吾妹子が額(かぬ)に生ひたる双六の牡牛(ことひのうし)の鞍の上の瘡」(万葉集十六)。▽痩せ馬ゆえ一駄荷ほどの重さで鞍の下に瘡ができたが、荷をおろすや荷物もろともその瘡までもとり落した。

59 名オ五。雑。恋(物や思ふ)。○はらから　姉妹。▽姉妹が双六遊びに戯れ、一人が双六の賽を取り落した。心ここにあらざればの失敗、一体誰に思いを寄せているのかと問われ、恋心を悟られることになった。

60 名オ六。秋(夕月・蕣)。月の定座から五句引き上げ。▽明日の朝はどの莟(つぼみ)が咲くであろうと、夕月の差す光のもとで垣のあさがおの莟を眺めていると、姉に恋の思いに佇むと勘違いされ、問い詰められた。

61 名オ七。秋(秋の風)。▽夕月の時分、あさがおの垣根を猫の子が潜り抜け、折しも秋風が吹いて、あさがおの葉が子猫の顔に触れる。子猫は、いかにも顔が寒いというように、前足で頬の辺りを撫でた。

62 名オ八。秋(白川祭)。○白川祭　旧暦九月十三日の夜行われる洛北北白川の天満天神の祭礼。▽雨のため人出も少なく、淋しい祭りとなった。そこに猫の子が現れ、秋風が寒いというのか、前足で顔を撫でる。

63 名オ九。雑。▽九月十三夜の祭りとて人出が少なく、殊に雨の日となると参詣の人も稀で淋しい。お供え物も粗末で、水分をたっぷり含ませてふやかした麦が混じった鄙びた餅である。

64 名オ十。雑。▽祝い事があり、奉公人に麦などが混じった屑米で搗いた餅を与えたため、腹痛を起し、大変な始末になった。

65 名オ十一。雑。○脇能　演能の第一番に演ずる能。○中の口　屋敷の玄関と台所口との間にある入口。▽奥では客を迎えて座敷能が演じられ、笛の音が中の口まで聞えて来る。そこにたむろした奉公人は能に関心がなく食欲ばかり、脇能が始まる頃には食べ過ぎて腹痛を起す始末となった。

66 名オ十二。雑。○五ッ目　婚礼の式に催された五ツ目の能。▽大家の奥の間で脇能が演じられ、笛の音によって中の口

76 闇《くら》がりにのどけき春や城の六ッ　几圭

77 古頭《づ》巾《きん》烏《え》帽《ぼ》子《し》に捻《ねぢ》よ花の春　江戸 青峨

聖廟よりかへさに

78 鶯や藪をへだてゝ朝日寺　召波

79 うぐひすの庭をありくや雨の後　雨遠

80 東《こ》風《ち》吹《ふく》や雨のにほひの夕曇　伏水 寉英

81 人目なき宿は巨《こ》燵《たつ》に子《ね》日《のひ》かな　竹波

82 粥《かゆ》杖《づゑ》や梨《なし》壺《つぼ》の五人打はづし　浪華 羅川

83 みのむしの古巣に添ふて梅二輪　蕪村

幽径

84 埒《らち》もなき荊《おどろ》が中の野梅哉　几董

85 梅さくや馬の糞《ふん》道江の南　浪華 無腸

の辺りの人にも能の進行状況がわかり、それによって料理の準備が進められる。

67 名ウ一。冬(しら雪)。▽「五ッ目」を時刻と見る。早朝よりの神事も滞りなく進み、五ッ時分の行事も済んだ。祝儀の神事が終った夕刻には気温が下がり、雨が雪に変った。誠に目出たく清めの雪である。

68 名ウ二。雑。○八幡　京都府南部八幡市、男山の山麓。▽日の暮れて来た時分、先ほどまでの雨が雪に変った。天候の異変に夜舟に乗り合せた僧のことが気になっていたが、僧は八幡で舟から上り闇の中に姿を消した。

69 名ウ三。雑。○しらぬひ　不知火。九州八代の沖に陰暦七月末の夜、見える火影。▽京に上る淀舟は、諸国の人達のお国話で賑わう。西国の人の不知火の話に乗り合わせていた僧が、よくない話と途中の八幡で舟から上った。

70 名ウ四。雑。▽通夜の夜伽の席で、不知火の話に及ぶと、よくない話とばかりに席を立ち、香を手向ける方が記念になると言って香を炷いた。

71 名ウ五。春(花)。花の定座。▽花は散ってしまったが、今はともかく花の雲の名を留める嶺の雲に香を炷いて残り香を楽しもう。「嶺の雲」に香炷くは俳諧。

72 揚句。春(鶯)。▽見事に咲き誇った花は、今は散り失せ、花の雲という名を嶺の雲に残すばかり、花に鳴いた鶯も老いてしわがれ声となり、春も終りを告げようとしている。

73 ○蓬莱　正月の蓬莱飾り。中国の伝説の霊山蓬莱山の意を掛ける。▽正月を迎えて蓬莱飾りを前に、不老不死の霊山蓬莱山を祭って長寿を祈願し、老を重ねた正月を寿ぐことにしよう。季老の春(春)。

74 ○松一対　門松。▽あれこれと忙しく年を過し、ここにわずか一対ではあるが、門松を立て、家内揃って目出度く正月を迎えた。季松一対(春)。

75 ▽美味いとか何んとか言いながら鰒を喰って気儘に冬を過してきた我が身だが、今日正月を迎えて雑煮をいただき、長寿を祝うことだ。季雑煮(春)。

76 ○六ッ　明け六ツ午前五時頃。▽城の明け六ツ時分は、普段早朝暗いうちから勤めがあって慌ただしいことだが、正

86 咲《さき》かゝる梅に余寒の日数かな　春爾
87 百姓のたばこは臭し梅《うめの》花《はな》　嵐山
88 墨よしや千鳥こぼるゝ朧月　ゝ
89 雨ちかき温《で》泉《ゆ》のけぶりや朧月　召波
90 おぼろ月放《はう》下《か》の親子戻りけり　維駒
91 晴天に暮てまもなし朧月　成文

旅中吟

92 貝塚の町へ這《はひ》入《れ》ばおぼろ月　道立
93 過て匂ふ酢屋の門辺や朧月　春坡
94 十五夜とかた〱よらす朧月　百池
95 春の月鶏裂《さ》ケば曇《くもり》けり　南部素郷

月を迎えて城内は人の出入も少なくのどかである。季春(春)。

77 ○古頭巾　常に被り慣れた頭巾、風雅の嗜みのある老人と見る。▽花やいだ正月を迎えせめてこの日は、古頭巾を少し捻じ折って、古式なゆかしさを思わせる烏帽子に似せて被りなさいよ。季花の春(春)。

78 ○聖廟　京都北野天満宮。○朝日寺　北野天満宮本殿西側にある寺。▽鶯の鳴く藪を隔てて天満宮の西方に朝日寺がある。梅、鶯、朝日による趣向。季鶯(春)。

79 ▽春の雨が一しきり降った後の庭は、しっとりと落ち着き心地好く、鶯が姿を見せて、春雨の上がった庭を楽しむように歩いている。季うぐひす(春)。

80 ○東風　春になり東から吹く風。○雨のにほひ　雨の気配。▽夕刻時分、春を思わせる東からの風が吹き渡り、雲が広がり雨の気配である。季東風(春)。

81 ○子日　正月初めの子の日。野に小松を引き、若菜を摘んで長寿を祝う。▽人目を気遣うことのない旅の宿で、一人炬燵に横になり、気楽に子の日を過ごす。「子」に寝るを掛ける。季子日(春)。

82 ○粥杖　ニワトコの木を削った杖。正月十五日の望粥(もちがゆ)に使う。これで婦人の尻を打つと男子を生むと言う(枕草子三段)。○梨壺の五人　梨壺は内裏の五舎の一つ。五人は、後撰集撰者源順・大中臣能宣・紀時文・清原元輔・坂上望城。▽彼等が女房たちの尻を打ちそこねた。季粥杖(春)。

83 ▽梅の枝にぶら下がっている蓑虫の古巣の傍ら、梅の花が僅かに二輪ほど咲き初めた。蓑虫に春の到来を知らせようと言うのか。季梅(春)。

84 ○幽径　人が通うことの少ない小道。○埒もなき　荊が秩序なく生い茂る様。▽梅が香に誘われるまま辿って行くと人も通わない小径があり、その先に人を拒むかのように荊に囲まれて、梅がひっそりと咲いている。季野梅(春)。

85 ○江の南　淀川南の地域、河内路辺りの景。▽淀川の南の田園地帯を通る道は、梅の香りが漂い、荷馬車の往来も増し、馬糞の匂いもして、のどかである。季梅(春)。

86 ○余寒　立春後になお残る寒さ。▽春はまだ日が浅く、咲き始めた梅の花の数は少ない。その梅の様子で余寒の日数

京に在《あり》し比《ころ》

96 北山の余寒を見るや窓の内　江戸 泰里

97 底叩《たた》く音や余寒の炭俵　召波

98 鼠追ふや椿生《い》ケたる枕上　田福

西の京にばけもの栖《すみ》て、久しく荒はてたる家ありけり。今はそのさたなくて

99 春雨や人住て煙壁を洩《も》る　蕪村

100 鶏の子の觜《はし》よごしけり春の雨　維駒

101 春雨や簑《みの》の下なる恋ごろも　几董

行旅

102 馬借てかはるゞにかすみけり　江戸 蓼太

103 放《はなれ》馬《うま》終に野末の春がすみ　臥央

がわかる。季梅・余寒(春)。

87 ▽野良仕事を一休みして、農夫が煙草を一服吸う。先ほどまで漂っていたふくよかな梅の香りを、煙草の匂いがかき消した。季梅花(春)。

88 ○墨よし　摂津住吉社の一帯。○こぼるゝ　あふれ出る。▽千鳥が朧月夜に浮かれたかのように住吉の浜辺近くの波間に、あふれるばかりに集まり戯れている。季朧月(春)。

89 ▽春先、雨の来る前に気温が上がり、空気も湿りがちになる。湯煙で雨の近いことが一層分り、月も朧に見えることだ。季朧月(春)。

90 ○放下　街道で歌舞・曲芸を演じた芸能者。▽放下の親子が、一日の仕事を終え、朧月夜の中を疲れ切った様子で、言葉も交わさず家路を行く。春の宵のけだるさ。季おぼろ月(春)。

91 ▽春先の好天の日には、夕刻時分になると昼の晴天が嘘のように霞がかかり、朧月夜となって昼とは異なる風情である。季朧月(春)。

92 ○貝塚の町　今の大阪府貝塚市。▽気儘な旅を続け、貝塚の町に辿り着くや日も暮れ、朧月夜となった。由緒ありげな町の名に古代人の生活が偲ばれる。季おぼろ月(春)。

93 ○酢屋　酢の醸造所。▽通り過ぎてから酢屋と気付く朧月夜。酸っぱい香りと朧月夜の艶なる気分が溶け合う感興。天明風の感覚句。季朧月(春)。

94 ▽今宵は春の十五夜、朧月、独り楽しむには心落ちつかず、仲間を呼ぶことにしよう。独り楽しむ秋の月に対し、人恋しさを誘う朧月を趣向。季朧月(春)。

95 ▽見事な春の月に酒を設けんと鶏を料理し、さて酒という時分に空が曇ってしまった。「家ニ還リ酒ヲ設ケ、鶏ヲ殺シテ食ヲ作ル」(桃花源記)。季春の月(春)。

96 ○北山　洛北。▽春めく季節だが、北山の辺りはなお冬枯れの景で、余寒の気配が宿の窓越しに眺められる。季余寒(春)。

97 ▽春は名ばかり、なお冷え込みが厳しく、炭を焚こうと冬に使い果した炭俵の底を叩く。その鈍い音はいかにも侘しい。季余寒(春)。

104 うしろより雨の追来る焼野哉　阿波 大魯

105 囀《さへづ》りや野は薄月のさしながら　嘯山

嵯峨にて

106 垣の芽の袖口どもゝ出されたる　竿秋

107 蝶〳〵や左を追《おへ》ば右に在《あり》　我則

108 日うつりや高瀬《たかせ》へ分ッ春の水　也好

109 しづかさや雨の後なる春の水　召波

110 磯山や小松が中を春の水　几董

初午　二句

111 はつ午や鳥羽四塚《よつづか》の鶏の声　蕪村

112 初むまや柳はみどり小豆《あづき》めし　尾陽 也有

98 ▽「鼠追ふ」は、武士や茶人ではなく、貧に耐えて生活する隠逸なる風雅人。枕もとの椿の花瓶を倒されないよう鼠を追う。「栗に飽て蘭に付く鼠とらへけり」(召波)と同想。季椿(春)。

99 ▽春雨が降り注ぎ、一見気味悪そうなあばら屋の壁から、うっすらと煙が漏れ、人が住むらしい。春雨が穏やかな暮し向きを窺わせる。季春雨(春)。

100 ▽春雨によって一段と春めくのどかな農村の景。「鶏犬ノ声相聞コユ」(桃花源記)は、中国文人が憧れた理想郷の風景。「鴬よどす」はその俳諧化。季春の雨(春)。

101 ○恋ごろも　恋を身から離れぬ衣にたとえ、春雨の艶なる情に通う。▽春雨に濡れて行く人の簑の下には、更に恋衣を着ているのであろう。小町の許に百夜通った深草の少将のおもかげ。季春雨(春)。

102 ▽旅中馬を借りる。馬上から眺める春の景が、次々と現れて霞の中に消えて行くのは楽しい。「紀行の模様一歩一変　嵐山」(此ほとり・薄見つの巻)。季かすみ(春)。

103 ○放馬　手綱を放れた馬。○終に　すぐに。▽馬は春の季節に浮かれたのか、手綱を離れたと思う間もなく走り出し、野末の春霞の中に消えた。季春がすみ(春)。

104 ▽焼野を辿って行くと、その後から追いかけるように野に春を呼ぶ雨が降り注いで来る。季焼野(春)。

105 ▽日はすっかり暮れて霞のかかった月の光が、野に差すようになってもなお、小鳥たちは春月に浮かれたように囀っている。季囀り(春)。

106 ○垣の芽　生垣の芽。▽春になって生垣は勢いよく芽吹き始め、気負い余って芽を包み込んでいた芽の袖口と言うべきところまでも吹き出した。発芽を擬人化した表現。季垣の芽(春)。

107 ▽春の好日、蝶を追い掛けると蝶は身軽に逃げ、左にいた蝶がいつの間にか右の方に飛ぶ。蝶の習性を捉える。左を右にと歌謡調の句作り。季蝶(春)。

108 ○日うつり　日に映えて輝くこと。○高瀬　京都高瀬川。▽川の流れが高瀬川に分れ入る所で川面が少し波立ち、日に映えてきらきらと春の輝きを見せている。季春の水(春)。

二月堂

113 けしからね冴《さえ》返りたる沓《くつ》の音　蝶夢

114 大仏の柱くゞるや春の風　浪華　二柳

115 浜の子が風の名呼ぶや几巾《いかのぼり》　江戸　旨原

116 いかのぼり月も出てある三笠山　維駒

117 漁《いさり》舟見えて吹《ふく》也《なり》はるのかぜ　浪花　旧国

遠国より句をとはれて

118 難波女の懐《ふところ》寒し春の風　ゝ女うめ

119 春風の吹《ふき》出《いだ》したる筏《いかだ》哉　佳棠

120 夕ぐれに申合せて蛙《かはづ》かな　文皮

121 流木にしり声寒き蛙哉　移竹

122 春の夜や昼雉子《きじ》うちし気の弱リ　太祇

109 ▽ひとしきり降り続いた春雨で水嵩は少し増したが、さすがに流れは春の趣きを湛えて静かに流れる。季春の水(春)。

110 ▽磯近くまで迫った山は小松の茂みで覆われ、その小松の中を縫うように流れる春の水が、心地よい音を立てて海に注ぐ。季春の水(春)。

111 ○はつ午　二月最初の午の日の伏見稲荷の祭礼。○鳥羽四塚　京都南西部辺り。「午」と「四」に午前十時頃の意を掛ける。▽鳥羽四塚の辺りは、人々が稲荷参りに出かけて普段の人影はなく、日中の春の日差しの中、鶏の声のみが聞えてのどかである。季はつ午(春)。

112 ▽初午祭りの頃は柳が芽吹いて緑に映え、祭りには紅色の鮮やかな小豆飯を供えて祝う。杜牧の「江南ノ春」の「鶯啼イテ緑紅ニ映ズ」の俳諧。「柳はみどり」は詩語。季初むま(春)。

113 ○二月堂　東大寺、お水取りを修する堂。○沓　木履。▽お水取りの行が進み、やがて荘厳なる堂内を僧が走り回り、堂内に響き渡る冴え返った木履の音が、修行僧の厳しさを思わせる。「水とりや氷の僧の沓の音」(芭蕉)。季冴返り(春)。

114 ▽東大寺大仏殿に、潜ると功徳を得ると伝える穴のあいた柱がある。穴は狭く潜り抜けるのは容易でないが、春風は軽々と吹き抜け、この世の浄土を思わせる。季春の風(春)。

115 ▽好天で、海もおだやか、無風のため凧が舞い上がらない。さすがに漁師の子は風についてのわきまえがあり、風の名を呼び、風を吹かせようとしている。季几巾(春)。

116 ○三笠山　大和の歌枕、奈良市春日大社の背後の山。▽夕暮れ時分、三笠山へ吹き上げる風に凧が空に舞い、月も出ている。「天の原ふりさけ見れば春日なる三笠の山に出し月かも」(百人一首・安倍仲麿)。季いかのぼり(春)。

117 ○漁舟　夜火を焚いて漁をする舟。▽夜海上に見える漁火の揺れで春風を知る。春風を擬人化した俳諧。季はるのかぜ(春)。

118 ▽難波の女は春風が吹いても着飾ること無く、懐が寒いのですよ。その実は貯えあるか。「着倒れの京を見に出よ御忌詣」(几董)。季春の風(春)。

119 ▽ゆったりとした流れに従って下って行く筏が、春風が吹き出して少し揺れ始め、かえって心地よく見える。季春風

123 雉打《うち》て帰る家路の日は高し　蕪村

124 かげろふや同じたけなる小松原　塘雨

125 きり芝の野芝にもどる菫《すみれ》かな　江戸 浙江

126 大《おほ》日《ひ》枝《え》や菫踏《ふみ》分《わく》る路もあり　湖嵒

127 海苔《のり》の香やまだ見ぬ海のなつかしき　舞閣

128 乾《ほし》海苔《のり》やおぼろ〳〵と海人《あま》が家　川越 麦鴉

双岡《ならびがをか》に先師晩山《ばんざん》のしるしあり

129 其《その》枝にのこんの雪の翁かな　杜口

所思

130 五年見ぬ古郷のさまや桃の花　維駒

131 石をきる山の梺《ふもと》や桃のはな　湖柳

132 雨にひらく老木の桃や花あまた　大石 士巧

(春)。

120 ▽春の夕ぐれ、まるで申し合わせたように一斉に蛙が鳴き出した。「申合せて」は蛙を擬人化した表現。また「鳴く」を省略した句作り。季蛙(春)。

121 ○しり声　鳴き声の語尾。▽川を流れる木に摑まりながら鳴く蛙の尻窄みの声は、いかにも寒そうである。「びいと啼尻声悲し夜ル の鹿」(芭蕉)。季蛙(春)。

122 ▽雉子は愛情深き鳥、また「蛇くふときけば恐し雉子の声」(芭蕉)とも吟じられた。春の夜、昼に雉子を打ったことが悔まれ、一抹の恐しさに気弱になる。春の夜の浪漫的情感。季春の夜・雉子(春)。

123 ▽まだ春の日が高い昼の最中、射止めた雉子を提げて家路につく。春の輝くような陽光が、却って殺生の我が身の科(がと)を責めるようだ。季雉(春)。

124 ▽空は晴れ渡り、低木の松原が続く砂浜に春の陽光が注ぎ、かげろうが小松の丈ほどに立ち昇っている。季かげろふ(春)。

125 ○きり芝　切り整えられた芝か。▽去年切り揃え手入れした芝も、春になって野の芝のように延び、その中に可憐な菫が咲いている。季菫(春)。

126 ○大日枝　比叡山。▽比叡山の山路は廻峰行を修める厳しい路だが、春の風情を楽しみながら分け入ることのできる菫咲く山路もある。季菫(春)。

127 ▽年毎この季節になると海苔の香りが楽しみである。海苔の香りはまだ見たことがない海の香りがして懐しい思いがする。季海苔(春)。

128 ▽春の日差しの下、海苔が干してある海人の家が、海辺に沿って点在し、春の霞の中に見える。季乾海苔(春)。

129 ○双岡　京都御室の南にある丘陵。○晩山　爪木氏。京の俳人。▽双岡に先師晩山のゆかりの樹木があり、その枝の残雪は、風雅を愛した師の俤(おもかげ)を留める。季のこんの雪(春)。

130 ○所思　思うところ。▽五年間異郷で過し、故郷に戻ってみると折しも桃の花が咲き乱れ、以前と少しも変らず、心の安らぎを覚えた。季桃の花(春)。

桃山懐古

133 見おろせばいはんとすれば桃の花　道立

134 浅き瀬に若鮎《あゆ》走る夕哉　徳野

135 鮎汲ゞや喜《き》撰《せん》ヶ嶽《だけ》に雲かゝる　几董

柴の戸にあけくれかゝるしら雲をいつむらさきの雲に見なさむ

136 法《ほふ》然《ねん》の珠数もかゝるや松の藤　蕪村

上巳

137 たらちねの抓《つま》までありや雛の鼻　蕪村

138 雪《ゆき》信《のぶ》が屏風も見えつ雛祭　几董

139 雛の宴五十の内《ない》侍《し》酔《えは》れけり　召波

雨意

140 白妙に十《じっ》方《ばう》ぐれのさくら哉　旨原

131 ▽採石場のある山の麓の桃の木は、花盛りである。その好天の昼下り石切る音の響きが眠気を誘う。季桃のはな(春)。

132 ▽風雪に耐えた桃の古木に春雨が降り注ぎ、雨は花を養うと言われるように生気を取り戻した古木が、沢山の花を咲かせている。季桃(春)。

133 ▽桃の花咲く山の頂上に立って麓を見下し、眺望の素晴らしさに言葉を発しようとした時、桃李もの言わずの桃の花に気付き、口を閉じた。「桃李モノ言ハズ、下自ラ蹊ヲ成ス」(史記・李将軍伝)。季桃の花(春)。

134 ▽水中がはっきりとは見えない夕刻、浅瀬で一瞬光を放った。若鮎が腹を光らせて泳ぎ去ったのである。季若鮎(春)。

135 ○喜撰ヶ嶽　宇治山。宇治市笠取の南。▽ひとしきり鮎汲みをして腰を延ばし、上を見上げると、喜撰法師ゆかりの宇治山に雲がかかって見えた。「わが庵は都のたつみしかぞ住む世をうぢ山と人はいふなり」(古今集・雑下・喜撰)。季鮎汲ゞ(春)。

136 ○法然　諱は源空。鎌倉初期の浄土宗の開祖。▽前書は玉葉集所収の法然の歌。松には藤が絡み、紫雲来迎を願った法然の数珠もかかる。「松の藤」は来迎図(明恵上人画像など)の構図。季藤(春)。

137 ○上巳　三月三日、児女の雛祭。○たらちね　母。▽母が娘の鼻をつまむと鼻が高くなるという。雛の鼻が低いのは、母がつままなかったためか。「たらちめはかかれとてしもむば玉のわが黒髪をなでずやありけん」(後撰集・雑三・遍昭)。季雛(春)。

138 ○雪信　画人狩野常川幸信。▽華やかな雛祭の座敷に相応しく、幸信が描いた華麗な屏風がめぐらしてある。季雛祭(春)。

139 ○内侍　内侍司の女官。▽雛祭の宴が華やかに催され、年を重ねた老内侍が、興に乗じてわきまえもなく酒に酔い乱れてしまった。季雛(春)。

140 ○雨意　雨の気配。○十方ぐれ　どんよりした曇り空。▽どんよりとした暗い曇り空に覆われているため、桜の花がかえって白く見える。季さくら(春)。

141 分《わけ》入《いれ》ば川上寒し花に鳥　さが重厚

142 身をすぼめ行《ゆく》や桜の散《ちる》木の間　江戸陽子

143 桜三日四日を花やあらし山　仙台完山

144 山里の人美しや遅ざくら　維駒

南都

145 花の露に鹿や目さます山かづら　自笑

146 棒《ばう》突《つき》に盃をさす花見哉　太祇

147 つまみ喰《ぐひ》一日花の乞《こ》食《じき》かな　青峨

四十以後の人三里《さんり》に灸すべしと

148 二日灸花見る命大事也《なり》　几董

149 誰ためぞ築《つい》地《ぢ》を垂るゝ花桜　僧雉庵

150 添て来し野川いづちへ山ざくら　作者不知

141 ▽渓谷を川上へ分け入ってみると、まだ冬の寒さを留めているが、桜が咲き初め、鳥も囀り、春めいている。季花(春)。

142 ▽花見の人で賑わう桜の散る木の間を、零落の身を嘆くように身をすぼめて行く人がいる。「桜の散」は行く人の境涯を窺わせる。季桜(春)。

143 ○あらし山　洛西、桜の名所。▽桜は、三日四日というわずかな日数を命として咲き誇る。桜の名所嵐山ではその名の通り、花の嵐となって数日で花は終る。季桜(春)。

144 ▽山里の人たちは、こだわりのない端正な人柄で、季節の移りに身を任せて暮し、遅桜に華やいでいる。季遅ざくら(春)。

145 ○南都　奈良。▽桜の下で眠る鹿に、花の露が滴り落ちて鹿が目を覚ます頃、三笠山にかかる雲は朝日に映え、見事な東雲の眺めとなる。季花(春)。

146 ○棒突　棒を持ち社寺の境内を警戒する人。▽花見の宴も盛り上り、酔いが回って人の見境なく、警戒に当る棒突にまで酒を無理にすすめる。季花見(春)。

147 ○花の乞食　桜を求めて逍遥すること。▽軽食を手に一日中花の下を逍遥し、腹が空けばつまみ食いするという始末で、まさに花の乞食だ。季花(春)。

148 ○四十以後の人　「四十以後の人、身に灸を加へて三里を焼かざれば、上気の事あり。必ず灸すべし」(徒然草一四八段)。○二日灸　二月二日、灸をすえると効能が倍加すると言う。▽二日灸は、花を眺め歩くための丈夫な足腰を養う上で大切である。季二日灸・花見る(春)。

149 ○築地　泥土を築き固めた垣。▽邸内の枝垂桜が築地の所まで垂れ下がって咲いているが、誰のために咲いているのか。季花桜(春)。

150 ▽野中の小川に添って歩いて来たが、川はどこへ出るのであろうか。その川の先に山桜が花を咲かせていた。季山ざくら(春)。

151 咲《さく》日より今も散《ちる》かとやま桜　江戸 一音
152 皃《かほ》つきや花にやはらぐ小役人　臥央
153 けふ限《きり》に垣を仕《し》まへば落花哉　大石 佳則
154 つばくらや花なくなりし三軒屋　百池
155 誰《たが》園ぞ月夜春の夜梨の花　鉄僧
156 平《ひやう》調《でう》の糸や切《きれ》けむ夜《よ》半《は》の春　正巴

十九日と廿一日の晴雨、とし〴〵わきがたし

157 婆かゝの肩ぬぐ空や御《お》身《み》拭《ぬぐひ》　キ董
158 御《み》影《えい》供《く》や老て見まがふ角力取《すまふとり》　田原 毛条
159 炉《ろ》塞《ふさい》であるじは旅へ出られけり　自珍
160 春の暮かり寐の枕はづれけり　雪居

151 ▽花より先に葉が芽を出す山桜は、花が開いた時には葉が延びて花は早くも散るかと思われる。季やま桜(春)。

152 ▽気むずかしい顔の役人が、花見客の見回りに来て、咲き乱れた桜の花を眺め、急に温和な顔つきになった。季花(春)。

153 ▽桜の枝が折られないように、開花と同時に巡らした垣根を、今日は散り初めの時期と見て片付けた。すると桜の落花が予測通り始まる。季落花(春)。

154 ○三軒屋　嵐山渡月橋北畔にあった茶屋。▽花見客で賑わった三軒茶屋は、花が終り客もなく静かになり、今は燕が来て茶屋の軒に通っている。季つばくら・花(春)。

155 ▽艶なる雰囲気の朧月夜の梨園、歌舞を舞う美女の姿もある。誰の梨園であろう。玄宗皇帝の梨園の俤《おもかげ》か。語調を整え、歌謡的句作り。季春の夜・梨の花(春)。

156 ○平調　雅楽の六調子の一。▽春の夜半、女が琴を弾いていると糸が切れた。不吉な前兆、恋に悩む女の先が思いやられ、あわれである。季春(春)。

157 ○十九日　陰暦三月、嵯峨釈迦堂の御身拭い(本尊釈迦像を白布で拭う行事)の日。○廿一日　彼岸の中日。▽季節の変り目で、婆さんや嬶たちが肩脱ぎ姿で働くほどの暖い御身拭いの日だ。季御身拭(春)。

158 ○御影供　三月二十一日弘法大師忌。▽今日は御影供。参詣する人の中に角力取がいるが、今は年老いてそれとは見違えるほどの姿である。季御影供(春)。

159 ○炉塞　囲炉裏を三月末に塞ぐこと。▽冬籠りの季節も終り、ようやく暖くなってあるじは旅に出られた。閑人の体。季炉塞(春)。

160 ▽春の間は、何とも落ち着かず浮かれ気分で旅寝を続けていたが、暮春の候を迎え、ようやく家に落ち着くことになった。季春の暮(春)。

養在深閨人未識《やしなはしてしんけいにありひといまだしらず》

161 行春を鏡にうらむひとり哉　江戸 成美

162 春くれぬ酔《すい》中《ちゆう》の詩に墨ぬらん　几董

163 ゆく春やおもたき琵琶の抱《だき》ごゝろ　蕪村

164 春惜しむ人や落花を行《ゆき》もどり　召波

花下に聯句して春を惜《をし》む

165 祇《ぎ》也《や》鑑《かん》也《や》髭に落花を捻《ひねり》けり　蕪村

夏之部

166 ころもがへ一《ひと》先《まづ》居《す》ハる心かな　移竹

167 酒のみの膝昼過《すぎ》ぬ更衣《ころもがへ》　尾陽 暁台

161 ○養在深閨人未識　長恨歌の一節。▽生きとし生けるものが過ぎ行く春を恨む季節、娘一人部屋に籠り、自分の顔を鏡に写し、男に相手にされない我が身を恨むのである。季行春(春)。

162 ▽春に浮かれ酒に酔って詩を題して来たが、いよいよ夏を迎える頃になり、酔に任せて詠じた詩は墨を塗って消してしまおう。季春(春)。

163 ▽春の怨めしい思いが募る晩春、だき抱えた琵琶の重さに物憂さが深まるばかり。王昌齢「西宮春怨」の詩情に通う。季ゆく春(春)。

164 ▽散り行く桜を暫く眺め、やがて立ち去るかに見えてまた戻り、過ぎ行く春を惜しむ。季春惜しむ・落花(春)。

165 ○祇也鑑也　宗祇・宗鑑。宗祇に鬚薫香の話がある。▽花の下俳諧に座した宗祇・宗鑑とも言うべき人達は、鬚を撫で、落花を指で捻りしながら句案の体。季落花(春)。

166 ▽更衣(ころもがえ)をして身は清々しい気分になり、心改まる。何はともあれ座ってみて着物の着心地を確かめる。季ころもがへ(夏)。

167 ▽酒呑みがだらしなく膝をあらわにしていたが、昨夜の酒も昼過ぎて醒め、ようやく更衣を済ませた。季更衣(夏)。

168 白がさね憎き背中に物書《かか》ん　蓼太

169 春を惜《をし》む心の外に更衣　・いせ 樗良

170 紀《きの》路《ぢ》まで花の旅して更衣　百池

鳴つる方を詠《ながむ》れば

171 古歌の月今に残れり子規《ほととぎす》　旨原

172 おもひもの人にくれし夜杜鵑《ほととぎす》　太祇

173 ほとゝぎす通夜の枕は扇哉　青峨

174 山吹も散らで貴《き》布《ぶ》禰《ね》の子規　維駒

175 暁の遊女が吐《はく》血ほとゝぎす　召波

数ならぬ身はきゝ侍らず

176 岩倉の狂女恋せよほとゝぎす　蕪村

177 ほとゝぎす啼《なく》歟《か》と待テば蜘《くも》の糸　几董

168 ○白がさね　白の襲《かさね》装束。更衣の時の衣。▽背中が痒くなった時手が届かず、道者に習って呪いの文句でも背中に書いて置こう。季白がさね(夏)。

169 ▽更衣の季節を迎えて衣装を夏に改めたものの、今なお春を惜しむ気持が強く、とても更衣の気分に浸り切れない。季更衣(夏)。

170 ○紀路　紀州路。▽桜の名所を訪ねて旅を重ね、紀伊の国までやってきてしまったが、ようやく花の季節は終り、この地で更衣となった。季更衣(夏)。

171 ○鳴つる方を詠れば　「子規鳴きつる方を詠むればただ有明の月ぞ残れる」(百人一首・藤原実定)。▽子規が一声鳴いて飛び去った夜明けの空に、実定の詠まれた月が、今も姿を留めていた。季子規(夏)。

172 ○おもひもの　思い者。愛人。▽愛人を人に譲って空虚な思いに浸っていたその夜、ほととぎすの声を聞くことができ、慰められた。珍事続きし日。季杜鵑(夏)。

173 ▽親しき人の通夜を勤め、暁方眠気に襲われ、扇を立て枕とし体を横たえた。折しも死出の田長《たおさ》と言われるほととぎすが、一声鳴いて飛び去った。季ほとゝぎす・扇(夏)。

174 ○貴布禰　貴船。京都鞍馬の地名。▽貴船の辺りはなお春三月頃の気配をとどめ、山吹も咲き残りながら季節は夏で、ほととぎすの声が聞かれる。季子規(夏)。

175 ▽暁方、遊女は仕事の辛さに、血を吐くほど号泣すると言われるが、同じようにほととぎすも激しく鳴く。「鳴いて血を吐くほととぎす」による趣向。季ほとゝぎす(夏)。

176 ○数ならぬ身は…　徒然草一〇七段。○岩倉　京都左京区の大雲寺に狂気を治す滝があったともいう。▽岩倉の狂女よ、もっと恋に狂い、艶なる声で泣きなさいとほととぎすが激しく鳴く。季ほとゝぎす(夏)。

177 ▽ほととぎすの鳴き声を聞こうと、夜もすがら待ち続け夜明けを迎えた。昨夜はなかった蜘蛛の糸が、見事に張り巡らされている。季ほとゝぎす(夏)。

178 ふつゝかな我手悔《くや》みて夏書《げがき》哉　大石 士川

179 袷《あはせ》着て雨に寒がる僕《しもべ》かな　菱湖

180 待《まつ》宵《よひ》の身にしむ恋や絹袷　定雅

181 短《みじか》夜《よ》やいとま給《たまは》るしら拍子《びやうし》　蕪村

182 みじか夜や鐘聞ヶば又かねが鳴《なる》　之兮

題後朝《きぬぎぬにだいす》

183 短夜や伽羅《きやら》の匂ひの胸ふくれ　キ董

184 寐いそぎの蜩《かや》を後《うしろ》に咄《はなし》かな　銀獅

185 一夜二夜蚊屋めづらしきにほひ哉　江戸 春武

186 浅ましや蜩《かや》に透《すき》たる夜のもの　召波

187 橘や蜩《かや》に棊をうつ老二人　田福

188 蚊屋を出て物争へる翁かな　大魯

178 ○ふつゝか　不恰好なさま。○夏書　俗家で仏事供養のため、夏安居の折写経すること。▽わが筆蹟の拙さを悔みつつ夏書を勤める体。季夏書(夏)。

179 ▽僕が主から与えられた袷に着替えた日、あいにく雨となって気温が下がり、僕が着慣れぬ薄着に寒がっている。季袷(夏)。

180 ▽卯月に入り、女は上等な絹袷に着替えて恋しき方を待つ。が、宵の冷気と絹地の冷たさが、待つ身に一段と浸み入り、恋の思いを募らせる。季絹袷(夏)。

181 ○しら拍子　白拍子。水干、立烏帽子の男装で舞う雑芸者。▽短い夏の夜明け、一夜宴を勤めた遊女が、ようやくいとまを許されて帰る。謡曲・熊野による。季短夜(夏)。

182 ▽夏の夜は明けやすく短い。暮六ツの鐘を聞いたかと思うと、早や夜が明け、明け六ツの鐘を聞く。季みじか夜(夏)。

183 ○後朝　男女が共寝した翌朝別れること。▽夏の夜は明けやすく、女と一夜を過した夜は殊に短く思われる。別れ難きその朝伽羅の艶なる匂いに胸がときめく。季短夜(夏)。

184 ▽早く休むつもりで、早々と蚊帳を釣り、入ろうとする矢先話し掛けられ、蚊帳を気にしつつ話が続く。季蜩(夏)。

185 ▽夏になり、蚊屋を取り出して釣るようになったが、初めの一晩二晩は、蚊屋の独特な匂いがして、夏到来の心改まった気分がする。季蚊屋(夏)。

186 ○夜のもの　夜具。▽朝の明りで、蚊帳を通して昨夜使用した夜具の乱れたままの様子が見え、何ともひどく興醒めだ。季蜩(夏)。

187 ▽橘の香が漂う庭に面した部屋に蚊帳を釣り、老人二人が、昔のことを話し合いながら碁を楽しむ。共に隠居の身で幼馴染み。古歌「五月待つ花橘の香をかげば…」を利かせる。季蜩(夏)。

188 ○物争へる　言いわけする。▽翁は、一悶着の後蚊帳に入ったが眠られず、再び蚊帳を出て言いわけをする。小事に拘泥する老人の癖。季蚊屋(夏)。

189 提《さげ》て行《ゆく》牡《ぼ》丹《たん》おもたき風《ふ》情《ぜい》哉　春坡

懐旧

190 牡丹折《をり》し父が怒ぞなつかしき　大魯

191 広庭のぼたんや天の一方に　蕪村

鳥散余花落《とりのとびたちてのこんのはなおつ》

192 かきつばた魚や過けむ葉の動き　几董

193 檜《ひ》扇《あふぎ》の葉に洩ル皃《かほ》や燕子花《かきつばた》　嵐山

194 蛇落《おち》て驚く崖《がけ》のわか葉哉　維駒

195 嵐山松の四月となりにけり　松島　白居

196 道芝にあふひ祭の轍《わだち》哉　随古

197 よく見れば朝露持《もち》ぬ夏の草　江戸　登舟

198 ゆりの花人もねぶたき盛かな　成文

189 ▽牡丹の花は華麗で大きく、花の王とも言われ、気品を備えて重量感がある。それを「おもたき」と表現。季牡丹(夏)。

190 ▽子供の頃、父の大切な牡丹の花を折って叱られたことがある。その父の怒りが今は懐しく、牡丹の頃になると思い出す。季牡丹(夏)。

191 ○天の一方　「天ノ一方ニ美人ヲ懐ヒ望ム」(蘇東坡「前赤壁賦」)。▽広い庭の片隅に毅然と佇む華麗な牡丹の姿、蘇東坡の言葉を借りれば、天の一方に美人を望むと言ったところである。季ぼたん(夏)。

192 ○鳥散余花落　謝朓の詩「東田ニ遊ブ」の一節(古詩源十二)。▽燕子花の花に魅せられ眺めていると、風が無いのに葉が突然揺れた。水中を魚が泳ぎ過ぎたのであろう。謝朓独特の精密な観察に倣った句。季かきつばた(夏)。

193 ▽檜扇のように葉を広げた燕子花のその葉から洩れこぼれるように見事な顔だちで燕子花が咲いている。季燕子花(夏)。

194 ▽崖の切り立つ谷間の道を行くと上から蛇が落ちて来て驚嘆。見上げると崖は、生気に満ちた新緑に覆われていた。季わか葉(夏)。

195 ▽桜の名所嵐山は花の時期が過ぎ、新緑の季節を迎え、松の緑一色となり、落ち着きを見せている。漢の高祖が、夜路を遮る大蛇を断って渡った故事(史記・高祖本紀)によるか。「蛇を截てわたる谷路の若葉哉」(蕪村)。季四月(夏)。

196 ○あふひ祭　四月中酉日の賀茂の祭。▽ようやく新芽出揃った鮮やかな緑の道芝の上を葵祭の行列が通り、牛車の轍の跡がくっきりと残っている。季あふひ祭(夏)。

197 ▽日差しの強い日中しおれて見える夏草も、朝は生き生きしている。よく見ると朝露で生気を養っているからだ。季夏の草(夏)。

198 ▽ゆりの咲く時分は、体がけだるく眠気を催す。ゆりの花も眠そうに頭を垂れ、下方に向いて咲く。季ゆりの花(夏)。

199 こがれたる雨を握《にぎり》て田うた哉　几圭

佐屋のわたりにて、ひとり小舟をやり、
早苗《さなへ》とるを見て

200 つまなしがさす手ひく手や田植舟　暁台

201 芥《け》子《し》散《ちる》や脱《もぬけ》の衣のひとかさね　也好

202 よは〳〵と蓼《たで》も生《は》へたる浅瀬哉　季遊更寄　筇

203 野ゝ宮や笹の古葉の落る音　来之

204 夕暮や野に声残る麦の秋　楚秋

205 麦秋の草臥《くたびれ》声や念《ね》仏《ぶつ》講《かう》　几董

方丈石

206 持ありく家はいづくへ蝸牛《かたつぶり》　蝶夢

207 怠らぬあゆみ恐しかたつぶり　太祇

199 ▽待ちに待った雨が降って来て、やっと田植ができる。逃げないように雨を握りしめる思いで、田植唄を歌うことだ。季田うた(夏)。

200 ○佐屋のわたり　愛知県海部郡。三里の渡し。○さす手ひく手　舞の手振りの慣用語。○田植舟　苗を配るのに使う舟。▽一人者が、上手に田植舟を操っている。季田植舟(夏)。

201 ▽芥子の花びらが、地面に散り落ちた。それはまるで脱ぎ捨てられた一重の衣のようである。季芥子(夏)。

202 ▽蓼は水辺の植物。緩やかな流れの浅瀬に種々の水草が生え、その中に弱々しく涼しそうに蓼も姿を見せている。季蓼(夏)。

203 ○野ゝ宮　嵯峨野々宮神社。▽竹藪に囲まれた野々宮神社は閑静な所。聞えるものは、竹落葉のこの季節、笹の古葉の落る音のみ。季笹の古葉(夏)。

204 ▽麦秋の頃は陽気がよく、暮れなずむ季節で、農夫は遅くまで畠仕事を続け、夕暮迫っても声が聞えて来る。季麦の秋(夏)。

205 ▽麦秋の頃はけだるく眠けを誘う。殊に農夫は五月雨を前に忙しく働き、農事の合間に行う念仏講の声は、くたびれ声である。季麦秋(夏)。

206 ○方丈石　方丈の庵を畳み持ち歩いたという話に基づき、重そうで硬い蝸牛の巻き貝を石に見立てた句題。▽蝸牛は巻き貝を我が家として背負って這い回り、その家をどこに持ち歩くのか。季蝸牛(夏)。

207 ▽休むことなくゆっくりと歩み行く蝸牛の行動、滞らないその動きは恐ろしく思われるほどだ。季かたつぶり(夏)。

208 蝸牛君がかたへともゝすじり　結城 雁宕

209 点滴《あまだれ》にうたれて籠る蝸牛　蕪村

洛東芭蕉庵にて

210 蕎《そ》麦《ば》あしき京をかくして穂麦哉　ゝ

211 むしり来し園のさゝげや長短　雀英

212 夢の間や茄子《なすび》大きく成《なり》にけり　旨原

有感

213 生キて世にひとの年忌や初茄子　几董

214 笋《たかうな》に鋤《すき》かりに来る庵主哉　維駒

215 萍《うきくさ》や樋《ひ》を越ス水にさそはるゝ　呑獅

216 我家のうしろを過《すぎ》て田植哉　雷夫

217 早乙女や先ひいやりと庭の土　江戸 超波

208 ○君　遊女。○もゝすじり　股をくねらせながら近づく。▽蝸牛が、女の許へ股をくねらせながらにじり寄って行く。季蝸牛(夏)。

209 ▽蝸牛はまるで滝に打たれて夏籠りをする僧のように、雨垂れに打たれて動こうともしない。季蝸牛(夏)。

210 ○芭蕉庵　洛東金福寺境内。▽芭蕉庵から眺める京盆地は、蕎麦に悪い土地をかくすように麦の穂波に包まれている。「先師翁の言へることあり、蕎麦切り・誹諧は都の土地に応ぜず」(風俗文選・蕎麦切頌)。季穂麦(夏)。

211 ▽菜園からむしり取ってきた大角豆は、長短整わず、その種々の長さがかえって好ましい。「むしり来し」は物ごとに拘泥せぬ人柄を描写する。季さゝげ(夏)。

212 ▽茄子の成長は早く、果実の肥大するその早さに驚く。初夢の吉、「一富士二鷹三茄子」による。季茄子(夏)。

213 ▽人より世に生き長らえたのだから、早世した人の年忌を行い、初茄子を供えよう。諺「初もの七十五日」を利かせる。季初茄子(夏)。

214 ▽竹林に庵を結び、竹林の隠士気取りの主が、竹の子を食べようというのであろう、竹の子を掘る鋤を借りに来た。季笋(夏)。

215 ▽根無草とも言われる浮き草が、川の本流を離れ、懸樋を越して流れる水に誘われて、懸樋の中を流れて行く。季萍(夏)。

216 ▽田に囲まれた我が家の裏手の道を、農夫たちが遠慮がちに通り過ぎ、田植を始めた。季田植(夏)。

217 ▽早乙女が田植の作業に衣装を着替え、まず裸足で庭に下り立ったところ土がひいやりと冷たく感じられた。季早乙女(夏)。

郊外

218 都辺《みやこべ》はいつともなしに青田哉　雁宕

219 物問へば出て答ふる蚊やり哉　如瑟

220 宿借《サ》ぬあるじつれなき蚊遣哉　伏水 湖陸

221 青梅や女のすなる飯の菜《さい》　太祇

222 青梅に眉《まゆ》あつめたる美人かな　蕪村

烟雨に青カツシが、已に黄にナンヌといへるに

223 青かつし色としもなき煮梅哉　几董

224 夏の月平陽の妓《ぎ》の水衣　召波

225 遠浅に兵《つはもの》舟や夏の月　蕪村

226 さみだれや三線かぢるすまひ取　大魯

218 ▽都の周辺の田園は、さすがに天の恵みがあるのであろう。いつと気付かないうちに秋の恵みが約束されたように、清涼な青田が続く。季青田(夏)。

219 ▽人を訪ね、声を掛けたが返事がなく、蚊遣りの煙が家の中から流れ出て、人の居ることを教える。季蚊やり(夏)。

220 ▽一夜の宿を願ったが、主に断られ、蚊遣りまでもつれなく、蚊を追い払うように外に流れ出て来る。「腹あしき隣同士のかやりかな」(蕪村)。季蚊遣(夏)。

221 ▽青梅の季節、女が料理した飯の惣菜が、青梅のように酢っぱい複雑な味である。「女のすなる」は、土佐日記の冒頭文の措辞。「酢」を掛ける。季青梅(夏)。

222 ○眉あつめたる　美女西施の憂い悩める表情(蒙求・西施捧心)。▽西施が憂いに眉を寄せたが、美人が青梅を見て、酢っぱさに眉を寄せている。季青梅(夏)。

223 ○烟雨　けむるように降る雨。○煮梅　砂糖で煮た梅。▽鮮やかな青い色も、今は失われてしまった煮梅である。前書の「カツシ」「ナンヌ」の古文めかした表記に応じ、句に古歌の語句を裁ち入れた句作り。「さびしさはその色としもなかりけり真木立つ山の秋の夕暮」(新古今集・秋上・寂蓮)。季煮梅(夏)。

224 ○平陽　中国尭帝の置いた都。○水衣　能装束、大袖。丈は膝までの薄地の上衣。▽夏の月に涼む平陽の遊女の水衣姿は、艶麗である。季夏の月(夏)。

225 ▽遠浅になっている沖に、集結している兵たちの舟が、夏の月に照らされ、清涼な趣きにつつまれている。幻想的戦記物語のおもかげ。季夏の月(夏)。

226 ▽五月雨が降り続き、相撲取りが長雨の退屈しのぎに三味線を弾いているが、まるでかじると言ったひどい音色だ。季さみだれ(夏)。

227 さみだれや我宿ながらかゝり舟　竿秋

通宵待恋《つうせうたいれん》といふことを

228 占《うら》かたは獣にあらで水鶏《くひな》哉　道立

229 田の水を庭に引《ひか》せてほたる哉　維駒

230 飛ぶ蛍蠅につけても可愛けれ　移竹

231 剣《つるぎ》うつ水により来るほたるかな　管鳥

瀬田夜泊《せたやはく》

232 飛蛍闇の長はしかけてけり　明挙

233 船頭の鼾《いびき》を逃《にぐ》るほたる哉　在江戸 燕史

234 風薫る森の木陰や弓の音　文波

235 背戸口に砥《と》汁《じる》流るゝ菖蒲《あやめ》哉　大津 巨洲

かの東皐《とうかう》にのぼれば

227 ○かゝり舟　繋舟。▽五月雨で家に降り込められて一歩も出られず、自分の家でありながらまるで繋舟同然だ。季さみだれ(夏)。

228 ▽宵を通して恋しき方を待つのだが、その訪れを占うのは、恐ろしい獣の声でなく、戸を叩くと言われる水鶏の鳴く声にしよう。季水鶏(夏)。

229 ▽庭に池を造って田の水を引き入れ、その水の流れに沿って飛んで来る蛍を楽しもう。季ほたる(夏)。

230 ▽夏の夜、人々を楽しませる蛍の火を、人に嫌われる蠅につけて見ても、蠅が愛らしく感じられることだろう。季蛍・蠅(夏)。

231 ▽刀鍛冶が剣を打つ時に使う水に蛍が飛んで来て光を放ち、神聖なその場は一層幻想的に見える。季ほたる(夏)。

232 ○瀬田　蛍の名所。瀬田の長橋は歌語。○夜泊　夜、船に泊ること。夜を徹して蛍見をする意。▽瀬田川を横切って飛び交う蛍が放つ光の列は、闇の中に長橋をかけたように見えた。季蛍(夏)。

233 ▽舟で蛍見物に出たが、蛍が飛び交う場所に着くと船頭は居眠りを始めた。蛍は船頭のいびきの激しさに驚き、逃げてしまう。季ほたる(夏)。

234 ▽薫風の通う森の木陰に腰を下し、清々しい気分に浸っていると突然森の奥から弓を放つ音が聞え、一瞬緊張が走り、肝を冷やした。季風薫る(夏)。

235 ○砥汁　米の磨ぎ汁。▽台所口のところから白い米の磨ぎ汁が流れている溝には、菖蒲が生え、白と緑が鮮やかである。季菖蒲(夏)。

236 花いばら古郷の路に似たる哉　蕪村

東武に在てすみだ川に遊ぶ

237 都おもふ時や卯浪の薄曇リ　義仲寺僧 沂風

238 正宗が刃をわたるしみづ哉　正巴

239 かけ出《いで》の髭をしぼりて清水哉　召波

240 祇《ぎ》園《をん》会《ゑ》や胡《き》瓜《うり》花さく所迄　超波

241 闇《くら》がりに座頭忘れて涼《すずみ》哉　也有

242 涼《すずみ》居て闇に髪干《ほ》す女かな　召波

243 弟子僧と寺住かへて避《すず》暑《み》哉　維駒

人《ひと》皆《みな》苦炎熱《えんねつにくるしむ》

244 涼しさや花屋が鄽《ミセ》の秋の艸　几董

245 颷《ツヂカゼ》のおし動かすや雲《くもの》峰《みね》

236 ○東皐　「東皐ニ登ツテ以テ舒ニ嘯ク」（陶淵明「帰去来ノ辞」）。淵明が家族と再会した岡。▽花茨の咲く道を辿り、花の白さ、香りに幼い日の故郷の道を思う。季花いばら（夏）。

237 ○卯浪　陰暦四月ごろの波浪。▽隅田川はこの季節波浪が立ち、空は薄曇りで物憂く、古郷都のことが思われる。「都おもふ」は伊勢物語九段による発想。季卯浪（夏）。

238 ○正宗　岡崎正宗。鎌倉末期の刀工。▽名刀と言われる正宗の鋭い刃の上をまるで渡るような、体の芯まで冷える冷気を感じさせる清水である。季しみづ（夏）。

239 ○かけ出　修行を終え山から出る山伏。▽山伏が清水に顔をつけて水を飲み、顔を上げると長く延びた髭を伝って清水が流れ落ち、まるで髭をしぼり出る清水だ。季清水（夏）。

240 ○祇園会　六月七日、八坂神社の祭礼。▽胡瓜を食うことを忌む祇園会の山鉾巡行は、胡瓜の花が咲く所まで行われる。神輿に瓜紋を描く。季祇園会・胡瓜（夏）。

241 ○座頭　盲人。▽闇夜の中で座頭が、我が身の上を忘れて安らかな気持で涼を楽しんでいる。季涼（夏）。

242 ▽人目を避けるように湯上りの身を夜気の中に置き、女が涼をとっている。洗い髪を闇に干しているように見え、艶なる風情である。季涼（夏）。

243 ▽老僧は弟子の僧を連れて里の寺を離れ、山寺へ夏(げ)籠りの行ならぬ避暑のため移り住んだ。季避暑（夏）。

244 ▽人々は皆、夏の暑さに苦しんでいるが、花屋の店先には早くも秋の草花が並べられ、涼しさが感じられることだ。季涼しさ（夏）。

245 ▽猛烈な勢いで何もかも渦に巻き込んで吹き飛ばすつむじ風が、空高く盛り上がった雲の峰まで押し動かすことだ。季雲峰（夏）。

246 桐の木の梢にちかし雲峰　是岩

247 蓮に誰《たが》小舟漕《こぎ》来るけふも又　如菊

248 巻葉より浮葉にこぼせ蓮の雨　杉月

249 とく起よ花の君子を訪《とふ》日なら　召波

250 釣舟に御僧を乗せて蓮見哉　維駒

読李斯伝《りしでんをよむ》

251 厠《かはや》なる扇も喰《く》らふ鼠かな　几董

252 鄙《ひな》びたる細工ゆかしき団《うちは》哉　熊三

納涼　二句

253 汗入レて身を仏体とする夜哉　我則

254 床《ゆか》涼《すずみ》笠《かさ》着《ぎ》連《れん》歌《が》のもどりかな　蕪村

255 葛《くず》水や頤《おとがひ》に玉の音す也　道立

246 ▽空に聳えるように延びた桐の木の梢近くに雲の峰が生じ、桐は雲に届きそうである。季雲峰(夏)。

247 ▽今日また小舟で蓮を見ている人は、一体どなたであろうか。周茂叔の「愛蓮ノ説」の「蓮ヲ愛スルコト予ニ同キ者何人ゾヤ」による。季蓮(夏)。

248 ▽蓮の花に降り注いだ雨よ、まず巻葉を伝い、水面に広がる浮葉に零れ落ちなさいよ。季蓮(夏)。

249 ○花の君子 「蓮ハ花ノ君子ナル者ナリ」(愛蓮ノ説)。▽早く起きなさい、蓮見に行く日なら。蓮は暁に花を開くのだから。季花の君子(夏)。

250 ▽日頃殺生を生業としている漁師が、懺悔の意を籠めて高僧を釣舟にお乗せし、蓮の花をお見せ申す。季蓮(夏)。

251 ○李斯伝 史記・李斯伝に「吏舎ノ厠中ニ、鼠ノ不潔ヲ食ラヒ」と見える。▽蚊や蠅を追い払うために厠に置いた扇をも、事もあろうに鼠が食い削ってしまった。季扇(夏)。

252 ▽繊細さや巧みさは無く、むしろ粗野で田舎びた仕立てのうちわだが、かえって細工の荒らさが心引かれることだ。季団(夏)。

253 ▽仕事を終えて汗を流し、夜気に身を冷やし、仏になった気分である。蕪村「自筆句帳」に「汗入て身を仏体とする夜哉」と記し、見せ消ち。本句は蕪村の吟。季汗(夏)。

254 ○床涼 賀茂川桟敷での涼み。○笠着連歌 寺社の法楽連歌。▽笠着連歌の神事に一座した後、賀茂川の床涼みを楽しみ、緊張をほぐした。季床涼(夏)。

255 ○葛水 冷水に葛粉と砂糖を溶かしたもの。▽酷暑の最中、冷たい葛水を飲み、喉を通り越す折、旨そうな心地よい音がして、気分がよい。季葛水(夏)。

256 葛水やうかべる塵を爪《つま》はじき　几董

相国《しやうこく》禅寺なる維明《ゐみやう》和尚の許にて、笋《たかうなの》
羹《あつもの》をもてなし給ふに

257 簟《たかむしろ》心の塵もはらひけり　〻

郊外

258 夏のくれたばこの虫の咄《はな》し聞《きく》　重厚

みそぎの夜、鴨川にて

259 むすぶ手に翌《あす》の秋しる清水哉　五雲

256 ▽暑い日中せっかく拵えた葛水に塵が浮き、気になって指先で弾き飛ばすことだ。成語「爪はじき」による洒落。季葛水(夏)。

257 ○相国禅寺　京都五山の第二相国寺。○維明和尚　禅の高僧。○簟　納涼用むしろ。▽簟に座し、竹の子の吸物で暑気を払い、俗塵を避けて清浄な気分に浸る。季簟(夏)。

258 ▽郊外に出て夕涼みをしていた折、たばこは粘液性があり苦みも強いが、その葉を食う虫もあると農夫から聞いた。「蓼食う虫も好き好き」による句作り。季夏のくれ(夏)。

259 ○みそぎ　夏越しの祓。▽夏の終り、夜に入って禊ぎのために鴨川に行き水を手に汲んで見ると冷たく、その清水の冷たさに秋が近いことを知った。季清水(夏)。

脇起俳諧　秋

春泥舎召波

260 栗に飽《あき》て蘭《らん》に付く鼠とらへけり

261 三《み》度《た》ビ起《おき》出《だ》し庵の永キ夜　維駒

262 遠からぬ海の音聞《きく》有明に　几董

263 畠の中を駕《かご》の近道　ゝ

264 鷹狩の御先みゆるとほのめきて　駒

265 初雪ふれり師《し》走《はす》ついたち　ゝ

266 朝込《ごみ》に針屋が茶のゆおもしろや　董

267 ものの心得し従《じゅう》者《しゃ》持《もち》けり　駒

268 うち脳む同車の君をかき抱《いだ》き　董

260 発句。秋(栗・蘭)。▽「栗に飽て」とは、栗は自由に食われるに任せていたの意。蘭は中国文人の愛した花、鼠を捕えた人の品位を窺わせる。人里離れて住む隠逸の人。拾って来た栗を鼠の食うに任せていたが、大切に育てている蘭に取り付いたので許せず捕えた。

261 脇。秋(永キ夜)。▽秋の夜長を虫の音に目を覚ますは和歌連歌、鼠の物音に目を覚ますのは俳諧。庵は蘭を大切にする人に相応しい住居、前句の高逸なる人に応じる。秋の夜長を鼠の物音で再三目を覚ました。

262 第三。秋(有明)。○有明　有明月。定座の月を二句引き上げ。▽旅の途中海辺に庵を結んだが、波音にしばしば眠りを妨げられる。起き出して外を見ると海はなお暗く、空に有明の月がかかり、波音が聞えるばかりだ。

263 初オ四。雑。▽土地の人が通い馴れた農道を、旅人が粗末な駕籠で先を急ぐ。有明時分で海は見えず、波音のみが聞えて来る。

264 初オ五。冬(鷹狩)。▽「近道」は、急ぎ来る体で「ほのめきて」と唱和。畠の中の近道を急ぐ鷹狩の一行が見え、いよいよ来たと言って里人達が勇み立つ。

265 初オ六。冬(初雪・師走)。○初雪　十月の季語。▽今年は例年になく暖冬で師走も一日に初雪。いよいよ鷹狩に首尾よい季節となり、鷹狩の先頭が見えたと里人が気負い立つ。

266 初ウ一。雑。○朝込　朝込茶。早朝より催す茶会。○針屋　京の針屋伝兵衛。号宗春。茶を嗜み、風雅を心得た京商人。▽商人に多忙な師走だが、さすがに京の商人針屋は風雅の心得があり、師走の初雪は千載一遇と朝込茶を催す。

267 初ウ二。雑。▽さすがに茶事に通じる針屋宗春のこと、従者ももの心得があり、いちいち指図を受けずともてきぱきと茶事を手伝い、茶席が滞りなく進む心地よさ。

268 初ウ三。雑。恋(悩む)。○うち脳む　うち悩む。○同車の君　貴族の牛車に同乗する女性。▽恋の道を心得た従者が人目を気遣い悩む女性を抱きかかえて牛車に乗せた。王朝物語的趣向による俳諧。

269 初ウ四。秋(宵の月)。月の出所を三句引き上げ。恋(しのびし)。▽男は、待ち悩む女の許に忍び、牛車に乗せ宵月

269 しのびし宵の月は細くて　駒

270 片里はまだ蚊《か》遣《やり》する秋の風　菫

271 古葉とゝもに棗《なつめ》こぼるゝ　駒

272 罤《フグリ》丸見よと梯子《はしご》のもとによりかゝり　菫

273 法師をなぶる仁和寺の児《ちご》　駒

274 弦《つる》切《きれ》し倭《わ》琴《ごん》代ゝ経る虫払《はらひ》　菫

275 真《ま》午《ひ》時《る》の鼓徐《おもむろ》にうつ　駒

276 花ひとひら老《らう》杜《と》が春やうつろはむ　菫

277 雁ゆく比《ころ》を松しまの旅　駒

278 右に見し山は左にうちかすみ　ゝ

279 楫《かぢ》とりめしを喰《くひ》こぼしつゝ　菫

280 転《うた》寐《ね》を起よ〳〵とよばる也《なり》　駒

五車反古　巻尾

の薄暗さに紛れて女を抱き寄せた。

270 初ウ五。秋(秋の風)。○片里　辺鄙な田舎。▽貴人が宵月に紛れて田舎へ逍遥する体。この辺りはまだ蚊遣りを焚くらしく、煙が秋の風に吹かれて戸外に流れている。

271 初ウ六。秋(棗)。▽片田舎の家は蚊遣りを焚いているが、はや秋風が吹き、庭の棗の古葉を吹き散らし、実もこぼれ落ちる。遣句的働きの句。

272 初ウ七。雑。▽梯子をかけ木に昇り、枝を揺すり棗の実を落す。棗の実を子供が拾い、梯子に寄りかかりながら「罤丸見よ」と戯れる。

273 初ウ八。雑。○児　寺院で、子供を預かり雑事をさせた少年。男色の対象にもされた。▽梯子に昇った仁和寺の僧に下から児が、「罤丸見よ」とからかう。

274 初ウ九。夏(虫払)。▽虫干しに出されたその中に由緒ありげな弦の切れた倭琴があった。恐らく謂れある方の寄進の品。これを見た児が僧に戯れからかう。

275 初ウ十。雑。○真午時の鼓　正午の時刻を知らせる鼓。▽貴族の家の虫干し。時代ものの弦も切れた倭琴や古びた鼓があり、昼時になったので時を知らせる鼓を、ゆっくりと慎重に打ってみた。

276 初ウ十一。春(花・春)。花の定座。○老杜が春　杜甫が逍遥したであろう春。▽風が無く、好天の春、桜を求めて山野を逍遥し、昼時分、桜の木の下に腰を下して鼓をおもむろに打つ。折から一ひらの花びらが楽に合わせるように舞い散った。

277 初ウ十二。春(雁ゆく)。▽杜甫に対し、芭蕉の松島を唱和する。杜甫のような文人を気取って漂泊の旅を重ね、桜花の季節春爛漫の松島に至り、花散る里を見捨て北帰行する雁を見る。

278 名オ一。春(うちかすみ)。▽松島周辺の変化に富んだ旅人の目に映り行く景。歩を進めるに従い、辺りの景が変り、道も縦横に折れ曲る。

279 名オ二。雑。▽山間の屈折した渓谷。経験豊かな楫取りにさえ流れは曲りくねって厳しく、楫を取りながらの昼食は、握り飯を食いこぼす始末。

281 沈《ちん》香《かう》炷《たい》て懼《おそ》る神鳴　董
282 願ひある女心のひたすらに　駒
283 廓《くるわ》の月日はてしなの身や　董
284 いざよひの鐘も冴《さえ》来る萩の庭　駒
285 露にひそみて哭《な》ク翁《おきな》丸《まろ》　董
286 朝寒くとのゐの皮《かは》籠《ご》脊《せ》負《おひ》行《ゆく》　駒
287 水ばなたれる年ぞつれなき　董
288 納《なん》戸《ど》から京酒出して振《ふる》舞《まは》れ　駒
289 寺の跡目の公《く》事《じ》に骨折ル　董
290 さみだれにひとの足《あし》駄《だ》の履《はき》にくき　董
291 はやふ芝居の果《はて》し古市　駒
292 紫にうこんの絹を打かづき　〻

280 名オ三。雑。▽楫取りが一仕事終えて昼食を取る。疲れが出てつい居眠りをし、飯を食いこぼし、仲間が呼び起す。恐らく新前の若い楫取りであろう。

281 名オ四。夏(神鳴)。○沈香　香木の一種。▽女房は激しい雷が恐ろしく、うたた寝する夫を起しても起きない。雷除けの香を炷くが、雷は一向に鎮まる気配がない。恐ろしいことだ。

282 名オ五。雑。恋(女心)。▽夫に先立たれた女が反魂香を炷く。夫は生前がみがみ云った雷亭主。それでも夫を慕い香を炷く。が亭主の雷が恐ろしい。

283 名オ六。雑。▽人の妻として人並の家庭を持ち、幸せな生活を願う女心。しかし今の遊女の生活は、いつ終るともわからない境涯である。

284 名オ七。秋(いざよひ・萩)。月の定座を四句引き上げ。▽廓を城に取り成す。前句は捕われの身の上、付句はその身の境涯を嘆く体。今年も十六夜の月が庭の萩に差し込む季節となり、冴え渡る空に暮六ッの鐘が聞える。

285 名オ八。秋(露)。○翁丸　帝の勅勘を受けた犬(枕草子九段)。▽いざよいの頃、暮六ッの鐘が冴え渡って聞える中、露のおりた庭の萩に身を潜めて翁丸が泣く。

286 名オ九。秋(朝寒)。▽前句を、宿直勤めの朝、勤めの衣類を入れた皮籠を背負い退出する折のことと趣向。王朝物語の世界。

287 名オ十。雑。▽前句の「朝寒く」より宮仕えする老人とし、その感慨を付ける。水鼻を垂らす年になり、なんとも見苦しく辛いことだ。

288 名オ十一。雑。○京酒　京また上方でつくられた酒。上物とされた。▽水鼻が垂れ、老いはつらいものです。体が冷えるのでしょうと、とっておきの京酒を振舞われた。

289 名オ十二。雑。○公事　裁判。▽寺の総代の家。寺の跡目相続の公事の報告に訪れた世話役に、総代がその礼に大切にしてきた京酒を納戸から取り出して振舞った。

290 名ウ一。夏(さみだれ)。○足駄　道の悪い時にはく高歯の下駄。▽住職の跡継ぎ問題の裁判沙汰で寺の総代が、五月雨の中寺に集まるが、今日も未決着。帰宅の折足駄を履き違え

293 宦《くわん》位《ゐ》たべよと狐狂《くる》はす　董

294 別殿を花の林に移し来て　ゝ

295 きさらぎ寒く遅き日を待《まつ》　駒

其二

296 白《はく》馬《ば》寺《じ》に如《によ》来《らい》うつして今朝の秋

297 千《ち》草《ぐさ》の花の露も甘《あま》ねき　維駒

298 ひよどりの毛衣ふるふ月更《ふけ》て　百池

299 我ひとり乗《のる》舟を待《まち》けり　鉄僧

300 古郷の便《たより》うれしきとしの暮《くれ》　駒

301 属《サクハン》にすゝむ烏《え》帽《ぼ》子《し》かりぎぬ　也

五車反古　巻尾

る体。

291 名ウ二。雑。○古市　伊勢の古市。▽前句を芝居が果てた後のことと見る。古市の芝居に大勢の人が集まったが、五月雨の折で早目に果てる。帰る客が足駄を履き違える。

292 名ウ三。雑。▽役者の花やかな服装の様子。早くも芝居が終ったのであろう。紫や鬱金(うこん)色の絹物を身につけた役者達が、古市の町中を歩いているよ。

293 名ウ四。雑。▽前句は妖怪、その服装。付句は妖怪が狐を操って政変を起そうとする趣向。狐ゆえ「宦位を奪う」を「宦位たべよ」と表現する。天明期の怪異趣味。

294 名ウ五。春(花)。花の定座。○別殿　離宮。▽妖艶さ漂う美しい花咲く林に別殿を建立。訪ね来る狐にわが身の官位を食べさせ、政事から解放されて自由の身となり、春景を楽しもう。

295 揚句。春(きさらぎ)。▽別殿を花咲く林に造り、移り住んだが二月に入ってもなお寒く、開花もまだ。日暮れの遅いのどかな春の日が待たれることだ。

296 発句。秋(今朝の秋)。○白馬寺　後漢明帝の時、印度から仏像・経巻が白馬でもたらされ、建立された洛陽城外の中国最初の寺。▽白馬寺建立成り、印度渡来の尊い如来様を安置した朝、仏果を感じさせる秋の風が吹き渡ることだ。

297 脇。秋(露)。○甘ねき　余すところなく及ぶ。▽「草木国土悉皆成仏」「甘露」による付句。仏果が草木すべてに及んだと言うべきか。露も遍く降り渡る今朝の秋である。

298 第三。秋(ひよどり・月)。定座の月を二句引き上げ。▽月の夜も更け、露はあまねく千草の花に降り注ぎ、ひよどりも羽に降りた露を振り払うことだ。鶴の毛衣の俳諧化。

299 初オ四。雑。▽夜も更け、月のみが皎々と影を落す頃、ひよどりも冷えびえとして毛衣を振るわせる。我ひとり舟を待つ。和歌的仕立、歌人西行の旅。

300 初オ五。冬(としの暮)。▽商用にて帰省不可。この年の瀬も旅中の身。年末ただ一人舟を待つ身の淋しさ、しかし古郷の便りのみが嬉しい。

301 初オ六。雑。○属　令制による官庁の第四等官。▽都にあってやっと属(さかん)に昇進し、烏帽子・狩衣を着する身とな

302 朔日《ついたち》の空となり行《ゆく》山かづら　僧
303 松より高き市の葉柳　駒
304 盗人を女心に追《おひ》かけて　池
305 熱き病をふと忘《わすれ》たり　僧
306 声だみて仁《にん》王《わう》経《ぎやう》を誦《ず》シぬらん　駒
307 日毎の雨の中に氷《ヒ》降《フリ》す　池
308 うたかたの阿波の小島に船破《や》リて　僧
309 堺の住居三とせふりぬる　駒
310 商《ヒ》を夫婦がなかに仕《し》覚えつ　池
311 髪をはらける春の宵月　僧
312 凪もなくてうつろふ花の薫《かをり》来る　駒
313 申《まうし》の口の出《で》入《いり》のどけき　池

った年の暮、故郷から便りが届き、二重の喜びである。蕪村一派の王朝趣味。なお、作者名「也」は、正しくは「池」。

302 初ウ一。雑。▽正装して初登庁の元日の早朝、山の端の雲が初日に紫雲となって棚引き、気分爽快めでたいことだ。

303 初ウ二。夏(葉柳)。▽四月一日となり、峰の雲が夜明けの光で見事な色に染まり、町中の低く整えられた松は緑成し、柳は高く延び、初夏の爽やかな朝だ。

304 初ウ三。雑。▽一方に松の植込み、川添いに柳並木の町筋の道に市が立った。言葉優しく商売していた女が万引され、突然態度を変えて追い駆ける。

305 初ウ四。雑。▽熱を出して病に伏せっていた女が、盗人に気付き、つい高熱の身を忘れて気丈にも盗人を追い駆けて行った。

306 初ウ五。雑。○仁王経　災害を払う大乗仏教経典。▽熱に冒されていた男が、平癒を祈り、だみ声張り上げ力強くお経を唱え出した。先ほどまでの苦しさどこへやらのおかし味。

307 初ウ六。夏(氷降)。▽連日の雨で災害が心配、雹(ひょう)も混じり異常天候。天候回復祈願に経を繰返し唱えるもその仏恩の恵みなく、今は濁声になってしまった。

308 初ウ七。雑。○うたかた　水の泡。鳴門の渦潮の意を利かせる。○阿波　徳島県。▽雨天続き、時折雹も降る悪天候ゆえ鳴門を過ぎる船が、渦潮に巻き込まれ、難破して小島に打ち寄せられてしまった。

309 初ウ八。雑。○堺　貿易商人の町。▽唐の商人ゆえ航路に不慣れで鳴門の小島で座礁し、船を失い、堺の町に辿り着いて住み、早や三年もたってしまった。

310 初ウ九。雑。▽商売の修業のために堺に住み早くも三年が過ぎ、夫婦ともども商いの仕方を身に付けることができた。

311 初ウ十。春(春)。出所の月を三句こぼす。恋(髪)。▽夫婦共々商いに励んでいるが、殊に妻は熱心で、春の宵の月が姿を見せても一生懸命に髪を乱しながら働いている。

312 初ウ十一。春(花)。花の定座。恋(句意)。▽春の宵の月に映し出された桜の木の下に佇む女の黒髪が、風もないのに乱れており、花も散りかかってその香りが漂って来る。

314 さま〴〵の事を鸚鵡《あうむ》のいふ日哉　僧
315 高麗《コマ》人の棊や勝となるべき　駒
316 うつゝなふ抱《イダキ》よせたる膝がしら　池
317 めかれぬ恋の責《せむ》る身の秋　僧
318 琵琶うちの翁いたはる雨の月　駒
319 もみぢの陰を下す川舟　池
320 三声啼《ない》ていづち猿《マシラ》の去《さり》ぬらん　僧
321 宿ゆるされし竹《ちく》渓《けい》の坊　駒
322 見苦しき物おし包《つつむ》小風呂敷　池
323 養《やしなひ》君《ぎみ》のこと葉給はる　僧
324 盃に匂ひしたゝるあやめの日　駒
325 横《よこ》座《ざ》と付《つき》し牛を遊ばす　池

313 初ウ十二。春(のどけき)。○申の口　宮中の常の御殿にある座敷。▽風もないのに花は散り初め、ほのかに花の香漂う。御殿の申の口を出入りする人の様子は、のどかである。
314 名オ一。雑。▽天候がよく春めいて、申の口に置かれた鸚鵡も、今日は気分がよいのであろう。出入りの人の挨拶の言葉を真似ているよ。「申の口」より「鸚鵡のいふ」と発想。
315 名オ二。雑。▽碁の会に出席した高麗人の端で、鸚鵡がわけの分らぬ言葉をしきりと言う。さては高麗人に碁の指し手を教えているのか。とすれば高麗人の勝は間違いない。
316 名オ三。雑。▽高麗人の勝はほぼ歴然。我れ敗色濃く、正気なく膝を抱え込み、うつろに碁盤を見つめるのみ。
317 名オ四。秋(身の秋)。恋(めかれぬ恋)。○めかれぬ　会わずにおれない。▽別れがたい人への思いに責められる我が身に、容赦なく秋風が吹きつけ、侘しさ募り膝を抱えて悩むばかり。
318 名オ五。秋(雨の月)。定座の月を六句引き上げ。▽諦め切れぬ恋の思いに悩む身に、月も姿を見せず秋は侘しい、と嘆く女性に、琵琶打は雨の月も一興と慰める。
319 名オ六。秋(もみぢ)。▽琵琶打の翁は、月夜の紅葉を楽しもうとしたが、月が雨に隠れ紅葉の下陰の舟下りとなってしまった。
320 名オ七。雑。▽流れの両側が切り立つ渓谷を、紅葉を楽しみながら舟で下って行くと、猿が三声ほど叫んで姿を消した。「猿ヲ聴テ実ニ下ル三声ノ涙」(杜甫「秋興八首」)。
321 名オ八。雑。○竹渓の坊　唐時代竹渓の六逸(りくいつ)が庵を結んだ処。▽分け入った山で出合った猿が、三声啼いて去った。夕刻竹渓の宿に辿り着き、宿を願い許される。
322 名オ九。雑。▽きちんと片付けられ、掃除のゆき届いた清楚な隠者の住居。宿を許され、見苦しく見える持ち物をあわてて小風呂敷に押し込む。
323 名オ十。雑。○養君　自分が養い育てた貴人の子。▽貴人の子を育てた乳母が、役割を終え、汚らしい物を小風呂敷に押し包み主家を離れる折、礼のことばをいただく。
324 名オ十一。夏(あやめ)。○あやめの日　端午の節句に菖蒲の葉を刻み入れた酒を呑む(日次紀事)。▽かつて武家の若

326 天《てん》王《わう》の鳥居のあたり土肥《こえ》て　僧
327 雨の後なる日和《ひより》うつくし　駒
328 なつかしきかますご売のとがり声　池
329 入口の戸の埃《ほこり》けうとき　駒
330 花守が春いそがしとゆふ桜　僧
331 足洗ふなる水のあたゝか　池

秋之部

332 起よ今朝桔梗《ききやう》の雫《しづく》ふりかけむ　青峨
333 水無月のからきめを見て今朝の秋　江戸 存義
334 水底に青《あを》砥《と》が銭やけさの秋　召波

君を預り、武士の心得を教え育て申したが、その若君より端午の節句の宴に招かれ、盃を進められ、お言葉をいただいた。

325 名オ十二。雑。▽狂言・横座の故事による俳諧。今日の端午の節句に、菖蒲の酒を呑みながら、横座において可愛がり育てた牛を遊ばせている。

326 名ウ一。雑。○天王　牛頭(ごず)天王、祇園精舎の守護神。▽横座に置き大切に育てる牛を、時折天王を祭る社の鳥居に繋いで遊ばせるため、鳥居の辺りは牛の糞で土が肥えている。

327 名ウ二。雑。▽烈しい雨も上がり、見事な日本晴れ、天王の社の鳥居が青空に鮮やかな朱色で浮び、その辺りは雨でしっとりと黒く、土地が肥えて見える。

328 名ウ三。雑。▽長雨も上がり、やっと好天となって、久し振りに漁も行われたのであろう。かますごの売り声がひときわ甲高く、懐しく聞えてきた。

329 名ウ四。雑。▽甲高いかますご売りの声が懐しく聞えて来る浜近い田舎町だが、入口の戸のところに埃がたまっていて、なんとも興ざめなことだ。

330 名ウ五。春(花守・春・ゆふ桜)。定座の花。▽花守小屋の入口の戸に埃がたまっていて興ざめなことだが、花守は仕事を終えて夕桜を眺めながら、この季節は忙しいからねと言う。「ゆふ」に「夕」と「言ふ」を掛ける。

331 揚句。春(あたゝか)。▽花守の翁は、一日中忙しく花の山を廻り、やっと仕事を終えて夕の桜を眺めながら足を洗う。その水に、春暖の候を思う。

332 ▽今朝は見事に桔梗の花が咲き、秋の風情だ。早く起きて見なさい。いつまでも朝寝しているのなら、桔梗に降りた雫を振り掛けよう。季桔梗(秋)。

333 ○からきめ　つらい思い。▽水無月は雨が少なく、厳しい暑さに悩まされたため、ようやく気温が下がり涼しくなった今朝の秋の風情が、殊に心地よい。季今朝の秋(秋)。

334 ○青砥　青砥左衛門尉藤綱。川に落した十文の銭を探させた話(太平記)による句作り。▽青砥が川に落した銭を昨夜大騒ぎして探したが見つからず、立秋の今朝は水も澄んで川底に見られる。季けさの秋(秋)。

335 朝《あさ》皃《がほ》や星のわかれをあちら向《むき》　かゞ千代尼

336 我屋根をはづれてゆかし天河《あまのがは》　超波

337 露更《ふけ》て淀に落るや天川　道立

病起

338 蚊幮《かや》ごしに鬼を笞《むち》うつ今朝の秋　蕪村

339 角《す》力《も》取《とり》の身をひそめてや魂《たま》迎《むかへ》　也好

340 盆二日過て出来たる灯籠哉　一差

341 彩《イロドラ》ぬ切《きり》籠《こ》の総《ふさ》にあきの風　几董

342 傾《けい》城《せい》に腕《かひな》見せけり相撲取　松化

市中

343 躍《をどり》子《こ》や夕間ぐれして狂はしき　大魯

344 うかと出て家路に遠き躍哉　召波

五車反古　巻尾

335 ○星のわかれ　七夕の夜、牽牛と織女の別れ。▽七夕の夜の翌朝、朝顔は牽牛と織女の別れを見るのがつらいのか、今朝はあちら向きに咲いている。季朝皃・星のわかれ(秋)。

336 ▽わが家の屋根を外れて遠くへ流れる天の川を部屋から眺めることができ、その様子に心引かれる。季天河(秋)。

337 ▽夜更けの露がしきりに降りる頃、空は澄み渡り、天の川が淀の川面に影を落とし、二つの流れが合流して流れて行くようだ。季露・天川(秋)。

338 ○病起　病癒えて床を離れる意の詩題。▽立秋の今朝、ようやく病が癒えて床を上げる。長い間苦しめられた病の鬼を、蚊帳越しに笞打つことにしよう。季今朝の秋(秋)。

339 ▽体が大きく堂々と見える角力取が、魂迎えの今日は身を潜めるように体を屈め、神妙にしている。季角力取・魂迎(秋)。

340 ▽盂蘭盆会の二日が過ぎて今日の送り火の日に、やっと盆灯籠が出来上り間に合ったが、申しわけない盆会となった。季盆・灯籠(秋)。

341 ○切籠　切籠灯籠。切子形の枠に飾りを垂らした盆灯籠。▽白地のまま色どりを施さない切籠灯籠の房に、秋風が吹き寄せ、揺らせている。秋風は色に配して白。季切籠・あきの風(秋)。

342 ○傾城　遊女。▽相撲取が、遊女に力強そうな腕を見せて盛んに男の魅力とばかりに自慢している。季相撲取(秋)。

343 ▽盆踊りの踊り子たちは、夕間暮れの頃となって男女入り交り、ますます陶酔境に入っていく。盆踊りは恋の場でもあった。季躍子(秋)。

344 ○躍　盆踊り。▽ひょいと盆踊りを見に出かけたが、踊りが果てた後の家路は意外にも遠い。季躍(秋)。

345 細腰の法師すゞろに踊かな　蕪村
346 魂まつり八千代諷《うた》ひし一座也《なり》　旧国
347 咲てうれし墓の辺リの草の花　菱湖
348 をみなへし雨にうたれて老にけり　湖柳

由井の浜づたひして

349 朝露や浪やはらかに礒《いそ》の艸　太祇
350 紙《かみ》屋《や》川《がは》花野に橋をわたしけり　田梅
351 穂に出て山田に交《まじ》る薄《すすき》哉　二貞
352 落日の潜《くぐ》リて染る蕎《そ》麦《ば》の茎《くき》　蕪村

宮城野《の》ゝ野外、武蔵野に似たり

353 萩原やかたしの鐙《あぶみ》こゝにあり　雁宕
354 雁鳴《なく》や御殿〳〵のとざし比《ごろ》　自笑

345 ○踊　盆踊り。○すゞろに　知らないままに。▽弱々しい細腰の若い僧が、いつしか法師姿で踊りの輪に加わり、踊っている。修行の身の、男女の輪に加わるおかしさ。季踊(秋)。

346 ○八千代　地唄八千代獅子の略。▽霊祭りに妙な節回しで経文を唱える人達は、八千代を諷う一座である。季魂まつり(秋)。

347 ▽お盆の季節、お墓の周辺に女郎花ほかの秋の草花が供花のように咲き、嬉しいことだ。季草の花(秋)。

348 ▽秋を代表する花女郎花が、雨に打たれて茎が腰折れとなり、老女のような姿になってしまった。季をみなへし(秋)。

349 ○由井の浜　由比ヶ浜。鎌倉の南。▽由井の浜の磯辺の草に朝露が降りてしっとりと柔かく、波もまた穏やかに打ち寄せ、静かな秋の朝である。季朝露(秋)。

350 ○紙屋川　京北野社近くの川で、紙屋院のあった所。▽風雅な名の紙屋川の川向うは、秋の花野が広がり、紙屋の人達がその花野を楽しむのであろう、橋が渡してある。季花野(秋)。

351 ▽山間の秋は早い。山田の稲穂が頭を垂れて稲刈りも近く、稲に交る薄も穂が出て秋の風情に満ちている。季薄(秋)。

352 ▽秋の夕日が、蕎麦畠に注ぎ、光は葉の下を潜って茎にまで差し込み、赤い茎の節を更に真紅に染めている。観察細やかな句。「あか〳〵と日は難面《つれなく》も秋の風」(芭蕉)。季蕎麦(秋)。

353 ○宮城野　仙台市東部の平野。古来萩の名所。○かたし　片方。○鐙　馬具、騎手の足を掛けるもの。▽ここ宮城野の萩原は、武蔵野に似て、まるで武蔵鐙の片割れが、この地に残されているという風である。「武蔵鐙」(伊勢物語十三段)による句作り。季萩(秋)。

354 ▽人通りが少なくなってきた都の秋の夕暮、清涼殿ほかの御殿の戸締りを始めた時分、雁もねぐらに急ぎ鳴き渡る。季雁(秋)。

355 紀《きの》路《ぢ》にも下リず夜を行《ゆく》雁孤《ひと》ツ　蕪村

旅中

356 川霧や馬打《うち》入るゝ水の音　太祇

357 霧こめて道ゆく先や馬の尻　几董

358 わかたばこ丹波の鮎《あゆ》の片荷哉　維駒

359 衣うつ片手に酒の小売かな　大石士喬

360 城跡の一段高し蕎《そ》麦《ば》の花　雅因

361 大名をとめて蘇《そ》鉄《てつ》の月夜哉　田福

362 名月や下《げ》戸《こ》の建《たて》たる蔵引《ひか》ん　江戸多少

三井寺にて

363 院〳〵の古き硯やけふの月　雁宕

364 名月や兎の糞《ふん》のあからさま　超波

五車反古　巻尾

355 ○紀路　紀州路。▽秋の夜、一羽の雁が紀州路に休もうともせず、更に南へ飛び去って行く。孤雁は、杜甫・西行・芭蕉も詠み、文学伝統の詩語。季雁（秋）。

356 ▽旅を続け、川渡りをしようと、川霧で先がはっきりと見えない流れに馬を引き入れると、激しい水音を立てた。季霧（秋）。

357 ▽秋の朝、一面に霧が立ち籠め、旅行く道を隠し、先行く馬の尻を目安に進む始末である。季霧（秋）。

358 ○わかたばこ　今年の煙草。▽新煙草をくゆらせながら、男が落鮎を棒の片方に下げて担ぎ、丹波路を行く。季わかたばこ（秋）。

359 ▽女は行商で旅に出た夫を思い秋の夜長に衣を打ち、昼は酒の小売をして留守宅を守る。季衣うつ（秋）。

360 ▽かつて雄姿を誇った城郭は、今その面影すら無く、一段と高い城跡には蕎麦の花が咲くばかりである。栄枯盛衰の情。季蕎麦の花（秋）。

361 ▽大名をお泊め申した宿の広庭の蘇鉄が、月の光に映し出され、異国的趣きも漂い、普段と異なり立派に見える。季月夜（秋）。

362 ▽諺に「下戸の建てたる蔵もなし」と言うのだから、この名月に、下戸が建てた蔵を引き取ってやろう。季名月（秋）。

363 ▽三井寺は近江八景の一つで和歌に縁のある寺。各院に由緒正しい硯があり、今日の名月の歌を記すのに用いられていることであろう。季けふの月（秋）。

364 ▽皓々と輝く名月の光が、地面を隅々まで照らし、兎の糞をもはっきりと見分けることができる。兎と月は連歌以来の付合。季名月（秋）。

365 名月の明《あく》る朝日やいせの海　百池
366 今落《おと》す水に影さす月夜哉　管鳥
367 うらめしきまでに月澄《すむ》夜明哉　樗良

良夜

368 名月や落《おつ》るものとは思はれず　嵐山
369 家売《うつ》た金なくなりぬ秋の暮　鶴英
370 合《が》点《てん》して傾《けい》城《せい》買《か》ふやあきの夕　田原　也竺
371 いつも来る乞《こ》食《じき》の声や秋の暮　春坡

老懐

372 去年より又淋しひぞ秋のくれ　蕪村
373 雑《ざふ》炊《すい》に月の明リの栄花かな　ハリマ　青蘿
374 野人皆もどりて後の月見哉　維駒

365 ▽名月に映し出された幻想的な伊勢の海が、朝日が昇るにつれて神秘的な眺めに変化していく。季名月(秋)。

366 ○落す水　稲の刈入れ時田から流し出す水。▽稲を刈る頃となり、夕刻田から水を抜く。心地よい音を立てて溝に流れ落ちる水に、月の光が差してきらきらと光る。季月夜(秋)。

367 ▽夜明け時分、冷気が増して月が一段と澄み渡り、世事に紛れる我が心にうらめしく思われるほどだ。季月澄(秋)。

368 ▽「月落チ烏啼イテ」(張継)と月が落ちると言うけれど、今夜のこの見事な月が、とても落ちるとは思われない。季名月(秋)。

369 ▽家を売った金も今は生活に使い果して無一文になった身に、秋の暮は一層侘しさが募る。季秋の暮(秋)。

370 ○傾城買ふ　遊廓で高級遊女を揚げること。▽大尽が、遊廓の諸事を得心の上、遊女を揚げて秋の夜長を過ごしている。季あきの夕(秋)。

371 ▽いつもやって来る聞き慣れた乞食の声だが、秋の暮ともなると侘しさが感じられることだ。季秋の暮(秋)。

372 ▽秋の暮は淋しいものだが、年老いて今年は、去年より一段と淋しさが増すものだ。芭蕉の「この秋は何で年寄る雲に鳥」に和した句。季秋のくれ(秋)。

373 ▽普段は侘しい思いで食べる雑炊も、月の光の下では栄えて見え、気分も花やぐ。季月(秋)。

374 ○野人　農夫。▽農事に励んでいた一村の人達が、夕刻仕事を終えて戻った後、村中総出で後の月見の宴を催している。季後の月見(秋)。

375 飛雁の影や凡《およそ》に十三夜　成文

376 きり〴〵す行灯《あんどん》にあり後の月　二柳

いなりに詣る道のほど

377 稲の葉の青かりしよりかゞし哉　月渓

378 月雪や花にもよらず鳥おどし　臥央

379 拾ひあげて扇にはさむ落穂哉　女 まさ

380 喰《くひ》かゝり残すべからずとうがらし　来雨

381 とうがらしつれなき人にまいらせん　百池

雨中九日病起

382 試《こころみ》に下駄の高きにのぼりけり　鉄僧

383 鼻たれる朝のはじめやけふの菊　几圭

384 白菊やしづかに時のうつり行《ゆく》　浪花 江涯

五車反古　巻尾

375 ▽十三夜の月見を楽しんでいると、飛ぶ雁が月の光で影絵のように見え、数えておよそ十三羽ほどであろう。十三夜に十三羽を掛ける。[季]雁・十三夜(秋)。

376 ▽名月の頃草の蔭で鳴いていたきりぎりすも、後の月の時分には暖を求めて行灯の下で鳴いている。[季]きり〴〵す・後の月(秋)。

377 ○いなり　五穀の神。京都伏見の稲荷神社が有名。▽青かった稲が、黄金色の見事な秋の稔りを迎えることができたのは、稲の青い時分からかかしに守られてきたからであろう。[季]かゞし(秋)。

378 ▽鳥おどしは、秋の月、冬の雪、あるいは春の桜など風雅なものに関係なく、秋の稔りを鳥から守るもの。[季]鳥おどし(秋)。

379 ▽稲刈りの終った田を見回りに出た村役人が、仰々しく落穂を拾いあげると、扇に挟んだ。[季]落穂(秋)。

380 ▽唐辛子をうかつに口にし、その辛さに食い残すことが多いが、行儀が悪いから食い残してはならない。[季]とうがらし(秋)。

381 ▽私に少しも心を寄せず、冷淡なあの方に、この辛い唐辛子を差し上げよう。[季]とうがらし(秋)。

382 ○高きにのぼり　重陽の日山に登って菊酒を汲む登高(登高の行事)に因み、秋。詩語。▽病癒えて高下駄を履き、体の調子を試してみる。[季]高きにのぼり(秋)。

383 ▽秋も冷え込みが厳しくなり、今朝は鼻水を垂らしてしまったが、菊の色は鮮やかになった。[季]菊(秋)。

384 ▽古来歌人に親しまれてきた純白な菊を眺めていると、気分も清々しく静かに時間が流れて行く。[季]白菊(秋)。

385 茄子《なす》引て菊に莟《つぼみ》の見ゆる哉　高砂 布舟
386 柿紅葉遠く竹割《わる》ひゞきかな　佳棠
387 ながらへて野分にあへる胡蝶哉　伏水 鹿ト
388 市小家に火ぶせの札や秋の風　維駒
389 夏を宗《むね》と造れば庵に野分哉　也有

遊仁和寺《にんわじにあそぶ》

390 君知るや花のはやしを紅葉狩　キ董
391 掃《はく》音も聞えて淋し夕もみぢ　蓼太
392 白川も黒谷もみなもみぢかな　嵐山
393 谷紅葉夕日をわたる寺の犬　鳥西
394 あながちにくれなゐならぬ紅葉哉　橘仙
395 高雄やまあはれに深きもみぢかな　瓦全

385 ▽茄子の季節も終り、茄子をすべて引き抜くと、その近くに植えておいた菊の莟が、目立って見えるようになった。季菊(秋)。

386 ▽柿の実が紅く染まり、葉も紅葉した里の秋、空気が澄み渡り、遠く竹を割る音が響き聞えて来る。季柿紅葉(秋)。

387 ▽春誕生した蝶が、夏を過ごし、秋まで生きながらえて、今は激しい野分に吹き煽がれている。季野分(秋)。

388 ○市小家　市用の小屋。○火ぶせ　防火。▽火災を防ぐため、市小屋に張られたお札に、秋の風が容赦なく吹き付けている。季秋の風(秋)。

389 ▽夏の暑さを考えて風通しのいい庵を造った結果、野分に酷い目にあった。「家の造りやうは、夏を旨とすべし」(徒然草五十五段)。季野分(秋)。

390 ○仁和寺　京御室。真言密教の霊地、桜の木の多い佳境。▽君も知っているであろう。仁和寺の春の花の林が秋には紅葉して楽しめることを。「君見ズヤ昔時呂尚ガ美人ノ賦ヲ」(白氏長慶集三・上陽白髪人)による。季紅葉狩(秋)。

391 ▽散り敷く落葉を掃く音が聞え、夕日に栄える紅葉も間もなく散り掃かれるかと思うと、淋しさひとしおである。季夕もみぢ(秋)。

392 ○白川・黒谷　洛東北の紅葉の名所。▽白川辺りも黒谷周辺も、今何もかも紅葉一色に染まっている。白・黒・紅の洒落。季もみぢ(秋)。

393 ▽山寺のある谷間に夕日が差して紅葉が栄え、その中を寺の犬が走り、まるで夕日を渡るようだ。季紅葉(秋)。

394 ○あながちに　必ずしも。▽紅葉と言うけれど、必ずしも一様にくれないではなく、黄葉もあれば、薄紅もあり、種々の色合いである。季紅葉(秋)。

395 ○高雄やま　洛西北神護寺の辺り。紅葉の名所。▽昔より人々の心を慰めてきた高雄の紅葉は、さすがに趣き深く、美しい。季もみぢ(秋)。

396 高雄山杉にうつれば日も寒し　暁台

探題を得て

397 撰《えり》出して淋しき色や青樒柑《みかん》　鼓舌

398 酒になり餅に成《なる》稲の穂並《なみ》哉　左海 呉逸

399 から〳〵と刈田に残る鳴《なる》子《こ》かな　芭蕉庵下 松宗

400 明ヶばまた夜寒の雨戸つくろはむ　召波

401 稚《をさな》子《ご》の二人親《した》しき夜寒哉　旨原

402 雨風の日よりおさまる夜寒哉　大魯

403 罔《かげ》両《ぼし》の襟かき合す夜寒かな　魚官

404 夜を寒み小《こ》冠《くわん》者《じや》臥《ね》たり北枕　蕪村

蕪叟を幻住庵にとめて

405 暁の寐すがた寒し九月幮《がや》　暁台

396 ▽高雄山の常緑樹である杉に紅葉の光が映り栄えるようになると、冬も間近に迫り、日差しも寒く感じられる。季句意(秋)。

397 ▽撰り出してみると青みかんは、黄色く熟したみかんと比べて淋しさを感じさせる色である。季青樒柑(秋)。

398 ▽稔りの秋、見事な稲の穂並びである。この穂が酒になり、餅に搗かれて人を楽しませる。季稲の穂(秋)。

399 ▽すっかり刈り取られて稲の株のみ残る刈田に、今も鳴子が片付けられず置かれたままで、風にからからと音を立てている。季刈田・鳴子(秋)。

400 ▽夜寒の外気を防ぐため、雨戸の修理をして床に就いたが、今夜も冷気が流れ込み眠られない。夜が明けたらまた破れを直そう。季夜寒(秋)。

401 ▽仲の良い幼い二人の子供が、一つの床に体を寄せ合い眠る夜寒である。季夜寒(秋)。

402 ▽晴天が続き、夜冷え込むようになったが、天候が崩れて雨風となった日から、また夜が暖かく感じられるようになった。季夜寒(秋)。

403 ▽夜の闇に浮ぶ人の影、少し動いたかと思うと、夜寒のため襟もとをかき合わせた。季夜寒(秋)。

404 ○小冠者　元服間もない若者。▽夜が冷え込み、小冠者は早々に床に入ったが、北枕を忌むとも知らず、北を枕に眠る。季夜を寒み(秋)。

405 ○蕪叟　蕪村。○幻住庵　大津市石山寺の後、国分山の庵。暫く芭蕉が滞在した。底本「幼住庵」。▽九月に入っても蚊帳を釣って床に就く。しかしさすがに夜明けは冷え込み、体を丸めていかにも寒そうな寝姿である。季九月幮(秋)。

406 暮の秋むま子ひゝ子俵積《つむ》中に　臥央

407 四五反のきぬ裁《たち》残す昏《くれ》の秋　湖嵒

408 行秋や蹴《け》抜《ぬき》の塔を散《ちる》木葉　加賀 麦水

409 椎柴のはづれ〳〵やあきの霜　維駒

故人にわかる

410 木曾路行ていざとしよらん秋ひとり　蕪村

九月三十日須磨の浦づたひして

411 はる〴〵と来て別るゝや須磨の秋　キ董

412 古寺に狂言会や九《く》月《ぐわつ》尽《じん》　雁宕

閑居

413 小鍋買《かう》て冬の夜を待《まつ》数《す》寄《き》心　几董

406 ▽晩秋、稲の取入れも終り、庭には収穫した米俵が積まれ、その中を孫や曾孫たちが走り回っている。季暮の秋(秋)。

407 ▽依頼された冬仕度の着物の仕立も思うように進まず、四五反の衣を裁ち残して秋も終ろうとしている。季昏の秋(秋)。

408 ○蹴抜の塔　大和吉野の義経伝説で知られる塔。▽晩秋、義経が一時身を隠し、間もなく蹴抜けて敗走したという塔に木の葉が散りかかり、哀れを誘う。季行秋(秋)。

409 ▽椎柴のないところどころの地面に早くも秋霜が降り、冬の到来は近い。季あきの霜(秋)。

410 ○故人　芭蕉。▽秋の季節、芭蕉が辿った木曾路を独り旅し、「今日ばかり人も年寄れ初時雨」(芭蕉)の句に想いを馳せ、老境に入って翁の風雅に触れよう。季秋(秋)。

411 ○須磨　古来歌人が侘しさを託した歌枕。▽やっと辿り着いた須磨の浦は暮秋の景につつまれ、古人が歌に詠んだ侘しさが偲ばれる。「須磨の秋」は歌語。季秋(秋)。

412 ▽由緒のある古寺で狂言会が催され、人々は過ぎ行く秋の淋しさを笑いに替えて過ごしている。季九月尽(秋)。

413 ▽来るべき冬の寒い夜に独り鍋物で暖をとろうと、一人用の小鍋を買い込み、冬の夜を待つ、風雅に徹する数寄心である。季冬の夜を待(秋)。

冬之部

414 鶯のしのびありきや夕しぐれ　太祇

415 初時雨風もぬれずに通リけり　千代尼

416 はつしぐれ濡《ぬれ》て淋しき羽織哉　琴堂

417 ともかくも時雨次第の高雄かな　帰厚

418 しぐるゝや南に低き雲峰　几董

茅簷

419 初冬や空へ吹《ふか》るゝ蜘《くも》の糸　召波

420 傘《からかさ》に相違あらざる十《じふ》夜《や》哉　素文

421 我恋は婆になりたる十夜哉　蓼太

422 門前の家は寐てゐる十夜かな　月居

五車反古　巻尾

414 ▽冬の夕、鶯は時雨の中を、一体誰を忍んで、あちこち歩き回っているのであろうか。季夕しぐれ(冬)。

415 ▽初時雨が濡れるというほどでなく、また折から吹いて来た風も濡れずに通り過ぎて行った。季初時雨(冬)。

416 ▽芭蕉翁は、初時雨に濡れながら旅することを誇りとしたが、私は初時雨に降られて羽織を濡らしたことが淋しい。「旅人と我名よばれん初しぐれ」(芭蕉)。季はつしぐれ(冬)。

417 ▽紅葉を染めると言われる時雨によって、紅葉の名所高雄の眺めはその様子を一変する。「初時雨降る程もなくしもと結ふ葛城山はいろづきにけり」(千載集・秋下・覚性法親王)。季時雨(冬)。

418 ▽時雨模様の空に累々と重なる雲の峰が現れ、その雲は、北時雨とも言われるように北側に雨を多く含むのか北に高く南に低い。季しぐるゝ(冬)。

419 ▽茅葺きのあばら屋で蜘蛛の巣が張り巡らされたままにしてあったが、初冬頃は蜘蛛は見えず、破れた糸のみが北風に空へ吹かれている。季初冬(冬)。

420 ○十夜　陰暦十月五日より十昼夜、念仏を修める浄土宗の法要。▽人々は十夜参りに何やら下げて行くが、時雨の季節ゆえ傘に違いない。季十夜(冬)。

421 ▽若い時は恋にうつつを抜かし、寺参りなど思いも寄らなかったが、十夜参りに熱心なばあさんになった。「我が恋は行方も知らず果てもなし逢ふを限と思ふばかりぞ」(古今集・恋二・凡河内躬恒)。季十夜(冬)。

422 ▽昼は賑わいを見せていた門前の家々だが、十夜参りもせず早々と戸締りして寝てしまった。門前町の無信仰。季十夜(冬)。

423 鹿《しし》喰へと人はいふ也冬ごもり　道立

424 旅をする春の思《し》案《あん》や冬ごもり　正巴

425 冬《ふゆ》籠《ごもり》灯《とう》光《くわう》虱《しらみ》の眼《まなこ》を射る　蕪村

負《ふ》郭《くわく》

426 四ッ谷から馬糞のつゞくかれ野哉　青峨

427 又或日扇遣ひゆく枯野かな　暁台

428 冬ざれや北の家陰の韮《にら》を刈《かる》　蕪村

429 落葉かき若きも老と見られけり　雪居

430 茶の花や隠者がむかし女形　鉄僧

431 黄昏《たそがれ》や花落かゝる茶の木はら　維駒

水落石出

432 冬川にむさきもの啄《は》ム烏かな　几董

423 ▽「ししの居食い」(働かずいるままに徒食する)ということばがあり、人に鹿食えと言われて冬籠りをすることだ。季冬ごもり(冬)。

424 ▽旅人芭蕉にならうわけではないが、春になったら旅に出ようとあれこれと思案を巡らす冬籠りである。季冬ごもり(冬)。

425 ▽冬籠りをして灯下読書に親しむ隠士の衣服に住みついた虱の眼をも、灯の光が無為の冬籠りを許さぬとばかりに照射する。中国隠士の体。漢詩調。季冬籠(冬)。

426 ○負郭　江戸城を背にしての意。○四ッ谷　江戸城西方、甲州街道に沿う要所。▽四ッ谷から甲州への道は、馬の通う馬糞道となって枯野が続く。季かれ野(冬)。

427 ▽冬の季節の旅は、寒い日もあれば、また小春日和にもなり、枯野の日差しが暑く扇を遣いながら行くこともある。季枯野(冬)。

428 ○冬ざれ　荒涼としてもの寂しい風物。▽荒涼たる冬景色の中、日の差し込まぬ家の北の日蔭に、わずかに生える韮を刈る人がいる。貧寒に耐える生活。季冬ざれ(冬)。

429 ▽蕭条たる枯木立の下、落葉を掻く人は若いのだが、その姿格好が老いて見える。謡曲・高砂の翁を利かせる。季落葉(冬)。

430 ▽植込みの茶に花を咲かせ楽しんでいる隠者は、むかし名のあった女形の役者で、今は茶の花のようにひっそりと暮している。季茶の花(冬)。

431 ▽冬の黄昏は殊に侘しく、花が落ちかかる茶の木原の様子は寂寥感が募る。中七文字の写実に趣向。季茶の花(冬)。

432 ○むさきもの　汚物。▽冬の川は水量が減り、川底の石もかなり川面に出て、汚物も目立つ。その汚物に烏が群がり漁る。冬の凄まじき光景。季冬川(冬)。

433 降《ふる》ものに数ある冬の日より哉　　渡牛

434 こがらしや後ロの山も遠からず　　社燕

435 石《つ》蕗《は》の葉をうちも破らぬ霰《あられ》哉　　熊三

436 小坂殿のはり縄朽てあられ哉　　鶴汀

437 一雹《あられ》まじろがぬ鷹のけしき哉　　也好

438 初霜や茶碗を握る掌《たなごころ》　　仙台 秋来

法隆寺

439 もろこしの鐘も聞えぬ霜の夜半　　蝶夢

440 鐘氷る俊《しゆん》恵《ゑ》が寺の寐ざめ哉　　白石 乙二

441 道連《づれ》に別れて浦のちどり哉　　伊丹 東瓦

442 四五羽立《たち》てたちもどりけり洲の鵆《ちどり》　　道立

443 闇を鳴く沖の千鳥や飛ぶは星　　几董

五車反古　巻尾

433 ▽冬は蕭条たる季節と言われるが、冬降るものには、時雨・霰・雪・霜など種々あって、冬の日和は興趣を誘う。季冬(冬)。

434 ▽木枯しが激しく吹きすさび、家が裏山に近いため、その音は一層凄まじく聞えて来る。季こがらし(冬)。

435 ▽花の少ない冬の季節に花を咲かせる石蕗の葉を大切にしようとの心遣いではなかろうが、霰は決してその葉を打ち破ることはない。季石蕗・霰(冬)。

436 〇小坂殿　京都妙法院内にあった御所。▽小坂殿は今はすっかり荒廃し、張り巡らされてある縄は朽ち、霰が降り注ぐ。季あられ(冬)。

437 ▽霰が一しきり降り、その間木に止まった鷹は、少しの身じろぎもせず、また瞬きもせず、毅然たる勇姿を見せている。季雹(冬)。

438 ▽初霜が降りた今朝、冷たく見える茶碗を握ると、手の平にその冷たさが蘇ってくる。季初霜(冬)。

439 〇法隆寺　大和斑鳩の里の聖徳太子開基の寺。▽「豊山ノ鐘ハ霜降リテ自ラ鳴ル」(円機活法)と言われるが、法隆寺の鐘は霜の夜半に鳴らず、唐土の鐘も聞えてこない。季霜(冬)。

440 〇俊恵　平安末の歌人。▽冬の朝、俊恵ゆかりの寺の明け六ツの氷ったような鐘の音による目覚めも格別。季氷る(冬)。

441 ▽気儘な旅を続け、途中道連れを得て同行し、別れて後は浦に出て千鳥を楽しむ。見るべき景の少ない冬旅の興趣。季ちどり(冬)。

442 ▽川の州に四五羽の千鳥が下り立ち、先に足早に進んだかと思うと、また後に戻り、それを繰り返している。季鵆(冬)。

443 ▽闇を衝いて甲高く鳴く千鳥の声が沖の方から聞え、冴え渡った空を流れ星が飛ぶ。冬の闇夜の幻想的世界。季千鳥(冬)。

444 さよちどり加茂川越る貸《かし》蒲《ぶ》団《とん》　無腸

445 宵の間は虱もなくて古蒲団　百池

446 うづみ火を無下に乞《こは》るゝ隣かな　我則

447 撫《なづ》る手も一葉に似たり桐火桶　心頭

尼になりし時

448 髪をゆふ手の隙《ひま》明《あき》て巨《こ》燵《たつ》哉　千代尼

449 山もとの里と申てこたつかな　広島 風律

450 冬の日やとけては氷るわすれ水　浪華 一鼠

451 凍《いて》やしぬ人転《ころ》びつる夜の音　伏水 鷺喬

452 馬《ば》蹄《てい》今さりとは雪の酒屋哉　成文

453 雪まろげ大キなものに成《なり》にけり　甫尺

454 はつゆきや大名通る四ツさがり　越前 梨一

444 ▽加茂川を寒い風が吹き渡り、千鳥の声が冷え冷えと聞える橋の上を、蒲団を背負って東の茶屋へ急ぐ人影が見える。秋成特異の人事句。[季]さよちどり(冬)。

445 ▽使い馴れた古蒲団だが、寝て間もない宵の間は、虱に責められもせずゆっくり休むことができた。隠者の生活。[季]古蒲団(冬)。

446 ▽種火とする埋み火を隣りからむやみと乞われれば、隣り同士でやたらと断るわけにもいかず、迷惑な話。[季]うづみ火(冬)。

447 ○桐火桶　桐の木で作った火鉢。▽桐火桶を撫でるこの広げた手は、桐の一葉の形に似ている。ことばの洒落による句。「桐火桶無絃の琴の撫ごゝろ」(蕪村)。[季]桐火桶(冬)。

448 ▽尼僧となって髪を剃り落したので、髪を結うこともなく隙になった手を巨燵に差し入れる。[季]巨燵(冬)。

449 ▽山に近い里ですから、冷え込みが厳しく、また何もない処ですよ、と申し上げ、せめてこたつでもと勧め、遠来の客を持て成す。[季]こたつ(冬)。

450 ○わすれ水　人に忘れられた野中の水。▽冬の日差しを受けては解け、寒気によって再び氷り、日々繰り返す野中の忘れ水。これも冬の風情である。[季]冬の日・氷る(冬)。

451 ▽夜となってひどく凍て切っているのであろうか。外の方で突然人が足を滑らせて転んだ音がした。[季]凍(冬)。

452 ▽表の酒屋の前から聞えた馬の蹄の音は、少しにぶく、さては外は雪が積っているようだ。[季]雪(冬)。

453 ▽雪が積り、戯れ出て雪達磨を作り興じ、思いもかけず大きなものが出来た。[季]雪まろげ(冬)。

454 ○四ツさがり　午前十時過ぎ。▽四ツ下りの時分、清めの雪とも言うべき初雪の中を、大名行列の一行が通り過ぎて行く。[季]はつゆき(冬)。

455 ところ〴〵雪の中より夕けぶり　闌更

456 したゝかに炭こぼしけり雪の上　銀獅

457 貴人《あてびと》としらでまいらす雪の宿　之兮

458 雪の戸に立かけて置《おく》箒《はうき》かな　加賀 仏仙

はつ雪にしるしのさほは立しかどそことも見えぬこしのしら山

459 初雪のしるしのさほや艸《くさ》の茎《くき》　几董

460 いざ雪見容《カタチツクリ》す簑《みの》と笠　蕪村

461 古枝を鴉《からす》喰《くひ》折《をる》歟《か》雪の暮　其成

462 凍る夜や地より蹴《け》放《はな》す馬《うま》盥《だらひ》　仙台 仭宮

463 ともし火に氷れる筆を焦《こが》しけり　大魯

455 ▽家は雪に覆われ、人影も見えず一面の雪野原の中、あちこちの家から夕餉の支度をする煙が立ち昇っている。季雪(冬)。

456 ▽炭小屋から炭を運んだのであろう。純白なる雪の上に、けしからぬほど炭をこぼし汚してある。季炭・雪(冬)。

457 ▽雪の夕、旅人に一夜の宿を乞われ、気軽にお泊めしたが、雪の夜の伽に話をうかがうと身分の高いお方であった。季雪(冬)。

458 ▽雪の日、時々表に出て見ては門口の雪を掃き、戸口に箒を立てかけて置く。季雪(冬)。

459 ○はつ雪にしるしのさほは…　大炊御門右大臣家佐の歌(万代集・冬)。▽初雪ゆえに雪の量は少なく、その量を草の茎の丈程度で計り知ることができる。季初雪(冬)。

460 ▽さあ、雪見に行きますぞ。簑と笠で身仕度整えて。芭蕉の「いざ行かむ雪見に転ぶ所まで」に和す。「女ハ己ヲ説ブ者ノ為ニ容ス」(蒙求・予譲呑炭)。季雪見(冬)。

461 ▽雪の暮、木の葉を落した冬枯れの古木に烏が止まり、しきりに枝をつついている。古枝を食い折るつもりであろうか。寒鴉枯木の俳諧化。季雪(冬)。

462 ▽凍ての厳しい夜、地面に氷り付いてしまった、水を馬に飲ませる盥を、馬が地面から蹴り放した。季凍る(冬)。

463 ▽氷ってしまった筆先を、解かそうと灯火に近づけたところ、筆を焦がしてしまった。季氷る(冬)。

古硯銘

464 鈍《にぶ》きもの先《まづ》氷るなる硯かな　几董

王羲之

465 物書《かき》て鴨にかへけり夜の雪　笹山 茋堂

466 かさゝぎや葱《ねぎ》洗ふ川を踏わたる　古貢

467 水鳥の水にしたしき古江哉　ゝ 暮蓼

468 水の面《も》に入日残りて鴛《をし》の声　春香

469 鴨うちに城下出るや小《こ》殿《との》原《ばら》　魚赤

470 羽を干すや小島の松にはなれ鴛《をし》　斗文

古丘

471 水仙に狐遊ぶや宵月夜　蕪村

472 寒月にすまひが宿の稽《けい》古《こ》哉　子曳

464 ○鈍きもの　墨の擦り上りが悪いの意。▽古硯の銘として記す。鈍きものは、まず硯池の水が氷ってしまう硯である。硯池の墨が薄いとその水は氷り易い。季氷る(冬)。

465 ○王羲之　書聖として仰がれた晋の書家。▽書いた書を鴨に換えて酒のあてとし、夜の雪を楽しむ。季鴨・雪(冬)。

466 ▽かささぎが、鵲(かささぎ)の橋ならぬ葱洗う川を踏み渡った。「鵲の渡せるはしに置く霜の…」(新古今集・冬・大伴家持)の古歌の俳諧化。季葱(冬)。

467 ▽水鳥が毎年きまってこの古い江に下り立つのは、この江の水に親しみ住み慣れているからだ。水鳥ゆえ水と洒落る。季水鳥(冬)。

468 ▽池の水面に入日が影を落とす時分、鴛鴦の雌雄呼び合う声のする冬の夕暮れである。季鴛(冬)。

469 ○小殿原　年若い下級の武士。▽若い武士が、今日は勤めもなく外出を許されたのであろう、鴨打ちを楽しもうと城下を出て行く。季鴨(冬)。

470 ▽鴛鴦の雌雄番(つがひ)は常に共に行動するものだが、羽を干すのであろう、一羽の鴛が番を離れて小島の松に止まっている。季はなれ鴛(冬)。

471 ▽薄い宵月の光の下、水仙の花咲く謂れのある古い丘の上で金色の狐が宴を催している。幻想的お伽話の世界。季水仙(冬)。

472 ▽寒々とした月が差す夜、相撲取の宿では厳しい稽古が続き、気合いの激しい声が聞えて来る。寒月は凄まじきもの。季寒月(冬)。

473 病《やめ》る身の蒲団を替《かゆ》る小春哉　大石守明

474 南《なん》宗《しゆう》の貧しき寺や冬木だち　月渓

475 門見えて爪《つま》上《あが》りなり冬木立　丹波仙魯

476 辻《つじ》君《ぎみ》に衣借《かさ》れなはちたゝき　旧国

477 づきん着て尊くなりぬ鉢《はち》敲《たたき》　宮津路景

478 旅人に銭もらひけり鉢たゝき　佳棠

479 寐て聞《きけ》ば西へ過《すぎ》けりはち扣《たたき》　佳則

480 しのゝめや水に雪ふる網《あ》代《じろ》守《もり》　士川

雪中

481 ゆきゝせで年くるゝ雪の山家哉　通助

482 家中衆《しゆ》の忍び〳〵やとし忘　召波

483 年わすれ昔念《ねん》者《じや》と若衆かな　青峨

五車反古　巻尾

473 ▽久しく病に伏して癒えず、せめて天候のよい小春日和に蒲団を替えて、気分だけでもあらためてみよう。季小春(冬)。

474 ○南宗　中国禅宗の一派。▽南宗の一派である貧しい禅宗寺院が、冬木立の中にひっそりと建ち、禅の厳しさ漂う。季冬木だち(冬)。

475 ▽山道を辿って行くと先に山門が見え、道は冬木立の中を緩やかに爪先上りの坂となって寺へ通じる。季冬木立(冬)。

476 ○辻君　夜、往来に立ち売春する女。▽鉢叩きよ、みすぼらしい身形とは言え、辻君から衣を貸すと言われても借りるなよ。季はちたゝき(冬)。

477 ▽いつもは貧相でみすぼらしい鉢叩きだが、今日は頭巾を被って僧らしく尊く見える。季づきん・鉢敲(冬)。

478 ▽貧相な姿の鉢叩きは、旅人から哀れみを受け、銭をもらった。旅人の鉢叩きの境涯への共感。季鉢たゝき(冬)。

479 ▽冬の夜早々と横になっていると寒空の下、鉢叩きの念仏・鉦の音が侘しく聞えて来て、その音は西方浄土を願うように西へ過ぎて行った。季はち扣(冬)。

480 ▽夜明け、わずかに東の空が白む頃、川面に雪が降り注ぐ中、厳しい網代守の仕事が始まる。季雪・網代守(冬)。

481 ▽人との交りを絶ち、独り山家に隠れ住み、今年も雪深い山里でひっそりと年を越して行く。語呂合せの句作り。季年くるゝ・雪(冬)。

482 ○家中　同じ藩の家来。▽家中の衆がそれぞれに、気のおけない同士で、余所に気遣いながら密かに年忘れの宴を催している。季とし忘(冬)。

483 ○念者　男色関係の兄分。▽年忘れの宴に、かつての念者と若衆が同席、これまでの関わりを忘れようと言うのであろうか。季年わすれ(冬)。

484 臘《らふ》八《はち》や和尚漸《やうや》くねびまさり　雁宕

485 とし〴〵や二人の親の煤《すす》ごもり　信州 米居

486 行としや又訪ふ家もすゝ払《はらひ》　維駒

487 争はで行《ゆき》来《か》ふ年ぞ蝸牛《かたつぶり》　文梁

488 剃《そり》こかす若衆のもめや年の昏《くれ》　太祇

489 ゆく年の女歌《か》舞《ぶ》妓《き》や夜の梅　蕪村

除夜遊青楼《ちよやにせいろうにあそぶ》

490 年かくすやりてが豆を奪ひけり　几董

491 なつかしき月の栖《すみか》や大《おほ》三《み》十《そ》日《か》　移竹

脇起俳諧　冬

484 ○臘八　十二月八日、釈迦が成道した日。成道会。○ねび　年老いた様。▽成道会の日、和尚はようやく年老いた風体になり、僧らしく見える。季臘八(冬)。

485 ▽毎年二人の親は、煤払いの日に埃を避けて別な所で過ごし、一族繁栄安泰の中に年を越す。季煤ごもり(冬)。

486 ▽年の瀬、人を訪ねると忙しく煤払いをしており、次に訪ねた家も同じであった。「行とし」「訪ふ家」と洒落る。季行とし・すゝ払(冬)。

487 ▽行く年来る年が争うことなく毎年繰り返すように、蝸牛も争うことなく日を過している。「蝸牛角上の争い」(荘子)を利かせる。季行来ふ年(冬)。

488 ▽今風俗の髪型とばかりに若者たちは、思い切り髪を剃り上げ、その形を競いあい、挙句の果てに争いごとになる年の暮れである。季年の昏(冬)。

489 ○女歌舞妓　出雲の阿国に始まる男装の女役者。▽大晦日の夜、漂い来る梅の香に、過ぎ去りし日の男装の名女役者の俤が蘇る。季ゆく年(冬)。

490 ○青楼　女郎屋。○やりて　遣手。女郎屋で遊客との対応その他を切り廻す老女。▽年齢をごまかそうと遣手が隠した年の豆を、奪い取った。季年の豆(冬)。

491 ▽大晦日は、言わば毎年必ずやって来る睦月・如月以下の月がすべて集まり宿る、月の懐しい栖である。「月の栖」は月の桂などによる造語。季大三十日(冬)。

492 冬ごもり五車の反古のあるじ哉

493 ひとり寒夜に瓴《ほとぎ》うつ月　維駒

494 郊外《まちのそと》何焚《たく》やらん煙して　鉄僧

495 流のするゝの水はふたすぢ　臥央

496 枝伐《きり》て一のまぶしを定むらし　蕪村

497 甥の太郎が先《まづ》口を利《き》ク　百池

498 新宅の夏を住よきはしら組　也好

499 水打そゝぐ進《しん》物《もつ》の鯛　春坡

500 裂《さけ》やすき糸のみだれの古袴　正巴

501 妻《メ》を奪ひ行《ゆく》夜《よ》半《は》の暗きに　之兮

502 ちら〳〵と雪降ル竹の伏見道　道立

503 小荷駄返して馬嘶《いば》ふらん　我則

五車反古　巻尾

492 発句。冬(冬ごもり)。○五車　五車の書。五台の車に積んだ書物。「恵施ハ多方ニシテ其ノ書ハ五車」(荘子・天下)。▽沢山の役にも立たぬ書物に囲まれて冬籠りをする主である。

493 脇。冬(寒夜)。月の定座から三句引き上げ。○瓴　打楽器。▽反古のような書物の主となって冬籠りをし、寒い夜に独り月に向かって瓴を打つ。中国の高逸なる文人を付ける。

494 第三。雑。▽独り寒い夜に月を眺めて瓴に戯れ、目を町はずれの方へ移すと、何を焚いているのであろうか。煙が立ち昇っている。前句に応じて漢詩調の句作り。

495 初オ四。雑。▽昼の遥か遠望の景を以て応じ、特に深意は無い。ただし「ふたすぢ」に平野の地形を写実する。

496 初オ五。雑。○まぶし　射翳。猟師が身を隠す設備。▽まず第一のまぶしを川の本流のところに設けることにしたらしい。次に分流に第二、第三を予測した付け。

497 初オ六。雑。▽一族打ち揃える鹿狩の場面。「先」とは若き者。前句の静寂を付句は打ち破る。無言の作業中、年若い甥がまず口を開く。男の世界。

498 初ウ一。夏(夏)。▽新宅振舞いに一族相集い、その席上、甥の太郎が真っ先に家の間取り設計を褒め、付句はその内容。徒然草五十五段による。

499 初ウ二。雑。▽新宅祝いの品を付ける。「水打」は夏に応じ、新鮮さを言う。生きのいい鯛を進物に、前句を口上と見る。やや打越に抵触。

500 初ウ三。雑。▽然るべき方への進物を携える人の服装。貧窮なるも精一杯勤める誠実なる人柄を付ける。

501 初ウ四。雑。恋(妻)。▽お上から無理に妻を召され、夜半の闇に紛れて妻を奪い返しに行く。「古袴」で武士、「糸のみだれ」で時の経過、心の乱れを示す。小説的展開の天明調。

502 初ウ五。冬(雪)。▽ちらちらと雪が降り、雪で竹の折れ曲がる暗闇の伏見街道を京より妻を奪い逃げる。一句は景。「伏見」に竹が伏す意を掛ける。

503 初ウ六。雑。▽小雪のちらつく街道を下って、夕刻やっと伏見の宿に着く。少しばかりの荷を下ろすや馬は、甲高い声で嘶(いな)いた。

504 なく〳〵も棺《ひつぎ》を出す暮の月　自笑
505 よからぬ酒に胸を病ム秋　佳棠
506 小商ひ露のいく野ゝ《の》旅なれや　湖柳
507 燕来る日の長閑《のどか》也《なり》けり　湖邑
508 反古ならぬ五車の主よ花の時　几董
509 春やむかしの山吹の庵　田福

右一巡捻香

「鏡とらばふたつの鬢《びん》や枯尾花」と父が病中の吟を見て、往事をおもふ

510 父が世にかはらぬ色や枯をばな　維駒

504 初ウ七。秋(月)。月の出所。▽小荷駄を返しに来たその家で、思いがけず不幸ごとがあり、人々が泣く泣く棺を表に送り出すところ。見送った後には空に夕暮れの月のみ残る。

505 初ウ八。秋(秋)。▽慎しまなければならない酒に胸を病み、涼しい秋にも癒えぬ。日頃病持ちの自分が先にと覚悟していたが、あの方の野辺送りをするとは不条理。暮れの月に人の世の無常を思い、嘆きひとしお。

506 初ウ九。秋(露)。▽よからぬ酒と知りつつ憂さ晴しに呑む酒で病がちの身ながら、小商いの旅を続けねばならぬ我が身の憂さ。「生野」(丹波国の歌枕。今の福知山市生野)と「行く」を掛ける。

507 初ウ十。春(燕来る・長閑)。▽「露」を朝露に取り成し、朝の旅立ちの景。燕が来たのどかな日である。前句の小商いの嘆きを小商いながらも安楽と転じる。

508 初ウ十一。春(花の時)。花の定座。▽反古とおっしゃるが、悠々閑々として花の春日の一日を、五車の書を閲して過す尊さよ。発句への挨拶。

509 初ウ十二。春(春・山吹)。▽今も昔と変らず山吹が咲き誇る庵。昔人となってしまった庵の主は、五車の主でありました。「月やあらぬ春やむかしの春ならぬ…」(伊勢物語四段)による。懐旧追悼の句。○捻香　焼香。右一巡の連句を焼香として供える。

510 ○鏡とらば…　維駒の父召波の病床吟。鏡を取って我がなりを写し見ると、左右の鬢はすっかり白くなり、まるで今の季節の枯尾花だ。▽枯尾花の様子は、父の生前の頃と少しも変らない。「父が残した枯尾花の句を鏡として、父が居られた頃と同様、俳諧の道に精進しております」の意の追悼句。季枯をばな(冬)。

長和・治安のむかし、関白道長公、法成寺《ほふじやうじ》の御堂造らせ給ひしに、国〳〵の受領《ずりやう》より、竹木瓦石の類ひ、舟車に積て持運びつゝ、金銀珠玉の七宝をもて玉の台《うてな》調ひしかば、千万の僧威義具足《ゐぎぐそく》して、梵音錫杖《ぼんおんしやくぢやう》の声を唱《となへ》て讃を誦《ず》し、舞人楽人糸竹管弦の曲を尽し、種〳〵《くさぐさ》の名香天に薫《くん》じ、花ふり風やはらかに、艸木すら皆のりをとくと聞ゆ。かゝる供養の結構は、昔も今もためしなきめでたき事にいひあへりとかや。爰《ここ》に此編は、古春泥居士の遺訓を追ふて、息維駒志願を発し、国〳〵の俳諧者流の句を拾ひ、居士が旧識知音の吟をあつめ、或は当時の詞友に句を乞《こふ》などして、かの良材金石をもて一集を供養せんとなり。予みづから筆を採《とり》て此《この》行に微力を添《そへ》、撰成てこれを先人の牌前《はいぜん》に供す。その功徳、見仏聞法《けんぶつもんぼふ》の結縁《けちえん》なるべし。且《かつ》、太祇・移竹・嵐山の徒をはじめ、数輩の古人

○長和・治安　長和、一〇一二—一七年、三条・後一条天皇。治安、一〇二一—二四年、後一条天皇。平安時代。
○関白道長公　平安時代中期の公卿(九六六—一〇二七)。摂政、太政大臣。別称、御堂関白・法成寺関白。諸寺建立に励み、法成寺大伽藍の完成が広く知られる。
○受領　諸国の長官。
○竹木瓦石　建築用材。
○金銀珠玉の七宝　仏典に見える金・銀・瑠璃・瑪瑙など七種の宝玉。
○玉の台　玉で飾られた美しく荘厳な堂塔。
○威義具足して　戒律上の作法規律が備わること。
○梵音錫杖の声　読経、錫杖の偈を唱えて錫杖を振る。
○糸竹管弦の曲を尽し　雅楽の合奏。
○名香天に薫じ　香煙が堂内に広がること。
○花ふり風やはらかに　法会で、僧がまき散らした蓮の花びらをかたどった紙が、堂内に舞う様子。
○艸木すら皆のりをとく　草木国土悉皆成仏、すべてのものが成仏できる。
○結構　意図、企て。
○ためしなきめでたき事　例のないありがたきこと。
○古春泥居士　召波。
○旧識知音　古くからの知人。
○詞友　詩をもって交わる友。
○良材金石　後世に伝えるべく彫刻された金石文のように印刷に付しての意。
○みづから筆を採て　本文・跋文板下文字は几董筆。
○牌前　仏前。
○見仏聞法の結縁　目に仏を拝し、耳に仏法を聴き、未来に成仏する機縁。

再《ふたたび》集中に出現して、風月花鳥の吟を諷誦す。さは是《これ》自他平等の追善、おほかたならぬ利益《りやく》ならずや。

春夜楼晋明書

天明三歳卯十一月

○風月花鳥の吟　俳諧の作品。

○春夜楼晋明　几董の別号。

秋《あき》の日《ひ》

五歌仙　尾張

田中善信　校注

〔編者〕暁台《きょうたい》編。白図《はくと》・騏六《きろく》・支朗《しろう》(士朗)校。白図と支朗は名古屋の人、騏六は清洲の人でいずれも暁台門。

〔書誌〕半紙本一冊。題簽「秋の日　五哥仙　尾張」。柱刻「アキノ 一(―十七終)」。最後の一丁は丁付なし。全十八丁。

〔書名〕所収の五歌仙の発句が全て秋の句なので、発句が全て冬の句である『冬の日』に倣って、『秋の日』と命名。なお、見返しに「尾張続五歌仙」と記す。

〔成立〕騏六の家に芭蕉が名古屋の俳人と巻いた歌仙一巻が襲蔵されていた。この歌仙が世に知られていないことを惜しんだ暁台は、門人たちと四巻の歌仙を巻いて合計五巻として出版した。五巻にしたのは、『冬の日』が五巻の歌仙を収めているからである。貞享元年(一六八四)、芭蕉が名古屋を訪れた際に出来たのが『冬の日』で、題簽に「冬の日　尾張五哥仙　全」と記されている。『秋の日』の見返しの「尾張続五歌仙」という文言は、本書が『冬の日』の続編であることを示す。

也有の序文によれば、本書の成立は明和五年(一七六八)である。芭蕉一座の歌仙に続く支朗発句の歌仙の前書きに「明和五戊子九月山荘に宿して」と記されている。以下年記は記されていないが、全てこの年の秋の興行とみてよかろう。

〔構成〕(1)也有序、(2)芭蕉発句の七吟歌仙、(3)支朗発句八吟歌仙、(4)寸馬発句六吟歌仙、(5)白図発句六吟歌仙、(6)暁台発句六吟歌仙。

〔意義〕俳諧史上、蕉風復興の先駆けをなした撰集として重要な位置を占める。安永二年(一七七三)に刊行された『あけ烏』の序文で、几董は「今や不易の正風に、眼《まなこ》を開《ひら》るの時至れるならんかし」と記して蕉風復興を唱えているが、この一文に続けて、「既《すでに》、尾張は五歌仙に冬の日の光を挑《かかげ》んとす」と書いている。「五歌仙」とは『秋の日』であり、几董は本書を蕉風復興の先駆けをなす撰集と位置付けている。

〔底本〕天理大学附属天理図書館蔵本(翻刻第八二九号)。

〔影印〕『天明俳書集 五』(臨川書店、平成三年刊)。

序

蕉翁《せうをう》生前の七部の集とて、世にあがむるが中に、冬の日の集は尾張五歌仙ともいふなりけり。然《しか》るに暮雨巷《ぼうかう》の門人、騏六《きろく》なる者の家に伝えとゞめる一巻の歌仙あり。是は往昔《そのかみ》竹葉軒のあるじの、翁《おきな》をまねきて其《その》日になれるものにして、其坐《ざ》の荷兮《かけい》が筆《ひつ》したるまゝに遺《のこ》せる也《なり》。いづれの集に出《いで》たりとも見えず。されば暮雨巷暁台《けうたい》氏、是《これ》をおしみこれをたふとみて、社中をかたらひ、四巻の歌僊《かせん》をつらね、再び尾張五歌仙を継《つが》んとす。稿なりて閲《けみ》するに、誰《たれ》かは狗《いぬ》の尾を以て、貂《てん》を続《つぎ》たりといふべき。祖翁の魂もし帰り来るとも、青眼にして賞し給はん。いま人なしといふべからず。実《げ》に本州の面起《おもておこ》すともいふべし。浄写に臨んで、予に一語をそへよと請はる。嗟乎《ああ》

○蕉翁　芭蕉。翁、祖翁も同意。元禄七年（一六九四）没。
○七部の集　江戸時代「俳諧七部集」（現在は「芭蕉七部集」という）と称された蕉門の七部の俳書。選定は佐久間柳居（延享五年〔一七四八〕没）。最後の「続猿蓑」は芭蕉没後の刊。
○冬の日　芭蕉七部集最初の集。副題に「尾張五歌仙　全」と記す。貞享二年（一六八五）刊か。
○暮雨巷　暁台（きょうたい）の庵号。
○竹葉軒　長虹（ちょうこう）が名古屋の薬師堂に結んだ庵。彼は江戸牛込長国寺の隠居、明暦三年（一六五七）に名古屋に移住し荷兮らと親交を結んだ（俳文学大辞典）。
○荷兮　名古屋の人。芭蕉門人。芭蕉七部集の内、「冬の日」「春の日」「曠野（あらの）」を編集。享保元年（一七一六）没、年六十九。
○狗の尾を以て、貂を続たり　貂の代わりに犬の尾を代用する。優れたものの後に劣ったものが続くこと。この一文は「秋の日」が「冬の日」に劣らないことをいう。
○青眼　敬愛の気持ちをこめて相手を見ること。竹林の七賢の一人阮籍（げんせき）が、好意をもった相手を青眼で見たという故事に基づく。
○本州　ここは尾張国を指す。
○面起す　面目を施す。「猿蓑」の其角（きかく）の序文の「此道のおもて起べき時なれや」という文句を踏まえた。

これまた蕉門の盛事也。なんぞ口を噤《つぐま》んやと。としは明和の五めぐり、竜《りゅう》、証方《しょうはう》に集る比《ころ》も、あひに逢《あ》ふ冬の日のみじかき筆さしぬらして、聊《いささか》責《せめ》をふさぐ事しかり。

張州老隠也《や》有《いう》選

○蕉門　本来は芭蕉一門の意だが、この当時はその流れを汲む俳人を総称する言葉として用いられた。
○明和の五　明和五年(一七六八)。干支は戊子(つちのえね)。
○竜、証方に集る　竜集。歳次。ここでは、十二支の年回りの意に用いた。
○あひに逢ふ　ちょうど合う。「冬の日」と「秋の日」が成立した年次は、いずれも子(ね)の年である。
○みじかき筆　文筆の才能に乏しいことを謙遜していう決まり文句。「みじかき」は、「日のみじかき」と「みじかき筆」の掛け詞。
○選　文章を作ること。

貞享五 戊辰《つちのえたつ》七月廿日《はつか》
於竹葉軒長虹《ちくえふけんにおいてちやうこう》興行

1 粟《あは》稗《ひえ》にとぼしくもあらず草の菴《いほ》　芭蕉
2 藪《やぶ》の中より見ゆる青柿　長虹
3 秋の雨歩行《かち》鵜に出《いづ》る暮かけて　荷兮
4 月なき岨《そば》をまがる山あい　一井
5 ひだるしと人の申《まうせ》ばひだるさよ　越人
6 藁《わら》もちよりて屋根葺《ふき》にけり　胡及
7 木の葉ちる榎《えのき》の末も神無月　鼠弾
8 つて待《まち》かぬる島のくひ物　蕉
9 莚《むしろ》着て蚊の啼《なく》声に睡《ねむ》られず　虹

○貞享五戊辰　貞享五年(一六八八、九月に元禄と改元)。戊辰はこの年の干支。

1 発句。秋(粟・稗)。▽粟や稗の蓄えもあって、心豊かに草庵の暮らしを楽しんでおられる。長虹の精神的な豊かさを称えた挨拶の句。

2 脇。秋(青柿)。▽柿の実でも差し上げたいが、それもまだ青い。もてなすものもない草庵の生活を述べて発句の挨拶に応じた。青柿は現在は夏の季語だが、ここは秋の季語に用いた。

3 第三。秋(秋の雨)。○歩行鵜　船を使わない鵜飼い。▽雨の夕暮れに歩行鵜に出かける。「青柿」に時節を合わせて、鵜飼いも終わる初秋の句を付けた。

4 初オ四。秋(月)。▽月明かりもない山間の崖道を通ってゆく。歩行鵜に出かける人物の動作。月明かりのない方が鵜飼いには好都合。

5 初オ五。雑。▽連れの者が腹が減ったというので、自分も急に腹が減ってきた。前句を夜道をかける旅人などとみた。

6 初オ六。雑。▽各自、藁を持ち寄って屋根を葺く。村人の家の屋根の葺き替えは昔は村の共同作業だった。仕事の途中空腹を覚えたのである。

7 初ウ一。冬(木の葉ちる・神無月)。▽葉が落ちて榎の梢も冬の様子を呈している。屋根の葺き替えが行われる農閑期頃の光景。

8 初ウ二。雑。▽島では食料を運ぶ便船を待ちかねている。冬になり食料に乏しくなった島の生活。

9 初ウ三。夏(蚊)。▽布団代わりに莚を着て寝るような惨めな生活である。流人の生活であろう。島と流人は付合。

10 われに狂ふや妾《せふ》がおとろへ　兮

11 水つけず立《たち》たる髪の冷《すさま》じく　井

12 死《しん》で間もなき玉まつるなり　人

13 石《いし》籠《かご》もあらはれ出《いづ》る夜の月　及

14 簑《みの》をくむとて寐《ね》ぬわたし守　弾

15 火ぶりして帰るおのこは何者ぞ　蕉

16 白きたもとの見ゆる輿《こし》かき　井

17 雨乞にすは〳〵華のうるおひて　兮

18 竹ゆひそゆる軒の連《れん》翹《げう》　虹

19 日和《ノドカ》さよけふは気あいの少しよく　兮

20 木馬直して子ものせにけり　及

21 色黒き下部《しもべ》つまげてかしこまり　弾

10 初ウ四。雑。恋(妾がおとろへ)。○われ　一人称か二人称か問題になるが、ここは二人称とする。▽お前ゆえに男は心を狂わしたか、それにしても、この妾(めかけ)の衰えた姿がいたましい。かつて男を狂わした女を第三者の目で見た句。前句を女のために落魄した男とみた。

11 初ウ五。秋(冷じく)。恋(句意)。▽水で整えることもせず、髪を乱して立った姿は不気味でぞっとする。美貌が衰えて男に捨てられた狂女の姿。前句の「われに」を、自分からの意に転じた。

12 初ウ六。秋(玉まつる)。○玉まつる　死者の霊を弔う盂蘭盆(うらぼん)の行事。玉は魂(たま)の意。▽死んで間もない人の霊を弔う。前句を、夫などに死別して化粧する気もなくなった女性と見た。

13 初ウ七。秋(月)。○石籠　竹で編んだ長い籠に石を詰めたもので護岸用に用いる。▽月の光に照らされて水中の石籠がはっきりと見える。玉まつる頃は満月である。

14 初ウ八。雑。▽夜遅くまで渡し守が簑を編んでいる。「くむ」は「組む」であろうが、「簑を組む」の用例は管見に入らない。前句から川の渡し場を連想した。

15 初ウ九。雑。○火ぶり　夜たいまつなどを灯して漁をすること。火振漁。▽火振漁を終えて夜遅く帰る男を、渡し守がいぶかしげに見ている光景。

16 初ウ十。雑。○輿　死者を運ぶ葬礼の輿。これをかつぐ男は白装束を着用。▽前句の「火ぶり」をたいまつを振りかざす意に転じて、葬礼を付けた。「たいまつ」と「葬礼」は付合。

17 初ウ十一。春(華)。○すは〳〵　あれあれと驚く様。「すはすは動くぞ」(謡曲・道成寺)。▽雨乞いの祈禱をしたところ花を濡らして雨が降ってきた。前句の白装束の人物から雨乞いを連想。

18 初ウ十二。春(連翹)。▽軒下の連翹が倒れないように茎に竹を結い添える。前句の花を連翹の花とした。

19 名オ一。春(日和)。○気あい　気合。気分。気相とも。▽春ののどかな陽気に気分が少しよくなった。気分がよいので庭の手入れをするのである。

22 切籠《きりこ》おりかけすごき夕ぐれ　井

23 さま〴〵の香《かう》かほりけり月の影　人

24 人一代の恋をとふ秋　蕉

25 捨し世はくずのうらみも引《ひき》むしり　虹

26 きたなくなれどかほも洗はず　人

27 懐《ふところ》に脇《わき》指《ざし》さしてまた出《いづ》る　及

28 下戸をにくめる雪の夜の亭　兮

29 早咲《はやさき》のむめをわが身にたとへたり　蕉

30 嫁《か》せぬむすめの眉かゝでおる　弾

31 しのび音《ね》にすがゞきならす垣の奥　及

32 ふみきやさせる松のともし火　人

33 明《あけ》やすき夜をますらが腹立《たて》て　兮

20 名オ二。雑。○木馬　乗馬を習得するための練習用の道具。▽壊れた木馬を直して子供を乗せた。前句の人物の動作。

21 名オ三。雑。○下部　中間・小者などの武家奉公人。着物をつまげて(はしょって)脚をあらわにしていることが多い。▽下部が乗馬の練習をする若君の側でかしこまっている情景。

22 名オ四。秋(切籠・おりかけ)。○切籠おりかけ　切籠灯籠と折掛灯籠。いずれも盂蘭盆に用いる。▽盂蘭盆の夕暮れに、切籠灯籠や折掛灯籠が灯された物寂しい情景。「すごき」は物寂しいこと。かしこまる下部から墓参を連想。

23 名オ五。秋(月)。▽先祖の霊を祭る魂棚(たまだな)に、いろいろな香が焚かれている。盂蘭盆の光景。

24 名オ六。秋(秋)。恋(恋)。▽生涯の恋の思い出を老人に問う。前句の香を、衣に薫き染める香にとりなし、王朝風の情景を描き出した。

25 名オ七。秋(くず)。恋(くずのうらみ)。○くずのうらみ　歌語の「くずの葉のうらみ」(「裏見」に「恨み」を掛ける)を短縮した形。▽葛の葉を引きむしるように、相手に対する恨みを一切忘れて出家した。一世一代の恋に破れて出家した人物。

26 名オ八。雑。▽句意明瞭。浮世を捨てて、身なりを構わなくなった人物を付けた。

27 名オ九。雑。▽人には見えないように、懐の中に短い脇指(脇差)を差す。身をやつして敵などを狙っている人物。

28 名オ十。冬(雪)。▽前句の人物を、下戸のため酒席を外した人物に転じた。残った者が彼の悪口を言い合っている情景。

29 名オ十一。冬(早咲のむめ)。○むめ　梅の仮名表記の一つ。ウメと発音する。▽下戸を憎む男を、酒を友として生きる風流人と見た。みずからを早咲きの梅に譬えて風流洒落(しゃらく)の生きざまを誇るのである。

30 名オ十二。雑。恋(眉かく)。▽結婚しない娘が眉も描かないでいる。前句の早咲きの梅を女性に転じ、化粧にも無頓着な女性を出した。竹籠を売って父を養った霊照女の面影か。

31 名ウ一。雑。恋(句意)。○すがゞき　琴や三味線の奏法の一。ここは琴か。▽前句を婚期に遅れた娘とみて、近所を憚って静かに琴を弾いている情景を付けた。

34 なにを啼《なき》行《ゆく》ほとゝぎすやら　蕉

35 花によるすゞりのふたに物かきぬ　弾

36 簾《すだれ》はり出すはるの夕ぐれ　虹

芭蕉　六　越人　五

長虹　五　胡及　五

荷兮　六　鼠弾　五

一井　四

32 名ウ二。雑。▽供の男に命じて、松明の火を足で踏んで消させる。琴を弾く女性のもとに男性が忍んできたところ。

33 名ウ三。夏(明やすき夜)。○ますら　ますらお。強く勇ましい男。▽目的を達することなく夜が明けたので、勇み立った男が腹を立てている。夜討ちの情景か。

34 名ウ四。夏(ほとゝぎす)。▽時鳥は一体何を鳴いて通り過ぎてゆくのか。前句の腹を立てている男の不風流な独り言。

35 名ウ五。春(花)。○花による　意味不明。「花により」か。▽桜の木に寄りかかり硯の蓋に歌などを書いた。前句を風流人の独白と見た。季移り。

36 揚句。春(はるの夕ぐれ)。○はり出す　人の体重などがかかって簾が外側へ膨らんだ状態。「簾高くおし張りて」(源氏物語・常夏)。▽簾が張り出しているのは、部屋の中の人物が外を見ようとしているのであろう。歌会などの光景か。

明和五戊子《つちのえね》九月山荘に宿《しゅく》して

文朗

37 鹿老て妻なしと啼《なく》夜もあらむ

38 月やゝ寒くむかごやく柴　暁台

39 華木槿《むくげ》すへ一輪も見尽《つく》して　斗拙

40 烏帽子《えぼし》つくろい人に伴《ともな》ふ　万岱

41 曲物《わげもの》の老海鼠《ホヤ》の糟漬《かすづけ》鄙《ひな》ぶりし　亜満

42 北なる小庭はる粉《こ》雪《ゆき》ふる　他郎

43 胸合《あは》ぬ袖にも蚕《かひこ》あたゝめて　台

44 母のゆづりは雛《ひひな》一対　朗

45 年号も世に広がらぬ吉野方　岱

46 日《ひ》裏《うら》は杉の雫とく〳〵　拙

秋の日

○明和五戊子　明和五年(一七六八)。戊子はこの年の干支。

37 発句。秋(鹿)。▽老いた鹿は、妻のないことを嘆きながら鳴く夜もあるだろう。鹿が鳴くのは妻を呼ぶためというのが文芸の世界の通念。

38 脇。秋(月・むかご)。○むかご　山芋の蔓に生じるじゃがいも状の小さい粒。▽月の光も寒々と差してくる夜、一人柴を焚いてむかごを焼く。前句の鹿を聞く人の行為。

39 第三。秋(木槿)。▽夕方木槿の花が落ち尽くすまで眺めている。木槿の花は朝開いて夕方に萎んで落ちる。前句とともに隠逸の人の行為。連句としては転じ方が弱い。

40 初オ四。雑。▽破れた烏帽子を繕って人の供をする。王朝風の情景で、光源氏の供をする惟光《これみつ》などが連想される。木槿の散る夕方の外出。

41 初オ五。雑。○曲物　檜や杉の薄板で作った容器。▽曲物のホヤの糟漬けは田舎染みている。貧しい男に、田舎風のホヤの糟漬けを付け寄せた。月の定座だが、月はすでに脇句に出ている。

42 初オ六。春(はる)。▽句意明瞭。ホヤのとれる東北地方の情景。

43 初ウ一。春(蚕)。▽前を重ね合わせることができないような狭い着物の袖で、弱った蚕を暖めている。「胸合ぬ」は古歌による表現。厳しい気候に貧しい生活を付けた。

44 初ウ二。春(雛)。▽死んだ母が残してくれたのは男雛と女雛の一対の雛だけ。貧しい娘の境遇。貧しさが二句続いた。

45 初ウ三。雑。○吉野方　後醍醐天皇の流れを引く南朝。南朝では京都の北朝と別の年号を用いた。▽句意明瞭。前句の母を南朝ゆかりの人物とみなした。

46 初ウ四。雑。▽日陰に杉の滴がポタポタ落ちる。吉野に杉を付けた物付け。また「吉野」から西行ゆかりの「とくとくの清水」を連想した。

47 皮《かは》剝《はぎ》のこゝろ尖《すすど》に浅ましき　杉六
48 盆はわすれず魂《たま》かえり来ん　五周
49 荒海もしぐらき月の宵あらし　郎
50 刈《かり》穂《ほ》しまひし鎌を竜除《よ》ケ　満
51 小《こ》盲《めくら》を呼んで三弦《しやみせん》弾《ひか》せける　朗
52 扇をとつて見ればばさら絵　岱
53 ほんのりと瑞《い》籬《がき》のあたり花静《しづか》　周
54 根笹がくれに卵《カイ》割《わり》の雉《きじ》　六
55 東《とう》風《ふう》におもく負《おひ》出る柱売《うり》　拙
56 嫁《よめ》入《り》かと見て葬にあきれる　郎
57 浜暮《くれ》て闇に猶《なほ》啼《なく》犬の声　満
58 瓶《かめ》破るほど氷《こほり》やはする　朗

47 初ウ五。雑。○浅まし　意外な気持ちを表す語。▽魚のかわはぎは、物の気配を察するのに意外なほど機敏である。山から海辺へと景を転じた。
48 初ウ六。秋(盆)。▽先祖の霊は盆には必ず帰ってくるだろう。かわはぎについて和漢三才図会に「春夏京師希ニコレヲ見ル」と記すが、盆の頃に食べる地方もあるか。
49 初ウ七。秋(月)。月の定座。○しぐらき　動詞「しぐらむ」(密集している)が形容詞化した語か。▽月の明るい宵となる頃だが、宵から嵐になり荒海の一角に黒雲が集まっている。盆の時期は満月の前後。
50 初ウ八。秋(刈穂)。▽稲刈りを終えた鎌を、竜を避けるまじないにする。前句は竜神出現の前兆。
51 初ウ九。雑。▽物乞いの盲人を呼んで三味線を弾かせる。農作業が一段落した百姓のささやかな遊宴。
52 初ウ十。夏(扇)。○ばさら絵　粗放な描法で描いた絵。「あふぎうちはのばさらゑにも」(松の葉・くさずり引)。▽句意明瞭。盲人の所持していた扇の図柄。
53 初ウ十一。春(花)。花の定座。▽神社の囲いの瑞籬のあたりがほんのりと暖かく風も穏やかである。前句を花見の情景に転じた。
54 初ウ十二。春(雉)。▽根笹の陰に卵から孵ったばかりの雉の雛がいる。穏やかな日和にふさわしい情景。
55 名オ一。春(東風)。▽東風が強く、風の圧力を受けて担いだ材木が重い。注文を受けた柱を届ける情景。春の農閑期の普請であろう。
56 名オ二。雑。▽嫁を迎える準備かと思っていたら、葬式だったので驚いた。葬式のための俄普請だったのである。
57 名オ三。雑。▽日が暮れた浜辺の村で犬が鳴いている。葬式が行われる夜の情景。
58 名オ四。冬(氷)。▽水が氷って瓶を壊すこともあるのか。瓶の水は生活用水。気候の厳しい漁村の情景。
59 名オ五。冬(河豚)。▽切り捨てられた河豚の顔が醜悪である。冬の季節にふさわしく河豚を付けた。
60 名オ六。雑。○留守居　留守居役。藩の外交官。各藩の留守居役は互いに緊密な関係を保っていた。▽留守居同士に

59 憎さげに切《きつ》て捨たる河豚《ふぐ》の面《つ》ラ　岱
60 留《る》守《す》居《ゐ》仲まに窮屈はなし　周
61 松の末とめて筑《つく》羽《ば》を見せにけり　六
62 鸛《こふ》の嘴《くちばし》ならすゆふ汀《なぎ》　拙
63 我《われ》先《さ》キと桶提《さげ》て出る網《あ》子《ご》女《め》ども　郎
64 仏ひろふて名をさだめかね　満
65 今宵又茗《ヤ》粥《ジウ》に更《ふけ》て月寒し　朗
66 声みの虫の霜に死ぬべく　岱
67 後《ウハ》妻《ナリ》をうてと心が責《せむ》るぞや　周
68 木《こ》幡《はた》の里は山に隔《へだて》て　六
69 初華にすは塩鯛のさばけ出し　満
70 万歳殿が羽織着て来る　台

遠慮は無用である。留守居仲間で河豚汁を賞味するのである。

61 名オ七。雑。○筑羽　筑波の古い表記。筑波山。姿の美しい山として有名。▽松の梢の成長を止めて筑波山が見えるようにしてある。料亭の庭の様子。留守居は料亭で会合することが多かった。

62 名オ八。雑。○鸛　鶴に似た大型の鳥。○汀　凪の当て字。三河に汀野(なぎの)という地名がある。▽夕凪の海辺で鸛が嘴を鳴らしている。筑波山の見える場所を海辺と定めた。

63 名オ九。雑。○網子　漁師。▽漁師の妻たちが我がちに桶をもって海岸に急ぐ。夕方網が引き上げられたのである。

64 名オ十。雑。▽仏を拾ったが何の仏か分からない。漁師の網にかかって拾い上げられたという、浅草寺の観音の故事を踏む。

65 名オ十一。冬(寒し)。月の定座。○茗粥　茶粥の一種。「ならちや　大和奈良にて、やじふと云。畿内にて、ならちやがゆと云」(物類称呼)。▽今日も奈良茶を食べながら夜遅くまで月を眺めている。ここは冬の月。仏を拾った人の暮らしぶり。

66 名オ十二。冬(霜)。▽霜の寒さで死にそうだと蓑虫が鳴いている。蓑虫は鳴かないが、枕草子以来鳴く虫として扱われている。前句が秋の季語である月を冬の句に詠み込んだので、この句も秋の季語の蓑虫を冬の句にあしらった。

67 名ウ一。雑。恋(後妻をうつ)。▽後妻を打てと前妻の心が責める。親しい女性を仲間として、前妻が後妻を襲う後妻打(うわなりうち)という風習があった。哀れな蓑虫に猛々しい前妻を取り合わせた。

68 名ウ二。雑。恋(木幡の里)。▽木幡の里は山に隔てられている。後妻の住む場所を木幡の里とした。木幡は恋の歌で知られる歌枕。

69 名ウ三。春(初華)。▽桜が咲き始めてにわかに塩鯛が売れ出した。桜鯛の時期だが木幡のような山里では塩鯛しかない。花を定座より二句引き上げた。

70 名ウ四。春(万歳)。▽万歳の太夫が羽織を着てやってきた。仕事では大紋の直垂(ひたたれ)だが、花見に招かれて羽織を着てきたのである。

71 春毎《ごと》に無住国師の忌日弔《と》ふ　拙

72 柄《ひ》杓《しゃく》ながるゝ砂川の水　郎

文朗五　亜満五
暁台三　他郎五
斗拙五　杉六四
万岱五　五周四

秋八月騏六亭興行

73 駒《こま》牽《ひき》に干《かん》瓢《ぺう》売《うり》の馴《な》染《じみ》かな　寸馬

71 名ウ五。春(春)。○無住国師　鎌倉時代の人。沙石集の著者。長く尾張の長母寺に住んだ。▽句意明瞭。万歳の太夫が羽織を着ているのは、無住国師の忌日に寺に参詣するため。尾張や三河の万歳は、無住が徳若という人物に歌わせたものだという説がある(日本伝奇伝説大事典「無住」)。

72 揚句。雑。▽砂川を柄杓が流れてゆく。無住国師に無欲な人物の暮らしぶりを付けた。人からもらったひさごを捨てて手で水を飲んだ徒然草十八段の許由(きよゆう)の面影。

73 発句。秋(駒牽)。○駒牽　諸国の牧場から馬を宮中に貢進する儀式。特に信州望月の駒が有名。ここはその役人。▽例年駒牽きのため信州に出張する役人に、干瓢売りの馴染みがある。信州は干瓢の産地として知られた。

74 脇。秋(月夜)。▽月夜の晩に酒屋を尋ねる。馴染み同士で一杯やろうというのである。駒牽きは旧暦八月十六日の行

74 月夜の門《かど》の杉葉尋《たづぬ》る　騏六
75 秋ふかく大竹原に霜さへて　琴宇
76 鳥の羽《は》白くむしり捨《すて》たり　暁台
77 肌つきも着ず山《やま》賤《がつ》の革袴　東壺
78 南の風は吹ぬとしにや　帆路
79 松《かっ》魚《を》干す尾《を》鷲《わせ》の里の怖《ヲド》し弓　六
80 あやしき六《ろく》部《ぶ》送り出しけり　馬
81 今わたる神《み》輿《こし》の先へ猿《さる》田《た》彦《ひこ》　台
82 雲はやし又むら雨やせん　宇
83 閨の月寐《ね》みだれ髪に太《た》刀《ち》佩《はき》て　路
84 芙蓉の華をもぐ思ひなる　壺
85 ちよろ〳〵と水際低ふ秋の声　馬

事で、この日は名月の翌日。杉葉は酒屋の商標。

75 第三。秋(秋)。▽秋も深まり竹の生い茂る広原に霜が寒々と降りている。季節を晩秋に転じた。

76 初オ四。雑。▽むしり取られた白い鶏の羽毛が散らばっている。当時、霜先(しもさき)の薬食いと称して、陰暦十月頃に獣肉などを食べた。

77 初オ五。雑。▽肌着も着ず山男は革袴だけを身に付けている。鳥肉などを食べている山男の野卑な身なり。月の定座だが、月はすでに脇句に出ている。

78 初オ六。夏(南の風)。▽南風が吹かない冷夏の年なのか、夏になってもまだ寒い。頑健な山男に冷夏を付けた。

79 初ウ一。夏(松魚)。○尾鷲　三重県南部の漁港。○怖し弓　鳥や鳶を追い払うための弓。▽尾鷲では鰹を狙う鳶などを脅し弓で追い払っている。南の風から尾鷲を連想した。尾鷲は名古屋の南方。

80 初ウ二。雑。○六部　全国の霊場を巡礼する人。乞食同然の者が多かった。▽怪しげな六部を、適当な理由をつけて村から追い出した。鰹で賑わっている村に物乞いの六部が入り込んだのである。

81 初ウ三。雑。○猿田彦　神社の祭礼の行列を先導する役。天狗の面を被り矛を持つ。▽進んで行く神輿の前を猿田彦が行く。村祭の情景。祭りを見込んであやしげな六部が現れたのである。

82 初ウ四。雑。▽雲の流れが速い。またにわか雨が降りそうだ。祭礼の天候を付けた。

83 初ウ五。秋(月)。恋(閨)。▽寝乱れ髪もそのままに寝室で出陣の準備をする。落城寸前の情景か。前句の天候から風雲急を告げる情景を案じ出した。月を定座より二句引き上げた。

84 初ウ六。秋(芙蓉)。恋(句意)。▽楚々たる美人の悲しむ姿を見ると、芙蓉の花をむしり取るような思いがする。前句の武士の妻。「芙蓉の華」はここでは比喩。

85 初ウ七。秋(秋の声)。▽ちょろちょろと水際低く流れる水が秋のメロディーを奏でている。芙蓉の花の咲く場を付けた。

86 あれにし後は関さへもなし　六
87 何某《なにがし》も貧で続《つづき》し五六代　宇
88 一軸にして伊達《だて》の感状　台
89 薄曇りげにゆつたりと四方《よも》の花　壺
90 内外《うちと》の春に勢《きほ》ふ御《ヲ》材《キ》引《びき》　路
91 酒の友ぬるむ流《ながれ》に浸《ひた》り見る　六
92 尻目にかけて狐しよろつく　馬
93 とく〳〵と雨の朝《あさ》明《け》の鐘遠し　台
94 船の上りは白《しら》粥《がゆ》のさた　宇
95 進み出て先《まづ》唐《たう》僧《そう》にものをいふ　路
96 冬扇さす腰をじろ〳〵　壺
97 頃日《このごろ》の天《そ》ラ美しく寒に入る　馬

86 初ウ八。雑。▽荒れ果てた後は昔の関所の跡もない。「人すまぬ不破の関屋の板廂あれにし後はただ秋の風」(新古今集・雑中・藤原良経)によった付合。
87 初ウ九。雑。▽何の何がしといわれた名家も、貧しく五代・六代と続いた。土地も寂れ名家も没落したのである。
88 初ウ十。雑。○感状　軍功をたてた時に主君から与えられる賞状。▽伊達家から賜わった感状を掛け軸にして所持している。貧しいながらも先祖の感状が一家のほこりなのである。
89 初ウ十一。春(花)。花の定座。▽薄曇りの空模様だが、四方の花はゆったりと美しく咲いている。伊達六十二万石の豊かな春を彷彿とさせる句作り。
90 初ウ十二。春(春)。○御材引　御木曳初式(おきひきぞめしき)。神宮造替の用木を神宮内に引き入れる儀式。▽伊勢神宮の内宮・外宮では、春を迎えて盛大に御木曳初式が行われている。遷宮の準備。
91 名オ一。春(ぬるむ流)。▽酒飲み仲間の一人が酔った勢いで流れに足を入れた。伊勢神宮の五十鈴川を連想。
92 名オ二。雑。○尻目にかけて　人を見下したような態度をとること。○しよろつく　うろつく、の意か。用例未見。水の流れをいう「しよろしよろ」と「うろつく」を合成したか。▽人間を尻目にかけて狐がうろついている。前句はその狐に化かされた人の行動。
93 名オ三。雑。▽ぽたぽたと雨の滴が軒端から落ちる朝、鐘の音がいつもより遠く聞こえる。平淡な叙景句を挿入し気分を転じた。日が照っているのに雨が降ることを「狐の嫁入り」というので、狐に雨を付けたか。
94 名オ四。雑。▽上り船の乗客に白粥の準備をする。大坂八軒屋から京都伏見へ向かう淀川の上り船であろう。淀川の上り船は早朝に出発する。
95 名オ五。雑。▽日本の役人がまず中国の僧に来朝の事情を聞く。前句を中国から日本にやってきた唐船に転じた。
96 名オ六。冬(冬扇)。▽冬でも腰に扇を差しているのが珍しくじろじろ眺める。正装をした時には冬でも扇を身につけるのが日本人の習慣。唐人にはその扇が珍しい。

98 圊《かはや》の灯《とも》し木の間隠れに　六
99 盆《ぼん》山《さん》のあまりほしうて盗む也《なり》　宇
100 梅干喰ふて醒し茶の酔ひ　台
101 夕顔に月の夕影猶《なほ》遅し　壺
102 繭《マユ》の匂ひの引《ひき》盛《さか》るころ　路
103 乳《ち》腫《はれ》物《もの》かゝへて因果泣《ない》て居る　六
104 荒武者ながら下《げ》知《ち》のやさしき　馬
105 御《み》格《かう》子《し》の外《そと》面《も》遥《はるか》に火を焚《たい》て　台
106 有明桜華はかつ散る　宇
107 長〳〵とうぐゐに延す釣の糸　路
108 目にかげろふのついて眩《マジロ》く　壺

97 名オ七。冬(寒に入る)。○寒に入る　太陽暦では一月五日か六日が寒の入りで、この日から節分までが寒の内。▽数日間晴天が続いて寒に入った。前句を寒中見舞いの人物の服装とみた。

98 名オ八。雑。▽木の間から圊の明かりが漏れてくる。前句を夜の情景に転じた。

99 名オ九。雑。○盆山　盆栽。▽句意明瞭。前句から盗人を連想し、狂言・盆山により盆栽の盗人を付けた。「あまり欲しう御ざる程に」(狂言・盆山)。

100 名オ十。雑。▽茶の酔いを梅干しで醒ます。茶の成分で知覚が麻痺したのである。知らないふりをすることを、諺で「茶に酔うたふり」という。盆栽好きな人はまた茶を好む。

101 名オ十一。夏(夕顔)。月の定座。▽夕顔が咲く時刻にもまだ月が出ない。夕顔は前句の人物にふさわしいあしらい。

102 名オ十二。夏(繭)。○引盛る　次第に盛んになる、の意か。用例未見。▽繭の匂いが一段と強くなる。夕顔が咲く時期の農家の状況。

103 名ウ一。雑。▽乳に腫れ物が出来て身の不運を嘆く。養蚕の忙しい時期に仕事が滞るのである。

104 名ウ二。雑。▽荒武者だが命令する口調は優しい。乳に腫れ物を病む人物を、女性から男性に転じた。

105 名ウ三。雑。○御格子　格子戸を尊んだ語。▽御格子を遠く離れた所で篝火を焚いている。前句から宮中警護の武士を連想。ここは宮中の格子戸であろう。

106 名ウ四。春(有明桜)。▽有明桜が明け方次々に散ってゆく。宮中の情景。有明桜は桜の一品種だが、明け方をいう有明を掛ける。「かつ散る」は歌語。花を定座より一句引き上げた。

107 名ウ五。春(うぐゐ)。○うぐゐ　正しくは「うぐひ」。湖や川に棲む魚。誹諧糸切歯に「春うぐひ夏は石ぶし…」の歌を掲げる。▽遠くのうぐいを釣るために釣糸を長く延ばす。有明桜の下でうぐいを釣る。

108 揚句。春(かげろふ)。▽目に陽炎がちらついて眩しい。水辺に陽炎がもえる春の情景。

寸馬　六　　暁台　六
騏六　六　　東壺　六
琴宇　六　　帆路　六

九月十二日於鷗巣《おうさうにおいて》興行

109 今幾日《いくか》ありて又来《こ》んむら紅葉　白図
110 月な荒しそ天《そ》ラ低き雲　都貢
111 秋の水冷《すさま》じき鯉抱《ダキ》出《いで》て　暁台
112 たゞきろ〱と赤き眼《め》の中　宰馬
113 石の火を猶《なほ》焚《たき》そゆる暁に　子東

109 発句。秋(むら紅葉)。▽何日かたったらまた来てみよう。今はむら紅葉だがその時は一面紅葉しているだろう。「今幾日ありて」は、「春日野の飛火の野守出でて見よ今いくかありて若菜つみてむ」(古今集・春上)の文句取り。

110 脇。秋(月)。▽空に低くかかっている雲よ、月を荒らすな。雲がかかれば月の美しさが損なわれる。紅葉に月の景を付けた。

111 第三。秋(秋の水)。▽秋の冷ややかな池(或いは湖)の中から、冷たく銀色に光る鯉を抱いた人物が現れる。夜こっそりと鯉を捕る人物である。

112 初オ四。雑。▽赤く血走った目がきょろきょろと動く。前句の鯉の目である。

113 初オ五。雑。○石　ここは石炭の意であろう。和漢三才図会では石炭に「いしすみ」と振仮名を振る。▽明け方、石炭を継ぎ足しながら火を燃やしている。回りの人の目が赤くぎらぎら光る。石炭を使用するような辺境の村里を連想。月の定座だが、月はすでに脇句に出ている。

114 枯《かれ》篠《しの》さはぎ雨しばし降《ふる》　是誰

115 懸《かけ》鳥《どり》に猿皮靫《うつぼ》わきばさみ　貢

116 竜《りゆう》頭《づ》ちぎれし鐘の銘見る　図

117 唐土《もろこし》の種蔓《ハビコ》れるもみ茶時　馬

118 酸《スハユ》き酒の小売はじめて　台

119 くり言《ごと》に旧《ふる》き家来の泣《なか》せける　誰

120 竹におさまる宵の木がらし　東

121 寂《じゃ》クとして矢《や》作《はぎ》川辺の冬の月　図

122 わが顔だけに丸き窓あけ　貢

123 壺の金ちよつちよと堀《ほり》て遣《つか》ふ也　台

124 暮うそ〳〵と遠き人声　馬

125 時ならぬ電《イナツマ》見せて華の上　東

114 初オ六。冬(枯篠)。▽枯れた篠竹が風でざわざわと音をたて、雨がしばらく降る。叙景句を付けて気分を転じた。

115 初ウ一。冬(懸鳥)。○懸鳥　掛鳥。春日若宮御祭に奉納される鳥。○猿皮靫　矢を入れる靫(うつぼ)を猿の皮で覆ったもの。▽懸鳥を捕えるため、猿皮靫を脇に挟んで枯篠の間を分け入って行く。

116 初ウ二。雑。○竜頭　釣鐘の頭の鐘楼につるす部分。▽竜頭のちぎれた古い鐘の銘を見る。前句から弓の名人として知られた俵藤太(たわらとうだ)を連想し、三井寺の鐘の故事を付けた。三井寺の鐘は藤太が竜宮城から持ち帰ったものだという。

117 初ウ三。雑。▽中国の茶が日本でも広まり、製茶のシーズンは茶を揉む作業で忙しい。鐘から寺院を連想し、さらに日本に茶をもたらした禅僧栄西を連想した。

118 初ウ四。雑。▽酸っぱい酒の小売を始めた。中国の酒は酸っぱいと想像したか。「酸き」は酸っぱいの意であろうが、他に用例未見。茶に酒を付けた。

119 初ウ五。雑。▽くどくどと諫める召使の繰り言が主人を泣かせた。酸っぱい酒を売って客を騙すような主人のやり方を、古参の召使が諫める。家来は武家専用の語ではない。

120 初ウ六。冬(木がらし)。▽木枯らしが止んで竹藪が静かになった。叙景句を付けて気分を変えた。

121 初ウ七。冬(冬の月)。月の定座。▽矢作川のほとりから見る冬の月は静寂そのもの。木枯らしが収まった空に月がかかる。

122 初ウ八。雑。▽自分の顔の大きさだけ壁を丸く切って、小さな窓が作ってある。矢作川のほとりに住む隠者の住まい。

123 初ウ九。雑。▽ちょいちょい壺を掘り出して中の金を使っている。前句を世を忍ぶ盗人の住まいと見た。

124 初ウ十。雑。▽夕暮れに人里を離れた場所をうろついている。人声が遠いのは村外れだからである。壺を埋めた場所を暗示した付け。

125 初ウ十一。春(華)。花の定座。▽時季外れの稲妻を発して雷が花の上空に鳴っている。前句は花見帰りの一団。

126 埋《うもれ》木《ぎ》も浮け雪解《どけ》の水　誰

127 埴《ハニ》土をことしも二《ふた》畝《せ》打《うち》ひらき　貢

128 盲《めくら》の親の猶《なほ》哀れなる　図

129 せんすべも知らで買《かひ》置《おく》鹿《ロク》の股《モヽ》　馬

130 落《おち》残る葉のおのづから鳴《なる》　台

131 ひそやかに告《かう》文《もん》をよむ宇佐の宮　誰

132 雅《ヲサナ》き人に召さす白《しら》綾《あや》　東

133 客振りは宝かぞふる外もなし　図

134 氷うれしき陸《みち》奥《のく》の夏　貢

135 岩角に拄《しゆ》杖《ちやう》のあとや残るらん　台

136 心《しん》の一字を書《かき》てたびける　馬

137 既望《いざよひ》のとばかりありて月出《いづ》る　東

126 初ウ十二。春(雪解)。▽川底の埋木も浮けとばかりに、雪解け水が激しい勢いで流れてくる。雷が鳴るような天候で気温が一気に上昇したのである。

127 名オ一。春(ことし)。○埴土　赤黄色の粘土質の土。○畝　田の面積を表す単位。▽田に不適当な埴土の場所を切り開いて、今年も二畝の田を作った。雪解けとともに農作業が始まったのである。

128 名オ二。雑。▽盲目の親がいっそう哀れだ。荒れ地を開墾する息子の親である。前句は、苦労して「盲の親」を養う孝行息子の行為。

129 名オ三。雑。○買置　値上がりを見込んで大量に品物を買って貯えておくこと。○鹿　猪や鹿の肉。「猪鹿の肉を京摂にて、ろくと云」(皇都午睡・三中)。▽処分の方法も分からずに鹿の股の買い溜めをする。孝行息子から無分別で貪欲な息子へ転じた。

130 名オ四。冬(落残る葉)。▽木の枝に残っている葉が風もないのに自然にかさこそと鳴る。「鹿の股」を冬の薬食いの材料とみてその時節を付けた。

131 名オ五。雑。○告文　神に告げる言葉を記した文章。○宇佐の宮　豊前国(大分県)一宮。▽宇佐神宮の本殿で、ひそやかに告文を読んでいる。折しも木の枝がかさこそと鳴る。

132 名オ六。雑。○綾　綾織りの絹の着物で高級品。▽幼い子供に白綾の着物を着せる。「雅」は底本のまま。稚を雅と書くのは江戸時代の慣用的な誤用。白綾を着るのは神事に奉仕する稚児(ごち)。

133 名オ七。雑。▽客らしく振る舞おうとしても、回りの宝を一つ一つ数えるのが精一杯だ。子供に白綾を着せるような、高貴な家に招待された男のとまどい。

134 名オ八。夏(夏)。▽陸奥国の夏に御馳走として氷を出されたのが嬉しい。前句の「宝かぞふる」から奥州藤原氏の栄華を連想した。

135 名オ九。雑。○拄杖　修行僧などが持つ杖。▽句意明瞭。源義経主従が山伏姿に身をやつして陸奥国に逃れた故事を連想。

138 分《わけ》こし檜《ひ》原《ばら》露の萱《かや》原《はら》　誰

139 肌寒み契《ちぎ》りしは扨《さて》亡《な》キ人か　貢

140 しきりに啼《ない》て鼬《いたち》ふりむく　図

141 足利や聖《ひじり》の堂に雨が漏ル　馬

142 嚢《ふくろ》に持《もち》し丸硯出す　台

143 夏来ても押花にして香をおしみ　誰

144 青きすだれの風みどり也　東

白図　六　　宰馬　六
都貢　六　　子東　六
暁台　六　　是誰　六

136 名オ十。雑。▽心という字を一字書いて与えた。拄杖を持つ人物を禅僧と見た。煩悩に悩む人物に禅僧が心の一字を書き与えて立ち去ったのである。

137 名オ十一。秋(月)。月の定座。▽「既望の」とだけ書いて苦吟しているうちに月が出た。句会か歌会の情景。前句を題と見た。

138 名オ十二。秋(露)。▽檜原を分け露の降りた萱原を越えてやって来た。前句から行脚の歌人か俳人を連想した。

139 名ウ一。秋(肌寒み)。恋(契りし)。▽目が覚めると蒲団もなく肌寒い。さては昨夜契りを結んだのは亡き人だったのか。怪談仕立ての句。檜原・萱原を分けてやって来た相手は幽霊だったのである。前句を恋の句とみた。

140 名ウ二。雑。▽句意明瞭。「いたちの一声は火に祟る」という諺があるように、いたちの声は凶事の前触れ。前句の異様な情景に、いたちを付けた。

141 名ウ三。雑。○聖の堂　足利学校のこと。▽足利の聖堂に雨が漏る。足利学校が衰微して、いたちが鳴いている。

142 名ウ四。雑。▽頭陀袋から旅の僧が丸い硯を取り出す。荒廃した足利学校を詩か歌に詠もうというのである。

143 名ウ五。夏(夏)。花の定座。▽夏が来ても桜の花を押し花にして、せめてその香りをとどめておく。特殊な丸硯を持つ人物を風流人と見た付け。

144 揚句。夏(青きすだれ)。▽青い簾を通して吹き込んでくる風は緑色に染まっている。前句の人物に合わせて優雅な住まいを付けた。

初秋十字《じふじ》盧《ろ》月次《つきなみ》満興

145 蛇のきぬかけし薄のみだれ哉《かな》　暁台
146 裾かいなぐる芝《しば》摺《すり》の露　臥央
147 有明にことり使《づかひ》の進むらん　羅城
148 富たる家のふつとなき里　桂五
149 氏《うぢ》の一字古く伝へし刀打《チ》　一桑
150 さも慇《いん》懃《ぎん》に酔ふて狂へる　磨三
151 歯を見せて手《て》白《じろ》の猿の怒《いかり》ける　央
152 明り細目に蔀《しとみ》おろせり　台
153 夜のころも返して夢に君待《また》む　五
154 胸病《やみ》ていとちからなの秋　城

145 発句。秋(薄)。▽脱皮した後の蛇の抜け殻が、風に乱れる薄の先にまだ残っている。夏に脱皮した抜け殻が秋まで残っているのである。

146 脇。秋(露)。○かいなぐる　物事をいい加減にすること。○芝摺　野袴などの裾の部分。▽無造作に結んだ野袴の裾が露に濡れる。薄が生えている野原を行く人物を付けた。

147 第三。秋(ことり使)。○ことり使　部領使と書く。宮中の相撲(すまい)の節会(せちえ)の際に、諸国から相撲人を徴集する役目で、平安時代末まで存続した。▽有明の月の残る早朝、馬を進めて行くのは部領使であろう。前句の人物を部領使とした。月を定座より二句引き上げた。

148 初オ四。雑。▽富裕な家がまったく見当たらない辺鄙な村里である。相撲人を求めて部領使が訪れた場所。

149 初オ五。雑。○氏の一字　藤堂家の高虎・高次・高久の「高」のように、代々一族が用いる名乗りの一字。▽古くから一族が用いてきた、名乗りの一字を伝えている刀鍛冶がいる。辺鄙な村里に由緒正しい家柄が残っているのである。

150 初オ六。雑。▽慇懃に振る舞っていた人物が酒に酔って狂乱の体となる。前句の人物の酔態。

151 初ウ一。雑。○手白　手の部分が白毛のもの。▽日頃素直な猿が歯を剝き出して怒っている。酔漢に対して猿が怒る。猿回しの猿であろう。

152 初ウ二。雑。○蔀　格子を打った板戸。▽灯心を減らし薄暗くして蔀戸を下ろす。猿の怒りをなだめるためである。

153 初ウ三。雑。恋(夜のころも)。▽夜着を裏返しに着て、恋しい人を夢に見よう。「いとせめて恋しき時はむば玉の夜の衣をかへしてぞきる」(古今集・恋二・小野小町)を踏まえた句。せめて夢で恋人に会いたいと、早くから蔀戸を下ろして寝るのである。

154 初ウ四。秋(秋)。恋(胸病)。▽胸を病んで体力がない。恋の病で食欲がないのである。

155 初ウ五。秋(撫子)。▽以前庭の畠に蒔いた撫子が可憐な花を開いている。恋に悩む人物を男性として撫子をあしらっ

155 撫《なでし》子《こ》の種蒔《まき》付《つけ》し庭畠　三

156 月に対して古寺の鐘　央

157 たゞ一騎老たる武者に逢《あは》ざるや　台

158 下《した》枝《え》たはめて青梅を噛《か》ム　桑

159 別座敷華ほとゝぎす明《あけ》暮《くれ》は　城

160 木曾なる筏よせよ春の江　五

161 東風に初《はじめ》て神のとゞろ鳴ル　桑

162 枕さびしき盗人のつま　三

163 憂《うき》は有る父をも知らで二十年　央

164 元の家《や》並《なみ》に岡べ引ケたり　台

165 吹《ふき》たへてひそかに竹の夕雫　五

166 破戒の僧の喰《くひ》捨し骨　城

た。撫子は夏の季語だが、秋の七草の一つなので、秋の季に用いた。

156 初ウ六。秋(月)。▽月に向かって古寺の鐘をつく。撫子に古寺を取り合わせ、月を定座より一句引き上げた。

157 初ウ七。雑。▽ただ一騎戦場を行く老武者に会わなかったか。会話体の句。前句から平家の武将斎藤実盛を連想した。謡曲・実盛に「心も西へ行く月の光と共に曇りなき鉦を鳴らして夜もすがら」とある。

158 初ウ八。夏(青梅)。▽下枝を引き寄せて青梅をかじる。これで喉の渇きを止めるのである。戦場における武将の行為。

159 初ウ九。夏(ほとゝぎす)。▽別座敷で春は花を眺め夏は時鳥を聞く、優雅な生活である。青梅から妊娠を連想し、高貴な女性の妊娠中の生活を付けた。花を定座より二句引き上げた。

160 初ウ十。春(春の江)。▽木曾で組んだ筏を下流の入り江に集めよ。前句から豪奢な別荘の建築を連想した。前句の華から季節を春に転じた。

161 初ウ十一。春(東風)。○神　雷。▽暖かい東風が吹いて初めて雷がごろごろと鳴った。春になり木曾の材木が下流に運ばれる。

162 初ウ十二。雑。▽泥棒の妻は夜はいつも独り寝で寂しい思いをしている。「枕さびし」は拾遺集に見える歌語。雷におびえる人物として泥棒の妻を出した。

163 名オ一。雑。▽この世に生きている父の顔も知らずに、二十年を過ごしてきたのがつらい。泥棒の妻の数奇な身の上。

164 名オ二。雑。○岡べ　岡部。東海道の宿場。静岡県中部の町。○引ケたり　引けをとる。劣る。▽新しい岡部の宿は元の古い家並みに見劣りがする。岡部の宿は本宿と新町に別れ、後に新町の方が宿場町として発展。前句の人物は岡部の住人。

165 名オ三。雑。▽風が吹き止んで竹の葉から雨の滴がぽたりぽたりと落ちる。雨上がりの宿場の夕暮れの光景。

166 名オ四。雑。▽破戒僧が食った魚鳥の骨が捨ててある。人里離れた竹藪に破戒僧が住む。

167 一《ひと》度《たび》は弘《こう》徽《き》殿《でん》へも召《めさ》れしか　三

168 窓は卯月も梨《な》子《し》の花ちる　桑

169 珍しと甲州判を買《かう》て行《ゆく》　台

170 一日がはり侍になる　央

171 船《ふな》庫《ぐら》の扉ひつしと蟹の這ふ　城

172 櫨《はぜ》とも見へず櫨枯し冬　五

173 声寒く神うた諷《うた》ふ月の前　桑

174 気あらき駒の綱をひかへて　三

175 名取川そばは淵なす片瀬川　央

176 道きりしたる脊《せ》男《を》も恋つゝ　台

177 白《しろ》銀《がね》をすこし賄《まかな》ひ験《げん》者《ざ》まつ　五

178 鶏《にはとり》の尾に又も雨ふる　城

167 名オ五。雑。○弘徽殿　平安内裏の建物の一つで中宮・女御などの居所。コキデンとも。▽一度は弘徽殿へも招かれたほどの高僧。それが今では破戒僧となり果てた。

168 名オ六。夏(卯月)。▽窓の外では、初夏の卯月(四月)になっても梨の花が散っている。梨の花は春。長恨歌に「梨花一枝春雨ヲ帯ブ」とうたわれた楊貴妃の面影。平安内裏の後宮から楊貴妃を連想。

169 名オ七。雑。○甲州判　甲斐国(山梨県)で鋳造された金貨。江戸時代も鋳造が認められた。甲州金とも。▽旅人が土産に甲州判を買ってゆく。前句から季節の推移の遅い甲州を連想。

170 名オ八。雑。▽一日交代で侍らしい服装をして勤務する。甲府勤番の武士の生活。甲府勤番の武士は山手・大手の二組にわかれ、一日交代で勤務した。

171 名オ九。雑。○船庫　船蔵。船を格納する小屋。▽船蔵の戸にびっしり蟹が這っている。船の通航を監視する船番所に勤務する武士を連想したか。

172 名オ十。冬(冬)。○櫨　はぜの木ではなく、穀精草(はぜぐさ)であろう。はぜぐさは水辺や田に生じ薬用になる(本草綱目啓蒙十二)。▽枯れてしまうと、はぜとは見えない。船蔵の側の光景。

173 名オ十一。冬(声寒く)。月の定座。○神うた　神歌。神楽歌。「神楽歌の類にや」(和訓栞)。▽声も寒げに月光のもとで神楽歌を歌っている。神楽歌の寒稽古。前句の季節により冬の行事である神楽を連想。

174 名オ十二。雑。▽気性の荒い馬を静めようと手綱をしっかりと握る。神事に使う馬を静める情景。

175 名ウ一。雑。○片瀬川　未詳。仙台を貫流する広瀬川の誤りか。▽名取川の側に深い淵を成す片瀬川が流れている。「気あらき駒」から馬の産地の陸奥国を連想。名取川は歌枕。

176 名ウ二。雑。恋(恋つゝ)。○道きり　縁を切ること。○脊男　正しくは背。夫または恋人。古歌の「せ(背)を」を「脊男」と誤ったか。▽縁を切った男をまだ恋い慕っている。名取川が恋の歌枕なので恋の句を詠んだ。

177 名ウ三。雑。恋(句意)。○験者　加持祈禱をする修験者。▽白銀を少し用意して験者を待つ。恋の成就を祈ってもら

179 誰《たが》笛ぞ落華を恨む如くにて　三

180 朧《おぼろ》気《げ》なる夜《よ》城守り居る　桑

暁台 六　桂五 六

臥央 六　一桑 六

羅城 六　磨三 六

白図

騏六　仝校

文朗

おうというのである。古代の恋である。

178 名ウ四。雑。▽鶏の尾にまた雨が降りかかる。鶏は時を告げる不思議な能力があるので、験者に鶏を付けたか。

179 名ウ五。春（落華）。花の定座。▽誰が吹いているのか、落花を恨むように笛の音が物悲しく聞こえてくる。「雨ふる」に「落華」と応じた。

180 揚句。春（朧夜）。▽朧に霞んだ夜、敵の夜襲に備えて城を守っている。平家物語の一谷の合戦前夜の面影。笛を吹くのは平敦盛。

書肆

張府 風月堂孫助
平安 橘屋治兵衛梓

○張府　尾張の府。尾張名古屋。

ゑぼし桶《おけ》

石川真弘 校注

〔**編者**〕美角。

〔**書誌**〕半紙本一冊。題簽中央「ゑぼし桶　全」。柱刻、なし。全十二丁。刊記「書林橘仙堂」(押捺)。

〔**書名**〕『ゑぼし桶』は、ゑぼしを仕舞って置く桶のこと。暁台・蕪村らの俳諧作品を頭に頂くゑぼしに見立て、それらの俳諧を収める器、即ち本書をその桶と言う。

〔**成立**〕安永三年(一七七四)初夏、京で初めて蕪村一門の俳席に一座した暁台は、初冬再び京に上り、途中湖南の義仲寺で芭蕉忌を修めた後京の美角邸に入って十日間滞留した。その間美角は、暁台らと芭蕉追善の俳諧を催し、また高雄に案内して紅葉狩を楽しんでいる。その折の作品を編成した書である。

〔**構成**〕芭蕉塚参詣の折の暁台の句を立句とする一順十一句の連句と蕪村及びその一門の芭蕉翁追悼句九章を巻頭に据え、以下暁台らの「高雄山吟行」の記、蕪村ら平安俳人の句、暁台系の人々の句、暁台と美角ら一座の歌仙を巻軸に収める。

〔**内容**〕巻軸を飾る連句の暁台の発句「忘れ花祖父が恋のすがたかな」には、暁台の芭蕉を慕う心境が託されているとすれば、定雅の脇句「むかししのべば猶寒き冬」は、芭蕉七部集の第一集『冬の日』を想起できる。暁台の芭蕉敬慕の姿勢は、既に蕪村一派の志向するところであり、蕪村の高弟几董が『あけ烏』の序で、暁台の俳諧姿勢を賞揚している。また、本書の暁台の句「納豆たゝくこだまや四百八十寺」「しぐれふる真野の鯋の夕漁」などに見られる漢詩の語句を句に裁ち入れ、あるいは和語・俗語を駆使した作品は、蕪村調に刺戟されたものであろう。当時暁台は、蕉風復興運動を契機に京俳壇の蕪村一派への参入を試み、蕪村調の俳諧の習得に努めていたようである。本書は、そうした業俳暁台と画を業とする遊俳蕪村という俳諧姿勢を異にする二人の俳交を伝えて興味深い。

〔**底本**〕東京大学総合図書館蔵洒竹文庫本。

〔**翻刻**〕俳書文庫6(若竹吟社、昭和十六年刊)、『蕪村全集　八』。

淑人《ヨキ》のすなる日記といふもの、我もすなりと侪月楼中に筆さしぬらせしは、暮雨宗匠をとゞめし十日たらずのあらまし也。余白に諸風子の翅《つばさ》を添《そへ》て、忽《たちまち》金声を啼《なか》しむるもわづかに一夜の工夫にして、書肆橘仙に附すといふ。

安永甲午《きのえうま》の冬

美角識

○淑人　身分の高い人、紀貫之のこと。書き出しの文は、土佐日記の冒頭文に倣う。
○侪月楼　本書の編者美角の邸宅。
○筆さしぬらせし　書き記すの意。
○暮雨　暮雨巷(ぼうこう)。蕉風復興に努め、中興俳諧の一翼を担った尾張の俳人暁台の別号。
○諸風子の翅　もろもろの風雅の士、俳人たちから寄せられた作品。
○金声を啼しむ　金声は暁台一派の作品を指し、諸俳人の句が交響しての意。
○書肆橘仙　京都室町中立売上ル橘仙堂北村氏平野屋善兵衛。几董門。俳号橘仙。主に蕪村系俳書を刊行。
○甲午　安永三年(一七七四)十月、暁台は、上京して美角邸に滞在、膳所(ぜぜ)義仲寺にて芭蕉忌を営む。

芭蕉忌

甲午のとし神無月、江南のきそ寺にまゐりて、枯《かれ》たる花をつみ、一勺《しやく》の泪《なみだ》をそゝぐ。故翁の骸骨墳中に帰《き》して八十年。八十年の後、さらに一日柩《ひつぎ》を守る

暁台

1 霜に伏《ふし》て思ひ入《いる》事地三《さん》尺《せき》

2 一気をふくむ初《はつ》冬《ふゆ》の感　一音

3 山荘の朱《あけ》の文《ふ》机《づくえ》なゝめにて　蕪村

4 杓《しやく》にとぼしき水にわびけり　美角

5 浮雲の月をはなるゝ風はやみ　几董

○江南のきそ寺　江州、湖南の義仲寺。芭蕉翁の遺骸が埋葬されている。
○枯たる花　芭蕉追善集「枯尾華」を利かせ、祖翁の墓碑を囲む霜枯れた花を摘んで師を偲び、悲しみに耐えて一杓の香水を手向ける、の意。
○八十年　安永三年は芭蕉他界して八十年後に当る。

1 発句。冬(霜)。○地三尺　地下三尺、故翁の骸骨墳中三尺の意。「三尺下がりて師の影を踏まず」のことわざを利かせる。▽霜の降りた翁の墳にひれ伏し、思慕の気持を地中三尺に眠る師に伝えたい。漢詩的声調をもって翁追慕の情を示す。「霜を着て風を敷寝の捨子哉」(六百番誹諧発句合・芭蕉)。

2 脇。冬(初冬)。▽私もそうした同じ気持で、師への思いを募らせる初冬の感慨である。

3 第三。雑。▽粗末な朱塗の文机が無造作に置かれてある山荘の生活、初冬到来に荒涼たる思いが重なる。朱の文机は文雅の士、「なゝめに」はものに拘泥せぬ人柄を表わす。

4 初オ四。雑。▽都の格式ばった暮しに馴染めず、山荘に朱塗の机を持ち込み生活するが、水は杓にも乏しく、心細いことだ。前句に貴族社会の人物を見定めた付け。

5 初オ五。秋(月)。月の定座。▽杓に汲むのも乏しい旱魃、月にかかった浮雲に雨を期待したが、雨を降らせず雲は風に勢いよく吹き流されてしまった。

6 門田の早稲《わせ》の穂なみめでたき　嵐甲

7 箸立《たて》て粮《かて》ほどきたる小鷹がり　百池

8 折《をり》焚《た》く柴の匂ひあはれむ　我則

9 賊《ぬすびと》に脱《ぬぎ》て得させん上一重　呑溟

10 母伴ひし旅のあかつき　定雅

11 卯《うの》花《はな》や身《み》延《のぶ》のお山薄ぐもり　甘蘭

右下略

一弁香　各詠

12 時雨音なくて苔にむかしをしのぶ哉　蕪村

13 しぐれ行《ゆく》道に正木のみどりかな　几董

14 したはしき月の落葉や手《た》向《むけ》の夜　美角

ゑぼし桶

6 初オ六。秋(早稲)。▽月を覆い、雨を降らすかに見えた雲を吹き払った嵐は、門田を渡り稲穂を重そうに揺らし、めでたい稔りの秋である。

7 初ウ一。秋(小鷹がり)。〇粮　携帯した食糧。〇小鷹がり　小鷹を使って小鳥を捕る狩猟。▽門田の早稲の稲穂に集まる小鳥目当ての小鷹狩りに忙しく、その合間に冷えて堅くなった糧に箸を突き立ててほぐして食事をする。

8 初ウ二。雑。▽小鷹狩りの野で柴を焚き食事をする。柴の匂いに野趣を感じ、趣き深い。

9 初ウ三。雑。▽焚火に近付くと貧相な盗人が暖を取っている。あわれに思い上着一枚を脱ぎ与えた。諸国行脚の僧の施行。

10 初ウ四。雑。▽母を連れての旅の暁、寒そうにしている盗人に会い、情け深い母に促されて自分の着物を脱ぎ与えた。

11 初ウ五。夏(卯花)。〇身延　身延山。山梨県南巨摩郡。日蓮宗の本山。▽亡父の供養のため、母を伴って本山参りの旅の暁、卯の花が咲き霞む薄曇りの中に、身延のお山が見えて来た。元政上人が老母とともに父の遺骨を本山に納めた折の紀行「身延道の記」による句作り。

〇一弁香　人を敬って焚く一つまみの香。芭蕉追悼の意。

12 ▽時雨忌の日、音もなく時雨が降り出し、緑を増すように見える苔に翁の昔が偲ばれる。「芭蕉野分して盥に雨を聞く夜かな」(芭蕉)の声調に倣う。十月十二日、芭蕉の命日を時雨忌と言う。季時雨(冬)。

13 ▽すべての草木の姿も色も変えてしまう時雨が降り行く道の正木は、ひときわ鮮やかに緑を保っている。時雨の道に立つ正木は芭蕉の俳諧姿勢を象徴する。季しぐれ(冬)。

14 ▽手向けを行う夜、月の光に映える落葉を眺めていると、自ずと師のことが慕われて来る。季落葉(冬)。

15 うき頃をいとゞしぐれの此《この》日哉　定雅

16 しのばしや竹に奥ある時雨月　嵐甲

17 葉がくれて猶《なほ》茶の花のひかりかな　我則

18 枯《かれ》尾《を》花《ばな》さびしき道のしをり哉　百池

19 時雨月けふはしぐれのなかばかな　甘蘭

20 むかし思ふ涙も立《たて》り霜ばしら　呑溟

湖南の旧巣《ふるす》を訪ひ給ふは、我《わが》暁台師なり。

一別隔年の情をのべて

21 けふの命并びて嬉し夕しぐれ　呑溟

22 啼《なき》かはす声も寒き鳰《にほ》の江　暁台

高雄山吟行

15 ▽世の憂さに悩む折しも、ひどく時雨模様となったが、その日は芭蕉忌であった。季しぐれ(冬)。

16 ○時雨月　陰暦十月の異名。▽竹林の奥に降り込む時雨に、祖翁が偲ばれる月である。季時雨月(冬)。

17 ▽葉隠れにひっそりと目立たぬように白く咲く茶の花は、やはり隠士のような輝きがある。芭蕉敬慕の情。季茶の花(冬)。

18 ○枯尾花　枯れ薄。芭蕉追善集「枯尾華」。▽枯尾花が冬の淋しい道の案内人となっている。「ともかくもならでや雪の枯尾花」(芭蕉)の枯尾花は芭蕉自身。句に俳諧の道案内の意を込める。季枯尾花(冬)。

19 ▽時雨月と言われるように、今日は時雨模様の十月のなかば、その十二日は時雨忌であり、祖翁が偲ばれることだ。季時雨月(冬)。

20 ▽霜柱が立つのを見るにつけ、むかしの芭蕉翁のことを思い、涙を落とす。霜は年月を経た意で、「むかし思ふ」に対応する。季霜ばしら(冬)。

21 発句。冬(夕しぐれ)。○湖南の旧巣　呑溟は湖南の生れ、暁台門。▽お別れして年久しいが、湖南の旧宅に先生を迎えることができ、今日ある命が嬉しい。折から夕時雨となり、風雅談に花を添える。

22 脇。冬(寒き)。▽琵琶湖の鳰が、たがいに命あるを喜び、夕しぐれの中で啼き交わす声も冬景色の眺めも寒そうである。「五月雨に鳰の浮巣を見に行む」(芭蕉)。

しぐれあまたゝび冬の空さだまりて、木末いろなき折ふしの都なりけり。いでや高雄の山ぶみせむと、猶秋を尽さずなどいひわたる人〳〵を具し、うちどよみつゝ出づ。言ふめるにたがはで、科《シナ》も嶮《ソガヒ》もつら〳〵そめわたしつ。雲ににほひ、水にかぎろひて、つや〳〵麗《うるは》し。紅楓面を焦《こが》し、落葉袖にかさぬといはんも、たゞ此ながめにたがふ事あらじかし

23 高雄やま杉にうつれば日も寒し　暁台

24 紅葉《もみぢ》ちりてちからなや秋はとく過《すぎ》し　几董

25 もみぢせぬ山を高雄のかぎりかな　甘蘭

26 頃日《このごろ》は紅葉のためのながれ哉　美角

ゑぼし桶

○高雄山　京都市右京区梅ヶ畑、清滝川の右岸。「洛陽の西北に当り、あたご山の並、さがの北也。道法三里余、栂尾槇尾皆近隣也。紅葉の名所にして秋の風興なゝめならず」(国花万葉記二)。
○山ぶみ　山歩き。
○どよみ　大声で騒がしいこと。
○科も嶮も　層を成す地形や険しい所。
○つら〳〵　よくよく。
○にほひ　映える。
○かぎろひ　揺れ動く。

23 ▽冬枯れの季節、高雄山の杉の緑が冬の日にひときわ映え、日の光が寒く感じられる。後に「つら〳〵と杉の日面行しぐれ」(句集)と改作。季寒し(冬)(五車反古では秋之部に収める)。

24 ▽紅葉が散り、秋の風情が薄れ、急速に秋は過ぎていった。「神無月風に紅葉の散る時はそこはかとなくものぞ悲しき」(新古今集・冬・藤原高光)。季紅葉ちり(冬)。

25 ▽高雄は紅葉の名所だが、ここを限りとしてその先は紅葉しない山となる。「紅葉せぬときはの山は吹く風のおとにや秋をききわたるらむ」(古今集・秋下・紀淑望)。季もみぢ(秋)。

26 ○頃日　近ごろ。▽古歌に「…竜田川からくれなゐに水くゝるとは」(在原業平)と詠まれたように晩秋の頃の川は、紅葉を映し流すためにあるようだ。季紅葉(秋)。

27 山寒く折《をる》に一むれちるもみぢ　定雅

28 あらし吹《ふき》て散《ちる》ときくらし夕紅葉　呑溟

御室《おむろ》の宮まうでのぼらせ給ふよし、地蔵院の境は人いる事をとゞむ

29 もみぢ狩《がり》花の御室の御《み》子《こ》もけふ　一音

短景鐘声にせまりて、かへさ竜安寺の池辺にいこふ

30 いどみ〳〵風《ふ》情《ぜい》乱すな鴛《をし》のつま　一音

31 鴛ゆくや夕日江に入《いる》水のあや　几董

32 むら雨にむかひ行《ゆく》鴛の羽艶《つや》かな　呑溟

33 をしの雌のおくれては江のいそぎ哉　美角

34 池の鴛老しすがたの見へぬかな　定雅

27 ▽紅葉を楽しもうと山に分け入ったが、早くも冬の気配で寒く、一枝手折ると一むれの紅葉が、ぱっと散った。季ちるもみぢ(冬)。

28 ▽吹き荒れる嵐に紅葉を散らすことであろうと、古人の紅葉に寄せた心が忍ばれる、夕日に映えた見事な紅葉である。季散る紅葉(冬)。

29 ○御室　仁和寺の別称。○地蔵院　「この所(高雄山神護寺)はむかしより紅葉の名所にて、奥の地蔵院より下なる渓(たに)を遥に見おろし、立田の秋の色そひ、水にうつろふ紅に、峰の夕日かゞやき、あらしに見たるけしき、錦をさらすなど詠みけんも思ひやられ…」(都名所図会六)。○御子　門跡寺院ゆえの称。▽花の名所御室仁和寺の御子も、錦の衣を着て今日は紅葉狩。木々の錦に衣の錦が競うかに見える。季もみぢ狩(秋)。

30 ▽執拗に恋の誘いを重ねるあまり、かえって仲睦まじさを乱すなよ、鴛の夫よ。季鴛(冬)。

31 ▽夕日が照り映える入江を鴛が泳ぎ行き、その跡に波が広がり、水面が綾模様を織り成すように輝く。季鴛(冬)。

32 ▽突然降って来たむら雨に向かって、雨を迎えに行くように鴛は泳ぎ行き、雨に濡れて美事な羽艶となった。季鴛(冬)。

33 ▽おくての雌の鴛が、雄の動きに見向きもせず、江の中を急ぎ泳ぎ回る。「おくての娘」による擬人化の俳諧。季をし(冬)。

34 ▽池を泳ぎ回る鴛の姿は華麗で、老いの様子が見られない。「池の面には水鳥群れ集まり玄冬の眺めをなす。これを竜安寺の鴛鴦とて名に高し」(都名所図会六)。季鴛(冬)。

35 離れ鴛のしのび音になく夜もあらむ　暁台

人ゝ高雄の山ぶみして、一枝を贈れり。頃は神無月十日あまり、老葉霜に堪《たへ》ず。やがてはら〳〵とうち散《ちり》たる、ことにあはれふかし

36 炉に焼《たい》て煙を握《にぎ》るもみぢ哉　蕪村

東山正阿弥《しやうあみ》が西の寮に遊びて

37 日のすぢや落葉面うつ夕眺《ながめ》　暁台

題　都十夜

38 納豆たゝくこだまや四《し》百《ひやく》八《はつ》十《しん》寺《じ》　ゝ

39 加茂の灯《ひ》をあとにし先に啼《なく》千鳥　ゝ

雨夜《あまよ》斗《と》酔《すい》子が亭に閑を談ず

40 寒からじこゝろづからの宵の雨　ゝ

35 ○離れ鴛　歌語の「つがねぬ鴛」。○しのび音　歌で時鳥の初音、まれに鶯の初音。▽つがねぬ鴛はしのび泣く夜もあろう。後「しのびねに啼夜もあらんはなれ鴛」(句集)と改作。季離れ鴛(冬)。

36 ▽暁台一行から高雄山吟行の土産に紅葉一枝を贈られての吟。その紅葉も散り初め、白楽天の詩句「林間ニ酒ヲ煖メテ紅葉ヲ焼ク」(白氏長慶集十四)に思いを馳せ、その紅葉を炉に焼く。すると急に惜しむ気持が湧き、つい煙を握り締めた。季散りもみぢ(冬)。

37 ○正阿弥　東山区安養寺の塔頭、勝興庵正阿弥(遊興施設)のこと。▽落葉に顔を打たれながら、冬木立を見上げる。木の間に差し込む斜陽の筋は美しく、見事な夕眺めである。「落葉面うつ」は俳諧。季落葉(冬)。

38 ○十夜　浄土宗の念仏法要。陰暦十月五日より十五日朝まで昼夜念仏を修する。○納豆　主に寺院で製造された。○四百八十寺　杜牧の詩句「南朝四百八十寺」(江南ノ春)。▽十夜の折には洛中の寺々から精進料理の夜食の準備をする味噌納豆を叩き刻む音が聞こえて来る。京の寺院の俳諧化。季納豆(冬)。

39 ○加茂　京都賀茂社。▽社の御神灯の方へ頭を向け、また向きを変え、泳ぎ回りながら千鳥が啼く。「加茂人の火を燧(ルキ)音や小夜衛」(蕪村)。季千鳥(冬)。

40 ○斗酔　長崎の人だが、安永三年の頃、京に居を構えていた。○こゝろづから　「こころより也」(八雲御抄四)。▽斗酔子のもとを訪ね、風雅談に耽って宵に至り、願っていたように雨となって少しも寒くない。季寒し(冬)。

湖上吟

41 しぐれふる真野《まの》の鯎《いさざ》の夕《ゆふ》漁《あさり》　ゝ

平安

42 はつ雪や消《きゆ》ればぞ又艸《くさ》の露　蕪村

43 夜《よる》の袖引《ひく》人知れぬ頭《づ》巾《きん》かな　自笑

44 火《ひ》桶《をけ》張《はる》糊《のり》にあはれや蠅の声　九湖

45 木がらしや暮の時うつ屋敷町　嵐甲

46 等《なほ》閑《ざり》に魚来《こ》ぬ網の落葉かな　百池

47 暁の檜《ひ》原《ばら》音あるあられ哉　我則

48 舟したふ淀野の犬やかれ尾花　几董

41 ○真野　大津市北部琵琶湖の西岸堅田の北。▽舟遊びの吟。日が落ちた頃、真野川の河口で明りを灯して鯎漁の網を打つ。鯎が網に白く光る。季しぐれ・鯎(冬)。

42 ▽初雪が解けて消え、露が草に残った眺めは、再び秋に戻ったようだ。草の露は秋の風情。季露(秋)。季はつ雪(冬)。

43 ▽夜道を行く男が袖を引かれ、振り返ると見覚えのない頭巾を被った女性。小説的構成の天明調の句。季頭巾(冬)。

44 ▽初冬、火鉢の紙張りの手入れに用意した糊に、夏から生き残った蠅が止まって声を立てているのは、あわれである。季火桶(冬)。

45 ▽木枯らしが吹き抜ける人通りのない屋敷町に、暮れ六つの鐘の乾いた音が響き、辺りは一層冷たく冴える。季木がらし(冬)。

46 ▽うかつには魚も網に入らず、引き上げるたびに網には落葉ばかり。蕪村に「闇夜漁舟図」があり、漁は文人画の画材の一つ。季落葉(冬)。

47 ▽木々が落葉した静かな冬の暁、なお葉を茂らせている檜の原に霰が降り注ぎ、音を立てている。「むさし野や笠に音聞く霰《あられ》かな」(蕪村)。季あられ(冬)。

48 ○淀野　淀川流域の野。▽尾花の枯れ果てた淀野を行く川舟に犬が餌を乞う体。「此の比浪速よりの帰さ淀野のわたりにて、かの舟したふ犬に餉などわかちくれ」(几董「新雑談集」)。「淀舟や犬もこがるゝほとゝぎす」(続虚栗・其角)。季かれ尾花(冬)。

49 いたく寒き夜半《よは》は嵐もなかりけり　冷五

50 日ひとひを時雨〳〵の鷺《さぎ》のいろ　菓向

51 朝霜や鼠のかぢる舟の底　去留

52 雪の夜や何を女の歩行《あるく》声　陀大

53 猪《しし》の子の鼻ふき歩く落葉かな　蕪嵐

54 枯《かれ》〳〵《がれ》やひさごの蔓《つる》に風さはぐ　茶井

55 世の業《わざ》に身はつながれて網《あ》代《じろ》守《もり》　潤嵩

56 下《した》水《みづ》のあだに流れて枯柳　女とみ

57 亡《なき》母の恋しき夜のふすま哉　九皐

58 朝風や雪に狂へる若《わか》大《だい》衆《しゆ》　雨律

59 雨の日や昼を下《さが》リの鉢《はち》叩《たたき》　良風

60 木がらしの日たけてつよく吹《ふき》にけり　斗酔

ゑぼし桶

49 ▽吹き荒れていた嵐も夜半には止んだのに、厳しい寒さが一段と増してきた。季寒き(冬)。

50 ▽一日中時雨模様で、鷺は羽を濡らし、艶を増す。灰色の空の下鷺の濡れた羽色の変化。季時雨(冬)。

51 ▽朝霜を受けて冷え冷えと見える捨て舟の舟底を、鼠がかじる音に更に凍てる思い。「真がねはむ鼠の牙の音寒し」(蕪村)。季朝霜(冬)。

52 ▽雪が降りしきる夜、何の用事か、女の道行く声が聞こえて来た。中七に発話体を用い、怪談話風の趣向。季雪(冬)。

53 ▽猪の子が、鼻を鳴らしながら地面を嗅ぎ歩き、その息で落葉が吹き散る。季落葉(冬)。

54 ▽棚に残された瓢の蔓はすっかり枯れ果て、僅かに残る葉と蔓に寒風が吹き当たり、乾いた音を立てて騒がしい。季枯〳〵(冬)。

55 ○網代守　網代を組んで氷魚を捕える人。▽厳しい冬の夜、網代で氷魚を捕えて世を渡る網代守の境遇は、和歌以来の詩材。「冬の心　あじろもり」(連珠合璧集)。季網代守(冬)。

56 ▽冬にはすっかり葉を落とした川端の枯木同然の柳にとって、その下の川の水は、無駄に流れるばかり。季枯柳(冬)。

57 ▽夜の衾は文学伝統として人恋しきもの。亡母への敬慕の情。九皐の母の没年は未詳。季ふすま(冬)。

58 ○若大衆　年若い僧たち。▽寒風の早朝、勤行を終えた若い修行僧たちが、積もった雪が嬉しく、早速に庭に出てはしゃぎ戯れる。季雪(冬)。

59 ○鉢叩　陰暦十一月十三日より四十八日間、念仏を唱えて墓巡りをする半俗の僧。▽普段は宵過ぎから巡り始める鉢叩きが、暗い雨の日、昼過ぎからやって来た。季鉢叩(冬)。

60 ○日たけて　日闌けて。日高く、日盛りの意。▽すべてのものを枯らす木がらしが、日が高く昇って日盛りとなった大地を枯渇させんばかりに、激しく吹き荒れている。季木がらし(冬)。

61 かくあらむとは知りながら枯尾花《かれをばな》　江涯
62 くだら野やうたはですぐる馬やつこ　羅浮
63 げに小春《こはる》時雨も風もなき日かな　甘蘭
64 青柳の枯《かれ》て響けるあらし哉　吞溟
65 寒菊や籾《もみ》の俵に押《おし》出され　鹿仏
66 藪の根にみぞれ降《ふり》しく夕《ゆふべ》かな　東可
67 初雪と見る間に雨の夜明哉　一之
68 月折〱くもるを雪のゆき明り　美角
69 つや〱と葉に照《てる》月や冬椿　定雅
70 霜夜更《ふけ》て粥《かゆ》喰ふ馬の歯音かな　一音

61 ○枯尾花　冬枯れの薄。蕭々たる風情を俳諧に詠む。▽枯れすすきが冬の蕭々たる物淋しいものとは知っていたが、想像以上に凄まじいもの。㊎枯尾花(冬)。
62 ○くだら野　草々が枯れ果てた冬野原。▽草々は枯れ、乾き切った野原を馬奴が、歌も歌わず馬を引いて過ぎ行く。㊎くだら野(冬)。
63 ○小春　陰暦十月。▽まことに小春とはよくぞ言ったもの、時雨の気配も風もない穏やかな日和。清澄な空、気分爽快。㊎小春・時雨(冬)。
64 ▽春から緑に染まった青柳も、冬には葉を落として琴糸のようになった枝に、嵐が吹きつけ、寒々とした音を響かせている。㊎枯(冬)。
65 ▽初冬、農家の軒先に収穫された籾俵が大切に積まれ、庭先にまばらに咲く寒菊は、粗末に扱われて見え、籾俵に居場所を押し出されたようだ。㊎寒菊(冬)。
66 ▽藪の竹の根は地面に浮き出て寒そうだが、その根に雪交じりの雨が注ぎ、寒気の増す夕である。㊎みぞれ(冬)。
67 ▽夜明けの冷え込みで目を覚ますと外は初雪、しばらく眺めているうちに気温が上がり、雨に変わった。気温の変化を視覚で捉える。「下京や雪つむ上の夜の雨」(猿蓑・凡兆)。㊎初雪(冬)。
68 ▽月に時折雲がかかり、月光を遮るが、降り積もった雪明りで辺りは明るく見える。㊎雪(冬)。
69 ▽冬の澄み切った月の光が、冬椿の葉に照り映え、つやつやと葉が輝き、その中に花が浮かび上がる。㊎冬椿(冬)。
70 ▽しんしんと冷え込む霜の夜更け、時折寒気に目を覚ます。馬も寒く眠られぬらしく、粥を喰う歯音が馬屋から聞こえて来る。㊎霜夜(冬)。

尾張の文通

71 人うれし月に花見る夜半《よは》の声　白図

72 馬買《かう》て遠く帰るや秋の里　文朗

73 雪見るや尾上《をのへ》過《すぎ》行《ゆく》雲の跡　都貢

74 誰《たが》妻のこもりし家ぞ冬紅葉　羅城

75 葉がさねや日たけても見る霜の色　万岱

76 隈《くま》〳〵《ぐま》や雪のとゞかぬ方《かた》寒し　亜満

77 浅沢や鳥のおし出す春の雪　五周

78 聞《きく》人のうへによるべし荻の風　臥央

79 桃咲《さき》て野鼠の面《つら》のどかなり　宰馬

80 宿とりて花に出《で》直《なほ》す羽織かな　東壺

81 冬の松日裏のかたに勢ひあり　文亟

71 ▽月の光が輝く夜半、その光に映し出された桜の花を愛でる人々の嬉しそうな声が、聞こえて来る。季花(春)。

72 ▽日が西に傾き、秋の気配が漂う村里から遠くへ延びる道を、買い求めた馬の手綱を引いて男が帰って行く。墨絵の世界。季秋の里(秋)。

73 ▽雲が尾根伝いに流れ過ぎ、その跡に純白な雪をいただいた峰が眺められた。季雪(冬)。

74 ▽余所は紅葉も散り果てた冬、この家ばかり艶なる紅葉の木々に包まれている。一体誰の妻が住んでいるのか。漢詩調の天明振りの句体。季冬紅葉(冬)。

75 ▽木々の葉が重なり合った所に降りた霜は、日盛りの昼になっても日差しを受けず、霜の色を残している。季霜の色(冬)。

76 ▽雪が降り積もることのない物蔭の隅々の辺りのほうが、かえって寒く感じられる。季雪・寒し(冬)。

77 ▽水鳥が泳ぎ回っている川の浅瀬を春の雪がゆっくりと流れ、鳥が雪を押し流しているように見える。季春の雪(春)。

78 ▽秋の風情を楽しむ人のもとへ、吹き寄せる荻の風である。「今はたゞ心のほかに聞くものを知らず顔なる荻の上風」(新古今集・恋四・式子内親王)。季荻の風(秋)。

79 ▽桃の木の下で野鼠がのんびりと桃の花を楽しむらしく、花を見上げている。桃源郷に野鼠を配した趣向。季桃(春)。

80 ▽気楽な隠居の身となったいいところの旦那が、花見の旅に出て、まず宿に入り、羽織姿に身を整えてから桜を楽しむ。季花(春)。

81 ▽冬なお緑を保つ松も、日の当たらない部分は日焼けのない鮮やかさがあり、勢いが感じられる。季冬(冬)。

82 捨舟の左右《さう》に横たふや秋の暮　芳洲
83 あけぼのは煙《けむる》がごときさくらかな　何大
84 雨過《すぎ》て暁のむし聞《きき》そむる　一奎
85 うら山や紅葉見に行《ゆく》日の夕《ゆふべ》　衆甫
86 星低《ひく》う見る夜となりて秋深し　磨三
87 蚊の声の畳にあたる夜明哉　帯梅
88 雨の夜は月長く待《まつ》ぞたのしけれ　騏六
89 隈《くま》によりてくまなき月に歩むかな　琴宇
90 日《ひ》馴《なれ》ては雫《しづく》たりけり冬木立　烏雪
91 山吹の咲《さき》し家《や》に入《いる》小姫かな　入素
92 名月や女のたゝく寺の門　ぬひ
93 菊に暮《くれ》て月見るも菊のあたり哉　李沛

82 ▽定家は秋の夕暮れの浜を「花も紅葉もなかりけり」と詠んだが、捨て舟ばかりが横たわる秋の暮れの浜は、一層わびしい。季秋の暮(秋)。
83 ▽夜明けの桜は、古人が称賛したように霞んで煙るように見え、ひときわ趣き深い。季さくら(春)。
84 ▽秋の長雨もようやく昨夜のうちに上がり、暁時分、秋の風情を漂わせるように鳴く虫の声を聞き初め、秋の風情が更に増した。季むしの声(秋)。
85 ▽紅葉見に行こうとしていたその日の夕、裏山の紅葉は夕日に映えて一層色を増したようだ。季紅葉(秋)。
86 ▽空が澄み渡り、夜は星が近くに光り輝いて見え、秋の深まりを感じる。季秋深し(秋)。
87 ▽夜中に部屋中を激しく飛び回っていた蚊も、夜明けの頃は疲れて低く飛び、鳴く声が畳に当たるように聞こえる。季蚊の声(夏)。
88 ▽仲秋の名月の夜、雨となりなかなか晴れず、気を揉みながら月の出を待つのもまた楽しい。季月(秋)。
89 ▽暗い物蔭を選びながら、そこから曇りなき月の動きに合わせて歩み、月を楽しむことだ。「くまなき月」は歌語。「隈に」「くまなき」と洒落る。季月(秋)。
90 ○日馴て　日の光が馴染む。▽冬木立に日が差し馴れ、木々に降りた霜や凍り付いた露が解けて雫となり、滴り落ちる。季冬木立(冬)。
91 ▽庭先に山吹が咲き乱れる家をゆかしく眺めていると、その家に相応しい可愛い女の子が家に入って行った。季山吹(春)。
92 ▽名月の夜、寺の山門を叩く女がいる。真如の月を観じて入山を願うのであろう。小説的趣向。季名月(秋)。
93 ▽一日中菊に遊び、更に夜になって月を楽しむにも、菊の咲く辺りから眺めることだ。季菊・月(秋)。

94 駒とめて又水飼《かは》む下すゞみ　蕃渉

95 興じつゝ傾《かたむき》し後《のち》の月を見る　蟻冠

96 灯《とも》しきえて白菊ばかり手《た》折《をら》ばや　蕪博

97 木がらしにきつとむかふや鹿の角　斗拙

98 年ごもりよき子持《もち》たる噺《はなし》かな　子東

99 菴はあれて菊の大《おほ》道《みち》小《こ》道《みち》かな　仙台　白居

100 かき竹の夕日に長き枯野かな　柳女

101 後の月秋深き雲の動き哉　湖東　丁東

102 染《そめ》かねて尾上の松の下もみぢ　加賀　魚笋

暮雨菴の宗匠が帰杖《きちやう》をとゞむるに、日なくて、夜すがら灯下に別情を告ぐ

103 わかれかねて心苦しく冬あつし　定雅

94 ▽旅の夏の日中、途中駒を止めて水を飲ませ、木蔭に身を休める。先を急がず、馬に任せて旅を楽しむ。季下すゞみ(夏)。

95 ▽西に傾きかけた後の月を、今年最後の秋月と興じつつ眺めることだ。季後の月(秋)。

96 ▽火を灯して菊を楽しんでいると、明りが消え、ほんのりと明るく見える白菊ばかりを手折り、明りとしたい。季白菊(秋)。

97 ▽冬野に毅然と立つ木々に似て、鹿の角が厳しい姿勢で木がらしに立ち向かう。季木がらし(冬)。

98 ○年ごもり　大晦日の晩、社寺に籠って新年を迎えること。▽老婆が年の瀬寺に籠り、よい子を持った幸せをしきりに話し、仏縁を願う。季年ごもり(冬)。

99 ▽庵住みして陶淵明に倣い、菊を育てたが、菊見客が多く、庵は荒れ、大小の道ができてしまった。季菊(秋)。

100 ▽垣根に組まれた竹が、夕日の斜光で枯野に長い影を落としている。季枯野(冬)。

101 ▽後の月を眺めていると、雲がゆっくりと月にかかっては離れ、その動きに秋の深まりを思う。季後の月・秋深き(秋)。

102 ▽常に緑なす尾上の松の下紅葉は、松に守られて染めかねている。「松の下紅葉など音にのみも秋を聞かぬがほなり」(源氏物語・若菜下)。季もみぢ(秋)。

103 ▽暮雨庵暁台への餞別吟。いよいよ名古屋へ帰郷する前夜、夜を徹して別れを惜しみ、なお惜別の情に心が揺れ、冬にかかわらず体が熱苦しくなる。季冬(冬)。

歌仙行

104 忘れ花祖父《オホヂ》が恋のすがたかな　暁台
105 むかししのべば猶寒き冬　定雅
106 影薄き月の菅《すが》菰《ごも》たれこめて　江涯
107 稲穂にわたる光り折〳〵　美角
108 秋の風虚《から》鉄《でっ》炮《ぽう》のひゞくなり　雅
109 三日あまりに石ひとつ切る　台
110 訴《うつたへ》もうれしき人の言ひ廻《まは》し　呑溟
111 かざす袂《たもと》に牡丹うち散る　涯
112 あやしくも静《しづか》なる夜の燭《しよく》消《きえ》て　台

104 発句。冬(忘れ花)。○忘れ花　帰り花。▽小春に花を咲かせた忘れ花は、老いた男の恋する姿である。「姥桜さくや老後の思ひ出」(佐夜中山集・芭蕉)。

105 脇。冬(冬)。▽今は亡き祖父の姿が偲ばれ、一層冬の寒さが身に染みる。祖父の恋に苦労した孫の心境。

106 第三。秋(月)。月の定座より二句引き上げ。○菅菰　菅(すげ)で編んだむしろ。▽昔の豊かな暮しを思うと、今の零落の身に冬の寒さは一段と厳しく、薄い月光が差し込む軒に菅菰を下ろして引き籠るばかり。

107 初オ四。秋(稲穂)。▽貧しい農夫の家、侘びしい秋の夜の景。時折雲間より差す月の光が稲穂を渡り、農家の軒に下げた菅菰に差し込む。

108 初オ五。秋(秋の風)。○虚鉄炮　弾丸を込めずに獣脅しのため打つ。▽秋風が稲田を吹き渡る夕暮、猪を追い払う虚鉄炮を打つ光と音が響き渡る。

109 初オ六。雑。▽時折虚鉄炮の音が響く石山からリズムを刻むように石切る音が聞こえ、三日目に止んだ。石一つ切り終わったようだ。

110 初ウ一。雑。▽石切る人を罪人と見る。つまらぬことで訴訟となったが、三日かけて石を切り出すという軽い刑罰で済んだのは、嬉しいことに言葉巧みに言い成してくれたお蔭だ。

111 初ウ二。夏(牡丹)。恋(袂)。▽男が女に思いを訴える。女は男のその言葉を嬉しくも恥ずかしと袂をかざして顔を隠す。袂に振れて牡丹が散り、艶なる趣きが漂う。

112 初ウ三。雑。▽女のかざした袂で牡丹の花が散り、静かな風がない夜であるのに不思議や灯火が消えた。怪談話を趣向。浅井了意著「伽婢子《おとぎぼうこ》」中の「牡丹灯籠」は有名。

113 なき名たつよりおもひそめつる　雅

114 うきあまり人参啄《ツメ》ば気の強き　涯

115 道のあかりの雪間一すぢ　溟

116 枝低《ひく》き柳はやしのほそ月夜　雅

117 酒《しゅ》簱《き》あたらしく春のすぎはひ　台

118 ある時は人むつかしと笛をふき　溟

119 雲千見をのむ思ひすれ　涯

120 日は斜《ななめ》隠岐の島国あれならん　台

121 あさり後《おく》れし鶴の雛鳥　雅

122 侘《わび》て住《すむ》君が風流あだなるや　甘蘭

123 法《のり》の因《ちなみ》の盗人にあひ　台

124 路くらき檜《ひ》原《ばら》が末にあらし吹《ふく》　溟

113 初ウ四。雑。恋(おもひそめ)。○なき名　うわさ。▽風もない夜、女の部屋の灯火が突然消え、そのことで男とのうわさが立ち、以来女は男に思いを寄せることになった。

114 初ウ五。冬(人参)。▽つらいうわさに思い悩み、正気づけの人参をつまむと気強さが出た。人参はお産の時の正気付け(女重宝記)。

115 初ウ六。冬(雪)。▽難渋しながら雪野を行くつらさ。持ち合わせの人参をつまむと気丈が戻り、雪明りの中に一筋の道が見えた。

116 初ウ七。春(柳)。月の出所。▽枝を低く垂れた柳の林に細い月の光が差し込み、残雪の中に一筋の道が浮かぶ。

117 初ウ八。春(春)。○酒簱　酒屋ののぼり。▽川沿いの柳の林に細い月の光が差し、新調の酒屋ののぼりも眺められ、爽やかな春の酒屋の営みが快い。「千里鶯啼イテ緑紅ニ映ズ、水村山郭酒旗ノ風」(杜牧「江南ノ春」)。

118 初ウ九。雑。▽正月、酒屋ののぼりを新調し、生業に心を使う。時には人との関わりが面倒で、一人笛を楽しむ。

119 初ウ十。雑。○千見　辺りを一望するの意か。▽人の世の煩わしさを避け、笛を楽しむ心境は、雲が辺り一面を一望する思いである。

120 初ウ十一。雑。▽天空に浮かぶ雲の心境。高台に昇り、夕日影の中、隠岐の島を眺望。

121 初ウ十二。雑。▽隠岐の島が眺められる夕暮迫る海辺で、餌を取りおくれた鶴の雛鳥が頻りに砂浜を漁る。

122 名オ一。雑。▽帝は鶴を育てて侘び住まいをしているが、雛鳥が餌を啄みおくれ、帝の風流も無駄になろうか。

123 名オ二。雑。▽政(まつりごと)から身を引き、侘び成す帝の風流生活があだとなり、仏法の因縁とも言うべき盗人に会ってしまった。

124 名オ三。雑。▽廻国修行の道中法の因縁、暗い檜原の道では盗人に会い、挙句の果ては嵐となり、大変な苦行の道。

125 ゑぼし着て油次《つぎ》まはりつゝ 角

126 年の夜を守《も》るか鼠の音《ね》も立《たて》ず 雅

127 雪なき里の海を南に 蘭

128 異《こ》ト国の釣鐘なりと尊《たふ》とがり 台

129 老し盲《メシイ》のものおぼえよき 溟

130 典《スケ》よりも折《をり》に古《ふる》衣《きぬ》給はらせ 角

131 白き芙《ふ》蓉《よう》の咲《さき》つくす頃 雅

132 明《あけ》の月奈良山越《こえ》てならに入《いる》 蘭

133 額《ひたひ》露けく練《ねる》は誰《たが》子ぞ 台

134 歌詠《よみ》て思ひ死すべき僧あらむ 溟

135 水は東へけふも日ぐるゝ 台

136 散《ちる》時は紙にも花を漉《すき》入《いれ》て 角

125 名オ四。雑。▽前句を神社の森と見ての付け。烏帽子を着けた神主が、嵐の中を境内の灯籠に油を注ぎ回る。

126 名オ五。冬(年の夜)。▽年の神を迎える旧家の大晦日の行事。主人が烏帽子姿で広い家中の灯明の油を注ぎ回る厳粛な行事に、鼠も音を立てない。

127 名オ六。冬(雪)。▽雪などは無く南に海が開けた漁村の年の瀬は穏やかで、鼠も気持を改めて年を迎えるのであろう。静かな波音のみが聞こえて来る。

128 名オ七。雑。▽雪など降らない南に海が開けた里の寺に、異国伝来の釣鐘があり、村人は尊く守り伝える。

129 名オ八。雑。▽人々は、目の不自由な知識のある老人に唐伝来の釣鐘の由来を聞き、尊く思われた。

130 名オ九。雑。○典　令による四等官制の第二の官。▽もの覚えのよい老人は目が不自由となった今も宮中の仕来りに詳しく、典にとってもよき相談相手。礼に古着をいただく。

131 名オ十。秋(芙蓉)。▽白芙蓉を愛する帝から花の季節には庭師のもとに褒美を賜わり、典からも折には古衣が届く。

132 名オ十一。秋(月)。月の定座。▽白芙蓉の咲く奈良山を越え、残月のかかる清涼なる夜明け、奈良の都に入る。同音を重ねて爽快な気分を表現。

133 名オ十二。秋(露けく)。○練　静かに行く様。▽前句より遣唐留学生阿倍仲麻呂の如き人物を連想し、杜甫の詩句を裁ち入れた付句。「藜ヲ杖イテ世ヲ嘆ズル ハ誰ガ子ゾ」(杜甫)。

134 名ウ一。雑。▽秋の野に座し、額に露を受けながら歌を詠んで往生を願う僧は、一体誰か。西行の俤か。

135 名ウ二。雑。▽付句は前句の僧が詠んだ歌の下の句。回帰の相を詠み、方丈記冒頭による発想か。

136 名ウ三。春(花)。花の定座より二句引き上げ。▽川端の紙漉の場を趣向。桜が散る時分には、花びらを紙にも漉き込むのである。前句は日々同じ作業を繰り返す体。

137 目紛《まぎら》はしと蝶高く追ふ　蘭

138 味《うマ》酒の陽炎《かげろふ》に猶酔《よひ》つのり　雅

139 扇はざれ絵さつと京折《をり》　溟

書林橘仙堂

137 名ウ四。春(蝶)。▽紙に花びらを漉き込もうと花を舞わせていると蝶が舞い込み、目がちらつき、つい空高く舞う蝶を目で追う。

138 名ウ五。春(陽炎)。▽陽炎揺れる春の野で美酒に酔い痴れ、舞い上がる蝶に目がちらつき、一層酔いが増す。

139 挙句。夏(扇)。〇ざれ絵　簡略に崩して描いた絵。〇京折　京仕立ての扇。▽花見の席、酒も味酒、舞う扇も洒落た絵の京もの。

誹諧《はいかい》月《つき》の夜《よ》

田中善信 校注

〔**編者**〕樗良《ちょら》。

〔**書誌**〕半紙本一冊。題簽「誹諧月の夜　全」。柱刻、序文を記した最初の一丁に丁付なし。本文に入って「月　一(―十四)」。最後の「蕉門俳書目録」(広告)に丁付なし。全十六丁。全体樗良板下。

〔**書名**〕八月十五日頃の月夜に、樗良の無為庵《むいあん》で行われた句会の作を中心に編集したので、「誹諧月の夜」と命名。

〔**成立**〕安永五年(一七七六)六月、樗良は京都に移住し木屋町三条に無為庵を構えた。この年の八月十五日に、樗良は新南禅寺で行われた蕪村社中の月見の会に出席しているが、その前後に彼は蘭台《らんだい》や蕪村、および月居《げっきょ》・月渓《げっけい》など蕪村社中の人々、蕪村と親しい美角《びかく》・定雅《ていが》兄弟を無為庵に招いて句会を開いた。蘭台は本願寺の連枝で越中井波瑞泉寺の十四代住職である。この句会の作に、諸家の句を加えて成ったのが本書である。

〔**構成**〕(1)樗良序文、(2)蘭台発句歌仙(ただし十五句目以下省略)、(3)諸家月の句、(4)諸家秋の句、(5)余興四季混雑の句、(6)諸家秋の句、(7)魚春発句半歌仙、(8)諸家秋の句、(9)蕉門俳書目録。

〔**意義**〕京都における樗良の俳諧活動、および彼と蕪村の交流を知る上で貴重な資料。本書の「余興四季混雑」は樗良系の俳人の作によって占められているが、その他の箇所には蕪村系の俳人の作が目立つ。本書の成立に蕪村の協力があったと見て間違いなかろう。本書に暁台の月の句が一句入集するが、清水孝之氏によれば、「樗良編の俳集に暁台の発句が入集するのはこれが最初にして最後」(『追跡・三浦樗良』)だという。暁台の句が入集したのも蕪村の斡旋であった可能性が高い。安永二年以来蕪村と樗良は親交を重ねているが、樗良の平明な作風は作為を重んじる蕪村の作風と大きく異なっている。蕪村が樗良と親しい交わりを結んだのは、彼の平明な作品の中に独特の詩情をみていたからであろう。

〔**底本**〕柿衞文庫本(柿衞文庫翻刻六一号)。

〔**影印**〕『天明俳書集　五』(臨川書店、平成三年刊)。

ことしの秋は洛《らく》に遊《あそば》んとおもひ出《いで》て、木屋町《きやまち》の三条なる所にあやしの宿をもとめ、むしろうちたゝき蜘《くも》の巣はらひなどして住けり。ある夜、月の朗《ほがらか》なるに入《いり》来る人〳〵あり。とみに句を乞《こひ》て誹諧《はいかい》連歌となす。

樗良書

○ことしの秋　安永五年(一七七六)秋。
○洛　京都。
○木屋町　木屋町通り。『京都見物独案内』(明治十八年刊)に「貸座敷数百軒有り」と記す。
○あやしの宿　粗末な借家。
○蜘の巣はらひ　無人の家であったことを示す。「去年の秋江上の破屋に蜘の古巣をはらひて」(奥の細道)。
○朗　明るく遠くまで見わたせるさま。「朗も洞も廓も豁もほがらか也。朗は見えすく意」(俚言集覧)。
○とみに　早速。
○誹諧連歌　俳諧の連句をいう古称。

1 雲散リて月の動きのなき夜哉《かな》　蘭台公

2 雁のつばさに風おこるかも　樗良

3 秋の詩を蕎麦《そば》の袋《ふくろ》に題すらん　蕪村

4 ことづて聞《きい》てかへる商人《あきんど》　集馬

5 とかくして出《いだ》さむとする掛リ船　月居

6 此《この》頃よわる雪の木がらし　路巧

7 瓶《かめ》の酒毎日へりてちからなき　呑溟

8 旅に在《ある》かと夢におどろく　月渓

9 郭公《ほととぎす》心ならざる折もをり　定雅

10 山路過《すぎ》行《ゆく》雨の降《ふり》出《で》に　台

11 裸《はだか》身《み》に仏を背負ひ奉り　美角

1 発句。秋(月)。▽雲が散って夜空に月が静止している。動く雲がないから月が静止しているように見えるのである。

2 脇。秋(雁)。▽飛ぶ雁の翼の動きで風が起こったのか。その風で雲が散ったのだろう。「かも」は感動の終助詞だが、ここは疑問の意。

3 第三。秋(秋の詩)。▽蕎麦の袋に秋の詩(漢詩)を書く風流人もあろう。蕎麦の袋に詩を書くというところが俳諧。雁の訪れは詩人の秋興を催す。

4 初オ四。雑。▽句意明瞭。風流人のもとに出入りする商人である。風流人と相対する商人を付けた。

5 初オ五。雑。○掛リ船　岸に繫いである船。▽なんとかして船を出してもらおうと、船頭に頼みこんでいる情景。頼んでいるのは急ぎの商用をもつ商人。月の定座だが、月はすでに発句に出ている。

6 初オ六。冬(木がらし)。▽雪が降るようになると木枯らしの勢いも弱まってくる。木枯らしが弱まったので船を出そうとする。

7 初ウ一。雑。▽瓶の酒が日々に減り体力も衰える。仕事のない冬の季節を酒を飲んで暮らす人物を付けた。

8 初ウ二。雑。▽旅に出ている夢を見て驚いて目覚めた。日々を酒に過ごす人の夢である。

9 初ウ三。夏(郭公)。▽風流を楽しむような状況でない折に、時鳥の鳴き声を聞いた。夢にうなされて目覚めた時に時鳥が鳴いたのである。

10 初ウ四。雑。○降出　雨が降り出すこと。▽山路の途中に雨が降り出した。山道で雨に悩まされている折しも時鳥が鳴いた。「郭公」に「山路」は伝統的な付合。

11 初ウ五。雑。▽裸で仏を背負った男が山道を越えて行く情景。難波の堀江に捨てられた仏を信濃へ運び、善光寺を建てたという本田善光(よしみつ)の故事(善光寺縁起)を踏まえた。

12 尽せとすゝむ一升のめし　村
13 くらがりへかくれて覗《のぞ》く恋ごゝろ　良
14 うすにつかへる帯の結びめ　角

末略

15 月今宵あるじの翁《おきな》舞《まひ》出《いで》よ　蕪村
16 名月や朱雀《しゆじやか》の鬼神絶《たえ》て出ず　几董
17 月清し二人ぬけゆく岩の間《あひ》　集馬
18 おもしろや家にかへれば窓の月　月居
19 弓《ゆみ》取《とり》の古妻したふ月夜かな　月渓

12 初ウ六。雑。▽遠慮せずに食え、と一升の飯をすすめる。「君ニ勧ム更ニ尽クセ一杯ノ酒」(王維「元二ノ安西ニ使スルヲ送ル」)をふまえ、酒を飯に変えた滑稽。仏を背負う男に一升飯を振る舞う人物を付けた。

13 初ウ七。雑。恋(恋ごゝろ)。▽暗がりで女が恋しい男を覗き見る。女は下女であろう。一升飯を食う恋人は相撲取りか駕籠をかつぐ六尺か。本来は月の定座。

14 初ウ八。雑。恋(帯の結びめ)。▽物置の臼に帯の結び目がつかえる。狭い物置では帯の結び目が邪魔になるのである。このような帯の結び方をしているのは良家の娘である。良家の娘の恋に転じた。

15 ○月今宵　今宵の月。中秋の名月。▽名月の光の中でこの家の主に一差し舞ってもらいたい。源氏物語・花宴の「翁もほとほと舞ひ出でぬべきここちなむしはべりし」という左大臣の言葉をふまえた句作り。[季]月今宵(秋)。以下十五句はすべて月の句で、季は秋。

16 ○朱雀の鬼神　朱雀門の鬼。都良香と朱雀門の鬼が詩句の応酬をしたことが撰集抄に見える。「朱雀(しゆじやく)」は江戸時代にはシュジャカと読むのが普通。▽今では、名月の明かりに誘われて朱雀の鬼神が出てくることもない。[季]名月。

17 ▽清らかな月の光のもと、二人連れの男が岩の間を通り抜けて行く。岩の向こうに絶好の月見の場所があるのだろう。[季]月。

18 ▽山野で見る月はすばらしいが、家に帰って窓から眺める月もまた捨てがたい。[季]月。

19 ○弓取　武士。▽女々しいことを嫌う侍も、月を眺めていると亡くなった妻を思い出す。[季]月夜。

20 名月や麓のやみに火《ほ》かげさす　呑溟

21 白浜に玉藻ひろはむ月今宵　兎舟

22 名月や更《ふけ》ても〱宵の月　魯人

23 汐川や月に棹《さを》さす柴小《を》船《ぶね》　路巧

24 雲晴《はれ》て人の呼《よぶ》まで月見かな　蛙水

25 鳥一むれわたるか月のうす曇リ　陸成

26 萩が上月にこぼるゝ露白し　女かよ

27 脊戸口に砧《きぬた》うち〱月見かな　女湖月

28 晴残る雲にうらみや宵の月　斧克

29 置《おく》露に情《こころ》を残す月のいろ　公子子

30 うらめしきまでに月澄《すむ》夜明哉　樗良

20 ▽名月の光も山の麓の村里まで届かない。闇の中で灯火の明かりがかすかに見える。季名月。

21 ○玉藻　藻。玉は美称。▽名月の月明かりのもと、白浜で藻を拾おう。「白浜」に「玉藻」と優美な言葉を重ねた。季月今宵。

22 ▽夜が更けても名月は宵の明るさを失わない。季名月・宵の月。

23 ○汐川　固有名詞であろうが未詳。▽月明かりのもと柴を積んだ小船が汐川を進んで行く。「棹さす」は棹を操って船を進める動作。季月。

24 ▽雲がようやく晴れたので、家人が呼びにくるまで月見を楽しんでいる。季月見。

25 ▽月が薄雲に覆われて暗い夜空を、黒々と動いて行くものがある。渡り鳥の一群らしい。季月。

26 ▽萩の上に落ちる露は月に照らされて白々と輝く。季萩・月・露。

27 ○脊戸口　背戸口。家の裏口。○砧　衣類を柔らかくするために槌で打つこと。▽夜なべ仕事に砧を打ちながら月を眺めている。名月と砧というみやびな世界を庶民の世界に転じた。季砧・月見。

28 ▽空は晴れたがまだ雲が残って宵の月を隠している。残っている雲がうらめしい。季宵の月。

29 ▽女性と別れて明け方帰宅する情景であろう。露は涙の比喩として用いられることが多い。朝露に心引かれながら家路をたどる。空には有明の月が薄く光を放っている。季露・月。

30 ▽これも女性と別れる情景であろう。明け方女性の家を出ると、恨めしいまでに明るく有明の月が自分の姿を照らす。季月。

秋の句

31 すゝきより萩より弱し秋の風　美角

32 あれ〳〵て蕣《あさがほ》さきぬ雨の中　南雅

33 はつ秋や旅だつ朝のこゝろばへ　鸝イ

34 小《さ》夜《よ》更《ふけ》て爪《つま》紅《べ》粉《に》兀《はげ》る踊かな　兎角

35 猶《なほ》寒し後《うし》ロより吹く秋の風　定雅

36 水かれて穂《ほ》蓼《たで》にせまる秋の色　我則

37 秋の雨かぞふればやゝ二日かな　李音

38 鹿《しし》笛《ぶえ》は妻よぶよりも哀也　玄化

39 待《まつ》宵《よひ》や苞《つと》の蜆《しじみ》に水うつせ　白砧

40 白鷺や野《の》分《わき》を踏《ふみ》て立《たた》んとす　九湖

○秋の句　月の句以外の秋の句をここに収録した。

31 ▽薄や萩は風になびきやすい。その薄も萩もなびかないほどの秋風が吹いている。[季]すゝき・萩・秋の風。

32 ▽夜中風雨が激しく朝になっても雨が残っている。その中で朝顔が咲いた。[季]蕣。

33 ▽秋になり朝の涼気がすがすがしい。旅立つ朝の気持ちもすがすがしい。「こゝろばへ」は気分の意。[季]はつ秋。

34 ○爪紅粉　爪に塗る紅(べに)。「紅なども頬さき口びる爪さきにぬる事うす〳〵と有べし」(女重宝記)。▽夜が更けると、踊っている女性の爪紅もはげてくる。[季]踊。

35 ▽前から吹く風よりも、後ろから首筋にあたる風の方が寒く感じられる。[季]秋の風。

36 ○穂蓼　蓼の花穂。秋になると穂の先に白やピンクなどの花を付ける。▽川の水が枯れ岸辺の蓼に花が咲き始めた。秋の色合いが風情のない河原にも迫ってきた。[季]穂蓼・秋の色。

37 ▽秋雨が降り続いているが、数えてみれば降り出してからようやく二日目だ。旅行く人を思いやった句か。[季]秋の雨。

38 ○鹿笛　猟師が鹿を誘い寄せる笛。▽妻を求めて鳴く牡鹿の声よりも、鹿笛の方が哀愁が深い。[季]鹿笛。

39 ○待宵　名月(陰暦八月十五日)の前夜。○苞　魚や果実を藁で包んだもの。わらづと。▽死なないようにわらづとの蜆に水をかけてやるのである。陰暦八月十五日には八幡宮などで放生会(ほうじようえ)を行う所が多い。その放生会に放つ蜆であろう。[季]待宵。

40 ○野分　台風など秋に吹く強風。▽野分を踏んで白鷺が飛び立とうとしている。身構えた姿が、野分の風を踏まえているように見えるのである。[季]野分。

41 破れ箕《み》やいさゝかながらことし綿　竹裡

42 花すゝき手折《たを》ルは秋に狂へるか　自笑

43 反《そり》橋《はし》の下に霧吹くあらしかな　秦夫

文《ふみ》のはしに聞《きこ》ゆる秋のほ句

44 雁の毛の斑《まだら》に雨の夜明かな　陸史

45 あやうさや白菊のうへを走る月　左丈

46 ほろ〳〵と渋柿つぶす夜寒哉《かな》　文弄

47 月の雲に厚きうすきの見ゆる哉　木吾

48 七夕は露けき空のちぎりかな　太乙

49 吹《ふき》あらす園《その》の柳のあきのかぜ　侶岸

50 野はあれて海に吹《ふき》入る秋の風　越鳥

51 よるべなき浪よりおこる秋の風　泗筌

41 ○箕　穀類のゴミをふるい分けたりする時に用いる農具。▽破れた箕の中に、今年取れた綿が少し入っている。これを紡いで糸にするのである。貧しい農家の様。季ことし綿。

42 ▽薄を折り取るとは、秋興にかられて常軌を逸したか。薄を折る人を謡曲の物狂いに見立てた。「花すゝき」は穂の出た薄。季花すゝき・秋。

43 ▽嵐のために反り橋の下の水面に水しぶきが上がる。それを霧に見立てた。季霧。

○文　手紙。以下、文通によって得た句。季節は全て秋。

44 ▽雨の夜明け、家の前の田では餌を漁る雁がまだら模様の羽を広げている。季雁。

45 ▽白菊の咲く上空を、月がすばやく走り過ぎてゆく。今にも落ちそうな感じでハラハラする。実際には走るのは雲であって月ではない。季白菊・月。

46 ▽夜寒の夜なべ仕事に渋柿をつぶしている。渋柿を絞って柿渋を取るための作業であろう。柿渋は防腐剤として使用された。「ほろ〳〵」はこなごなに砕けることで「ぼろぼろ」とほぼ同意。季渋柿・夜寒。

47 ▽月の光の漏れ具合で、雲の厚い薄いがわかる。季月。

48 ▽七夕には雨の降ることが多く、牽牛と織女のデートもままならず涙にくれるのである。「露けし」は、古典では涙に濡れる意に用いられることが多い。季七夕。

49 ▽庭の枯れた柳を秋風が吹き荒らす。季あきのかぜ。

50 ▽野を吹き荒れた秋風が海に吹き込む。「木枯らしの果てはありけり海の音」(言水)と同想。季秋の風。

51 ▽秋風は大海原のはるかかなた、打ち寄せる陸地もみえない波間から吹き起こる。秋風の源を想像した句。「よるべ」は頼りとする所。季秋の風。

52 浦里や月の夜を吹《ふく》あきの風　羽毛

53 音信《おとづれ》に折〳〵ふけよ秋の風　馬有

54 此《この》朝気《あさけ》照る日に露のみだれ哉　臣淵

55 我《わが》心いづこに置《おか》んあきのくれ　一斧

56 白妙の露の里《さと》家《や》に打《うつ》砧　波泉

57 朝顔のあはれに水を吹《ふき》かけむ　春路

58 世の中や山に籠れば鹿の声　百史

59 名月の出《で》しほや至極めづらしき　中二

60 嬉しさにしばしは眠る月見哉　青雅

61 秋風の凄《すご》きを艸《くさ》のそよぎ哉　越蕪

62 夕ぐれや風より奥の三日の月　和筌

63 露《つゆ》虫《むし》の身の世にあればこそ魂《たま》祭《まつり》　魚春

52 ▽海辺の村の月夜に吹く秋風。季月・あきの風。

53 ▽誰も訪れることのない我が住まい、せめて秋風だけでも時々訪れてほしい。「音信に」は、訪れとしての意。季秋の風。

54 ○朝気　正しくは朝明。明け方。▽明け方太陽が昇り始めると、露がはらはらと落ち始める。今日は特に激しい。季露。

55 ▽秋の寂しさはいずこも同じ。自分の心の置き場所がない。「さびしさに宿を立ちいでてながむればいづくも同じ秋の夕暮れ」(後拾遺集・秋上・良暹。百人一首)を踏む。季あきのくれ。

56 ○白妙の　本来枕詞だが、単に白いの意で用いられることが多い。ここはその意。▽白々と露の降りた村里の家で砧を打っている。季露・砧。

57 ▽日が出て萎みかけた朝顔が哀れな状態になっている。水を吹きかけて生気を与えてやろう。季朝顔。

58 ▽世俗的な煩わしさを逃れて山に籠れば、鹿の声が寂しさをかきたてる。世の中はままならない。「世の中よ道こそなけれ思ひ入る山の奥にも鹿ぞ鳴くなる」(千載集・雑中・藤原俊成)と同想。季鹿。

59 ▽名月は出始めた時が一番珍しい。出てしまうとそれほどでもない。季名月。

60 ▽嬉しいことに名月の日は晴天になった。月見の準備のため月の出る前に一眠りしておくのである。季月見。

61 ▽秋風のもの寂しさを訴えかけるように、草が風にそよいでいる。「凄き」は物寂しいこと。季秋風。

62 ▽夕方、風の吹いてくる野山の向こうに三日月が出ている。季三日の月。

63 ○露虫　キリギリス科の昆虫。○魂祭　先祖の霊を祭る盂蘭盆(うらぼん)の行事。▽露虫のようなはかない身の上だが、生きているからこそ先祖の魂祭りができる。季魂祭。

64 露を分《わけ》てうかるゝむしの高音《たかね》哉　宴池

65 稲妻に網《あみ》打《うち》見えてあはれ也　燕ゝ

66 更《ふく》るとは皆しら露の踊リかな　彫司

67 雲細く半《なかば》にかゝる三日の月　竹茂

68 天の川の中吹《ふき》過《すぐ》るあらし哉　岐東

69 綿がらの架《はざ》に残れり風の月　古菱

70 渉《わた》し場や遠《とほ》山里の三日の月　彫波

71 雨の後しぐれ催す紅葉かな　百合

72 山沢や水に涼しき女郎花《をみなへし》　居来

73 行秋や月さへなくて猶《なほ》悲し　子淵

64 ▽露の間からうかれたように高く鳴く虫の声が聞こえてくる。露をわけるというと、恋人のもとに通う男のイメージだが、それを別の意味に転用した。季露・むし。

65 ▽網を打つ漁師の姿が稲光の中に浮かび上がる。夜の漁の光景。季稲妻。

66 ▽夜が更けるのも知らず、夜露の降りる頃になっても誰も彼も踊りに夢中になっている。「しら露」は、「知らず」と「白露」の掛詞。季しら露・踊リ。

67 ▽雲がほそくたなびく夜空の上空に、三日月がかかっている。季三日の月。

68 ▽天の川の真ん中を嵐が吹き過ぎる。牽牛と織女のデートを遮るかのように。季天の川。

69 ○架　木や竹を組んで、刈り取った稲を干す設備。▽綿の実を取った後の綿殻が、はざに掛けたままになっている。その綿殻が風に鳴り、空に月がかかっている。季月。

70 ○渉し場　渡し場。渡船場。▽渡船場から、遠くの山里の上空にかかる三日月が見える。季三日の月。

71 ▽雨の後紅葉の色が濃くなり、時雨が降りそうな様子である。古歌では時雨が紅葉を染めると詠まれているが、これはその逆。季紅葉。

72 ▽山の沢の岸辺に女郎花が咲いている。水辺の女郎花はいかにも涼しげだ。季女郎花。

73 ▽秋も終わろうとしている。月末で月さえなく、いっそう寂しい。季行秋。

74 暮の秋いつの暁よりかなし　琴水

75 曙や海の果より鹿の声　大器

仲秋湖南に遊びて

76 石山やのどかに出《いづ》る秋の月　暁台

余興四季混雑

77 雅子《をさなご》ややみを出て来るけふの月　素由

78 訪ふ人に道で逢《あひ》けり春の雨　五丸

79 五月雨に塩雁《がん》汁《じる》の風味かな　伴山

80 明わたる野辺や千《ち》艸《ぐさ》の露の玉　友花

81 寐《ね》た人に散《ちり》かゝる花の吹雪《ふぶき》かな　梅父

74 ▽秋も終わろうとする朝は、どの明け方より悲しい気がする。季暮の秋。

75 ▽明け方鹿の声がするが、まるで海の果てから聞こえてくるようだ。季鹿。

76 ○湖南　琵琶湖の南。現在の大津市あたり。○石山　石山寺。▽石山寺の上空にのどかに秋の月が上り始めた。「石山の秋月」は近江八景の一、その「秋月」を詠み込んだ。季秋の月。

○余興　付録として収めた句。

77 ○雅子　稚子の慣用的誤記。俳諧「秋の日」に雅に「ヲサナ」と振仮名を振った例があり、好色文伝受には「幼稚」を「幼雅」と表記(一ノ二)。▽闇の中から出てくる名月を丸々と太った幼児に譬えた。季けふの月(秋)。

78 ▽訪ねようとしていた人に偶然途中で会った。しとしとと降る春雨の中で。季春の雨(春)。

79 ▽五月雨の頃は汁の具にも乏しく、塩漬けの雁の吸い物はひときわ風味がある。季五月雨(夏)。

80 ▽夜が明けると草原には一面に露が降りている。季露(秋)。

81 ▽花見酒に酔って寝た人に、桜の花びらが吹雪のように散りかかる。季花(春)。

82 一《ひとつ》家《や》の灯《ともしび》ゆかし鴫《しぎ》の声　市芳

83 朝凪《なぎ》に雫《しづく》こぼるゝやなぎかな　艸巴

84 夏の夜や起《おき》てまた見る月涼し　如之

85 艸の露余リ白さに身に入《し》ミぬ　竹也

86 行違ふ人もさびしき秋のくれ　兎丈

87 東《こ》風《ち》吹《ふい》て梅のあたりをめぐる哉　柳志

88 子ども等《ら》が経よみ居るや雪仏　丁ゝ

89 涼《すず》風《かぜ》にさそふて月の登るかな　文綱

90 春の風長刀《なぎなた》の釼《は》に匂ふかな　涼秀

91 風やある梅の光リの石にうつり　袴仙

92 青《あを》柳《やぎ》のみだれていのる嵐かな　寒秀

93 涼しさやことに今宵の松の月　蘭夫

82 ▽一軒家の明かりが人を誘うようにまたたいている。折しも闇の中で鴫が鳴いた。「ゆかし」は心引かれる状態をいう。季鴫(秋)。

83 ▽朝なぎで風もないのに、柳の枝からポタリポタリと露の滴がこぼれる。季やなぎ(春)。

84 ▽寝て起きて夜中に再び見る夏の月は、いかにも涼しげである。季夏の夜・月涼し(夏)。

85 ▽草に降りた露があまりにも白々と輝いているので、秋の冷気がいっそう身にしみる。季露・身に入ミ(秋)。

86 ▽道で行き違った人も寂しそうに見える、秋の暮れには。季秋のくれ(秋)。

87 ▽梅のあたりを東風が吹き廻る。「東風吹かばにほひおこせよ梅の花あるじなしとて春を忘るな」(拾遺集・雑春・菅原道真)を踏む。季東風・梅(春)。

88 ○雪仏　雪だるま。▽雪だるまを仏に見立てて、その前で子供たちが聞き覚えたお経を読んでいる。季雪仏(冬)。

89 ▽涼しい風に誘われて夏の月が上る。「さそふて」は文法的には誤り。季涼風・夏の月(夏)。

90 ○釼　底本は釼とも紐とも読める書体。句意により釼と読む。▽長刀の刃にちらちらと日が当たる。その光は春の風が色づいているようだ。季春の風(春)。

91 ▽風があって梅の光を石に運んでいるのか、梅が白く光ると下の石も白く輝く。季梅(春)。

92 ▽嵐に吹かれて柳の枝がもつれる。そのもつれた様子が、手を合わせて仏に祈っているように見える。季青柳(春)。

93 ▽涼しい夜が続くようになった。特に今宵は松の上にかかる月が涼しい。季涼しさ(夏)。

94 花のみだれさても心の似たるかな　坡仄

95 新《あら》畳《だたみ》曇るや軒のはつしぐれ　野梅

96 花《はな》盛《ざかり》かなりに家のつとめ哉　花紅

97 文《ふみ》よりも梅を先《まつ》見る春見舞　虎国

98 手おくれの稲に雪降る山田哉　竜石

99 星ありと外《そと》面《も》の声を聞《きく》時雨《しぐれ》　江艸

100 木《こ》づたひや板椽《えん》ぬるゝはるの雨　素濤

101 いさましや松に出かゝる秋の月　桂舟

102 陽炎《かげろふ》に羽《は》を打《うつ》蝶の長閑《のどか》かな　乙序

103 衣《きぬ》張《ばり》のきぬに影さす柳哉　竹所

104 声〳〵に啼《ない》て聞《きか》せよつらの雁　茶州

94 ▽桜の花が風に吹かれて乱れている。自分の乱れた心さながらに。[季]花(春)。

95 ▽日差しが途絶えて新しい畳が曇った。その時、初時雨の音が軒に響き始めた。[季]はつしぐれ(冬)。

96 ○かなりに　一通り。「相応の御用は可なりにも相努め申す可く候」(八水随筆)。▽花盛りのシーズンは心も浮かれて、家業も一通りですますことになる。[季]花盛(春)。

97 ○見舞　四季折々に人の安否などを問うこと。時候見舞い。▽知人から、梅の枝と共に時候見舞いの手紙が届けられた。手紙を見る前にまず梅の花を見る。風流人同士の付き合い。[季]梅・春見舞(春)。

98 ▽山の田圃では、刈り遅れた稲に雪が降りかかっている。冬の訪れの早い山里の光景。[季]手おくれの稲・雪(冬)。

99 ▽時雨が降っているのに、星が見えるという声が外から聞こえてくる。陰晴定めない時雨の光景。[季]時雨(冬)。

100 ▽木の枝を伝って落ちた春雨が、縁側の板を濡らしている。[季]はるの雨(春)。

101 ▽松林の上に出かかっている月は、松の毅然とした姿と相俟って勇ましい感じがする。[季]秋の月(秋)。

102 ▽陽炎の中をひらひらと飛ぶ蝶はいかにものどかな感じだ。「羽を打」は羽ばたくの意で蝶にはオーバーな表現だが、大きくゆったりと羽を動かす様子を表現しようとしたのであろう。[季]陽炎・蝶・長閑(春)。

103 ○衣張　絹布などを洗って干し皺を延ばす道具。▽衣張りで、ピンと張られた絹にゆらゆらと柳の影が映る。[季]柳(春)。

104 ○つら　連。列。行列。▽行列をなして飛んでいく雁よ、一羽ずつ声を聞かせてほしい。[季]雁(秋)。

105 道かへて花さし行《ゆけ》ば川辺哉　聞詩
106 山寺や花散る中のほとゝぎす　侉布
107 竹暮て涼《すず》風《かぜ》わたる座《ざ》鋪《しき》かな　吐故
108 衣がへけふの天気の似合けり　茂松
109 春の日や梅暮《くれ》かねる竹のうち　洒高
110 人しばしかしこくなりぬ年の暮　秋江
111 門《もん》徒《と》寺《でら》の嫁のひろめやとしのくれ　只浩
112 我《わが》菴《あん》を見とるゝ雪のゆふべ哉　南河
113 澄《すむ》月《つき》のたへがたくてや鹿の声　滄洲
114 山の姿都のおぼろ月夜かな　真呂
115 梅が香や嵐が中のはるの風　楚竹
116 我《わが》師あり竹に並べる冬の梅　逸漁

105 ▽花を目指して、いつもと別の道を行くと川のほとりに出た。花は川の向こうだった。季花(春)。
106 ▽山寺では桜の散る頃に夏の鳥である時鳥が鳴いている。山の中では季節の推移が遅れるのである。季ほとゝぎす(夏)。
107 ▽竹やぶに夕闇が迫り、座敷の中に涼しい風が吹き込んでくる。季涼風(夏)。
108 ○衣がへ　綿入れを脱いで袷に着替える日。陰暦では四月一日。▽衣替えに相応しい暖かい日になった。季衣がへ(夏)。
109 ▽春の日もくれようとしているが、竹やぶの中の梅の花のあたりは花の白さでほのかに明るく、そこだけ暮れ残っているようだ。季春の日・梅(春)。
110 ▽年末のしばらくの間、人は賢くなる。年の暮れは借金のやり繰りに窮するが、切羽詰まると無い知恵も浮かんでくるのである。季年の暮(冬)。
111 ○門徒寺　浄土真宗の寺。▽門徒寺の跡継ぎが結婚したので、新婦を檀家に披露するのである。当時僧侶で結婚が許されたのは浄土真宗だけ。季としのくれ(冬)。
112 ▽雪の夕べは自分の庵に見とれる。粗末な庵も雪のために美しく見えるのである。季雪(冬)。
113 ▽冴え冴えと輝く月の美しさに耐えがたく、鹿は鳴くのだろうか。季月・鹿(秋)。
114 ▽都の上空の朧月に照らされて、東山の山々の姿も一層趣が深くなる。季おぼろ月夜(春)。
115 ▽梅の香を運んでくる嵐の中に、春風の気配が感じられる。嵐は現在の春一番であろう。季梅が香・はるの風(春)。
116 ▽竹は雪の重みで柔らかくしなう。梅は冬の寒さの中で凜と咲く。いずれも人の生き方を教えてくれる師である。季冬の梅(冬)。

117 門《かど》暑し土にふみこむ瓜の皮　弘巨
118 山吹や散《ちら》すともなき春の風　幾望
119 春の月筏《いかだ》に乗《のり》て見る夜哉　魚川
120 たゞにさへあはれを雨の男《を》鹿《しか》哉　百亀
121 起《タツ》鳥の踏《ふみ》残しゆく柳かな　故吾
122 風にふしてやがても起《おき》ず女郎花　秋水
123 石積し船に霜見る寒さ哉　斗南
124 花戻り油断して見ぬ後《うし》ロかな　蘿父
125 植る間も鳥の寄《より》添ふ柳かな　宗居
126 明月や松にたよらん終夜《よもすがら》　葵子
127 其《その》中に鳥啼《なく》月の野分かな　亀友

117 ▽玄関を出ると日差しが暑い。捨ててあった瓜の皮に気が付かず、下駄で踏み潰してしまった。季暑し・瓜(夏)。

118 ▽山吹を散らすほどの春風ではないが、一ひらふたひら花びらが地に落ちる。季山吹・春の風(春)。

119 ▽筏師が棹を操りながら、筏の上から春の月を見ている。筏師は危険な仕事だから、月を見る余裕があるのはベテランであろう。季春の月(春)。

120 ▽雌を呼んで鳴く男鹿の声は、雨の中で聞くといっそう哀愁を帯びる。季男鹿(秋)。

121 ▽鳥が飛び立った後、柳の枝がかすかに揺れて、鳥が踏まえていた痕跡を残している。柳の枝のしなやかさ。季柳(春)。

122 ▽風に吹かれて地に伏した女郎花がすぐには起き直らない。季女郎花(秋)。

123 ▽石を積んだ船に霜が降りて、石の冷たさと相俟っていかにも寒々しい。城の石垣か、あるいは石碑などに使用する石であろう。季霜・寒さ(冬)。

124 ▽花見の帰り、油断して後ろを見なかった。後ろを振り返れば、夕日を浴びた美しい桜を見ることができたのに。季花(春)。

125 ▽柳の若木を植える間も、鳥が木の側へやってくる。季柳(春)。

126 ▽明月の夜は一晩中松の木陰にいたいものだ。松の木陰から見る月が最高だ。松に月を配するのは常套的なパターン。季明月(秋)。

127 ▽月の夜荒々しく風が吹き過ぎる。その中で鳥が慌ただしく鳴いている。季月・野分(秋)。

128 船の脚《あし》月三寸の隠れかな　右跡

129 露吹《ふい》て艸に埋るゝ野川哉　志慶

130 月となりて白菊に露を見る夜哉　霞東

131 長柄《ながら》わたり秋も更《ふけ》行《ゆく》雨のくれ　鳴鳳

132 汐風や一羽の雁のみだれ飛《とぶ》　魯谷

133 干《ほし》綿《わた》やまばらに露の日のひかり　袖女

134 鳥ぬれて朝日にたつや小萩原　稀声

135 声かれて松に背をする男鹿かな　守一

136 飛《とび》尽す鳥ひとつづゝあきの暮　白堂

137 星《ほし》合《あひ》や月はありともあらぬとも　むめ

138 鹿啼《なく》や月夜ながらに小雨ふる　士巧

139 秋風や柳にみだれ松は声　士喬

128 ○船の脚　船の沈む深さ。喫水。▽月を船にたとえて「月の船」というので、月がわずかに雲に隠れているのを、船の喫水線が三寸ほど下がったといった。季月(秋)。

129 ○露吹て　風が吹いて露がおりる。和歌に用いる「露吹き結ぶ」を簡略にした表現。▽風が吹いて草には一面に露がおり、その草がなびいて川面を覆い隠している。季露(秋)。

130 ▽月夜となり白菊におりた露が鮮やかに見える。満月に近くなり月が一段と明るくなった夜の情景。季月・白菊・露(秋)。

131 ○長柄　淀川添いの長柄村。▽長柄あたりの晩秋の光景。雨の中ではいっそう秋の趣が深くなる。季秋(秋)。

132 ▽列を離れた一羽の雁が、上へ下へと潮風にあおられて飛んで行く。季雁(秋)。

133 ▽実から取った綿がまばらに干してある。その綿に露がおり日が差す。季露(秋)。

134 ▽あちらこちらに小萩が生えている野原から、露に濡れた鳥が朝日の中を飛び立ってゆく。「小萩」は背の低い萩。季小萩(秋)。

135 ▽声の嗄れた男鹿が背中を松の幹に擦り付けている。雌を求めて鳴き続けたので声が嗄れたのであろう。季男鹿(秋)。

136 ▽秋の夕暮れに鳥が一羽ずつ飛び立ち、とうとう一羽もいなくなった。西行の「鴫立つ沢の秋の夕暮れ」(新古今集・秋上)の発想を借りた。季あきの暮(秋)。

137 ○星合　七夕の夜、牽牛と織女が会うこと。▽月があろうとなかろうと二星は会う。月夜はデートに不向きだが、そんなことは関係がない。季星合・月(秋)。

138 ▽鹿が鳴いている。小雨が降っているのに空には月が出ている。季鹿・月夜(秋)。

139 ▽秋風が吹くと、枯れた柳が乱れて松の枝が鳴る。松に響く風の音を松籟(しょうらい)という。季秋風(秋)。

140 萩生《いけ》てふたゝび露にぬるゝかな　士川

141 うき恋や人にも馴るゝ鹿の声　佳則

142 夢ゆるくうつゝせはしき砧かな　大魯

143 芭《ば》蕉《せう》葉《ば》に露大き也《なり》まばら也　蓼之

144 萩原に花見る秋の日和かな　正名

十六夜《いざよひ》の月は岡崎の辺《あた》リなど見順《めぐ》りて無《む》為《ゐ》菴《あん》に入《いる》

145 十六夜の月見やみやげ唐がらし　魚春

140 ▽露を分けて萩の花を折り取ってきて花生けに挿したところ、萩に残っていた露がはらはらとかかった。季萩・露(秋)。

141 ▽しきりに鳴いているが雌は寄ってこないので、男鹿は鳴きながら人間の方に寄ってくる。季鹿(秋)。

142 ▽夢の中ではゆるやかに聞こえていた砧の音が、目が覚めて聞いてみるとせわしい感じだ。季砧(秋)。

143 ▽芭蕉の葉の露は、葉が大きいだけに粒も大きくまばらである。季芭蕉葉・露(秋)。

144 ▽萩の生えている野原に花が咲き初めて、いかにも穏やかな秋日和だ。季秋(秋)。

○岡崎　京都市左京区の岡崎。現在岡崎公園のあるあたり。
○無為菴　樗良の庵。この当時は木屋町三条にあった。

145 発句。秋(十六夜の月・唐がらし)。▽岡崎で十六夜の月を見た帰り、樗良への土産に唐辛子を持ってきてくれたのである。

わづかなる闇の間に盗みとりけんと打戯《うち》れて

146 茶碗で酒を飲む宿の秋　樗良

147 生《なま》壁《かべ》の冷気に大工風邪引《ひい》て　越燕

148 往《い》にし女房《にようぼ》を呼《よび》に遣《や》る也　定雅

149 打《うち》あけるほど降《ふる》雨のくらき日に　美角

150 青葉のおくの鶯の声　春

151 田楽《でんがく》をやくうち待《まつ》もおもしろき　良

152 連歌《れんが》覚へてひたと出歩行《ありく》　蕪

153 うば玉の黒き羽織を長く着て　雅

154 影見れば猶《なほ》待《まつ》にせかるゝ　角

155 我涙今に配所の松高き　春

○わづかなる闇…　月が雲に隠れて暗くなったすきに、畑からこの唐辛子を盗んだのだろう、と冗談をいって脇句を付けた。脇句に前書きを添えたのは珍しい。

146 脇。秋(秋)。▽盃もなく私の家では茶碗で酒を飲んでいる。「唐がらし」に「酒」を付けた。「唐がらしをくらひてにごり酒を酌(むく)は関東べいがたのしみ也」(類船集)。

147 第三。秋(冷気)。▽普請中の家の生壁の冷気で大工が風邪を引いた。茶碗酒を飲む人物を大工と定めた。

148 初オ四。雑。▽離縁して実家に返した女房を迎えにやる。病気で気が弱くなった大工が離縁した女房を呼びもどす。

149 初オ五。雑。▽桶の水をぶちまけるほど激しく雨が降って外は暗い。女房を迎えにやった日の天候。月の定座だが、月はすでに発句に出ている。

150 初オ六。夏(青葉)。▽青葉の木立の奥から鶯の声が聞こえる。激しく雨の降る初夏の情景。無季の「青葉」を夏の季語として用いた。

151 初ウ一。雑。▽田楽が焼き上がるのを待っている間も楽しい。青葉の茂る郊外の茶店の光景。

152 初ウ二。雑。▽連歌を覚えた人物が連歌の会に頻繁に出かける。前句は外出の途次の情景。

153 初ウ三。雑。○うば玉の　「黒」にかかる枕詞。▽句意明瞭。前句の風流人のスタイル。

154 初ウ四。雑。恋(待にせかるゝ)。▽姿を見かけると待ち遠しい気持ちがいっそうかき立てられる。前句を島原などに通う遊客の服装とみた。待つのは遊女。

155 初ウ五。雑。恋(涙)。▽恋人の配所の地では、恋人が去った後もゆかりの松が高く聳えている。それを見て涙を流す。謡曲・松風の面影。

156 蛸にとられし子は三ッの年　良

157 入口に軍《いくさ》弁慶まつり置き　蕪

158 目出たき日とて小豆《あづき》めし喰《くふ》　雅

159 二階からあぶなく下りる旅の僧　角

160 光るやいなや雷がなる　蕪

161 みよし野ゝ《の》花散《ちる》か心のおぼろ月　春

162 山吹の中に一夜やどりて　良

163 鳴かでよきに霜の衣《ころも》に鹿の声　青銭

164 照る月をいとはで雲の秋の風　長河

165 眼にふれて雲さへ悲し秋の暮　凡夫

156 初ウ六。雑。▽子供が蛸に攫われたのは三つの時だった。前句の涙を、子を失った悲しみの涙に転じた。配所の地で子供が大蛸に攫われたのである。

157 初ウ七。雑。▽武装した弁慶の像を入口に置いてある。二度と不幸な事件が起こらないように呪いに置くのである。

158 初ウ八。雑。▽句意明瞭。前句から端午の節句を連想したのであろうが、季語はない。当時は端午の節句に勇ましい武者などを描いた幟を立てた。

159 初ウ九。雑。▽二階建てに不慣れな僧の振舞い。めでたい事があって施しのつもりで旅の僧を泊めたのであろう。

160 初ウ十。夏(雷)。▽句意明瞭。前句を雷に驚いた僧の振舞いとした。ちなみに蕪村は雷嫌いであった。

161 初ウ十一。春(花散・おぼろ月)。花の定座。▽吉野山の桜も散る頃だと思うと、悲しみで春の月も心の中ではおぼろにかすむ。夏から春への季移り。初裏七句目の定座に月が出なかったのでここで花と月を一度に出した。

162 初ウ十二。春(山吹)。▽山吹の咲く宿に一晩泊まった。「吉野」と「山吹」は付合。半歌仙を終了したところで連句を打ち切った。

163 ▽交尾の時期も過ぎたから、もう鳴かなくてもよさそうなのに、霜の降りた朝、鹿が鳴いている。「霜の衣」は霜が一面に降りている状態をいう歌語。以下すべて秋の句なのでここは鹿が季語。季鹿。

164 ▽明るい月の光を厭うことなく、秋風に誘われて雲が忍び寄る。人間なら月の光を厭って物陰に忍んでいるのに。季月・秋の風。

165 ▽晩秋になると目に触れる雲さえ物悲しい。季秋の暮。

166 物いへば障子に消る秋のくれ　野乙

167 身ひとりや菴《あん》に更《ふけ》行《ゆく》后《のち》の月　岩下

168 朝《あさ》白《がほ》や露をかぞへる花のうへ　北鳥

169 蕣《あさがほ》のあはれをみだすさかり哉　可緒

170 鹿の音《ね》の情《なさけ》に通ふなさけ哉　春路

171 我とゝもに行《ゆく》とはしらじ秋の暮　さき

172 咲《さき》添ふて松にやつるゝ女郎花　如今

173 朝顔や野分にもちらでいぎたなし　羅川

174 小《さ》ゝ《さ》栗《ぐり》のかくし落《おち》けんあきの月　戸圭

175 袂《たもと》敷《しき》て鹿を聞《きく》夜の友もなし　昌平

166 ▽物をいうと声が障子に吸い込まれるように消えて行く。晩秋の寂しさ。季秋のくれ。

167 ○后の月　陰暦九月十三日の、後の名月。▽一人住む庵で、夜更けまで月を眺めている状況。季后の月。

168 ▽朝顔の花に降りた朝露を数える。まだ秋も浅く露の量も少ないのである。季朝白・露。

169 ▽朝顔の盛りの頃には、可憐な風情を損なうほどたくさん花を付ける。季蕣。

170 ▽牝鹿を求めて鳴く牡鹿の情愛に牝鹿が応える。情と情が通い合う。季鹿。

171 ▽季節の推移とともに自分も年老いて行く。それを知らぬげに秋も暮れてゆく。季秋の暮。

172 ▽松に寄り添うように女郎花がやつれた姿で咲いている。松と女郎花を擬人化して、女郎花を恋にやつれた女性に見立てた。「松は非情のもの」(謡曲・高砂)だから、松に恋の情はない。季女郎花。

173 ▽野分にも散らなかった朝顔は、だらしない姿をしている。眠りこける様子を表す古語の「いぎたなし」を、「きたなし」に引かれて誤用したのであろう。季朝顔・野分。

174 ○小ゝ栗　笹栗・小栗。実の小さい栗。▽小さな笹栗は草むらに隠れようとして落ちたのであろうが、月の光がその在りかを照らす。「かくし落けん」は「かくれ(隠れ)落けん」の誤記か。季小ゝ栗・あきの月。

175 ○袂敷て　袂を頭の下に敷く。腕枕をする。「袂」は底本では「袜」。▽腕枕をして鹿の声を聞いている、友もなく一人で。季鹿。

176 残《のこる》蚊《か》に喰《くは》れて悔し暁《あけ》の月　万柳

177 はつ雁のひとつおりけり月のうへ　雲良

石山にて

178 石山の月や夜すがら秋の霜　馬曹

179 小田近し鹿追ふ声も枕まで　車蛇

180 呵《しか》る気の母も穂に出て踊かな　鳳五

181 白菊や静《しづか》に時のうつりゆく　江涯

182 九《ここの》日《か》やひとしきりづゝ菊薫る　斗酔

183 名月や空吹《ふき》きつて静なる　直生

184 水の月秋の意ふかきながめかな　北野

176 ▽明け方秋まで残っている蚊に食われた。秋になって蚊に食われるとは残念。季残蚊・月。

177 ▽一羽の雁が隊列から離れて月のある方角に消えた。それを月に降りたといったのである。季はつ雁・月。

178 ▽石山寺では一晩中月が皓々と輝いて、地上は一面に霜が降りたように白々と明るい。「石山の秋月」は近江八景の一。季月・秋の霜。

179 ▽田の近くに住んでいると、鹿を追い払う声が枕元まで聞こえてくる。稲を食い荒らす鹿を追い払うのである。季鹿。

180 ○穂に出て　内に秘めた思いが外に現れて。▽娘の帰りが遅いので叱るつもりで出た母親も、踊り好きの本性が出て娘と一緒に踊っている。「踊」は盆踊り。季踊。

181 ▽白菊を見ていると時間もゆったり過ぎていくように感じられる。季白菊。

182 ○九日　陰暦九月九日の重陽の節句。この日菊の花びらを浮かべた菊酒を飲む習慣があった。▽菊酒を飲むたびに菊の薫りがただよう。季菊。

183 ▽風が空の雲を吹き払った後、名月が静かに輝いている。季名月。

184 ▽水に写る月には秋の趣が深い。「秋の意」は秋の心、つまり秋の趣、あるいは風情。季月・秋の意。

185 あけぼのや白浪かゝる雁のつら　瓜涼

186 茄《な》子《す》引《ひい》て菊に莟《つぼみ》の見ゆるかな　布舟

月の夜集終

安永五年丙申仲秋

皇都書林　蛸薬師堀川東へ入
吉田九郎右衛門

185 ▽夜明けに湖をみると、水面に浮かぶ雁の顔に白い波がかかっている。「つら」は面、あるいは頰と書き、顔の意。季雁。

186 ▽畑から茄子の茎を引き抜くと、つぼみ始めた菊の様子があらわに見えるようになった。季菊。

仮《かり》日《にっ》記《き》

石川真弘 校注

〔**編者**〕呉夕庵江涯。

〔**書誌**〕半紙本一冊。題簽中央「仮(破損)」。内題「仮日記」。柱刻「序」「一(—十四終)」。全十五丁。巻末の一丁に「蕉門俳書目録　京蛸薬師通堀川東江入町　吉田九郎右衛門板行」の刊行書目録を付し、刊記を欠く。諸俳書に見られる朱印「玄化堂」は、吉田九郎右衛門の書肆号で、本書に一句入集する「玄化」は彼の俳号であろう。

〔**書名**〕加賀の国出身の行脚俳人江涯は、安永三年(一七七四)の頃大坂・洛に遊び、翌四年九月には近江八幡に移って七年まで滞在し、土地の俳人と俳交を重ねた。その間最初の撰集『張瓢《はりふくべ》』を編んでいる。その日々の俳諧活動を記録した句日記の中から春の句のみを選び編成し、『仮日記』と題した。

〔**成立**〕自ら序文に「安永六丁酉の春」と認め、前年の『張瓢』に続く彼の第二集である。行脚俳人江涯が二年続けて俳書を刊行し得た背景には、近江八幡の豪商たちの援助があったものと思われる。

〔**構成**〕初めに「春之部」と記すが、他季の部立はなく、全て春を季題とする作品である。美角の句を巻初に、以下蕪村ほか主に京の人々の洛近郊の名所句、定雅・美角と巻いた歌仙一巻、加賀・浪花・伏見・城州外の人々の句を前半に収める。後半は、西川可昌以下近江八幡の人々の近江名所吟、丁東・斗酔と一座の歌仙一巻、八幡諸家の吟を配し、巻軸は自句。一般俳書通例の季題ではなく、作者の地域別編成である。

〔**内容**〕春の句のみをもって編成し、京・近江の名所句を配している点で注目される。自然が人の心に訴えて来る情感を楽しみ、春景の写実的描写に努める傾向が、この期の俳諧に認められる。まさに本書は、そうした境地を窺わせる。

〔**底本**〕関西大学図書館蔵本。

〔**翻刻**〕『蕪村全集　八』。

世に日記とてめでたきものあり。予もひそかに仮日記といふものをつくりて、日毎に近き友どちのほく、或《あるい》はたよりある遠き国人の風流、目にふれ耳に聞えたる事共、つばらにかいつけ懐《ふところ》にせしが、ある人の意にまかせ、書肆《しよし》が手にものして桜木にちりばめる事とはなりぬ。

江　涯

安永六丁酉《ひのととり》の春

○ほく　発句。
○風流　俳諧をいう。
○ある人　近江八幡の商人か。
○桜木にちりばめる　板木に彫る。板木には多く、桜の木が使われた。

仮日記

春之部

大内に近き中川の辺《あたり》を過《すぐ》るとて

1 笛の音《ね》や梅の花ちる雲の上　美角

加茂の岩本の社《やしろ》に詣《まうで》て

2 岩もとや昔をしのぶ春の月　斗酔

白川の里にて

3 地蔵きる男は淋し春の里　定雅

郊外に杖を曳《ひき》て

4 雨白し鳥羽の轍《わだち》に鳴く蛙《かはづ》　雲羅

1 ○大内　内裏をいう。○中川　上御霊の前の流れ、現在廃川。○雲の上　禁中。▽笛の音が聞こえ、香りを漂わせて梅が散り行く景は、世上とは異なり、さすがに優雅な趣きの内裏である。季梅。以下、発句はすべて春の句。

2 ○加茂の岩本　上賀茂神社の境内摂社。▽和歌の神として在原業平の化身を祀るとも聞く加茂の岩本の社は、春の朧月につつまれて昔を偲ぶ思いである。季春の月。

3 ○白川　京都市左京区北白川。石工の里(都名所図会三)。▽黙々と地蔵を刻む男の姿は淋しく、その音のみが春めいて響く石工の里である。季春。

4 ○雨白し　夕立。○鳥羽　京都南郊、旧大坂街道に沿う里。▽白く煙って見えるほどの俄雨で車の跡にできた窪地の水溜りに、蛙が鳴く鳥羽の里はのどかである。季蛙。

桃山にて

5 桃山や裾《すそ》ばかり見る人通り　樗良

朱雀野《しゆじやくの》にて

6 菜の華や朱雀までなる老の旅　其梢

和泉式部《いづみしきぶ》の梅、さかりなれば

7 幽霊の気しきは見えず梅の花　美角

清水寺《きよみづでら》の麓《ふもと》、景清《かげきよ》の牢の谷といふ所をすぐるとて

8 きさらぎや爰《ここ》もひそかに梅柳　蝶夢

落花尚不離樹根《らつくわなほじゆこんをはなれず》
春色恋〻如有情《しゆんしよくれんれんとしてじやうあるがごとし》
さるが中に此《この》ひと木は

9 水に散りて花なくなりぬ岸の梅　蕪村

5 ○桃山　伏見城辺り一帯。現京都市伏見区。▽桃の山には桃見の人々が大勢着飾って繰り出し、花よりも晴着の裾模様を楽しむばかり。季地名「桃山」を桃の山に扱う。

6 ○朱雀野　京都西郊、島原・西七条一帯。▽朱雀野辺りまでは老の身に手頃な旅で、広がる菜の花畠が郷愁を誘い、慰められる。季菜の華。

7 ○和泉式部の梅　和泉式部入山剃髪の寺(京都新京極六角下ル)誠心院にある軒端の梅(都名所図会一)。▽和泉式部ゆかりの梅が盛りでふくよかな香りが漂い、式部の幽霊の気配はない。季梅。

8 ○景清の牢の谷　京都市東山区五条。鎌倉時代の初め、悪七兵衛景清幽閉の牢舎があった所(山州名跡志三)。▽春も盛りの如月、牢の谷も人知れず隠れるように梅が咲き、柳も芽吹き、春の気配である。季梅・柳。

9 ▽「樹下に落花のちり舗たる光景は、いまだ春色も過行ざる心地せられ、恋々の情有之候。…此江頭の梅は、水に臨み、花が一片ちれば、其まゝ流水が奪て、流れ去〳〵て、一片の落花も木の下には見えぬ、扨も他の梅とは替りてあわれ成有さま、すご〳〵と江頭に立るたゝずまゐ、とくと御尋思候へば、うまみ出候」(安永六年一月晦日、霞夫宛蕪村書簡)。季梅。

永観堂《えいくわんだう》に参りて

10 華鳥に見かへり給ふ仏かな　江涯

11 小雨降《ふる》都の町を飛ぶ燕　月居

鳴滝《なるたき》の辺《あた》りを過《すぐ》るとて

12 植木屋の花売れぬ間にさかりかな　几董

洛東《らくとう》にあそびて

13 加《か》茂《も》河《がは》やゆるく流るゝ春の水　江涯

14 岸の小石にもゆる陽炎《かげろふ》　定雅

15 蝶なぐる童《わらべ》気《き》がるく牛かして　美角

10 ○永観堂　京都市左京区南禅寺の北。「本堂の阿弥陀如来を顧(みかへり)本尊と号す」(都名所図会三)。▽永観堂の御仏は、末世の衆生を顧られるのではなく、春を告げる花を見、鳥を楽しまれて振り返られる。季華鳥。

11 ▽花に鳴く鶯に替り、春雨の降る都を小雨に濡れて爽快に飛ぶ燕も趣き深い。季燕。

12 ○鳴滝　京都市右京区。鳴滝大根が知られ、造園植木屋の多い地域。▽植木屋の店先にある花木が、売れない間に花盛りとなって満開である。初案は句稿五に中七「花咲ぬ間に」。季花。

13 発句。春(春の水)。▽雪解けで水かさを増した賀茂川は、都の優雅さを忍ばせてゆるやかに流れ、暖かさが感じられて心地よい春の水である。

14 脇。春(陽炎)。▽岸辺の春景を付ける。春の陽光が川岸の小石に差して陽炎がゆらゆらと立ちのぼり、その影が川面に映ってきらきらと輝く。

15 第三。春(蝶)。▽川辺の石に陽炎が立つのどかな日、童は連れていた牛を気軽に人に貸し、棒をかざして蝶になぐりかかり戯れている。童の関心は蝶にある。

16 初オ四。雑。○やりおとがい　長くそり返った顎。▽牛を貸した童は、その男があまりにも長くそり返った顎なので

16 やりおとがいをふりかへる見ゆ　涯

17 有明《ありあけ》の暖簾《のれん》にさはる朝の風　雅

18 葛籠《つづら》おもたき秋の出代《でがはり》　角

19 唐黍《たうきび》の陰に涙をかくしけり　涯

20 布子《ぬのこ》の紋も世をしのぶ草　雅

21 日をこめて博奕仕《ばくちし》に行《ゆく》旅の空　角

22 銀弐《に》匁《もんめ》に古《ふる》秤《ばかり》買ふ　涯

23 霜月のしぐれ降《ふり》込《こむ》店の先　雅

24 とらまえられぬ矮鶏《ちやぼ》のめん鳥　角

25 いかきして唐髷《からまげ》の女五三人　涯

26 藤さかりなる穢多村の寺　雅

27 目薬の看板華をかざりけり　角

気になるらしく、蝶に戯れながら振り返るのが見える。

17 初オ五。秋(有明)。月の定座。▽有明け月が残る早朝、暖簾を揺らして風が吹き過ぎ、誰れの訪れかと顎のそり返った男が通りを見ると、旅人がその男をけげんそうに振り返り行くのであった。

18 初オ六。秋(秋)。○出代　奉公人の入れ替わる日。秋は九月十日。▽あわれを催す朝の秋風が馴れ親しんだ店の暖簾に吹き寄せる有明の下、出替って行くのはつらく、背負った葛籠が一層重い。

19 初ウ一。秋(唐黍)。▽出替りで田舎に戻り、家近くなって荷が重く感じられ、懐かしさ、勤めの辛さで急に涙がこぼれ、唐黍に身を隠して思い切り泣いた。

20 初ウ二。秋・恋(しのぶ草)。▽かなわぬ恋に破れ、田舎住いの身となり、忍ぶ草模様の着物を着て人目を避け、唐黍畠に隠れて涙した。

21 初ウ三。雑。○日をこめて　日をかけて。▽世を忍ぶというのか忍ぶ草模様の洒落た着物姿で博奕打が賭場廻りを続け、今日も旅の空を行く。

22 初ウ四。雑。▽賭場を求めて渡り歩く気ままな博奕打は、何を思ったか旅先で、儲けた金銀二匁で古秤を買った。

23 初ウ五。冬(霜月・しぐれ)。▽古秤を買って出ようとすると雑然と古物が置かれた古物屋の店先に、十一月の冷たいしぐれが降り込み、侘びしい鄙びた店構えである。

24 初ウ六。雑。▽霜月の天気は変りやすく、突然しぐれが店先に降り込んできた。矮鶏のめん鳥を小屋に入れようとしたがなかなか捕まえられない。

25 初ウ七。雑。○いかき　竹のざる。▽いかきで矮鶏のめん鳥を捕まえようと唐風の髷を結った女数人で追い回すが、騒ぎ立てるばかり。

26 初ウ八。春(藤)。▽いかきを持った唐髷を結った女数人が、穢多村の寺に立ち寄り、花盛りの藤を楽しんでいる。前句の風変りな髪形から穢多村を付ける。

27 初ウ九。春(華)。花の定座から二句引き上げ。▽眼病に効験があるという穢多村の寺では目薬の看板が、寺の藤の花の盛りにはその花を飾りたてるように見える。

28 ひとりむすこは鶯をすく　涯
29 色青き顔に廿日《はつか》の月の影　雅
30 いもの葉露の風に消《きえ》ちる　角
31 菎弱《こんにやく》も作らぬ里の秋の暮　涯
32 隣の庵に聾《つんぼ》住《すみ》ゐる　雅
33 のらねこを追はひつめたる縁の下　角
34 物《もの》干《ほし》竿《ざを》がはたと倒《たふ》るゝ　涯
35 白雲をながめ入《いつ》たる昼さがり　雅
36 額《ひたひ》の黶《ほくろ》をかくす恋ぐさ　角
37 紫のちりめん破《や》れて猶《なほ》つらき　涯
38 京に一とせ正月をする　雅
39 長閑《のどか》なる日もうすぐらき借リ座敷　角

28 初ウ十。春(鶯)。▽目薬屋の一人息子は商売よりも鶯を好み、風雅を楽しみ、店の看板にも花を飾る始末。

29 初ウ十一。秋(月)。月の出所を四句こぼしての季移り。▽大切に育てられた一人息子の優男は、風雅を好み、春には鶯を楽しみ、秋には月を眺めて暮らし、二十日頃の薄月のもとでは顔色青く病身に見える。

30 初ウ十二。秋(いもの葉の露)。▽長患いの身、やっと床を離れて秋月を楽しむが、顔に二十日月が差して青白く見え、風に芋の葉の露が吹き散り、命短しを思わせる様子。

31 名オ一。秋(秋の暮)。▽菎蒻も作ることのない痩せた土地に里芋が育ち、その葉に降りた露が風に吹き消される秋の夕暮である。人事を離れた叙景の句。

32 名オ二。雑。▽痩せた土地の村里の秋の暮は侘びしく、隣の庵には耳の不自由な者がひっそりと住みなしている。

33 名オ三。雑。▽野良猫の鳴き声がうるさいので追い払ったところ、耳の不自由な男の住む隣の庵の縁の下に逃げ込んだ。

34 名オ四。雑。▽突然物干竿が倒れ、その音に驚いた野良猫が縁の下に身を隠した。

35 名オ五。雑。▽昼下りのこと、突然物干竿が倒れた。外に出て見ると風はなく好天、青い空に白い雲が浮かぶ。暫くその雲を眺める。

36 名オ六。雑。恋(恋ぐさ)。▽若い女が昼下り、額の黶を人に見られないように隠し、また恋心を気付かれないように白い雲を眺めている。

37 名オ七。雑。○ちりめん　絹織物の一種。▽男への思いをつのらせる英資の娘は、醜い額の黶を隠すために被った紫縮緬が破れ、つらい思いをした。

38 名オ八。春(正月)。▽紫の縮緬の着物が破れてつらい思いをしたのは、都で一年を過ごし正月を迎えた時のことである。

39 名オ九。春(長閑)。▽京で正月を迎えた折、都の華やかな春も外出せず、薄暗い借り座敷で過ごしたことだ。回想の句。

40 手づからすきの飯蛸《いひだこ》を煮《にる》　涯

41 かた肌をぬぎし袂《たもと》に宵の月　雅

42 算盤《そろばん》しらぬ宿の秋風　角

43 黄芩《わうごん》の下葉残らずうら枯《がれ》て　涯

44 鳥おどしの弓ぬすみ行《ゆく》　雅

45 十《じふ》四五と十《とを》ばかり成《なる》小《こ》山伏《やまぶし》　角

46 風にまたゝく百灯のまへ　涯

47 曙《あけぼの》や卯《う》月《づき》の花のみだれちり　雅

48 旅《たび》差《ざし》かへて鍬《くは》のおもたき　角

49 あけぼのや里はくだかけ野はきゞす　加賀半化

40 名オ十。春(飯蛸)。▽浜の近くに間借りし、春ののどかな好天にもかかわらず外出もせず、部屋で好物の飯蛸の煮物を作る。

41 名オ十一。秋(月)。月の定座。▽好きな飯蛸の煮付けを片肌を脱いで自ら作っているが、腰に下がった袂に窓から差し込んだ宵月の光が差している。

42 名オ十二。秋(秋風)。▽算盤を知らない宿の亭主が、片肌を脱いで秋風が吹き寄せ月光が差し込む窓際で、苦労しながら帳簿付けをしている。

43 名ウ一。秋(うら枯)。○黄芩「わうごん」と訓(和漢三才図会)。▽商売が下手で客も少ない宿は、庭先に自生する黄芩の下葉も秋風にうら枯れてわびしさが増す。

44 名ウ二。雑。▽黄芩の下葉がうら枯れする頃、薬草園の草木にできた実を食べに来る鳥を威す弓を仕掛けるが、その弓を盗んで行く者がいる。

45 名ウ三。雑。▽十四、五歳と十歳ほどの子供二人の山伏が、農作物を荒しに来る鳥を追い払うために仕掛けた弓を盗んで行く。いたずら盛りの兄弟の小山伏を趣向。

46 名ウ四。雑。○百灯　数多くのともしび、万灯籠による造語。▽山の神社の参道の百灯籠の火が、風に揺れ、その前を修行見習いの子供の山伏が行く。その子が灯をともしたのであろう。

47 名ウ五。夏(卯月)。花の定座。▽初夏の夜明け、百灯の明りが灯籠を吹き抜ける風に揺れ、卯月のおくれ咲いた花が社前に散り乱れる幻想的眺めである。

48 挙句。○旅差　旅の時の脇差。▽旅から戻り、早々翌日旅差を鍬に持ちかえ、明け方から四月の花が散る畠でおくれた農事に励むが、鍬が重い。

49 ○くだかけ　鶏の雅語。▽空が白んできた曙の頃、村里では鶏が鳴いて夜明けを告げ、野原に雉子の声が響く。広々とした田園風景。季きゞす。

50 梅が香にほつ〳〵昼の咄《はなし》かな　魚春

51 長閑《のどか》さは麦まく畑《はた》と成《なり》にけり　見風

52 やけはらの莟《つぼみ》のつゝじ咲《さき》にけり　浪花 一鼠

53 散《ちり》出《だ》してそれから久し山桜　五晴

54 桃の華魚《うを》の含《ふくみ》て引《ひき》返す　楮冠

55 いせ源氏春のながめのしめり哉《かな》　蔵蛇

56 春風や縄《なは》手《て》過《すぎ》行《ゆく》傀《くわい》儡《らい》師《し》　志慶

57 島原や蛙《かはづ》に起《おき》る昼さがり　棠下

58 降《ふり》もせで雁《かり》たつ空のくもり哉　大魯

59 師は針のごとし水行《ゆく》鮎《あゆ》のさま　伏見 鳳五

50 ○ほつ〳〵　ぽつりぽつり。▽梅の香が漂って来る春の日差しのある縁先に腰をおろし、ぽつりぽつりと話に花を咲かせる。季梅が香。

51 ▽長閑な春の日が続き、畠は小春日和の麦を蒔く頃の気色を見せている。麦まきは、冬の小春日和の頃。季長閑さ。

52 ○やけはら　早春野焼きした原。▽野焼きの原に焼け残ったつつじの莟が、燃えるような赤い花を開かせた。「大文字や谿間のつゝじ燃んとす」(蕪村)。季つゝじ。

53 ▽山桜は、彼岸桜、里桜が散ってしばらくして後、花の季節を迎える。季山桜。

54 ▽鯉が桃花を食って竜門を上る話は著名。三秦記、湯山両吟の宗祇注に見える。桃の花を口に含み川を下る意。季桃の華。

55 ▽伊勢・源氏の恋物語を読んだ後は、しみじみとした恋の哀れが思われ、春景を眺めても湿りがちに見える。季春。

56 ○傀儡師　回国の芸能者。▽春になって人の往来も激しくなり、春風に吹かれながら田野の道を華やかな衣装の芸能者が過ぎ行く。「河内路や東風吹送る巫女の袖」(蕪村)。季春風。

57 ○島原　京の朱雀野にあった遊廓。▽島原は遊興で夜遅くまで賑わい、朝は遅く昼過ぎる頃蛙の声で目を覚ます。季蛙。

58 ▽降りそうで降らない空の下を雁の群が、北へ向かって帰って行く。季雁たつ。

59 ▽鮎の泳法の師は、縫物の針と言わんばかりに鮎が川の流れをまるで布を縫うように溯上して行く。季鮎。

60 所《しよ》望《まう》せし椿は落《おち》て仕《し》舞《まひ》けり　正風

61 白《しら》藤《ふぢ》の滝にそびえて咲《さき》にけり　紫暁

62 静《しづか》なる木ゝの梢や朧《おぼろ》月《づき》　来志

63 したゝかに落《おち》て又咲《さく》椿かな　可正

64 鮎を汲《くむ》側《そば》に米つく車哉　雨夕

65 山寺の男閑《かん》居《こ》鳥《どり》の巣を見付《つけ》たり　鬼道

66 梅最《さ》中《なか》野風にもるゝ笛は誰《たれ》　蛙文

67 接《つぎ》木《き》するはたへひがんの茶子《ちやのこ》哉《かな》　鷺喬

68 古寺や柱にあまるねはん像　城州寺田 秦夫

69 にはの蝶又もや蝶のさそひ行《ゆく》　良水

70 袴《はかま》着て帰るさ野辺の長《の》閑《どか》哉　桃里

60 ▽友を訪ねて見事な花を咲かせる椿を所望したところ、椿は既に散り果てていた。椿の散り際の潔さ。[季]椿。

61 ▽滝の落ちる崖に這う藤が、滝より更に高く伸びるかのように、滝の高さと水の白さを競い、白い花を咲かせている。[季]白藤。

62 ▽春になって芽吹き始めた木々の梢が、朧月に霞んで見える暖かな風のない静かな夜である。[季]朧月。

63 ▽椿の花は芯とともに思い切りよく散り、また次の花を咲かせている。散り際の潔さを「したゝか」と描写。[季]椿。

64 ▽網を手に清流に入り、鮎をすくう。米を搗く水車がその傍らで回っている。文人好みの山水画の世界。[季]鮎。

65 ▽山寺の男が、春めいて来た本堂近くの木々の枝上に、昨年の夏しきりに鳴いていた閑居鳥の巣を見つけた。今年はまだ巣の主はいない。[季]閑居鳥の巣。

66 ▽梅花の盛り、ふくよかな梅が香を運んで来る野風の中聞こえて来る笛の音は心地よく、一体誰が吹いているのか。[季]梅。

67 ○ひがんの茶子　彼岸会(ゑ)の供物。▽彼岸の頃は接木に最適。縁先で接木をする端に休憩のお茶と彼岸のお下り物が置かれている。[季]接木。

68 ○ねはん像　釈迦入滅の画像、二月十五日に祀る。▽涅槃会(ねはんゑ)の日古刹に参詣。堂内には柱にあまるほどの大きい涅槃像が祀ってあった。[季]ねはん像。

69 ▽のどかな日の差す庭に番(がつ)いの蝶が舞い、一つの蝶が離れたかと見ると別の蝶が誘うように近付き、それを幾度となく繰り返す。[季]蝶。

70 ▽春の挨拶の用事を済ませ、正装の袴姿で好天の野辺の道を帰る気分は、誠にのどかである。[季]長閑。

71 春の日や前帯《まへおび》したるかづら結《ゆひ》　宇治田原　野菊

72 何事もなくて梅さくことし哉　但州生野　素由

73 莟《つぼみ》多き中に咲《さき》けり梅二輪　〃　涼秀

74 朧《おぼろ》気《げ》の空をし雁の友《とも》音《ね》哉　丹後湊江　蒙

75 蛙《かはづ》聞《きく》春と成《なり》けり雨二《ふた》夜《よ》　敏馬　士川

76 初《はつ》午《うま》や世に深《ふか》艸《くさ》のお乳《ち》が里　〃　佳則

77 窓の灯《ひ》の水に移りて啼《なく》蛙《かはづ》　長崎　東江

78 宵月といふをちからや山桜　〃　路ゝ

79 楽《たのし》みや華にうき世の人を見る　江州高島　松山

80 坊《ばう》主《ず》子《こ》や捕らえては亦はなす蝶　〃　我空

81 見かへれば山門高し雉《きじ》の声　大津　琴考

82 濡《ぬれ》色《いろ》や陽炎《かげろふ》消えし草の上　石部　良更

71 ○前帯　近世、遊女や伊達な女が好んだ前結びの帯。○かづら結　桶職人。▽前帯の粋な格好の桶職人が、のんびりと春の日差しを楽しんでいる。季春の日。

72 ▽今年の春は天候に恵まれ、我が家は変わったこともなく平穏な日々、庭にふくよかな梅が香が漂い、結構なことだ。季梅。

73 ▽春とは言え余寒が続き、梅の莟はまだかたい。その中で二輪ほど花が開いた。「梅一輪一輪ほどの暖かさ」(嵐雪)。季梅。

74 ▽朧に霞む空の風情を惜しみ、名残り尽きぬとばかりに北帰行する雁が友と鳴き交わしている。季朧気。

75 ▽蛙の声を聞く春になったが、二晩も雨が続き、蛙の声がまだ聞こえてこない。季蛙。

76 ○お乳が里　貴人の乳母を勤めた女性たちの里。▽稲荷社の南に隣接する、高貴な人の別荘や乳母を勤めた女たちが住む深草の里は、初午詣での人で賑わいを見せている。季初午。

77 ▽池に面した庵の窓の灯が水面に映り、その光を求め寄り来て蛙が鳴き、楽しませてくれる。季啼蛙。

78 ▽宵月の明りの助けを借りて、山桜の美しさが一層増すことである。季山桜。

79 ▽花の季節に人々はさまざまな花の楽しみ方をする。そうした世間の人たちを見るのも楽しいことだ。季華。

80 ○坊主子　頭髪を剃った子供。▽汚れを知らない男の子が、蝶に戯れて遊ぶあどけなさを詠む。季蝶。

81 ▽山寺参詣を終え、山寺を出て暫くすると背後に激しい雉子の声を聞き、振り返ると山門が高く聳えて見えた。雉子の声の激しさと山門の威風。季雉の声。

82 ▽陽光の下草の上に陽炎が立ち、いつしか消えて草は一層鮮やかな瑞々しい濡色になった。季陽炎。

83 路《みち》傍《ばた》の梅は折られて片《かた》枝《え》かな　ふさ

84 鶯にうかれ鳥のうき世かな　洛道立

長楽寺《ちやうらくじ》にて

85 夕《ゆふ》寒《さむ》みくもらぬ花の日和《ひより》哉　几董

86 さればこそ我より先に花見人　斗酔

87 友なくて花見なれたる男哉　美角

88 月の夜やすべて桜はうすざくら　定雅

89 ますら男《を》や菫《すみれ》を畑《はた》に打《うち》かへし　羅浮

90 人寄《より》て海苔《のり》撰《えらぶ》家や春の雨　蕪嵐

91 夏近き日かげに麦の脊《せ》尺《たけ》哉　廬白

92 水《みづ》筋《すぢ》をかげろふ蝶の行《ゆく》衛《へ》哉《かな》　とみ

83 ▽道路に面した梅の木は、路側の枝が折られて、片側の枝だけに花を付けた姿になっている。季梅。

84 ○うかれ鳥　月夜に巣から浮かれ出て鳴く鳥。▽春を告げる鶯の美声に浮かれて、春の風情を解さない鳥までがはしゃぐ世間の春である。季鶯。

85 ○長楽寺　京都東山にある時宗の寺。▽彼岸桜の盛り時分、なお夕刻には冷えて寒く空気が澄み、曇り霞まない絶好の花日和である。季花の日和。

86 ▽人より先に花見を楽しもうとするは世の常。そう思い早々に出かけたが、既に花見の人がいた。季花見人。

87 ▽人との煩わしさを避け、一人花見を楽しむ。花に浮かれるのでなく、風雅心を備えた男。季花見。

88 ▽春の月光に映し出された夜の桜は、すべて淡い色合いを見せ、薄桜である。季桜。

89 ▽勇ましそうな体格の男が、畑を鋤き返し、咲き初めた可憐な菫を勢いよく掘り返してしまった。季菫。

90 ▽春雨が降り頻る中、浜の人達が一軒の家に集まり、干海苔の選定を行う。春雨の日ののんびりした浜の生活。季春の雨。

91 ▽麦秋の夏が近い晩春、日の光が、延びてきた麦の背丈をその影に写し出す。季夏近き。

92 ▽春の日が差して光がほのめく川の流れに、蝶が紛れるように影を映しながら川下へと飛んで行く。季蝶。

93 這《はひ》出《いで》て鳴《なく》菅沼の蛙《かはづ》かな　化更

94 里を行キ野をゆく顔に春の風　玄化

95 岩面《つ》ラや段〻落《おつ》る春の水　瑾良

96 梅は散れど何に移らふ此《この》たのし　荄岐

97 ねはん会《ゑ》や泣かぬ凡夫《ぼんぶ》に泣く仏　甫尺

98 うぐひすや出《いで》ずんば逃ず居《を》らふもの　物我

99 山づらや春日の暮の長閑《のどか》なる　茶蓄

100 のどかさに思はぬ道をあゆむかな　来居

101 うか〳〵と華にくれ行《ゆく》命哉　闌山

102 菜の花や牛よけた手につかまるゝ　茶合

103 白《しら》桃《もも》のちるや大根の花のうへ　月居

104 莟がちの桃すぐれたる赤みかな　李音

93 ▽菅の生い茂る沼の蛙が、茂みを避けて広い所に這い出し、菅の間から解放されたように鳴き交す。季蛙。

94 ▽人家が点在する村を通り、野を行く旅人の顔に爽やかな春の風が快く吹き当たる。季春の風。

95 ▽春となって岩山の雪が漸く解けはじめ、その水が少しずつゆっくりと岩の表面を這うように流れ落ちて行く。季春の水。

96 ▽思う存分眺め楽しんで来た梅の花は散ってしまったが、この気持を何に移していこうか。これに勝るものなし。季梅。

97 ○ねはん会　二月十五日、釈迦入滅の日に行う法要。▽涅槃会に凡夫は涙を落とすことなく参列しているが、涅槃図の仏弟子諸仏は釈迦入滅を泣き悲しんでいる。季ねはん会。

98 ▽庭で鳴く鶯を見たく外に出たが、鶯は飛び去った。庭に出なければ逃げなかったものを。「雉も鳴かずばうたれまい」などによることばの洒落。季うぐひす。

99 ○山づら　山の斜面。▽暮れなずむ春の夕日が山の斜面にやわらかく照り映え、長閑な気分になることだ。季春日・長閑。

100 ▽春ののどかさに誘われ、思わぬ方への道を辿ることになった。そぞろ歩きの心境。季のどかさ。

101 ▽心浮かれて花見を楽しむうちに、今日も暮れるといった今の生活である。悠々自適の人。季華。

102 ▽菜の花畠の畦道で出合った牛を避けようとしてよろめいた人の手に、菜の花がつかまれてしまった。季菜の花。

103 ▽白桃の花が大根の花の上に散り、その白の美しさを競っている。雅なる花、俗なる花の花くらべ。季白桃・大根の花。

104 ▽充分に開かず莟がちの桃の花の色は、他に類がないほど勝れた赤の色合いである。季桃の花。

105 古川や山吹うかぶ朝ぼらけ　雲羅

106 憎きほどよき名や花の嵐山　三角

107 世に文《ふみ》の花を咲かすや紫野　十拾

108 鳥羽殿のゆかり車や藪の桃　杜口

109 暮〳〵に日はくれかねて春の雨　冷五

110 弄《なぐさ》びの是《これ》や神様雛まつり　亜岱

111 春の月爰《ここ》にも酔《よひ》し白《しら》拍《びやう》子《し》　蝶夢

105 ○古川　京都市伏見区羽束師（はつかし）にある。▽夜がほんのりと明けゆく中、岸の山吹が散って川面を黄色に染め、古川は優艶な趣を湛える。季山吹。

106 ○嵐山　紅葉・桜の名所。荒子山の転訛、桜・紅葉を吹き散らす故の名称とも。▽花の嵐の山とは憎いほどよい名。季花。

107 ○紫野　京都市北区、今宮・大徳寺辺り。もと天皇の遊猟地、禁野。歌枕。▽世間には詩文にも称えられた花が咲く紫野である。季花。

108 ○鳥羽殿　京都市伏見区鳥羽にあった白河・鳥羽上皇の離宮。▽文雅に勝れた鳥羽殿にゆかりの車が、竹藪の中で花を開いた桃の木の前に止めてある。竹林の隠士訪問の体。天明俳諧の王朝趣味。「鳥羽殿へ御歌使ひや夜半の雪」（井華集・几董）。季桃。

109 ▽春の雨が降り続く日、辺りは薄暗く、昼下りから早くも暮れるかに見えてなかなか暮れない。「春雨や暮なんとしてけふも有」（蕪村）。季春の雨。

110 ▽心を楽しませもてあそぶ気持、神様お聞き下さい、これこそが雛祭りなのでしょう。季雛まつり。

111 ○白拍子　平安末から鎌倉期に水干・烏帽子姿で歌舞を演じた遊女。▽春の月に興じて酒宴を催し、人々は酔い痴れ、ここにも白拍子が酔い潰れている。「岩はなやこゝにもひとり月の客」（去来）。季春の月。

112 湖水《こすい》にのぞみて
何となく春吹《ふく》風や鳰《にほ》のうみ　八幡山可昌

113 松ヶ崎見渡して
曙《あけぼの》や松がさきより春の風　珂石

114 志賀の古都
花《はな》園《ぞの》の花かつちるや斧《をの》の音　功竹

115 野《の》路《ぢ》の篠原《しのはら》にて
雉《き》子《じ》雲《ひ》雀《ばり》日は静《しづか》也《なり》野路の里　方湖

116 細江《ほそえ》にて
浦人の細江に遊ぶ春日哉　其麦

117 三《み》上《かみ》山《やま》
杉榊《さかき》かすみのうへに三上山　卜枝
鏡《かがみ》山《やま》

112 ○湖水・鳰のうみ　琵琶湖。▽何となく琵琶湖を吹き渡って来る風が、春の様子を運んで来る。季春風。

113 ○松ヶ崎　山城国の歌枕。京都市左京区、下鴨の北。▽曙の頃、松ヶ崎の方を見渡すと松の先の辺りから爽やかな春の風が吹き通って来る。地名を松の先の意に掛ける。季春の風。

114 ▽志賀の都には昔ながらの山桜などの花園があって、時折響く木を切る斧の音と共に花が乱れ散ることだ。「さざ波や志賀の花園見るたびに昔の人の心をぞ知る」(千載集・春上・祝部成仲)。季花ちる。

115 ○野路　滋賀県草津市。六玉川の一つ野路の玉川が有名。▽萩が歌に詠まれた野路の篠原は、春の日和の中、雉子や雲雀が鳴くほかは静かな里である。野路の玉川に萩を詠むのは和歌の常套、篠原は俳諧。季雉子・雲雀。

116 ○細江　滋賀県東浅井郡びわ町。▽浦人たちが、のどかな春の日、琵琶湖に流れ込む細江の川に舟を浮かべてのんびりと釣を楽しんでいる。季春日。

117 ○三上山　滋賀県野洲郡にある山。歌枕。天皇の即位を寿ぐ大嘗会の歌に採り上げられるなど、「三上の山の榊葉は」「三上の山の杉むらや」などと詠まれた。▽杉や榊の生える三上山が霞の上に見える。季かすみ。

118 華に出《いで》て婆《ば》ゝ《ば》は泣《なき》けり鏡山　江涯

寐物語

119 春雨にはなししみけり美の近江　柳布

三井寺の花のもとにて

120 鐘の声聞《きき》なれて花の盛《さかり》かな　芦江

水茎《みづくき》の岡

121 古《いに》しへをしのぶや岡の菫《すみれ》艸《ぐさ》　桃裏

湖水にのぞみて

122 雲早し湖《うみ》さえかへる日《ひ》枝《え》おろし　丁東

竹《たけ》島《しま》

123 竹島や岸はみどりに春の色　珍松

118 ○鏡山　近江三上山の東にある山。花を詠み、また鏡に見立てて詠まれた歌枕。▽鏡山に花見に出て華やかな桜に対し、我が老いた姿を思い、婆は泣くばかり。季華。

119 ▽旅を続け、美濃・近江と春雨の降る宿で寝物語を楽しみ、しみじみとした思いが増すばかりである。季春雨。

120 ○三井寺　大津市園城寺町にある天台寺門宗の総本山。三井の晩鐘は近江八景の一つ。▽聞き馴れた三井寺の鐘も、今また満開の花の下で聞くと一層興趣が湧き、花の盛りを満喫できる。季花の盛。

121 ○水茎の岡　近江八幡市牧町、元水茎町。歌枕。▽歌にさまざまに詠んだ古えの歌人たちの思いを偲ばせる水茎の岡に、可憐に咲く菫草である。季菫草。

122 ○湖水　琵琶湖。▽湖水の辺に佇むと日枝(比叡)颪が吹き寄せ、ぬるみかけた湖面はぶり返した寒さで再び冴え渡り、空行く雲は早い。季さえかへる。

123 ○竹島　彦根市多景島。▽彦根沖合の竹島は、岸辺の冬枯れていた草木が緑に色を変えて、春の気配につつまれている。季春の色。

124 鶯の声さとなるゝ日ごろ哉　江涯
125 あした〳〵をかすむ草の戸　丁東
126 生姜酢《しやうがず》にわびしき春を慰《なぐさ》みて　斗酔
127 さゝら八ッばち打《うち》はやしけり　涯
128 柳ちる東の岡の月影に　東
129 咲《さき》みだれたる糸《いと》萩《はぎ》の花　酔
130 露わける袂《たもと》に色やにほふらん　涯
131 太刀《たち》もはかずに忍ぶ身のほど　東
132 更《ふく》る夜のともし火消《きえ》てたよりなき　酔
133 鼠のはしる釣《つり》棚《だな》のをと　涯

124 発句。春(鶯)。▽春も深まり、この頃は鶯の声がすっかり里馴れしたように聞こえることだ。

125 脇。春(かすむ)。▽このところ鶯の声は里馴れて聞こえ、わが草の戸とも言うべき粗末な家は、毎朝霞につつまれ、春の深まりが感じられる。

126 第三。春(春)。▽わがあばら屋が毎朝霞につつまれる春になっても体の具合は一向に良くならず、生姜酢を飲んでつらい春を慰めている。

127 初オ四。雑。○さゝら　三〇センチぐらいの竹を細かく割って束ねた、田楽などに用いる楽器。○八ッばち　八つ撥。太鼓の曲打。▽生姜酢に身を養う始末。わびしい思いがつのる春の慰みに、ささらや太鼓の曲打を打ちはやして過ごすことだ。

128 初オ五。秋(柳ちる・月影)。月の定座。▽柳の葉が散る東の岡の月の光の下で、ささらや太鼓の曲打をして月見の宴を楽しむ。

129 初オ六。秋(糸萩)。▽柳が散り初めた東の岡に月の光が差し、咲き乱れている糸萩の花を映し出し、秋の風情この上もない。

130 初ウ一。秋(露)。▽露の降りた糸萩の花が咲き乱れる野に分け入り、秋の風情を楽しむ女の袂は、露に濡れて花の色が染まり映える。

131 初ウ二。雑。恋(忍ぶ)。▽露深い道を分け行く色彩の映える袂の男は、太刀も着けずに女の許に忍んで行く身である。「髪はやすまをしのぶ身のほど」(冬の日・芭蕉)。

132 初ウ三。雑。▽今は太刀も捨てて世を忍び隠れ住む身、夜が更けて部屋の灯が消え、不安な気持に襲われる。

133 初ウ四。雑。▽夜更け、油が切れて火が消え、不安な気持になっているところに鼠が走って釣棚が音を立て、驚いた。

134 かくし置《おく》茶碗の酒のゆりこぼれ　東
135 どもりの男腹を立《たて》けり　酔
136 御《ご》宿《しゆく》老《らう》の葬礼舁《かき》に雇はれて　涯
137 上《かみ》の町より秋風が吹《ふく》　東
138 月《つき》代《しろ》は三階蔵の屋根のうへ　酔
139 うすをふまへて踊《をどる》きも煎《いり》　涯
140 花染の色よき布の頰《ほほ》かぶり　東
141 よし野初《はつ》瀬《せ》にさくら咲《さく》比《ころ》　酔
142 順《じゆん》礼《れい》をおもひ立《たつ》たる朝がすみ　涯
143 さら〳〵田《た》螺《にし》取《とる》こゝろなき　東
144 畑中に二間四方の破《やぶ》れ家　酔
145 雪やしぐれを人が見に来る　涯

134 初ウ五。雑。▽台所の釣棚の方へ近付くと鼠が突然走り去って釣棚が音をたてて揺れ、棚に隠して置いた茶碗の酒が揺れこぼれてしまった。

135 初ウ六。雑。▽折角かくし置いた酒がこぼれ、どもりの男は腹を立て、感情をむき出しに一層どもり口調になって怒っている。

136 初ウ七。雑。○宿老　町内の自治を主宰する町役人、名主や年寄。▽御宿老の葬礼に雇われたどもりの男が、つらい柩担ぎを当てられて腹を立てている。

137 初ウ八。秋(秋風)。▽柩舁きに雇われて上の町へ向かう。その方から秋風が吹いてきてあわれを誘う。生前世話になった宿老の死。上の町は御宿老の住居、庶民は下町。

138 初ウ九。秋(月代)。月の出所を二句こぼす。○月代　月のこと。▽上の町の三階建の蔵が高く見え、その屋根の上に月が輝き、その辺りから秋風が吹き寄せてくる。

139 初ウ十。秋(踊)。○きも煎　世話をする人。▽月見の宴の様子。月が屋根の上に見え、肝煎は月が見えるようにと臼の上で踊る。

140 初ウ十一。雑。▽前句を盆踊りに見立てる。肝煎は花染の色をした上等な布で頰かぶりをして、輪の中の一段と高い臼の上で模範演技を見せる。

141 初ウ十二。春(さくら)。花の定座から一句こぼす。▽吉野や初瀬に桜が咲く頃になると、花見客の中に花染色の布で頰かぶりをした人をよく見かける。

142 名オ一。春(朝がすみ)。▽朝霞を見て吉野の花見を思い立ち、遊山のついでに初瀬(長谷)観音の順礼をもしようとの意。

143 名オ二。春(田螺)。▽順礼を思い立ち、朝霞の中を旅立つ。これまで続けてきた田螺取りなどの殺生をする心はすっかり消え、今は仏縁を願うばかり。

144 名オ三。雑。▽畑中の方丈より少し広い二間四方の破れ家に住み、田園生活を楽しみ、田螺を取る気持は毛頭ない。

145 名オ四。冬(雪・しぐれ)。▽畑の中の小さな破れ家だが、雪やしぐれの田園風景を眺めるのに格好なところで、その折々の風雅を楽しもうと人々がよくやって来る。

146 夕さりは友よぶ千鳥啼《なき》つれて　東
147 たどり越《こし》路《ぢ》の浦あはれ成《なり》　酔
148 旅衣ひだるき事をこらへつゝ　涯
149 風《ふ》呂《ろ》敷《しき》しきて寐たるおかしさ　東
150 題目を十ぺんばかり申《まうし》けり　酔
151 しばらく降《ふり》し雨のあがりに　涯
152 時鳥《ほととぎす》夜《よ》半《ナカ》過《すぎ》より月出《いで》て　東
153 宗祇と語る葎《むぐら》生《ふ》の宿　酔
154 青《あを》丹《に》吉《よし》ならの広葉に飯《めし》をもり　涯
155 ふるき都にたから堀出す　東
156 音楽の声大空に澄みわたり　酔
157 我が世の中よ花の三《さん》月《ぐわつ》　涯

146 名オ五。冬(千鳥)。▽人々が浜辺の雪やしぐれの景を眺めようとやって来た夕方、友よぶ千鳥が啼き合い、思いもかけず古歌の世界に浸ることができた。

147 名オ六。雑。▽北陸道を辿り、越路の浦に至った夕べ、友を呼ぶ千鳥の声を聞き、しみじみとした思いに耽る。

148 名オ七。雑。▽旅に出て空腹に堪えながら辿った越路の浦は、殊につらいものであった。

149 名オ八。雑。▽旅の途中旅姿のまま空腹を我慢しつつ風呂敷を敷いて横になり、その仕草に自らおかしく思う。

150 名オ九。雑。▽宿無しの男が、お寺のお堂の縁で手を合わせてお題目を十ぺんほど唱え、風呂敷を敷いて横になった。

151 名オ十。雑。▽しばらく降り続いた雨もようやく上がり、水害に至らず、これも御仏の加護のお蔭と題目を十ぺん唱えた。

152 名オ十一。夏(時鳥)。月の定座。▽雨が上がり、夜中過ぎた頃月が出て辺りは明るくなってきた時分、時鳥が一声鳴き渡った。

153 名オ十二。雑。○宗祇　連歌師。▽宗祇と荒れ果てた宿で語り明かしていると、夜中を過ぎた頃時鳥が鳴き渡り、その方に目をやると月が姿を見せた。

154 名ウ一。雑。○青丹吉　「奈良」にかかる枕詞。▽青々とした結構な楢の広葉に飯を盛る。葎生の宿故の所作。

155 名ウ二。雑。▽由緒ある奈良の都で椎の葉ならぬ楢の広葉に飯を盛るという旅寝を続け、宝を採掘する。

156 名ウ三。雑。▽古き都で穴を掘っていると宝がざっくざっくと出てきて、折から音楽が空に響き渡った。お伽話の世界。

157 名ウ四。春(花)。花の定座から一句引き上げ。▽鳥たちは我が世の春、花の三月と囀り、その声が音楽となって好天の空高く澄み渡る。

158 はりまぢや須磨の関屋の蟶《マテ》膾《なます》　東

159 下手《へた》のきざみしうどゝ大根　酔

160 山吹に雲かゝる雨の夜《よ》明《あけ》哉《かな》　十卯

161 一《ひと》木《き》二《ふた》木《き》兀《はげ》山《やま》桜はやきかな　珂石

162 橋《はし》守《もり》の欠伸《あくび》してゐる春日哉　丁東

163 春の日にむかふ小松の葉のび哉　方湖

164 戸明《あく》れば梅の梢に日の光り　桃裏

165 静《しづけ》さや鶯来《き》啼《なく》枝《し》折《をり》門《もん》　芦江

166 朧《おぼろ》夜《よ》を歩行《ありく》座《ざ》頭《とう》の小歌哉　功竹

167 石垣のかどにすれあふ柳かな　ト枝

158 名ウ五。春(蟶膾)。○須磨の関屋　歌枕。▽わが最良の花の三月と物見遊山の旅に出て播磨路を辿り、須磨の関屋でまて貝の膾の珍味を楽しんだ。

159 挙句。春(うど)。▽須磨の関屋の珍味に和(ぁ)えられた独活や大根は下手な刻みようで、大小入り雑り、野趣に富む。

160 ▽山の所々に咲く山吹に雲がかかって雨も降り注ぐ中次第に夜が明け、花の黄の色の鮮やかさが増す。季山吹。

161 ▽兀山にある一、二本の桜の木は、春の日を遮るものがないため、早くも咲き出し、風情のない山を春景の姿に変えた。季桜。

162 ▽のどかな春の日差しを受けて橋守は眠気を催し、のんびりと欠伸をしてはうつらうつらしている。季春日。

163 ▽春の日に向かうように小松は葉を伸ばし、緑が生き生きと鮮やかに光り輝いている。季春の日。

164 ▽爽快な気分で目を覚まし、戸を明けると早くも日が昇り、庭先の梅の梢に朝日が差し輝き、ふくよかな香りが漂って来た。季梅。

165 ○枝折門　枝を折りまげただけの簡単な門。▽枝折門に鶯が時折訪れ、来訪を告げるかのように啼くのみの静かな山住みの生活。季鶯。

166 ○座頭　盲人。▽なまめかしい春の朧夜、座頭が小歌を口ずさみながら通り過ぎて行く。季朧夜。

167 ▽長く垂れた柳の枝が春風にゆっくりと揺れ、石垣の角張った所をまるで愛撫するように摺れあっている。季柳。

168 夕昏《ゆふぐれ》や桃にすかせば二日月《ふつかづき》　其麦

169 隙《ひま》もるや古《ふる》物《もの》店《だな》の脊《せ》戸《ど》の梅　羊夫

170 花盛《はなざかり》ふもとは近く成《なり》にけり　子光

171 羽《は》織《おり》着て酢《す》売《うり》も来たり花の山　可昌

172 巾《きん》着《ちやく》の紐《ひも》ほどけけりはるの風　珍松

173 紙《かみ》雛《びな》にめでたく書《かき》し目鼻哉　江涯

174 おもしろの夢のうき世や桜さく　〻

168 ▽桃の花を楽しんでいると枝を透かして細い半弦の月がほのかに見え、幻想的たそがれ時の眺めである。季桃。

169 ▽古道具が無雑作に置かれている古物店の建物の透き間から、店の裏口に咲く清楚な梅が眺められる。季梅。

170 ▽満開となった山の桜が、盛り上がったように一きわ大きく見え、山の麓が近くなったようである。季花盛。

171 ▽普段は襷掛けで裾を尻はしょりして酢を売り歩く酢売りの男も、今日は正装し羽織を着て花の山を楽しんでいる。季花の山。

172 〇巾着　口を紐でくくる小物入れ。▽春の風に誘われ、巾着一つを持って外出。のどかな陽気に気分もゆるみ、巾着の紐もほどけたまま。季はるの風。

173 ▽雛祭りに飾る紙雛は、吾が子が可愛い顔立ちに成長することを願う親の気持を汲んで、目鼻立ちが可愛く描かれている。季紙雛。

174 ▽この世はおもしろい夢のような浮世で、はかないこともあり、楽しいこともあり、そのことを窺わせるように桜が咲いている。季桜。

遠江《とおとうみ》の記《き》

田中道雄 校注

〔著者〕五升庵蝶夢。

〔書誌〕大本の縦長本。一冊。唐紙を使い唐本様の作り。砥粉色の表紙には空摺りでたんぽぽ唐草つなぎの模様が入り、中央の題簽は茶褐色。十八丁。他に遊紙一丁。板下筆者は、高安芦屋ともいう。

〔書名〕著者の浜名湖遊覧の紀行であることを、簡明に示した名。増基の「遠江の道の記」をも意識している。

〔成立〕三熊海棠の識語は天明六年(一七八六)九月朔日。蝶夢の京都への帰庵は、同年四月九日付け白輅宛礼状によると四月二日。かなりの時間をかけて述作した作品。私家版で、刻版料の出資者は竹村方壺。

〔構成〕浜名の橋古図の三熊海棠識語。
三熊海棠画の浜名の橋の古図(彩色)。
紀行本文。
竹村方壺の跋。

〔意義〕わずか一日の紀行だが、蝶夢が自らの文学観にのっとり、精をこめて練り上げた佳品である。風景把握に観察的ともいえる新しい認識態度がきわめて鮮明に打ち出されており、安永天明期俳諧に地方系俳諧がもたらした要素を理解するうえで貴重である。また、きわめて多くの古典作品を利用した文章表現も、この時代の文学の性格をよく物語る。写実の追求と造本の雅びとも通い合う古雅な文体の共存こそ、当作品の魅力であろう。(解説参照。)

〔底本〕西川宗行氏蔵、大文字屋文庫本。

〔影印〕『天明俳書集 七』(臨川書店、平成三年刊)。

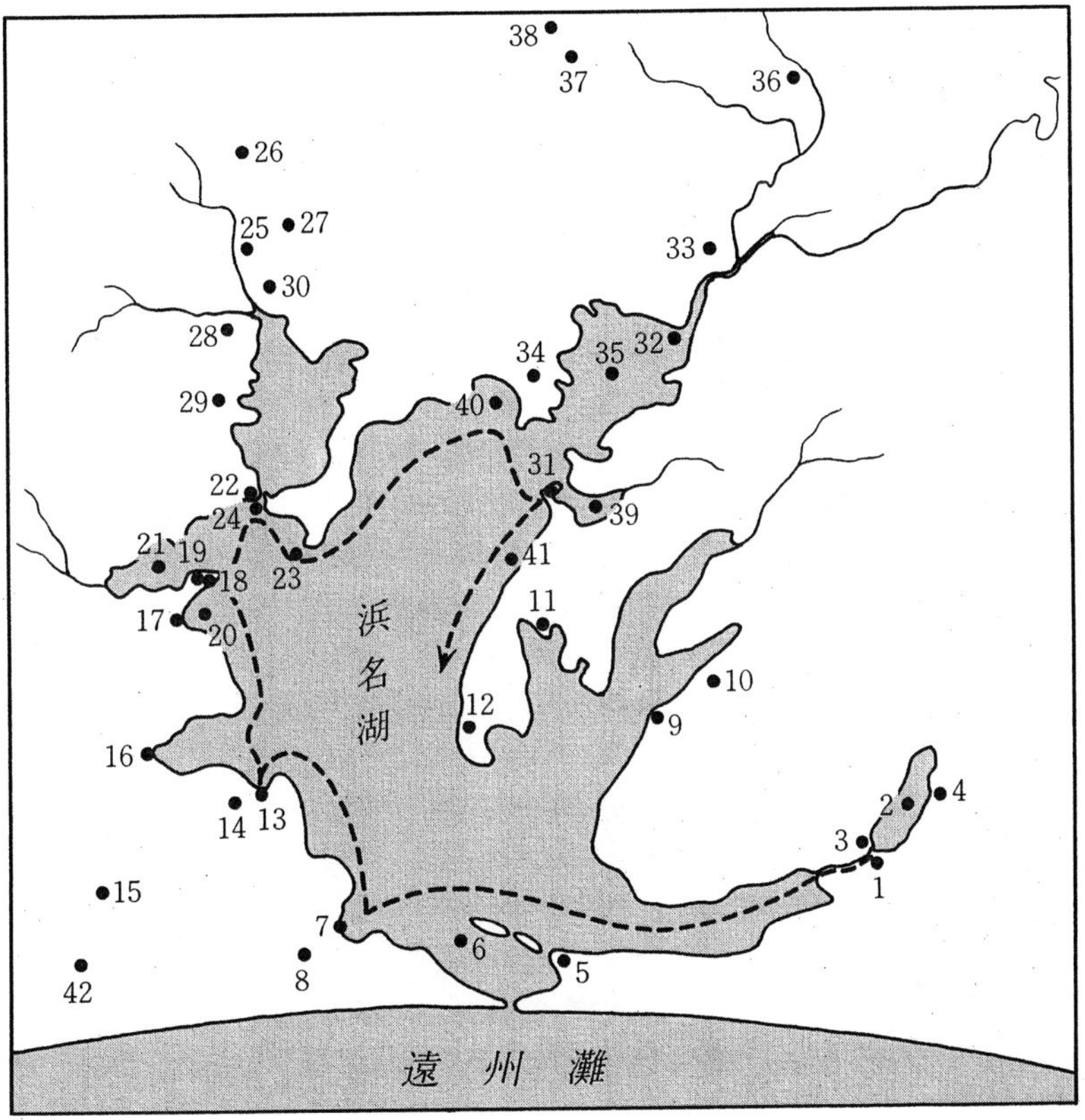

1 方壺の屋敷
2 入野の江
3 臨江寺
4 三つ山
5 舞坂の宿
6 今切の渡り
7 新居の宿
8 橋本
9 小人見
10 大人見
11 乙君
12 村櫛
13 鷲津の浦
14 本興寺
15 高師山
16 新所浦
17 入出の浦
18 正太寺
19 渦山(宇津山)
20 太田の江
21 大知波の江
22 千貫松
23 礫岩
24 追門口
25 岡本
26 大福寺
27 摩訶耶寺
28 鵺代
29 下尾奈
30 三ヶ日
31 舘山寺
32 気賀の江
33 気賀
34 引佐峠
35 引佐細江
36 井伊の谷
37 奥の山
38 方広寺
39 呉松の江
40 左久目の江
41 内山の江
42 白菅(白須賀)

浜名橋《はまなのはし》古図

[一]三代実録曰、

[二]陽成天皇[三]元慶八年九月朔《さく》、[四]遠江国浜名橋長五十六丈、広一丈三尺、高一丈六尺、[五]貞観四年修造。歴二十余年、既以破壊。勅、給[六]彼国[七]正税稲《しやうぜいたう》[八]一万二千六百三十束《そく》、改作焉。

[九]天明六丙午秋九月朔、応[一〇]幻阿老師索、[一一]臨摹《りんぼ》

[一二]海棠《かいだう》思孝 識

〔**外題**〕 「登宝当安布徴農伎」(遠江の記)。「いほぬし」に「遠江の道の記」があるのを知ったうえでの命名。擬古風の表記は、万葉集の「等保都安布美」にならう。

〔**浜名の橋古図の識語**〕 本文に入るに先立って、この紀行が浜名の橋を中心にした史蹟探訪の旅であること、それも考証をともなう理知的なものであることを示す。説明を加えずに古文献・三代実録の記事だけを掲げることで、かえって読者に史実の存在を実感させ、この旅の歴史の世界に誘いこもうとする。この面の板下書は三熊海棠の筆蹟。末の二行は口絵の落款だが、末尾に日付が加わることによって、この面はおのずから序にかわる役をはたすことになる。浜名の橋は、古代・中世、浜名湖南端にあった橋。歌枕として著名。湖が閉鎖されていたころ、わずかに外海に通じていた浜名川にかけられた。実在を証する最古の資料をもとに、蝶夢はこれを己が眼で確かめようと旅に出る。ただしその位置は現在確認されておらず、引佐細江《いなさほそえ》の入口付近とする説もある。

一 日本三代実録。藤原時平ら撰。五十巻。清和・陽成・光孝三天皇の代、三十年間の国史。 二 第五十七代の天皇。この年二月に譲位しているので、正しくは光孝天皇の代。

三 八八四年九月一日。 四 以下の読みを、寛文十三年刊本の訓読に従って示す。「遠江ノ国浜名ノ橋、長サ五十六丈(約一七〇メートル)、広サ一丈三尺(約四メートル)、高サ一丈六尺(約五メートル)、貞観四年ニ修造ス。二十余年ヲ歴(へ)、既ニ以テ破壊ス。勅シテ彼ノ国ノ正税稲一万二千六百三十束ヲ給ヒ、改作セシム」。

五 八六二年。 六 遠江国。 七 律令制において、租税として徴収し、国が所蔵する稲。 八 現行の本文の多くは、一万二千六百四十束とする。束は正税稲の量をはかる単位。一握りが一把、十把が一束。 九 一七八六年。 一〇 「幻阿老師ノ索(もと)メニ応(こた)ヘテ」。一字分の余白は敬意を示す。幻阿は著者蝶夢の法号、当年五十五歳。 一一 まねて書き写すこと。「りんも」とも。

一二 「海棠思孝識(しる)ス」。印記「三熊/思孝」。海棠は、京都の熊斐(ゆうひ)系の画家。享保十五年(一七三〇)—寛政六年(一七九四)。姓三熊、名思孝。近世畸人伝(伴蒿蹊)の挿画を描き、自らも続近世畸人伝、吉野枝折を著す。和歌・俳諧を好くし、蝶夢とも親しかった。

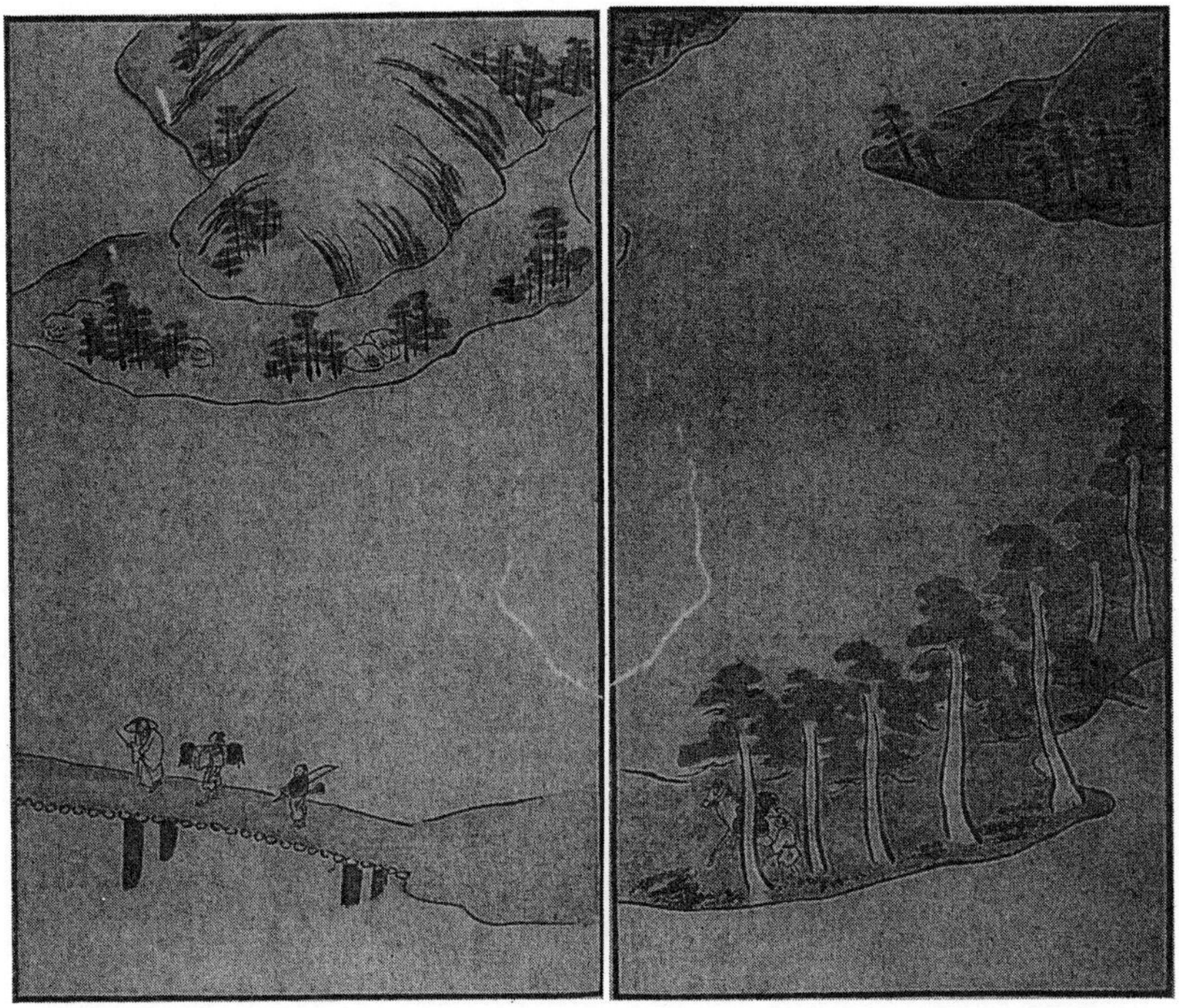

〔浜名の橋の古図〕冒頭の三代実録の記事に続き、実在を証する古文献として、見開き四面、計二丁分の大振りの視覚資料を掲げる。蝶夢は「官庫に御座候浜名橋之古図に、芙蓉先生之秘図を得て、海棠に写させ申候。猶、今の荒井とは違ひ申候」(天明七年九月十四日付素郷宛書簡)と述べており、古図の模写ゆえに写実的画風ではないが、古代の実景の、紙上での再現を図るのである(解説参照)。濃淡二種の薄墨のほかに、黄蘗(きはだ)の色墨を用いている。

[一]ふじの山見むとて、[二]とほく遠江《とほたふみ》の国まで[三]下りけるに、をりふしの春雨に[四]旅ごろものくづるばかりに[五]あゆみづかれぬれば、[六]入野《いるの》の江《え》のほとり[七]竹村うし方壺《ほうこ》といふが許《もと》に宿をかるに、あるじは[八]旅のあはれをもわきまへしをとこにて、「かゝる[九]在家のすまひのいぶせきには一夜のかり寐も[一〇]心のどめ給じを」と、[一一]江のむかひ、[一二]臨江寺《りんかうじ》といふてらに具しゆきて、雨のやどりとす。

なほきのふもけふも[一三]かきくらし降《ふる》雨に、旅の宿《やどり》の[一四]せんすべなく、[一五]方丈のおくのかたを[一六]たれこめて昼ともいはず枕していぬるを、[一七]あるじのをとこ見て、「[一八]いぎたなの法師や、[一九]なすこともあらでさいぬるほうしは牛になれる、といふものを」と[二〇]あさむに、「げにも」とおき出て[二一]椽行道《えんぎやうだう》し、江の上を見わたして「[二二]雨亦奇《また》なり」と[二三]ずして、いたづらに日をくらすばかりなるに、ある朝、軒に[二四]雀のさへづるこゑ

〔入野の江〕 浜名湖の旅は、浜松に近い入野から始まる。案内をする方壺の世話で臨江寺に宿り、春雨のあがるのを待つ。静から動へ転じていく、紀行文の導入部。初めに方壺の名を出すのは、跋文を方壺が執筆するのに対応。
一 この地への挨拶。 二 主題にかかわるので、下文(三九六頁五行目)に「みやこに遠き江あるを…」と記す語源が、ここでも連想されている。 三 天明六年(一七八六)三月、京から下った。 四 旅中の衣服。歌語。 五 ぬれて形がなくなるほどで。 六 佐鳴(さなる)湖の古名。「入野池」「入野の海」とも。浜松市街地の西にある、南北約二キロメートルの自然湖で、浜松城外の名勝とされた。入野はその南岸にある村。遠江国敷知(ふち)郡(今の浜松市入野(いりの)町)。古くは「いるの」と読む。 七 入野の富農、竹村又右衛門。蝶夢の蕉風復興運動の支持者で、本書の出版費用を負担。当年三十歳。「うし(大人)」は尊称。 八 奥の細道・尾花沢の条の「さすがに旅の情をも知(しり)たれば」にひかれた表現。同書の清風も地方の富家である。 九 僧である蝶夢に気づかって、在俗の自宅が清浄感に欠けるを言う。 一〇 おくつろぎできないでしょうから。
一一 臨江寺は、浜名湖へ通じる新川の、河口の対岸に位置する。
一二 佐鳴湖の西南岸にある臨済宗の寺。少林山。文明十二年(一四八〇)、平山泰開基。勝地ゆえ文人が訪れ、享保十四年(一七二九)八月七日には、賀茂真淵らが歌会を開いている。 一三 暗く雲を垂れて。 一四 手持ち無沙汰で。 一五 禅寺で住職が居る部屋。「蓋シ寺院ノ正寝ナリ」(釈氏要覧)。 一六 「たれこめて 帳(チャウ)・すだれなどおろしこめたる也」(和歌八重垣)。雨戸を閉めることを雅文化。 一七 方壺のこと。 一八 寝てばかりいる坊さんだよ。徒然草四十一段の、賀茂の競馬を見ながら木の上で眠り、落ちそうになる法師を連想した表現か。「寝濃 いぎたなき〈寝濃(ゴネイ)也〉」(譬喩尽)。 一九 「坊主は来世牛に生(まう)るべし」(譬喩尽)とする俗説を、寝坊に結びつけて戯れた。 二〇 あきれて難ずるので。「これを見る人、あざけりあさみて」(徒然草四十一段)。
二一 縁側でする行道。行道は、列になって経を唱えながら、仏像などを回る行法。ここでは、縁側を行ったり来たりすること。
二二 非難に対し仏語で応じた。「椽」の字体は、縁側の意で通行。
二三 雨天の景もまた味わいがある。奥の細道・象潟の条の、「雨も又奇也とせば、雨後の晴色又頼母敷(たのもしき)と」による。もと蘇

[一]はなやかに聞《きこ》ゆれば、戸おしあけて見るに、[二]夜べの雨雲などりなく晴て、江のあなたなる[三]三つ山といふ松山の上に朝日にほやかにさし上り、はるかに[四]富士の雪の高根あざやかに見えけるに、日ごろの雨のものうさもわすらる。

1 むら松やみどりたつ中に不二のやま

汀《みぎは》には[五]鶴のおほくむれて、蘆《あし》のわか葉分《わけ》ありく。[六]かうやうの景色は大かた都にては硯箱《すずりばこ》めくものゝ[七]蒔絵《まきゑ》、[八]屏風《びやうぶ》だつものゝ[九]うつし絵にのみ見るものをと、[一〇]めづらしく目みはなちがたくながめ居《ゐ》るに、あるじのをとこいできて、「今日は[一一]うどむ華《げ》のはなの日和《ひより》[一二]ごさめり。[一三]いざや[一四]この江に[一五]舟さして、浜名の橋の[一六]ふるきわたり、[一七]とほたあふみの浦〱見せまをさむ」と[一八]けしきばめば、[一九]そこらの人も「ともに[二〇]あなひせん。[二一]舟《ふな》よそほひせよ」と[二二]ひしめきて、[二三]従者《ずざ》あまたにくらふべき[二四]酒飯《しゆはん》なにくれとふねにはこび入れさせ、[二五]けいめいせしかば、[二六]何がしのかうの殿の[二七]舟《ふな》せうえうなどいふにゝて、[二八]捨人《すてびと》の料《れう》にはにげ

東坡の七言絶句「西湖」(連珠詩格)に出る語。二三 口でぶつぶつ唱えて。「ず(誦)す」は、経文などを声を出して読む意の「じゅす」の直音化。二四 蝶夢らしい、実感をともなう具体的描写。

一 晴れやかに。奥の細道・象潟の条、前頁注二二に続いて「其朝(そのあした)天能霽(よくはれ)て、朝日花やかにさし出る程に」とある。この前後の表現は、象潟の条を連想させ、本作の主題を、同じ湖上周遊として意識することが知れる。二 昨夜。三 佐鳴湖の東岸中央にある、標高三〇メートル余の小山(今の浜松市蜆塚のあたり)。ツツジで知られる景勝地だった。臨江寺からは東北東の方向。従って、朝日はこれより南で昇る。「三ツの崎あるゆへにみつ山とはいふとなり」(曳馬拾遺)。四 臨江寺からは北東の方向。

1 〇むら松 松の木立。〇不二のやま 富士山の別表記。▽江のかなたに、めでたい松の繁みが見える。その緑の色もすっかり春めき、その上に望む富士の白雪をきわだたせている。季みどりたつ(新芽がもえる意)(春)。

五 近世、鶴は季を問わずに見られた。六「かくやう(斯く様)」の転。このような。七 漆で描いた上に、金銀粉などを蒔きつけた、工芸的な絵。八 屏風のようなもの。「硯箱めくもの」と対句表現。九 絵画。一〇 蝶夢の、実事尊重を示す部分。自然観察の重視。一一 優曇華の花。仏典で、三千年に一度だけ咲くとされる、瑞祥の霊花。まれな好機や、待ち望んだことを得ることのたとえ。一二 であるようです。「にこそあるめれ」の転。已然形の結びが消失。一三 心高ぶった誘いの語。一四 浜名湖。一五 舟を進め走らせて。「住の江に船さし寄せよ…」(土佐日記)。一六 辺。「ふるきわたり」で遺跡の意。一七 冒頭に出た国名を、ここでは湖の名に用い、書名も同様。浜名湖は、面積六九平方キロメートル、湖岸線九二キロメートル、最大深度一二メートル。一八 意気込むと。一九 多くの。雅語。「そこらの人」は、同行の報竹・虚白・斗六等。二〇 ご案内いたしましょう。二一 舟を出すため、帆や櫓などを整えること。「舟よそひ」とも。二二 口々に誘い、勢いづいて。二三 たくさんの供人や水夫(かこ)にとっての、の意。奥の細道・種の浜条の「破籠(わりご)・小竹筒(ささえ)など、こまやかにしたゝめさせ、僕(しもべ)あまた舟にとりのせて」を連想させる。二四 酒と食べ物。二五 機敏に手配したので。「けいめい」は源氏物語などに出る語

なし。

朝なぎに風なければ帆はあげで、[二九]棹《さを》のうたをかしく漕出《こぎいづ》るに、舟の前には見ぬ[三〇]浦山つらなり、[三一]うしろには[三二]不尽《ふじ》のやま見ゆるに、ながむることぞおほき。あるじのをとこ、[三三]ふるき道の日記どもとう出《いで》、くりひろげてよむとて、「まづいまこぎゆくかたの[三四]舞坂《まひさか》のうまやは、もと[三五]舞沢《まひさは》が原なり。いにしへ浜名の橋へこの駅《うまや》よりつゞきたる松原のありて、[三六]水うみ・しほうみをへだてたり。[三七]其《その》湖の落入《おち》る所にわたせし橋なりし。その橋のあたりよりのながめ、[三八]世にたぐひなき風景なることを、昔人《むかしびと》の多くしるせし、そが中の一二を集てかたらむに、

「[三九]さらしなの日記」には　[四〇]とのうみは、いといみじくあらき波たかくて、入江の[四一]いたづらなる洲《す》ども[四二]ことものもなく、松原しげれる中より波のよせかゝるも、[四三]いろ〳〵の玉のやうにみえて、まことに[四四]松のすゑより浪はこゆるやうに見えていみじ。

「[四五]うたゝ寐《ね》」には　[四六]浜名の浦ぞおもしろき所なりける。波あら

で、忙しく世話をやくこと。二六 藤原道長の二女妍子(けんし)をさす。正暦五年(九九四)―万寿四年(一〇二七)。寛弘元年(一〇〇四)尚侍(ないしのかみ)、同七年東宮妃として参上、のちに三条天皇皇后となる。紫式部日記の「内侍(ないし)の督(かん)の殿の御かたに」に基づく表現で、「かう」「かん」は「かみ」の音便形。二七 舟逍遥。ここでは、寛弘五年十月十六日、一条天皇が、誕生した若宮に対面するため、中宮彰子の里邸である土御門殿に行幸した折の舟遊びをさし、妹である妍子の方の女房たちのはなやかなふるまい、池に竜頭鷁首(りようとうげきす)の舟を浮かべた賑わいは、栄花物語八に詳しい。二八 出家者である私のためとしては似つかわしくない。「料」は形式名詞。

〔**浜名の橋の古蹟**〕　舟を漕ぎだし、新川を下って湖上に出、西へと進む。舞坂まで来ると、方壺が読みあげるいくつかの古典に照らし、かつて地続きだった地形や橋の位置の確認を試みる。趣向が目だつ部分だが、当代の治政の功や現風景を取り入れ、主客の詠句を加えて、古今雅俗の調和をはかっている。

二九 舟歌をおもしろく歌って。土佐日記にも描写がある。三〇 入江や山。三一 佐鳴湖南端から浜名湖へは、西に向かって一キロメートル余の新川が通じている。これを経て湖上をさらに西へ進むが、富士山はしばらく後になる。三二 富士山の別表記。既出の「富士」「不二」等を避ける。三三 以下に掲げる古典諸作品をさすが、複数の板本を用意したわけではなく、浜名の橋関係記事の抜き書を持参したのであろう。方壺が考証する形式をとるものの、引用の多くは、蝶夢の執筆時の加筆と思われる。なお、元文五年(一七四〇)成の賀茂真淵の岡部日記(写本)には関連記事が多く、利用もあったか。「とう出」は「とり出」の音便形。三四 浜名湖の湖口の東岸にあった東海道の宿場。遠江国敷知郡(今の静岡県浜名郡舞阪町)。浜松宿より一つ西の駅で、対岸の新居宿へは舟で渡る。蝶夢たちには左手に見えてくる。三五 舞坂の古名。この部分、「この宿(橋本)をもうち出でて行き過ぐるほどに、まひさはの原といふ所に来にけり」と記す東関紀行によるか。三六 この前に、その東西にのびる砂洲が、とあるべきところ。古来、松景色がめでられた。「水うみ」は淡水の海。三七 その湖の水の、の意。古代の浜名川の河口をさす。三八 古来勝地とされた歌枕を、近世人の眼で見直そうとする。

きしほの海ぢ、のどかなる水うみのおちいりたる[一]けぢめ、はるぐ〵とおひつゞきたる松の木だち、絵にかゝまほし。

「[二]海道記」には　橋の下にさしのぼるうしほは、[三]かへらぬ水をかへし、[四]上《かみ》さまにながれ、[五]松をはらふ風のあしは、かしらをこえてとがむれどもきかず。大かた[六]羇《き》中《ちう》の贈答は此所《この》に儲《まうけ》たり。北にかへり見れば、湖上《こしやう》はるかにうかむで、[七]波のしは水の顔に老たり。西にのぞめば、[八]湖《こ》海《かい》ひろくはびこりて、雲のうきはし、[九]風のたくみにわたす。

「[一〇]東関紀行」には　南には潮《しほ》の海あり、漁舟《ぎよしう》波にうかぶ。北には水うみありて、人家きしにつらなれり。[一一]そのあひだ[一二]すさき遠くさしいでゝ、松[一三]きびしく生《おひ》つゞき、嵐しきりに[一四]むせぶ。松のひゞき・波のおと、[一五]いづれもきゝわきがたし。

「[一六]済北集《さいほくしふ》」には　[一七]左海右湖同一碧、長虹合呑両波瀾。

これらのみならず、代《よ》ゝ《よ》の[一八]すき人の、この橋のわたりのけしきのおもしろきさまをものに書《かき》、歌によみしことかぞへがたし。

三九 菅原孝標女作。康平二年(一〇五九)頃成。寛仁四年(一〇二〇)、十三歳の作者は、東国から京へ上る父に伴って浜名の橋を渡った。四〇 外の海。四一 ただ広いだけの砂洲。四二 ほかの物。四三 さまざまな色の。四四 「君をおきてあだし心をわがもたば末の松山波もこえなむ」(古今集・東歌)。四五 阿仏作。十三世紀中頃成。失恋を体験したまだ十代の作者は、養父に伴ってその任地の遠江へ旅した。四六 浜名湖南端の岸辺。

一 境目。二 作者未詳。貞応二年(一二二三)頃成。京の遁世者である作者は、この年鎌倉へ旅した。引用は、「鴨長明海道記」と内題する寛文四年刊本によっている。三 諺にも返らぬという水を逆流させ。「行く水のことかへらずぞ」(万葉集十一)など。四 上の方。五 松の枝を通る風の動き。「秋ノ風松ヲ払ッテ」(和漢朗詠集・管絃)。「あし」は次の「かしら」に続く文飾。六 旅中の贈答歌の素材は、ここに用意されている。「雲衣ハ范叔ガ羇中ノ贈」(和漢朗詠集・雁)。七 水面にしわのような波が立って、老人の顔のようだ。老人の顔のしわを波に喩えるのは、古今集など数多い。その逆の比喩。八 海道記の古写本は「潮海」。ここは外洋の景とすべき。九 古写本は「風ノ匠」と表記して、擬人法を明確化。一〇 作者未詳。仁治三年(一二四二)頃成。京住みの作者は、この年鎌倉に旅した。引用は、源親行作とする扶桑拾葉集所収本によると思われる。一一 南の潮海と北の水海の間に。一二 洲崎。一三 透き間なく。「密 キビシ」(易林本節用集)。一四 むせび泣くように音を立てる。一五 扶桑拾葉集本は「何れと」。一六 南北朝期の五山僧、虎関師錬の漢詩文集。一七 「遠州橋下」と題する七言絶句の後段。前段は「松根沙上此盤桓、且以脚悲換目歓」。慶安三年刊本は「長虹併飲」と表記。平仄から見て「合呑」は誤り。「左海右湖同一ノ碧、長虹合ハセ呑ム両波瀾」。長虹は壮大な虹。虹は谷川の水を呑むとされる。一八 数寄人。風雅を好む人。一九 増基作。十一世紀成。「いほぬし」中の、「遠江日記」と題する旅中吟五十首を、扶桑拾葉集は「遠江の道の記」の題で収める。

橋のたえし事、むかしも度〻ありてや、

[一九]「増基《ぞうき》法師の記」に、橋の[二〇]こぼれたるを見て、

中たえて[二一]わたしもはてぬ物ゆゑに[二二]なに〻浜名のはしをみせけん

[二三]「菅原孝標女《すがはらのたかすゑのむすめ》の記」に、はま名の橋、下りし時は[二四]黒木をわたしたりし、このたびは[二五]あとだになし。舟にてぞわたる。

また橋の焼《やけ》けることもありけむ、

[二六]「重之《しげゆき》の家集」に、[二七]浜名のはしをわたらむとてくるに、はやうやけにければ、

水の上のはまなの橋も焼《やけ》にけり[二八]うちけつ波やよりこざりけむ

かくおほくの年月の間に、さま〴〵のことありしかど、なほ[二九]其《その》橋のちかき世までもありけるにや、

[三〇]「長嘯《ちやうせう》の記」に、

恋わたる都は[三一]とほつあふみなる浜名のはしに[三二]心はなぎぬ

とはよめり。[三三]さるをその〻ちならむ、つねならぬ大浪の寄《よせ》けるにう

二〇 こわれたのを。 二一 向う岸へ渡しおおせないものなのに。
二二 どうして役立たずの無くてもよい橋を見せたのでしょうか。浜名の「名」に「無」を掛ける。
二三 前後の引用書名に合わせて、既出の「さらしなの日記」を別名で示す。 二四 皮がついたままの木。
二五 扶桑拾葉集本は「あとだに見えねば」。
二六 三十六歌仙の一人、源重之の歌集。重之は旅の歌人として知られ、長徳元年(九九五)頃陸奥に下った。
二七 省かれた詞書の前半は、「実方の君のともにみちの国へ行くに、いつしか(浜名のはしを…)」。 二八 消しとめる波。
二九 長嘯子在世時の橋の存在に、多少の疑念を留保する。
三〇 近世初頭の歌人、木下長嘯子作。天正年間末(一五八〇年代)の詠で、前文は「はまなのはしにひるのやすみしつゝ、船子どものもちゐくひさけのむあひだに河つらをみやりて」。蝶夢は、扶桑拾葉集所収「はじめてあづまにいきける道の記」を使用か。
三一 「都は遠し」と「遠江」とを掛ける。
三二 心がなごんだ。この歌、橋が現存するようにも読める。
三三 浜名湖が汽水湖となったのは、明応七年(一四九八)八月二十五日の大地震・津波による。蝶夢はこの年次を知り得てない。

一 その地震で、砂洲が決壊してできた浜名湖の開口部。「わたり」はここでは水面の広がり。今切の称は、「今切口」(浜名大橋がかかる水路)として現在も残る。 二 約三・三キロメートル。「まひ坂よりあら井へ 海上一り」(早見道中記)。 三 往き交う。 四 「目付伊勢平八郎貞敷、新井の修築はてゝかへり謁す。先年の地震にかの地崩壊して、渡舟のたよりを失ひしをもてなり」(徳川実紀・宝永六年十一月十五日条)。 五 宝永六年(一七〇九)から翌々年にかけて幕府が施した、水路改修の大工事。同六年は五、六メートルの松の丸太五六二八本を打ちこんだ(今切御関所留)。東海道名所図会にも「数万の杭を打て」とこのことを記す。 六 さえぎり防ぐと。 七 蝶夢らは、想像をめぐらすことを重視する。 八 舞坂と新居の両宿を結ぶ渡し舟。 九 昔の浜名の橋の跡。 一〇 浜名湖の湖口の西岸にあった宿場。遠江国敷知郡(今の静岡県浜名郡新居町)。白須賀宿より一つ東。宝永四年の大地震後、西の中之郷村へ移っていた。 一一 新居宿の西南にあった、橋本村

ち崩されて、こなたの松原・かなたの橋もいづち行《ゆき》けむ、あらずなりて、今の世には松原のありしあたりを今切《いまぎれ》[一]のわたりとて、三十町[二]あまり潮うみと水うみ一つになれるなり。大海より入《いり》来る高浪に、往来《ゆきか》[三]ふ舟のわづらひ[四]ありとて、公《おほやけ》[五]より数しらず杭《くひ》の木を海の中にうたさせ給ひて、其《その》波の荒きをさゝゆる[六]に、いつとなく杭のもとによせたる真砂《まさご》のおのづから洲となり、そが上に松どもおひたるを見やれば、むかしの海道《かいだう》の松原もかくと[七]面影おぼえぬ。その中を旅人[八]の往来《ゆきか》ふ舟は水鳥のうきつれたるごとし。かの[九]橋わたせしあとは、いまの新居《あらゐ》[一〇]の駅《うまや》・橋本[一一]の里より西[一二]にかけしものと聞《きけ》[一三]」と、指さしをしふるに、

2　橋ぞむかしいまは霞をわたるふね

と見る[一四]まゝをいひ出《いづ》れば、京よりともなひし老《おい》[一五]をのこ、

3　そのはしのあとさへ見せず朝がすみ　　萍[一六]江

など三か村の称。今の新居町の南部。新居宿に隣接するので、加宿として宿場の役を補った。一二 浜名の橋が西寄りにあったとの理解は、埋没した浜名川の河床の推定に基づく。「浜名川…古は遠湖より流れて、白菅の東、帯の湊より海に入。今は田となり沼と成《なり》…昔の川筋の形大略《あらまし》に見ゆる」(東海道名所図会)。一三 とご承知ください。

2　○橋ぞむかし　蝶夢編・俳諧名所小鏡には「橋やむかし」として採録。▽浜名の橋を歩いて渡ったのは昔のことで、今は春霞の中を渡り行く舟がこれに代わっている。[季]霞(春)。

一四 蝶夢の尊重する表現理念。一五 老僕。

3　▽その名高い浜名の橋は、今朝は春霞が深いせいか、その跡さえも見ることができない。更級日記の「浜名の橋…このたびは跡だに見えねば、舟にてわたる」によるか。[季]朝がすみ(春)。

一六 伝未詳。一七 しぼりだした句は。

4　▽昔の浜名の橋を、私もぜひ見てみたいものだ。砂洲の松林のはずれの、少し霞んでいるあたりに。[季]一かすみ(春)。

一八 竹村又七。方壺の一族だろう。

5　○浪のはな　波がつくる白いあわやしぶきを花に見立てた雅語。○跡　舟あと。航跡。○橋ばしら　橋げたを支える柱。橋脚。橋げたがすたれても残るもの、とされる。▽私たちの舟は白いしぶきをとばして進んでいく。その後ろにできる一本の航跡は、これこそ浜名の橋の橋柱の、ほのかな名残りなのだ。[季]浪のはな(春)。正花・非花の論がある季語。

一九 柴田忠四郎。白須賀東町の人。これ以後蝶夢の支持者となった。

6　▽北の方へ飛んで帰る雁たちよ、おまえたちがつくる列で大空に橋をかけ、今はない浜名の橋の姿を見せてくれよ。[季]帰るかり(春)。

〔**新居の宿**〕　湖の西南端の新居は、船上からの眺望にとどめた。名高い昔の橋本宿と、これにまつわる故事が思いだされる。

二〇「へた　ハタ也。海浜を海べたといふ」(俚言集覧)。二一 釘を打っていたのは。城門などの大型の飾り鋲(乳鋲)のさま。

二二 舞坂へ渡る舟乗場に接して設けられた関所で、今切関所ともいう。今も遺構が、新居町新居に現存。徳川幕府が箱根同様

舟の中の誰もかれもうめき[一七]出《いだ》せるは、

4 橋ゆかし松のとぎれの一かすみ　報竹[一八]

5 浪のはな跡は朧《おぼろ》の橋ばしら　虚白[一九]

6 橋かけてそのあと見せよ帰るかり　方壺

あまた句きゝけるも、景色みるとてうちわすれぬ。

海べた[二〇]に門いかめしく釘ぬきせし[二一]は、新居[二二]の関の戸也。橋本[二三]は浜名のはしもとにて、むかしは海道[二四]の中にても、ことに遊び[二五]の多かりし所とぞ。「東鑑《あづまかがみ》[二六]」に、「於橋本駅[二七]、遊女等群参。有繁多贈物云ゝ」。梶原景時《かぢはらかげとき》[二八]が、

はしもとのきみには何かわたすべき[二九]

と云かけしに[三〇]、

たゞそま河のくれてすぎばや[三一]

に重視し、とくに出女に厳しかった。二三 中世、著名な宿駅として栄え、遊女や傀儡(くぐ)も集まって賑わった。蝶夢は、地名が浜名の橋に因むことに注意を促す。二四 東海道の略称。二五 遊女。二六 鎌倉幕府の事蹟を記した編年体の歴史書。吾妻鏡。五十二巻。著者未詳。二七 巻十の建久元年(一一九〇)十月十八日付の記事。この時、源頼朝は上洛の途中だった。「橋本駅ニ於テ遊女等群参ス。繁多ノ贈物アリ云々」。この後に「先之有御連歌」と断って付合を記載。増鏡二と菟玖波集・雑体連歌に同じ内容が見える。二八 源頼朝に忠誠を尽くし、その信任が厚かった武将。正治二年(一二〇〇)没。二九 「はしもとのきみ」は遊女。「わたす」は「はし」の縁語で、物を贈る意を掛ける。古資料はすべて、この前句を頼朝の詠とし、付句を景時とする。増鏡の中七は「君になにをか」。三〇 問いかけたところ。三一 「そま河の」は「くれ」をひきだす序。「くれて」は「暮れて」と物を与える意を掛ける。ただ、日が暮れてから通るだけにしよう、の意。杣川は、伐採木を筏に組んで流す川のこと、和歌では「暮」の語を伴うことが多い。増鏡、菟玖波集では、「そま河」は「そま山」、「すぎばや」は「あらばや」とする。

一 源頼朝。建久十年(一一九九)没。二 新居関所の南方にある標高約三〇メートルの小山。東海道名所図会も同じ伝承を、「終夜篝(かがり)を焼て遠見したる旧蹟ゆへ此名を呼ぶ」と記す。「その山の絶頂、平にして閭(ろひ)し」(遠江古蹟図会)。三 源頼朝。四 橋本の宿駅。五 前出の景時の長男、源太景季(かげすえ)。宇治川先陣争いなど逸話に富み、和歌にもすぐれた武将。正治二年(一二〇〇)没。

〔浦めぐりの楽しさ〕 針路を北へ転じて、湖の中央へ向かう。珍しい漁法に目をとめ、広やかな湖面を見晴るかしながら、船上での小宴を楽しむ。

六 底本には「ツノサケヒコ」と振仮名を墨書。延喜式・神名帳に「角避比古神社」と見え、またツノサリと読む。「津の開(さ)り」の意で、湖口の開塞を司る神。嘉祥三年(八五〇)官社となる。当初の社地は不明で、ここは源太山にある湊大明神(今の湊神社)をさす。ちなみに東海道名所図会は、橋本村の諏訪大明神(今、諏訪上下神社)にあてる。七 主語は方壺。八 入江づたいの舟めぐりをしよう。係り結びの係りが消失。九 新居の小湾で西

と、[一]頼朝卿の連歌し給ひしとや。[二]源太山《げんだやま》とは、[三]鎌倉殿の[四]此《この》うまやにとまり給ふ時、[五]梶原太郎この山にありて守りけるといふ。

「こゝに[六]角避彦《つのさくひこ》の神とておはす、浜名の湖の名神《みやうじん》也」などをし[七]へて、「さらば是《これ》より[八]浦めぐりせめ」と、[九]舟漕《こぎ》もどさせて、[一〇]小人見《こひとみ》・[一一]大人見《おほひとみ》・[一二]乙君《おときみ》・[一三]村櫛《むらくし》などいふを[一四]よそにこぎ行《ゆく》に、小舟おほくうかみて、[一五]春の海に秋の木の葉ちらせるやうなるを、ちかくなるまゝに見れば、[一六]舟のさきに人の立《たち》て、[一七]竿《さを》にひしといふ物をさして、水底《みなそこ》に[一八]いをのあるを見てつらぬきてとることをす。[一九]すなどるわざの国〻にてかはりぬれど、[二〇]その罪はひとつに深かるべし。

[二一]けふしもやよひの廿日なれば、春やゝふかく、日影うら〱と風よきほどにふきて、海のおもて[二二]緑のきぬひきたるやうにて、舟の上静《しづか》なるに、[二三]かはらけとりかはし、人ゝゑひてこゝちよげなり。なべてかゝる遊びせんにも、[二四]四美《しび》といひて、かく空のよき日を[二五]嘉辰《かしん》といひ、こゝろの同じ友を[二六]良友といふも、[二七]これらの興をや、と思ふ。

とかくするうち、舟は[二八]鷲津《わしづ》の浦につきて、[二九]本興寺《ほんこうじ》にまうづ。[三〇]中ご

へ向いていた舳先を北へ転じる。 一〇 浜名湖の和地支湾の東岸にある村。遠江国敷知郡(今の浜松市古人見町)。 一一 小人見の北隣りの村。今の浜松市大人見町。蝶夢はここで、珍しい地名の連続を意識。奥の細道の笠島の条などにならうか。 一二 庄内半島で、和地支湾西岸の村。遠江国敷知郡(今の浜松市協和町)。 一三 庄内半島の南端にある村。遠江国敷知郡(今の浜松市村櫛町)。 一四 西沿岸を北上し、周航コースに含まれぬ東岸部を遠望する。 一五 「みな人〱の船出づ。これを見れば、春の海に秋の木の葉しも散れるやうにぞありける」(土佐日記)。 一六 舟の上からモリで突く、浜名湖独特の漁法。晩春から初夏へかけ、外海から産卵のために入るダツを、おもに湖口部でとった。「小船ニ一人乗組ミ…一名ハ艫頭ニ立テ銛ヲ構へ、だつヲ認ムレバ直ニ銛ヲ抛チ突殺ス」(『静岡県水産誌』)。 一七 「簎 ヒシ〈纂要ニ云フ。鉄ヲ以テ棹ノ頭ニ施シテ、因テ以テ魚ヲ取ル者也〉」(和漢三才図会二十三・漁猟具)。浜名湖のものは、先が数本に分かれてフォーク状をなす。 一八 魚。 一九 漁法。 二〇 殺生を忌む、仏僧らしい発想。だがこの部分、漁労習俗を活写。「ひとつに」は、ひとつにして、の意。 二一 冒頭部分を過ぎて、あらためて時を明示するのは、奥の細道の「ことし元禄二とせにや」に似ており、「やよひの廿日」は「弥生も末の七日」に近い。 二二 緑の絹衣。 二三 素焼きの盃だが、ここでは陶磁の盃を雅びに呼んだ。 二四 四つの美しいこと。王勃の「滕王閣ノ序」に「四美具ハリ、二難幷(あは)ス」と見える語で、古文真宝後集諺解大成は良辰・美景・賞心・楽事および賢主・嘉賓と注する。戸外の雅遊の条件。 二五 注二四の良辰に同じ。 二六 注二四の嘉賓に応ずる。 二七 今日はこれらの興をや得たるらむ、の意。美景・楽事についてはすでに述べられている。

〔**鷲津の浦**〕 鷲津では始めて上陸し、本興寺に詣でた。紀行中随一の名刹は、桜の名所でもあった。

二八 以下の四行、扶桑拾葉集所収の関東海道記によっている。鷲津の浦は、浜名湖の西南岸にある小港。遠江国敷知郡(今の湖西市鷲津)。 二九 常霊山と号する、日蓮宗陣門流総本山本成寺の別院で、永徳三年(一三八三)、日乗の開創。もと真言宗の寺。徳川家康の祈願寺として安堵され、寺田五十三石を賜わっていた。 三〇 近くに感じられる昔。 三一 永享八年(一四三六)—永正六年

ろ[三一]飛鳥井雅康卿《あすかゐまさやすきやう》、この法華堂《ほけだう》[三二]の柱に書付《かきつけ》たまふ歌に、

[三三]たびごろもわし津の里にきてとへば霊山説法《りやうぜんせつぽふ》[三四]の庭にぞありける

[三五]その卿の道の記にありと。[三六]汀より寺に入ること二町許《ばかり》、右左に並樹のさくらあり。たとはゞ津のくにの生田《いくた》[三七]の杜《もり》の花にゝたり。されどはやうつろひたり。[三八]門に「常霊山」の額をかゝげしは、[三九]かの御経の「常在霊鷲山《じやうざいりやうじゆせん》」の文によれりやと、其《その》こゝろを、

7 このやまやさくらはちれど香はのこり

仏のおはする堂も僧のこもれるむろも、[四〇]みな蘆もてふけるは、[四一]浦里めきてあはれ也。ある室にをさなきこゑしてたからかに御経よめるを、

8 散りかゝる花ぞ誦経《ずきやう》もこゝろあれ　方壺

9 花ちりて猶《なほ》もおくある御寺かな　虚白

(一五〇九)。号二楽軒、法名宋世。歌人・蹴鞠家として著名。 三二 ここでは本堂をさすか。典拠には、「本興寺といふ法華堂」とある。 三三 枕詞。ここでは「きて(来て・着て)」にかかる。 三四 釈迦がインドの霊鷲山でした説法。地名の「鷲津」を意識。 三五 注二八の書。富士歴覧記とも。明応八年(一四九九)に旅した。 三六 「黒門前海辺ニテ、二町半程両側桜樹有テ見事也」(遠淡海地志)。 三七 摂津国矢田部郡(今の神戸市中央区)の生田神社の境内。 三八 海に面した惣門。延宝二年(一六七四)、吉田(今の豊橋)城の城門を移築した。 三九 妙法蓮華経・如来寿量品の末尾の偈言の一節、「乃出為説法、神通力如是、於阿僧祇劫、常在霊鷲山」による。出て真理を説こう、私の力は無量の時間変らず、常に霊鷲山に在るのだ、の意。

7 ○このやま　常霊山と号するこの寺。▽名高い本興寺に詣でた。すでに桜は散っていたが、仏の尊い説法を伝える霊気は、充分に感じられた。季さくら(春)。 四〇 現在も本堂・客殿・奥書院は蘆葺き。 四一 海辺の村。

8 ▽桜も、散りぎわを見せている。幼い者よ、この花に変らぬ人の世の無常を思い、心をこめて経をお読み。季花(春)。

9 ○おくある　「見渡せば麓ばかりに咲きそめて花もおくあるみ吉野の山」(続古今集・春上・後鳥羽院宮内卿)をふまえる。▽この本興寺の境内は、桜の並木に奥があっただけでなく、花が散った後も木々の緑が奥深いことだ。季花(春)。

10 ○さらに　まったく。▽桜の花びらがはらはらと散っている。境内には他の参詣者もなく、私たちだけが春の日の静寂にひたっている。季ちるさくら(春)。

一 袴田孫四郎。入野村田端の人。 二 鷲津の西南、海に沿って、遠江国から三河国へ続く山陵。浜名の橋を連想させる歌枕。 三 鷲津の北にある、浜名湖西岸の村。遠江国敷知郡(今の湖西市新所)。海陸交通の中継点だった。 四 「沖つ風ふきにけらしな住吉の松のしづえをあらふ白波」(後拾遺集・雑四・源経信)。

[正太寺での眺望]　西岸を北上し、再び上陸して正太寺の山に登る。高所だけに視界が開け、四囲の展望を楽しむ。ここでは桜が満開だ。

五 向きのよい風が吹いて。すでに帆を使っている。 六 新所の

10 ちるさくらさらに寺とふ人もなし　斗六[一]

此《この》浦は高師山[二]のうしろにあたれりとかや。新所《しんじよ》[三]うらは浜の松どもことぐく渚《なぎさ》にかたぶきて、松[四]の梢をあらふ白波と見ゆ。

思[五]ふかたの風そひて、舟の行《ゆく》ことはやく、入出《いりで》[六]の浦づたひして、正大寺《しやうたいじ》[七]にのぼる。山を渦山《うづやま》[八]といふ。湖[九]にのぞめり。左[一〇]に太田[一一]の江、右に大知波《おほちば》[一二]の江たゝ[一三]へたり。寺の前の桜の、けふ[一四]こずは明日はとばかりに咲《さき》みだれたるを見下《おろ》すに、花の木のまに波の立《たち》かゝれば、い[一五]づれをさくらいづれを波のはなと見も分《わけ》がたし。つねに見なれにし嵯峨《さが》[一六]・醍醐《だいご》[一七]の花にや[一八]うかはりて、め[一九]ざまし。

11 艫《とも》に見つ舳《へ》にながめつゝ桜狩《さくらがり》

12 やす〱と海の上来て山ざくら　虚白

北にある、浜名湖西岸の村。遠江国敷知郡(今の湖西市入出)。 太田川の河口で、漁港として知られた。七 宇津山正太寺をさす。入出の北部、東につき出た小半島の中腹にあり、半島の先端を正太寺鼻という。対岸の宿蘆寺の末寺で、応仁元年(一四六七)、受信が創建。曹洞宗寒巌派。寺田三石を賜わっていた。 八 宇津山。半島の中央にある、標高五四メートルの山。大永四年(一五二四)、今川氏が三河進攻の際に築いた宇津山城の跡がある。 九 その山の頂に登ると、その山は、の意。 一〇 蝶夢はここで西を向き、東側の描写は後文に託す。 一一 入出浦がある小さい入江。 一二 入出の北、浜名湖の西北岸にある村、大知波(今の湖西市大知波)に面した入江。松見ヶ浦のこと。 一三 水をたたえている。 一四「今日こずは明日は雪とぞ降りなまし消えずはありとも花と見ましや」(古今集・春上・在原業平)。 一五「白雲のたなびく山の八重桜いづれを花とゆきてをらまし」(新古今集・春下・藤原師実)。 一六 山城国葛野郡(今の京都市右京区)。京都西郊の桜の名所。 一七 山城国宇治郡(今の京都市伏見区)。京都南郊の桜の名所。 一八 趣が違って。 一九 思いがけない美しさだ。

11 ○艫　船尾。○舳　船首。▽(再び舟に乗ったが)波間の桜のあまりの美しさに、船尾へ行ったり、また舳先へ移ったりして眺めたことだ。季桜狩(春)。

12 ▽山桜を観るというのに、この宇津山の桜はいともたやすく舟で来て、海の上から見上げている。季山ざくら(春)。

13 ○島山　島のように水辺に立つ山。○手折人　桜を折りとる人。▽湖につき出た宇津山は島のようだ。ここは桜狩の人も訪ねず、花びらが静かに散るだけだ。季さくら(春)。

14 ▽舟遊びは安気なものだ。座して飲食を楽しみながら、のどかに山桜を見巡っている。季やまざくら(春)。

〔**礫岩での想像**〕 舟は湖の北端までやって来た。小さな瀬戸の奥には支湾猪鼻湖(いのはなこ)が広がるが、もうそこへは進まない。礫岩にしばしとどまり、彼方の村々の古い歴史や伝承を思いやる。

二〇 正太寺鼻のことか。古地図の一に「岩崎」と記す。 二一 猪鼻瀬戸の西岸(敷知郡横山村)にあった松の巨木。 二二 素通り。 二三 大崎半島の南端にある、浜名湖中の小島。東西約一五〇メートル。今の引佐郡三ヶ日町大崎字礫石。古地図では「礫石弁天」と記す。

13 島山や手《た》折《をり》人《ど》もなくさくらちる　斗六

14 舟ぞよき物くひながらやまざくら　方壺

[二〇]岩崎・[二一]千貫松といふあたりを[二二]たゞすぎに過《すぎ》て、[二三]礫岩《つぶて》といふちひさき島に[二四]つく。さばかりの湖の中に、一つのつぶて石投《なげ》たらむやうなればならむ。島の木立《こだち》くらきまでにしげれり。[二五]弁財天女のやしろいます。近江の湖の中に[二六]竹生《ちくぶ》島を見るごとし。こゝよりおくのかたを[二七]浜名郷といふ。島山せまりし中にわづかにひらけたる所より、舟は出入《いで》るなり。そこを[二八]迫門《せと》口《ぐち》とはいふ。[二九]この水うみの奥のかたにて、ことに[三〇]世ばなれたる所にて、村里にふるごと多く残れりとぞ。もとは[三一]伊勢の神領神戸《かむべ》の庄なりし。その余波《などり》とて[三二]ふるき神明の宮あり。[三三]岡本といふ里には[三四]神木《じんも》工《く》大夫《だいふ》といふものあり。そが家に[三五]としごとの十一月に家のうち[三六]きら〳〵しく[三七]いもゐし、[三八]一日の中に[三九]麻をうみ布に織《おり》なして、伊勢へ奉ることたえず。是《これ》なん「[四〇]神衣祭《かむみそのまつり》に三河[四一]赤《あか》

二四 上陸の有無にはふれず、湾奥の地への想像をひろげる。 二五 今の礫島神社。 二六 琵琶湖の北部にある小島。弁才天の垂迹とされる都久夫須麻神社で知られる。 二七 浜名湖北奥の支湾、猪鼻湖を囲む地域。ここでは、東岸・北岸および西北部にひろがる浜名十郷(近世は十三村)と、北奥部にひろがる神戸郷とを合わせて呼んでいる。今の引佐郡三ヶ日町の大半。 二八 浜名湖と猪鼻湖との間に開けた水路。猪鼻瀬戸とも。遠江国風土記伝などによると、当時の幅は約三十間(五〇余メートル)、現在は約一二〇メートル。 二九 浜名郷は、この水うみの…、の意。 三〇 俗世間から隔たった。神領だったことも意識。 三一 岡本を中心にした神戸郷五か村にあたる。猪鼻湖周辺には伊勢大神宮領が多く、贄代付近の本神戸に対し、天慶三年(九四〇)に新設した岡本付近を新神戸・浜名神戸と称した。 三二 三ヶ日町三ヶ日の浜名総社神明宮、同町只木の只木神明宮など七神明をさす。前者は英多(えたの)神社、後者は弥和山(みわやまの)神社の名で延喜式に出ており、神明は神領成立後の称。 三三 猪鼻湖の北、三ヶ日平野の中央にある村。遠江国敷知郡(今の引佐郡三ヶ日町岡本)。 三四 岡本の神機織殿(かんはたどの)で、平安中期以来、伊勢神宮へ神衣となる絹布を調進した、神目代(じんもくだい)家のこと。「木工大夫」は蝶夢の誤聞か。初生衣(うぶぎぬ)神社の神主で、今も神服部(かんはとり)姓を名のる。目代は、代理として現地に在って執務する者。 三五 「神衣の出納は十一月一日なり」(遠江国風土記伝)。 三六 厳かに美しく。「端麗 キラ〳〵〈又端厳ニ作ル〉」(書言字考)。 三七 いもひ。潔斎。「斎忌 イモヰ。精進 同」(書言字考)。 三八 納進日が朔日であるための誤解か。 三九 誤り。三河でつむいだ絹糸で織った。 四〇 「神衣祭…神服部等、斎戒潔清シテ、参河赤引ノ神調ノ糸ヲ以テ、神衣ヲ織作ス」(令義解・神祇令)。神衣祭は、天皇が季節の変り目の四月と九月に伊勢大神宮に神衣を奉納する儀式。 四一 「赤」は明、「神調」は神への貢物、の意。清浄につむぎ出した、神へ奉る生糸。

一 延喜式・神祇の伊勢大神宮の月次祭の項に、この四国が神税として神酒(みわ)一、二缶(もたい)を奉ることを記す。 二 延喜式。 三 それは。 四 諸国からの貢物の内、その年の最初の物。季語としては冬。 五 神衣を調製するためのもの。 六 伊勢神明初生

引《ひき》の神調糸《かむつぎのいとを》もて御衣織作《みそをおりなす》」といひ、または「[一]伊賀・尾張・三河・遠江よりさる物奉る」と、[二]何の式とかいふ書《ふみ》にありと。[三]そこは[四]荷前《のさき》物《もの》のうちの[五]神衣料《かむみそれう》なるべし。[六]今も公より大夫が家に米たまはるとなん。

また、[七]浜名納豆《なつとう》といふ物を[八]てうじて公に奉る、[九]大福寺・[一〇]摩迦那寺といふ寺あり。[一一]荘園《しやうゑん》たまはりて、ゆゑある古寺どもなり。また、[一二]鵺《ぬえ》代《しろ》とよぶ里の名あり。「[一三]和名鈔」に浜名郡に[一四]贄代《にへしろ》の郷名あるを、いひあやまれるなるべけれど、[一五]里人《りじん》は、「[一六]頼政といひし大将の[一七]鵺といふ化鳥《けてう》を射たる勧賞《けんじやう》に賜ひける地なれば、かく名づくる」といひつたふと。[一八]げにも奈良の八重ざくらの料に寄せられし地を、花垣の荘とよべるためしもあり。その[一九]鵺をさしける猪隼太《ゐのはやた》といひし兵《つはもの》も、[二〇]この辺りのものなりとぞ。ちかきあたりに[二一]猪鼻《ゐのはな》・[二二]井《ゐ》伊谷《いのや》の名あれば、[二三]さはいひたりや。[二四]三ヶ日の里あり。いとめづらかなる名也。[二五]榛間《はりま》の国にこそ[二六]三ケ月といふ所はあるを。このわたり行《ゆき》てたづねまほしけれど、「けふ吹《ふく》風のあの迫門《せと》へ[二七]舟を入れんはたよりなし」と[二八]楫取《かぢとり》の

衣料として、賜田二十九石余の朱印を得ていた。蝶夢は、古代の神事に思いをはせるだけでなく、それが今なお連綿と続くことに感動する。七 中世末より、大福寺・摩訶耶寺で製法を秘して造った特産の納豆。本朝食鑑には「其ノ状茶褐色ニシテ粘セズ乾ケルガ如シ。其ノ味甘鹹微苦ヲ帯ブ」と記し、山椒の樹皮を用いるという。今の浜納豆。八 調製して将軍に献上する。神衣の話柄に、二寺は御納豆料として各五石を与えられていた。貢納品として連なる。九 高野山真言宗の古刹。号、瑠璃山。通称、浜名薬師。貞観十七年(八七五)只木に建立、承元元年(一二〇七)現在地の引佐郡三ヶ日町福長に移る。中世、本尊薬師如来の信仰で栄えた。一〇 正しくは摩訶耶寺(まかやじ)。高野山真言宗の古刹。号、大乗山宝池院。天平十八年(七四六)行基の草創と伝え、引佐郡三ヶ日町摩訶耶にある。本尊は聖観世音菩薩。鎌倉初期作の庭がある。一一 二寺いずれも、朱印寺領七十石を受けている。一二 猪鼻湖北岸の村。三ヶ日村の西。遠江国敷知郡(今の引佐郡三ヶ日町鵺代)。一三 倭名類聚鈔。漢語の名詞を分類した、事典的性格をもつ辞書。源順著。承平年間(九三一―九三八)撰進。一四 和名抄二十巻本の国郡部。伊勢へ贄(神に供える新穀など)を貢進したことに因む地名。鵺代村の称は、江戸初期から。一五 遠江国風土記伝も、地名起源につき、同じ伝承を記す。中世、浜名地方を支配した浜名氏の系図に源頼政の末裔と記すなど、その根拠とされたか。一六 清和源氏の武将。平氏討伐を図って破れ、治承四年(一一八〇)没。歌人としても名高く、家集に源三位頼政集がある。一七 勅に応えて禁裏の怪鳥を射落としたという、平家物語四に出る逸話。「鵺といふ化鳥」は同書中の語。「勧賞」は軍記物で多用。一八 芭蕉の発句「一里はみな花守の子孫かや」の詞書「いがの国花垣の庄は、そのかみ、ならの八重桜の料に附られける、と云伝えはんべれば」(猿蓑四)を想起している。一条帝の后上東門院彰子が、奈良興福寺の八重桜の保護のため、伊賀国予野の庄(今の上野市予野)を寺領に寄進した、という故事(沙石集)。一九 平家物語に、「たのみきつたる郎等遠江国の住人井早太」が、鵺退治の供をした、と記す。二〇 鎌倉実記に「猪鼻早太高直　或ヒハ井早太。遠江国猪鼻ヲ領ス。故ニ猪鼻ト曰フ」とあるなどを証に、院政期、当地に興った猪鼻氏に結びつけ、また浜名氏の祖とする説がある(浜名記など)。

むつかれば、ゆかずなりぬ。

[二九]島風こゝろよく、舟をおふことといちはやくして、[三〇]三里あまりの海の上をひたはしりにはしりて、[三一]官山寺につく。こゝは湖の中へつとさし出《いで》たる山崎にて、寺は山のなかばにあり。山のめぐり、[三二]赤き岩そばだてり。山は高くけはしきにもあらねど、[三三]けしかる岩かさなり、えもいへぬ松老《おい》かゞまりて、[三四]唐絵見るやうなり。人〳〵[三五]その岩に尻うたぎし、その松につらづゑつきて、いこひながめわたすに、例のあるじのをのこがいふ。「まづむかふの入江を[三六]気賀《けが》の江といふ。[三七]気賀の関ある所なり。おくのかたの山を[三八]引佐《いなさ》たふげといふ。[三九]引佐郡の山なれば也。麓を流るゝ水の江に入るを[四〇]引佐細江といふ」といへば、かたへの人の云《いふ》は、「其《その》山より此《この》江の細く見ゆれば、細江とはいふものを」[四一]とあらそふ。古歌多き所也。中にも、[四二]尭孝《げうかう》法印の「[四三]富士記行」に、

何《いつ》かたか[四四]いさなほそ江の[四五]あまごろもうらをへだてゝさだかにもなし

二一 当代、この地名はない。延喜式に見える駅名・猪鼻、神社名・猪鼻湖神社の比定地には諸説あり、蝶夢は、いま猪鼻湖神社がある、猪鼻湖西岸の三ヶ日町下尾奈付近を念頭におくか。 二二 浜名湖の支湾、引佐細江の内陸部にある村。遠江国引佐郡(今の引佐郡引佐町井伊谷)。猪鼻湖の東北方一〇余キロメートルの地。 二三 考証的態度。 二四 岡本の南、猪鼻湖北岸の村。遠江国敷知郡(今の引佐郡三ヶ日町三ヶ日)。浜名湖の北を回る本坂道(東海道の脇街道で、姫街道とも)の宿場。このあたり、地名の珍しさにひかれて配列。 二五 播磨の古名・針間の原義に沿う表記。 二六 佐用郡三日月村(今は同名の町)。 二七 前記のように、当時は水路が狭かった。 二八 「楫取、今日、風雲の気色はなはだ悪し、と言ひて、船出ださずなりぬ」(土佐日記)。蝶夢は心残りだったらしく、天明八年(一七八八)四月下旬に再訪し、方壺の案内で井伊谷・三ヶ日などを巡った(木姿著・富士美行脚)。

〔舘山寺での眺望と想像〕 舟を東へ進め、上陸して舘山寺に登る。東北方の引佐細江を望む内、思いは奥地の井伊谷へはせ、南朝の悲史をたどる。しばし古人への共感にひたると、作者の前に、紀行中随一の美景が広がる。一編の高揚部。

二九 島から海へと吹きわたる風。歌語。 三〇 約一二キロメートル。礫岩から舘山寺までの直線距離は約五キロメートル。沿岸を迂回か。 三一 浜名湖の東北岸にある、真言宗の舘山寺。弘仁元年(八一〇)弘法大師開基と伝える。明治以後は曹洞宗。庄内半島北部の岬の小山(高さ四〇メートル余)に立ち、浜名湖全体の眺望に最適。今、浜松市舘山寺町の内。 三二 遠淡海地志には「鶏冠石(トサカイシ)…入日の影につれては赤くも又紫なり」と記す。現存。 三三 異様な姿の岩。現存。 三四 ここでは中国様式の山水画をさす。 三五 この時代に現われた観察的な風景把握。「側なる若葉をたはめ尻舗(しりしき)となし…目をほしいまゝにすれば」(鳥酔編・白井古城記)などに同じ。「尻うたぎ」は「尻うたげ」の訛音。尻ウチアゲの約で、腰をかけること。「つらづゑ」はほおづえ。 三六 引佐細江の最奥の、落合川(今の都田川)の河口部をさす。舘山寺からは東北の方向。この辺りは、中世に気賀荘があり、近世には本坂道の宿場、気賀宿があった。今の引佐郡細江町気賀(きが)。古くは「けが」と読む。 三七 気賀宿の東入口に設けられた関所。箱根・新居と並ぶ

このながめぞ、よくもかなひしにや。しかるに、[一]光広大納言の[二]「東の道の記」には、[三]「舞坂と浜松の間、海道の左に廿間許《ばかり》、[四]地形のくぼかなるあり。これ引佐細江といふ。今は田など作ると見ゆ。さばかりの名所のかくなるはくちをし。

名ばかりは今もむかしにかはらねどいなさ細江を[五]とふ人もなき」

[六]かく、あらぬ所を人のをしへまゐらせしや、いぶかし。

そのおくの方に井伊の谷《や》あり。[七]建武のみだれのころは、[八]遠江の介なる人[九]しるよしゝて住《すみ》ける所にて、[一〇]井の介とて[一一]いきほひまうにのゝしりけるものゝふなりけるが、[一二]吉野の内裏《だいり》に二なくつかへ奉りけるゆゑに、[一三]宗良親王《むねながしんわう》も[一四]此所《この》に[一五]御座《おまし》をうつさせ給ひし歟《か》。[一六]「井伊の城にありて」といふ御歌、[一七]御集《ぎよしふ》にみえぬ。[一八]介が女《むすめ》を御子に奉り、したしくつかへ奉りて、よろづ軍《いくさ》の事沙汰せしとや。そのあたり[一九]奥の山といふ里に、介が一族[二〇]奥山六郎次郎といひし人あり。そのころ、かの[二一]中務卿《なかつかさのきやう》の御子と同じ[二二]吉野の先帝の皇子《みこ》に、[二三]無文選禅師《むもんせんぜんじ》の御子と申《まうす》

東海道三関の一。三八 引佐細江の西北方一キロメートル余にある峠。高さ一七〇メートル程度。本坂道の三ヶ日宿と気賀宿との中間。舘山寺からは北の方向。蝶夢らは、背後の引佐山地も含めてとらえている。三九 遠江国の、浜名湖北部から北東部にかけての地域。四〇 浜名湖の北東部に位置する支湾。名勝地として万葉集以来詠まれた、著名な歌枕。湖内に水路標識の澪標(みおつくし)が立てられたこともあり、地名の「細」を意識しての作が多い。四一 同行者も考証に加わる。「あるじのをのこ」が地名の由来を、「麓を流るゝ水」と細い流れに求めるのを正した。四二 明徳二年(一三九一)—享徳四年(一四五五)。号、常光院。頓阿の曾孫。権大僧都。新続古今集の撰に関与。四三 永享四年(一四三二)の九月、足利義教の富士見に随行した折の紀行。一名、覧富士記。蝶夢は、扶桑拾葉集所収本を用いる。四四 「いなさほそ江」とあるべきところ。四五 海人(あま)の衣。「うら(裏・浦)」を導く序詞。

一 烏丸光広。天正七年(一五七九)—寛永十五年(一六三八)。権大納言。家集・黄葉和歌集、歌論書・耳底記などがある。二 元和四年(一六一八)の六月に江戸へ下向した折の紀行。三 引用の扶桑拾葉集本の本文は「浜道を一里ばかり行て、海道の左北に、東西へ二十間計南北へ十間ばかりも有らむ地形の」とあり、蝶夢の意図的な改筆が認められる。二十間は約三六メートル。四 くぼんでいるさま。「くぼやか」の縮約形。五 扶桑拾葉集は「とふ人の」。六 まったく違う所。蝶夢は、「海道の左北」とあるので、舞坂から浜松へ至る東海道の途中、小さい窪地をそれと示された、と解したのだろう。七 建武元年(一三三四)に親政を復活した後醍醐天皇が、同三年足利尊氏の反乱にあって吉野に逃れたころ。八 当地域には、南北朝期まで国衙(こくが)領があった。介は国司の二等官。九 領有しているゆかりで。「奈良の京、春日の里に領(し)るよしして」(伊勢物語一段)。一〇 中世、井伊谷一帯を支配した井伊氏のこと。すでに吾妻鏡・建久六年(一一九五)三月十日条に「伊井介」と見え、在地領主でありながら、遠江介と気賀荘の荘官とを兼ねていた(『引佐町史』)。ここでは、太平記十九に「遠江ノ井介(キノスケ)」と見える人をさす。この武将を近世の資料では道政と呼ぶが疑わしく、井伊家九代行直とする説(『引佐町史』)もある。一一 勢いが盛んで羽振りがよい武士。「まうに」は「猛

おはしけるが、唐土《もろこし》までもわたりたまひて、禅法のふかきことわりをさとりたまひし、たふとき[二四]大《だい》とこにておはしけるを、六郎[二五]帰依《きえ》し奉り、[二六]一宇を建《たて》て供養しけるに、禅師の御子もろこしにおはせし時、[二七]天台の方広寺といふにて[二八]瑞相《ずいさう》を感じ給ふことありしかば、それによりて、[二九]寺を方広と名付《づけ》させたまひ、[三〇]今も、めでたくよせ[三一]重き寺とぞ。

物語きゝはてゝ、[三二]東の方を問へば[三三]呉松《くれまつ》の江、西北のかたは[三四]左久目《さくめ》のえ、南のかたは[三五]内山の江など、[三六]かぞへばおよびもそこねぬべく、「いづくよりやながめむ」とおもふ。もろこしの[三七]西湖《せいこ》といふ所のさま絵にうつせしを、今、思ひあはすに、[三八]孤山といふ所に露たがはず。[三九]此《この》水うみのほとりの第一の景地ならし。おほよそ湖のひろさ、北に入《いる》こと[四〇]五里にあまり、東西四里にすぐ。南はひたぶるの大海なり。山ゝ三方にならび立《たて》り。おのれわかきころより、[四一]わがみかどの六十よ国の中にゝたる所なしと聞《きき》しみちのくの[四二]松島より、[四三]天《あま》のはし立《だて》・[四四]伊都伎《いつき》しまをはじめ、かたのごとく見ありきけるが、かく江と

に」。「いきほひまうにのゝしりたる…」(徒然草一段)。蝶夢は芭蕉翁絵詞伝・巻頭でも、「頼朝朝臣は鎌倉殿と申て勢まうに」と使う。　一二 井伊氏の所領一帯には、南朝方の荘園が多かったので、南朝の拠点づくりが図られた、という(『引佐町史』)。「二なく」は、蝶夢が芭蕉翁絵詞伝で、芭蕉の藤堂家への忠節についても使う語。　一三 後醍醐天皇の第五皇子。妙法院宮尊澄法親王。宗良は還俗しての名。応長元年(一三一一)生。没年未詳。天台座主だったが、新政のため東国各地を転戦。二条為世の女藤原為子を母として和歌にすぐれ、准勅撰集の新葉和歌集を撰定。　一四 井伊の谷。　一五 延元三年(一三三八)九月、北畠親房らと海路伊勢から東国へ向かう途中、漂着してこの地に逃れ、二年ほど在城した。　一六 李花集には井伊城にふれる詞書が三箇所あるが、蝶夢が読んだのは、扶桑拾葉集に「李花集の内」として拾われた、後醍醐天皇の訃を得た折の哀傷歌「思ふにもなほ色あさき紅葉かなそなたの山はいかゞしぐるゝ」の長い詞書。その末に、「井伊城にありし紅葉を一はつゝみぐして」とある。蝶夢は情を催したはず。井伊の城は、引佐郡引佐町井伊谷に跡がある井伊谷城ではなく、その東北三キロメートルの三岳山にあった三岳城。　一七 自撰家集・李花集。建徳二年(一三七一)ごろ成。南北朝期の代表的私家集で、九一二首を収める。　一八 当地方には、宗良親王に尹良親王という御子があり、その母は井伊道政の娘重姫であるという伝承があった(『引佐町史』)。　一九 奥野山。引佐細江の北、井伊谷の西にある内陸部の村。遠江国引佐郡(今の引佐郡引佐町奥山)。現在は「おくやま」と呼ぶ。太平記十九に「遠江ノ井介ハ、妙法院ノ宮ヲ取立マイラセテ、奥ノ山ニ楯籠(タテコモ)ル」とあるように、ここも南朝方の領域だった。　二〇 井伊氏の支族の武将。名、朝藤。法号、是栄。元中四年(一三八七)没か。　二一 後醍醐天皇の第一皇子、尊良(たかなが)親王。母は宗良親王に同じ。延元二年(一三三七)越前金崎城で没。　二二 後醍醐天皇。　二三 元亨二年(一三二二)—元中七年(一三九〇)。諱、元選。号、無文。法諱、聖鑑国師。興国元年(一三四〇)建仁寺で出家、同四年入元、正平五年(一三五〇)帰朝。多くの寺を開き、癩者救済でも知られる。　二四 大徳。高徳の僧。　二五 深奥山方広開基無文選禅師行業にもこのことを記す。　二六 一軒、ここでは一寺。　二七 中国浙江省天台県の天台山方広寺。無文は実は、福建省の高仰山大覚妙通寺の古梅正友から嗣

いひ山といひ、いふばかりなくながめ多き所は見ず。かゝる御代にうまれ出《いで》て、何はゞからず[一]足の[二]ゝりものにまかせて、人もみぬ浦山までさそらへありくこそ、はかなき[三]かたゐ法師が身の[四]やすき思ひ出《で》なれ。

[五]抑《そもそも》ことふりにたれど、[六]宮古に近き江ありとてちかつ淡海《あはうみ》、みやこに遠き江あるをとほつあはうみと、国の名にしも付《つけ》させたまひけることの、「おぼろけならじ、[七]あるやうあらむ」と思ひぬるに、まのあたりにながめてぞ、[八]いたづらならぬをも覚えぬ。その近江のうみは、[九]無下《むげ》に都にとなりたれば、やごとなきたかき人も行《ゆき》通ひ給ひてながめたまふなるに、此《この》遠江の都をへだつとはいへど、さすがに東海[一〇]道のちまたにあなるも、[一一]山道は気賀の関、浜みちはあら井の関のまもりきびしき間にある湖なれば、道行《ゆく》人のかりそめに道のゆく手にもみることのまれなるぞ、[一二]いとあたらしき。

かく[一三]おろかにも、むかしの事をたづね、今の景をながめつゝ時をうつすに、人〳〵はなほも酒をくみて、「[一四]春日すら、はるひすら」

法した。 二八 めでたいしるし。悟り。 二九 奥野山にある臨済宗の寺。号、深奥山。元中元年(一三八四)、一説に建徳二年(一三七一)創建。朱印寺領四十九石。徳川家祈願所、後陽成天皇勅願所。明治期に方広寺派大本山となった。別名、奥山半僧坊。 三〇 蝶夢は、天明八年の当地再訪の際、「遠江の奥山方広寺は、後醍醐の御子の禅師かくれ住給ひし所なり／若葉くらし吉野も捨て入りし山」(蝶夢句稿)と詠んだ。この句は俳諧名所小鏡にも採録され、皇子たちへの思いが察せられる。 三一 人々の帰依が厚い。「右大臣の女御の御腹にて寄せ重く」(源氏物語・桐壺)。「六波羅の入道相国の一門にしてよせおもく」(芭蕉翁絵詞伝)。 三二 視線は、東・西北・南と転じ、最後は西の湖面へ向けられる。四方を大観。 三三 浜名湖東岸、敷知郡呉松村(今、浜松市呉松町)の西の入江。今の内浦。 三四 浜名湖北岸、敷知郡佐久米村(今、引佐郡三ヶ日町佐久米)の南の入江。舘山寺からはほぼ北になる。「西北」は、先の気賀の江が東北になるのを意識か。 三五 村櫛半島の西岸、敷知郡内山村(今、浜松市庄内町内山)の入江。 三六 「かぞふれば」とあるべきところ。土佐日記の「二十日、三十日と数ふれば、指(および)も損はれぬべし」による。 三七 中国浙江省杭州の西にある湖。奥の細道で、松島に対比される名勝。 三八 西湖の中の山。北東岸から西へ突き出て、湖内にさらに小湖を分かつ中洲にある小山で、舘山寺の形状に似る。 三九 奥の細道の「松島は扶桑第一の好風にして」を意識か。「ならし」は、「なるらし」の約。 四〇 約二〇キロメートル。実際よりもかなり長い。次の「四里」とともに、当時の一般的知識か。 四一 京都人らしい表現。正確には六十八か国。 四二 陸奥国にある日本三景の一。蝶夢は、宝暦十三年(一七六三)三―五月に旅し、「松しま道の記」を編んだ。 四三 丹後国にある日本三景の一。明和三年(一七六六)八月に旅し、閑雲楼鷺十と「はし立のあき」を編んだ。 四四 厳島。伊都伎は延喜式の表記。安芸国にある日本三景の一。明和八年四―六月の西国旅行で訪ね、印象を宰府記行に記す。

一足は。 二 引き戸がついた上製の駕籠(かご)。使用に制限があるが、僧は許された。 三 乞食坊主。謙辞。 四 心楽しい。

〔**浜名湖の美しさ**〕 浜名湖周航の一日が終る。その美しさをあらためて思い、漁り火を見ながら帰途につく。温雅に閉じる、とうたひゐるを、舟子《ふなこ》どもの[一五]あいなく、「[一六]ぼんのうやくなうや。[一七]日もくれぬ。はやふねにのれ」とよばふに、興さめて舟にかへりのれば、[一八]やゝ[一九]誰かれのそら[二〇]の月なき宵のほどのおぼつかなく、海のおもてくらくなりぬるに、火の影の[二一]ちらめき出《いづ》るは、[二二]いをとるなりけり。

いさりびやうらめづらしき春の闇　斗六

ことし天明むつとかぞふる春の末、蝶夢幻阿ひじり、宮古の花ざかりを見すてゝ、参河《みかは》の[二三]鳳来寺、此《この》国の[二四]秋葉寺の[二五]山ゝにまうでたまふを、[二六]白菅《しらすが》のわたりの虚白あないして、我家《わがや》にいざなひまゐらせけるに、一日《ひとひ》この江の遠近《をちこち》に舟さして見せまをしける、そのことを書つらねたまふなり。むかし[二七]増基の「[二八]いほぬし」に「遠江の道の記」あれど、みづ

紀行の終結部。
五 奥の細道・松島の条の冒頭の語。松島同等の美しさ、と賞揚することになる。六 都。京都。七 わけがあるのだろう。
八 軽々しい命名ではないことを。九 全くもって。
一〇 「ちまた」は道中の意。「あなるも」は「あるなるも」の縮約形。
一一 「山道」は本坂道。「浜みち」は東海道によるコース。
一二 もったいない。一三 謙辞。先の「かたゐ法師」に呼応。
一四 催馬楽・此殿西の詞章。「このとのゝ西の西のくらがき。春日すらあはれはるひすらはれ。春日すらゆけどゆけどもつきず。西のくらがきや西のくらがき」。春日の暮れがたきを、倉の列の尽きぬことに掛けた。「すらはさながらにて、春日一ッぱい、と云が如し」(梁塵後抄)。一五 無粋にも。
一六 枕草子七十六段の「あなわびし、煩悩苦悩かな。夜は夜中には成りぬらむ」による。主人の長居をかこつ従者の言葉で、煩悩苦悩は、いらいらする、の意。
一七 「渡し守、はや舟に乗れ、日も暮れぬ、といふ」(伊勢物語九段)。一八 「おぼつかなく」にかかる。
一九 光源氏をおぼめかして言った、序詞的言辞。
二〇 「心いる方ならませばゆみはりの月なき空に迷はましやは」(源氏物語・花宴)。迷うのは源氏。
二一 ちらちら光りはじめる。類船集「ちらめく―風前のともし火・蛍火」。二二 針路を南にとり、湖の中央を右に見ながら進む。
○いさりび　漁り火。夜、魚を集めるため舟で焚く火。○うら　「浦」と「うら(心)」とを掛ける。▽遠近(おちこち)に漁り火が瞬きはじめた。あいにく月が出ぬ春の宵だが、その闇がかえって、水辺だけに見る、美しい風景をつくっている。季春(春)。
二三 設楽(したら)郡門谷(かどや)村(今の愛知県南設楽郡鳳来町門谷)、鳳来寺山の山頭南側にある、真言宗高野派(近年、独立して一派)の古刹。号、煙巌山。白鳳ごろ利修仙人開創という。多くの伽藍・僧坊を擁し、寺領一五〇〇石に及ぶこともあった。
二四 遠江国周智郡領家村(今の周智郡春野町領家)の、秋葉山上にあった曹洞宗の寺。号、大登山。養老二年(七一八)行基の開創という。同所の秋葉神社とともに、防火の霊験で知られた。
二五 新居の関から鳳来寺までの直線距離は北方約三〇キロメートル、秋葉寺までは東北方約四〇キロメートル。鳳来寺山は標高六八四メートル、秋葉山

うみのあたりめぐれることはしるさず。一いまの記につばら二に書《かき》たまふこそ、「三一丘一壑《いちがく》、因人而顕」とはいふならめ。

遠江入野の江、四三山の下にすめる、

方壺

書《かき》そふ。

は八六六メートル。水辺の清遊は、山寺めぐりの後の寛ぎでもあった。

三六 白須賀とも。遠州灘に面した東海道の宿場。遠江国浜名郡(今の湖西市白須賀)。新居宿より一つ西、遠江西端の駅。歌枕。

三七 生没年未詳。活躍期にも諸説ある。中古三十六歌仙の一人。

三八 増基の和歌・紀行集。三八五頁の「増基法師の記」も収める。

一 増基の「遠江の道の記」に対して本作品を呼ぶ。

二 つまびらかに。くわしく。

三 「一丘一壑、人ニ因テ顕ル」。一つの丘も一つの谷も、風景の美や楽しさは、それを見る人の目、つまり脱俗の心で実見することによって現われ出る、の意。出典未詳。

四 方壺の別号、三山亭に因む。

解説

安永天明期俳諧と蕉風復興運動

田中道雄

一　はじめに

日本文学の古典の一に、十八世紀後半に興隆を見た一群の俳諧作品がある。それを今、一般に「天明俳諧」と呼ぶが、この呼称は、これらの作品についての歴史的認識を、わずかに誤らせるところがある。その最上質の作品の多くが安永年間に制作され、頂点は安永期にあったと目されるからである。明治三十年、大野洒竹はこの興隆を「安永の復興」と呼び(『与謝蕪村』)、同じ年に佐々政一は「安永天明の復興」と呼んだ(『連俳小史』)。それがどうして「天明俳諧」また「天明調」という語で語られるに至ったか、その定着にいたる経緯をつまびらかにしないが、明治の人が事実に即した表現をとったことは、あらためて心にとめておきたい。

ところで、この頂点の時期の認識のずれという問題はさておき、私たちはすでに、「天明俳諧」という語に一定のイメージを託していはしまいか。さすがに最近は、「天明調」という語を使う人は少ないが、蕪村の存在があまりにも大きいためにもたらされた、浪漫性とか高踏性といったイメージである。たしかにそれは、この期の俳諧が獲得した重要な価値ではあるが、全体として見るなら一面にすぎない。そこでしばらく従来の観念から解き放たれ、この期の俳諧の本質を再考することにしよう。ここではこの期の俳諧を、安永天明期俳諧と呼ぶことにする。

最初にことわっておくが、その考察の対象には、京都の人や作品が主になる。凡例にも記したとおり、本書には主に蕪村一派の俳書を収め、後半に加えた数点の俳書も、蕪村一派との交流という観点から選んだ。したがって、京都という場を意識して論を進めたい。

二　蕉風復興運動が生んだ新風

安永天明期俳諧が興隆を見せたのは、この時代に、全国規模での、長期にわたる俳諧の文学運動が興ったからであった。いまこれを、仮に「蕉風復興運動」と呼んでおくが、この運動の実態や性格の理解を抜きにしては、安永天明期俳諧は語れない。そこでしばらくこのことに触れたい。

この運動は、一言でいうと「芭蕉へ帰れ」という運動だった。したがって芭蕉追善の諸々の行事を軸にして展開していく。五十回忌の寛保三年(一七四三)ごろから胎動しはじめ、百回忌の寛政五年(一七九三)に一応の結末がつくが、安永天明期俳諧は、八十回忌の安永二年(一七七三)前後からの二十年の間にほぼ位置することになる。「芭蕉へ帰れ」という合言葉は、運動発生当時の俳壇が、芭蕉から離れた状態にあったということだが、運動を推進した人々は、みずからを「蕉門」と名乗っていた。運動の目標を純正な蕉風俳諧の復興におき、この運動に参加する者は誰であっても「蕉門」の一員になれるとし、その名のもとに糾合しようとしたのである。俳壇は、芭蕉の流れを汲むと否とにかかわらず、多くの流派から形成されていた。その全俳壇がこの運動の影響を受けるのである。

……しかれば都鄙の好士、自門他流のわいだめなく、蕉門の祖風を仰がん人は、ともにこゝろざしをはこびて……。

これは『丁亥墨直し』の序に見える蝶夢の言だが、この明和四年(一七六七)の呼びかけが、三十年後に現実のものとなるのである。

今や我御国の風人、十にして八九は翁の風を慕ふ徒なり。(寛政五年刊『まぼろし』)

国々在々残りなく一統の正風躰となんぬ。(同『その浜ゆふ』)

寛政度に入ると、かような言辞は、枚挙にいとまがない。濃淡の差はあれ、全俳壇が蕉風俳諧の色を帯びるようになるのである。

つまりこの運動は、俳壇全体を一つの方向へ統一するという性格を持っていた。その統一は、多様な流派の接近をも意味するが、より重要なことは、元禄期以後の俳壇が、この多様な流派を二つの大きな流れにまとめあげ、明確に区別して存在したのに対し、統一がその二大主流をすら接近させた、という点にあった。私はこの二つの流れを、都市系俳諧および地方系俳諧と呼んで大別している。都市系俳諧と呼ぶものには、近世初頭から連綿と続いている貞門俳諧、名ばかりの存在にすぎないがこれも伝統を持つ談林俳諧、そして芭蕉の末流の中の其角・嵐雪系の人々が含まれる。これに対する地方系俳諧には、芭蕉末流の中の美濃派・伊勢派や野坡派の人々が含まれる。先に述べた「蕉門」を自称する俳人集団は、この地方系俳壇に属する美濃派・伊勢派の、それも傍流の人々を主とした。次に、この二つの流れのそれぞれの特徴を、かいつまんで説明しよう。

実はこの二つの流れは、私が分ける前に、すでに江戸時代の人々が意識的に区別していた。さほど用例が多いわけではないが、都市系俳諧にあたるものを「詞の俳諧」、地方系俳諧にあたるものを「心の俳諧」と呼んでいた。たとえば二柳は、『俳諧直指伝』の中に「心の俳諧・詞の俳諧」の一項を立てて論じ、竹護は、『餅黄鳥』の序で「むかし守武・宗鑑の比《ころ》は言語の俳諧にて余情うすきを、芭蕉翁この道の神魂を得給ひしより、都鄙其風流をしたひ……」と述べるのである。「芭蕉へ帰れ」の運動を推進する側の命名だが、適切な表現と思われる。なぜなら、都市系俳諧は、趣向など言語表現の面白さの追求により高い価値をおく立場をとり、地方系俳諧は、外界の事実をありのままにとらえ、その際の感情を素直に現すことを理念としていたからである。

この運動の理解にとって次に欠かせないのは、この運動の主導権が、二つの流れのうち、地方系俳諧の側にあった、ということである。先にも述べたとおり、「蕉門」の俳人は、地方系俳壇を背後にひかえていた。この事情は、近世中期以降の俳諧人口の拡大が、地方の社会の中間層にまで及んでいったことに深くかかわる。運動の展開は、近世中期社会の経済的発展という、大きな変動を基盤にもつのである。「蕉門」は句意の平明を主張したが、この平明性は、俳諧が近世社会に広く深く浸透するために、不可欠の条件だったに違いない。誰にも作れ、誰にも分かるということで、運動は吸引力を高めていく。

このようにして運動は、蕉門系統のさまざまな流派は勿論、蕉門以外の貞門派などまでも巻き込んで一つの方向へ進み、一見、蕉風一色とも見える俳壇の統一にいたるわけだが、そこにはまた、この運動がもたらした文学史的な重要な意義を見出すことができる。運動は地方系側のリードで展開した。全俳壇的情況の中で、都市系側もこの動向へ対応せざるをえなかった。こうして従来は無関係であった二つの流れは、相互に交流して次第にその間の距離を縮め、それぞれが持ち合わせる俳風が影響しあうようになる。そしてそれぞれの流派は、自らの持ち味を保ちながら他の流れの作風を取り入れて混交させ、その個性を示すようになる。そして二つの大きな流れの差異を薄めていく。この二つの流れが交じり合うところ、響き合い匂い合うところ、二つの要素の止揚とも言えるが、ここに新風が生まれるのである。そして、その二要素の混交をもっとも巧みに使ったのが蕪村一派だった。

三　地方系俳諧の理念と達成

1　「道」の俳諧

述べてきたように、運動を主導したのは地方系の側だった。したがって、彼らが追求した理念をよりくわしく探ってみたい。

それに格好の人物として、従来は芭蕉顕彰家の側面だけで評価されていた蝶夢がいる。実は蝶夢は、京都における「蕉門」の棟梁で、この運動のすぐれたオーガナイザーだった。興味深いのは彼の経歴である。浄土宗の僧だった蝶夢は、三十五歳の時、阿弥陀寺の塔頭、帰白院の住職という地位を捨てて岡崎に庵を結び、後半生をこの運動に投じることになるが、その熱情的な行動に入った端緒は劇的である。そもそも蝶夢は都市系俳壇の人だった。それが二十八歳の時に越前の敦賀に旅し、たまたまその地の地方系俳諧の俳席に連なり、「芭蕉翁の正風体を頓悟し」(『草根発句集』序)たというのである。それ以後蝶夢は、地方系俳諧に転向し、その俳壇の京都におけるリーダーとなり、全国規模での組織者となっていくのである。後に蝶夢は、その転向の理由を次のように説明した。

……敦賀白崎氏にてはじめて蕉門に入り候事、是は付句の法をしらず点取之衆中故不付候故に、俳諧に道のある事を自悟せしにて、何も一句の上にて発明など申尤《もつとも》なる事にてはあらず候。(白露宛書簡)

自分はこれまで、遊戯的な点取俳諧を楽しんできたので連句の作法を知らず、敦賀の俳席を体験して、蕉風俳諧に「道」の要素があることを悟った、というのである。このように蝶夢は、蕉風俳諧を「道の俳諧」と理解し、芭蕉をその俳諧の開祖として崇敬し、その顕彰に力をそそぐ。その多彩な事業の中でも特筆さるべきものに、晩年の『芭蕉翁絵詞伝』の述作がある。この書は、芭蕉の生涯を全円的に描いた最初の伝記で、しかも絵入りで流布したため、日本人がいだく〝旅の生涯をすごした芭蕉〟というイメージの形成に少なからず関わると思われる。この書の述作において、蝶夢は先の芭蕉観を一貫させた。すなわち、「道の俳諧」の祖師の伝記を書くという姿勢である。書名は「一遍上人絵詞伝」に倣うが、内容もまたそれに似せるところが多い。実は蝶夢は、幼時、時宗の法国寺にいた。時宗の祖師一遍を仰ぐと同じ思いで、「道の俳諧」の祖師芭蕉を尊んだのである。蝶夢の場合はその最たる例になるが、「心の俳諧」を説く地方系俳諧の志向の根底には、一種の求道性とも呼べるものがあった。そのことをまず指摘しておきたい。蝶夢の運動は、具体的には芭蕉の墓所である義仲寺の再興や、そこでの追善行事を軸にして展開するが、それが運動の高揚をもたらしたのは、諸国の俳人たちが、やはりこの求道性に呼応した結果であろう。つまり地方系俳諧の内には、ある純粋なもの、ある種の精神性への希求があった、と言えるのである。

2　実情と実景

地方系俳諧の表現理念は、端的に「実情」と「実景」の二語で説明できる。この二語に冠する「実」は、芭蕉のいう「風雅の誠」や「誠の俳諧」に由来すると考えてよいだろう。芭蕉のいう「誠」の思想的内容はしばらくおくとして、この語を二語に分化して用いるところに、この時代の新しさがうかがえる。

まず「実情」について述べるなら、いわゆる「蕉門」のリーダーたちの俳論は、例外なく冒頭に「情」の重視を説く。

凡《およそ》生とし生るものかならず情あり。情あれば感あり。（梨一『もとの清水』）

ことにふれて情を先にし、物のあはれをしり、花のか木の葉の落るをも、目にも心にもとゞめて……人情をありの儘《まま》に詞をかざらず……。（蝶夢『門のかをり』）

只物に感じて情を動かし、終に言葉に吐て句となる……此間に一毫の私を容ざるを、誠の風雅躰とはいふなるべし。（闌更『有の儘』）

いずれも対象に接して得る純粋な感動を説く点に変わりなく、先に「心の俳諧」と規定された「心」が、実は「情」を意味したことが察せられる。これも同じころに麦水は、次のように立言した。

俳諧に古人無しとは、文明の頃(ノ)宗鑑を始とし、守武・宗因・季吟と俳諧伝はり、皆言語の作のみの事にして、情に感ずるの俳諧なし。故に古人なしといへり。（『蕉門廿五ケ条貞享意秘註』）

然るを我翁始めて心の俳諧といふ事を悟り給ひて……言外の余情を……。（同）

去来曰、情の俳諧よく味ふべし。（同）

ここでは、都市系の「詞の俳諧」の対立概念が「情の俳諧」であることが、きわめて明快に語られている。地方系俳諧が復興運動でめざした蕉風とは、情を豊かに含む俳諧だった。彼らは、俳諧における情の回復を願っていた。

一方、地方系の俳人たちが、「実情」と並んで重視した表現理念が「実景」だった。〃ありのまま〃というキーワードが多用されるとおり、対象を素直に受容することが強調された。

我俳諧も、たゞすがたを見てうるの外なし。しかるを見ずして推はかるが故に齟齬す……見るもの自ら我師なる

事をしるべし。（安永三年刊『そのきさらぎ』百明序）

このように〝よく見ること〟がしばしば促され、外界の事実の尊重をきわめて重んじた。それはまた、

見るもの聞ものに興るをまことの情といふの外なし。見るものを見て観（歓カ）起り、聞ものを聞て歎発す。見ず聞ざるの先に情出る事曾てなし。（『松露庵夜話』）

と述べるとおり、〝見ること〟によって情が生じる、と理解されたからだった。このように「実景」の理念は、「実情」の理念と表裏の関係にある。

名どころに杖をひくにも、四時（＝四季）の姿おのづから眼前たり。よく見る時は、かならず其趣を得るぞかし。（『四季供養』）

美しい自然を情感豊かに句に表現したいなら、直接自然と向かい合うほかはない、とするのがこの主張だった。

3 〝我〟の情の承認

このような〝よく見る〟という主張には、近代の合理的な観察態度に近いものがある。認識の在り方が、より近代の方へと近づいてきたのである。その変化の様相は、蝶夢とも親しかった鳥酔門流の俳論に多々うかがえる。まず第一に、主体と客体との区別意識が生まれたことが重要である。

俳諧は姿を先にして心を後にすといふにて平天下なる事久し……昼夜は生死、寝たうちはえこそ安楽ならめ。おのがさま〴〵に思、夢の妄想を見る。かゝる人起てはます〳〵思ふ事尽べきや。思ふは情也。姿を先といへるは造物の事也。天地自然なるものをおのれが造りものと意《こころ》得るこそうたてけれ……姿といふにおのれなく、情といふには私あり。我百明の姿情と和したるにて、ふたゝび平天下なり。（『松露庵夜話』）

近世中期の地方系の俳論で、姿と情は最重要な概念とされ、制作の際の先後関係がしばしば議論された。姿は視覚的形象性にかかわり、情は情趣にかかわる。ところがこの二語は、作品・作者の精神活動・外界の対象のいずれについても使用していた。複雑な議論はその異なる三つの位相の区別がないところに起き、鳥酔門では、姿先情後ということで一応納得していたわけである。そこに変化が現れる。すなわち、情は人間の精神活動の問題であり、姿とは「造物」つまり外界の対象のことではないかと。主体の問題である情と、客体の問題である姿とは、もともと異なる位相のこと、したがって区別さるべきであり、先後に関係なく、車の両輪のようなこの二つが合体して作品が成るのだと。創作という行為が、このように二元的な視角から把握されるにいたったのである。

第二に、主体と客体との区別は、当然そこに主体優位の意識をはらむことになる。

仮設《たとは》ば　〽枯枝に鴉のとまりけりや秋の暮　の絶唱の如きも、かくなるさまを翁はじめて見られたるにもあらず、年〱に見られたるべし。人々も歳〱に見るならんが、歎じさすべくもあらざりしを、翁ある時見て毫髪いやたち、秋の暮の淋しきにさびしみをそへて、姿情おのづから合体しつゝ一章なりぬ。（同）

客体は主体とは無関係に存在し、無前提に美的存在なのではない。客体は、主体の内的発動を得て始めて美的観照の対象となる。このような主体の優位性の認識を、この派の白雄は、さらに確固とした語で表明した。

万象を呼て自己とす。自己をはこんで万象とする時は、句ぬしの精神むなしきが故也。（『春秋庵夜話』）

自己を中心にして外界が広がり、作者はその四囲の美を我が方へ取り込むのだという意識、その強い主体意識を「句ぬしの精神」という一語が象徴する。ここで想起するのは、かの芭蕉の創作理念ではなかろうか。

松の事は松に習へ……習へと云は、物に入て、その微の顕て、情感るや句となる所也。たとへ物あらはに云出ても、そのものより自然に出る情にあらざれば、物と我二つになりて、其情誠にいたらず。(『三冊子』)

芭蕉は、情は物にあると考え、作者は物と一体化することで、物の内にひそむ情を句に表現する、という。情は本来的に物に属するという観念に立っており、いまだ和歌以来の伝統をもつ本情論のなごりをとどめる。これに対して、鳥酔系の俳人は、

情は其人に兼て具足するもの也。(『松露庵夜話』)

と明言する。ここにわれわれは、元禄期蕉風と異なる安永天明期蕉風の特質を認めざるを得ないだろう。主体の情を意識した、二元論的な事物への接し方がそれである。それが近代に近い位置にあることは、言うまでもあるまい。

主体の意識が強まると、表現の在り方にも新たな変化が現れよう。作者が物に入り込むのではなく、物に向かい合うとなると、作者は自らが立つ位置を定めなければならない。とすると、向かい合うものが複数であるなら、そこに自ずから距離の差が生じる。こうして遠近感を意識した、奥行きある空間が描かれることになる。また自己を中心に置く三次元の空間が意識され、物体を、内部をもつ構造体としてとらえる意識も生まれる。

4　想像力の発達

また、この時代の俳壇で、想像力への関心が高まったことも注意すべきだろう。これも鳥酔門流の例だが、発句の前書や俳文で、「想像す」というサ変動詞をきわめて意識的に多用した。その語義は、イメージを描くという意味の場合が多いが、中には、他者の心中を察するという意味のこともある。「想像」という漢語は、古辞書ではオモヒヤルとも読まれており、倫理的内容をもつ「思いやる」の語と同じに使われたのである。他者の心中を理解する力もまた、想像力に異ならない。白雄は、切れ字の一つを解説して次のように言う。

察するかな／朝がほの種とる人の心かな／声かれて瀬にたつ鹿のおもひ哉／人情はさら也。鳥獣草木ともに、其ものにかはりて心をおしはかるなり。(『俳諧闌語』)

対象が人であろうと鹿であろうと、白雄はその心の中まで分け入ろうとする。そしてその対象に共感することによって、情感ある句を成そうとする。「其ものにかはりて」というのは他者の立場に自分を置くことであり、ここにいう精神活動は、「思いやり」そのものであろう。

このような精神活動の発達もまた、主体と客体、つまり自と他の区別が意識化された結果であった。他者が自己と異なる存在であるとなると、そこには心理的な距離が生じる。その距離を縮め、自他合一へ向かう行為として「思いやり」が求められてくる。倫理的な「思いやり」への関心の高まりが、一方で、さまざまにイメージを描く力をも発達させたと思われる。

5　地方系俳諧の基盤

これまで、地方系俳諧の中で、それも「蕉門」を自称して改革をリードした俳人集団の中で、認識の在り方について、新しい傾向が多様に現れることを述べてきた。そのような俳壇の動きがなぜ起きたのか、またなぜ十八世紀後半という時代に起きたのか、文学の事象を歴史的に考察するなら、つい、この二点を問いたくなる。このことについて仮説を立てておきたい。

京都で、蕉風復興運動のすぐれたオーガナイザーとして活躍した蝶夢は、蕉風俳諧の普及のために多くの書物を出版した。たとえば『芭蕉翁発句集』以下の最初の芭蕉作品集成や『芭蕉翁絵詞伝』という最初の芭蕉伝記をはじめ、蕉門の俳論集や作品集など多彩である。これらの書物は、寺町二条にあった橘屋治兵衛から刊行された。この書店はもっぱら地方俳壇を相手に営業しており、この橘屋と連携し、出版物の提供によって運動を進めたところに、蝶夢の活動の一つの新しさを認めうる。

ところが、編者が諸俳人から出句料を集めて出版する一般の句集と違って、これらの書物は当初の刻版料を用意できない。そこで全国に散在する蝶夢の支持者たちが資金を提供した。金額の多寡はあるが、数十名におよぶ協力者の名が今も残る。これらの人々の多くは、地方の町人だった。とくに城下町の町人が多かった。彼らの家は、十七世紀の後半から十八世紀にかけて成長をとげており、いわば新興の町人たちだった。彼らは、この時代に著しい地方の生産力の増大にともなって成長しており、しかも献金によって藩財政を助ける一方で、藩当局から営業上の特権を与えられ、それが繁栄にもつながっていた。次に、その地方の支持者の例を、筑前の福岡について見てみよう。

この地の俳壇は、とくに熱心に蝶夢を支援した。呉服商の平山蝶酔は、安永五年(一七七六)に『芭蕉翁文集』の刻版料を提供し、没後の初回忌には追善集『意新能日可麗』の刊行もたすけた。そして同俳壇は、魯白・雨銘と編者を交替しつつ、二十五回忌にいたるまで、年忌ごとの追善集の刊行を怠らなかった。この福岡俳壇の俳人たちは、地域社会の担い手でもあった。徂徠学派の町人儒者亀井南冥やこれを支持する福岡藩家老の久野外記と連携し、間引きの悪習の阻止に尽力し、捨て子の救済に努めた。魯白の俳文に、「拾子之辞」と題するものがある。

葉月九日の宵、月夜いとおぼつかなくをぐらかりしに、むしの音ならで門辺に子のなく声すとて、とみに取入れ紙燭さして見れば、生れいでゝ間もなくあえかなるさまにて、繦褓《むつき》おしくゝみさゝやかなる箱におし入れたり。さるにても、捨子に秋の風いかにとも思はぬ親なるにやと、乳をもとめ肌をあたゝめなどして、時移るまゝにやゝしたしみつきたれば、家こぞりていたはり養ふ。(『磯の藻屑』)

ここで、芭蕉の句「猿を聞人捨子に秋の風いかに」を引くことの意味は深い。『野ざらし紀行』の旅で富士川まで来た芭蕉は、泣く捨て子を心ならずも見捨てて立ち去らざるを得なかった。魯白は、その芭蕉の痛い思いを思いやって、芭蕉がとれなかった行動をとるのである。「拾子」という語もまた珍しく、心温まる語感があるが、蕉風復興運動の本質に〝情ある俳諧〟への希求があったことが、ここでも裏づけられよう。蝶酔が『芭蕉翁文集』の刻版料を寄金した思いは、魯白が拾い子をする思いに等しいのである。

福岡俳壇には、拾い子の行動をとる者は外にもいた。蝶酔もしかりで、その蝶酔の実家の米屋を営む平山家にいっては、三代にわたって五十人に近い捨て子を拾っている。福岡藩では、上層の町人に一定の格式身分と扶持を与え、城下町の運営に当たらせた。町人達は、お上の意思を体しつつも、一方自らの裁量で行動をとることにもなる。責任とともに誇りもあり、主体的に民衆のために尽くす心が育っていく。新興の町人たちはまだ成長期にあり、地域社会の中で役割を果たそうとする、みずみずしい感情を失っていなかった。福岡俳壇の例を挙げたが、全国に散在する蝶夢の支援者は同じような意識と行動をともなったと思われ、蝶夢関係以外にも、蕉風復興運動を支えた人々には、このような新しいタイプの人間像が見られたと思われる。

蕉風復興運動は、全国各地にリーダーが現れ、運動を一つの方向へと進めていく。そのリーダーの後ろには多くの支持者がいる。それは蕉風俳諧に〝情〟という価値を認め、それを共通の目標としてその実現へ向かうのである。その支持者たちがその価値を認めるのは、彼らが、正直とか勤勉とか献身とかいう、石門心学などで培った、いわゆる通俗道徳を身につけていたからではあるまいか。その通俗道徳が、彼らの主体的な自我を高めていく。とすると、蕉風復興運動は、自覚的な多数者に支えられた運動であり、文学運動としても近代に近い性格をもつことになる。

四　蕪村一派の立場

1　京都俳壇の情況

これまで地方系俳諧に筆をついやしたが、蕪村たちの俳諧の理解にも、それが必要と思われたからである。蕪村たちは、いわゆる都市系俳諧に属していた。蕪村が明和七年(一七七〇)に立机して最初に編んだ歳旦帳『明和辛卯春』は明らかに都市系俳諧歳旦帳の形式を踏んでおり、人的交流も都市系の俳人が主だった。都市系の呼称は、その俳人たちがほとんど京都・大坂・江戸の三都に住むことによったが、なかんずく京都は貞門俳諧の伝統が根強く、さらに淡々系の俳人も勢力をもち、地方系俳人の存在はまことに影が薄かった。

それが、宝暦十三年(一七六三)の芭蕉七十回忌ごろから様相を変えてくる。加賀や伊勢から復興運動の先駆者たちが続々入京し、その刺激を受けて蝶夢が活動を開始する。蝶夢の活動は、湖南の義仲寺での芭蕉追善行事が中心になるが、明和年間、東山双林寺で営んだ、墨直会《すみなおしえ》も無視できない。これは美濃派が毎年三月に行う芭蕉追善行事で、蝶夢は依頼されて六年間主催するのである。かなりの数の地方俳人の出席を見、京都俳壇に旋風をもたらした。

これらの地方系俳人の活動を蕪村たちが気にしていた様子は、「今の世にもてはやす蕉門」(明和六年刊『平安二十歌仙』蕪村序)、「近頃世にもてはやすなる梅路・希因が輩」(同九年刊『其雪影』嘯山跋)などの語にうかがえる。梅路・希因は、伊勢・加賀両俳壇の先達である。しかし蕪村たちは、これら地方系俳人の活動に、少なからず影響も受けていたと思われる。なぜなら、彼らの主張には、無視できぬ時代の動きがかいま見えるからである。

たとえば蕪村の盟友である嘯山は、宝暦十三年に刊行した名著『俳諧古選』において、「平淡ニシテ高雅」「平淡中妙処有リ」などと、安らかな表現を高く評価している。それまでの都市系俳諧に見られた晦渋また奇矯な表現が、しだいに遠ざけられる傾向がそこにはあった。俳諧人口が増えるほど、難解な句は通じなくなる。

蕪村の愛弟子である几董は、蕪村と多少異なる意識の持ち主だった。実は几董は、先の蝶夢主催の墨直会に参加したこともあり、蝶夢を通して、地方系俳諧にも一定の理解を持っていた。それは、安永度に入って毎年刊行される几董の春興帖『初懐紙』が、地方系の俳書にきわめて近い編纂形式をとることからもうかがえる。内容も自然への強い親近感を特徴とし、従来の都市系俳諧とは異なる新鮮な香りがある。

自然への親近といえば、この安永天明期、漢詩壇に大きな変化があった。詩人たちが、郊外の散策を好み、郊外に出かけては、田園風景を愛でつつ酒を飲み、詩を作ることが流行しはじめたのである。漢詩を好み、竜草廬を慕った几董は、詩壇の新しい風潮をもいちはやく取り入れ、新風を求めていた。

2　蕪村の対「蕉門」意識

蕪村が俳諧宗匠として一門を率いた時、俳壇には新しい胎動があり、右に述べたように、その変化は蕪村の周辺にも及んでいた。蕪村は盟主として、情況に応じた対応を案じなければならない。何よりもまず蕪村一派の独自な立場を主張しなければならない。そのための発言と思われる資料がかなりある。

さくらなきもろこしかけてけふの月／此句法は、当時流行之蕉風にてはなく候。近来之蕉門といふ物、多くあやなし候句斗《ばかり》いたし、俗耳をおどろかし候。実はまぎれ物に候故、わざとケ様之句をいたし置候。（如瑟宛書簡）

湖の汀《みぎは》すみけりけさの秋／よき句なれど、俳諧の流行只洒落にけしきの句のみに成ゆきて、俳力日々に薄く成るのなげかはしければ、是等の句はおの〳〵撰をもらし侍る。（「兵庫点取帖」の蕪村評語）

起て居てもう寝たと云ふ夜寒哉／近来の流行、めつたにしさいらしく句作り候事、無念之事に候。それ故、折々はかくもいたし見せ申候。（東箘宛書簡）

蕪村は、流行の地方系「蕉門」の作風を、「あやなし」で「洒落にけしき」だけで「めつたにしさいらしく」作ったもの、と断じる。とらえどころなくて頼りない、淡白な写実だけの句なのに、それをやたら意味ありげに見せようとする、というわけである。そしてその欠陥を「俳力」の不足と指摘する。「俳力」とは俳諧性をいうのだろうが、次の資料はより具体的に説明する。

三尺の鯉くゞりけり柳影／……眼前之実景にて真率なる句に候へども、是は左のみ作者の粉骨も見えぬ句にて、不用意の句にて候。あしき句にてはなく候へども、骨を折たる作者の意《こころ》を失ひ候。（白桃宛書簡）

「眼前之実景」の句は「蕉門」が得意とするところだろう。蕪村はそれを否定しているわけではない。俳諧にとっての不可欠な条件、すなわち「作者の粉骨」「骨を折たる作者の意」を欠くことを問題にするのである。言葉を換えれば、それは「趣向」ということになろう。「趣向」の面白さを欠いては俳諧は成り立たない、と蕪村は考えるのである。それは都市系俳諧の本領でもあった。

3　蕪村が選んだ立場

こうして蕪村は、自派のよる立場を求めていくことになるが、弟子の几董は、後年それを適切簡明に説明している。しかも同じ題材を使って三つの発句を作り、旧来の都市系俳諧と地方系俳諧の中のいわゆる「蕉門」、それに蕪村一派の作風を比較するのである。それは自らの立場を都市系俳諧側の改革派としてとらえ、都市系と地方系の双方の中間に位置を定めて、二つの俳風を止揚するところに、独自の俳風を得ようとするものであった。

すなわち、「今浮世の俳諧に迷ふ輩」、つまり旧来の都市系俳諧が、

たんぽゝに乳房ふくめつ糸ざくら

と作り、「蕉門の正風に遊ぶと思へる徒」が、

蒲公英の花にさはるや糸ざくら

と詠むのに対して、「我家のはいかいは其中にありて」、

たんぽゝに戦《そよ》ぎ合ふ也糸ざくら

と句作りする、というのである。そして、旧来の都市系俳諧の句については「工は浅からねど、工夫の外に余情なし」と評し、「蕉門」の句には「一句の姿ありといへども、句者の精神を用たる詮なし」と批判を加えた。そして蕪村一派の句については、「そよぎあふ也と作者のことばを用ひて、糸桜に蒲公のとり合せは自然天然の姿情と見て、余情に千万の春色はあるべし」と誇ってみせた。

『几董句稿』に見える資料ゆえ、蕪村の意識をうかがうに充分とは言えまいが、蕪村の意識もほぼこれに近いものであったろう。ここで几董は、旧来の都市系俳諧については「工夫」を、「蕉門」については「姿」があることを認めた。一方は知的な技巧であり、一方は視覚的形象性をさす。それに対して蕪村一派は、その二つは勿論備え、さらにその上に「句者の精神」と「余情」を合わせ持つ、と自負する。「句者の精神」の意味は先に出た「作者の粉骨」に近いだろうが、「工夫」を越える何か、作者のより強い主体性を含意するように思われる。「蕉門」については、「姿」のみを認めて「情」に言及せず、自派の「余情」を強調するのが気になる。おそらく几董は、「蕉門」は実情を標榜するものの、実際の情の表現においては力劣る、と見ていたのだろう。後述するように、これは蕪村の見方で

もあった。

だがここで注意すべきは、蕪村一派が、「句者の精神」と並んで、「蕉門」の表現理念であった実景・実情に連なる「姿」と「余情」とを重視し、俳諧表現の要件に加えることである。とすると蕪村一派の俳諧は、視覚的形象性と情趣をもち、さらに「句者の精神」に富む発想、つまり豊かな趣向性を兼ね備える、ということになる。二つの流れが育んだ、二手の理念の両立を図るのである。

4　蕪村一派の方法

このようにして、蕪村たちは自らの制作方法を編み出していく。その基本には、「蕉門」の主張した視覚的形象性と情趣を生かし、なおかつそこに個々の作者が知恵を凝らして趣向を発揮する、という二つの目標を抱えていた。

その路線に立って蕪村が提示した、一つの具体的な方法を次に見てみよう。

山吹や井手を流るゝ鉋屑《かんな》／……右のおもしろき故事を下心にふみてしたる句也。只一通の聞《きき》には、春の日ののどかなるに、井手の河上の民家のふしんなどをするにや、鉋屑の流去るけしき、心ゆかしきさま也。詩の意なども、二重にきゝを付て句を解候事多く有。俳諧にもまゝ有事也。（嘯風・一兄宛書簡）

右の故事とは、加久夜長帯刀《かくやたちはきのおさ》という数奇者が歌人の能因に初見参の折り、能因が、長柄《ながら》橋造営の際の物と称して一片の鉋屑を与えたのに対し、帯刀が名所井手の川の物と称して枯れた蛙を贈ったという話。蕪村はこの句を、まずは叙景句として鑑賞し、次いで故事を踏まえて鑑賞するという。一段目の鑑賞に故事の知識は必要なく、誰にでもイメージや情趣が理解できる。この段階は「蕉門」風の楽しみ方に等しい。しかし二段目の鑑賞には一定の教養による知識が必要で、それが身についた者は、作者の巧んだ趣向に気づき、その故事を思い起こして、つい口元がほころぶことになる。つまり二回目の鑑賞には、情趣的であるよりも理知的・知識的な精神活動がもたらす楽しみがある。面白さであり、笑いである。となるとこの句は、読者に感情面と理知面と、異なる二面の喜びを与えたことになる。ただ読者の中には、一段目の鑑賞で終わり、二段目にいたらない者もいる。しかしそれはそれで、一応の楽しみは得たわけで、以て足れりとしてよいことになる。

このように、蕪村たちの制作方法は、二つの流れの方法を併存させた、いわば複合的な性格を有したが、それはまた、それぞれの要素の配合の在り方によって、多彩な作風を成しうることにもなる。趣向の立て方にしても、古典や故事を踏むものもあれば、踏まぬものもある。古典や故事を踏む場合も、それを示唆する語や章句を含むものもあれば、含まぬものもある。ただし全く叙景的な「蕉門」風の句であっても、題材のとらえ方には斬新な趣向を見せる。実際にその俳書につくと了解できるが、蕪村一派の俳諧の魅力に、その手法の多様性を挙げることができる。従ってその内容も、理知的でありながら時には情をこめ、古典世界に誘うかに見えて庶民生活を描き、という具合に変幻自在に変化する。このようにして蕪村たちは、新しい俳壇動向の中で、新しい文芸性を追求したのである。

俳書と呼ぶ書物の次元で考えるなら、蕪村一派が「蕉門」のエリートたちの作品を積極的に採録したことも注目すべきだろう。蕪村自身が樗良や暁台などと交渉をもち、俳壇的な交流もありはしたが、その交流を俳書の内容にまで反映させたことは、蕪村一派が、その作風の多様性をさらに幅広くしたような印象を与える。よって豊かさを感じさせる。招待作者ともいうべき「蕉門」の句は几董編の俳書に多いが、几董が果たした役割は小さくない。

蕪村一派の作風の多様性は、蕪村編の俳書と几董編の俳書の違いという形でも現れる。蕪村編のものは春興帖ということもあって、趣向性が濃厚で遊びの気分が強い。几董編のものは、一派の存在を世に示すための風格を求める。

彼らは、その違いをも楽しんだに違いない。

だが、このことだけは確認しておきたい。蕪村一派が二つの流れの表現理念を共存させたとはいえ、その基底にあるもの、より本質的なものはやはり都市系俳諧の性格だった。趣向の面白さを楽しむ笑いの精神がそこにある。また和歌・謡曲・漢詩と多くの古典を駆使し、それを互いに理解しあえる教養を前提としており、その厚い知識の上に織りなす趣向は、しばしば理知の輝きをみせる。蕪村一派の中心になるグループは高い教養の持ち主だった。そこで繰り広げられる俳諧の遊びは、都市的に洗練された文化人の遊びであり、知的性格がきわめて濃い。洒落本や黄表紙が生まれた時代の俳諧であることを、あらためて思うのである。

五　作品での検証

ここで、これまで述べきたったことを、実際の作品について確かめることにしよう。

1　『遠江の記』

まず「蕉門」の表現理念をうかがうには、かの蝶夢の作品が最適だろう。生前に刊行されたものには紀行が多いので、その中の『遠江の記』をとりあげることにする。この作品については、蝶夢が、手紙に興味深い記事をとどめている。一つは、この浜名湖の旅の世話をした、この地の白輅に宛てた書簡の一節。

然ば遠江の記之事にて、御名前書入可申旨、是は方壺ぬしも段々被申候上、此度も頼参り候。しかしながら宰府記行之文暁は実境にて候。君里先生も同じ事にて候。毫髪も私なく候。其上ケ様之事書入候得ば、文章古雅ならず候上、当時之俳諧師等之書申候同前にて口惜しく候。例え一旦之斗六・鼓竹と被仰候へ共、是は同船の人にて候。美濃ゝ追善集之ごときならば、やめ可申候。有そうなる人のなきこそ面白かるべし。

内容は、浜名湖周航の当日、都合で参加できなかった白輅が、『遠江の記』になんとか自分を登場させてほしいと頼んだ手紙への回答で、それをきっぱりと断ったもの。『宰府記行』も蝶夢の紀行だが、この中で山中偶然に知人の文暁に出会う部分がある。蝶夢は、『伊勢物語』の宇津の山の修行者の話に似るが虚構ではなく、全くの実事なのだという。〈美濃派の追善集で代作が幅をきかすように、当代の俳諧には事実にそぐわぬ記述が多すぎる。作意は文章の「古雅」を損なうものゆえ、一切排除すべきだ。世話をやいた白輅が登場せず、その日だけの相手だった斗六・鼓竹の名が出るという、その事実のままの記述こそが文章の品格を高めるのだ〉。蝶夢はこう主張して、かたくななまでに事実に忠実であろうとする。「蕉門」が主張する実景・実情の「実」は、このような精神の在り様に根ざしている。

いま一つは、盛岡の素郷に宛てた書簡の一節。

遠江記之絵はかならず海棠が作画ならず候。これは、官庫に御座候浜名橋之古図に、芙蓉先生之秘図を得て、海棠に写させ中候。猶今の荒井とは違ひ中候。典故なき事をさかゝせ可中候哉。あまりに情なき誉やうにていと口惜しく候。一字もむざとは書中さず候。

海棠は『遠江の記』の口絵を描いた三熊海棠、芙蓉先生は山水画で知られた芙蓉道人木雍か。官庫とは京都所司代の書庫であろう。蝶夢は、口絵を海棠に描かせる際、能うかぎりの考証資料を探し求め、古代の浜名橋の再現に努めた。そこには、「典故」に基づこうとする実証精神がみなぎっている。口絵がかようであるなら、本文にもまたその精神が貫くことになる。

『遠江の記』は、古代の浜名橋の跡を訪ねることから始まる。そこでは、『三代実録』をはじめ多くの古典・古文献から関係記事を引用し、考証的に確かめて風景を見るという、実地踏査の態度が示される。その後は右回りの浜名湖の周航に移るが、名所や古寺を訪ねつつ、その歴史に思いを馳せることを忘れない。そして眺望のよい高台に登ると、四囲の景色をじっくりと眺め続ける。それはまさに観察的態度であり、対象への距離の遠近感も充分に意識されている。さらに注目されるのは、水辺の観察地点から、足を運ばぬ奥地へ向けて想像を拡げることである。目に見ぬその地の伝統的習俗に心を向かわせ、あるいはその地の古い歴史を遡って、悲劇の主人公や高徳の僧の事跡に思いを寄せる。かようにこの紀行は、空間的には事物を正確に見ようとし、空間的にも時間的にも、見えない遠くの事物を確かめようとする心で充たされている。事実尊重の徹底、観察による写実、想像力の駆使。まさに「蕉門」の俳諧理念をそのまま生かした紀行なのである。

2　「蕉門」の諸家

蕪村たちに「蕉門」俳人との交流があったことは先にも述べた。よって蕪村たちは、「蕉門」の俳書にも出句し、自門の俳書にも、少数ながら「蕉門」俳人の句を収めた。次に、その中のいくつかを見てみよう。

大仏のはしら潜るや春の風　二柳（『あけ烏』）
浜道や砂の中より緑たつ　蝶夢（同）
戸口より人影さしぬ秋の暮　青蘿（『続明烏』）

清　光

嵐吹草の中よりけふの月　樗良（同）
よは〳〵と日のゆきとゞく枯野哉　麦水（同）

二柳の句は、奈良の大仏殿の大柱にうがたれた四角い穴が題材。参詣の想い出にしようと、潜る人は今も多かろう。このことを除き、右の五句には何の解説もいらない。いずれも鮮やかにイメージが浮かぶ。そしていずれも情感を豊かにたたえる。二柳の句のおおどかな春の喜び、蝶夢の句の清らかな生命感、青蘿の句の震えるように敏感な秋寂びの心理、樗良の句の大自然の営みへの感動、麦水の句の冬らしい凋落感、いずれも実感をもって読者に迫る。これが彼らの主張する実情・実景の作風である。

ただしこのことは留意しなければならない。蝶夢は『遠江の記』の述作に当たり、擬古文として当然ではあろうが、実に多くの古典を引用し、また文章の下にそれを踏んでいる。また次の二柳の句はどうだろう。

老　懐

うか〱と生てしも夜や蟋蟀《きりぎりす》　（『続明烏』）

この句の中七は、上方弁の「生きてしもうた」を掛けるだけでなく、『百人一首』の「きり〴〵すなくや霜夜のさむしろに……」をもかすめている。また一音の句、

霜の月漁村は地《ツチ》に沈ミけり　（同）

は、『唐詩選』の「楓橋夜泊」の「月落チ烏啼イテ霜天ニ満ツ」を意識して、「天」に対する「地」を用いた句作りである。すなわち、地方系である「蕉門」の俳人たちも、そのエリートの場合は古典の教養を裏にもち、時に応じて古典利用の趣向を発揮しえた、ということである。言い換えるなら、「蕉門」の俳人たちも蕪村一派の作風に一歩近づくことがあったわけで、これも二つの流れの混交の証となる。

3　蕪村一派

続いて、蕪村一派の制作の実際を、『続明烏』所収の発句で見ることにする。彼らの作法が趣向抜きではあり得ないことを先に述べたが、作品はいずれもそれを裏づける。

まず、典拠をもつことを、読者にあからさまに示す作り方がある。

月は秋は物思へとのなんのかの　道立

或時文のはしに聞ゆ

雪にゆきまたげの股にたんまれり　大雅堂

酔《すい》李白師走の市に見たりけり　几董

道立の句は、句意からただちに和歌の「月影の初秋風とふけゆけば心づくしに物をこそ思へ」(新古今集)あるいは「嘆けとて月やは物を思はするかこち顔なる我が涙かな」(千載集)が思い出されるだろう。また大雅堂の句も、雪という題材と前書から、『徒然草』三十一段の「此雪いかが見ると、一筆のせ給はぬほどのひがひがしからむ人」のくだりを想起し、引き続いて同書の百八十一段の「降れ〳〵こ雪、丹波のこ雪……」が句意の裏にあることに気づくだろう。さらに几董の句についても、「酔李白」の語から、『唐詩選』で酒聖李白を詠み込んでいた、杜甫の「飲中八仙歌」の「長安市上、酒家ニ眠ル」の部分に思いいたるだろう。こうして読者は、ただちにその趣向を楽しむことになる。

だが次のような句になると、作法は趣を異にする。

露の間をめでたきほしの契哉　亀郷

名月や君かねてより寝ぬ病　太祇

紙子着てことのやう聞老女哉　山肆
夢とんで魂うづむよるの雪　道立
月雪の身を香に匂ふ海鼠《なまこ》哉　士巧

これらの句は、典拠の有無が定かでない。亀郷の句など、典拠を求めずとも解釈できる。「露の間」ではあるが「契」には違いないから、やはり「めでた」いのであろうと。しかし、気にかけてみると「露の間をめでたき」とはやはりおかしい。読者は、ここに裏の意味が隠されているか、と疑う。また、太祇の句については、不眠症の人と名月とのかかわりがいま一つ分明でないし、山肆の句は、老女がなぜ紙子を着るかを知りたくなる。道立の句は、何やら典拠ありげだが手がかりの語に乏しく、士巧の句は、海鼠を「月雪の身」と奇抜に表現して謎めく。つまりこれらの句は、読者を知的に挑発し、隠された趣向を探し出すよう誘っている。

そこで読者は、あたかもクイズを出題されたかのように、自分の知嚢を探って、適切な典拠を拾い出すことになる。亀郷の句は、「一年に一夜と思へど七夕の逢ひ見む秋の限りなきかな」（拾遺集）によって矛盾が解決し、太祇の句は、「いねがてに詠めよとてや秋の月更ては影の冴えまさるらむ」（風雅集）に出会って、眠れぬ人への慰めを含むことを知る。山肆の句は、『宇治拾遺物語』の「信濃国の聖の事」に出る僧・尼となった弟と姉の再会場面の俤。弟が着ていた紙子を老女に着せたのが趣向の一。道立の句は、『源氏物語』葵の巻による。車争いの後に六条御息所は、自分でも抑えきれぬ情念が、魂として自分を抜け出て葵の上を苦しめる夢を見る。その燃える魂を鎮める雪。士巧の句は、謡曲「葛城」の「月雪のさもいちじるき神体の、見苦しき顔ばせの、神姿ははづかしや」を使っていた。海鼠が恥じらうという、はなはだユーモラスな句意になる。

第三のタイプは、先に述べた二重鑑賞法を求めるもの。

朝寒や背戸の芋堀仏の日　嵐甲
あたらしい綿入着たる夜寒哉　月居
秋の戸に倚ル袖乞の鼓かな　鉄僧

これらの句は、典拠を気遣うことなく、句の表面の意味だけで充分に楽しめる内容をもっている。しかし読者が、裏に隠された仕掛けに気づくなら、句の内容はさらに豊かになり、楽しみも倍加する。嵐甲の句は、「芋」と「仏の日」が手がかりになる。『徒然草』六十段の、師の僧の遺産の全部を好物の芋頭に使った盛親僧都の俤である。月居の句は、「暮れ方の秋さり衣抜きを薄み(秋着は綿抜きで薄いので)耐へぬ夜寒に今ぞ打つなる」(玉葉集)の俳諧化。鉄僧の句は、謡曲「土車」の「僅なる露の命を残さんと、念仏申し鼓をうち、袖をひろげ物を乞ふ」によっている。これらの典拠は、それと知りうる人のためにだけ用意された。蕪村一派といえども、常に蕪村の周辺にいる仲間と、遠境の門人とでは、かなりの開きがあったと思われる。

蕪村一派の句は、このように典拠を得て趣向をこらす句がはなはだ多い。だが、典拠をもたぬ句も勿論あり、それなりに趣向をこらす。たとえば次の句。

雨にぬれ風に吹るゝかゝし哉　野菊

「ぬれ」には色恋をする、「吹るゝ」には「話を吹き込まれる」の意があるから、この句は、擬人的に案山子の人生を詠んだ戯れ、と解すべきだろう。

このように見てくると、蕪村一派の作法は、全くもって趣向最重視の、理知性の強いものだった。それをもって俳諧の本質とみなし、そこに生まれる面白さを楽しんだのである。
とは言え、一派の一部には、「蕉門」風の句を巧みに成す者もいた。例えば、几董の次の二句である。

瘧《おこり》落て朝がほ清し蚊屋の外

やはらかに人分ゆくや勝相撲

熱が下がった病人の爽やかな気分を、蚊帳の外に見出した朝顔に結んだ実感表現の巧みさ。勝った力士の誇らしげな落ち着きを、所作の描写に託した見事な視覚的形象性。まさに「蕉門」のいう実情・実景である。しかし素材の選択、状況の構成には大いに工夫をこらしたはずで、そこにはやはり趣向意識が強く働いている。だがそうだとしても、これらの句は、蕪村一派が二つの流れの混交へ向かっていた証となりうる。
最後に、蕪村一派が「蕉門」俳人と同様、芭蕉を思慕し、誠実に蕉風復興を願っていたことを、芭蕉の句を典拠とした句で示そう。

脣《くちびる》に露置夜半となりにけり　　我則

対僧

仏燻《くゆらし》てさらに葱《ねぶか》を煮夜哉　　道立

我則の句は「脣」一語しか手がかりを与えぬが、芭蕉の句「物いへば唇寒し秋の風」によろう。道立の句は、かの深川入庵時の字余り句「はせを野分して盥に雨を聞夜哉」をそっくりもじり、そこに敬愛の思いをしのばせている。

六　蕪村の先進性

1　方法の駆使

前章で、蕪村一派の制作方法の一端を見てきたが、その中にあって、蕪村は突出する先進性を示した。まず指摘できるのは、時代が求める二つの流れの混交ということを積極的に受け入れ、「蕉門」の説く実情・実景は勿論、彼らが追求した外界の認識の新しい在り方も、それをしのぐほどに我が物としたことである。蕪村が「俳諧に門戸なし。只是俳諧門といふを以て門とす……諸流を尽してこれを一嚢中に貯へ、みづから其よきものを撰び、用に随て出す。唯、自己の胸中いかんと顧るの外、他の法なし」(『春泥句集』序)と述べるのは、この自由な態度を基本にすえることの宣言であろう。また「とかく片よりは万芸ともにあしく候」(騏道宛書簡)との言も、その柔軟さを裏づける。

この態度から、一派の得意とする制作手法の多様さが、より徹底したかたちで現れることになる。例えば、「蕉門」風の視覚的形象性がまことに鮮明に多彩に展開するのは知られるとおりだが、画家である蕪村にとって、それは当然でもあったろう。外界の認識の新しい在り方についても、同様に「蕉門」をしのぐ。

物焚て花火に遠きかゝり舟　(『続明烏』)

西の京にばけもの栖て、久しく荒はてたる家ありけり。今はそのさたなくて

春雨や人住て煙壁を洩る　(『五車反古』)

前の句は、舟の上の小さい火と、はるか空のかなたに小さく見える大きい火とが遠近感をつくり、都市の繁華とその

周辺の民衆を対照させて情を生む。後の句は、景を、雨が降る外の空間・壁をもつ家・その内側の生活空間と、三つの層で構成している。第三の空間は「煙」が暗示するわけだが。このように蕪村は、事物を構造的に把握する眼も備えている。

2　卓越した「趣向」

このように、地方系俳諧が発達させた手法を自家薬籠中の物とした上で、蕪村は、自らの都市系俳諧が育てた手法をまことに自在に展開させ、その非凡な才を発揮する。すなわち、趣向の手際の見事さがそこにある。

はつ雪や消ればぞ又艸《くさ》の露　（『続明烏』）

この句は、和歌の「消ぬが上に又も降りしけ春霞たちなばみ雪まれにこそ見め」(古今集)を踏む。だがこの句の趣向は、単に古歌をもじる方法とは異なる。冬の雪の美を惜しみ、それをかくす霞を加える古歌に対し、蕪村の句は、雪の役割をかくす側に転換させる。そして古歌が、季節の移りを冬から春への進行として単純にとらえるのに対し、蕪村の句は、一時的な後戻りを含む、季節の変わり目の微妙な姿をとらえ、雪の美と露の美を二つながら描こうとした。古歌を使いつつ、古歌にはない情趣までつむぎだすのである。

また蕪村の趣向が、時として明るい哄笑性を伴うのも見逃せない。

花ちりて身の下やみやひの木笠　夜半

この句は、『花鳥篇』の挿し絵の檜笠に書きこまれ、あたかも行脚人が「乾坤無住・同行二人」と筆書きするのに似せている。そしてその笠の絵は、紙面全体にわたるほどに大きく、しかもそれを真上から描いている。その挿し絵の前には俳文があり、それが絵の中の句の前書の役を果たすわけだが、発句を挿し絵の一部のように見せるのも趣向だろう。さらに面白いのは、その句の意味である。この句が、前書にも記す芭蕉の句「吉野にて桜見せうぞ檜の木笠」を意識するのは間違いないが、下に踏むものは外にもあった。それは和歌の「卯の花の散らぬかぎりは山里の木の下闇もあらじとぞ思ふ」(玉葉集)で、句の「身の下やみ」は「木の下闇」のもじり。前書は、市中で家業にいそしむ仲間を残し、ひとり吉野の花見を楽しんだことを恥じ入る、といった内容で、末は「……我のみおろかなるやうにて、人に相見んおもてもあらぬこゝ地す」と結ばれる。とするとこの句の意味は、古歌では花が散ったら木の下が闇にもどると申しますが、花見から帰った私は皆さんに会わせる顔がなく、檜笠の下の闇に隠れるばかりです、ということになる。前書の末尾と、あたかも顔を隠すかに描かれた挿し絵が、これを裏づけよう。『花鳥篇』は蕪村編の春興帖だが、いかにも蕪村らしい洒落さが漂い、手にした読者は、思わず微笑んだことだろう。

3　「情」の重視

俳諧における「情」は、これまでも述べたとおり、地方系側で強く求められてきた。だが蕪村は、その地方系「蕉門」の情にあきたらず、それを越えようとする。『あけ烏』の几董の序に次の一節がある。

夜半の叟、常に我にいへらく、今遠つ国〴〵のもはら蕉門といひもてはやす、やゝ翁の皮肉を察して、其粉骨をしらざるもの也。たとはゞ附句に、「敵よせ来るむら松の声／有明のなし打烏帽子着たりけり」、是等の意を味ふの徒希《まれ》也と。

前半は例の「蕉門」批判、後半はその理由として、芭蕉作品の理解度の低さを言う。後半については真跡の自画賛も伝わり、賛には「今の世に蕉門とのゝしる輩、すべて此句の姿情をしらず、遺恨のことなり」と認めている。蕪村は、「蕉門」の連衆は、本来、彼ら自身の主張である情趣や視覚的形象性の理解が不徹底だ、と批判するのである。この画は、烏帽子・狩衣・太刀をつけ、耳を澄ます武将の姿を描くが、付け句の内容も、松韻にまぎれて伝わる来襲の気配、月明の下、身を締める姿が思い浮かび、戦場の緊迫感がそのまま迫るようである。形象された場面は、視覚的には薄闇、聴覚的にもかすかな昏迷の中にあり、それゆえそこに濃い感情が漂う。その情を漂わせ得た見事な形象化の手柄を、「蕉門」の徒は理解しない、というのである。ここには、情の理解にかかわる蕪村の強い自負がうかがえ、気をつけてみると、蕪村の作品には、情をこめたものが確かに多い。蕪村一派の実情・実景の取り入れといっても、情についてては取り込みが乏しかった。本が理知に傾く、都市系の流派だからである。その中にあって蕪村の作品は、その内包する情によって、際だった独自性を発揮している。

発句を一つ例に挙げてみよう。

負《まく》まじき角力を寐物がたり哉　（『続明烏』）

自信があった一番をしくじった力士の、その夜の寝屋の景である。愚痴をこぼす相手は、勿論、力士の妻だろう。そこには当然、妻のやさしい言葉があるはず。平凡な日常生活の中で、時として通いあう夫婦の温かい情。しみじみと人生を感じさせる。

4　趣向の料としての情

これまで述べきたったように、蕪村は趣向を駆使し、一方では情を重視した。つまり両立を図った。したがってそこでは、理知的な要素と感情的な要素の結合が求められることになる。とすると、どちらが優位に立って結合を進めたのだろう。このことは、都市系俳諧の人というより、近世人である蕪村にとっては、全く自明のことだった。情は趣向を巧むに際しての一つの材料として折り込むのであり、表現の目的はあくまでも趣向の面白さにあったはずである。

だが、次のような意識も見出だせる。

……夏木立(ノ句ハ)、いぶせき姿情有之候。しかれども、「行者いたまし」と云所を、「行者のきぬや」と致たき物に候。「いたまし」といふては、さん用詰めに相成候。「きぬや」と申にて、かのしをりも有之、一句のすがた、たけ高く覚候。いたましきは言外に見え候。もちろん、「いたまし」と云詰め候ては、一句初心成かたにて候。

(士川宛書簡)

とりあげた句は、「……行者いたまし夏木立」という形であろうか。蕪村は、この句中から感情を現す抽象語「いたまし」を除き、具体的な物である「きぬ(衣)」を素材に加える。感情語を前面に出すと算用詰め(理詰め)になり、読者に感情を強いることになる。これに対し具体物「きぬ」を素材とした場合は、句の姿が格調を帯び、「いたまし」という感情は余情として自然に伝わる。つまり蕪村は、具体的な景をこしらえて、感情をその背後にしのびこませる、このような方法意識をもっていたのである。ということは、姿と情、つまり視覚的形象性と情趣をセットにして考え、しかも情趣の醸成に心砕いていた、ということだろう。言い換えるなら、情の表現にも理知的な工夫が必要であり、かつ有効だと理解していたのである。

実はこのような思考は、漢詩壇に現れていた。祇園南海が提唱した〝影写説〟で、宝暦六年(一七五六)に刊行された『明詩俚評』などによって世に広まる。そこでは、景と情の関係を、次のように指導する。

……影写トハ、物ノ本形ヲウツスヲ云……其形ヲ直ニアラハシ、雪ヲ白シテ溰々ト云、月ヲ輾玉輪ナドヽ云タグヒ……何程巧ニテモ細工物ニテ……其真情ハ曾テアラワレズ……詩ノ妙ハ、其形ヲステヽ其風情ヲノミ写シ出ストキハ、其賦ス所ノ物、生テハタラク故、読ム人自然ト感ヲ起ス事、直ニ其景ニ対シ其物ヲ見ル如シ。詩、景気ヲアリノマヽニウツシテ、此方ヨリ感ハ一ツモツケズ……言ステヽ風景ヲノミウツシテシラシム。此姿ノ詩、皆、有声ノ画ト云テ賞翫ス。

ここでいう「本形」とは物そのもの、「形」とはそれを形容することがらである。南海は、対象がかもしだす情趣を何よりも重んじ、作品はその情趣を移しとらねばならない、そのためには対象を「アリノマヽ」に描くにとどめるべきだ、という。実はこの説は「蕉門」俳人にも大いに影響を与えたが、蕪村もまたよく承知していた。情を生む句の作り方に、蕪村が熱意をいだいていたのは確かである。蕪村にとっての制作は、すでに元禄期のごとき心法ではなく、一個の客体である作品を意識的に構成することであった。ただしこの構成は、近代韻文におけるそれにはいたらず、まだ趣向の段階ではあったが。

5 想像力

蕪村における趣向と情の問題に考察をめぐらすと、最後は、想像力に対する蕪村の強い関心に気づくことになる。想像あるいは「思いやり」への関心が「蕉門」俳人に高まっていたことはすでに述べたが、この場合もまた、蕪村にはそれをしのぐものがあった。例えば、次の自解を伴う句である。『自筆句帳』で合点を得ており、自信作だったらしい。

水にちりて花なくなりぬ岸の梅

右の句、定而おもしろからぬ句と思召候はんと存候。春のうつり行を惜たる姿情也。梅といふ梅にちらぬはなけれ共、樹下に落花などの見ゆるは、いまだ春色恋々の光景有之候。崖上の梅は散と其まゝ流水が奪去て、樹下にのこりたる花もなく、すご〳〵とさびしき有さまを中のべたる也。ちよと聞候ては水くさき様なれども、とくと尋思被成候へばうまみ出候句也。（何来宛書簡）

この句は、地方系「蕉門」の俳書『仮日記』に載り、「落花尚不離樹根／春色恋ゝ如有情／さるが中に此ひと木は」と前書があった。編者は行脚俳諧師の江涯である。蕪村はこの句を、「蕉門」の好みにかなう、姿情兼備の作として選んだのだろう。しかも深い情をこめるものとして。ところがこの前書は、『自筆句帳』などには見えぬのに『仮日記』にのみ加えられ、鑑賞のたすけに付したことが思われる。前書第一行の「落花」は「此ひと木」以外の木のもので、右の書簡に「樹下に落花などの見ゆるは」とあるそれである。この解説的部分が前書に入ると、対比により、主題は理解されやすいことになる。しかし、対比でもって解説されるとなると、読者に生じる情は多少薄れるのではあるまいか。蕪村は、相手が「蕉門」ゆえ、あえてそうしたのだろうか。

この句と自解は、情の醸成にかかわる蕪村の意識をよく伝える。蕪村はこの句を、表面的には「おもしろからぬ」「水くさき」と心得ている。同内容の霞夫宛書簡にも「うち見にはおもしろからぬ」とあった。ここに一見平凡な景だけが詠まれていることをいうのである。しかし作者は、その景を通して読者に「すご〳〵とさびしき有さま」（霞夫宛では「あわれ成有さま」）を汲みとらせようとする。その情を感得することを「うまみ出候」というのであろう。具体的な景をつくり、感情を背後にひそませる、という図式は、先の士川宛書簡でも見えていた。とすると、この句を秀句とする理由は別にあるはずで、それを解く鍵は、「ちよと聞候ては水くさき」という表現における平凡さの強調と「とくと尋思被成候へば」という条件付け（霞夫宛も同じ）にあるように思われる。「とくと尋思」というのは、読者に精神活動の負担を求めるものである。景が平凡なら、読者の精神活動の量は少なくてすむはず。しかし景中に情があるとするなら、景が平凡であるほど、読者の精神はより活動しなければならない。景の表面から、その奥にある情にとどくよう、心を馳せねばならぬから。ところが蕪村は、わざとのように景を一見平凡にこしらえた。意図的に、景の表面からその奥の情までの距離を大きくとった。言い換えるなら、句の表現は、情趣の存在を気づかせるにとどめ、読者に対して、読者自身が情趣を求めて存分に心を馳せることを求めた。この馳せる心が〝想像力〟だろうが、想像すれば、読者にもまた情が生じる。蕪村は制作に当たって、鑑賞の際、読者の内部に起きる想像力を充分に考慮した。それは、想像と情の密接な関係を知っていたからである。

あるいはそれは、京都の儒者皆川淇園の影響かもしれない。淇園は、蕪村の画に賛を与えたこともあったのだ。明和八年(一七七一)に刊行された『淇園詩話』は次のように述べる。

蓋シ、凡、詩ヲ作ル、未ダ一語ヲ成サザルノ先、必ズ立ツルニ象(=像)ヲ以テス。象立テバ則チ精神寓ス。而シテ其ノ物タルヤ、窈然、冥然、倏然、忽然、是ニ於テ心之レガ為ニ哀感ヲ生ジ、情之レガ為ニ詠嘆ヲ発ス。是ニ於テ文辞以テ之レガ物象ヲ明カニシ……。(原漢文)

イメージ形成の過程で情が生じるとする創作論であるが、蕪村が、鑑賞の場合にあてはめたとしても、誤ってはいまい。

「蕉門」俳人が想像と「思いやり」を類義語として扱ったことは既に述べたが、蕪村の趣向の中には、想像力の発揮を期待するものがはなはだ多い。読者は、作者が仕掛けた趣向を楽しむ内、いつしか作品中に情をそそぐことになる。例えば次の句である。

易水に葱《ねぶか》流るゝ寒哉　(『蕪村句集』)

知られるように、秦の始皇帝に差し向けられた刺客荊軻の悲劇が題材で、途上の易水河畔で詠じた詩を下に敷く作。諸注は、その寒々とした川面に「葱」を置くところに俳諧を見出している。だが、この句の鑑賞は、ここまででよいのだろうか。その典拠となった『史記』の刺客列伝を読む者には、その時に携行した匕首《ひしゅ》(あいくち)の記述が、強く記憶に残るはずである。繰り返し記され、最後の一念をこめ始皇帝めがけて投げつけた匕首が、ついにはずれて柱に当たり床に落ちる場面は、ことに印象深い。とすると、川面を流れる白くて細い「葱」は、床に転がった匕首の俳諧化ではあるまいか。そのように受けとることで始めて、読者は荊軻の痛恨の思いに情を寄せることができる。蕪村も読んだという『絶句解』にはこの題材の詩があり、いずれも「匕首」の語を折り込んでいた。「葱」から「匕首」への連想を求めるのが趣向だろうが、ここで悲劇の人物の心中への想像つまり「思いやり」が働き、情が深まるのである。

七　安永天明期俳諧の特質と史的位置

最後に、安永天明期俳諧とは何であったか、と振り返ってみよう。

その特質は、俳壇の統一、つまり地方系俳諧と都市系俳諧との合流がもたらした、二つの表現理念の混交性に求められよう。文学とは、言うまでもなく言語をあやつる芸術である。しかしその言語は外界を再現する手段ともなりうる。伝統的韻文は、再現すべき外界の範囲を限ったが、近世の俳諧は、その制限を取り払うことで、新たな言語表現の面白さをつくりだした。その外界への指向の面をより深めていったのが地方系俳諧であり、言語表現の面白さの面を守り続けたのが都市系俳諧だった。粗い表現をとるなら、一方では現実への指向が強く、一方では文芸への指向が強かった。一方にはまじめさがあり、一方には遊び心があった。この二つの要素の混交が生み出した新しい俳諧、それが安永天明期俳諧だったと言えよう。

地方系「蕉門」がもっていた求道性は、純粋さへの希求を生み、外界をより正しくより深く見る態度に連なっていく。町人社会に広まった人情は、鳥獣草木の生命にも美を見出す。これに都市系俳諧の、巧みな言語表現が加わり、この時代に発達する想像力も役割を果たす。こうして新しい詩美をもった俳諧が誕生する。その中には、浪漫性・高踏性を指摘できる作品も含まれよう。

このようにして成った安永天明期俳諧は、その作風においてまことに多様だった。だがそれは、目標がないところからくる乱立と解すべきではなく、混交から多様な個性が育った、と理解すべきだろう。目標というなら、「情の俳諧」の回復をめざした点で、「蕉門」も蕪村たちも変わりはなかった。この目標を失わずに、それぞれが好みの作風を繰り広げるのである。ここではあまり触れなかったが、この期を代表する作者は江戸を始めとして全国に散在し、それぞれに競い合ったのである。それゆえに安永天明期俳諧には豊かさがある。

その豊かさは、このようにも説明できる。蕪村一派が得意とする古典を使う手法は、近世初頭の貞門俳諧に通うものである。さらにその伝統は和歌の本歌取りにまで遡れよう。しかしこの安永天明期俳諧の後に、蕪村一派ほど自由に古典を使いこなす俳壇があるだろうか。また蕪村一派には、本来の俳諧性である遊び心や笑いの精神が充ちていた。これもまた、この後には薄れいくだろう。とすると、蕪村一派の俳諧は、伝統をもつ古典利用の手法や俳諧らしい俳諧が、その長い歴史の掉尾に咲かせた大輪の花のように思われてくる。一方、「蕉門」の俳諧には、外界の認識の在り方をより近代へと近づける、という側面が見られた。それはやがて来る近代の韻文の先駆けであり、ほのかな曙光であろう。つまり安永天明期俳諧には、ある終わりとある始まりが含まれる。文学史の十字路であり、実りの豊かさも、淡水と鹹水が交じり合う潮境のような、転換の時代がもたらしたものなのであろう。そしてこの二つの側面を併存させるところこそ、安永天明期俳諧の特質なのである。

最後に、安永天明期俳諧と近代の韻文との連続の問題について、ささやかな仮説を立てて触れておく。すでに述べたように、白雄は「句ぬしの精神」と言い(四〇九ページ)、几董は「句者の精神」の語を使っていた(四一七ページ)。白雄は、外界の対象に向かって発する情の主体を言うのであり、几董は、作品に趣向をこらす際の知の主体について使うのである。しかし注意すべきは、「蕉門」の白雄にも、蕪村一派の几董にも、ともに主体の強調が見られることである。二つの流れの二つの表現理念は、この作者の主体意識の強まりが結び目となって、一人の作者の内部に共存するようになるのではなかろうか。

とすると、この後はますます作者の主体意識が強まることが予想され、それは、先に述べた趣向と情の主従問題にも影響を与えるだろう。すなわち、趣向の料にすぎなかった情が主の位置につき、趣向なるものはその史的役割を終えて退場する。代わって、テーマとなる情の展開をたすける従の役として構成が使われる。という具合にである。これを、近代の叙情詩と呼ぶのだろうが、思えば蕪村は、作品中に情を醸成しようと、制作に際してしばしば工夫を加えていた。

だが、蕪村の俳諧はまだ近代とは言えない。情を重視したとはいえ、その情は、作者の内部から、作者の精神のすべてをこめ、人格のすべてをかけて激しく立ち現れるものではない。ただ一つ『夜半楽』に載る「春風馬堤曲」には、確かに主情的に内発する蕪村の強い郷愁を読みとることができる。だがその情といえども、この作品にこらした趣向の面白さをも越えるほどに強いとはいえ、作者の真情に迫るのは容易ではない。蕪村は趣向の一つとして、末尾に太祇の句を加えた。読者は、その趣向された句を手がかりに、隠された意味を思いやることで、ようやく蕪村の真情に近づくしかない。作者が、慎み深く、自己の情の直截な表出を避けたからである。「春風馬堤曲」といえど、情は趣向の料にとどまった。

しかし、この「春風馬堤曲」は、趣向と情との位置の逆転が、しだいに近まりつつあることを予感させる。そして安永天明期に成り立った趣向と情の結合が、来るべき近代の韻文のテーマと構成のために、セットとして、その枠組みを用意したことを思わせる。

このように、安永天明期俳諧では、作者の主体意識がいちじるしく発達し、また感情を重んじた。このことは、外界の把握において遠近法を使わせ、心理作用では想像力への関心を促す。また自然との親愛感が深まり、観察的態度で事物に接するようになる。顧みると、これらはいずれも、十八世紀のヨーロッパ文学とその運動に認めうる事象ではなかろうか。多少の遅れを見るとはいえ、近代を前にした彼我の社会に、共通の基盤があるゆえであろうか。

夜半亭四部書

――『其雪影』から『五車反古』へ――

山下一海

一

蕪村没後二十六年、文化六年(一八〇九)に刊行された『蕪村七部集』は、目先のきいた書肆の企画によるもので、後刷本もあり、かなりの需要があったものだろう。出版の動機は何であれ、『蕪村七部集』と題されたことにより、『俳諧七部集』が蕉門の作風の変遷を示すものであったように、それは蕪村とその一門の俳風の大要を示すものであろうと世間に受け取られた。蕪村普及のための功績は大きく、明治になってからの華々しい蕪村復活にも、この書は大いに貢献している。しかし編成態度には、杜撰なところが目につく。「七部集」といいながら八部を収めるその中から、まず蕪村と直接の関係のない『続四歌仙』をはずし、さらに一門の活動というより個人的な色合いの濃い『一夜四唫』(『此ほとり』)、『花鳥篇』、『桃李』(『もゝすもゝ』)をひとまず脇に置くとして、残りの『其雪影』、『あけ烏』、『続あけがらす』、『五車反古』の四部が、蕪村とその一門の俳風の変遷を見ようとするには適当だといえよう。それらを「夜半亭四部書」と呼ぶことにする。四部書の概要を示せば次の通りである。

	其雪影	あけ烏	続あけがらす	五車反古
成立	明和九年(一七七二)冬	安永二年(一七七三)秋	安永五年(一七七六)秋	天明三年(一七八三)十一月
編者	几董	几董	几董	維駒(几董協力)
序文	蕪村	几董	道立	蕪村
跋文	嘯山	なし	なし	几董
冊数・総丁数	二冊・三六丁	一冊・二四丁	二冊・五七丁	二冊・三九丁
意義	几圭十三回忌追善(正統性主張)	新風宣言	新風宣揚(几圭十七回忌追善)	召波十三回忌追善
内容	連句四、発句二二五	連句四、発句一五二	連句一二、発句四一六	連句五、発句三四八
発句作者数	一五四名	一一六名	一五三名	一四九名
作者別入集句数	几董 二〇句 蕪村 一〇句 子曳 五句 太祇 五句	几董 一五句 蕪村 五句 大魯(馬南) 五句 一鼠 四句	几董 四三句 蕪村 一七句 太祇 一二句 道立 九句 移竹 九句	蕪村 三〇句 几董 三〇句 維駒 一八句 召波 一六句 大魯 七句 道立 七句

四部の中でも、とくにはじめの几董編の三部によって、俳諧における夜半亭一門の形成と充実が印象づけられる。第一書『其雪影』では、几董が几圭の子として、芭蕉以来の連綿たる正統性を記す。第二書『あけ烏』で、几董は序において、蕪村の言葉を引きながら諸国の蕉風復興の動きを展望し、いまや真の蕉風に眼を開くときがいたったと宣

言する。第三書『続あけがらす』で、道立は序文において、時代をリードする几董を称え、一派の新風が軌道に乗ったことを述べるが、その序文の中に蕪村のことは記されていないし、跋文がわりの巻末の無腸(秋成)の文章は、几圭十七回忌に当たっての追悼の辞で、几董の名は出しても、蕪村のことには触れていない。夜半亭色、蕪村色は極力おさえられている。この三書において、蕪村は最初は序文の筆者であり、次には序文の文中に退き、やがて姿を消してしまうということになる。

夜半亭四部書の中でも、この三書は、いわば几董三部書ともいうべきで、蕪村を首領とする夜半亭一派は、几董を表に立てることによって、京俳壇に地歩を得てきたことがわかる。夜半亭四部書の中に几董三部書があるという二重構造に、京における夜半亭成立の一つの鍵がある。それは、夜半亭を継承した蕪村の門下にあるはずの几董が、蕪村公認のもとに結社春夜楼を発足させた機微と、おそらくは通じるものがある。

「夜半亭」がそもそもは江戸における看板であり、それを浪速近在生まれで江戸帰りの蕪村が継ぐというのでは、京の人にとっていささか違和感があっただろう。だから蕪村にとって、京の人である几圭の子の几董を門下に擁し、それを盟友のごとくに遇することは、俳諧の師系における自門の正統性を保障するのみならず、京俳壇に融和するためにも有効であった。そして、何よりも蕪村は、几董の豊かな才能を頼りとした。

二

『其雪影』の蕪村序によれば、几圭の十三回忌に当たって、その子の几董が記念の集を編んだのだが、世の常の追善集のように、いかにも抹香臭いというような句は求めず、ただ風雅な吟を集めたという。几圭は宝暦十二年(一七六二)

に没しているから、実際の十三回忌は、安永三年(一七七四)に当たる。一年引き上げたのは、几董を擁する夜半亭の正統性と京の結社としての必然性を、早く世に示そうとしたのであろう。几圭十三回忌追善はいわば口実で、実は蕪村門の新しい出発を世に知らしめるための集であり、さらには蕪村と几董の緊密な連携ぶりを世間に公表するための書であった。

『其雪影』は二巻より成り、上巻は連句集、下巻は発句集である。連句集には几圭追悼の気配が濃く、下巻の発句集には、追悼の気配よりも詞華集としての賑わいが目立つ。この発句集のほうに、文芸の動きは顕著である。まず春の部の蕪村の句、

春のうみ終日《ひねもす》のたり〳〵かな　蕪村
なには女《め》や京を寒がる御《ぎよ》忌《き》詣《まうで》　同
洗《せん》足《そく》の盥も漏りてゆく春や　同

三句、いずれもかなり知られている。とくに最初の句は、蕪村の代表作ともいえるほどである。

そもそも近現代において、一般的に蕪村の作風とされているものは、子規の『俳人蕪村』(明治三十二年刊)と、萩原朔太郎の『郷愁の詩人与謝蕪村』(昭和十一年刊)によって整えられたものである。この三句は、いずれも几董編『蕪村句集』に収められているから、子規も朔太郎もたしかに知っていたはずである。しかしこのうち、「春のうみ」の句が朔太郎の『郷愁の詩人与謝蕪村』にとりあげられているだけで、子規の『俳人蕪村』は三句ともに触れず、朔太郎もあとの二句はとりあげない。つまり、蕪村の夜半亭出発の句と近代の蕪村の出発の句には、ややずれがあるということである。蕪村の作風の目指すものは、後世の理解と少し異なっていたらしい。

朔太郎は「春のうみ」の句について、「だれも知つてる名句であるが」と書いている。『俳人蕪村』では触れられていないが、その刊行直前の明治三十二年十一月十七日に行われた『蕪村句集』輪講(『蕪村句集講義』として明治三十三年刊)ではこの句がとりあげられ、「子規曰。極めて古くより記憶に存してゐる句で判断がつきにくいが、果たして善い句であらうか悪い句であらうか」とし、「碧梧桐氏、虚子共に曰。兎に角類の少い句で、珍しい善い句と思ふ」とある。この句がやや戸惑いをもって受け止められていたことがわかる。しかし朔太郎がいうように、だれもが知っている句となり、これがいかにも蕪村らしくのびやかで、実感の横溢した句であるということは、衆目のほぼ認めるところである。

「終日のたり〳〵かな」は、「春のうみ」の感じを表現してまことに適切、春の海の表現としての定番であるように感じられる。しかしそれは、この句が有名だから定番化したもので、海をのたりのたりなどということは、実は珍しかったのではなかろうか。そもそも「のたり〳〵」は、「のたる」という語とかかわりがあり、だらしない人の様子をいう語であった。それを春の海の感じを表すものとして用いたところ、春の海をいわば擬人化したところに、この句の新しい趣向があり、大胆さがあった。

子規一派による『蕪村句集』の輪講は網羅的だから、「なには女や」と「洗足の」の句もとりあげてはいる。いずれも悪い句ではないというが、積極的に高く評価するわけではない。ほとんどその意義は無視するに等しい。要するに『其雪影』のまず春の発句における蕪村のねらいは、子規のころにはほとんど理解されていなかった、蕪村の意向とは違うところに、近代の蕪村評価の視線は走っていた。

「なには女や」の句は、京の御忌詣に大坂の女を取り合わせたところに意外性があり、「洗足の」の句は、自然の景物ではなく、洗足の盥の水の漏れに行く春を感じ、「漏りてゆく」に「ゆく春」を掛けたところに趣向がある。つまり蕪村のねらいは、素直に描く、ましてや客観的に写生するといったことではなく、ひとひねりした趣向にあった。

『其雪影』は夜半亭四部書の第一書であり、同時に几董三部書の第一書であるから、蕪村と並べて、几董の句も見てみなければなるまい。同じく春の部から引く。

朝がすみたつや夜舟の枕上《まくらがみ》　几董
五器《ごき》皿《ざら》を洗ふ我世や春の水　同
うたゝ寐に使三度や春の雨　同
苗代やある夜見初し稲の妻　同
痩んめや酢蔵のかげに二三りん　同
松伐《きつ》たあとの日なたや山ざくら　同
雨そぼつ春の名残や茶一椀　同

この春の部に関しては、蕪村の三句に対して几董の句は七句である。発句全部では、蕪村の十句に対して几董は二十句である。蕪村が後見となって几董を世に送り出そうとするこの集の意図からいって、当然の句数の違いであろう。

これらの几董の句も、よく知られている几董の印象鮮明な作風とはやや趣を異にしている。最初の句は、朝霞が立つことを、神仏が枕上に立つということになぞらえたところに趣向がある。次の句は、思うようにならないことのたとえである「御器皿を洗うようにもならず」をもじって、平穏無事な生活を描くところがおもしろく、三番目の句は、蜀の劉備玄徳が諸葛孔明を軍師に招いたときの逸話である三顧の礼によるものであろう。「苗代や」の句は、稲が稲妻と交合して実を孕むといわれているところから、この苗代に蒔かれる種籾は、昨秋のある夜、稲妻が稲を見初めた結果に実ったものであろうという理屈の面白さが狙いである。「痩んめや」の句は、ことわざ「痩せの酢好み」から、酢蔵のかげの梅を痩せ梅にし、さらに梅の実の酸っぱさをも利かせたところに趣向がある。以上の五句には、種々の趣向があり、ひねりがあって、それがそもそもの蕪村と几董のねらいであった。最後の二句には趣向やひねりが目立たない。「松伐た」の句はあるいは謡曲「道成寺」の「花の外には松ばかり、暮れそめて鐘や響くらん」とかかわりがあろうか。ともかくその二句は几董にとって、先進的なものではない。趣向立てが思うにまかせず、趣向薄弱のまま集に収めてしまったものであろうか。

千金の雨夜見捨てかへる鴈　子曳

山吹や序に覗く隣あり　為拾

この二句は発句の部の冒頭に、蕪村の「春のうみ」、几董の「朝がすみ」に続いて掲げられている。この二人の名は巻頭の几圭追悼百韻中に見られるから、几圭の門弟であったと思われる。いずれも単なる景物の句ではなく、子曳の句は「春宵一刻値千金」、為拾の句は「徳不孤、必有隣」により、「宵」を「雨夜」に変えて「かへる鴈」を取り合わせたところ、「隣」を「序に覗く」として「山吹」に取り合わせたところなど、たしかに趣向を立ててはいる。しかしそもそもの「春宵一刻……」と「徳不孤……」があまりに使い古され過ぎていて、いかにも新しさに欠ける。冒頭の蕪村・几董の二句にこの子曳・為拾の二句を続けることは、結果的に几圭の時代から蕪村・几董の時代への推移を歴然と見せることになっている。

『其雪影』に収められたこれらの句は、必ずしも撰集時の作ではない。多くの旧作がまじっている。死者の句がかなりあることからも、それはあきらかである。しかしそれらが『其雪影』の作風を形成するわけだから、多くの旧作もまた、当時の期待された作風であるということになる。旧作も交えて、撰集の意図された作風の変遷と見るべきであろう。

それにしても、几董の「松伐た」と「雨そぼつ」の二句、趣向と技にとぼしい不用意の句である。蕪村自身、後に一面においては不用意を意識し、直截率直な句を心がけ、それが蕪村調として評価されるのだが、この几董の句は、むしろ趣向欠落の未成熟句なのである。そして蕪村調は、この未成熟へ向かって成熟して行く。

以下は概観にとどめるほかはない。以下、夏・秋・冬の部の中の、蕪村・几董の句に窺えば、

書窓懶眠

学問は尻からぬけるほたる哉　蕪村
雨乞の小町が果やをとし水　同
ゆふがほのそれは髑髏《どくろ》歟《か》鉢たゝき　同
夜通しに壁塗あげる蚊遣哉　几董
酒買に千里の外やけふの月　同
零落《おちぶれ》て関寺諷《うた》ふ頭巾哉　同

など、蕪村の第一句は、学問が身につかず、尻から抜けるということを、蛍雪の功の故事で学問とかかわりのある蛍で表しているところが趣向で、第二句は、小野小町は神泉苑で雨乞いの歌を詠んで雨を降らしたが、その小町の雨乞いの結果の雨水も、落とし水として捨てられてしまうというので、小町の哀れな晩年を連想させる。第三句は、鉢た

たきの持っている瓢箪は、夕顔が髑髏になったものか、といって、『源氏物語』の寂しげな女性である夕顔の髑髏でもあるかと思わせる。蕪村の三句、いずれもひねりの利いた趣向がある。几董の第一句は、壁に沿って上がっている蚊遣の煙を、夜通し壁を塗り上げていると見立てたおもしろさ、第二句は白楽天の詩「三五夜中新月色、二千里外故人心」を酒買いに転じたところ、第三句は、落ちぶれた人が、落ちぶれた小町を描く謡曲「関寺小町」を謡って門付けをしているとするもので、いずれも蕪村にくらべるとひねりぐあいがやや単純で弱い。その面では未熟なのだが、それだけにある種の実感は蕪村の句よりも強い。

古井戸や蚊に飛ぶ魚の音闇し　　蕪村
ふく汁の我活ている寐ざめ哉　　同
戸に犬の寐がへる音や冬籠　　同
湖の水かたぶけて田うへ哉　　几董
かゞしから苗一すじや秋の雨　　同

旅行快天
あけぼのやあかねの中の冬木立　　同

これらの句は、いずれも強くひねったというものではない。故事や古典をひけらかすこともなく、実意実情を主としている。蕪村の第二句は、芭蕉の「あら何ともなやきのふは過てふくと汁」に拠っているところが趣向であるのかもしれないが、王朝の古典ではなく芭蕉を使うところは、趣向としては手軽である。几董の第三句は、『枕草子』にある春のあけぼのの紫の空を、冬のあけぼののあかね色に転じたものであろうが、前書の「旅行快天」が表しているように、そのことよりも、実感のほうが先に立つ。これらは、趣向的には未熟な句であるが、実意実情の力によって、集中に存在感を示している。趣向の未熟が句の上に実感をもたらすことに、蕪村はようやく気づきはじめている。もちろんそれは、蕉風復興の意識とかかわるものであろう。

三

『其雪影』は几圭の十三回忌を記念しながら、夜半亭一派の正当性を主張するという二重構造を持っているが、その翌年、同じく几董によって『あけ烏』が編纂された。真の蕉風を復興することを宣言するという単一の意図による書である。

『あけ烏』は、几董・馬南両吟歌仙一巻に続き、几董門下による七吟歌仙二巻を収める。この二巻、発句は一巻は九湖、一巻は魚赤だが、脇はいずれも几董が付けており、その他の顔ぶれはそれぞれ異なっている。几董一派お披露目の二巻である。発句の入集数も、几董だけが断然多くて、この書全体に几董色がいっそう強くなっている。しかし巻末には、蕪村発句による蕪村・几董の両吟歌仙を収めて、二人の連携が不変であることを示す。また、発句を寄せた諸国俳人では、泰里・存義・雁宕・嘯山・蝶夢ら『其雪影』以来の顔ぶれに、暁台・麦水・蓼太・樗良・旧国らが加わっており、全国的な視野で、蕉風復興を志す第一線級の俳人たちとの交流が生じていることがわかる。

不二ひとつ埋みのこして若葉哉　蕪村
苗代や鞍馬の桜ちりにけり　同
牡丹散て打かさなりぬ二三片　同

「四季混雑」の部に、蕪村の句は五句収められているが、そのうちのこの三句には、故事・古典などによる煩瑣な趣向や、複雑な人事・人情はなく、自然の景を簡明にとらえている。蕪村のあとの二句は、

もろこしの詩客は一刻の宵をおしみ、我
朝の歌人はむらさきのあけぼのを賞せり

春の夜や宵あけぼのゝ其中に　蕪村

魨《ふく》の面ラ世上の人を白眼《にら》ム哉　同

である。前の句は李白と清少納言という和漢の古典を並べあげるところに面白さがあり、後の句はふぐのふくれ面が世間の人を睨んでいると見た滑稽の句で、いずれも自然の景をとらえたいわゆる景気の句とはいちじるしく趣を異にする。

蕪村の句のこの両傾向は、これまでにもあったものだが、それがここで、はっきりと示されている。蕉風を宣言するこの書において、蕪村はとくに、景気を重んずる前の三句を意識し、しかし俳諧の一ひねりした趣向の面白さを表すものとして後の二句のような傾向にもみがきをかけた。几董に関しては、

竹深しいなづま薄き夜明けがた　几董

九月十三夜
後ジテの面や月の痩男　同

と、並べ掲げられているこの二句が、おそらく意図して、蕪村のその二傾向に等しい二様の作風を見せているのであろう。ただし几董の場合、蕪村のように景気に徹することは少なく、

恋ゝとして柳遠のく船路哉　几董

家主の摘にわせたるうこぎ哉　同

のように、景気の中にもいささかの人情を加えたような句が多い。

『続あけがらす』以下については、スペースの都合でさらに略記とするほかはない。『あけ烏』の三年後の安永五年に成立した『続あけがらす』は、やはり几董の編になり、『あけ烏』を継いで、蕪村一派の新風を世に示そうとしたものである。その中の句だが、その中にも、

夕立や草葉を摑むむら雀　蕪村

ひたと犬の鳴町過て躍《をどり》かな　同

のような景気の句と、

行春や撰者をうらむ歌の主　蕪村

負《まく》まじき角力を寐物がたり哉　同

のような物語めいた句、あるいは古典的な句という二つの傾向を見ることができる。物語的な傾向といっても、特定の典拠をほのめかすわけではなく、普遍性のある世界を描いている。

『五車反古』は、維駒が父召波の十三回忌追善として編纂したものであり、時間的にもやや離れていて、以上の三集といちじるしく趣を異にしている。しかし編纂に際しては几董の後見があり、序・跋を蕪村・几董が受け持って、蕪村門の大勢を窺うことができるが、もはや詳説するスペースがない。

みのむしの古巣に添ふて梅二輪　蕪村

雉打て帰る家路の日は高し　同

と、ここでも蕪村作品には、このような景気の句と、

数ならぬ身はきゝ侍らず

岩倉の狂女恋せよほとゝぎす　蕪村

遠浅に兵《つはもの》舟や夏の月　同

のような、物語的、あるいは古典的な句という二つの傾向を見ることができる。物語や古典といっても、典拠を特定するわけではなく、ひねった趣向をともなうこともなく、素直に描かれていて、俳諧的な意外性の効果はやや弱い。その二つの傾向の、際立った区別感は弱まっている。もちろんここに挙げている句は、かならずしも撰集当時に作られたものでなく、多くの旧作も含まれている。しかし新たに新刊書に収められ、あるいは収めようとして、蕪村はそれらを傾向として自覚したはずである。蕪村が晩年に俳力強い句を求め、磊落な俳諧性を重んじていたとは、尾形仂説(『蕪村自筆句帳』解説など)だが、蕪村は一方の傾向としての蕉風を追う景気の句の純度を高めるためにも、一方の俳諧性のひねりを強くしようと考えたものと思われる。

蕪村系の俳書

石川真弘

天明期の蕪村一派の俳諧は、高雅繊細な香りを漂わせ、俳諧史の上に一種特異な詩趣を輝かせ、読む人の心を魅了する。それらの作品を収める俳書もまた、表紙・題簽・版下文字に至るまで、他の時代の俳書と異なり、装丁・造本において蕪村流の気韻を醸し出している。殊更過剰な企みを避け、しみじみとした微妙な気品を備えた本の姿である。そうした蕪村系俳書について、書誌的面から少し触れておこうと思う。

蕪村自身の私的な楽しみとして編集した『花鳥篇』(天明二年〔一七八二〕)は、奉書紙を用い、装丁は共紙表紙で、瀟洒に仕立てた大和綴じの艶やかな小本であるが、『其雪影』(明和九年〔一七七二〕)や『あけ烏』(安永二年〔一七七三〕)ほか蕪村が監修し、一門の総力を結集して成った俳書の多くは、一般的な半紙本で、決して特異な書型ではない。丁数は、『続明烏』(安永五年)のような上下二冊本は少なく、大半は十丁程度から二十丁余りの一冊本で、比較的小規模な慎ましい編成であり、他派の本にありがちな見てくれの豪華さはない。中央に貼付された題簽は、全て白無地を用い、書名の文字は、大方本文版下の文字と同筆で筆勢豊かにして雄勁な筆法である。表紙は、縹系の色、紺、薄茶色などの布目地紙、或いは小菊紋の空摺りが施された極く普通の比較的簡素なものである。際立った斬新な摺り模様の表紙は見られず、俗中に雅を求めると言うわけではないと思うが、むしろ落ち着いた質素な色合の表紙で、品よく仕立てられている。用紙は、やや艶のある上質の楮紙で、粗悪な紙ではない。

蕪村は、俳書の編成に当たり仰々しく飾り立てることを好まなかったらしい。安永二年十月二十一日、当時出版が計画されていた『あしのかげ』という俳書の序跋について、編者の大魯に次のような書簡を認めている。

一、あしのかげ跋の事、御気に入り候よし大慶に仕り候。此の間無為庵も上京にて物語致し候。あしのかげ、序跋を具足致し候は甚だうつとう敷く候故、やはり序ばかりにて跋はいらぬものと存じ候。いかにも跋なきが然るべく候。右の跋を序に御用ひなされ候て随分調ひ申し候。「跋かいてよともとむ」と申す処に、「序かいてよともとむ」と書き替へ候て至極に候。尤も序は一本亭かゝれ候よし伝へ承り候。一本亭も狂歌の先生の由、さ候て俳諧の序にはとり合ひ如何と存じ候。一本亭序をかゝれくるしからぬ事に候故、愚が序の次にまたかゝれ候て然るべくと存じ候。畢竟、一本亭の御せわの事に候故、随分然るべく候。いか様とも御思し召し次第に候へども、無為の了簡もおもしろく候故御相談に及び申し候。

俳書『あしのかげ』の所在は不明で、その体裁を知ることはできないが、蕪村は、序跋が揃い過ぎるのはうっとうしく良くないから、そちらに届けた跋文に一部修正を加えて序文に替えるように依頼し、また狂歌師のみの序文では俳書にふさわしくないので、序文の配置を考慮する必要がある旨を伝えている。確かに『あけ烏』『此ほとり』（安永二年）ほかほとんどの蕪村系俳書が、跋文を備えず、すっきりした編成になっている。一方『其雪影』や『五車反古』（天明三年）の両書が跋文を備えているのは、追善集という俳書の性格を考えての処置であったと思われる。蕪村は、必要以上に知己名士の文を以て俳書を飾り立てることは、名誉欲にかられた輩のすることで、高雅な俳諧を志向する者の俳書には相応しからぬ編成と考えたに違いない。「序跋を具足致し候は甚だうつとう敷く候故」の文面に、蕪村のそのような俳書編成上の姿勢を読み取ることができる。

蕪村系俳書の各丁には他の俳書にない一種特有の風韻が漂い、作品の精読理解を試みようとする人を高邁洒落の俳境に誘う。殊に『あけ烏』や『此ほとり』『もゝすもゝ』(安永九年)などの俳書を開き見る時、その感を強くする。その要因は、一体何なのであろうか。半丁八行に割り付ける版式は、紙面にゆとりがあり、読む人の心を落ち着かせるが、その割り付けは必ずしも蕪村俳書の専売特許ではなく、当時の俳書の通例であり、特別なものではない。しかし他派の俳書に比べた場合、蕪村系俳書のみに漂うえも言われぬ気韻を覚えずにはおれないのであり、その因るところの一つは、几董の版下文字にあると見てよいであろう。近世期小説の版下は、書写を職業とする筆耕の仕事であったが、俳書の版下は、早くから一門の能筆家が勤める傾向にあった。蕪村一門においては、その役割を几董が果たしていたのである。例えば『其雪影』『此ほとり』『あけ烏』『続明烏』『もゝすもゝ』『五車反古』など一門の総力を結集して編んだこれらの蕪村系の俳書は、すべて几董筆の版下に成る。ただし天明俳書に異彩を放つ『夜半楽』(安永六年)や『花鳥篇』及び『写経社集』(安永五年)の三点の俳書は、蕪村の版下である。『夜半楽』と『花鳥篇』は蕪村が、自ら版下を認めて俳書編成の趣向を楽しんだ極めて趣味的個人的な俳書であり、『写経社集』には、また別な蕪村の思いがあり、この三書は、編集上の意図が几董版下の俳書と異なる。『写経社集』は、樋口道立が洛北一乗寺村金福寺境内に芭蕉庵再興を発起した記念集であり、蕪村は、その企画に賛同協力し、版下を自ら認める責任があったのであろう。そのような特別な場合を除いて蕪村一門の代表的俳諧撰集は、蕪村門の第一人者几董筆の版下に成る。その状況は、蕉門の主な俳書に芭蕉門筆頭の其角筆の版下が採用されていることに共通する。しかも几董の筆跡は、其角の雄勁かつ軽妙な筆致に近い。或いは几董が、其角の書風を俳書の版下文字に相応しい書としてその筆致に倣ったのであろうか。蕪村らは、新しい俳諧を公にすべく編んだ俳書に、其角の句「それからして夜明烏や子規」に因み、『あけ烏』と名付け、また其角作品を称揚して俳諧資料にしばしばその旨をしるしている。そうした状況を、几董の版下に引き寄せて理解すべきではないと思うが、其角・几董両者の版下を対校して見るならば、俳書をそれほど見慣れぬ人でも、几董の版下の書風が其角筆の版下文字に極めて似ていることに簡単に気付くであろう。几董の書風は、俳書の体裁にまで雅趣を求めた蕪村の好尚に適うものであったらしい。

次に俳書出版の費用について触れることにする。江戸期の俳書出版の費用は、貞門俳書以来入句料によって賄われるのが一般的であった。外には特別な資出者に頼るか、自費による方法が行われていた。その方式は、蕪村の時代もほぼ変わっていない。蕪村は百池に宛てた書簡に、

御物遠に御座候。中元御しうぎ南鐐一片忝なく受納致し候。外に月並み料・花鳥篇入料たしかに落手いたし候。扨〳〵花鳥篇不寄りにて愚老損毛御察し下さるべく候。（天明二年七月十一日付）

と入句料が思うように集まらず、自己負担が大きくなってしまったと訴えている。尤もこれより先蕪村は、六月二日、丹波篠山の青荷に「諸方より加入の句よほど集まり候へども、いづれはぶき候て、社中親友の句のみにいたし申し候」と入句を制限した旨を伝えており、これによれば、『花鳥篇』出版の損失は、蕪村の編集意図によって作品の入句を厳選したためであった。『写経社集』出版の場合は、その事情が些か異なり、但馬出石の霞夫に宛てた蕪村の書簡にその様子を窺うことができる。安永五年六月十三日、金福寺の芭蕉庵再興を報じて、

右再興の小集出し申し候。一順の付合もこれ有り候。発句も夏季にて加入いたし候。乙ふさ子と貴子の発句覚え

申さず候に付、ざつと代句いたし加え置き候。やがて出板候はゞ、相下し申すべく候。

と書き添え、『写経社集』に掲載する一順連句の中に、霞夫兄弟の句を代作して収めて置いたと断っている。このような代作の場合でも、必ず入句料の負担があった筈である。霞夫の家は相当な富豪であったらしく、同じ書簡の冒頭に蕪村画の購入に関する代金受領の礼が述べられてある。同じような事が『夜半楽』出版の場合にも行われており、同じ霞夫に宛てた蕪村の書簡がその間の事情を物語る。

一、愚老当春は春帖を出し候。貴子御句はのぞき申すつもりに候処、貴子の名これ無く候ては甚だ帖面さびしく候故、やはり名を出し置き候。もちろん有橘子不幸訃未だ至らざる前に加入いたし候つもりに候。尤も当春は此方社中計りにて、さいたん・せいぼはこれ無く候。いづれも春興計りに候故、少しも妨げず候。(安永六年一月晦日付)

「春帖」は『夜半楽』のことである。霞夫の父有橘は、前年安永五年暮に他界しており、喪中のためめでたい春帖への入集が憚られたが、霞夫の句が無いのは寂しいから、句を代作して収めるので了解されたいというのである。霞夫の句が本書に入句して後に、父有橘の他界を迎えたと理解すれば問題は無かろうと言う。この代作の処置を蕪村の好意と理解してよいのだが、入句料の負担を求める意図が蕪村の側に有った事も否めないであろう。入集句の代作は、一門の顔触れを揃え、句集として調えるということもあったかもしれないが、むしろ資金調達の意味合いの方が強かったのではなかろうか。このような仕組みで当時の俳書は、入句料を資金にして刊行されていた筈であり、従って発行部数も意外に少なく、入句者に配布する数を少し上回る程度ではなかったかと思われる。そのため不足することもあり、追い摺りした事の事情も、「春帖追ひずり出来次第相下し申すべく候」(大魯宛、安永五年三月二十八日付)、「本出来数少なく、追い摺り申し付け置き候処」(維駒宛、同年八月二十四日付)などと蕪村書簡にしばしば見られる。ともかく蕪村たちは、俳書を刊行するに当たって資金集めに大変な苦労があったようである。

なお、蕪村系俳書の入集作品に代作があったとしても、今日それらの作品のもとの作者名を明らかにすることはほぼ不可能である。しかし当時の俳書所収の作品を鑑賞する場合、そのような事情のあったことを理解しておく必要があるであろう。

蕪村の交友

田中善信

一

蕪村の交友関係についてはまず俳人を取り上げるべきであろうが、俳人については言い尽くされた感がある。ここでは、今まであまり取り上げられなかった人物や、蕪村の友人としてやや異色の人物について述べたいと思う。

蕪村の追善集『から檜葉《ひば》』の巻末に、「哭《こく》 謝蕪村先生」という雨森章廸《しょうてき》の文章(漢文)が据えられており、この文章は巻頭に掲げられた几董《きとう》の「夜半翁終焉期」と対を成す形になっている。この一事をもってしても章廸という人が蕪村と深い関わりのあったことが容易に分かる。水落露石氏の『聴蛙亭雑筆』や稲束猛氏の「呉春《ごしゅん》について」(「国華」三四八号)には章廸を書家と記しているが、彼が医者を本業としたことは、植谷元氏の「蕪村周辺の人々」(日本文学研究資料集成『蕪村・一茶』所収)によって明らかにされた。宝暦九年(一七五九)二十九歳の時に彼は山脇東洋に入門しているが、この時初めて医学に志したわけではなく、日本で最初に人体の解剖を行った東洋について、改めて医学を学び直そうとしたのであろう。天明二年版の『平安人物志』の学者の部の中の、医者の名を列記した所に章廸は「毛惟亮《もういりよう》」

の名で記されている。ここに記された医者は全部で二十名、当時京都に医者がどのくらいいたか分からないが、一応彼は一流の医者にランクされているといってよかろう。彼は蕪村より十七歳年下で、天明六年(一七八六)に五十五歳で没した。

右に挙げた古い文献に書家と記されているように、彼は書にも巧みで、尾形仂《つとむ》氏によれば、蕪村のパトロンとして知られる百池は彼に書を学んだという(「蕪村三題」、『芭蕉・蕪村』所収)。また、京都の金福寺に現存する蕪村の墓碑の文字を書いたのは章廸である。章廸は「哭　謝蕪村先生」に「廸(章廸)ヤ三十年ノ旧盟」と書いている。几董が編集した蕪村の追善集に嘘を書くとは考えられないから、蕪村と章廸の交友は三十年の長きに及んだと見なければならない。つまり、二人の付き合いは蕪村が京都に住むようになって間もなく始まったということになる。章廸が蕪村の墓碑の文字を書いたのも、彼が書に巧みであったからというだけの理由ではなく、章廸と蕪村が特別に親しい関係にあったからであろう。ところが不思議なことに、蕪村が生前に章廸と関わりがあったことを窺わせる資料は皆無である。

蕪村の最も親しい俳諧仲間に鉄僧《てつそう》という人物がいる。従来彼は百池の父だといわれてきたが、私は、この鉄僧と章廸は同一人物で、鉄僧は章廸の俳号であったと考えている。詳しい考証は拙稿「蕪村と鉄僧」(「国文白百合」27)を御覧いただきたい。明和三年(一七六六)六月二日に、初めて蕪村を中心とする句会が開かれるが、この句会以後蕪村が没するまで、鉄僧は蕪村の句会の最も熱心な連衆であった。鉄僧と章廸が同一人物ならば、確かに章廸と蕪村とは「三十年ノ旧盟」であったといってよかろう。蕪村と鉄僧の交友関係が確認できるのは明和三年以後だが、二人は宝暦年間にはすでに親しい関係にあったのであろう。

宝暦末年から明和三年頃にかけて、蕪村の絵を購入する屛風講という組織が作られた。屛風講のことは何一つ分からないが、私は屛風講の中心人物は章廸ではなかったかと考えている。蕪村は屛風講によって絵師としての地位を確立したが、その陰にあって蕪村を支えた人物の一人が章廸であったと思う。

大坂における蕪村の親しい知人に正名《まさな》(別号は東菑《とうし》)という人がいる。正名宛の書簡で蕪村は「いつも〳〵浪花滞留之せつハ御やつかいニ罷成《まかりなり》、御厚意かたじけなく、御礼も難申尽候《まうしつくしがたく》」と書いているから、大坂に行くたびに蕪村は正名の家に泊めてもらっていたのであろう。蕪村と正名とは家族ぐるみの付き合いをしていたらしく、正名宛の書簡の中で、蕪村はしばしば娘くのの状況を記し、また、娘が離縁した際にはその事情を詳しく報告している。現在のところ正名について何も分かっていないが、私はこの人も医者であったと思う。安永五年(一七七六)十月、蕪村は旅先の大坂で病気になり、正名と志慶《しけい》の二人の世話になった。「浪華病臥の記」に蕪村は、「志慶・東菑の両子、湯薬のことなどまめやかにものし給はり」と記している。この文言から、この二人のうちいずれかが医者であったと考えられるが、志慶は大坂高麗橋の素封家苧屋《おや》吉右衛門だというから医者ではない。したがって正名の方が医者であったと考えられる。

正名宛の数通の蕪村書簡から、正名が上田秋成(俳号は無腸)と極めて親密な関係にあったことが分かる。秋成は蕪村の親しい友人であったから、正名・秋成・蕪村は互いに親しい友人関係にあったことになる。昭和三十九年に刊行された『上田秋成年譜考説』において高田衛氏は、正名は「尼ヶ崎町の町名主であった、川井立牧《りゅうぼく》(明和三年没)の子、川井立斎」ではないかと推定された。その後この推定は黙殺された形になっているが、私は高田氏の推定は当たっていると思う。

『国書人名辞典』では、立斎について「大阪尼ヶ崎町の人。年寄役を努める」と記しているが、『浪華郷友録』の安永四年版の醫家《いか》(医者)の部に立斎の名が見えるから、彼は一時医業に携わっていたことがわかる。住所は尼ヶ崎一丁目である。寛政二年(一七九〇)版では醫家の部に見えず、歌人・国学者の一群の中に彼の名が記されているから、この当時は医業を廃し歌などをたしなんでいたのであろう。

安永五年九月の正名宛書簡で、蕪村は「蚊しま法師(秋成を指す)・春作様へも宜奉頼《よろしくたのみたてまつり》候」と書いている。春作は正名の弟であり、また正名・春作連名宛の書簡も数通あるから、春作が正名の近隣に住んでいたことは確実である。この書簡で春作とひと続きに記されているから、当時秋成もまた、春作と同様正名の近隣に住んでいたとみて間違いない。このほかにも、正名宛蕪村書簡の中に、当時秋成が正名の近隣に住んでいたことを窺わせる文言がある。高田氏によれば秋成は安永五年の春頃に尼ヶ崎一丁目に戻り町医者になっている。立斎と同じ住所である。

立斎は晩年の秋成と親しい交友を続け、秋成が四人の友人に歌を求めた際、その四人の中にこの立斎が含まれているという(高田氏前掲書)。『国書人名辞典』によれば、立斎は『和歌掌中まさな草』を編集している。残念ながら本書は現存しないので内容は不明だが、この題名の「まさな」は正名に通ずる。「まさな草」は「まさなごと」と同じで、たわいもないことの意であろうが、この題名に自らの雅号を掛けているのではなかろうか。高田氏の推定の通り、私は、正名は尼ヶ崎町の年寄役を勤めた川井立斎だと思う。少なくとも、正名が川井立斎であることを否定する根拠はない、といっていいのではあるまいか。

二

蕪村は晩年になって茶屋遊びを楽しんだ。茶屋とは今の料亭であり、茶屋遊びとは、料亭の一室に美人の芸妓をはべらせ酒を飲んで楽しむことをいう。蕪村の贔屓の芸妓は小糸・小雛・石松・琴野《ことの》などで、特に小糸がお気に入りであった。遊びの場所としては、杉月《さんげつ》・富永楼・一掬《いちきく》楼・中村屋・井筒屋などが知られている。「只、柳巷花街ニのみうか〳〵と日を費《つひやし》候。壮年之輩と出合《であひ》候が老を養ひ候術ニ候故、日々少年行、御察可被下候《おさつしくださるべく》」(有田孫八宛書簡)と、蕪村自身が述べている通り、日々の少年行を彼は老後の活力源としていたのである。少年行とは中国の詩の楽府《がふ》題の一つだが、ここは色街の遊興をいう。遊興の相手は蕪村よりはるかに年下の、まだ血気盛んな「壮年之輩」であった。

蕪村の門人の佳棠《かとう》(汲古堂という本屋)などは最も頻繁に蕪村の遊び相手をつとめた人物だと思われるが、門人以外では、医者の山脇東門なども、蕪村の遊び仲間の「壮年之輩」の一人に数えてよかろう。山脇東門は、日本最初の解剖書『蔵志』を著して日本医学史上に大きな足跡を残した山脇東洋の長子で、彼もまた名医として知られた。天明二年版の『平安人物志』に二十人の医者の名が記されていることは前述したが、東門はその筆頭に記されている。彼は天明二年に四十七歳で没しているから、蕪村より二十歳年下であり、蕪村にとっては遊び相手にもってこいの「壮年之輩」であった。

山脇道作(東門)・玄沖《げんちゅう》(東門の長子)宛の蕪村書簡に「扨《さて》又、歳暮の御しうぎ、何やかやかちぐり、万事ハ春ニゆづり葉と、ホヽうやまつて申《まうす》」というふざけた文句で結んだ一通がある。「何やかや」に榧を言い掛け、以下、正月物の勝ち栗・譲葉と言い立てて、万歳《まんざい》の口上めかした文句になっている。このようなふざけた文面から、東門と蕪村とがよほど親しい間柄であったことが窺える。東門は雨遠という俳号で発句も作っているが作品の数は多くない。東門は蕪村の俳諧の弟子というよりも、柳巷花街の遊び仲間であったと考えたほうがよい。別の東門宛の書簡の中で、蕪村は「ほとんどへき州にて」と書いているが、「へき州」とは辟易の意を表す遊里のはやり言葉であろう。相手が遊び仲間の東門だから、殊更に「へき州」などという遊里のはやり言葉を用いたのだと思う。

医学界の名門である山脇家の当主と、蕪村がどのような縁で知り合うようになったのか分からないが、蕪村との交友三十年に及んだ章廸は東洋の門人だから、章廸を通じて、蕪村は山脇家の当主である東門やその子の玄冲と知り合ったのであろう。なお、山脇家では、当主は代々通称を道作と称したようで、東門の父東洋も道作を名乗っている。淡交社刊『先哲遺墨』所収の梁田蛻巌《ぜいがん》書簡に「客歳夏中より京山脇道作老と書翰往来、拙老詩学之門人ニなられ折々批評仕《つかまつり》遣《つかはし》候」と記されているが、この道作は東洋のことで、彼は晩年に蛻巌の門人になったことが分かる。東洋は宝暦十二年八月に没しているから、その後東門が道作を名乗ったのであろう。

安永九年三月七日付の几董宛書簡において、畠中銅脈《どうみゃく》から花見に誘われて嵐山へ出かけたが、あいにくの雨で帰途は杉月で遊んだと、蕪村は記している。杉月は前述の通り蕪村の行きつけの茶屋であり、この書簡に「佳興あまた御座候」と書いているから蕪村贔屓の芸妓が呼ばれたと考えるのが常識的であろう。銅脈は聖護院《しょうごいん》宮の近習を勤めたが、明和六年に『太平楽府《たいへいがふ》』を刊行して以来狂詩作者銅脈先生として著名になり、東の大田南畝《なんぽ》と並び称せられた。銅脈が明和八年に刊行した狂詩集『勢多唐巴詩《せたのからはし》』に蕪村は挿絵を描いているが、二人が直接交わったことが分かる文献は、右の几董宛蕪村書簡だけである。だが、一緒に花見に行っているくらいだから、二人の間に親密な交際があったと見なければならない。銅脈もまた蕪村の遊び仲間の、「壮年之輩」の一人であったと見てよかろう。安永九年は銅脈は二十九歳であり、蕪村より三十六歳の年下である。

蕪村の社中には、京都の遊郭島原の揚屋《あげや》角屋《すみや》の主人徳野《とくや》や女郎屋桔梗屋の主人呑獅《どんし》のような人がいたから、蕪村は島原の遊郭で遊ぶこともあったとみてよかろう。徳野や呑獅はもとは蕪村の親友太祇《たいぎ》の門人であったが、太祇死後蕪村の社中に加わり、蕪村の有力な後援者となった。現存の資料によれば、島原の社中では呑獅が蕪村と最も親しい関係にあった。春道という人物に宛てた書簡で、蕪村は「呑獅ハ其里《そのさと》(島原の遊郭)の一人」と記している。「一人」とは第一人者のことで、蕪村は呑獅を島原第一の人物と見ていたのである。

神沢杜口《とこう》の『翁草』巻百五十五の「島原の呑獅」という一文に、贅を尽くした呑獅の生活ぶりが描かれている。病気で先斗町《ぽんと》の座敷で養生していた時には、見舞いの客があるたびに、彼は料理屋の鳥屋又兵衛から山海の珍味を尽くした料理を取り寄せてもてなした。またある時は、田楽で有名な近江国目川の豆腐を食うために、大勢の取り巻きを連れて駕籠を連ねて出掛けた。供の者が、たかが豆腐を食うのにはるばる出掛けるのもばからしいというと、呑獅はそれが風流なのだと答えたという。こうしたエピソードから、彼の人並み外れた剛腹な人柄が浮かび上がってくる。こういう人物が蕪村好みであったといってよかろう。

島原の遊興には金がかかるが、おそらく蕪村は、妓楼の主人たちに絵を描き与えることで遊興費に当てたのであろう。あるいは相手が遊興費を取らないので、謝礼として蕪村が絵を与えたのかも知れない。秋成は『胆大小心録《たんだいしょうしんろく》』に「蕪村が絵は、あたい今にては高まの山のさくら花、俳かいしが信じて、島原の桔(梗)やの亭主(呑獅)がたんとかいてもろうて、廓中(島原の遊郭)のざい宝も価《あたひ》が今は千金」と記している。これは蕪村の死後彼の絵が高騰したことを記した文章だが、呑獅が蕪村の絵をたくさん所蔵していたことが分かる。これらの絵は遊興の代金がわりか、あるいは遊興の謝礼として蕪村から貰ったものであろう。呑獅が所蔵した蕪村の絵がその後どうなったのか分からないが、徳野が所蔵していたものは『島原角屋俳諧資料』に収められている。

島原の遊郭では蕪村は歌舞伎役者と同座することもあったであろう。蕪村が大の芝居好きで、歌舞伎役者とも親交があったことは大谷篤蔵氏の「蕪村の芝居好き」(『俳林閒歩』所収)に詳しい。蕪村が歌舞伎役者と島原で遊んだことを記した文献はないが、職業柄歌舞伎役者は島原に招待されることが多く、その席に蕪村も招かれることがあったと想像することは許されるであろう。

以上は、蕪村の交友のごく一端を述べたに過ぎないが、彼の交友関係がかなり多彩であったことがお分かりいただけたと思う。この交友関係から、蕪村の置かれていた生活環境がおぼろげながら浮かび上がってくるが、それは芭蕉の置かれていた生活環境と大きく異なっている。蕪村は芭蕉を心から敬慕していたが、二人の作風はまったく異なっている。萩原朔太郎は、「枯淡のさびを愛した芭蕉は、心境の自然として、常に「老《らう》」の静的な美を慕つた」が、蕪村はこれと対照的に「あらゆる絵具箱から、すべての花やかな絵具を使つて、感傷多き青春の情緒を述べ、印象強く色彩の鮮やかな絵を描いてゐる」と述べている(『郷愁の詩人与謝蕪村』)。このような豊麗な蕪村の作品が生まれた背景に、彼の多彩な交友関係があったのである。なお、本稿は、拙著『与謝蕪村』(吉川弘文館刊)に書いたことと重複することをお断りしておきたい。

新 日本古典文学大系 73
天明俳諧集

1998 年 4 月27日　第 1 刷発行
2024 年 10月10日　オンデマンド版発行

校注者　山下《やました》一海《かずみ》　田中《たなか》道雄《みちお》
石川《いしかわ》真弘《しんこう》　田中《たなか》善信《よしのぶ》

発行者　坂本政謙

発行所　株式会社 岩波書店
〒 101-8002 東京都千代田区一ツ橋 2-5-5
電話案内 03-5210-4000
https://www.iwanami.co.jp/

印刷／製本・法令印刷

ISBN 978-4-00-731482-7　Printed in Japan

索　　　引

発句・連句・俳詩索引

1)　この索引は，『天明俳諧集』の初句による索引である．句に付した洋数字は，本書における句番号を示す．

2)　句番号の前に付く作品名は，次の形に略した．

其	其雪影	明	あけ烏	続	続明烏	写	写経社集
夜	夜半楽	花	花鳥篇	五	五車反古	秋	秋の日
ゑ	ゑぼし桶	月	月の夜	仮	仮日記	遠	遠江の記

3)　見出し語には，発句・連句・俳詩の初句をとり，排列は現代仮名遣いによる五十音順とした．

4)　初句が同音の場合，次に続く句を示して排列した．また，表記は便宜的に一つの形で代表させた．

い

か

く

け

こ

な

に

ぬ

ね

の

は

も

や

ゆ

よ

ら

り

人 名 索 引

1) この索引は，『天明俳諧集』の作者および前書・後書，序・跋，文中にみえる人物について，簡単な略歴を記し，該当する句番号もしくは頁数を示したものである.

2) 排列は，現代仮名遣いの五十音順による. ただし，読みにくいもの，および読み方の判然としないものは，通行の漢音によった.

3) 数字に付した＊は前書また後書，イタリック体の数字は頁数を表わす.

4) 各作品名は次の略称で示した.

其	其雪影	明	あけ烏	続	続明烏
写	写経社集	夜	夜半楽	花	花鳥篇
五	五車反古	秋	秋の日	ゑ	ゑぼし桶
月	月の夜	仮	仮日記	遠	遠江の記

5) この索引作成には，石川真弘・田中道雄・中林円の3名がたずさわった. なお，石川が点検し，全体の統一を行なった.

あ・い・う・え・お

鈳文《あじょう》 其 308

阿誰《あすい》 下総関宿の人. 箱島氏. 別号郢月泉. 閑鷲(浙江)の父. 巴人門，後存義に就く. 安永元年(1772) 12月15日没. 其 408

蛙水《あすい》 丹波氷上郡北山社中の俳人. 田原善兵衛. 月 24

亜岱《あたい》 京都の人. 仮 110

蛙文《あぶん》 伏見の人. 仮 66

亜満《あま》 名古屋の人. 暁台門. 続 516, 秋 41, 50, 57, 64, 69, ゑ 76

石松《いしまつ》 蕪村なじみの妓. 花 45

為拾《いしゅう》 其 30, 220, 374

移竹《いちく》 京の人. 田河氏. 初号来川. 宝暦3年移竹と改号. 竿秋門. 別号烟舟亭. 蕪村・太祇らと親交. 編著『移竹発句集』『をとごぜ』など. 宝暦10年(1760) 9月13日没，51歳. 其 221, 427, 明 256, 続 24, 40, 150, 170, 238, 526, 556, 557, 708, 五 74, 121, 166, 230, 491, 跋

逸漁《いつぎょ》 伊勢の人. 辻村氏. 一斗庵. 月 116

一奎《いつけい》 越前の人. 二瓢庵. ゑ 84

一差《いつさ》 京の俳人. 一左とも. 夜半亭月並会仲間. 五 340

一之《いつし》 信濃の人. 江戸住. 須田氏. 別号羅浮窓. 士朗門. 文化12年(1815) 7月7日没，83歳. ゑ 67

一井《いつせい》 江戸の人. 細谷氏. 名庄九郎. 号円山隣. 秋 4, 11, 16, 22

一扇《いつせん》 京都の人. 四方田氏. 其 224

一鼠《いつそ》 墨師. 越前敦賀の生れ，大坂南久宝寺町住. 別号角鹿斎. 受領号，井上出雲掾. 涼袋門. 後蘆陰舎に属す. 天明2年(1782) 1月21日没，53歳. 編著『新涼夜話』『瓜の実』『十三輿』，作法書『おくの近道』，句集『一鼠句集』. 其 247, 明 212, 213, 224, 235, 続 19, 266, 482, 530, 638, 699, 五 450, 仮 52

一桑《いつそう》 名古屋の人、伝馬町の医師. 通称岡野春達. 暁台門. 秋 149, 158, 161, 168, 173, 180

一音《いつとん》 行脚俳人. 別号柴杖・喝祖・三毒. 法号嚏(はなひ)居士. 涼袋門. 宝暦(1751–64)頃からその関係の俳書に入集. 生没年未詳. 撰集『秋しりがほ』，俳論書『さびしほり』. 明 150, 247, 続 154, 166, 224, 658, 664, 668, 671, 676, 694, 五 151, ゑ 2, 29, 30, 70

一斧《いつぷ》 加州小松の人. 月 55

維明《いみょう》 京都相国寺(上京区今出川通)光源院の禅僧. 号羽山. 梅・鶏画に優れる. 文化年中(1804–18)寂. 五 *257

雨遠《うえん》 儒医山脇東門. 名医東洋の長子. 名玄侃，後玄陶. 天明2年(1782) 8月没，47歳. 其 339, 五 79

雨谷《うこく》 京都伏見の俳人. 続 159, 322, 532

烏西(うせゐ)《うせい》 京都の人. 別号嵐臥. 蕪村門. 明和5, 6年(1768–9)頃活躍. 其 233, 298,

明 130, 五 393
雨夕《うせき》 近江平柳の人. 仮 64
烏雪《うせつ》 ゑ 90
うめ(梅・むめ・んめ) 大坂新地の妓女. 几董門. 後月渓の妻. 続 36, 687, 花 14, 86, 五 118, 月 137
羽毛《うもう》 越中魚津の俳人. 『まだら鴈』に入集. 月 52
雨律《うりつ》 日向国清武の人. 均下亭. 父は錦雨斎巴国. 編著『あきの名残』. ゑ 58
雲羅《うんら》 行脚俳人. 云良とも. 後南海. 別号櫟庵. 安永(1772-)初年近江八幡滞在, 後大坂, 天明(1781-)初年在洛. 仮 4, 105
雲良《うんりよう》 月 177
嬰夫《えいふ》 京都の人. 天明 2 年(1782)都牛と改号. 夜 21, 64
郢里《えいり》 其 245
越人《えつじん》 蕉門俳人. 越智十蔵(重蔵). 別号負山子・槿花翁. 生国は北越, 延宝(1673-)初年名古屋に移り, 紺屋を営む. 編著『俳諧冬の日槿花翁之抄』『みつのかほ』ほか. 享保(-1736)末年頃没, 80 歳前後. 秋 5, 12, 23, 26, 32
越鳥《えつちよう》 越中魚津の人. 月 50
越蕪《えつぶ》 月 61, 147, 152, 157, 160
燕々《えんえん》 越後高田の人. 月 65
燕史《えんし》 江戸住. 五 233
宴池《えんち》 越後高田の人. 月 64
延年《えんねん》 大坂横堀船町年寄役豪商俵屋吉兵衛の一族か. 夜 28, 48, 花 3
罃夫《おうふ》 其 354
乙児《おつじ》 「おとじ」とも. 駿河の人. 松木五郎右衛門. 駿府の矢入家に生れ(幼名矢入市五郎), 後医師松木玄通の養子. 別号陶・六花庵・夕暮坊. 明和 9 年(1772) 4 月 5 日没, 49 歳. 続 38
乙序《おつじよ》 月 102
乙仙《おつせん》 其 246
乙二《おつに》 陸奥白石の人. 岩間清雄. 号松窓. 亘理山千手院権大僧都岩間清馨の息. 長女きよ(俳号溶々), 次子十竹がいる. 撰集『はたけぜり』, 著作『発句手爾葉草』ほか. 文政 6 年(1823) 7 月 9 日没, 69 歳. 五 440
乙総《おとふさ》 但馬出石の俳人. 芦田氏. 霞夫の弟. 続 14, 250, 528, 635, 写 30, 45, 夜 33, 49
鬼貫《おにつら》 伊丹の人. 上島宗邇, のち秀栄. 通称与惣兵衛. 別号自春庵・点也・囉々哩・馬楽童・犬居士・仏兄(さとえ)・槿花翁・金花翁. 重頼門. 「誠の俳諧」を唱え, 俳風は口語調を特徴とする伊丹風. 元文 3 年(1738) 8 月 2 日没, 78 歳. 続 *502, 花 序

か・き・く・け・こ

荄岐《がいき》 仮 96
獃子《がいし》 花 79
海棠《かいどう》 京の画家. 三熊思孝. 通称主計. 別号花顛. 蝶夢と親交. 著作『続近世畸人伝』『吉野枝折』. 寛政 6 年(1794)没, 65 歳. 遠 序
雅因《がいん》 京都島原妓楼吉文字屋主人. 興津孫作. 羅人門. 嵯峨に宛在楼を営み, 西山隠士と称す. 『太祇句選』を蕪村・嘯山らと撰. 安永 6 年(1777) 11 月 26 日没. 其 338, 364, 明 192, 続 168, *128*, 五 360
臥央《がおう》 名古屋の医師. 桜田氏. 通称玄丈. 別号暮雨巷(二世). 暁台門. 安永 9 年(1780)暁台と粟津幻住庵に仮居, 後上洛. 編著『幽蘭集』ほか. 文化 7 年(1810) 6 月 4 日没, 享年未詳. 続 522, 花 82, 五 103, 152, 378, 406, 495, 秋 146, 151, 156, 163, 170, 175, ゑ 78
我空《がくう》 近江高島の人. 仮 80
鶴英(隺英)《かくえい》 伏見の人. 妻柳女, 子賀瑞とも蕪村門. 明和 8 年(1771)没. 其 301, 五 80, 211, 369
鶴汀《かくてい》 京都の人. 大村氏. 初号真平. 几董門. 五 436
荷兮《かけい》 名古屋の人. 山本周知. 通称武右衛門・太一. 初号加慶. 別号一柳軒・江湖軒・橿木堂・撫贅庵. 晩年連歌師として昌達. 医業. 貞門, 後尾張蕉門の雄. 撰集『冬の日』『春の日』『曠野』. 享保元年(1716) 8 月 25 日没, 69 歳. 秋 序, 3, 10, 17, 19, 28, 33
花紅《かこう》 伊勢の人. 明 156, 月 96
化更《かこう》 仮 93
菓向《かこう》 ゑ 50
可重《かじゆう》 春夜楼連. 続 217, 724
可正《かしよう》 伏見の人. 仮 63
可昌《かしよう》 近江八幡の人. 大文字屋西川庄六三代目. 名数久. 寛政 7 年(1795)没, 67 歳. 仮 112, 171
霞吹《かすい》 伏見の俳人. 几董門. 其 404
賀瑞《がずい》 伏見の人. 柳女の子. 其 402, 続 45, 505, 夜 24, 67
珂石《かせき》 近江八幡の人. 仮 113, 161
牙川《がせん》 其 73

瓦全《がぜん》　京都の人．柏原氏，橘姓．通称嘉助．名員仍．字子由．別号鳩笻斎．扇屋．蝶夢門．五升庵二世．国学を伴蒿蹊に学ぶ．編著『さくら会』『職人尽発句合』ほか．文政 8 年(1825) 11 月 27 日没，82 歳．　五 395

佳則《かそく》　灘大石の人．松浦氏．蕪村門．安永 5 年(1776)から天明 6 年(1786)まで『初懐紙』に入集．　夜 60，花 5，五 153, 479，月 141，仮 76

家足《かそく》　灘大石の人．　続 59, 229, 504, 722

我則《がそく》　京の人．蕪村門．安永 2 年(1773)『あけ烏』から天明 4 年(1784) 10 月檀林会まで活躍．　明 133，続 173, 331, 536, 572, 618, 662, 665, 669, 672, 677，写 12, 41, 90，夜 19，花 16, 108，五 40, 45, 50, 53, 56, 61, 64, 69, 72, 107, 253, 446, 503，ゑ 8, 17, 47，月 36

何大《かだい》　名古屋の人．暁台門．　ゑ 83

可緒《かちょ》　加賀の人．　月 169

霞東《かとう》　大坂の人．　続 18, 333, 336, 338, 339, 341, 343, 346, 348, 350, 353, 356, 359, 362, 365, 503, 702，写 23, 48, 71，夜 41，月 130

佳棠《かとう》　京都の書肆汲古堂主人．田中庄兵衛．蕪村門．安永 4 年(1775) 9 月夜半亭月次会初出．『蕪村句集』ほか刊．生没年未詳．　花 18, 91, 103, 120，五 119, 386, 478, 505

峨眉《がび》　三菓社中の俳人．　其 316

霞夫《かふ》　但馬出石の人．堺屋六左衛門．醸造業．芦田氏．初号馬圃．別号仏白・如々庵．蕪村門，後青蘿門．父は有橘，弟は乙総．句集『きくの主集』．天明 4 年(1784)没，36 歳．　続 143, 241, 515, 621, 646, 656，写 31, 44，夜 34, 50

鹿仏《かぶつ》　ゑ 65

鹿卜《かぼく》　伏見の人．　五 387

かよ　「かよ女」とも．樗良の妻．　月 26

何来《からい》　大和初瀬の俳人．麦炊舎．六十賀集『遊津里葉』(安永 8 年序)自撰．　花 4

岢嵐《からん》　其 303

瓜流《かりゅう》　京都の人．　其 395

瓜涼《かりょう》　播州高砂の俳人．　月 185

閑鵞《かんが》　下総関宿の人．箱島阿誰の息．安永 4 年(1775)春，浙江を閑鵞と改号，記念に『果報冠者』刊．　続 629，五 125

岩下《がんか》　加賀小松の人．　月 167

閑々《かんかん》　閑々尼．島原連．　其 419

澗蕩《かんとう》　ゑ 55

完山《かんざん》　仙台の人．　五 143

竿秋《かんしゅう》　江戸の人，京都住．橋本氏．奈良屋市郎兵衛．別号香稲庵．淡々門．享保 17 年(1732)に師より点印・家譜を譲られ松木を名乗る．編著『如月田』ほか．明和 9 年(1772) 9 月 10 日没，78 歳．　五 106, 227

寒秀《かんしゅう》　但馬国生野の人．孤松亭．寒瓜門．　明 243，月 92

管鳥《かんちょう》　京島原揚屋百花楼かたばみ屋弥三郎．椎名氏．『鐘筑波』ほか几董の書に入集．文政元年(1818) 7 月 27 日没．生年未詳．　其 260，明 206，続 246, 636，夜 57，花 28, 116，五 231, 366

雁宕《がんとう》　下総結城の人．砂岡氏．通称四良左衛門(三右衛門とも)．初号周午．別号二世茅風庵・伐木斎．介我門，後巴人門．宝暦 8 年(1758)巴人十七回忌に上洛，百万遍に滞在．安永 2 年(1773) 7 月 30 日没，70 余歳．　其 365，明 176，続 715，五 208, 218, 353, 363, 412, 484

甘蘭《かんらん》　ゑ 11, 19, 25, 63, 122, 127, 132, 137

澗李《かんり》　明 201

希因《きいん》　加賀金沢の酒店主．大越氏．綿屋彦右衛門．初号幾因・紀因．別号申石子・暮柳舎．法名祐律．乙由門．伊勢派北陸俳壇の重鎮．寛延 3 年(1750) 7 月 11 日没，51 歳(54 歳とも)．　其 跋

淇園《きえん》　播磨国加古川の人．山李坊青蘿の社中で活躍．安永 2 年(1773)『しぐれ会』に入集．明 172

其角《きかく》　芭蕉筆頭の門人．榎本氏，のち宝井．名侃憲・平助・源蔵．別号螺舎・狂而堂・晋子ほか．若き日の蕪村は江戸で早野巴人に其角流の俳諧を学び，几董は其角の書風に習う．宝永 4 年(1707) 2 月没，47 歳．　其 下序, 212，明 序，花 *221*

蟻冠《ぎかん》　ゑ 95

寄笻《ききょう》　→季遊《きゆう》

亀郷《ききょう》　京都の人．几董門．安永 6 年(1777)没．　続 7, 67, 76, 89, 396, 643，写 18, 82，夜 73

菊尹《きくいん》　続 57, 565，夜 23, 62

祇空《ぎくう》　大坂の人．稲津氏．通称伊丹屋五郎右衛門．初号青流．別号敬雨・石霜庵等．初め惟中門，後其角門．芳室・芳州は実弟．『五色墨』に序を草し，中興期蕉風復古運動の先駆的役割を果す．享保 18 年(1733) 4 月 23 日没，71 歳．　其 259

菊渓《きくけい》　筑前国飯塚の油屋七世依兮の息．編著『ゆめのあきふゆ』(享和 3 年自跋，父の三

回忌追悼集). 其 327
菊十《きくじゅう》 灘の人. 花 49
几圭《きけい》 京の商人. 高井氏. 通称紅屋伝左衛門. 別号宋是. 巴人門. 几董の父. 宝暦12年(1762) 12月23日没, 74歳. 其 上序, 1, 4-8, 10-12, 14, 15, 17, 19, 20, 23, 25, 27-29, 31-36, 39-42, 44, 45, 47-52, 54-59, 61, 63-72, 74-76, 79-85, 87-89, 91, 93-98, *209, 211, 下序, 216, *253, 314, 363, 431, 432, 跋, 明 260, 続 2, 28, 312, *128*, 369, *129*, 619, 639, 709, 跋, *169*, 五 76, 199, 383
帰厚《きこう》 五 417
亀公《きこう》 明 120
葵子《きし》 月 126
其梢《きしょう》 越後五日市の人. 仮 6
喜水《きすい》 京都嵯峨の人. 続 524
其成《きせい》 京都書肆菊舎太兵衛. 二条家御俳諧書林. 蕪村晩年に親交. 五 461
稀声《きせい》 大坂の人. 続 508, 写 28, 51, 74, 月 134
橘仙《きつせん》 京都室町中立売上ル. 書肆橘仙堂. 平野屋善兵衛. 几董門. 夜半亭の俳書を多く出版. 五 394, ゑ 序
几董《きとう》 京都の人. 高井氏. 幼名小八郎. 前号雷夫. 別号晋明・高子舎・春夜楼. 蕪村没後三世夜半亭を継ぐ. 父は几圭. 俳論『点印論』, 作法書『附合てびき蔓』ほか. 寛政元年(1789) 10月23日没, 49歳. 其 上序, 2, 3, 9, 13, 16, 18, 22, 24, 26, 37, 38, 43, 46, 53, 60, 78, 86, 92, 101-136, 138, 139, 142, 143, 145, 147, 149, 151, 153, 156, 158, 160, 162, 164, 166, 167, 169, 171, 174, 177, 180, 183, 186, 189, 192, 195, 198, 201, 204, 209, 下序, 218, 222, 229, 235, 239, 254, 266, 290, 296, 309, 318, 331, 336, 344, 360, 372, 397, 430, 跋, 明 序, 1, 4, 5, 7, 9, 11, 13, 15, 17, 20, 22, 24, 26, 28, 30, 33, 34, 35, 38, 45, 52, 57, 70, 74, 81, 94, 97, 114, 117, 125, 129, 138, 145, 148, 165, 181, 199, 214, 215, 241, 242, 253, 262, 263, 266, 267, 270, 271, 274, 275, 278, 279, 282, 283, 286, 287, 292-295, 続 上序, 16, 32, 37, 44, 55, 64, 77, 90, 101, 102, 105, 106, 109, 111, 112, 115, 116, 119, 120, 123, 124, 127, 128, 130, 131, 134, 135, 140, 149, 156, 165, 177, 180, 187, 190, 193, 196, 199, 202, 205, 208, 215, 219, 236, 256, 260, 269, 273, 274, 277, 278, 280, 282, 284, 286, 288, 291, 293, 295, 297, 299, 301, 302, 305, 306, 313, 329, 334, 345, 347, 349, 352, 355, 358, 361, 363, 366, *129*, 370, 373, 374, 377, 378, 381, 382, 385, 386, 402, 404, 407, 410, 411, 414, 415, 418, 421, 424, 425, 428, 431, 434, 437, 440, 441, 444, 445, 447, 449, 451, 453, 455, 458, 460, 462, 464, 466, 468, 471, 472, 474, 484, 486, 496, 520, 541, 543, 555, 558, 569, 571, 582, 585, 588, 591, 597, 600, 603, 606, 610, 613, 617, 625, 633, 645, 661, 670, 675, 678, 683, 691, 696, 704, 705, 716, 726, 728, 733, 737, 跋, 740-756, *171*, 写 5, 35, 64, 92, 夜 35, 79, 花 29, 88, 101, 122, 五 41, 46, 49, 54, 59, 62, 67, 70, 84, 101, 110, 135, 138, 148, 157, 162, 177, 183, 192, 205, 213, 223, 244, 245, 251, 256, 257, 262, 263, 266, 268, 270, 272, 274, 276, 279, 281, 283, 285, 287, 289, 290, 293, 294, 341, 357, 390, 411, 413, 418, 432, 443, 459, 464, 490, 508, 跋, ゑ 5, 13, 24, 31, 48, 月 16, 仮 12, 85
其答《きとう》 初世沢村国太郎(三笠屋). 歌舞伎役者. 沢村長四郎の息. 安永2年(1773)亡父追善の俳書を編む. 花 75, 87
岐東《きとう》 越後高田の人. 月 68
鬼道《きどう》 伏見の人. 仮 65
既白《きはく》 曹洞宗の禅僧. 別号無外庵・雲樵・雲水坊. 希因門. 蕉風復興運動を展開し,『孤一重』『やぶれ笠』などを編む. 安永元年(1772)没. 続 315
其麦《きばく》 名古屋の美濃派の俳人. 別号夜白林. 編著『七化集』(宝暦2). 仮 116, 168
沂風《きふう》 紀伊国釜の真宗僧. 塩路氏. 別号得往・方広. 法号爾時庵琳澄法師. 蝶夢門. 安永9年から天明5年まで義仲寺の看主. 寛政12年(1800) 4月30日没, 49歳. 五 237
幾望《きぼう》 月 118
季遊《きゆう》 京の人. 佐々木有則. 通称甚三郎. 京猪熊中御門南の商家, 桔梗屋, 阿波藩の呉服所. 天明3年(1783)頃寄笻と改号. 閑空とも. 別号冠芳斎. 嘯山門. 享和3年(1803)没, 61歳. 其 340, 明 193, 続 54, 五 202
亀友《きゆう》 大坂天満の与力. 八田五郎右衛門. 狂号一寿亭. 狂歌師. 蘆陰社中. 生没年未詳. 安永―文政(1772-1830)頃か. 明 227, 続 144, 332, 390, 483, 写 25, 55, 69, 月 127
九湖《きゅうこ》 京の九湖堂と称した彫工・書肆. 几董門. 其 240, 294, 明 37, 44, 51, 60, 63, 110, 続 29, 68, 73, 92, 501, 652, *171*, 夜 72, ゑ 44, 月 40
九皐《きゅうこう》 伊丹の奥田舞巾. 木田文人に俳諧を

学ぶ. 才麿系俳人. 享保5年(1720)生, 没年未詳. ゑ 57

牛行《ぎゅうこう》 京の俳人. 神沢杜口門. 編著『山口羅人三十三回忌集』(天明 4). 其 232

暁台《きょうたい》 加藤氏. 名周挙. 通称平兵衛. 別号暮雨巷・竜門. 尾張藩士. 江戸詰の折致仕, のち俳諧師として立つ. 安永3年(1774)上洛, 以後蕪村らと親交. 寛政2年(1790)二条家より宗匠免許を拝受. 同4年1月20日没, 61歳. 明 164, 248, 続 27, 214, 240, 479, 544, 660, 667, 674, 693, 711, 花 85, 五 167, 200, 396, 405, 427, 秋 序, 38, 43, 70, 76, 81, 88, 93, 100, 105, 111, 118, 123, 130, 135, 142, 145, 152, 157, 164, 169, 176, ゑ 序, 1, *21, 22, 23, 35, 37-41, *103, 104, 109, 112, 117, 120, 123, 128, 133, 135, 月 76

漁焉《ぎょえん》 →無腸《むちょう》

魚宦(魚官)《ぎょかん》 京の俳人. 蕪村門. 五 403

曲室《きょくしつ》 其 293, 415

玉東《ぎょくとう》 大坂の人. 明 238

巨洲《きょしゅう》 大津の人. 伊東氏. 通称勘三郎. 雲裡門. のち暁台門. 臥央を中心とした幻住庵社中. 羨江楼. 天明4年(1784)初懐紙に入集. 五 235

魚春《ぎょしゅん》 加賀小松の人. 月 63, 145, 150, 155, 161, 仮 50

魚筝《ぎょじゅん》 加賀俳人. ゑ 102

魚赤《ぎょせき》 京都の俳人. 几董門, 春夜楼の一員. 其 295, 明 73, 80, 87, 96, 103, 111, 花 76, 97, 128, 五 469

魚川《ぎょせん》 京建仁寺町住. 淡々門. 編著『春秋関』(享保 11)ほか. 月 119

魚波《ぎょは》 明 233

虚白《きょはく》 遠江白須賀の人. 柴田忠四郎. 別号一鷗斎. 蝶夢の支持者. 寛政10年(1798)1月18日没. 遠 5, 9, 12, 跋

御風《ぎょふう》 伏見の人. 浅見氏. 烏角斎. 田鶴樹門. 続 147, 561

居来《きょらい》 越中生地の人. 月 72

去留《きょりゅう》 江戸の人. 其角系俳人百万坊旨原門. ゑ 51

宜路《ぎろ》 明 202

騏六《きろく》 尾張清洲の人. 笹屋長兵衛. 暁台門. 家伝の芭蕉一座荷兮自筆俳諧歌仙「粟稗に」の巻を採録した『秋の日』(暁台編)の校を勤める. 文化8年(1811)没. 続 225, 秋 序, 74, 79, 86, 91, 98, 103, *309*, ゑ 88

琴宇《きんう》 尾張の人. 暁台門. 秋 75, 82, 87, 94, 99, 106, ゑ 89

金篁《きんこう》 京の俳人. 蕪村の仲間. 花 23, 104

琴考《きんこう》 近江大津の人. 仮 81

銀獅《ぎんし》 大坂の俳人. 別号文鳥舎. 安永9年(1780)以降几董初懐紙に入集. 文化8年(1811)没. 夜 47, 花 26, 118, 五 184, 456

琴水《きんすい》 越中生地の人. 月 74

琴堂《きんどう》 江戸の人. 五 416

瑾良《きんりょう》 京都の人. 仮 95

矩州《くしゅう》 大坂の人. 椎本氏. 初号桐麿, 別号五彩堂. 才麿門, のち芳室門. 編著『夷些集』ほか. 安永9年(1780)1月26日没, 77歳. 其 248

桂五《けいご》 桂吾とも. 名古屋の人. 金森市之進. 暁台門, のち士朗門. 狂歌号傘衛守. 文化9年(1812)1月24日没, 67歳. 秋 148, 153, 160, 165, 172, 177

慶子《けいし》 初代中村富十郎(享保 4—天明 6). 若女形の名人. 花 50, *222*

桂舟《けいしゅう》 伊勢の人. 明 160, 月 101

月居《げっきょ》 京都の人. 江森史一. 初号春面. 別号三菓園・些庵等. 安永4年(1775)頃蕪村に入門. 寛政2年(1790)二条家より花の下の号を得る. 文政7年(1824)9月15日没, 69歳. 続 8, 100, 103, 104, 107, 108, 110, 113, 114, 117, 118, 121, 122, 125, 126, 129, 132, 133, 162, 222, 559, 574, 718, 写 10, 42, 63, 88, 夜 2, 43, 花 70, 115, 五 422, 月 5, 18, 仮 11, 103

月渓《げっけい》 京の人. 松村嘉左衛門. 別号可転・允白等. 天明2年(1782)より呉春. 画俳を蕪村に師事. のち応挙に就き, 四条派の開祖となる. 文化8年(1811)7月17日没, 60歳. 続 261, 554, 写 15, 43, 86, 夜 3, 69, 五 377, 474, 月 8, 19

玄化《げんか》 京の書肆. 玄化堂甫尺. 吉田九郎右衛門. 樗良門. 『樗良七部集』ほか編. 月 38, 仮 94

彫司《けんじ》 越後高田の人. 安永6年(1777)樗良らと京の花見吟行. 月 66

見道《けんどう》 大坂の人. 糸岐庵. 明 239, 続 43

彫波《けんぱ》 越後高田の人. 太中庵. 父は倉石休悟. 編著『菊の香』『仏の座』ほか. 月 70

見風《けんぷう》 加賀津幡の人. 河合理右衛門. 別号枝紅・枝鴿ほか. 希因門. 和歌を冷泉為村に師事. 編著『霞がた』. 天明3年(1783)4月1日没, 73歳. 仮 51

呉逸《ごいつ》 泉州堺の人．津田氏．安永 2 年(1773)，寺田筵史と『弥生次郎』を編． 五 398
小いと《こいと》 小糸．蕪村のなじみの妓． 花 27, 89
公遠《こうえん》 花 66
江涯《こうがい》 加賀の人．初号呉夕．京・大坂に移り住んだ行脚俳人．編著『張瓢』ほか．生没年未詳． 続 264, 五 384, ゑ 61, 106, 111, 114, 119, 月 181, 仮 序, 10, 13, 16, 19, 22, 25, 28, 31, 34, 37, 40, 43, 46, 118, 124, 127, 130, 133, 136, 139, 142, 145, 148, 151, 154, 157, 173, 174
弘巨《こうきょ》 月 117
公子子《こうしし》 月 29
江艸《こうそう》 伊勢の人．明和 8 年(1771)藤沢で樗良に会う． 月 99
功竹《こうちく》 仮 114, 166
虹竹《こうちく》 其 377
光甫《こうほ》 灘の人． 其 272
江蒙《こうもう》 丹後湊の人． 仮 74
五雲《ごうん》 江戸の人．岡氏．別号必化房．存義系で活動．後太祇門．明和(–1772)末年以降京島原住，不夜庵継承．寛政 7 年(1795)江戸帰省． 其 389, 425, 明 136, 続 223, 花 53, 五 259
壺角《こかく》 其 231
湖嵒(湖嵓)《こがん》 京の人．几董門．『安永九年初懐紙』ほかに入集． 花 13, 106, 五 126, 407, 507
五丸《ごがん》 生野の人． 明 183, 月 78
胡及《こきゅう》 名古屋，元禄期の人． 秋 6, 13, 20, 27, 31
故郷《こきょう》 夜 20
五橋《ごきょう》 播磨の人．浪速住． 明 173
呉郷《ごきょう》 伏見の人． 続 310
吾琴《ごきん》 京の人．不夜庵連． 花 19, 114
戸圭《こけい》 月 174
湖月《こげつ》 越中井波の人．女性． 月 27
故吾《こご》 月 121
古好(古貢)《ここう》 丹波篠山の人． 花 21, 五 466
虎国《ここく》 伊勢の人．鳳尾庵坡仄連． 月 97
五始《ごし》 浪花の人．中島雅英．別号鳥車園・自省翁ほか．羅人門．編著『裸噺』．安永 4 年(1775) 9 月 13 日没，66 歳． 其 320
故雀《こじゃく》 伊勢の人． 明 157
孤舟《こしゅう》 小野氏． 其 77, 346, 394, 明 137
五周《ごしゅう》 暁台門． 続 48, 秋 48, 53, 60, 67, ゑ 77
五晴《ごせい》 大坂の人．石原茂兵衛．書肆朝陽館主人．蘆陰舎社中の人．編著『津守船』ほか． 続 247, 仮 53
鼓舌《こぜつ》 京の俳人． 其 242, 五 397
袴仙《こせん》 月 91
跨仙《こせん》 明 184
孤桐《ことう》 其 317
苽堂《こどう》 丹波篠山の人． 五 465
ことの 琴野． 花 22
五帛《ごはく》 浪華の人． 明 231
五友《ごゆう》 其 326
五律《ごりつ》 京都の人．蕪村門． 其 227, 284, 285, 375, 明 142
湖柳《こりゅう》 大津の人．福永氏．几董門． 明 197, 花 6, 92, 105, 五 131, 348, 506
古梁《こりょう》 其 328
古菱《こりょう》 越後直江津の故菱か． 月 69
維駒《これこま》 黒柳清兵衛．蕪村門召波の子．父の七回忌集『春泥句集』ほか編． 其 281, 明 147, 続 233, 写 29, 89, 夜 29, 40, 花 35, 113, 五 序, 2, 5, 8, 11, 14, 15, 20, 21, 25, 28, 29, 33, 36, 38, 43, 48, 51, 57, 60, 65, 68, 90, 100, 116, 130, 144, 174, 194, 214, 229, 243, 250, 261, 264, 265, 267, 269, 271, 273, 275, 277, 278, 280, 282, 284, 286, 288, 291, 292, 295, 297, 300, 303, 306, 309, 312, 315, 318, 321, 324, 327, 329, 358, 374, 388, 409, 431, 486, 493, 510, 跋
是誰《これたれ》 名古屋の人．暁台門． 秋 114, 119, 126, 131, 138, 143
湖陸《ころく》 伏見の人． 五 220

さ・し・す・せ・そ

宰町《さいちょう》 →蕪村《ぶそん》
宰馬《さいば》 名古屋の人．吉田氏．麻屋喜右衛門七代目．暁台門．天明 2 年(1782)没．享年未詳． 続 226, 秋 112, 117, 124, 129, 136, 141, ゑ 79
茶菴《さがん》 京都の人． 仮 99
さき 月 171
沙月《さげつ》 播州福原の人． 其 277
左彦《さげん》 出石の人． 続 320
茶合《さごう》 仮 102
左雀《さじゃく》 夜 32
左繡《さしゅう》 春夜楼連． 続 72, 85, 151, 397
茶州《さしゅう》 伊勢の人． 明 161, 続 510, 月 104
左丈《さじょう》 越中井波の人． 月 45
茶井《させい》 ゑ 54

三角《さんかく》　其 273，花 60，仮 106
三貫《さんかん》　京都の人．其 381，夜 11
三峡《さんきょう》　其 243
三暁《さんぎょう》　浪華の人．続 701
杉月《さんげつ》　京都料亭の主人．初号茶堂．五 248
山呼《さんこ》　丹後宮津の人．花 34
三四《さんし》　→二柳《じりゅう》
山肆《さんし》　伏見の人．続 242, 533, 637
山竺《さんじく》　其 378
三四坊《さんしぼう》　→二柳《じりゅう》
三蝶《さんちょう》　大坂の人．其 412
残夢《ざんむ》　大坂の人．続 163, 642
杉六《さんろく》　名古屋の人．暁台門．秋 47, 54, 61, 68
子曳《しえい》　京都の人．別号圭実郎・固有庵．几圭門．其 99, 137, 140, 141, 144, 146, 148, 150, 152, 154, 155, 157, 159, 161, 163, 165, 168, 170, 219, 287, 333, 370, 429，明 124, 144，続 330, 650，夜 9, 65，五 472
子淵《しえん》　越中生地の人．月 73
士喬《しきょう》　灘大石の人．松岡又左衛門．士川・士巧と三兄弟の次弟．続 30, 265, 495, 732，花 15，五 359，月 139
士恭《しきょう》　夜 14
紫暁《しぎょう》　安永 7 年(1778)まで伏見，のち京都住．宮氏．初号車蛖．別号聴亀庵・春宵楼．蕪村・几董門．享和元年(1801)に几董の春夜楼を継ぐ．編著『松のそなた』『鐘筑波』ほか．生没年未詳．月 179，仮 61
之兮《しけい》　京の人．山田氏．初号交兄．別号八仙窓．几董門．亀兮の父．花 54, 96, 109，五 182, 457, 501
志慶《しけい》　大坂高麗橋三丁目，苧屋吉右衛門．別号甘棠居．大魯門．岸和田藩蔵屋敷名代．続 42, 259, 393, 641，写 21, 49, 72，夜 42，月 129，仮 56
旨原《しげん》　江戸の人．小栗次右衛門．初号其川．別号百万坊・伽羅庵．超波門．編著『百歌仙』『風月集』ほか．安永 7 年(1778) 6 月 16 日没，54 歳．其 410，五 115, 140, 171, 212, 401
子光《しこう》　仮 170
士巧《しこう》　灘大石の人．松岡徳右衛門．士川・士喬と三兄弟の末弟．続 183, 270, 547, 717，花 48，五 132，月 138
支考《しこう》　美濃北野の人．各務氏．別号東華(花)坊・西華(花)坊・獅子庵など．元禄 3 年(1690)芭蕉に入門．師没後，美濃派の一流を開く．享保 16 年(1731) 2 月 7 日没，67 歳．続 序
只浩《しこう》　伊勢川崎の人．樗良門．月 111
事紅《じこう》　名古屋の人．暁台門．也有と共著俳論書『みなむすび』(安永 4)．続 626
自在《じざい》　明 204
自笑《じしょう》　京の書肆八文字屋五代目．安藤八左衛門興邦．初号百墨．別号素玉・凌雲堂．蕪村門．明和(1764–)初年より三菓社に参加．文化 12 年(1815) 6 月 6 日没．其 288, 334，明 131，続 179, 318, 394, 700，写 16, 40, 84，夜 4, 45，花 59, 119，五 145, 354, 504，ゑ 43，月 42
士川《しせん》　灘大石の酒造家．松岡氏．通称松屋甚左衛門．別号五仙窓．蕪村門．几董が伊丹の士川別邸で客死．続 157, 220, 518, 575，夜 59，花 1，五 178, 480，月 140，仮 75
泗筌《しせん》　越中魚津の人．月 51
自珍《じちん》　京の人．几董門．安永 10 年(1781)以降没年まで几董初懐紙，『鐘筑波』等に入集．五 159
漆翁《しつおう》　京千家方塗師三代目中村宗哲．通称八兵衛．別号勇斎・方寸斎・漆桶．俳号紹朴・公弼．『一夜松』ほかに入集．其 391
十拾《じっしゅう》　其 275，仮 107
子東《しとう》　名古屋の人．続 11，秋 113, 120, 125, 132, 137, 144，ゑ 98
紫洞《しどう》　花 47, 117
賜馬《しば》　伊勢の人．明 200
髭風《しふう》　但馬豊岡の人．福井八郎左衛門．花懐亭．蝶夢著『俳諧童子教』に跋文執筆．文化 6 年(1809) 2 月 9 日没．明 188
子鳳《しほう》　京の人．沢氏．美濃派の人．其 250
市芳《しほう》　月 82
之房《しぼう》　其 379
舎員《しゃいん》　京の人．別号百可斎．夜 22, 63
社燕《しゃえん》　島原社中．安永 9, 10 年(1780–1)初懐紙に「斜燕」，天明 3 (1783), 4, 6 年初懐紙に「社燕」と署名．五 434
車蟻《しゃぎ》　伏見の人．続 60, 263
洒高《しゃこう》　月 109
車蛖《しゃぼう》　→紫暁《しぎょう》
舎六《しゃろく》　夜 18
守一《しゅいつ》　大坂の俳人．医者．大魯社中．続 142, 548，写 20, 47, 73，月 135
周禾《しゅうか》　大坂の人．茶雷撰高点句集『ひとすぢみち』に跋文執筆．其 310

秋江《しゆうこう》　若狭小浜の人．　月 110
重厚《じゆうこう》　京の人．井上氏．北嵯峨に落柿舎を再興し去来忌を営み，以後江戸・陸奥・甲斐等を行脚し，『江戸みやげ』等を刊行．享和 4 年(1804) 1 月 18 日没，67 歳．　五 141, 258
秋水《しゆうすい》　洛大原の人．　月 122
集馬《しゆうば》　京春夜楼連．　続 182, 727,　夜 10, 44,　月 4, 17
衆甫《しゆうほ》　ゑ 85
秋来《しゆうらい》　奥陽仙府(仙台)隠士木兎庵．　花 56,　五 438
十卵《じゆうらん》　近江八幡の人．　仮 160
朱英《しゆえい》　其 230
守大《しゆだい》　大坂の人．　続 653
守明《しゆめい》　灘大石の人．蕪村門．　花 11,　五 473
春蛙《しゆんあ》　京春夜楼連．　明 77, 84, 91, 102, 105, 127,　続 58, 71, 86, 567
春海《しゆんかい》　其 274
春香《しゆんこう》　京都の人．天明 3 年(1783)頃から几董門．　五 468
春載《しゆんさい》　→百池《ひゃくち》
春爾《しゆんじ》　浪花格子女郎屋大坂屋吉左衛門．　其 358,　夜 58,　五 86
春洲《しゆんしゆう》　尼ヶ崎の人．　花 55
春坡《しゆんぱ》　京の人．下村兼邦．通称孫八郎．幼名熊蔵．別号遅日亭．四条大丸下村家中柳馬場家の家祖．几董門．編著『小鳥・小艸』ほか．文化 7 年(1810) 10 月 22 日没，61 歳．　花 24, 121, 129,　五 93, 189, 371, 499
春武《しゆんぶ》　江戸の人．　其 263,　五 185
春面《しゆんめん》　→月居《げつきょ》
春路《しゆんろ》　加賀の人．千在館．　月 57, 170
松化《しようか》　京の人．正巴・春坡の下村家一族，呉服店「大丸」に関わる人か．別号曳尾庵．自撰集『わすれ花』．生没年未詳．　花 30, 130,　五 342
松山《しようざん》　江州高島の人．　仮 79
嘯山《しようざん》　京の人．三宅芳隆．字之元・文中．別号葎亭・滄浪居・橘斎・鴨流軒・碧玉江山人．質商．読本作家．宋屋門．編著『独喰』ほか．享和元年(1801) 4 月 14 日没，84 歳．　其 268, 337, 353, 跋,　明 190,　五 105
丈山《じようざん》　三河国碧海郡和泉村(安城市)に出生．石川氏．諱重之．通称嘉右衛門．別号凹凸窠・四明．武士，のち剃髪し，藤原惺窩に入門．洛北一乗寺村の庵に漢宋の詩人 36 人の画像を掲げ，詩仙堂と号す．寛文 12 年(1672) 5 月 23 日没，90 歳．　写 序
丈芝《じようし》　→白居《はくきょ》
松宗《しようそう》　京金福寺住職．号鴨東とも．鉄舟玄珠の弟子．第五世．享和元年(1801) 6 月 28 日没．　続 577, 579, 594, 609,　写 序, 2, 58, 66,　五 399
召波《しようは》　京の福商．黒柳清兵衛．別号春泥舎．壮年江戸の服部南郭に漢詩を学ぶ．俳諧は几圭門，のち三菓社に参加．明和 8 年(1771) 12 月 7 日没，45 歳．　其 225, 280, 367,　明 258,　続 4, 20, 52, 316, 321, 523, 552, 622, 649,　五 1, 37, 78, 89, 97, 109, 139, 164, 175, 186, 224, 239, 242, 249, 260, 296, 334, 344, 400, 419, 482, 492, *510, 跋
正風《しようふう》　仮 60
樵風《しようふう》　大坂の人．蕪村門．蘆陰舎の一員．　明 223,　夜 30
生仏《しようぶつ》　大坂の人．　明 232,　続 551
昌平《しようへい》　大坂の人．　月 175
紹簾《しようれん》　江戸の人．のち京・大坂住．小野氏．別号銀竹堂・一炊庵．沾徳門．著書『筆華領』など．宝暦 11 年(1761) 10 月 14 日没，86 歳．　其 257
如菊《じよきく》　京都の人．天明 2 年(1782)より几董門．同年初懐紙に「少年」として入集．　五 247
如今《じよこん》　加賀の人．自選集『小野の里』(享保 19)．　月 172
且爾《しよじ》　其 223, 342
如之《じよし》　伊勢山田の人．麦保舎．　月 84
如瑟《じよしつ》　京の俳人．蕪村晩年の門人．　五 219
如水《じよすい》　大和の人．　花 10
如本《じよほん》　加賀の人．希因門五哲の一人．松裏庵．師の十三回忌に『北時雨』を刊．　其 249, 302
二柳《じりゆう》　加賀の人．勝見充茂．初号桃左・桃居．別号三四坊・不二庵・売冠子．乙由門，のち希因門．諸国遊歴，明和(−1772)以降大坂住．編著『松かざり』ほか多数．蕉風復興に努める．享和 3 年(1803) 3 月 28 日没，81 歳．　其 244,　明 234, 240, 246,　続 39, 232, *129*, 371, 372, 375, 376, 379, 380, 383, 384, 387, 388, 401, 481, 655,　五 114, 376
士朗(支朗)《しろう》　尾張守山の人．井上正春．通称専庵(医名)，のち松翁．別号枇杷園・朱樹叟．暁台門．寛政三大家の一人．編著『幣ぶくろ』ほか多数．文化 9 年(1812) 5 月 16 日没，71 歳．　続 212,　秋 37, 44, 51, 58, 65, *309*,　ゑ

72
臣淵《しんえん》 月 54
仭宮《じんぐう》 仙台の人. 五 462
晋才《しんさい》 蕪村門. 其 264, 夜 16, 70
晋子《しんし》 →其角《きかく》
心頭《しんとう》 島原社中. 安永 9 年より天明 5 年まで(1780–85)初懐紙入集. 花 25, 五 447
秦夫《しんぷ》 山城寺田の人. 月 43, 仮 68
晋明《しんめい》 →几董《きとう》
真呂《しんろ》 月 114
水翁《すいおう》 播州福原の人. 前号雅輔. 其 278
随古《ずいこ》 京の人. 湯浅氏. 長松庵. 巴人門. 太祇らと『平安二十歌仙』を刊. 安永 2 年(1773) 4 月 21 日没, 54 歳. 其 424, 五 196
翠樹《すいじゅ》 豊岡の人. 蝶夢編『芭蕉翁発句集』(安永 3)板下筆者. 明 189
寸馬《すんば》 尾張の人. 勿一庵. 島原社中. 安永 9, 10 年(1780–1)初懐紙に入集. 明 226, 秋 73, 80, 85, 92, 97, 104
青雨《せいう》 安芸広島の人. 編著『いしなどり』(安永 4). 続 542
青荷《せいか》 丹波篠山の人. 蕪村門. 花 20
青雅《せいが》 加賀の人. 月 60
青峨《せいが》 江戸の人. 五 77, 147, 173, 332, 426, 483
盛住《せいじゅう》 京の人. 鷺傘亭. 其 418
声々《せいせい》 京都島原連. 夜 53
青銭《せいせん》 加賀金沢の人. 月 163
正巴《せいは》 →正白《せいはく》
正白《せいはく》 呉服屋「大丸」の下村家の一族. 春坡の叔父. 昨非庵. 安永 5 年(1776)頃蕪村に就き, 後几董門. 続 181, 328, 512, 568, 578, 581, 584, 587, 590, 593, 596, 599, 602, 605, 608, 611, 615, 写 17, 56, 79, 夜 17, 38, 花 12, 112, 五 156, 238, 424, 500
青白《せいはく》 伊勢の人. 明 155
成美《せいび》 江戸蔵前の札差. 井筒屋八郎右衛門(五代目). 本名夏目包嘉. 幼名伊藤泉太郎. 初号八良治. 別号修行庵・随斎. 一茶の経済的庇護者. 編著『糕汰瓶』ほか. 文化 13 年(1816) 11 月 19 日没, 68 歳. 五 161
清夫《せいふ》 兵庫の俳人. 佐久間氏. 通称瓜屋忠七. 義天居士. 寛政 6 年(1794)没. 花 64
青畉《せいふ》 其 21, 286, 347
成文《せいぶん》 五 91, 198, 375, 452
西羊《せいよう》 武蔵国騎西の人. 梧桐亭. 涼袋門. 宝暦 10 年(1760)夏, 西上の折蕪村らに会い, 紀行『笠の柳』刊. 明 149
青蘿《せいら》 江戸生れ, 播磨加古川住. 松岡鍋五郎. 初号山李坊令茶. 別号三眺庵・栗の本ほか. 江戸の玄武坊門. 二条家俳諧宗匠. 編著『蛸壺塚』ほか. 寛政 3 年(1791) 6 月 17 日没, 52 歳. 続 175, 531, 五 373
是岩《ぜがん》 京の人. 几董門. 花 32, 95, 110, 五 246
赤羽《せきう》 京の人. 蕪村門. 明 236
石漱《せきそう》 大坂の人. 明 225
石友《せきゆう》 春夜楼連. 続 81, 148, 725, 写 26, 83
雪弓《せつきゅう》 但馬出石の人. 続 500
雪居《せつきょ》 花 31, 123, 五 160, 429
浙江《せつこう》 →閑鵞《かんが》
雪中《せつちゅう》 →嵐雪《らんせつ》
仙鶴《せんかく》 京の人. 其 322
仙魯《せんろ》 丹波の人. 五 475
曾雨《そう》 灘大石の人. 天明 2 年(1782)初懐紙に入集. 花 39
宋阿《そうあ》 →巴人《はじん》
宗阿《そうあ》 →巴人《はじん》
宗因《そういん》 談林俳諧の祖. 大坂天満宮の連歌所宗匠. 西山次郎作豊一. 連歌号豊一. 別号一幽・西翁・梅翁ほか. 天和 2 年(1682) 3 月 28 日没, 78 歳. 花 序, 99
宋屋《そうおく》 巴人京門人中の第一人者. 望月氏. 前号富鈴. 別号机墨庵・瓢簞居. 編著『卯花千句』ほか. 明和 3 年(1766) 3 月 12 日没, 79 歳. 其 255
宗居《そうきょ》 伊勢山田の人. 通称橘多宮. 樗良門. 『我庵』(明和 4)に序を執筆. 明 154, 月 125
双魚《そうぎょ》 大坂の人. 続 221
滄洲《そうしゅう》 伊勢川崎の人. 月 113
宋是《そうぜ》 →几圭《きけい》
宗専《そうせん》 京の人. 宋屋門. 几圭の知友. 其 352
蔵蛇《ぞうだ》 仮 55
艸巴《そうは》 月 83
素郷《そきょう》 陸奥盛岡の富商. 小野永二. 別号松濤舎. 蝶夢門. 編著『みちのくぶり』. 天明 2 年(1782)から 7 年までの几董の初懐紙に入集. 文政 3 年(1820) 4 月 29 日没, 72 歳. 五 95
束助《そくじょ》 花 40
素後《そご》 伊勢の人. 明 159
素山《そざん》 大坂の人. 俳僧菊図坊祖英門. 師の三回忌に蝶阿と『誹諧菊の露』を編集. 其 315
楚秋《そしゅう》 京の人. 蕪村晩年の門人. 天明 4, 5

年(1784–5)初懐紙に入集. 五 204
鼠弾《そだん》 名古屋の浄土宗の僧. 蕉門俳人. 『曠野』等に入集. 秋 7, 14, 21, 30, 35
楚竹《そちく》 泉州堺の医者・茶人. 竹田氏. 著書『不断笑』(寛延 3). 月 115
袖女(袖)《そでじょ》 大坂の妓女. 大魯社中. 続 252, 735, 月 133
素濤《そとう》 伊勢の人. 月 100
その 春夜楼連. 続 93, 392
素文《そぶん》 五 420
素由《そゆう》 但州生野の人. 明 182, 月 77, 仮 72
存義《ぞんぎ》 江戸座宗匠の代表者. 馬場民右衛門. 初号泰里. 別号李井庵・古来庵. 二世青峨門. 天明 2 年(1782) 10 月 30 日没, 80 歳. 其 411, 明 178, 五 333
存固《ぞんこ》 蕪村門. 金福寺芭蕉庵落成記念俳諧の連衆. 安永 10 年, 天明 2 年(1781–2)初懐紙に入集. 花 69

た・ち・つ・て・と

太乙《たいおつ》 越中井波の人. 樗良門. 月 48
大雅堂《たいがどう》 彦根藩士. 喜多山十蔵正矩. 別号毛紈. 許六門. 続 689
大器《たいき》 越中生地の人. 安永 4 年(1775) 9 月 19 日自亭に樗良を迎える. 月 75
太祇《たいぎ》 江戸の人. 炭氏. 初号水語, 別号宮商洞. 紀逸門. 上洛し, 島原廓内に不夜庵を構え, 明和期蕪村らと三菓社を結成. 明和 8 年(1771) 8 月 9 日没. 63 歳. 其 226, 312, 366, 376, 388, 明 257, 続 3, 153, 169, 184, 216, 327, 494, 535, 628, 686, 707, 719, 五 75, 122, 146, 172, 207, 221, 349, 356, 414, 488, 跋
帯川《たいせん》 夜 12
帯梅《たいばい》 尾張横須賀の人. 村瀬祥副. 通称両口屋弥四郎. 別号狐塚古観. 暁台門, のち士朗門. 暮雨巷三世を襲名. 文政 9 年(1826)没. ゑ 87
岱布《たいふ》 南部出身, 播州の人. 明 170, 月 106
泰里《たいり》 江戸の人. 橋本氏. 別号河上庵・五席庵. 一世存義門, 泰里号を継ぐ. 有無庵存義二世. 明和 6 年(1769)上京, 蕪村と交わり, 『五畳敷』刊. 安永 9 年より天明 7 年まで(1780–87)の初懐紙に入集. 文政 2 年(1819) 1 月 25 日没, 79 歳. 其 283, 407, 明 177, 五 96
大魯《たいろ》 阿波徳島藩士, 脱藩上洛して俳諧に遊ぶ. 吉分氏. 今田文左衛門為虎. 文誰門, のち蕪村に就く. 初号馬南. 別号月下庵・蘆陰舎・三遷居. 編著『道の枝折』ほか. 其 207, 238, 291, 373, 明 序, 2, 3, 6, 8, 10, 12, 14, 16, 18, 19, 21, 23, 25, 27, 29, 31, 32, 36, 123, 166, 175, 218, 219, 続 22, 138, 249, 335, 337, 340, 342, 344, 351, 354, 357, 360, 364, 367, 399, 439, 442, 443, 446, 448, 450, 452, 454, 456, 457, 459, 461, 463, 465, 467, 469, 470, 473, 564, 659, 写 13, 34, 68, 夜 36, 78, 五 104, 188, 190, 226, 343, 402, 463, 月 142, 仮 58
多少《たしょう》 江戸の人. 上洛し, 太祇に親しみ, 太祇三回忌集『石の月』(安永 2)に序を寄せる. 其 351, 426, 明 135, 続 255, 五 362
陀大《だたい》 ゑ 52
達布《たつぷ》 京の人. 明 259
ため 大坂の人. 明 220
他郎《たろう》 名古屋東本願寺派円明寺の僧. 暁台門. 安永元年(1772)に上洛. 秋 42, 49, 56, 63, 72
坦菴《たんあん》 京都の儒者. 伊藤宗恕. 字元務. 号自怡堂. 那波活所の門. 『坦庵詩文集』. 宝永 5 年(1708) 8 月 24 日没, 86 歳. 写 序
淡々《たんたん》 大坂の人. 松木伝七. 初号因角, のち渭北. 別号寄傲舎・勃窣・半時庵. 初め才麿, のち其角に師事. 『春秋関』ほか高点句集多数刊. 宝暦 11 年(1761) 11 月 2 日没, 88 歳. 其 上序
雉庵《ちあん》 伯州の人. 雲水僧. 安永 10 年, 天明 2 年(1781–2)初懐紙に入集. 五 149
致郷《ちきょう》 夜 13
竹護《ちくご》 →嵐山《らんざん》
竹所《ちくしょ》 月 103
竹波《ちくは》 五 81
竹茂《ちくも》 越後高田の人. 明和 4 年(1767)没. 七回忌集『竹のむかし』. 月 67
竹也《ちくや》 三河岡崎の人. 山本氏. 前後亭. 『二篇しをり萩』に序文執筆. 明 185, 月 85
竹裡《ちくり》 江州閻魔堂村の人. 安永 4 年(1775)頃上洛. 几董門. 其 398, 明 76, 83, 88, 95, 98, 107, 112, 続 69, 84, 95, 145, 514, 月 41
茶州《ちゃしゅう》 →茶州《さしゅう》
茶井《ちゃせい》 →茶井《させい》
中二《ちゅうじ》 月 59
丑二《ちゅうじ》 端局女郎屋鶴屋小右衛門. 天明 2 年(1782) 12 月 23 日没, 44 歳. 其 387
長河《ちょうが》 加州小松の人. 月 164
長虹《ちょうこう》 江戸の人. 別号竹葉軒. 尾張西杉村

薬師堂住. 貞享5年(1688), 芭蕉と名古屋で俳席に一座. 荷兮と親交. 秋 序, 2, 9, 18, 25, 36

長嘯《ちょうしょう》 江戸時代初期の歌人木下長嘯子. 名勝俊. 別号挙白堂・松洞・東山樵翁・天哉・西山樵翁. 武家出身の隠者. 歌は細川幽斎に学び, 貞徳と同門. 歌才を後水尾院に認められる. 慶安2年(1649) 6月15日没, 81歳. 写 序

超波《ちょうは》 江戸の人. 清水長兵衛. 初号長巴. 別号独歩庵・長谷径・清濁庵. 貞佐門. 湖十と其角座の双璧. 編著『紙蚕』ほか. 元文5年(1740) 7月27日没, 39歳. 五 217, 240, 336, 364

長圃《ちょうほ》 城崎の人. 続 146

蝶夢《ちょうむ》 京都の僧. 初めの僧名木端. 別号睡花堂・鳳声亭・五升庵. 法号幻阿弥陀仏. 宋屋門. のち地方俳壇で活躍. 東山双林寺の墨直会, 義仲寺の時雨会主催. 蕉風復興運動で活躍. 寛政7年(1795) 12月24日没, 64歳. 其 252, 明 251, 252, 255, 続 136, 237, 560, 695, 五 113, 206, 439, 仮 8, 111, 遠 序, 1, 2, 7, 11, 跋

鳥門《ちょうもん》 其 270

楮冠《ちょかん》 大坂の人. 仮 54

直生《ちょくせい》 越中富山の人. 麻青庵. 安永4年(1775)頃生野の寒秀を訪ね, 但馬に居住. 明 244, 月 183

千代尼《ちよに》 加賀松任の人. 表具師福増屋六兵衛の娘. 別号素園. 法名釈尼素園. 支考・乙由門. 蕪村の『たまも集』に序を記す. 続 475, 623, 五 335, 415, 448

樗良《ちょら》 志摩鳥羽の人. 三浦元克. 通称勘兵衛. 別号二股庵・無為庵. 安永2年(1773)上洛, 蕪村周辺と親交. 同5年木屋町三条に結庵. 編著『白頭鴉』ほか. 安永9年(1780) 11月16日没, 52歳. 明 163, 249, 続 31, 172, 186, 189, 192, 195, 198, 201, 204, 207, 210, 323, 506, 534, 644, 679, 682, 723, 五 169, 367, 月 序, 2, 13, 30, 146, 151, 156, 162, 仮 5

珍松《ちんしょう》 近江八幡の人. 仮 123, 172

通助《つうじょ》 五 481

通竹《つうちく》 花 72

定雅《ていが》 京縫い針商「みすや」主人. 西村甚三郎. 別号俳仙堂・椿花亭・柳下舎. 『ゑぼし桶』の編者美角の弟. 蕪村門と親交. 編著『椿亭記』ほか. 続 25, 311, *133*, 405, 408, 416, 419, 422, 427, 430, 433, 436, 491, 624, 714, 写 8, 38, 77, 五 180, ゑ 10, 15, 27, 34, 69, 103, 105, 108, 113, 116, 121, 126, 131, 138, 月 9, 35, 148, 153, 158, 仮 3, 14, 17, 20, 23, 26, 29, 32, 35, 38, 41, 44, 47, 88

丁々《ていてい》 月 88

丁東《ていとう》 近江八幡の人. 松中館. ゑ 101, 仮 122, 125, 128, 131, 134, 137, 140, 143, 146, 149, 152, 155, 158, 162

鉄舟《てっしゅう》 洛東一乗寺村の金福寺中興. 貞享年間(1684–88), それまで長く荒廃していた同寺を再興. 元禄11年(1698)没. 写 序

鉄僧《てっそう》 雨森章廸の俳号. 医師. 山脇東洋門. 大来堂. 明和6年(1769)前後, 蕪村の句会で活躍. 「蕪村追悼文」を認める. 天明6年(1786) 9月13日没, 55歳. 其 289, 続 576, 616, 夜 6, 68, 五 155, 299, 302, 305, 308, 311, 314, 317, 320, 323, 326, 330, 382, 430, 494

田女《でんじょ》 江戸の女点者. 谷口よし. 初号如髪. 楼川の妻. 別号眉斎. 蕪村の『たまも集』に跋文執筆. 安永8年(1779) 7月20日没, 67歳. 其 350, 続 309, 736

田梅《でんばい》 田楳とも. 田福の母の弟とも言う. 五 350

田福《でんぷく》 京五条室町の呉服屋井筒屋主人. 川田維鱗, のち祐作. 松倚亭. 練石門, のち蕪村門. 『蕪村句集』跋を執筆. 百池寺村家と縁戚. 寛政5年(1793) 5月6日没, 73歳. 其 279, 368, 明 134, 続 53, 308, 713, 写 4, 52, 59, 91, 夜 7, 39, 花 77, 107, 五 4, 7, 12, 16, 17, 22, 23, 26, 31, 34, 98, 187, 361, 509

桐雨《とうう》 伊賀上野の富商平野屋. 築山知明. 通称忠右衛門. 別号有無庵・蓑虫庵. 猿雖の曾孫. 蕉門. 編著『みかんの色』ほか. 天明2年(1782) 6月3日没. 続 511

塘雨《とうう》 京室町の万屋の出. 百井左右二. 奥羽・日向と行脚, 安永2年(1773)ごろ帰京. 編著『笈埃随筆』. 寛政7年(1795)没説あり. 五 124

東可《とうか》 ゑ 66

棠下《とうか》 仮 57

東瓦《とうが》 伊丹の酒造業. 山本氏. 木綿屋庄左衛門. 別号老橘井. 蕪村より紫狐庵の号を譲られる. 文化3年(1806) 4月18日没. 続 257, 651, 写 27, 夜 31, 76, 花 57, 五 441

東季《とうき》 但馬出石の人. 続 634

桃牛《とうぎゅう》 京の人. 戸田文鳴の『猿談義』(明和1)に序を草す. 明 78, 85, 92, 101, 106, 126

桃喬《とうきょう》 大坂の人. 続 527

東壺《とうこ》 伊勢川崎の人．名古屋住．樗良門，のち暁台門． 続 509， 秋 77, 84, 89, 96, 101, 108， ゑ 80
東江《とうこう》 長崎の人． 仮 77
東渚《とうしょ》 花 8
桃序《とうじょ》 大坂の人．菅沼氏．初号奇中，のち奇淵と改号．別号七彩堂・大黒庵．二柳門．師の松風会を継承．天保 5 年(1834) 5 月 1 日没，70 歳． 其 393
東走《とうそう》 豊岡の人．蝶夢三回忌追福のための『俳諧童子教』上梓に施版． 明 187
桃葉《とうよう》 灘大石の俳人．蕪村門． 花 37
桃里《とうり》 近江膳所の人．『張瓢』(江涯編)に入集． 仮 70, 121, 164
道立《どうりゅう》 伊藤坦庵の曾孫，儒者江村北海の二男．樋口氏．字道卿．通称源左衛門．別号自在庵・芥亭．川越侯京留守居役．夜半亭社中．金福寺芭蕉庵再興の発企者．文化 9 年(1812) 12 月 7 日没，76 歳． 続 序, 15, 33, 228, 325, 389, 492, 540, 580, 583, 586, 589, 592, 595, 598, 601, 604, 607, 612, 688, 721， 写 序, 1, *33, 57, 65, 94， 夜 15, 37， 花 83, 133， 五 39, 44, 47, 52, 55, 58, 63, 66, 71, 92, 133, 228, 255, 337, 423, 442, 502， 仮 84
兎角《とかく》 月 34
土丸《どがん》 →梁瓜《りょうか》
渡牛《とぎゅう》 京の人．風木庵．不夜庵社中．寛政 6 年(1794)伊勢西行谷で剃髪して記念賀集『三都六歌仙』を刊行． 其 307， 五 433
斗唫《ときん》 伏見の俳人．蕪村門． 続 234, 478
とく 其 382
徳圃《とくほ》 京島原揚屋いづゝ屋新左衛門．不夜庵社中． 其 261， 明 208
徳野《とくや》 京島原揚屋角屋の主人．中川徳右衛門七代目．徳門の子．別号福庵・中常長．太祇門．文化 6 年(1809) 12 月 17 日没，68 歳． 其 306， 明 205， 続 562， 夜 54， 花 43， 五 134
吐故《とこ》 月 107
杜口《とこう》 京俳壇の古老．神沢貞幹．通称平蔵・与兵衛．別号痩牛・其蜩庵・可々斎．京町奉行与力．『翁草』著．寛政 7 年(1795) 2 月 11 日没，88 歳． 其 269, 324， 五 129， 仮 108
都貢《とこう》 名古屋の人．暁台門．安永 3 年(1774)上洛，蕪村と交流．同 5 年 5 月 8 日没． 秋 110, 115, 122, 127, 134, 139， ゑ 73
斗洲《としゅう》 其 62, 396
兎舟《としゅう》 月 21
登舟《としゅう》 江戸の人．閑鷗舎． 五 197
兎丈《とじょう》 月 86
斗酔《とすい》 長崎出身の行脚俳人．伊東氏．別号幾夜庵．安永(1772–)初年京で美角・定雅と交わり，その後東下し，西帰後近江水口住．『はるの吟』ほか刊行．享和 3 年(1803) 6 月 4 日没． ゑ *40, 60， 月 182， 仮 2, 86, 126, 129, 132, 135, 138, 141, 144, 147, 150, 153, 156, 159
斗拙《とせつ》 尾張藩士．暁台門．望南舎連中．安永 5 年(1776)頃在江戸． 続 476， 秋 39, 46, 55, 62, 71， ゑ 97
兎足《とそく》 京の俳人．几圭の知友． 其 276
訥子《とつし》 初代沢村宗十郎．役者． 其 343
斗南《となん》 伊勢の人． 月 123
土髪《どはつ》 其 265
斗文《とぶん》 京の俳人．蕪村門．几圭の知友． 其 228, 332, 371, 401， 明 143， 続 488, 685， 夜 8, 61， 五 470
とみ 春夜楼連． ゑ 56， 仮 92
斗六《とろく》 遠江入野の人．袴田孫四郎． 遠 10, 13, 15
呑獅《どんし》 京島原妓楼桔梗屋主人．原治介．太祇門．島原案内記『一目千軒』を斜天と共編．寛政元年(1789) 12 月 26 日没． 其 385, 386， 明 211， 夜 25, 51， 花 42, 134， 五 215
呑周《どんしゅう》 京島原連． 夜 26, 52
嫩草《どんそう》 其 420
呑溟(呑冥)《どんめい》 近江湖南の人．竹内新四郎．安永期(1772–81)蕪村らと親交．晩年江戸住．編著『井出の蛙』(宝暦 13)． 明 152， 続 158， ゑ 9, 20, 21, 28, 32, 64, 110, 115, 118, 124, 129, 134, 139， 月 7, 20

な・に・ぬ・の

南河《なんか》 伊勢尋花楼連． 月 112
南雅《なんが》 嘯山社中春夜楼連． 其 241, 348， 明 194， 続 251， 月 32
二貞《にてい》 蕪村門か．安永 5 年より天明 6 年まで(1776–86)初懐紙に入集． 其 357， 明 198， 五 351
入江《にゅうこう》 明 229
入素《にゅうそ》 三河岡崎の人． ゑ 91
ぬひ《ぬい》 ゑ 92
野菊《のぎく》 →毛条《もうじょう》

は・ひ・ふ・へ・ほ

梅貫《ばいかん》 其 325

梅幸《ばいこう》　初代尾上菊五郎(享保2―天明3).　花 73

梅亭《ばいてい》　京の人. 紀時敏. 通称立花屋九兵衛. 別号九老. 蕪村門の画家. 著作『九老画譜』. 文化7年(1810) 7月7日没, 77歳.　花 78

梅父《ばいふ》　月 81

買明《ばいめい》　江戸の人. 高橋氏. 別号独歩庵(二世)・木原居. 超波門. 天明4年(1784) 12月9日没, 74歳.　其 409

梅路《ばいろ》　伊勢山田河崎住の魚商. 伊藤氏. 通称又市. 乙由門. のち曾北門, 師没後神風館五世を継承. 延享4年(1747) 2月23日没. 七回忌追悼集『つぎほの梅』(無岸編).　其 跋

麦鴉《ばくあ》　川越の人.　五 128

白烏《はくう》　加賀松任の人. 女流俳人千代の実家表具師福増屋の養嗣子.　続 137

栢延(栢筵)《はくえん》　栢莚. 二世市川団十郎. 堀越氏. 幼名九蔵. 別号三升・才牛. 著作『父の恩』. 宝暦8年(1758) 9月24日没, 71歳.　其 311, 花 *222*

白居《はくきょ》　仙台の人. 画工加右衛門(『奥の細道』仙台の条)の息. 山田庄兵衛. 別号瓢形庵・丈芝坊. 暁台門. 編著『片折』. 寛政12年(1800)没, 77歳.　明 151, 続 546, 五 195, ゑ 99

麦水《ばくすい》　加賀金沢の人. 堀氏. 池田屋平三郎. 初号葭由・可遊. 別号四楽庵・樗庵・暮柳舎. 初め美濃派百雀斎五々門, 後麦林舎乙由門. 宝暦12年(1762)上洛, 蕪村と交わり, 『うづら立』刊. 天明3年(1783) 10月14日没, 66歳.　明 245, 続 178, 706, 五 408

白砧《はくせん》　京の俳人. 几董門. 几董宛蕪村書簡(安永5年8月11日付)に「白せん子」とあり.　続 9, 66, 75, 88, 97, 271, 398, *171*, 写 24, 81, 夜 75, 月 39

白図《はくと》　名古屋の薬種商. 二木治右衛門. 初号白兎. 別号汐花亭・桂葉下. 白尼門, 後士朗門.　続 49, 秋 109, 116, 121, 128, 133, 140, *309*, ゑ 71

白堂《はくどう》　大坂の人.　続 139, 519, 月 136

白麻《はくま》　江戸の人. 蓼太門. 『探荷集』二・三編(天明6)を編む.　其 355, 383

麦林《ばくりん》　伊勢川崎の木材商, のち神宮御師. 中川利右衛門宗勝. 初号乙由. 別号麦林舎. 支考門. 元文4年(1739) 8月18日没, 65歳.　明 序

波光《はこう》　京の人. 別号老桂窩. 羅人門. 貞徳百回忌集『明心集』(宝暦3)に序跋を付して刊行.　其 392

巴江《はこう》　大坂の人. 竿秋門. 『合点車』(寛保2)に序. 『及第集』(元文1)を斗梁らと刊.　花 51

芭蕉《ばしょう》　伊賀上野赤坂農人町の松尾与左衛門の次男. 松尾忠右衛門宗房. 幼名金作. 通称甚七郎. 号桃青. 別号釣月軒・坐興庵・風羅坊ほか. 寛文12年(1672)『貝おほひ』を上野天満宮に奉納. 2年後季吟より『誹諧埋木』を伝授. 江戸に下り宗因の新風に心酔. 幽山の執筆を務めた後延宝5年(1677)に宗匠として独立. 数年を経て旅に身を置き蕉風俳諧を確立する. 元禄7年(1694) 10月12日没, 51歳.　其 下序, 213, 明 序, *165, 続 序, 写 序, *180*, 五 *410, 秋 序, 1, 8, 15, 24, 29, 34, ゑ *314*

巴人《はじん》　下野烏山の人. 早野忠義(新左衛門). 初号竹雨. 別号宗阿・宋阿・夜半亭など. 江戸で其角・嵐雪に師事. 後京にて宋屋・几圭らの門弟と活躍. 帰江して日本橋に夜半亭を構え, 雁宕・蕪村が入門. 編著『桃桜』ほか. 寛保2年(1742) 6月6日没, 67歳.　其 上序, 下序, 210, 215, 433, 434, 続 1, 314, 545, 620

婆雪《ばせつ》　蕪村門. 芭蕉庵落成記念歌仙の連衆.　花 68

波泉《はせん》　加州小松の人.　月 56

馬曹《ばそう》　四日市の人.　月 178

坡仄《はそく》　伊勢山田の人. 野間茂兵衛. 別号梅月庵・隠岡老人. 樗良門. 編著『我庵』. 享和元年(1801) 12月27日没, 78歳.　続 213, 月 94

馬南《ばなん》　→大魯《たいろ》

馬有《ばゆう》　越中魚津の人.　月 53

馬鱗《ばりん》　続 161

半化《はんげ》　→闌更《らんこう》

伴山《ばんざん》　播州生野の人.　月 79

晩山《ばんざん》　京都の人. 爪木氏. 初号永可. 別号唫花堂・二童斎. 松堅門. 雑俳点者としても活躍. 享保15年(1730) 8月15日没, 69歳.　五 *129

半時菴《はんじあん》　→淡々《たんたん》

半捨《はんしゃ》　播磨加古川の人. 山李坊社中.　明 171, 続 630

蕃渉《ばんしょう》　ゑ 94

帆路《はんろ》　名古屋の人. 城西起社中. 暁台門.　秋 78, 83, 90, 95, 102, 107

美角《びかく》　京の縫針問屋みす屋. 西村氏. 倚月楼. 定雅の兄. 樗良の京住を助ける. 安永8

年(1779)春没. 続 10, 319, *133*, 403, 406, 409, 412, 413, 417, 420, 423, 426, 429, 432, 435, 507, 690, 写 7, 37, 76, ゑ 序, 4, 14, 26, 33, 68, 107, 125, 130, 136, 月 11, 14, 31, 149, 154, 159, 仮 1, 7, 15, 18, 21, 24, 27, 30, 33, 36, 39, 42, 45, 48, 87

眉山《びざん》 加賀金沢の人. 中山氏. 大坂屋七右衛門. 初号来雨. 別号鳥翠台・鳥兎坊. 馬来門, 後闌更門. 其 292, 414, 明 195, 続 152, 517, 写 14, 53, 78, 五 380

必化《ひつか》 →五雲《ごうん》

百史《ひゃくし》 加賀小松の人. 月 58

百池《ひゃくち》 京の煙管商, 後糸物商. 寺村三右衛門雅罷. 蕪村門. 父三貫は巴人門. はじめ百雉. 別号春載・大来堂. 茶号九隠斎ほか. 編著『花のちから』ほか. 天保 6 年(1835) 12 月 17 日没, 87 歳. 其 234, 297, 明 132, 続 35, 56, 272, 275, 276, 279, 281, 283, 285, 287, 289, 290, 292, 294, 296, 298, 300, 303, 304, 489, 640, 731, 写 9, 39, 60, 85, 夜 5, 77, 花 65, 93, 102, 127, 五 94, 154, 170, 298, 301, 304, 307, 310, 313, 316, 319, 322, 325, 328, 331, 365, 381, 445, 497, ゑ 7, 18, 46

百非《ひゃくひ》 大坂の人. 続 648

百楼《ひゃくろう》 大坂の人. 几董と親交. 花 46

百亀《ひゃっき》 越中井波の誓願寺住職. 月 120

百歩《ひゃっぽ》 但馬の人. 其 90

俵雨《ひょうう》 其 335, 356

瓢子《ひょうし》 夜半亭連. 安永 5 年(1776), 10 年初懐紙に入集. 続 78, 258, 654, 写 6, 54, 62, 80

瓢水《ひょうすい》 播磨別府の船問屋. 滝新之丞. 別号自得斎. 淡々門. 奇行の人. 宝暦 12 年(1762) 5 月 17 日大坂で客死, 79 歳. 其 323

猫帳《びょうちょう》 其 400

娓吏《びり》 明 179

風状《ふうじょう》 京都の人. 正木氏. 初号長牙. 別号風雲斎・新綾軒. 羅人門. 編著『正木のかづら』ほか. 明和元年(1764) 8 月 27 日没, 52 歳. 其 321

風律《ふうりつ》 安芸広島の漆器商. 別号多賀庵. 野坡門. 編著『ささのは』など. 天明元年(1781) 4 月 29 日没, 84 歳. 続 171, 五 449

舞閣《ぶかく》 京島原揚屋藤屋新七. 紫藤楼主人. 主に夜半亭俳諧に活躍. 享和 2 年(1802) 8 月 15 日没, 47 歳. 其 359, 明 209, 続 230, 477, 夜 56, 花 33, 五 127

福丸《ふくまる》 伊丹の人. 続 46

斧克《ふこく》 月 28

ふさ 仮 83

布舟《ふしゅう》 播磨高砂の人. 酒造業鍵屋孫右衛門. 田中左太夫. 別号暮桜亭. 布仙門, 後青蘿門. 編著『栗本集』. 文化 5 年(1808)没, 75 歳. 明 174, 続 26, 697, 花 74, 五 385, 月 186

舞雪《ぶせつ》 大坂蜆川緑橋南詰住. 滝沢氏. 紹簾の門に入り, 親子の盟を結び, 小野姓を継ぐ. 別号桜坊・杞柳斎. 編著『しなどの樹』(宝暦 3)ほか. 其 258

蕪村《ぶそん》 摂津東成郡毛馬村(現大阪市都島区毛馬町)に出生. 谷口氏, のち与謝氏. 初号宰町. 別号夜半亭・紫狐庵ほか. 巴人門. 画号子漢・四明・趙居・謝春星ほか. 早くから狩野派の絵師に学び, 南画風, 洒脱な俳画等の名作を多く残す. 編著『夜半楽』ほか多数. 天明 3 年(1783) 12 月 25 日没, 68 歳. 其 上序, 173, 176, 179, 182, 185, 188, 191, 194, 197, 200, 203, 206, 下序, 217, 237, 262, 299, 313, 361, 369, 390, 405, 明 序, 109, 128, 141, 168, 216, 261, 264, 265, 268, 269, 272, 273, 276, 277, 280, 281, 284, 285, 288, 289, 290, 291, 続 12, 21, 174, 185, 188, 191, 194, 197, 200, 203, 206, 209, 211, 239, 324, 487, 498, 521, 538, 570, 632, 663, 666, 673, 684, 698, 710, 712, 738, 写 序, 3, 33, 67, 93, 夜 1, 80–101, *207*, 花 序, *222*, 90, 98, 100, 125, 126, 131, 132, 五 序, 3, 6, 9, 10, 13, 18, 19, 24, 27, 32, 35, 73, 83, 99, 111, 123, 136, 137, 163, 165, 176, 181, 191, 209, 210, 222, 225, 236, 254, 338, 345, 352, 355, 372, 404, *405, 410, 425, 428, 460, 471, 489, 496, ゑ 3, 12, 36, 42, 月 3, 12, 15, 仮 9

物我《ぶつが》 仮 98

仏仙《ぶっせん》 加賀小松の人. 黒瀬屋. 初号山叩. 別号北海坊・子日庵二世・十方庵. 希因門か. 行脚俳人. 編著『発都安幾』(安永 3). 寛政 2 年(1790) 6 月 11 日没, 70 歳. 五 458

武然《ぶねん》 京都丸太町住. 初め吉田, 後望月氏. 名は明, 字知常. 宋屋に学び, 別号雪下庵・方壺山人. 篆刻で聞える書家. 享和 3 年(1803) 1 月 23 日没, 84 歳. 其 256, 明 191

蕪博《ぶはく》 尾張の俳人. 安永 6 年(1777), 在江戸. ゑ 96

附鳳《ふほう》 灘敏馬浦の人. 続 141, 326, 花 38

芙蓉花《ふようか》 大坂の人. 松濤氏. 平野屋清兵衛. 狂歌師. 一本亭. 俳諧は蘆陰社. 天明 3 年(1783) 1 月 26 日没, 63 歳. 続 62, 243, 502,

写 46, 75

蕪嵐《ぶらん》 京の人．闌更門． 𠮷 53, 仮 90

布立《ふりゅう》 几董門． 明 79, 86, 89, 99, 104, 119

普立《ふりゅう》 春夜楼連． 続 245

旧国《ふるくに》 大坂飛脚問屋大和屋善右衛門．安井政胤．幼名利助．隠居後宗二．初号芥室・旧国，後大江丸．別号顧風亭ほか．俳風は談林だが蕉風復興にも寄与．編著『俳懺悔』ほか．文化 2 年(1805) 3 月 18 日没，84 歳． 明 153, 254, 続 5, 497, 525, 夜 71, 花 81, 五 117, 346, 476

文雅《ぶんが》 伊丹の人． 続 47

文亟《ぶんきょく》 𠮷 81

文綱《ぶんこう》 月 89

聞詩《ぶんし》 伊勢の人． 明 158, 月 105

文長《ぶんちょう》 尾張熱田の商家橘屋高橋弥右衛門羽笠(冬の日衆)の息． 花 67

文波《ぶんぱ》 五 234

文皮《ぶんぴ》 京島原揚屋対篁楼三文字屋治兵衛(拓雨)の息．磯田氏．夜半亭の俳席で活躍．文化 6 年(1809) 4 月 24 日没，61 歳． 其 305, 明 207, 続 563, 夜 55, 花 44, 五 120

文梁《ぶんりょう》 五 487

文弄《ぶんろう》 越中井波の人． 月 46

米園《べいえん》 浪花の人． 明 217, 写 19

米居《べいきょ》 信州善光寺の俳人．後路人と改号．夜雨亭． 五 485

萍江《へいこう》 遠 3

方湖《ほうこ》 近江八幡の人． 仮 115, 163

方壺《ほうこ》 遠江入野の富農．竹村又右衛門．別号三山亭．蝶夢を支持．『遠江の記』の刊行費を負担．寛政 8 年(1796)没，39 歳． 遠 *381*, 6, 8, 14, 跋

鳳五《ほうご》 伏見の人． 月 180, 仮 59

鳳鴬《ほうし》 明 169

芳洲《ほうしゅう》 大坂の人．稲津氏．祇空・芳室の弟． 𠮷 82

方蜀《ほうしょく》 春夜楼連． 写 11, 36, 61, 87

報竹《ほうちく》 竹村又七．方壺の一族であろう． 遠 4

芳馬《ほうば》 京の人．几董の伯父．一説に兄． 続 739

暮牛《ぼぎゅう》 讃岐琴平の俳人．菅氏．臨川亭． 其 422

卜枝《ぼくし》 仮 117, 167

北鳥《ほくちょう》 月 168

北野《ほくや》 伊勢久居出身，大坂住俳人． 続 680, 月 184

甫尺《ほせき》 京の俳諧書肆．兄吉田九郎右衛門没後，その跡を継ぐ．玄化堂二世． 五 453, 仮 97

暮蓼《ぼりょう》 丹波篠山の豪家．菱田平右衛門．初号季由．文化 8 年(1811)没，47 歳． 五 467

凡夫《ぼんぷ》 加州小松の人．安永 7 年(1778)来遊の樗良の作品を得て『雪の声』刊行． 月 165

ま・み・む・め・も

まさ女(まさ)《まさじょ》 下村春坡の妻． 花 41, 五 379

正名《まさな》 大坂の俳人．東菑(とうし)のこと．大魯門． 続 34, 218, 248, 734, 夜 46, 花 71, 月 144

磨三《まさん》 尾張知多郡横須賀の人．別号来鷗亭・蓬雨．暁台門． 秋 150, 155, 162, 167, 174, 179, 𠮷 86

万翁《まんおう》 大坂瓦町の富商鉄屋．木田庄左衛門．俳号几掌．別号南陽舎．一炊庵二世．紹簾門．編著『うたゝね』．天明 5 年(1785) 8 月 11 日没，74 歳． 其 330, 明 139, 140

万岱《まんたい》 名古屋の人．暁台門．前号夜来舎万輪か． 続 627, 秋 40, 45, 52, 59, 66, 𠮷 75

万容《まんよう》 京都の人．安永 2 年(1773)入門の几董春夜楼最古参の門人． 明 40, 47, 54, 65, 71, 113, 続 13, 65, 74, 87, 98, 391, 537, *171*, 夜 74

万柳《まんりゅう》 月 176

眠獅《みんし》 大坂の名優．歌舞伎役者嵐雛助．叫雛助，後嵐小六(三世)． 花 58

無腸《むちょう》 大坂生れ．上田秋成．本名上田仙次郎，のち東作．俳号は初め漁焉．別号余斎・鶉居．読本作者，和歌，煎茶など多才．俳諧は小野紹簾の傘下で句作．俳論『俳調義論』著．文化 6 年(1809) 6 月 27 日没，76 歳． 其 413, 続 63, 164, 227, 400, 485, 539, 631, 跋，五 85, 444

むめ →うめ

明挙《めいきょ》 五 232

明五《めいご》 其 304, 明 210

鳴鳳《めいほう》 浪花の人． 続 253, 566, 写 22, 50, 70, 月 131

毛条《もうじょう》 宇治田原の人．奥田氏．別号野菊．蕪村晩年の門人． 続 553, 花 7, 五 158, 仮 71

木吾《もくご》 越中井波の人．浅川氏．塩屋宇野治良助． 月 47

茂松《もしょう》 月 108

や・ゆ・よ

野乙《やおつ》　加賀小松の人.　月 166
也好《やこう》　京の俳人.　其 341,　明 146,　五 108, 201, 339, 437, 498
也竺《やじく》　宇治田原の俳人.　天明 5 年(1785) 3 月 15 日没.　追善集『壬生ねぶつ』.　五 370
野梅《やばい》　伊勢の人.　樗良門.　月 95
夜半《やはん》　→蕪村《ぶそん》
也有《やゆう》　尾張藩の重臣.　横井孫右衛門時般.　別号素分・野有・蓼花巷・知雨亭.　漢詩, 和歌, 狂歌に興じ多才.　巴静門.　編著俳文『鶉衣』.　天明 3 年(1783) 6 月 16 日没, 82 歳.　続 480,　五 112, 241, 389,　秋 序
友花《ゆうか》　月 80
有橘《ゆうきつ》　但馬出石の人.　霞夫・乙総の父.　安永 5 年(1776)暮没.　続 499
有響《ゆうきょう》　京の人.　其 329
優才《ゆうさい》　春夜楼連.　続 51, 79, 94, 730
熊三《ゆうさん》　藤本氏.　天明元年(1781) 6 月 11 日, 春夜楼に入社.　以後毎年初懐紙に入集.　花 17, 94, 111,　五 252, 435
雄山《ゆうさん》　大坂の俳人.　酒店主人.　方空子は薙髪後の号か.　明 221, 237,　続 235,　花 2
有種《ゆうしゅ》　其 421
雄尚《ゆうしょう》　明 43, 50, 53, 64, 69, 121
右跡《ゆうせき》　月 128
由翁《ゆおう》　続 657
百合《ゆり》　越中生地の人.　月 71
陽子《ようし》　江戸の人.　五 142
羊夫《ようふ》　竹村氏.　大坂住.　仮 169

ら・り・れ・ろ

来雨《らいう》　→眉山《びさん》
来居《らいきょ》　仮 100
来之《らいし》　京都竿秋門.　大坂の人.　春鷗舎.　安永 4 年(1775)嵐山の『猿利口』に跋文.　寛政 7 年(1795)没, 82 歳.　其 417,　五 203
来志《らいし》　仮 62
雷子《らいし》　東武の人.　後京住.　歌舞伎役者二世嵐三五郎.　花 52
雷夫《らいふ》　京の人.　几董門, 高子舎を継ぎ, 几董二十五年忌集『鐘の声』を編む.　続 50, 82, 91, 99, 703,　五 216
羅雲《らうん》　其 282, 384
蘿音《らおん》　明 180
羅江《らこう》　京の人.　中島氏.　別号射堂・再応主ほか.　羅人門.　師より蛭牙斎の号を継承.　編著『嘉例草』など.　天明 5 年(1785) 7 月没, 66 歳.　其 253
羅城《らじょう》　名古屋駿河町光蓮寺二十世僧.　鳳恵忠階.　別号円珠庵.　暁台門, 後士朗門.　編著『松の硯』.　文化 4 年(1807) 11 月 8 日没, 74 歳.　秋 147, 154, 159, 166, 171, 178,　ゑ 74
羅人《らじん》　京都の書肆.　山口氏.　柊屋甚四郎.　別号蛭牙斎・御射山翁.　淡々門.　几圭と旧知.　編著『嘉定蒲竇』ほか.　宝暦 2 年(1752) 7 月 29 日没, 54 歳.　其 362
羅川《らせん》　大坂貝屋町山本文蔵.　蘆陰舎大魯門.　明 222,　続 41, 493,　五 82,　月 173
羅父(蘿父)《らふ》　伊勢山田の人.　樗良門.　明 162,　月 124
羅浮《らふ》　ゑ 62,　仮 89
嵐甲《らんこう》　几董門.　明 41, 46, 56, 59, 68, 115,　続 80, 167, 573, 681,　ゑ 6, 16, 45
闌更《らんこう》　加賀金沢の人.　後京住.　高桑氏.　本名正保, 忠保とも.　初号蘭皐.　別号半化坊.　希因門.　天明 3 年(1783)洛東に芭蕉堂を建て南無庵と号す.　寛政 10 年(1798) 5 月 3 日没, 73 歳.　続 155,　五 455,　仮 49
嵐山《らんさん》　江戸の人.　別号竹護窓.　明和(–1772)末年上洛, 雅因の宛在楼に寄寓.　蕪村らが病床の嵐山を見舞って興行した『此ほとり』の俳諧が著名.　安永 2 年(1773) 9 月 23 日没.　其 175, 178, 181, 184, 187, 190, 193, 196, 199, 202, 205, 236, 300, 345, 428,　明 167, 196,　続 23, 231, 720,　五 87, 88, 193, 368, 392, 跋
闌山《らんさん》　仮 101
嵐雪《らんせつ》　江戸蕉門.　服部彦兵衛.　初号嵐亭治助.　別号雪中庵・玄峰堂ほか.　編著『若水』『其袋』ほか.　宝永 4 年(1707) 10 月 13 日没, 54 歳.　其 下序, 214
蘭台《らんだい》　越中井波瑞泉寺十四世住職.　僧名誠心院従祐.　童名政丸.　別号郁々堂.　樗良と親交.　寛政 5 年(1793) 8 月 7 日没, 48 歳.　続 614,　月 1, 10
蘭夫《らんぷ》　越中魚津の人.　月 93
梨一《りいち》　江戸の人.　本名一祚(ひとつぎ).　別号蓑笠庵.　柳居門.　代官所役人.　著書『奥細道菅菰抄』ほか.　天明 3 年(1783) 4 月 18 日没, 70 歳.　五 454
李音《りおん》　京の人.　樗良と親交.　月 37,　仮 104
李完《りかん》　京の人.　明和 5 年(1768) 12 月, 京中川の蝶夢庵の俳席に出座.　『はちたゝき』に入

集. 其 251
里暁《りぎょう》 京の人. 蕪村の遊び仲間. 花 80
陸史《りくし》 越中井波の人. 高瀬屋兵次郎, のち与右衛門. 南坡庵. 醸造業. 樗良門. 編著『まだら鳫』. 天明 2 年(1782) 11 月 8 日没. 月 44
陸成《りくせい》 月 25
李渓《りけい》 淀の人. 続 262
李康《りこう》 大坂の人. 続 254
李収《りしゅう》 伏見の人. 続 490
鸝彳《りてき》 月 33
李沛《りはい》 尾張の人. 暁台門. ゑ 93
里由《りゆう》 兵庫の人. 宮田氏. 花 63
柳居《りゅうきょ》 江戸の人. 佐久間長利. 初号専鯉. 別号長水・麦阿. 沾徳門, 五色墨連衆の一人. 後麦林門. 延享 5 年(1748) 5 月 30 日没, 63 歳. 其 267
柳志《りゅうし》 丹波多紀郡丹南町の人. 月 87
柳女《りゅうじょ》 笹部氏. 鶴英の妻, 賀瑞の母. 其 403, 続 6, 夜 27, 66, 花 36, ゑ 100
竜石《りゅうせき》 伊勢内宮の人. 既白の息. 月 98
柳布《りゅうふ》 近江八幡の人. 仮 119
竜眠《りゅうみん》 東武の人. 宝暦・明和(1751–72)頃在京. 旗本か. 其 406
梁瓜《りょうか》 初号土丸. 其 399, 明 75, 82, 90, 93, 100, 108, 122
菱湖《りょうこ》 京の人. 天明 3 年(1783)以後, 几董門. 春夜楼の有力俳人. 五 179, 347
良更《りょうこう》 近江石部の人. 仮 82
蓼之《りょうし》 月 143
涼秀《りょうしゅう》 但馬生野の人. 明 186, 月 90, 仮 73
良水《りょうすい》 山城寺田の人. 仮 69
蓼太《りょうた》 信濃伊那生れ, 江戸住. 大島氏. 名陽喬. 別号蓼太郎・雪中庵(三世). 吏登門. 関与した俳書 200 余部, 門人 3000 余人と言われ, 当時俳壇に最高の勢力を有した. 明 250, 続 17, 267, 268, 529, 729, 花 84, 五 102, 168, 391, 421
良風《りょうふう》 ゑ 59
侶岸《りょがん》 越中魚津の人. 月 49
李林《りりん》 其 100
李琳《りりん》 京の人. 田中氏. 固有庵. 宋専門. 安永 3 年(1774) 9 月 7 日没, 51 歳. 其 319
冷五《れいご》 京の人. ゑ 49, 仮 109
麗白《れいはく》 其 423
漣月《れんげつ》 其 380
芦隠《ろいん》 明 203
老雨《ろうう》 花 124
弄我(哢我)《ろうが》 大坂の人. 不二社中. 明 228, 続 61, 550, 692
哢我《ろうが》 →弄我《ろうが》
老山《ろうざん》 大坂の人. 有椎庵. 続 160
楼川《ろうせん》 (一世)江戸神田の人. 谷口氏. 初号壺竜. 別号無事庵・木樨庵. 祇空門, のち珪琳に就く. 編著『八百里紀行』. 天明 2 年(1782) 11 月 29 日没, 84 歳. 其 349
路曳《ろえい》 京の人. 几董春夜楼最古参の一人. 明 39, 48, 55, 62, 67, 116, 続 70, 83, 96, 244, 513
芦角《ろかく》 大坂安堂寺町住. 大和屋主人. 明 42, 49, 58, 61, 66, 72, 118
芦官《ろかん》 其 416
鷺喬《ろきょう》 京伏見の人. 山本氏. 市中庵. 太祇, 蕪村らと親交. 俳諧辞書『俳題正名』を編む. 続 176, 317, 395, 647, 五 451, 仮 67
路景《ろけい》 丹後宮津の俳人. 旧号東陌. 編著『丹後の名寄』. 花 9, 五 477
芦江《ろこう》 京の人. 仮 120, 165
路巧《ろこう》 月 6, 23
魯谷《ろこく》 月 132
魯人《ろじん》 月 22
廬白《ろはく》 京の人. 闌更門. 仮 91
魯文《ろぶん》 大坂の人. 明 230, 続 549
路々《ろろ》 長崎の人. 筑前篠栗住福岡藩士其両主催の飛梅の下での俳諧に参加. 仮 78

わ・ん

和筌《わせん》 加州小松の人. 月 62
和流《わりゅう》 不破氏. 几圭の旧知. 几圭二十五周忌歌仙に杜口, 几董と一座. 其 271, 花 61
んめ →うめ

〔執筆〕 其 172, 208, 明 296, 続 307, 368, 438, 写 32, 五 30, 42
〔作者不知〕 五 150